Varianti

Marco Amerighi

RANDAGI

Romanzo

Bollati Boringhieri

Prima edizione agosto 2021

Pubblicato in accordo con The Italian Literary Agency

Torino, corso Vittorio Emanuele II, 86
Gruppo editoriale Mauri Spagnol
ISBN 978-88-339-3736-6

www.bollatiboringhieri.it

Stampato in Italia dalla Rotolito S.p.A., Seggiano di Pioltello (Mi)

Anno			Edizione
2024	2023	2022	7

Randagi

A Mavie

Parte prima

«Se mai fossi riuscito a sbloccarmi, il mio innato talento mi avrebbe portato fama e fortuna. Immagino siano in molti a pensarla così».

James H. Chase, *Eva*

«Spesso per indurci al male gli strumenti della notte ci dicono qualche verità, ci seducono con oneste inezie, per tradirci nelle cose più gravi».

William Shakespeare, *Macbeth*

1.

La maledizione Benati

Trovava insopportabile l'idea di scomparire.

Su un ponte panoramico o tra le braccia di una sconosciuta, in un campo di battaglia o davanti a un motel per commessi viaggiatori, tutti i maschi della sua famiglia, prima o poi, tagliavano la corda; solo che lui non riusciva a farsene una ragione.

Possibile che nel loro sangue si tramandasse un gene che li obbligava a dileguarsi? E perché una volta tornati a casa (se avevano fortuna), non spiegavano dov'erano stati in quella parentesi di un mese o un anno? Dove avevano dormito? Con chi? Non gli erano mancati i loro cari – non gli era mancato lui?

Quando realizzò che un giorno il creato, come diceva sua madre, avrebbe lanciato quello scangeo infelice anche su di lui, decise che almeno non se ne sarebbe andato via in silenzio. Allora, dopo aver ripercorso l'albero genealogico delle sparizioni, agguantava un foglio, scriveva come sarebbe uscito di scena (rapimento?, incidente?, amnesia?) e lo abbandonava nei luoghi più imprevisti del labirintico appartamento signorile in cui era nato e cresciuto, al quarto piano di via Roma, tra l'orto botanico e la Torre di Pisa.

Sebbene gli bastassero quelle due righe di commiato per sentirsi al riparo dallo sconforto, quasi ogni notte si svegliava di soprassalto. Che idiota! Come poteva pensare che quel gioco servisse a qualcosa, «le maledizioni sono come le foglie, chi le semina poi le raccoglie», non era così che diceva sua madre? Soltanto in alcune, rarissime occasioni, quando finalmente le paure lo abbandonavano e l'alba si posava sulle stecche delle persiane, lo sfiorava un pensiero diverso: e se, invece, là fuori, in qualche anfratto di quella terra desolata, lo stesse aspettando la persona in grado di cambiare il destino di Pietro Benati?

La prima sparizione avvenne il 25 aprile del 1936, nella battaglia di Gunu Gadu, in Etiopia. Una compagnia indigena nascosta tra eucalipti secolari, cavernette e trincee sorprese con un fuoco incrociato la Quarta Banda autocarrata dei Carabinieri in cui militava il ventunenne Furio Benati il quale, sentendosi esplodere la spalla in mille pezzi, cacciò un bercio di dolore, cadde in un fosso e perse i sensi. Quando dopo dieci giorni le truppe del generale Badoglio entrarono ad Addis Abeba a testa alta, ma con il cuore macchiato dall'onta per le bombe al fosgene con cui avevano massacrato migliaia di etiopi, di Furio si era persa ogni traccia. Il comando superiore lo inserì tra i duecentootto gloriosi caduti dell'Arma e i familiari lo piansero per settimane. Finché un giorno, a Pisa, arrivò un telegramma:

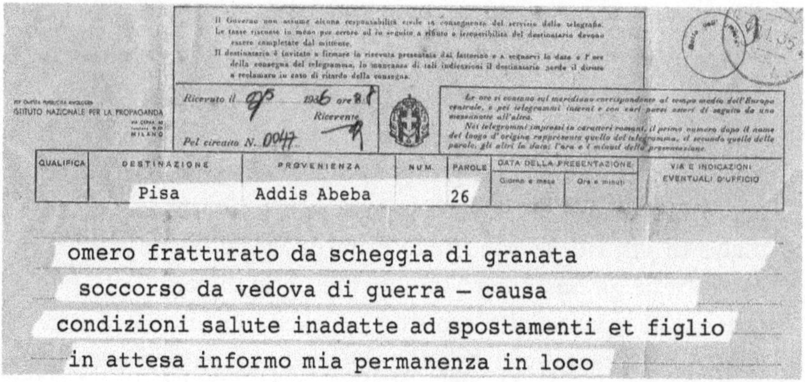
ISTITUTO NAZIONALE PER LA PROPAGANDA

MILANO

Ricevuto il 25 1936 ore 8

Ricevente

Pel circuito N. 0047

QUALIFICA	DESTINAZIONE	PROVENIENZA	NUM.	PAROLE	DATA DELLA PRESENTAZIONE Giorno e mese	Ora e minuti	VIA E INDICAZIONI EVENTUALI D'UFFICIO
	Pisa	Addis Abeba		26			

omero fratturato da scheggia di granata
soccorso da vedova di guerra – causa
condizioni salute inadatte ad spostamenti et figlio
in attesa informo mia permanenza in loco

A quanto pareva, un'anima pia aveva depositato Furio sul cassone di un camion diretto all'ospedale di Obbia, in Somalia, dove più morto che vivo, e distante milleseicento chilometri dai suoi commilitoni, era stato affidato alle cure di un'infermiera del luogo... il resto stava felicemente scritto su quel pezzo di carta.

Sebbene la vicenda potesse apparire romantica e lieta, il padre di Furio (un uomo immune alle languidezze, con un passato da Maggiore e un presente da diplomatico) prima dispose il rimpatrio del figlio in aereo e poi radunò la famiglia al gran completo vietando a chiunque di menzionare l'accaduto. Non esisteva nessuna vedova, nessun bambino, nessuna fuga d'amore: Furio era precipitato all'inferno e ne era riemerso indenne; una miracolosa storia di guerra, un giro beffardo del destino, scegliessero loro.

Il divieto rimase inviolato per quasi cinquant'anni fino a quando, la mattina di Natale del 1985, mentre i nipoti Tommaso e Pietro attendevano il permesso di spartirsi i pacchetti sotto l'albero, Furio avvertì un bollore alle tempie seguito da una vertigine e dalla paralisi del lato destro del corpo, e figurandosi di morire, sul sedile posteriore di pelle dell'Alfa 75 di suo figlio Berto che percorreva come un proiettile i settecento metri tra la loro abitazione e l'ospedale Santa Chiara, spifferò la verità a sua moglie Lea che gli reggeva il capo.

Caso volle che quel giorno il nonno di Pietro non fosse alla mercé della morte, bensì di un attacco ischemico transitorio provocato da una placca di colesterolo che aveva ostruito la carotide. I medici lo dimisero una settimana dopo e lui, per la vergogna della confessione, si rinchiuse in camera giurando che per il resto degli anni che Dio gli avesse concesso non avrebbe più ficcato il naso fuori: una promessa che, per un ventennio, infranse in due sole occasioni – due apparizioni così fugaci e indecifrabili da diventare le colonne portanti della mitologia dei Benati.

La seconda sparizione arrivò a quasi cinquant'anni di distanza dalla prima, nel febbraio del 1988.

Al decimo giorno di un tour promozionale per un farmaco contro il diabete (mentre tutti i telegiornali commentavano il ritrovamento di un corpo senza testa in una cava di inerti lungo il fiume Serchio, nella periferia pisana), Berto Benati non aveva ancora telefonato a casa né spedito il solito mazzo di gerbere rosse a sua moglie Tiziana; nessuno aveva la più pallida idea di dove si fosse cacciato.

Pietro, il figlio più piccolo, aveva nove anni compiuti, le lenti degli occhiali sporche di impronte e la *s* blesa. Suo fratello Tommaso, che vegetava sul letto sommerso di Dylan Dog, andava per i quattordici.

«Te lo sai dov'è?» disse Pietro.

Tommaso stirò le braccia scoprendo un viso angoloso e annoiato.

«La testa ti serve solo per dividere le orecchie. Non l'hai capito che si è fatto un'altra famiglia e da noi non ci torna più?»

Pietro aprì la bocca per chiedergli cosa intendesse e la costola di un fumetto gli sibilò sul naso, assieme alla promessa che se non l'avesse lasciato riposare per il provino con la primavera del Pisa che aspettava da mesi sarebbe sceso dal letto e l'avrebbe spellato di botte.

Anche se non gli erano chiari due terzi di quella risposta, Pietro passò la notte a fissare la finestra su cui le gocce di pioggia componevano i volti dei nuovi figli di suo padre: facce appagate, dalla pelle liscia e l'aria sognante, incorniciate da riccioli perfetti. Doveva essersi addormentato senza accorgersene, perché poco prima dell'alba un tonfo lo ridestò. Mentre si affacciava nel corridoio, pensò che fossero i soliti termosifoni di ghisa difettosi che dopo mezzanotte schioccavano come fucilate, invece era sua madre che stava rovistando nel ripostiglio: una stanzetta stracolma di armadi incassata fra il salotto e la cucina.

Tra i denti stringeva una confezione di cotone idrofilo e in mano, con il gerbo di stizza di chi ha in testa solo la vendetta, una bottiglia di alcol. Dal braccio un mazzo di camicie da uomo pendevano come fiori appassiti.

«È vero che babbo non torna più?» le chiese Pietro.

«Mi vuoi far morire d'infarto?»

Pietro si ricordò dei nonni materni e scosse la testa. «No».

«Allora torna a letto».

Le luci sui marmi di piazza dei Miracoli imbiancavano il tetto del basso stabile di fronte al loro, da anni riconvertito in un laboratorio di analisi universitario, e il riflesso di quel bagliore inondava il soffitto affrescato del corridoio con un'inquietante luminescenza da film horror.

«E se l'ha catturato l'assassino del Serchio?» le disse strascicando la *s*.

«Ti sembra l'ora di dire certe stupidaggini?»

Pietro si voltò verso l'orologio a pendolo nel salotto che sua nonna Lea chiamava la sala della musica (che oltre al Bösendorfer a coda conteneva un detector magnetico del 1904, un grammofono appartenuto alla famiglia Cavour, una tromba ossidata in si bemolle), e dopo aver lanciato un'occhiata alle lancette, e aver realizzato che si trattava di una domanda trabocchetto, si girò a cercare sua madre.

Tiziana era entrata in cucina e tirava le camicie di suo marito nel lavello come un pescatore che ributta in mare i pesci troppo piccoli. Schizzò dell'alcol su un batuffolo di cotone, lo passò sopra un fornello acceso e lo gettò nell'acquaio. Mentre le fiamme si arrampicavano lungo la cappa e una cortina di fumo abbuiava la stanza, Pietro la guardò meglio.

I capelli rosso pomodoro le vibravano sulla schiena, e persino in quel lezzo di bruciato era impossibile non notare il profumo di arance che sprigionava la sua pelle. Sarebbero probabilmente svenuti per le esalazioni, ipnotizzati da quel totem aeriforme che saliva e fischiava, se Tommaso non avesse spalancato le finestre permettendo al fumo di scivolare fuori dal davanzale e continuare a inerpicarsi su per la facciata condominiale, fino all'ultimo piano in cui vivevano Furio e Lea.

«Secondo te mamma sta dando i numeri?» chiese Pietro a suo fratello, mezz'ora dopo, di nuovo a letto. Nella luce soffusa e bluastra che filtrava dall'orso-lampada era facile notare la sua somiglianza con il padre: gli occhi bui e profondi, i capelli pagliosi, l'aria da duro.

Tommaso schioccò la lingua tra i denti, come faceva ogni volta che cercava le parole giuste per spiegare qualcosa a cui Pietro non riusciva ad arrivare da solo.

«Non sta dando i numeri, cretino. Si sente sola».

Dopodiché, mentre nelle pareti riecheggiava il baccano dei caloriferi, tirò un pugno sul naso dell'orso luminescente e la stanza affondò nell'oscurità.

Quella tra Tiziana e Berto era stata la storia d'amore più prevedibile dai tempi di Adamo ed Eva. Lei viveva al quarto piano, assieme a una coppia di pastori viennesi, Ruth e Roth, e ai genitori, Archirio Peccianti e Terza Chiti, due industriali grossetani che si erano riempiti le tasche investendo nell'estrazione mineraria e alleggeriti la coscienza (specie per i quarantatré conterranei che avevano perso la vita nell'esplosione della miniera di lignite di Ribolla) finanziando gallerie d'arte, tour e vernissage di artisti sopravvalutati e per la maggior parte incomprensibili. Lui abitava nell'appartamento sopra a quello di Tiziana, assieme al padre Furio, che aveva fatto in tempo a vedere un'altra guerra prima di andare in pensione con gli stessi gradi del padre che l'aveva ripescato in Etiopia, e alla madre Lea, una timida insegnante di pianoforte che aveva dovuto abbandonare le lezioni per quello che suo marito chiamava «l'indecenza di andare e venire dalle case altrui». Berto e Tiziana si erano conosciuti sulle scale, baciati nell'androne, amati nel locale caldaie e, quando arrivò il momento di compiere il grande passo, a entrambi sembrò logico trasferirsi a casa della sposa, piuttosto che cercarsi un nido d'amore in un altro palazzo o quartiere. I due amanti, a ogni modo, non patirono a lungo la mancanza di intimità che si respirava tra quelle mura, braccati dall'invadenza dei due cani titanici e dal garbuglio di dipinti, busti e sculture che affollavano ogni centimetro della casa dei Peccianti, perché due anni dopo, di ritorno da un meeting del Rotary Club di Grosseto, sul ponte panoramico di Calafuria, in direzione Livorno, un prefabbricato si staccò dal rimorchio di un tir e franò sulla Lancia Delta dei coniugi Peccianti uccidendoli sul colpo, cani compresi. Un effetto benefico però l'aveva avuto, quella disgrazia. Perché gli sposi, rimasti soli in un appartamento troppo grande e quieto, avevano realizzato che era giunto il momento di inaugurare una famiglia tutta loro, e così si erano buttati: due volte in cinque anni.

Quattro settimane dopo, Berto ricomparve.

Varcò la soglia di casa come se non fosse successo nulla: ben pettinato, completo nocciola e camicia turchese confezionati in una sartoria di Firenze, scarpe lustre. Sottobraccio stringeva un mazzo di gerbere rosse e due palloni da calcio di spugna più bucherellati di un panettone. A parte l'aria esausta, solo un dettaglio tradiva l'eccezionalità di quel ritorno: alla mano destra non aveva più il mignolo; al suo posto una cicatrice rosa e gonfia come due labbra chiuse.

Cosa gli era capitato?

Forse durante quei giorni di assenza, pensava Pietro, era stato sequestrato dal killer del Serchio e costretto a vivere dentro la cava di inerti, mentre il rottweiler del padrone gli aveva rosicchiato il mignolo fino a mozzarglielo. Forse aveva conosciuto un ammaestratore di serpenti che l'aveva convinto a unirsi al suo circo e durante un'esibizione con i cobra era stato morso, e per evitare che il veleno si propagasse si era amputato il mignolo con una delle lame del lanciatore di coltelli. Forse di ritorno da una delle sue presentazioni si era fermato a cenare in un ristorante lungo l'Aurelia, aveva bevuto qualche riparella di vino con un gruppo di camionisti e giocato un paio di mani a poker e quando si era svegliato, dentro la sua auto, nel parcheggio vuoto del ristorante ormai deserto, la falange semplicemente era svanita.

Anche se Pietro si inorgogliva quando pensava al proprio talento nel reinventare la realtà, quella dote non gli fu di nessun aiuto perché la verità su dove fosse stato suo padre durante quel mese, sul dito mozzato, sulla sparizione della collezione degli ori di Bino Bini di suo nonno Archirio e sulle successive liti furibonde con Tiziana non venne mai a galla e Pietro, per paura di buscarne da Tommaso, smise di fare domande. In fondo, pensava, qualunque cosa fosse accaduta, se l'erano buttata alle spalle.

A differenza di quelle del Maggiore Furio e di Berto il Mutilo, la sparizione di Pietro non si compì dal giorno alla notte né fu accompagnata da un insondabile mistero; lo avvolse, invece, poco alla volta, come una nebbia su una grillaia dopo un temporale estivo.

Iniziò nelle domeniche che trascorreva in camera di suo nonno Furio ad ascoltare gli atroci resoconti di guerra di soldati ammattiti che avevano divorato le cervella dei loro cavalli. Proseguì nelle sere d'estate sotto i ripetitori del Monte Serra, con la faccia appiccicata al lunotto posteriore dell'Alfa 75 e gli occhi puntati sulle stelle mentre Tommaso si avvinghiava a una delle sue numerose innamorate. Seguitò nelle traversate di Pisa in bicicletta fino all'Ippodromo di San Rossore dove andava a convincere il Mutilo a staccarsi dai gabbiotti delle scommesse e dalle braccia affettuose delle accompagnatrici che gli ronzavano attorno. Si rafforzò nella guerra silenziosa tra il quinto piano, dove Furio bestemmiava contro l'irresponsabilità di suo figlio, incapace di tenersi un lavoro per più di qualche mese, e il quarto, dove Berto implorava il perdono approfittando del buon cuore di Tiziana, e soprattutto del suo terrore di rimanere sola, adesso che quell'uomo inaffidabile e i suoi figli erano l'unica famiglia che le restava.

Finché, nella primavera del 1990, a undici anni, scomparve anche lui, per due minuti e dodici secondi.

Poiché il Mutilo si era rifiutato di pagare la logopedista che avrebbe potuto correggere l'errato posizionamento della lingua di suo figlio, la parlantina blesa di Pietro non solo era rimasta ma lo aveva rattristato a tal punto da fargli ridurre le parole al minimo indispensabile. Per questo, quando la direttrice invitò Pietro a salire sul palco del risorgimentale teatro Verdi di Pisa per il primo saggio di pianoforte della sua vita, Pietro finse di non notare la sventagliata di applausi di sua madre e del Mutilo e, quando le grida di incoraggiamento scemarono, si spinse gli occhiali sul naso e avvicinò la bocca al microfono per presentare *Antica canzone francese* di Čajkovskij (terrorizzato che la sua lingua si impappinasse scatenando le risate del pubblico). Appena vi poggiò le labbra una scarica elettrica lo attraversò da capo a piedi. Un odore di ciliegia e legna bruciata zigzagò fino alle narici degli spettatori delle prime file, e mentre il ragazzo si afflosciava a terra Tiziana si lasciò scappare un urlo sottile come quello di un bollitore, che accompagnò l'intera corsa di suo marito verso il palco.

«È vivo? Oddio, Berto! Dimmi che è vivo!»

Il Mutilo avvicinò la guancia alla bocca del figlio e lanciò uno sguardo esitante alla moglie, che roteò gli occhi all'indietro e svenne prima di ascoltare la risposta.

Era vivo. Gli esami medici e i test psicologici non evidenziarono nessun trauma e, dopo che suo padre ebbe sporto denuncia contro l'istituto musicale per infortunio colposo e ritirato il figlio dalla scuola, quell'episodio venne accantonato tra i numerosi aneddoti di famiglia da dove sarebbe stato riesumato, sfoggiato e parodiato per giustificare l'ingovernabile medusa di ricci di Pietro e allontanare il pensiero atroce che si era annidato nella mente di Tiziana: e cioè che, dopo la perdita dei genitori, sul suo capo pendeva un'altra sciagura che l'avrebbe costretta a vivere il resto della sua esistenza senza un figlio.

A differenza di sua madre, Pietro non aveva avuto paura; anzi, tutto il contrario. E quando, qualche notte dopo, si sarebbe sentito rivolgere quella frase da suo nonno Furio, avrebbe avuto la conferma che anche quella sua scomparsa, seppur così breve, era accaduta per un motivo.

Un fischio l'aveva svegliato di colpo. Pietro si era drizzato sul letto e, tra le coperte di Tommaso, aveva notato il busto del milite ignoto trafugato al piano di sopra che suo fratello usava come copertura per i tornei di calcio serali. Sebbene Tiziana gli avesse esplicitamente proibito di partecipare, per non togliere tempo allo studio della matematica in cui era dotatissimo e non rischiare un infortunio sotto le pedate di un giocatore col doppio dei suoi anni, l'allenatore delle giovanili del Pisa riusciva sempre a iscriverlo con qualche sotterfugio; con il risultato che, vittoria dopo vittoria, a sedici anni il nome di Tommaso Benati incendiava già di eccitazione le società sportive di mezza Toscana.

Attaccato al milite c'era un post-it:

ho una malattia incurabile,
sono in volo per un atollo del pacifico.
non cercarmi.
p.s.: fai qualcosa per la tua alitosi

«Sssssh!»

Pietro si voltò. Sulla soglia di camera il Mutilo, con una stecca da biliardo in mano, gli faceva cenno di seguirlo; ecco chi aveva fischiato. Si alzò dal letto, imboccò il corridoio, ma temendo che avesse scoperto la fuga di Tommaso e stesse per bacchettarlo, davanti al ripostiglio chinò la testa e restò in attesa della punizione.

«Se la tiri giù, ti do duemila lire» disse suo padre.

«Cosa?»

Il Mutilo stava cercando una valigia di pelle rossa. Sapeva che era lassù, in cima a quell'armadio enorme, ma non era riuscito ad afferrarla neanche salendo su una sedia, e la scala stava su dal Maggiore, perciò era come se non esistesse. Prima ancora che Pietro potesse rifargli la domanda, il Mutilo se lo caricò sulla schiena e gli porse la stecca da biliardo.

«Buttala giù con questa».

Pochi istanti dopo, a missione compiuta, Pietro lo seguì in salotto. Sul tavolo di marmo, sotto la finestra aperta, decine di mazzi di banconote frinivano al vento. Il Mutilo sfilò un biglietto da duemila lire e glielo arrotolò nel taschino del pigiama dicendo: «Ora torna a letto e muto», dopodiché ripose il resto dei mazzi nella valigia rossa e scomparve nel bagnetto che affacciava sulle scale.

Pietro rimase immobile.

Erano diversi giorni, dalla folgorazione a dire la verità, che voleva vuotare il sacco. E ora il Mutilo era solo e in trappola. Si avvicinò alla soglia del bagno, gonfiò il petto e si fece coraggio: «Non voglio più suonare il pianoforte».

Il Mutilo ammollò le mani nel lavandino. Invece di asciugarle con l'accappatoio, le scosse in aria come uno sciamano. «Hai deciso di farmi incazzare» disse.

«Io...»

«Dopo tutto quello che mi hai fatto spendere».

«Io...»

«Io, io, io cosa? Sentiamo».

«Diventerò il più grande chitarrista della storia» rispose Pietro.

Il Mutilo si voltò verso di lui e lo fissò come se non avesse chiaro chi fosse quel ragazzo che aveva davanti.

L'aveva cresciuto con un unico precetto, «il mondo gira intorno ai soldi e i soldi sono come le donne, chi non le conosce in tempo, resta indietro», per questo a Pietro tornò in mente quella volta che era andato a ripescare suo padre all'ippodromo e il Mutilo l'aveva sollevato per i calzoni e costretto a recitare di fronte a una torma di curiosi quell'odioso scioglilingua: *Ho in tasca l'esca ed esco per la pesca, ma il pesce non s'adesca, c'è l'acqua troppo fresca. Convien che la finisca, non prenderò una lisca!*

Quando un'ombra attraversò la finestrella del bagno, il Mutilo scostò il figlio con il dorso della mano e spalancò la porta di casa. Nonno Furio, con indosso l'uniforme dei Carabinieri, era aggrappato alla ringhiera del ballatoio con entrambe le mani e si fissava i piedi nudi che tremavano in una pozzanghera di pipì.

«Oh, Maggiore, che sorpresa! Ci chiedevamo che fine avesse fatto. Che si dice ai piani alti? Come procede la sua terza guerra mondiale in solitaria?»

Dalle labbra dell'uomo ribollì solo una specie di latrato.

«Ah, capisco. Ne ha tutte le ragioni, del resto con la vita che ha passato. Adesso, però, è ora di rientrare in caserma. Non vorrà rischiare di beccarsi un richiamo?»

Il Maggiore affibbiò una spinta sorprendentemente energica al Mutilo e raggiunse Pietro dentro casa, lo afferrò per il colletto del pigiama, gli rifilò uno schiaffo e, dopo avergli puntato in mezzo agli occhi un'unghia nera e ricurva come un uncino, gridò:

«Non dire a nessuno del diavolo senza braccia e con la testa da uccello! Non dire a nessuno di quel mostro o saremo rovinati!»

Recapitato il messaggio, scoppiò a piangere. Due secondi dopo piangeva anche Pietro, temendo che suo nonno usasse quell'unghia per scoperchiargli la calotta cranica e divorargli le cervella come quei suoi colleghi di reggimento impazziti in Etiopia.

Invece di esplodere in una tempesta di bestemmie il Mutilo carezzò la fronte di suo padre e, dopo averlo ammansito sussurrandogli qualcosa all'orecchio, lo riportò al piano di sopra.

Anche se in famiglia credevano tutti che, dopo il primo ictus e la comparsa dell'Alzheimer, il cervello di Furio avesse condensato nella raffigurazione di un mostro la colpa che lo tormentava da anni per il figlio e la vedova abbandonati in Africa, Pietro si persuase all'istante che suo nonno, in una qualche maniera insondabile e misteriosa, avesse intuito cos'era accaduto sul palco del teatro Verdi dopo la folgorazione e avesse visto ciò che anche i suoi occhi avevano visto, disteso a terra per due minuti e dodici secondi: un enorme condor nero con le pupille in fiamme che gli aveva volato in cerchio sopra la testa, prima di andare a posarsi solennemente su una chitarra elettrica.

Quando il Mutilo ridiscese i sedici gradini fino al quarto piano e rientrò in casa, la maglia e i pantaloni erano schizzati d'acqua, come se si fosse fiondato sotto la doccia dimenticando di spogliarsi. L'impeto che gli aveva avvampato le guance era scomparso e le braccia gli pendevano dal corpo così fiaccamente che suo figlio ebbe l'impressione che sarebbe bastato un roncio di vento per spezzargliele e sperderle nella notte.

Non si prese neanche la briga di accendere la luce. Attraversò al buio il lungo corridoio tappezzato delle opere d'arte appartenute ai coniugi Peccianti, il *Canto della starna* di Eugenio Cecconi, *Campagna toscana* di Angelo Torchi, la *Lavandaia sul lungomare di Antignano* di Tommasi, i pittori coloristi, Viani, Severini, la collezione di pistole risorgimentali. Rallentò di fronte alla riproduzione ottocentesca dell'incisione nota come l'*Imbuto di Norimberga* (in cui due maestri in toga e parrucconi versavano un liquido nella testa di un ragazzino), regalato a Tiziana dalla madre pianista, con l'augurio di instillare nei propri figli i precetti più sani e più giusti. Quindi entrò nella Sala della Musica per richiudere il coperchio della tastiera del Bösendorfer e tornò in cucina, dove Pietro attendeva ancora una risposta.

Appena lo vide, rovesciò il pacchetto di Ms e gli diede tre colpetti con l'indice.

«Ho avuto anch'io la lisca da piccolo».

«Davvero? E quando t'è andata via?»

Il Mutilo spalancò la finestra che affacciava su piazza dei Miracoli. Dalla strada risalirono i passi di una coppia di ritorno da chissà dove. Accese la sigaretta e scrutò la mano monca alla luce spessa dei lampioni.

«Sai che una volta, a Firenze, ho incontrato Paco de Lucía? Me lo ricordo come fosse ora, tutto vestito di nero. Gli strinsi la mano. Lo sai com'era?»

Pietro fece di no col capo.

«Non gli avresti dato due lire».

Rimasero immobili, rischiarati dalle luci che bagnavano i marmi della Torre. A cosa stava pensando, si chiedeva Pietro, cosa aspettava? Quando la porta di casa si spalancò per lasciare entrare Tommaso, non si erano ancora mossi di un centimetro.

«Che ci fate svegli?» disse poggiando a terra il borsone da calcio.

«Ci chiedevamo se doveva buscarle prima lui o te».

Tommaso notò le duemila lire che spuntavano dal taschino del pigiama di suo fratello e pensando di essere stato tradito gli lanciò un'occhiata invelenita.

Pietro scrollò le spalle, e si voltò verso il Mutilo. E appena lo vide chiudere gli scuri e avvicinarsi, abbassò la testa, imitato poco dopo da suo fratello. Al buio, in silenzio, coi capi chini, si poteva pensare che stessero pregando. Quando fuori riecheggiò un rintocco e per la seconda volta Pietro avvertì che alle minacce non sarebbe seguita la punizione, rialzò lo sguardo e cercò suo padre. La notte gli aveva sfilato le carni e l'unica cosa che Pietro gli vide addosso fu una valigia rossa che pendeva da quattro dita.

2.
Un posto in cui pregare

Anche se era troppo giovane per sapere chi fosse Paco de Lucía, per i successivi dieci anni che lo scortarono al diploma Pietro Benati mostrò per la chitarra una dedizione monolitica. Nello studio degli spartiti e dei manuali, degli esercizi di solfeggio e delle scale melodiche, armoniche e pentatoniche, nelle estenuanti ripetizioni dei *Douze Etudes* di Villa-Lobos, e dell'opera 29 di Sor, Pietro sentiva un rimedio al caos in cui era cresciuto: a un padre che passava da una ditta farmaceutica all'altra in attesa della grande occasione con cui i soldi gli sarebbero spisciorati fuori anche dalle mutande; e a una madre casalinga che lo accompagnava tre volte a settimana al conservatorio Mascagni di Livorno, ripetendogli a ogni viaggio di non togliersi mai né il maglione né la sciarpa se non voleva buscarsi un raffreddore, perché era sempre dai raffreddori che scaturivano le malattie più penose e inguaribili.

Si sentiva scollato dalla sua famiglia. Forse perché era l'unico a portare gli occhiali. Forse perché, nonostante gli esercizi di potenziamento e automatizzazione guidati da una logopedista amica di Tiziana durante gli anni delle superiori, nei momenti di tensione o di imbarazzo incontrollati inciampava ancora nell'umiliazione della lisca. Forse perché non aveva corrisposto alle aspettative di sua madre e si era limitato a frequentare stancamente il liceo linguistico, riservando la concentrazione solo ai suoi spartiti. Forse perché non era dotato della loquacità con cui il Mutilo e suo fratello Tommaso si guadagnavano encomi ovunque andassero. O, forse, il motivo era un altro e cioè che dentro di lui si nascondeva qualcosa che non girava nel verso giusto; come aveva sentito dire al Mutilo, una sera che credeva di esser solo con Tiziana e aveva raccontato di quando, nella notte di febbraio del 1979 in cui era nato Pietro, l'aveva sollevato verso il neon e dopo averlo scrutato in controluce come una radiografia aveva maturato l'idea che quel fagotto di carne (prematuro, sottopeso, imbronciato, con le palpebre turate da una gelatina di pus e l'espressione di chi sarebbe volentieri rientrato da dove l'avevano cacciato) avesse qualcosa di diverso: un difetto sottopelle e invisibile che, invece di aiutarlo a distinguersi, lo avrebbe condannato a una vita di mortificazioni. E forse era proprio quel *qualcosa* che negli anni dell'adolescenza si era sfogato su Pietro e l'aveva infiacchito in una postura intimidita e riservata, le mani in tasca e gli occhi bassi, come se andasse per il mondo gravato da chissà quale colpa imperdonabile.

L'unica àncora della sua vita era T.

Che Tommaso (o T come lo aveva ribattezzato Pietro da quando era stato ammesso al corso di Matematica della Scuola Normale Superiore) fosse destinato a grandi traguardi, lo avevano capito tutti. Nell'aula magna del liceo classico Galileo Galilei, il suo ritratto era stato appeso nella bacheca degli «studenti illustri», un privilegio che dalla fondazione dell'istituto nel 1923 era stato riservato soltanto a undici ex allievi, tra cui il presidente della Repubblica Giovanni Gronchi e i registi Paolo e Vittorio Taviani.

Qualunque fosse l'origine della sua fortuna, T eccelleva in ogni materia, orale e scritta, con una predilezione per la biologia e la fisica. Non era uno di quei secchioni insoffribili, tempestati di acne e accecati dall'ambizione. Seppure non si vergognasse di fare sfoggio delle sue capacità, poteva andare avanti per ore a spiegare lo stesso concetto e quando doveva svolgere un lavoro di gruppo sceglieva sempre il compagno con la testa più dura della lavagna, come se traghettare i deboli sulle sponde della conoscenza e del successo fosse una vittoria ben più dolce di quella ottenuta con una squadra di cervelloni.

Il talento di T non abbracciava soltanto lo studio: invadeva qualunque altro settore frequentasse. Una buona dozzina di discipline sportive sembrava costruita *ad hoc* sulle sue caratteristiche fisiche e mentali. Per ben quattro volte su cinque si qualificò per le finali dei campionati nazionali di atletica, mettendo a cronometro soli tre decimi in più del record che Alessio Falco aveva segnato sugli ottanta metri, e attestandosi su un più che dignitoso 6,72 metri nel salto in lungo. A tennis, su consiglio del suo maestro del Club 1931, nel quartiere Barbaricina, dove il Mutilo lo lasciava prima di scappare con l'Alfa alle corse nell'adiacente ippodromo di San Rossore, T guadagnò un top-spin così velenoso e imprevedibile da valergli il circuito Eta della Coop di Livorno under 14, fiore all'occhiello delle competizioni giovanili toscane, più un'altra mezza dozzina di competizioni minori. Quando, tuttavia, il suo allenatore gli richiese un impegno maggiore per varcare la soglia del professionismo, T mollò il tennis dalla sera alla mattina dicendo che gli sport solitari gli facevano venire «il latte alle ginocchia» e che per il futuro aveva in serbo «piani ben più esaltanti». Quali fossero, era difficile da immaginare. Perché ogni volta che T si imbarcava in un nuovo progetto dava l'impressione di aver scoperto il vero motivo per cui era venuto al mondo, il suo reale talento nascosto, la missione a cui dedicare una vita intera.

Mentre Pietro zoppicava tra i primi brani contrappuntistici rinascimentali e in classe poltriva, Tommaso era un campione fatto e finito. Il 12 maggio del 1991, all'ultimo anno di primavera nel Pisa Sporting Club in cui con la fascia di capitano al braccio aveva totalizzato il record di minuti d'impiego, un virus gastrointestinale decimò la prima squadra del Pisa e T fu convocato per l'incontro di serie A contro il Bari.

Nonostante l'Arena Garibaldi distasse solo due chilometri da casa loro, il Mutilo caricò la famiglia sull'Alfa 75 e guidò fin sotto lo stadio, ringhiando contro lo sterzo poco reattivo, i sedili infossati e il traffico.

Se il Mutilo si godette ogni secondo di quella giornata (e da quando si incodò tra i tifosi a quando tornò all'auto non smise un attimo di parlare, per illustrare alla moglie e a Pietro tutte le novità della ristrutturazione voluta dal presidente Romeo Anconetani per il ritorno nella massima lega: dalle due torri faro che rendevano omogena l'illuminazione all'abbassamento di alcuni settori passando per la demolizione della pista d'atletica che incrementava la capienza a venticinquemila paganti) di quella partita Tiziana ricordò solo i cori dei tifosi. Perché ogni volta che la palla finiva tra i piedi di suo figlio, temendo che l'entrataccia di un avversario gli tranciasse ossa, tendini e muscoli, la donna chiudeva gli occhi e si raccomandava a tutti i santi del suo creato.

Il quotidiano «La Nazione» uscito il giorno dopo scrisse che gli spettatori avevano avuto la fortuna di assistere ai «primi passi sulla terra di un alieno» e definì la prestazione di T «fantascientifica». Al netto della passione per i viaggi nello spazio del cronista locale, chiunque avesse visto la partita avrebbe concordato con il suo giudizio: dall'istante in cui si era allacciato gli scarpini all'inizio del secondo tempo, T non era sembrato il diciannovenne intimidito dai professionisti che guardava giocare alla tv. Correva a testa alta, si lanciava in qualunque contrasto, strigliava i compagni. A fine partita, mise a referto una percentuale strabiliante di dribbling e passaggi riusciti, un colpo di tacco a smarcare il ventunenne argentino Pablo Simeone, un tunnel al centrale avversario Giacomo Dicara e un assist con il contagiri che mandò in gol David Fiorentini, per una vittoria che riuscì quasi a mitigare l'amarezza della retrocessione.

Rientrati nell'appartamento al quarto piano di via Roma con la certezza che quel ragazzo sarebbe presto diventato un campione, il Mutilo scomparve in garage con un pacchetto di Ms borbottando qualcosa. Quando ne riemerse dopo due giorni (nei quali Tiziana scese a portargli pranzo, cena e qualche camicia pulita), aveva i capelli bianchi di segatura e le mani scortecciate. Per l'occasione aveva chiamato anche il suo socio, uno spilungone di nome Federico Cerri col fisico più simile a un cipresso che a un essere umano, e Pietro li vide trasportare su per le scale un mastodontico totem-espositore in radica e acciaio, destinato a ospitare le medaglie e le coppe di T che ormai non entravano più sulle mensole della loro camera. La maestosa scansia fu sistemata nel corridoio d'ingresso, accanto all'*Imbuto di Norimberga*, dove tumulò l'entrata al bagno di servizio ma divenne la prima tappa della *via crucis* di lodi filiali a cui il Mutilo sottoponeva chiunque varcasse la soglia di casa.

Crescere accanto a un fratello del genere avrebbe potuto spingere Pietro a covare invidia e rancore, e a turarsi in un sarcofago di risentimento. Invece provocò l'effetto contrario. Perché più Pietro tentava di rintanarsi nella propria bolla di arpeggi e scale cromatiche, più T lo stanava.

«Toglimi una curiosità».

«Cosa?»

«A cos'è che pensi tutto il giorno? Non sei curioso di sapere cosa si muove là fuori?»

Con Pietro la logica non funzionava. Quando c'era qualcosa a cui non sapeva rispondere, la testa gli franava sul petto e le mani si nascondevano in tasca. Solo T sapeva come aggirare quel meccanismo di difesa: gli proponeva una placida passeggiata sui Lungarni (che Tiziana accettava a patto che i figli camminassero sul marciapiede opposto al fiume, per non patire i malsani influssi dell'umidità sui bronchi), gli offriva un gelato e l'attimo dopo erano nel mezzo di un festino alcolico a casa di un compagno di studi fuorisede.

Fu T a portarlo ancora adolescente al Macchia Nera, il centro sociale nato nel quartiere Le Piagge, a due passi dal piazzale di San Michele degli Scalzi dove si erano sposati i loro genitori, e a presentargli la combriccola di studenti, punk e fricchettoni che animavano le notti pisane e che chiacchieravano di intifada palestinese, rifiuto della massificazione culturale e impero dei canali televisivi, neograffitari nichilisti e operai socialisti che avevano perso le falangi al tornio mentre, accanto a loro, una donna di mezza età tirava fuori dallo zaino un mazzo di spilloni voodoo per una macumba, e una rissa sfociava in una doccia generale di birra e fegatelli.

Una sera, nel prato davanti al Macchia Nera, Pietro stava tentando di fumare la sua prima canna senza strinarsi le dita, quando T lo raggiunse alle spalle con uno scapaccione.

«Senti un po', Hendrix. Ma te hai inzuppato?»

«Cosa?»

«Sifonato?»

A giudicare dalla sclera rossa dei suoi occhi, T doveva aver fumato molto più di lui.

«Bombato, trapanato, trivellato, ramazzato, sforacchiato...» Sull'ultima si mise a ridere.

«Ti sta chiedendo se hai trombato» gli chiarì una ragazza vestita da Pocahontas, con un paio di occhiali da sole argentati che le nascondevano la faccia.

Un attacco di tosse lo scosse e la canna gli cadde dalle mani.

Fino ad allora gli unici contatti di Pietro con l'universo femminile erano stati, nell'ordine: sfregamento del gomito con una compagna di studi del terzo anno (che snervata dalla mancanza di iniziativa di Pietro si era fidanzata con uno del quinto); inatteso bacio sulla guancia ricevuto da un'austriaca ospite nel loro liceo linguistico (il giorno prima del suo rientro per Vienna); visione del corpo nudo di una delle ragazze senza nome che T si era portato a casa approfittando della fuga dei suoi genitori alle Terme di San Giuliano per l'anniversario di matrimonio.

«Lo prendo come un no?»

«Lasciami in pace».

«Ora lo vedi come ti lascio in pace». E così dicendo scomparve dentro il Macchia assieme a Pocahontas.

«Tommaso!»

Non si fece più vedere per un bel pezzo, e Pietro credette di averla sfangata. Invece, a mezzanotte circa, spuntò fuori per dirgli che avrebbero passato la notte lì.

«Per te va bene, Bombolo?»

L'aveva chiamato così per provocarlo, con il soprannome che gli aveva affibbiato il Mutilo quando era tornato a casa dopo la prima sparizione e l'aveva trovato ingrassato di quasi cinque chili.

«Domani...»

«È domenica. Devi andare a messa?»

«Se non torniamo a casa, Tiziana chiama la polizia».

«Le ho detto che siamo da Tobia. Maratona *Guerre stellari*, pizza e gara di scorregge nei sacchi a pelo in salotto. Le ho lasciato anche il numero di sua madre».

«E se la chiama?»

T indicò la cabina del telefono dall'altra parte della strada. «Oh, ma l'ha già fatto».

Pocahontas sorrise. «Simpatica, tua madre. Ti saluta».

Pietro si vide accerchiare dagli amici di suo fratello (una mano gli batté sulla spalla e gli affibbiò una bottiglia), e capì che doveva arrendersi. Rimase con loro a farsi spaccare i timpani dai riff hardcore e muscolari degli Hüsker Dü, finché si sentì così stordito dalla marijuana che salì le scale che portavano al secondo piano e si gettò sul materasso che qualcuno aveva sistemato nella sala prove tra la batteria e un amplificatore. Affondò il viso tra le giacche. Gli veniva da vomitare, ma quando rivide l'avvoltoio con le pupille rosse volteggiargli sopra la testa, si sentì invadere da un tepore rassicurante e si addormentò.

Dalla porta di legno una lama di luce tagliò le assi del pavimento, risalì i poster psichedelici e i cartoni di uova attaccati alle pareti, e gli lambì una guancia.

«Dove sei?»

Pietro sollevò la testa dimenticando di essersi disteso sotto il charleston e sbatté la fronte sul piatto.

«Sssssssh!» lo rimproverò la voce. «Aspettami lì».

Quando sentì le mani di quella sconosciuta farsi largo lungo i suoi stinchi, salirgli sulle cosce e slacciargli i jeans, Pietro iniziò a sudare così vertiginosamente che pensò di essere sul punto di perdere i sensi. Tentò di parlare, ma gli uscì solo una *s* sorda come quella degli scioglilingua in cui si esercitava per correggere la lisca. La ragazza gli si sedette sopra, intenzionata a far buon uso dell'eccitazione di Pietro, tutt'altro che intimidita dall'agguato.

«Hai avuto un'idea geniale».

Stava lottando per togliere i jack che le bucavano le ginocchia prima di dedicarsi a Pietro, quando la lama di luce dalla porta si allargò di nuovo rischiarando i volti dei due amanti clandestini (lui sdraiato sul materasso, con le palpebre chiuse e i denti stretti; l'altra arsa dal desiderio) e un tizio robusto come un armadio varcò la soglia della sala prove.

«Che cazzo fai?»

Gli occhi della ragazza si sciolsero. Si voltarono verso lo sconosciuto, poi tornarono su Pietro. Appena realizzò che il tizio sotto di lei non era il metallaro con cui aveva pomiciato duro nel pratone del Macchia Nera, si fiondò addosso a quel corpo inabissato tra le giacche e, senza lasciargli il tempo di tirarsi su i pantaloni, lo ricoprì di pugni e graffi e sputi, a cui si aggiunsero i calci dell'armadio. Quando finirono di sfogarsi, Pietro era più morto che vivo: perdeva sangue dal naso, gli mancava una scarpa, e il costato gli doleva come se gli ci fosse passato sopra uno schiacciasassi.

T lo aspettava seduto sul cofano dell'Alfa che aveva parcheggiato davanti al Ponte della Vittoria.

Da quando il Mutilo nelle sue trasferte aziendali sfoggiava una Mercedez-Benz E320 decappottabile soprannominata Thunder (dal nome del cavallo che gli aveva permesso di acquistarla in contanti), la vecchia Alfa era diventato il salotto di T. I sedili si erano popolati di forellini di sigaretta e il volante aveva guadagnato un grip fucsia, con cui aveva foderato tutti i manici delle sue racchette per anni. Appena Tommaso notò com'era malconcio suo fratello, saltò giù dal cofano e gli corse incontro, afferrandolo un istante prima che svenisse sul marciapiede. Mezz'ora dopo, mentre aspettavano i medici del pronto soccorso dove quindici anni prima era stato ricoverato nonno Furio per il primo ictus, T gli vellicò la nuca con la mano e sorrise.

«Almeno ne è valsa la pena?»

Poiché la prima esperienza sessuale fu propiziata da uno scambio di persona, Pietro dovette trovare logico innamorarsi di una trentaseienne con il gusto per i travestimenti. Edda Magnini era una violoncellista di talento ma la sua natura spigolosa e arrogante, più incline a colpevolizzare gli allievi che a far germogliare nelle loro zucche vuote un qualunque tipo di conoscenza, l'aveva trasferita dalle aule alla segreteria amministrativa del conservatorio. Un giorno Pietro stava passeggiando assieme a una compagna di studi, ignorando che la ragazza al suo fianco avrebbe fatto carte false per essere la sua fidanzata, quando si trovò di fronte la Magnini.

«Se ne va a zonzo con la fidanzatina invece di studiare, Benati?»

«No, io... lei non...»

La ragazza le porse la mano ma la segretaria nascose le sue dietro la schiena.

«Si ricordi che ha ancora quel manuale che le ho prestato. Ha intenzione di riportarmelo o devo venire a prendermelo a casa sua?»

Quel pomeriggio, la ragazza che sarebbe diventata volentieri la sua fidanzata diede a Pietro un pacchettino regalo per festeggiare in ritardo il suo compleanno e prima di andarsene tornò a parlare della segretaria.

«Tizia strana, eh?»

«Meno di quello che sembra».

«Ha gli occhi da pazza. Hai visto come ti guardava?»

«No, come?»

Pazza lo era eccome, solo che Pietro non lo sapeva ancora. Quello che sapeva, tuttavia, era che non gli aveva mai prestato nessun manuale. Nella credenza Luigi XVI, accanto al Bösendorfer a coda, Tiziana custodiva un quaderno in cui appuntava tutto ciò che entrava e usciva da casa Benati: un rimedio che aveva escogitato per contrastare le continue sparizioni di opere d'arte che capitavano sempre, guarda caso, dopo una disastrosa puntata alle corse del Mutilo. Il giorno successivo, Pietro ottenne con una scusa l'indirizzo della Magnini, dopodiché si presentò al regale palazzo a due piani dove abitava, appena dietro la chiesa di Santo Stefano dei Cavalieri.

«Che ci fa in giro a quest'ora, Benati? Si è perso mentre portava fuori il cane?»

«Veramente non ho un cane».

«Ma non mi dica. E allora, sentiamo, cosa la porta sulla soglia di casa di una donna rispettabile?»

Un vicino si affacciò alla finestra e si accese una sigaretta. Pietro estrasse dalle pieghe del cappotto di lana il pacchettino regalo che gli aveva lasciato la sua compagna di corso e, mentre i vetri del lampione a muro sopra di loro tremolavano per il vento, restò a osservare la violoncellista che sorrideva di fronte all'edizione tascabile di *Siddartha*.

Gli incontri segreti che nacquero quella notte non avevano nulla a che vedere con le lotte corpo a corpo con le ragazze senza nome di cui gli parlava T prima di addormentarsi. La Magnini pretendeva che Pietro anticipasse le sue visite con una telefonata in cui si fingeva un ispettore di polizia, o un medico della mutua o un musicista gitano senza un tetto e lei, in cambio, lo faceva stendere sul divano. Lo accoglieva in abiti succinti, come nel peggiore dei cliché erotici, ma non si spogliava mai. Si limitava a spogliare lui (lasciandogli addosso soltanto la pistola o lo stetoscopio o il cappello, che Pietro acquistava a seconda delle richieste in un negozio di costumi di Carnevale) e, dopo averlo esaminato da capo a piedi, gli diagnosticava tutto ciò che in lui doveva essere corretto. Dalla testa di medusa ai suoi difetti di pronuncia, passando ovviamente per i box militareschi bianchi gonfiati dall'erezione, finché senza nessuna avvisaglia scoppiava a piangere e si rinchiudeva in bagno, da dove ogni volta gli gridava di andarsene e di non farsi vedere mai più.

Voleva lui, però. Quella donna dotata di uno sconfinato sapere musicale e di un carattere impermeabile alla delusione riceveva soltanto lui. Nessun altro ex allievo o docente brillante, nessun amante più atletico, più spigliato o con più esperienza. E Pietro aveva bisogno di lei, di una donna che non avesse timore di osservare il suo corpo fiacco e mezzo nudo, che lo accarezzasse, che gli parlasse guardandolo negli occhi. Non era ammattito: gli bastava pensare che qualunque cosa fosse quel sentimento, prima o poi sarebbe sbocciato.

T capì che suo fratello gli stava nascondendo qualcosa e quando lo mise alle corde Pietro confessò di frequentare una persona del conservatorio. Dopo tutte le volte in cui era stato Pietro a coprire i suoi spostamenti, Tommaso fu contento di tenergli il gioco. Solo di tanto in tanto, di ritorno dagli allenamenti o da una trasferta, raggiungeva Pietro e gli schioccava un bacio sul collo, simulando una voce femminile e scappando non appena Tiziana chiedeva cosa fossero tutti quei teatrini e perché non riuscivano più a passare una benedetta serata in famiglia, come facevano un tempo.

La sera del compleanno di Edda, Pietro decise di forzare la situazione. Ci aveva rimuginato così tanto, mentre si rileccava i capelli con il gel di T e passava a comprare una torta alla pasticceria Salza, che gli era sembrato normale togliersi maglia, pantaloni e mutande dietro a un cassonetto dell'immondizia e avvolgersi nel cappotto, prima di rimettersi le scarpe e suonare il campanello.

«La torta che ha ordinato, signorina Magnini».

Lei aprì la porta in abito da sera e gli fissò gli stinchi nudi sotto al cappotto.

«Ti ha dato di volta il cervello? Perché non hai chiamato?»

«Chi è, mamma?»

Pietro direzionò il più stupido sguardo bovino della galassia verso una bambina che stava tentando di indossare un piumino rosa. Teneva le braccia tese verso l'alto e la testa china in avanti, finché non andò a sbattere tra le gambe della madre. Edda si chinò ad aiutarla, ma la bambina la scartò con un passo verso Pietro.

«Chi sei?»

«Io...»

«Non lo vedi, topino? È il ragazzo delle consegne».

«Perché è vestito così?»

Pietro mosse gli occhi verso Edda, alla ricerca di una risposta che lo cavasse dai guai.

«Non essere indiscreta. Lo sai che non si fanno domande agli sconosciuti».

«Almeno posso sapere cosa ha portato?»

«Sì. Vediamo cosa ha portato».

«La tua torta preferita» si lanciò Pietro.

«Il tantefoglie?»

«Si dice millefoglie, topino».

La bambina gettò le braccia al collo della mamma, poi si fiondò sulla scatola strappandone fiocco e incarti, ma quando si accorse che dentro c'era invece una Sacher, iniziò a battere i piedi e a gridare, gettando la testa all'indietro e le braccia al cielo.

«Non è il tantefoglie! Non è il tantefoglie! Non è il tantefoglie!»

La Magnini osservò Pietro, senza fretta, come per assicurarsi che il messaggio che stava per recapitare arrivasse a destinazione.

«Qualcuno avrà capito male l'ordine».

Pietro balbettò delle scuse, aggiungendo che sarebbe tornato a cambiarla, se solo avevano la cortesia di pazientare, ma la bambina gli rifilò un pugno sulla coscia, a pochi centimetri dall'inguine. Sarebbe stata di sicuro più precisa con il successivo, se la Magnini non l'avesse trascinata via di peso chiudendosi la porta alle spalle.

In strada il lampione a muro sfarfallò e si spense. Anche l'imposta del vicino impiccione era chiusa. Pietro stava per battere in ritirata quando il portone si spalancò di nuovo, ma invece della Magnini si affacciò un uomo dall'aria avvilita.

«Le chiedo scusa. È un periodo complicato. Siamo appena tornati a vivere qui dopo una separazione e... Dio mio, ma perché glielo sto raccontando?» Infilò la mano in tasca e gli porse una banconota da cinquantamila lire. «Con tutte le scene a cui assisterà ogni sera, immagino voglia solo tornarsene a casa e dimenticarsi di tutto».

Pietro rimase fuori dalla porta ancora qualche secondo. Era così esausto che dubitava di essere in grado di tornare a piedi in via Roma. Si sedette dietro il cassonetto dove aveva lasciato i vestiti e prese un respiro, e solo allora notò il cespuglio di forsizia cresciuto in mezzo a due pietre della carreggiata di ciottoli. I fiori giallo zolfo sembravano le fiammelle di un candelabro. Immaginò di vederle alzarsi con una folata, unendosi in un'unica massa incandescente, e poi scomparire come una pennellata dorata nella notte.

La mattina dopo gli vennero la febbre e una gran tosse, e sua madre, controllato sull'enciclopedia che i sintomi non corrispondessero a una malattia rara e incurabile, gli rifilò un antibiotico della scorta che teneva in bagno e gli canticchiò la sua canzone preferita:

... voglia d'inverno, luce per poche ore
e poi nel buio puoi smarrire un dolore
mentre cade la neve
che è un effimero eterno...

finché Pietro non cadde addormentato, avvolto dall'odore di arance della sua pelle.

Quando riaprì gli occhi erano le tre del pomeriggio. Non si vedeva un accidente: qualcuno doveva aver chiuso gli scuri e la porta. Poggiò i piedi a terra con cautela. Raggiunse l'interruttore a memoria, e allora si ricordò della canzone. E invece di accendere la luce, rimase immobile. Il messaggio di sua madre era chiaro: doveva smarrire i dolori, scrollarsi di dosso le delusioni, riprendere le redini della propria vita.

Fu così che, nel buio della sua stanza, Pietro decise che da quel momento in avanti si sarebbe concentrato solo sul diploma. Basta distrazioni, basta uscite, basta relazioni clandestine. Poi sarebbero venuti i provini e finalmente l'inizio di quella carriera sfolgorante che gli era apparsa in sogno, sul palco del Teatro Verdi.

Trascorse le prime settimane in una specie di ritiro sciamanico. Usciva dalla sua stanza solo per mangiare e andare in bagno, e due volte a settimana saliva al quinto piano a trovare il Maggiore.

Una sera si stava esercitando sulle *Dieci canzoni catalane* di Llobet, quando T entrò in camera e si tuffò sul letto. Tra la mattina in università e i pomeriggi di allenamento era diventato quasi impossibile incrociarlo per casa. Pietro lo seguì con la coda dell'occhio mentre sfogliava un Dylan Dog dopo l'altro, sbuffando e fischiettando un motivo irriconoscibile.

«Si può sapere che vuoi?»

«Chi, io?» Aveva un sorriso che gli andava da orecchio a orecchio.

«No, mia nonna».

«Che fine ha fatto la tua amichetta?»

Pietro chinò la testa sulla chitarra, fingendo di cercare la giusta accordatura del mi cantino. «Chi?»

«Tua nonna. Considerata l'età, non dovrebbe esserci molta differenza».

«Senti, se sei venuto a rompere...»

«Ti voglio portare in un posto».

«Ora?»

«Eh».

«Tommaso, per favore. È tardi e io devo...»

«... scassare sempre i coglioni. Ci vediamo giù tra dieci minuti. Non farti beccare da Tiziana» e sparì oltre la porta.

C'erano delle volte in cui Pietro aveva la sensazione che T non fosse un fratello in carne e ossa, ma una specie di manifestazione sovrannaturale che si palesava senza preavviso soltanto per guastargli la serata. Evitò di chiedersi se il Mutilo fosse andato sul serio a valutare uno stallone arabo da comprare, come gli aveva sentito dire al telefono col suo socio. Superò il corpo di sua madre addormentato sul divano e scese in strada.

Il lampione di via Roma gettava un cono di luce arancione sul tettuccio ossidato dell'Alfa, su cui T aveva lasciato in bella mostra un paio di stivali di gomma verde.

«Forse ti vanno un po' larghi».

«Mi vuoi dire dove andiamo?»

T salì in macchina e gli sorrise dal finestrino. «Non ci penso neanche lontanamente».

Pisa sembrava un relitto postatomico e il viale delle Cascine, l'Aurelia, la base militare dei paracadutisti e il Cep che scintillavano fuori dai finestrini bagnati dalla pioggia erano gli ultimi baluardi di un mondo popolato solo da piccioni e gabbiani. Quando sulla strada che portava a Marina di Pisa sfilarono accanto a una di quelle baracche di legno per pescatori che la gente del posto chiamava retoni, Pietro tirò giù il finestrino e lasciò che l'aria umida invadesse l'abitacolo.

T non aprì bocca per tutto il viaggio. Parcheggiò davanti agli scogli, scaricò le canne e appena si accorse che suo fratello non si era ancora deciso a uscire dall'auto, lanciò un fischio da pastore.

«Se non ti dai una svegliata, ti uso come esca».

Legò la luce frontale dietro il cappello e ne tirò una seconda in grembo a Pietro. Pochi minuti dopo erano seduti su due blocchi di pietra incrostati dai paguri, le canne inclinate verso la schiuma delle onde e gli occhi puntati sul niente.

La pioggia cadeva sul mare come rapidi stormi in cerca di cibo.

«Da quand'è che ti intendi di pesca?» chiese Pietro tremando dal freddo. Era seduto da pochi minuti e gli era già chiaro di aver fatto una cazzata grossa come una casa a seguirlo. Gli mancava giusto di farsi tornare la febbre.

«Ci vengo per schiarirmi le idee. Tu non ce l'hai un posto così?»

«Così come?»

«Un posto in cui pregare».

Si voltò verso T e tirò su col naso. Mentre lo studiava in tralice per non accecarlo con la torcia, nel celebre sguardo di inscalfibile fiducia di suo fratello gli sembrò di leggere qualcosa di diverso, come una gora di malinconia.

«Ti capita mai di sentire che, per quanti sforzi tu faccia, invece di avanzare fai soltanto passi indietro?»

Pietro si chiese se doveva rispondergli, o se suo fratello non avesse ancora finito. Nel dubbio restò in silenzio.

«Lo tiri su o hai intenzione di lasciarlo lì?»

«Cosa?»

«Il pesce».

L'acqua aveva risucchiato il galleggiante luminescente e la lenza tesa fletteva la punta della canna.

«Come faccio?»

«Chiedigli di arrendersi».

«Cosa?»

«La pianti di dire *cosa*? Cristo, il mulinello! Giralo verso di te. I piedi sono saldi?»

«Non lo so».

Tommaso diresse la luce frontale verso il mare, quindi risalì fino a una porzione di scoglio sotto di loro.

«Mettiti là!»

Pietro fece come gli era stato detto, ma quando si asciugò il moccolo che gli scendeva dal naso sentì uno stivale perdere aderenza e slittare verso il buio. Senza neanche accorgersene si ritrovò su uno scoglio piatto come un altare.

«Occhio alla canna, Bombolo!»

«Smettila di chiamarmi così!»

«E allora tiralo su».

Non fu difficile come credeva. Il perché lo scoprì poco dopo: si trattava dell'orata più piccola che avesse mai visto. Mentre la sfilava dall'amo T la soppesò nel palmo della mano.

«Non arriverà a duecento grammi». Quindi la porse a suo fratello. «Ributtala, vai».

Le onde ruggivano contro gli scogli e T annusava l'aria come un cane.

«Perché siamo venuti qui?»

«Perché mi hai obbligato?» rispose Pietro.

«No. Siamo venuti per dire una preghiera. Quindi ora dilla e poi rimanda dalla sua famigliola questa povera disgraziata».

Pietro guardò il pesce: un orrendo squarcio gli aveva lacerato una branchia. In quell'occhio che lo fissava senza rimprovero, percepì lo stesso balenio malinconico che aveva intravisto pochi istanti prima nelle iridi di suo fratello. Si chinò sullo scoglio, e mentre stendeva il braccio verso l'acqua, cedette alla tentazione e si voltò a vedere cosa stava facendo T.

Aveva sollevato la torcia dal cappello puntandola verso il cielo e in piedi sullo scoglio, con le mani intrecciate e gli occhi chiusi, muoveva le labbra come il pesce che Pietro stringeva tra le mani.

Era la seconda volta in quella serata, e forse anche in tutta la sua vita, che T gli appariva preoccupato per qualcosa. Ma di cosa poteva angustiarsi? Cosa c'era che non andava nella vita di un campione sportivo, di un fratello perfetto, di uno studente modello destinato alla fama e al successo? Qualunque cosa stesse desiderando, Pietro si chiese se stava lì, in quell'ossessivo e instancabile desiderio di migliorarsi, la trincea invisibile che li divideva. Non avendo idea di come rispondersi, tornò a osservare le onde e fece quello che T gli aveva ordinato. Stava per affidare la sua supplica alle onde quando la minuscola orata lo schiaffeggiò con la coda sul naso, e per lo spavento Pietro si agitò talmente tanto che prima franò a sedere sullo scoglio e poi tentando di rialzarsi scivolò ancora, accompagnando il pesce in un lento e inesorabile tuffo verso l'acqua.

Sua madre gli avrebbe detto che era proprio dagli incidenti più banali che nascevano le tragedie. Pietro sbracciò alla ricerca di un appiglio ma il buio e la fatica lo ricacciarono sotto. Gridò il nome di suo fratello e per qualche astruso motivo si chiese se l'orata fosse ancora lì a osservarlo. All'onda successiva l'agitazione gli aveva già mozzato il fiato. Bevve e iniziò a tossire, e quando avvertì il terzo schiaffo sulla fronte sentì di non avere più le forze per reagire, e pensò che sarebbe morto lì come un coglione. Invece una mano lo afferrò per la collottola e lo trascinò verso lo scoglio piatto.

«Attaccati!»

«To...so!»

«Ci sei?»

Mentre Pietro strusciava sul sasso graffiandosi il petto e spaccandosi le nocche delle mani, alle sue spalle avvertì un rumore simile a un singhiozzo e quando si voltò vide il cappello con la luce frontale di T che galleggiava sulla schiuma di un'onda.

«Tommaso!»

Il ventò si acquietò di colpo. Il mare era una porta che si apriva e si chiudeva nella notte.

«Tommaso!»

Quando tornò a sentire la voce del fratello, spostata di qualche metro alla sua sinistra, gli sembrò di risvegliarsi da un incubo.

«Aiutami!»

Tentò di tirarlo su afferrandolo per un braccio, ma l'urlo che uscì dalla bocca di T lo spaventò a tal punto da fargli temere di avergli rotto qualcosa.

Qualcosa di rotto c'era, in effetti. Non per colpa sua, bensì del cavallone che lo aveva mandato a sbatacchiare contro gli scogli fratturandogli la scapola. I primi accertamenti mostrarono che il problema non stava nella rottura dell'osso ma in quella della «cuffia dei rotatori», un complesso tendineo che avvolgeva la testa dell'omero e la saldava alla spalla, e più precisamente nel tendine sovraspinato, da cui il dolore nasceva e si propagava a tutta la cuffia superiore, impedendogli di muovere il braccio.

Di nuovo a casa, T chiese a sua madre (che non solo non aveva ancora smesso di rimproverarli – «Perché non mi avete detto dove andavate? Lo sapete che succede sempre qualcosa di brutto, quando non mi dite le cose» – ma, ultimo gradino della scala della sua ossessiva ipocondria, si era addirittura convinta di essere una specie di parafulmine contro i mali che il creato scagliava sulla propria famiglia) di andare a prendergli una Coca-Cola in frigo e fece cenno a suo fratello di avvicinarsi. Pietro avanzò a capo chino. Se esisteva un responsabile di quell'incidente era lui. Lui era scivolato come un deficiente per ributtare in acqua l'orata. Lui si era lasciato prendere dal panico, costringendo suo fratello a tuffarsi.

«Toglimi una curiosità, Bombolo. Si può sapere che preghiera hai detto per farlo incazzare così?»

Pietro arrossì e si sedette su un angolo del materasso. Stava per dirgli quanto fosse dispiaciuto quando sentì suo fratello lanciare un grido micidiale e allora schizzò di nuovo in piedi, urtando la lampada a forma di orso: «Oddio, ti ho fatto male, non pensavo...»

Mentre T rideva come un matto, facendo notare al fratello che si era rotto la spalla, mica il piede, Tiziana entrò di corsa nella stanza.

«Che succede? Hai dolore? Chiamo il medico?»

I fari di un'auto bagnarono la parete sopra il letto e si rifletterono sul sorriso con cui T guardava sua madre, e solo in quel momento Tiziana realizzò che suo figlio stava bene, che la sua famiglia era al sicuro e che tutto sarebbe tornato a posto. Soltanto Pietro si accorse che T gli aveva afferrato il polso e lo stringeva forte.

Con un semplice intervento in artroscopia il dottor Chiarugi ridiede alla cuffia l'equilibrio perso e T iniziò la riabilitazione con il suo solito buon umore. Buffo che il dottore avesse usato quel termine, *equilibrio*, perché dopo sei mesi di esercizi posturali e di potenziamento, una volta ridisceso in campo T sembrava sperso e confuso, come se per scherzo lo avessero incappucciato e si fossero divertiti a farlo girare su se stesso fino alla nausea. I suoi lanci si perdevano oltre la linea di fondo, gli assist al limite dell'area venivano intercettati dai difensori, i tunnel sbattevano sugli stinchi degli avversari, e i contatti spalla a spalla più lievi lo scaraventavano a terra neanche si fosse trattato di un placcaggio. E così, prima ancora che l'allenatore lo convocasse nel suo ufficio per chiedere cosa diamine gli stesse succedendo, durante una cena di famiglia T comunicò che da lì in avanti non avrebbe mai più giocato a calcio.

Il Mutilo disse che non era il momento di prendere decisioni perché col tempo tutto sarebbe tornato a posto, ma appena sentì T rispondergli che di tempo ne aveva già perso abbastanza sbatté un pugno sul tavolo, prese il pacchetto di Ms e il quaderno su cui appuntava le idee che lo avrebbero reso milionario, e scese a smaltire la delusione in garage.

Rimasta sola con i figli Tiziana gettò le braccia al collo di T. Aveva saputo di calciatori che, durante una partita, erano deceduti per infarto o per aver sbattuto la tempia contro il palo o inchiodati alla recinzione da un fulmine o, questo l'aveva letto sul giornale e le aveva tolto il sonno per settimane, affogati nella piena di un fiume che aveva rotto gli argini e trascinato via i giocatori e la terna arbitrale. Adesso che T si era tolto da quelle statistiche nefaste, pensò lanciando un'occhiata all'*Imbuto di Norimberga* nel corridoio accanto alla scansia colma di medaglie, suo figlio avrebbe avuto più tempo per lo studio e niente gli avrebbe impedito di raggiungere i traguardi che lei aveva sempre sognato per lui.

Quella notte la svegliò una telefonata: una voce anonima le consigliava di recarsi il prima possibile al Circolo dei Canottieri. Tiziana cercò di non farsi sentire dai figli ma era talmente agitata che finì per svegliarli, e così T e Pietro la scortarono a piedi. Superato il ponte della Cittadella lo videro. Oltre le spallette dell'Arno, appeso a un gancio con cui si calavano in acqua le canoe, il Mutilo smadonnava sbavandosi addosso come un animale rabbioso. Poco dopo, quando i vigili finirono di imbracarlo e iniziarono a tirarlo su, illuminato dalla luce mobile del camion dei pompieri, il Mutilo sfoggiò un sorriso arso dal vino e, sospeso per aria, fece una *v* con le dita.

Anche se Tiziana andò avanti fino all'alba a chiedergli cos'era successo, e chi era stato a legarlo a quel modo e perché, dalla bocca impastata di lacrime di suo marito uscirono solo due parole: «Adesso basta».

Nell'aprile del 1999, mentre un incendio doloso segnava la fine del Macchia Nera e Pietro saliva il biennio del «periodo superiore» che l'avrebbe portato al diploma, T si laureò alla Scuola Normale, dimostrando di essersi messo alle spalle la delusione, se mai ci fosse stata, per la fine della sua carriera calcistica e di aver ripreso a correre sui binari del successo a cui aveva abituato tutti quanti; in fondo, anche lo sport era stato soltanto un terreno in cui aveva primeggiato finché non ne aveva scoperto un altro in cui era migliore.

Dopo un paio di mesi indolenti, e un'estate di festeggiamenti con gli amici tra l'isola d'Elba e il casolare in Maremma che Tiziana aveva ereditato dai genitori, una sera di fine settembre T rientrò in casa con un'espressione da funerale e una lettera bianca nella tasca posteriore dei pantaloni.

«Mamma, non arrabbiarti. Devo dirti una cosa».

«Ti hanno trovato un malaccio!»

Un malaccio, nella scala patologica di ipocondria di Tiziana, era la categoria ultima che racchiudeva le malattie più penose da diagnosticare. Pensò al morbo di Lyme: con tutte le attività all'aperto che faceva, Tommaso avrebbe potuto contrarla da un parassita di piccoli roditori, cervi e cani. La sclerosi non volle neanche prenderla in considerazione; suo figlio non aveva mai avuto problemi di vescica ed era in perfetta forma fisica: dettaglio che le fece escludere anche la Sindrome da Stanchezza cronica. Come sorpresa da un'intuizione lo agguantò e gli strinse l'avambraccio con tutta la forza che aveva, e quando Tommaso le lanciò un'occhiataccia, escluse anche la fibromialgia. Si era quasi convinta che fosse sifilide – «perché non l'ho iscritto a quel corso di educazione sessuale quando era ragazzo?» – quando T aprì la busta e lesse solennemente:

«*Dear Mr. Benati, we are pleased to inform you that you have been accepted at...*»

Appena sentì sua madre gridare, Pietro si affacciò di corsa dalla soglia della sua camera, e per poco non cadde a terra impiccato dal filo delle cuffie attaccate allo stereo.

«Che succede?»

Aveva vinto un dottorato in Mechanical Engineering alla Columbia di New York. T gli sorrise e, mentre Tiziana tentava invano di decifrare quella lingua che non conosceva, gli diede un buffetto sulla spalla: «Mamma, io e Pietro stasera facciamo tardi».

Capitava raramente, ma capitò durante l'ultima uscita prima della sua partenza per gli Stati Uniti, che dal gruppo di amici di T si alzasse la richiesta di un aneddoto o un ricordo sul fugace passato professionistico del loro amico talentuoso. Pietro aveva affrontato la notizia della partenza di suo fratello con una caparbietà mai vista prima e per tutta la sera non aveva mai smesso di bere, come se dovesse compiere un esperimento scientifico per misurare quanto alcol fosse in grado di ospitare un corpo umano. Quando sentì un collega di studi di T chiedergli di raccontare per la centesima volta la cronaca del suo esordio in serie A, Pietro lasciò il tavolo e s'infilò in bagno. Sullo specchio qualcuno aveva scritto con il rossetto *Non posso fare tutto io: amati*! Prima di poter raggiungere il water, un conato gli tranciò in due lo stomaco e un fiotto di vomito esplose sul lavandino e sulle mattonelle bianche attorno al rubinetto. Quando finì di sciacquarsi la faccia e si guardò allo specchio, vide che nelle sclere degli occhi era spuntato un garbuglio di piccole ragnatele rosse.

«Non starai esagerando?»

T si era calcato in testa il ridicolo cappello da cowboy che gli avevano regalato. Batté i tacchi e sorrise. Voleva che ridesse con lui, ma Pietro non ne aveva la forza. Pensava alla frase che aveva pronunciato nella sua mente sugli scogli di Marina di Pisa, la preghiera che aveva affidato al mare la notte dell'incidente – «Fammi essere più bravo di lui in qualcosa» – e mentre si ripeteva che era colpa sua se T aveva chiuso col calcio e ora se ne andava a presentare il suo sconfinato talento agli Stati Uniti, scoppiò a piangere.

«Dovevi... lasciarmi... affogare».

T lo abbracciò e, mentre Pietro singhiozzava, si ritrovò a pensare a una lontana, minuscola versione di suo fratello, in una notte di diciotto anni prima: a un Pietro duenne che aveva preso il vizio di addormentarsi stringendo il suo pollice tra le dita e costringendolo ad acciambellarsi davanti al lettino con un fumetto sulle ginocchia. Quella notte che gli era tornata in mente Pietro si era appena assopito e T si stava alzando per andare a finire di leggere un fumetto in santa pace, quando il Mutilo era comparso alle sue spalle e gli aveva poggiato il palmo della mano sulla testa. «Lo vedi com'è fragile?» aveva bisbigliato. «Nessuno lo proteggerà, se non lo facciamo noi». Anche se T non era sicuro di aver capito cosa intendesse, aveva avvertito un calore denso e leggero diffondersi dai polpastrelli di suo padre dentro la sua testa e scivolargli lungo la gola, e l'attimo dopo aveva infilato il naso tra le sbarre del lettino per dire: «Allora noi lo proteggeremo sempre».

Pietro ci mise un po' a calmarsi e prima di uscire vomitò altre due volte nel water. Quando furono di nuovo al tavolo per l'ultimo giro, T lanciò il cappello dietro il bancone, saltò in piedi su un tavolino e sbatté gli speroni: «Ehi, gente, guardate qua: come Mel Gibson in *Arma letale! Hi-haaa!*» e con una mossa più da cowboy che da prestigiatore si fece uscire di posto la spalla e la riportò dentro; due crac così sinistri che suscitarono smorfie e urla di disgusto nei presenti, dopodiché, come se nulla fosse, scese dal tavolo e posò la mano sul collo di suo fratello, nel punto esatto che aveva afferrato per tirarlo fuori dall'acqua, la notte dell'incidente.

«Lo so che ti mancherà il tuo fratellone. Ma ehi! La vita va avanti, dico bene?»

Pietro non ebbe bisogno di guardarlo per capire che non stava parlando con lui, ma con quella parte di se stesso che aveva sempre messo il fratello minore al centro di ogni sua preoccupazione. Pensò di dirgli *Mi mancherai, è vero* o *Fatti valere in America* o *Anche se non ci vedremo per un po', resterò sempre il coglione patentato che ti ha quasi ucciso*, finché il tepore della sua mano sul collo lo distrasse. Sbadigliò, chiuse gli occhi. Se avesse potuto, si sarebbe addormentato lì, in quell'orribile pub intasato di gente, tra l'odore familiare delle sue braccia.

Tommaso partì in una di quelle domeniche di ottobre in cui il mondo sembra un corteo funebre infinito. La pioggia, il vento, le strade immiserite, i tigli che si spogliavano alla velocità della luce. Dalla terrazza scoperta dell'aeroporto Galileo Galilei di Pisa, mentre l'acqua gli colava sugli occhiali e impregnava la medusa di capelli, Pietro osservò il Boeing 767-300ER diretto a New York che si staccava dalla pista e scompariva oltre il muro di nuvole. Si strinse nella felpa e nascose le mani nei soliti jeans. Capì all'istante cosa stavano toccando i suoi polpastrelli. Schiuse il post-it piegato in quattro e lesse le parole di commiato di suo fratello:

Non sono davvero tuo fratello.
Sei stato adottato.
Non l'avevi ancora capito, mezzasega?

Pietro sorrise, e mentre il pavimento della terrazza aperta sussultava per gli aerei in decollo realizzò che i Benati erano una famiglia assai singolare. Per quanto da anni continuassero a perdere pezzi sotto le intemperie del creato come avrebbe detto sua madre (Furio e l'omero rotto da una granata in Etiopia; il Mutilo e la misteriosa scomparsa del mignolo; suo fratello T e il problema alla cuffia dei rotatori), una prodigiosa ostinazione impediva loro di sgretolarsi definitivamente e andare alla deriva. L'unica cosa che gli sfuggiva ancora, pensò mentre usciva dalle porte automatizzate dell'aeroporto e si dirigeva verso la Thunder in cui lo aspettavano il Mutilo e Tiziana, era perché mai lui fosse l'unico a cui non capitava mai un tubo di niente.

3.
La Grande Occasione

Forse, si era convinto Pietro, nel suo cuore non bruciava nessuna curiosità per il mondo. Negli anni di ascolti, esercitazioni e ripetizioni che lo portarono a diplomarsi nel pomeriggio del 20 luglio 2001 di fronte a uno striminzito gruppo di docenti, familiari e amici (più interessati a seguire sulla tv nel gabbiotto del custode la confusa cronaca degli scontri al G8 di Genova che l'esecuzione della Grande Sonata per chitarra sola di Paganini e il *Fandaguillo* di Turina di quel capellone sovrappeso), Pietro capì che la sua vita era tutta lì.

A differenza dei suoi coetanei, lui non provava nessun desiderio di sbarcare il lunario in un campo di kiwi australiano crepato dal sole o di viaggiare in inter-rail coricandosi negli ostelli più luridi ed economici del Portogallo per scoprire se stesso tra cavalloni di alcol e droghe.

Dopo la partenza di suo fratello, il rapporto con i genitori non era diventato il giogo insopportabile che Pietro temeva. Non dovendo più preoccuparsi che T lo trascinasse in giro per la città tra centri sociali e scogli pericolosi, Tiziana aveva smesso di assillarlo con le sue paturnie e persino il Mutilo, invece di dar ascolto a quella vocina che gli suggeriva di ingegnarsi a far soldi e finiva sempre per inguaiarlo, trascorreva il tempo libero in garage: a sottolineare soporiferi tomi di economia aziendale e diritto penale o a occuparsi dell'ara caraibico dal piumaggio gialloblù con cui era tornato a casa un giorno e a cui aveva insegnato a scandire: *Mangia meno, grassone*!, *Forza Pisa*, e *Sciooolta in arrivo*.

Fu per questo, forse, che nelle settimane successive al diploma, invece di valutare le borse di studio estere che il conservatorio caldeggiava, Pietro chiese al suo responsabile, un ex fricchettone sulla cinquantina con una lunga chioma di capelli bianchi, famoso tra gli addetti ai lavori per aver inciso alcuni arrangiamenti per Robert Fripp dei King Crimson ed essere *the man in town* dei Rolling Stones in Italia, se esisteva una possibilità che lo annettessero al corpo docenti.

«Vuoi insegnare?»

«Sì».

«In questa scuola?»

«Sì».

Avrebbe messo in tasca i primi soldi della sua vita e si sarebbe potuto dedicare al suo sogno senza allontanarsi da casa.

«Benati, lascia che ti dica una cosa. L'insegnamento è per vecchi talponi come noi che hanno una caona tremenda del mondo. Te sei giovane, in forze, il tuo cervello è una fucina di idee. Non hai fatto tutta questa strada per suonare? E allora coraggio, buttati nella mischia!»

Per uno abituato all'isolamento come Pietro, la parola mischia era allettante come un concerto di Céline Dion visto dalla prima fila. Il docente scorse la delusione sul volto del suo allievo e lo raggiunse all'uscita.

«Una cosa che potrei proporti ci sarebbe. Conosci la True Love Big Band?»

La conosceva, e tra tutte quelle che aveva studiato nei vhs presi a noleggio alla Galleria del Disco non era poi così *big* come suggeriva il nome. Un cantante che sembrava il clone di Simon Le Bon; un batterista che amava dare fuoco alle bacchette sul finale di spettacolo; un bassista; un tastierista; due fiati; più il suo docente alla chitarra elettrica. Il caso volle che, dopo il successo del primo tour, il gruppo avesse appena deciso di espandere la formazione per ampliare il repertorio tra i migliori successi degli anni Settanta e Ottanta, da *Don't Fear The Reaper* dei Blue Öyster Cult ad *Aqualung* dei Jethro Tull, passando per gli Europe, gli Yes, con rapidi medley commerciali tra Prince, Eurythmics e Sting.

Il provino andò alla grande: nessuno lo applaudì o si strappò i capelli dopo l'assolo di Joe Satriani con cui si era presentato; bastò il pollice alzato del suo docente. Forse non era la sua scala per il paradiso, ma era pur sempre musica o, come diceva suo nonno Furio, «meglio di una ginocchiata nei denti».

Le prove si tenevano a Stagno, nella periferia industriale di Livorno, a pochi chilometri dalla più estesa raffineria della Toscana. Centocinquanta ettari ricostruiti dopo i bombardamenti della Seconda guerra mondiale che ospitavano un impianto di proprietà dell'Eni, con una capacità di raffinazione di circa ottantamila barili al giorno di benzine, gasolio, combustibili per bunkeraggi e basi lubrificanti. Non c'era da stupirsi che quando d'estate spalancavano le finestre per allentare l'afa, a Pietro sembrava di respirare sabbia.

Lo avrebbe capito anche un ritardato che i musicisti della True Love Big Band suonavano con il cervello spento, risparmiando forze ed energie per progetti più stimolanti. Eppure, quando si metteva alla guida dell'Alfa 75 che era stata prima del Mutilo e poi di T e che adesso era passata tra le sue mani, e sull'Aurelia tirava giù il finestrino e guardava oltre i pendolari che parcheggiavano le stationwagon tappezzate di adesivi *Bimbo a bordo* nelle vie delle trans, oltre le luculliane trattorie per camionisti, oltre la base militare americana di Camp Darby, oltre il canale dei Navicelli progettato da Cosimo de' Medici per la comunicazione commerciale tra Pisa e Livorno (e che ora serviva solo per il rimessaggio degli yacht), Pietro pensava che suo fratello sarebbe stato fiero di lui: perché quello che stava muovendo, seppur maldestramente, tra il fetore di uova marce proveniente dalla raffineria, era il primo passo verso la realizzazione di ciò che aveva sempre desiderato.

Il mini tour della True Love Big Band nelle principali città toscane lo tenne impegnato per quattordici giorni. A parte il suo amato docente, che si rivelò un santone che sciorinava pillole di saggezza new age e non si vergognava di mostrarsi più interessato alle figlie dei gestori dei locali che alla musica, andò tutto bene. Ai primi di dicembre, i membri del gruppo gli comunicarono l'intenzione di prendersi una pausa. Erano in giro da un anno e tra docenza, incisioni e collaborazioni varie sentivano il bisogno di ricaricare le pile. Ma, ehi, avrebbero fatto il suo nome in giro e qualcosa sarebbe saltato fuori.

Con le vacanze alle porte e le decimazioni dell'influenza, il cellulare di Pietro non smetteva mai di squillare. Si era sparsa la voce che fosse un tappabuchi ideale: condiscendente, tempestivo, preparato. Bastava chiamarlo all'ultimo secondo, fornirgli la lista dei pezzi da studiare e il gioco era fatto. Sei giorni prima di Natale gli venne chiesto di sostituire un collega in uno show di beneficienza all'anfiteatro delle Cascine di Firenze presentato da Red Ronnie. Mentre infilava la chitarra nella custodia e sceglieva cosa mettere, fece l'errore di dirlo a T, che due minuti dopo gli stava messaggiando.

Ti intervistano?

Figurati

Tv?

1, locale. Registrerà solo qu
alche spezzone

Non vestirti come 1 barbone

Mi metto il solito

IlVestitoDaBecchinoDelDipl
oma?NonMiStupireiSe1Giorn
oScendesseDallaGrucciaESiL
anciasseDallaFines.GuardaN
elMioArmadio.AltoSX

E pochi secondi dopo:

Ti mettono davanti???

Fondo. Neanche m inquadrer
anno

Lo inquadrarono ventitré volte. Per colpa del faretto puntato dritto sulla sua testa e di una macchina del fumo difettosa che si surriscaldava come un treno a vapore, la camicia rosa con le stelle d'argento che aveva preso dal ripiano in alto a sinistra dell'armadio di T («la Elton John» che suo fratello indossava in estate per andare a ballare a Viareggio e a Torre del Lago) si era talmente impregnata di sudore che chi lo vide in tv dovette farsi l'impressione che Pietro si stesse liquefacendo. Sarebbe stata una ridicola esibizione dimenticata in ventiquattro ore se T, dal suo monolocale nel West Bronx, non avesse trovato il modo di registrare la trasmissione di TeleGranducato.

Quando T varcò la soglia dell'appartamento di famiglia, al quarto piano di via Roma, buttando a terra lo zaino e brandendo la videocassetta come il Sacro Graal, Pietro capì subito che suo fratello era di ottimo umore. A quanto pareva il dottorato si stava concludendo persino meglio di come era iniziato, il lavoro di ricerca sulle nanotecnologie che il suo laboratorio stava inaugurando lo appassionava e il rapporto fra colleghi era splendido. Furono giorni sereni. Le strade affollate, i mercatini di Natale; persino i musicisti di strada sembravano meno stonati del solito.

Il 4 gennaio del 2002, il giorno prima del rientro di T per New York, il Mutilo convocò tutti in salotto e spalancò le finestre. Mancava solo il Maggiore, che tuttavia si affacciò ad ascoltarli dal balcone di camera sua. Quando la famiglia fu al completo, sollevò una coperta e scoprì un cesto di vimini con dei pacchettini regalo. Gli sarebbe piaciuto terminarli per Natale, ma aveva avuto dei guai con la fresa.

«Cosa sarebbero?» chiese T.

Il Mutilo si strofinò le mani. «Amuleti».

Ci fu un lungo momento di silenzio, che neanche gli schiocchi dei termosifoni di ghisa ebbero il coraggio di interrompere. Erano statuette di legno mal intagliate e dall'aria inquietante: metà toro e metà demoni, con tanto di corna, coda equina e lingua tra i denti.

Tiziana gli diede un bacio.

«Che bel pensiero, Alberto. A chi non fa comodo un po' di fortuna».

Lea bisbigliò che più che fortuna le avrebbero portato gli incubi, T che la sua sembrava una vacca maremmana gravida, dopodiché ognuno pretese di conoscerne il significato.

«Il demone di Lea, con la lingua di fuori e la coda arricciata rappresenta la longevità» disse il Mutilo raggiante. «Al Maggiore» gridò il Mutilo fuori dalla finestra di modo che la sua voce raggiungesse il piano di sopra, e i duri orecchi del padre ottantaquattrenne, «la tregua. A Tiziana, il demone senza corna e con le mammelle, la salute. A Tommaso, sei teste luciferine, il genio».

Pietro si accorse che il suo e quello del Mutilo non erano simili come gli era parso all'inizio ma perfettamente identici: tori, in sella a un cavallo, che tentavano di strozzare un serpente. Quando dal piano di sopra arrivò una bestemmia del Maggiore, seguita da un tonfo che fece crollare un pezzo di intonaco dalla facciata esterna dell'edificio, la famiglia ruppe le righe e si disperse.

Pietro si avvicinò al padre lisciando la statuetta. «E il nostro cosa rappresenta?»

Il Mutilo gli poggiò le mani sulle spalle e sorrise. «L'eterna lotta».

Il giorno della partenza Pietro capì cos'aveva T e perché aveva trascorso quelle giornate al telefono o a rispondere placidamente alle estenuanti domande di sua madre. Stravaccati sui sedili riscaldati della Thunder, mentre il Mutilo guidava verso l'aeroporto con la capotte abbassata e Tiziana scivolava sotto il seggiolino per sfuggire a quel vento che le avrebbe causato la peggiore cervicale della sua vita, Pietro chiese a suo fratello se andava tutto bene.

In mano stringeva il demone a sei teste che gli aveva regalato suo padre.

«Ho conosciuto una ragazza, Bombolo. Si chiama Angela, è austriaca. E quando penso a lei, io non lo so perché ma mi sento il cervello annodato come un gomitolo. Sudo, le parole mi si incastrano in bocca e, quando escono, mi fanno sembrare un demente sotto crack». Distolse lo sguardo dai casermoni dietro la stazione e gli sorrise fissandolo con quei suoi occhi profondi come pozzi. «Non ho ancora capito se sto per morire o per iniziare a vivere».

A febbraio il cellulare di Pietro smise di squillare. Scrisse a tutti i contatti della rubrica che lo avevano tempestato di richieste, spigolò a destra e a manca, ma ricevette sempre la stessa risposta: siamo a posto così, perché non riprovi fra un po'? Chiamò il suo docente per sapere quando sarebbe tornata in pista la True Love Big Band e scoprì che la faccenda era più ingarbugliata del previsto. Il batterista piromane e uno dei fiati si erano presi a pugni per un'adolescente. Forse l'emergenza sarebbe rientrata in un mese, forse di più, chi poteva dirlo, ma ehi, Pietro era giovane, in forze, e il suo cervello una fucina di idee, perché intanto non bussava agli studi di registrazione? Appena la situazione si fosse sbloccata, l'avrebbe avvertito.

Fece come gli era stato consigliato. E fu sempre rispedito al mittente. Gli venne in mente allora che molti suoi ex colleghi incidevano jingle per le agenzie pubblicitarie e le tempestò di e-mail, telefonate e richieste di colloquio. Un tardo pomeriggio, mentre se ne stava disteso a letto a cercare di decifrare l'espressione del suo demone a cavallo che lottava col serpente – non capiva se era una moina di grinta o di dolore –, Tiziana gli chiese se gli andava di accompagnarla a passeggiare sul lungomare di Viareggio.

Pietro si voltò verso la finestra. Aveva smesso di piovere ma il cielo era nero. Al vento il cavo del telefono schioccava come la catena di un cane da guardia.

«Farà freddo».

Con la mano Tiziana si riparò la gola da una raffica invisibile. «Ci vestiremo pesante».

«Babbo?»

«In garage. Sta aspettando Federico» disse carezzandogli la cicatrice sulla coscia destra.

Pietro recepì il messaggio, come l'aveva recepito forte e chiaro dieci anni prima quando, dopo essersi aperto una ferita nella coscia cadendo dal cedro dell'Himalaya sui cocci di bottiglia del muro di cinta e aver preso l'abitudine anche dopo la rimozione dei punti a vegetare a letto, era stato spedito da Tiziana a riprendere *urgentemente* il Mutilo alle corse e, solo una volta davanti ai cancelli di San Rossore chiusi per un'epidemia di West Nile, aveva capito che sua madre voleva soltanto aiutarlo a darsi una smossa.

Sul lungomare restarono poco più di mezz'ora. Il maestrale tagliava la schiuma dalla punta delle onde come una sciabola, disperdendo i pochi che avevano avuto la bella pensata di farsi una passeggiata, quando ricominciò a piovere. Corsero verso l'auto. Mentre Tiziana entrava ad asciugarsi i capelli con un fazzoletto, Pietro si fermò sotto la pioggia con la mano sullo sportello aperto: davanti a lui un manifesto pubblicizzava un concerto della True Love Big Band.

«Mamma, ti va se facciamo una piccola deviazione?»

Tiziana scrollò le spalle, «Dovrei mettermi una maglietta asciutta» ma i suoi occhi brillarono di felicità. «Dove vorresti andare?»

Parcheggiò davanti alla casa del suo docente e suonò il campanello per una decina di minuti buoni, finché lo vide affacciarsi alla finestra con l'espressione vuota di un sonnambulo. Gli fece cenno di accomodarsi in salotto, ma Pietro continuò a fissarlo: i lunghi capelli bianchi da bluesman erano raccolti dietro le spalle con un nastro di pelle marrone; le dita intasate di anelli di cocco; sulle unghie della mano destra la scritta PEACE, sulla sinistra &LOVE.

«Mi aveva detto che mi avrebbe chiamato, quando la Big Band rientrava in pista».

L'uomo lo scrutò senza dire niente. Pietro non riusciva a capire se la tintura per le unghie gli avesse bruciato il cervello o stesse tentando soltanto di prendere tempo per imbastire una scusa.

«Ho visto il manifesto».

L'uomo annuì così a lungo da dargli l'idea che stesse seguendo il tempo di una canzone che suonava solo nella sua testa. «Abbiamo ripreso, sì».

«Quando?»

«Un mese fa».

«Un mese?»

«È quello che ho detto. No, aspetta. Forse di più».

«E la lite?»

Pietro dovette ricordargli cosa gli aveva raccontato a proposito del batterista piromane e dell'altro che erano venuti alle mani per una ragazzina di cui si erano invaghiti entrambi.

«Oh, acqua passata. Si sono presi a pugni, la ragazza ha dato il ben servito a tutti e due, e ora si vogliono più bene di prima».

Se il demone di legno intagliato dal Mutilo gli aveva elargito una scintilla di rabbia per affrontare il suo ex professore, Pietro l'aveva sentita estinguersi subito dopo quelle parole. Guardò fuori dalla finestra e distinse a malapena il tettuccio dell'Alfa sotto la pioggia: anche se non poteva vedere la sagoma di sua madre era certo che stesse dando fondo alle sue scorte di salviettine per igienizzare quel covo di germi.

Quando tornò a voltarsi, l'uomo gli porse una tazza fumante di un liquido viola.

«Non sarai venuto per fare una scenata? Bevi. Fai un bel respiro. E ascolta un consiglio: rilassati».

Pietro afferrò la tazza anche se non aveva nessuna intenzione di bere. L'uomo se la portò alle labbra e dopo aver preso un sorso socchiuse gli occhi e sfoggiò un sorriso soddisfatto, come a dire che era esattamente quello di cui aveva bisogno. Quando sentì l'eco di una campanella provenire da un'altra stanza della casa, Pietro ripensò allo scacciapensieri sul ballatoio di sua nonna Lea.

«Ti è mai capitato di aver desiderato così tanto una cosa, Pietro, che quando l'hai ottenuta non avevi più le energie per esserne felice?»

Pietro fu tentato di confessargli di non aver capito la domanda, ma poi realizzò che l'uomo davanti a lui era la stilizzazione edulcorata di uno spot pubblicitario, la sintesi delle più bieche banalità, e che qualunque parola, fiato o movimento avesse sfoggiato non gli sarebbero serviti a niente.

«Ti sto chiedendo cosa vuoi fare nella vita».

«Io voglio solo suonare».

«Il punto è proprio questo. Non puoi farlo. Non puoi *solo* suonare. Devi parlare con la gente, con i colleghi, devi essere simpatico, affabile e tu, caro mio, non sei nulla di tutto questo».

«Mi sta dicendo che dovrei lasciar perdere la musica?»

«No, no, no».

L'uomo posò la tazza sul tavolo di bambù ed estrasse un bigliettino da un cassetto, pochi secondi prima che un'adolescente mezza nuda con una campanella alla caviglia li raggiungesse in salotto.

«Tesoro, non puoi interrompere la meditazione. Rischi di disperdere il tuo potenziale».

Il docente porse a Pietro il cartoncino con i recapiti del suo agente e impresario musicale e dopo averlo accompagnato alla porta gli strizzò l'occhio. «Quei due non erano abbastanza profondi per lei».

La verità, chiara ai colleghi quanto a lui, era una sola: fatta eccezione per suo fratello, Pietro non amava la compagnia. Per questo, in tutti quegli anni, non aveva coltivato le conoscenze tra i banchi di scuola né stretto amicizie alle feste di compleanno a cui T lo trascinava con l'inganno. E per lo stesso motivo, al termine dei concerti con la True Love Big Band, invece di uscire a bere per commentare l'esibizione o passare ai raggi x la fauna femminile locale, Pietro era sempre rientrato di corsa in albergo con una scusa – mal di gola, emicrania, spossatezza, infiammazione al tunnel carpale, consegna di lavoro urgente.

Non si domandava se gli credessero o meno: lui voleva salire da solo in camera, accendere il suo registratore portatile e suonare la Telecaster del '51 per riprodurre una triade o un cromatismo che aveva in testa dalla mattina, e basta. E così faceva. Andava avanti per mezz'ora, a volte di più, finché il velo dell'illusione cadeva e si riaffacciava il solito pensiero: lui non era T. A lui le cose non venivano spontaneamente. Ogni sua microscopica conquista era il frutto di fatica, sacrificio e abnegazione. E poi c'era un altro dettaglio di cui Pietro aveva iniziato a diventare consapevole in quegli ultimi tempi, specie dopo la prova di Composizione Originale di diploma, e cioè che finché si trattava di replicare un pezzo scritto da altri Pietro era una forza della natura, diligente, pulito nelle scale, perfetto negli assoli, ma quando doveva dare un'impronta personale, una nota di colore, un tocco di stile, ecco che davanti a lui si spalancava il vuoto. Come se non avesse nulla da dire. Voleva ancora diventare il più grande chitarrista della storia. Suonare era l'unica cosa che gli dava piacere. Eppure, dopo quasi dieci anni dalla folgorazione, la visione del condor con gli occhi di bragia che l'aveva spinto a inseguire quel sogno si era sbiadita e la sua convinzione smarrita lungo la strada. Se solo il condor fosse riapparso, se un contatto elettrico l'avesse steso di nuovo su un palco, forse la risposta si sarebbe palesata. Ma se non fosse accaduto? Se la vita avesse continuato a schiaffargli in faccia la propria inettitudine persino nell'unica attività che lo aveva mai entusiasmato, cosa avrebbe dovuto fare?

Con questa congerie di pensieri in testa Pietro spegneva il registratore, collegava alla tv la console portatile Sega Mega che teneva in valigia e accendeva *The Secret of Monkey Island*: un videogioco punta-e-clicca, appartenuto a suo fratello, in cui un giovane e biondo aspirante pirata di nome Guybrush Threepwood, capitato per caso sull'isola caraibica Melée, era chiamato a superare migliaia di sfide rocambolesche per sconfiggere il non-morto LeChuck e conquistare il cuore della governatrice Elaine.

Era ridicolo. Lui, non il gioco. Passare le serate chiuso in una stanza ad affogare in un videogame invece di combinare qualcosa di buono o, quantomeno, tentare di uscire dal guscio e farsi degli amici; e invece quel damerino svampito dal nome impronunciabile che si era ficcato in testa di diventare un pirata pur non avendo talenti, tranne quello di trattenere il fiato per dieci minuti di seguito, era diventato l'unico narcotico in grado di ammansire le angosce che volteggiavano sul suo futuro.

«Pietrobello, come ti butta?»

Leo Spiegelman era un agente che viveva tra Londra e Pisa e che rappresentava già molti dei suoi colleghi e docenti. A quanto pare, gli aveva detto la prima volta che l'aveva chiamato, non esisteva lavoro, provino o incisione che lui non fosse in grado di procurare ai suoi clienti. Certo, di contro, pesavano il caratteraccio e una logorrea incontenibile che lo spingeva a chiamare i suoi rappresentati anche dieci volte al giorno.

«Ho visto il vhs del tuo concerto con Red Ronnie e voglio dirti una cosa, Pietrobello. Camicia strepitosa. No, non era questa: tu farai strada. Ci scommetto le palle. Però mi devi ascoltare».

Pietro fece notare che quella in cui erano impegnati era una conversazione telefonica e tecnicamente lui lo stava già ascoltando.

«Primo: non ti azzardare a contraddirmi, altrimenti abbiamo chiuso. Secondo... sorridiiii! Se vuoi suonare ai funerali, prenditi un becchino, non un agente. Tu pensa a seguire i miei consigli e vedrai che la grande occasione arriverà».

Leo non era il perfetto coglione che gli sembrò in quella loro prima telefonata. Conosceva personalmente metà dei musicisti del pianeta ed era in buoni rapporti con l'altra metà. Così Pietro firmò il contratto di rappresentanza ancora prima di incontrarlo. Nella prima settimana fioccarono quattro provini. Non fu scelto a nessuno, in compenso saltò fuori «un lavoro facile facile»: incidere qualche pezzo per musicisti troppo stanchi o troppo pigri o troppo ricchi per farlo da soli.

La primavera arrivò ma della grande occasione non ci fu traccia. Parole come stallo, pantano e ginepraio si affacciavano alla mente di Pietro, che le ricacciava indietro dedicandosi a sessioni sempre più lunghe di quel videogioco in cui il suo avatar doveva insegnare a una scimmia a tenere tirata una leva che apriva un passaggio segreto. Una sera, alla fine di una lezione-concerto nella sua vecchia scuola a cui aveva partecipato per capire se si fosse aperta qualche posizione, Pietro venne a sapere che al Borderline di Pisa (un locale rock a duecento metri dal teatro in cui era stato folgorato), cercavano un tecnico di palco. Un lavoro forse poco esaltante, ma con una paga puntuale e dignitosa. Quando Leo tentò di dissuaderlo, Pietro disse che se non si fosse attaccato a qualcosa, qualunque cosa, l'attesa l'avrebbe mangiato vivo.

«Stai tranquillo. È solo finché non salta fuori qualcosa di meglio, Leonardo».

«Non chiamarmi Leonardo! E non dirmi di stare tranquillo! Hai una vaga idea di quanto sarai stanco quando tornerai a casa? Pensi che riuscirai ancora a incidere, a fare un provino o a creare qualcosa di minimamente decente?»

«Per aver regolato un paio di volumi su un mixer?»

«In una città universitaria? Ci sarà tanta di quella gente che ti toccherà sparare sulla folla, per convincerli a lasciare la pista da ballo. Ti passo uno spot che avevo promesso a un altro cliente. Ti faccio un bonifico. Ma, per cortesia, non accettare quel posto».

«Cos'è?»

«Cosa?»

«Lo spot».

«*Dejeuner sur l'erbe* moderna. Atmosfera bucolica. Stormo di uccellini, fiume, picnic al sole...»

«Farmaco antidiarrea?»

«Antiflatulenze».

«Ci sentiamo, Leo».

«Pietro!»

«Sì?»

«Su col morale. La grande occasione...»

«... arriverà. Lo so».

Il Borderline aveva aperto i battenti a metà degli anni Novanta e per un buon decennio era stato il locale di riferimento della musica rock live della Toscana. Da qualche tempo navigava in pessime acque e se quella crisi non si era ancora trasformata in fallimento non c'era da ringraziare il proprietario né i camerieri né le birre a prezzi contenuti né le esibizioni del mercoledì dei gruppi musicali locali o le «Battle of Bands» del giovedì o le feste Erasmus del venerdì, ma solo e unicamente il dj set del sabato sera guidato dall'idolo locale, Andreino Fapperdue, conosciuto in città con il nome d'arte di «Andrei a la muerte».

Aveva una ventina d'anni più di Pietro ed era stato il chitarrista di uno sgangherato e celebratissimo gruppo punk della zona, i Not Screaming, che assieme ai Traumatic, ai Senza Sterzo e ai Lanciafiamme avevano animato la città negli anni Ottanta. Aveva realizzato alcuni dischi leggendari come *Sinner* o *Songs of Myself* e, dopo lo scioglimento della band del 1994, aveva fondato il gruppo precursore dello stoner in Italia – gli Hash – che avrebbe aperto i concerti di divinità del rock come Nico, The Clash e Nick Cave and The Bad Seeds. Dopo l'incendio doloso del Macchia Nera Andrei abbandonò misteriosamente i palchi e si dedicò a scrivere colonne sonore e a fare il dj. Qualcuno diceva per la delusione di aver visto andare in fumo il luogo più rappresentativo della propria vita, qualcun altro per una forma precoce di artrosi alle mani che gli impediva di imbracciare la chitarra. Anche se era venerato ancora come un totem indiano, anche se si conciava ancora come il quinto Ramones, anche se sciorinava ancora la frase che Leopardi scrisse nel 1827 su Pisa («un misto di città grande e di città piccola, di cittadino e di villereccio»), in giro molti scommettevano che la miccia del suo talento si fosse bagnata, e che neanche un miracolo l'avrebbe riaccesa.

Pietro lo conobbe alle tre di notte di un venerdì di fine marzo. Stava sistemando l'impianto usato dalla cover band degli AC/DC. Invece di spegnere e andarsene a casa, mentre i camerieri pulivano i tavoli, attaccò la sua Telecaster e iniziò a suonare *Tears in Heaven* di Eric Clapton, a cui legò un bridge che si trasformò in un virtuoso assolo di Malmsteen.

In fondo al locale cadde una sedia. Pietro mise una mano a visiera sulla fronte e vide Andrei alzarsi, avvolto da una nebbia di fumo e un enorme cappello nero da strega.

«Ti ha dato fastidio il rumore?»

Pietro stava per rispondere che non importava, quando il tizio si tirò il cavallo dei jeans.

«Perché erano le mie palle che ruzzolavano a terra».

Anche se il modo in cui tentò di farglielo capire non fu il più delicato, aveva detto la verità. Pietro era preparato e perfetto in tutti i passaggi, eppure ogni sua azione sembrava circondata da una cortina di ammorbante, purissima e incontestabile noia.

Andrei poggiò gli stivali a terra e stirò le braccia inarcando la schiena.

«La gente ascolta la musica per divertirsi, *my friend*. Se suonare ti deprime, perché non ti trovi un altro lavoro?»

«Veramente è l'unica cosa che mi piace fare».

«Eccone un altro. L'unica? Non hai altre passioni?»

«L'unica no».

«Oh Dio, ti ringrazio». Andrei percorse i metri che lo dividevano dal bancone con la flemma del protagonista di un film western. «Coraggio, allora, sono tutto orecchi».

«Mi piacciono i videogiochi».

«Ne deduco che hai tredici anni. I videogiochi tipo *Street Fighters*?»

«I punta e clicca».

«Che cazzo sono?»

«Quelli in cui bisogna risolvere gli enigmi».

«Io sono un campione con gli enigmi».

«Questi sono un po' complicati».

In un sorso Andrei bevve metà della pinta che il cameriere gli aveva spillato vedendolo arrivare. «Mettimi alla prova».

«In *The Secret of Monkey Island* Guybrush Threepwood...»

«Frena, frena, cervellone! Dove, chi?»

«Guybrush... un tizio che vuole diventare un pirata...»

«Chi non vorrebbe diventarlo».

«Insomma, arriva allo Scumm Bar, e incontra tre pirati che frequentano il locale da quando LeChuck ha iniziato a fare razzie tra quelle isole caraibiche».

«LeChuck sarebbe il cattivo?»

«Sì, il Pirata Fantasma, il Non-Morto. Da quando si è messo ad assalire le navi, nessuno ha più il coraggio di uscire in mare e se ne stanno tutti trincerati nel bar a bere una strana versione di grog, che oltre a rum e acqua contiene cherosene, acetone, grasso per motore, acido da batteria, peperone...»

Andrei sbadigliò. Si portò l'indice alla tempia e finse di spararsi un colpo. Erano quasi le tre. Balzò sul palco e gli sfilò la Telecaster dalle mani, si sedette sull'amplificatore dandogli le spalle, poi prese a sbattere le nocche su un accordo di Sol gridando:

Mi hai detto che il punk ti fa schiii-fo,
Mi hai detto che la birra ti fa schiii-fo,
Mi hai detto che il sesso ti fa schiii-fo,
e ora hai rotto il caaa-zzo!

Quel suono stonato e ruvido a Pietro sembrò così vero che lo fece ripensare ai Black Flag.

«È un pezzo nuovo?»

«Nuovissimo». Andrei restituì la chitarra a Pietro e saltò giù dal palco. «Più o meno sessanta secondi di vita».

Bevve il resto della birra lasciato sul bancone e sfilò via fischiettando il ritornello di *Pet Sematary*. Di fronte alla porta del locale, si voltò e indossò i Ray-Ban che facevano capolino dal taschino della camicia nera.

«Andiamo ad ammorbidirci l'ugola, pirata. Voglio capire se dopo qualche pinta di grog continui a essere così noioso o peggiori».

Da quella sera Marino, un bar poco più grande di una roulotte dove la birra non sapeva di piscio e chiunque poteva sfamare gli appetiti più chimici fino all'alba o imbracciare una chitarra senza doversi preoccupare dell'ira dei vicini o di una multa della Siae, divenne il loro rifugio. Quando il quinto Ramones non era in giro a mettere dischi passava a prendere Pietro al Borderline e dopo averlo ascoltato suonare qualche pezzo sbadigliando, ruttando e infastidendolo in qualunque altro modo per, a detta sua, «togliergli quella scopa che aveva su per culo», uscivano spalla a spalla nella notte. Attraversavano Borgo Stretto. In piazza Ulisse Dini si fermavano a infilare una sigaretta tra le mani della statua del matematico pisano e poi tornavano indietro. Lungarni, il ponte della Vittoria, una seconda pausa davanti a un caseggiato nei pressi della stazione in cui aveva risieduto la brigatista foggiana Lioce prima di darsi alla macchia. Ogni tanto Andrei si acchinava, con le mani sulle ginocchia e il fiatone, gli stivali di pelle a pochi centimetri da una delle siringhe di eroina che avevano reso il quadrilatero tra via Sant'Orsola e via dei Rigattieri il cimitero a cielo aperto di una generazione.

Durante quelle passeggiate Andrei non parlava mai di musica. Dato che lavorava notte e giorno al grande album del ritorno dei Not Screaming (una voce che in città circolava da anni), quando usciva voleva soltanto «sciacquarsi il cervello». Per questo chiedeva in continuazione al suo nuovo amico a che punto fosse con il «videogioco delle scimmie» o quali erano le prove che l'avevano divertito di più, e allora Pietro gli raccontava di quando aveva dato una mentina a un carcerato la cui dieta a base di ratti aveva pessimi effetti sul suo alito o si era fatto sparare in un cannone da circo dai fratelli Fettuccini. Andrei si piegava in due dalle risate e batteva i tacchi degli stivali di pelle e, poco a poco, senza fretta, tornava a impostare la rotta in direzione del bar. Era solo dopo le prime birre, quando magicamente sul tavolo compariva una bottiglia di Lagavulin, che iniziava lo show.

Poteva andare avanti per ore parlando delle proprie conquiste. Le donne che si era fatto all'aperto, quelle che glielo avevano succhiato nei bagni più luridi, nei camerini più angusti, mentre accordava la chitarra prima di un concerto, quelle con cui aveva fatto «la medusa» quelle che lo avevano deliziato con «il cucchiaio del Diavolo» quelle con cui era stato troppo sbronzo e aveva dovuto «sconigliare come un ladro» quelle che lo avevano minacciato di denunciarlo per molestie se lui non le avesse portate a vivere con sé all'istante, e via e via e via.

In uno di quegli sproloqui Pietro intuì che Andrei si era sposato due volte: la prima con un rito navajo davanti ai cancelli della base militare americana di Camp Darby; la seconda, dodici anni dopo, con Varuni: la sua dea filippina, l'amore più travolgente che avesse mai provato e che lui era stato così coglione da tradire; poi ancora più coglione da confessarglielo; e poi aveva raggiunto il livello massimo di coglionaggine suggerendole di prendersi una pausa – cosa che lei aveva fatto all'istante tagliando la corda con il primo aereo per Manila, da cui non aveva più fatto ritorno.

Il secondo tempo delle confessioni di Andrei era occupato interamente dall'aneddotica rock'n'roll. La volta che aveva rapito Nico per strapparla a un violento litigio con Lou Reed; quella in cui, dopo che un loro singolo era stato trasmesso al John Peel Show sulla BBC, lo aveva chiamato Jello Biafra dei Dead Kennedys per complimentarsi e Andrei gli aveva attaccato il telefono in faccia pensando si trattasse di uno dei soliti scherzi imbecilli di quel rintronato del suo batterista.

«Tanta gente non lo capisce ma il punk è molto più di un genere, *my friend*. Quello americano, intendo. Il punk inglese è troppo politicizzato: la regina, la Thatcher, che rottura di coglioni, ma fatevi una vita, cazzo! Prendi i Ramones, ad esempio. Ci sei? Loro avevano capito tutto. E mica perché rifiutavano l'ordine precostituito, *the fucking system*, ma perché rifiutavano qualunque idea di elaborazione. Dal primo album all'ultimo sono rimasti sempre uguali. Stesso look, stessi accordi, stessa idea di vivere alla giornata, di parlare a quelle mezzeseghe asociali e problematiche che passavano il tempo a bere piscio in lattina e a spaccarsi il cervello di b-movie. Io ero uno di quegli adolescenti sfigati. Parlavano a me, mi segui? Mi dicevano non pensare al futuro, Andrea, rifiuta il cambiamento, Andrea, resta quello che sei, Andrea, anche se gli altri ti guardano come se avessi i pantaloni sporchi di merda, *stay young, Andrew*! Cazzoooo! Come potevano non sembrarmi una figata spaziale?»

Capitava spesso che perdesse il filo del discorso e che, mentre illustrava una sua qualche teoria musicale, si incagliasse tra i pensieri più melensi del pianeta. Allora le parole gli morivano in gola e restava in silenzio, come se di colpo avesse esaurito le batterie. Quando ridava fiato alla bocca, sgalemandosi sulla sedia come se avesse il fuoco sotto il culo, lo faceva con un tono inquieto e parlava di tutti gli amici che aveva perso durante gli anni: chi morto d'infarto sulla tribuna dell'arena Garibaldi; chi finito contro un platano sulla lungomonte; chi affogato nel Serchio; chi murato vivo in un reparto di psichiatria. Una sera, ascoltando il racconto dell'incidente stradale provocato dal bassista dei Not Screaming nel quale erano morte due ventenni pisane, Pietro intuì che era quello il motivo per cui si era allontanato dai palchi («Che senso ha continuare a salirci, quando metà della tua famiglia non è lì sotto a guardarti?»), e forse anche quello per cui il suo album di ritorno non sarebbe mai arrivato alle stampe. Al momento dei saluti lo abbracciava e si scusava dicendo che nei giorni successivi sarebbe uscito dai radar perché doveva incidere l'ultima traccia del disco. Si esibiva in un rutto agghiacciante e tagliava la corda, rallentando soltanto per frantumare con il tacco dello stivale le siringhe abbandonate per strada.

Era una divinità scesa in terra, ma schiacciata dalla gravità, così lo vedeva Pietro. E anche se avrebbe dato un dito per avere un briciolo del suo talento o aver vissuto una delle notti della sua vita, non poteva fare a meno di immaginarlo a casa da solo, addormentato sul divano in similpelle con la sigaretta ancora accesa e i cetrioli dei gin tonic poggiati come oboli funebri sugli occhi. E allora si chiedeva se fosse davvero tutto lì. Era quello, il successo? Era quello, che stava inseguendo? Una manciata di anni di celebrità per accumulare abbastanza aneddoti da poter zittire gli avventori dei bar più disperati della città? Una carriera da turnista per rimorchiare ragazzine che si truccavano troppo sperando di nascondere il loro immenso terrore? O c'era dell'altro? E cosa? Il bisogno di cancellare dagli occhi del Mutilo quell'ombra che da più di vent'anni gli diceva che non avrebbe mai combinato nulla nella vita? O il sogno di silenziare finalmente, anche solo per un istante, il suo senso di inferiorità rispetto a T? "Porca puttana, Pietro" si immaginava che gli dicesse un Andrei in miniatura dentro la sua scatola cranica, "sei il campione mondiale di seghe mentali".

Alla fine, la grande occasione arrivò. Alle due di notte del 21 aprile 2002, mentre la tv accesa trasmetteva uno speciale sulla morte dell'economista Marco Biagi assassinato a Bologna dalle Nuove Brigate Rosse in cui militava la clandestina Lioce, e Pietro si dannava per capire cosa diamine significasse la frase «Io sono la gomma, tu la colla» con cui i pirati dell'isola di Melée sbaragliavano il suo avatar Guybrush Threepwood in una gara di insulti, il telefono squillò.

Leo parlava come se avesse ingoiato una pallina da tennis. «Devi farmi un monumento!»

«Ciao, Leo».

«Mi devi fare un monumento!»

«Me l'hai già detto. Che succede?»

«Succede che sono sbronzo marcio. Ora chiedimi perché».

«Perché?»

«Perché ti ho procurato un provino con il maestro, Pietrobello».

La pausa fu così lunga che Pietro stava per chiedergli di chi parlasse, quando il suo agente concluse la frase.

«*El fucking señor* Don Paco de Lucía».

Gli tornò in mente la bizzarra domanda di suo padre dopo la folgorazione, e pensò che lo stesse prendendo per il culo. «Io non sono un chitarrista flamenco, Leo».

«*Wrong!* Vuoi cambiare la tua risposta? Ti do un'altra possibilità».

«È la verità. Ho studiato chitarra classica ma...»

«Ti do un suggerimento. Apri bene le orecchie. *Un provino con Paco de Lucía, Leo? Scherzi? Dio, sei il migliore agente del mondo, Leo, dovrei farti un monumento, Leo, oh, sì, una schifosissima statua equestre su cui tutti i piccioni della città andranno a scaricare i loro intestini...* ecco, questa sarebbe una risposta accettabile».

«Ok, Leo. Sei il migliore. Ma questo non cambia...»

«Questo è un miracolo, Pietro. Lo aspettavamo ed è arrivato. Il suo manager ha preselezionato una rosa di giovani talentuosi da cui il maestro sceglierà il chitarrista che lo accompagnerà nel tour mondiale del prossimo anno. Giappone, Argentina, Islanda… magari suonerà persino su quella tua merdosissima isola dei Caraibi! Inutile che ti specifichi che con quei soldi sarai a posto per un bel po'. Volevi la svolta, Pietrobello? Eccotela».

Pietro pensò a come chiederglielo senza farlo incazzare. «Perché hanno chiamato me?»

«Perché anche se con le persone sei una capra autistica, come chitarrista sei un genio!»

«Sì, come no».

«E perché hai il migliore agente sulla piazza. Senti, la maggior parte dei tuoi colleghi si farebbe tagliare le palle per essere al tuo posto. Quindi adesso la smetti di mangiarmi il cervello, passi la prossima settimana a studiare come non hai mai fatto in vita tua e metti quel tuo culo flaccido su un aereo per Londra!»

Pietro posò il telefono e guardò fuori.

Le luci della piazza dei Miracoli erano spente. Spalancò la finestra della cucina e si chiese se si trattasse di un blackout o di una manifestazione di sensibilizzazione per il risparmio energetico. Sollevò la testa al cielo e vide le stelle esplodere una dopo l'altra squarciando di luce la galassia. Scrisse a T e ad Andrei, per chiedergli se c'entrassero qualcosa con quella faccenda del provino, ma non ottenne nessuna risposta e li immaginò entrambi abbracciati a una splendida donna. Chiuse la finestra e restò immobile per alcuni secondi, quindi avvicinò le labbra al vetro. Ci alitò sopra e nell'alone grigiastro di guazza disegnò la sagoma di un grosso uccello con le ali spiegate.

4. Fantasmi

All'uscita del terminal degli arrivi internazionali ad aspettarlo non c'era nessuno, perciò schivò un paio di tassisti che si offrirono di portarlo in centro, e uscì in strada. Aveva passato le ultime settantadue ore a studiare i flamenchi di Sabicas e di Camaron de la Isla, le partiture di Chopin, Bach, Vivaldi. Aveva allenato la mente su Pachelbel e i polpastrelli sulle variazioni Goldberg riproposte da József Eötvös. Ed era finito quasi senza accorgersene a strimpellare *While My Guitar Gently Weeps*, in un curioso medley con un riff che faticava a ricordare se appartenesse ai Led Zeppelin o ai T-Rex. I suoi genitori erano stati diffidati dal disturbarlo. Solo sua nonna Lea aveva il permesso di scendere al piano di sotto ogni sera, con una bacinella d'acqua e una manciata di foglie di eucalipto. Si fermava pochi minuti, il tempo di sostituirgli gli impacchi al polso e aggiornarlo sull'Alzheimer del Maggiore, dalla volta che aveva preteso di cantare l'inno d'Italia a mezzanotte a quella in cui, credendo che la moglie fosse in realtà la promessa sposa di un suo commilitone, si era rifiutato di entrare nel letto e aveva passato la notte sul pavimento, procurandosi un mal di schiena tale che la mattina dopo avevano dovuto tirarlo su in tre.

La notte prima del volo Lea si era fermata sulla soglia con la bacinella in mano.

«Comunque vada questo provino, Pietro...»

«Ottimismo, nonna. Le cose buone arriveranno».

Poche ore dopo Pietro aveva sognato Paco de Lucía che, rischiarato da un occhio di bue, scendeva dalle tribune del teatro fluttuando come un fantasma e stendeva la mano verso di lui, adorante, in ginocchio.

«*Muy bien, chaval*».

«*Gracias, maestro*».

Fino ad allora con Leo si erano soltanto parlati al telefono, e quando vide un nano con i capelli ossigenati e due pendenti di piume da nativo americano seduto sul cofano di un taxi posò la custodia della chitarra e restò a studiarlo. Non poteva essere lui. Indossava un completo estivo beige e un paio di Nike arancioni fosforescenti. Tra i denti teneva un caffè di Starbucks.

«'etro 'ello!»

Scese dal cofano, lasciò cascare il caffè sull'asfalto e gli andò incontro con un cinque alto che superava di poco la fronte del suo assistito.

«Fame, sete, pipì? No? Ottimo! Filiamocela. Siamo in super-super-super-ritardo».

Pietro aprì il portabagagli ma, trovandolo intasato di valigie, poggiò la custodia sui sedili posteriori e si sedette davanti. La targhetta di proprietà del veicolo, con la foto di un pachistano dall'aria spaurita, diceva Nazmir Sahid. Cercò di non mostrarsi preoccupato, ma quando Leo accese il motore si accorse che il suo agente era talmente basso da arrivare a malapena a vedere cosa accadeva oltre il volante.

«Ritardo per...?»

«Diciamo che le cose sono un tantino precipitate».

«Intendi da quando hai cambiato lavoro?»

«Ah ah ah. Sei una forza della natura. È di un mio cliente. Ogni tanto mi paga così. Corse gratis. Oh, batterista stellare! *The Times They Are A-Changin'*, dico bene? Chi non si adatta, muore».

Leo distolse lo sguardo dalla strada schivando per un pelo un ciclista e fissò a lungo la T-shirt dei Def Leppard di Pietro.

«Suoni con quella?»

«Perché?»

«Perché se al maestro non piace il ketchup sei fregato» disse indicando le macchie rossastre all'altezza del petto. «Apri il cruscotto».

Una dozzina di camicie incellofanate gli franarono sui piedi. «Un tantino precipitate non significherà che ho il provino adesso».

«Figuuuuurati. Abbiamo più di un'ora».

Pietro chiuse gli occhi e si massaggiò le tempie.

«Bravo, fatti un riposino. Ti sveglio io quando siamo arrivati!»

Sopra l'entrata della Royal Albert Hall di Londra che si affacciava su Hyde Park una grossa scritta diceva: *Today closed*. I cartelloni con la programmazione mensile che solitamente erano esposti ai lati dell'ingresso per orientare i visitatori che arrivavano dal parco erano stati rimossi. Pietro si lasciò guidare da Leo oltre i cancelli numerati, fino all'edificio principale di fronte alla scalinata.

«Ci siamo». Aveva un sorriso che andava da orecchio a orecchio. «Te l'avevo detto che sarebbe arrivata e ora eccoci qua. Questa è la tua grande occasione. *Don't freak out, ok?* Prendi un respirone. E fai quello che fai sempre. Ma un po' meno...»

«In cosa dovrei essere meno?»

«Meno strambo». Leo unì le mani. «Ti potrà sembrare una cosa da pazzi, ma io so che andrà bene. Perché l'ho già visto accadere».

«Con un altro cliente, intendi?»

Scosse la testa. «Mi trovavo da solo, sul divano di casa, e...»

«L'hai sognato?»

«La smetti di interrompermi, cazzo! È una cosa che mi manda in bestia. No, no e no: non era un sogno. Ok? Non stavo dormendo. Era qualcosa di più... reale. Una visione, capisci cosa intendo?»

Pietro fissò gli occhi verde mare di quell'hooligan in miniatura e si guardò bene dal confessargli che non solo conosceva il significato di quella parola, ma che su di essa aveva edificato la propria vita.

«Quindi, per una volta, per una sola e stramaledettissima volta, fammi un favore. Credi in te stesso».

Le biglietterie sembravano il set abbandonato di un film e i passi dei due amici risuonarono sulla volta affrescata del soffitto e lungo i corridoi vuoti fino a quando, invece di andare dritti ed entrare in platea, imboccarono una porta di servizio e si infilarono in uno stretto cunicolo rischiarato dal baluginio fosforescente delle entrate di emergenza.

La galleria del teatro era stata divisa da un'enorme muraglia di compensato, le poltroncine delle prime file coperte da teli scuri e a ogni porta di emergenza, sia in platea che nelle logge, aspettava una guardia di sicurezza. Indipendentemente da chi fosse stato selezionato, gli organizzatori non volevano rischiare che la notizia delle audizioni trapelasse.

«Vai là dietro e preparati. Io avverto che siamo arrivati» disse Leo. «*Break a leg*».

Pietro non rispose. Passò la mano sulle assi del palco. Al centro c'era un panchetto di legno, inondato da una tiepida luce. Proseguì dietro le quinte dove trovò due musicisti, uno fumava una sigaretta, l'altra faceva stretching emettendo dei brevi sospiri. Sul pavimento una distesa di pacchetti di sigarette accartocciati, incarti di caramelle, plettri, lustrini e un cartone di pizza. Una guardia del corpo nera gli poggiò una mano sulla spalla e gli indicò una sedia, e Pietro posò la custodia della chitarra e si accomodò. Chiuse gli occhi per concentrarsi, e quando tornò a vedere la stanza notò che il fumatore era scomparso. Restava soltanto la ragazza dello stretching. Dal collo le faceva capolino il becco di un corvo.

Pietro prese in mano la chitarra e l'altra si scrocchiò le nocche della mano e gli disse che il Maestro non si faceva più vedere in pubblico da mesi perché aveva avuto un incidente d'auto e la pelle della faccia gli si era sciolta come una candela. Mise la mano nel taschino e tirò fuori un biglietto da visita e, come se sapesse già che la porta si sarebbe aperta e qualcuno avrebbe chiamato il suo nome, glielo porse strizzandogli l'occhio.

Un'ora dopo Pietro stava riponendo la chitarra nella custodia mentre un paio di tecnici, dopo aver spento le luci e il mixer, lo aspettavano battendo i tacchi degli stivaletti da marines sul pavimento, come a dire, prima ti spicci e prima ce ne torniamo a casa. Imboccò il corridoio buio dell'andata e avanzò lentamente tenendo una mano sul muro per essere sicuro di non andare a sbattere. Superò le caldaie e una lampadina accesa che tremolava appesa a un filo, dopodiché gli sembrò di sentire qualcuno che intonava una canzone e si fermò. Quando aveva seguito il suo agente là dentro non si era accorto che da quel corridoio se ne staccava un altro identico. Dopo qualche altro passo distinse una flebile lama giallognola sotto una porta. Si chinò per guardare dal buco della serratura, ma l'unico dettaglio che mise a fuoco fu uno specchio da camerino incorniciato da una decina di lampadine.

Aprì la porta ed entrò lentamente. La stanza odorava di calcina e topi. Due tavolini stracolmi di lettere e mazzi di fiori. In un angolo, sdraiato su una poltrona, i piedi poggiati su un pouf di pelle e la faccia coperta da un panno da cui risaliva un vapore, c'era un uomo. Ciangottava una melodia a voce bassa e quando sospirava il cencio umido si gonfiava come una torta in lievitazione. Pietro osservò i mazzi di fiori, e mentre si domandava come fosse possibile che un personaggio del calibro di Paco de Lucía non avesse una guardia del corpo a piantonare il camerino, gli tornò in mente il provino e la vista si annebbiò.

Durante un arpeggio di una *copla* del salsero Oscar de León, l'indice della mano sinistra di Pietro si era sollevato di pochi millimetri dal manico della chitarra e la corda pizzicata con la mano destra non aveva prodotto nessun suono. Una nota fantasma, come si chiamava in gergo, che sulle partiture era indicata con una x. Solo che sullo spartito del provino quell'indicazione non esisteva. Pietro aveva stoppato quella corda per sbaglio. E non c'erano dubbi che Paco de Lucía, o uno dei suoi assistenti, riesaminando le registrazioni dell'esecuzione, l'avrebbero notata. Ma era sicuro di aver commesso quell'errore, di non aver suonato quel La bemolle? O forse si trattava di uno scherzo giocatogli dal sonno arretrato e dall'isolamento in cui aveva vissuto negli ultimi giorni. Magari era colpa dell'aria insalubre che si respirava in quel camerino, o del panico che gli mozzava il fiato da quando aveva saputo che la tournée col Maestro l'avrebbe tenuto lontano da casa per chissà quanto tempo o della donchisciottesca abitudine di trascorrere le notti in compagnia di quel maledetto videogioco, braccato dal non-morto LeChuck, fantasma anche lui, guarda caso, come la nota che lo stava per condannare a quell'impietosa e definitiva uscita di scena.

Avvertì un odore di bruciato e gli tornò in mente quello che gli aveva raccontato la sconosciuta dei camerini, a proposito dell'incidente che aveva ridotto la faccia del Maestro a una maschera di cera consumata. Sollevò le mani che l'avevano tradito pochi istanti prima e le fermò a pochi centimetri dal cencio da cui risalivano la nenia e il vapore.

Cosa voleva fare, strangolarlo? E perché mai, se neanche lo conosceva? Perché rappresentava l'uomo che più di ogni altro era riuscito nell'obiettivo che lui aveva mancato? Più Pietro si osservava le mani e più il cervello gli si affollava di domande. Sfiorò un lembo del cencio con la punta dell'indice, con la stessa leggerezza con cui pochi istanti prima aveva sfiorato il palco, ma non sentì nulla. Era come se il suo corpo non fosse più il suo, come se le dita incriminate non fossero più le sue, come se i suoi occhi non stessero osservando il Maestro con il volto nascosto da un panno profumato ma suo nonno Furio, la notte in cui era caduto nella doccia spaccandosi un sopracciglio e Pietro, sentendolo lamentarsi dal piano di sotto, era salito a soccorrerlo coprendogli i genitali con l'accappatoio («Mi volete morto, ma io non me ne vado da solo!») mentre il sangue serpeggiava nello scarico.

Rimase immobile in quella posizione chissà per quanto tempo, con gli occhi increduli che fluttuavano dalle proprie mani tremanti al panno che rivestiva la testa del Maestro. Quando lo vide sussultare fece un passo indietro. Urtò il vaso di fiori davanti allo specchio che oscillò ma, invece di infrangersi per terra, rimase in equilibrio sulla mensola. Sentì il cuore schizzargli fuori dal petto ed ebbe paura che lo sentisse anche il Maestro. Allora poggiò una mano al muro e il contatto con quella superficie fredda lo calmò. Cosa diamine ci faceva in quella stanza? E come se la risposta andasse al di là di ogni possibile comprensione, infilò la porta e si allontanò il più in fretta possibile.

Leo non smise un attimo di parlare. Sembrava che si fosse tirato un camion di speed: guidava, batteva sul volante, armeggiava con lo stereo.

«Sei stato una bom-ba! È fatta. Abbiamo svoltato».

Pietro guardava oltre il finestrino. «Lo sai dal diretto interessato?»

«Che domande. È presto, per quello. Però» e dicendolo staccò le braccia dal volante per afferrare la testa di Pietro, «è andata esattamente come avevo previsto». Inchiodò in un posto riservato ai disabili e fuori dall'auto gli tese la mano. «Fidati di me, ok?»

Un gruppo di adolescenti in tuta e sacca sportiva sulle spalle scese da un autobus e scomparve oltre le porte automatizzate dell'aeroporto spintonandosi e ridacchiando.

«Un'ultima cosa, Leo».

L'agente annuì digitando qualcosa al cellulare.

«*Io sono la gomma, tu la colla*. Ha qualche senso in inglese?»

Leo lo fissò con un'aria incerta, grattandosi i capelli ossigenati. Se gli avessero messo addosso una tuta si sarebbe confuso tranquillamente con quegli adolescenti.

«*I'm rubber, you're glue: everything bounces off me and sticks to you*. È una filastrocca, una di quelle cose che i ragazzini dicono per rispondere a chi li prende in giro. Io sono la gomma, tu la colla: le cose mi rimbalzano addosso e si appiccicano a te».

«Tipo non mi hai fatto niente, faccia di serpente?»

«Tipo specchio riflesso. Perché? Chi te l'ha detto?»

«Nessuno. Solo una curiosità».

«Ohhh. *Got it!* È il tuo nuovo motto, giusto? Spettacolare. Io sono la gomma, tu la colla. Vaffanculo, mi rimbalzate. Da oggi, mondo, con me hai chiuso! Stel-la-re».

Un'ora dopo, al check-in, Pietro si sfilò la giacca e la cintura dei pantaloni. Aveva iniziato a svuotare le tasche, quando gli cadde un cartoncino. Si chinò a raccoglierlo e lesse il nome Hannah Mancuso, la tizia con il corvo tatuato sul collo, seguito da un numero di telefono e una frase in inglese che tradotta significava più o meno: *Gentile pubblico, non posso prometterti la vita eterna. Però posso prometterti la vita. Qui. Ora*. Lanciò un'occhiata alla chitarra e si chiese come le fosse andata, e mentre stava per attraversare il metal detector, si sentì vibrare il cellulare in tasca. Lesse il nome di sua madre – TIZIANA – e si fermò di nuovo.

«Allora? Vuole darsi una mossa?»

Un uomo in giacca e cravatta dietro di lui picchiettava enfaticamente l'indice sul quadrante dell'orologio.

«Cos'è che non le torna? Si può sapere? Non è difficile. Deve solo attraversare quella cazzo di porta. Ci riuscirebbe anche una scimmia. Allora, pensa di aver capito?»

Pietro rientrò a Pisa in tarda serata, per un problema tecnico che aveva trattenuto il suo volo sulla pista di Londra. Accanto al portone del condominio di via Roma c'era una scritta a vernice rossa che diceva:

CANE!

Niente firme, niente spiegazioni.

Avvertì un brutto presentimento, come una pressione alla base della nuca, e accelerò il passo. Non aveva ancora finito la prima rampa di scale, con i polmoni in fiamme, che distinse le urla di sua nonna, e di sua madre, e di un'altra persona che non riusciva a riconoscere. Percorse gli ultimi gradini e arrivato sul pianerottolo si piegò sulle ginocchia per riprendere fiato. Accanto a un carabiniere che bisbigliava qualcosa al cellulare notò una seconda scritta

MERDOSO

disegnata sulla parete del loro appartamento. Il colore e la puzza non avrebbero lasciato dubbi a un cieco: chiunque fosse l'artefice di quel messaggio, non si era fatto scrupoli a spalmare delle feci accanto alla loro porta.

Due carabinieri parlottavano con Tiziana, che singhiozzava sul divano e scuoteva la testa in un modo ridicolo, come se fosse un'appendice instabile e momentanea, destinata a staccarsi e a rotolare sul pavimento allo scrollone successivo.

«Lei sarebbe?»

Un uomo in giacca e cravatta gli si piazzò davanti.

Pietro si scostò i capelli dalla fronte sudata. «Vivo qui».

«Come affittuario?»

«È mio fratello».

T era appoggiato allo stipite della porta di cucina. Aveva i capelli troppo lunghi e il tono di chi deve farsi perdonare qualcosa. Pietro non fece in tempo a chiedergli cosa ci facesse lì, o quando fosse arrivato, che il poliziotto in borghese gli chiese di consegnargli la carta di identità e T lo trascinò in cucina.

«Stai calmo».

«Che succede?»

«Lo stanno portando in carcere».

«Cosa? Chi?»

«Il Mutilo».

Gli sembrò strano che non avesse detto «babbo» lui che nei litigi familiari prendeva sempre le sue parti, che aveva sempre giustificato e dimenticato ogni sua fuga, a differenza di Pietro, persino quella volta in cui si era giocato il suo motorino e aveva dato la colpa a una banda di rom.

«Dicono che ha fatto delle cose...»

Gli raccontò che un anno e mezzo prima il Mutilo aveva aperto una ditta di distribuzione farmaceutica assieme a un collega, e dato che non aveva da parte abbastanza soldi aveva chiesto prestiti a mezza Pisa: ai vecchi compagni di scuola, agli amici del bar in piazza Dante dove prendeva il caffè da trent'anni, ai commercianti di via L'Arancio, persino al parroco di San Frediano. E così la MedicArt aveva aperto i battenti. Il Mutilo aveva ideato il logo (uno scoiattolo con una ghianda tra i denti) e chiesto a T di creare una pagina web, dopodiché i due soci avevano iniziato a battere a tappeto tutti gli ospedali della provincia. Mentre ascoltava suo fratello, Pietro ripensò alla sera in cui, rientrando dal Borderline stanco morto, aveva sentito Tiziana piangere sul pianerottolo del piano di sopra.

Avevano creduto tutti che fosse finita, gli disse T, l'ennesimo progetto lavorativo di un uomo inquieto con un fiuto naturale per i disastri. Invece, come per miracolo, anche se in realtà era tutto il contrario di un miracolo, le cose avevano iniziato a ingranare. In un anno avevano recuperato metà dell'investimento e al secondo stavano raddoppiando il fatturato. Il Mutilo girava la città con sporte piene di regali per tutti quelli che lo avevano aiutato, chiedendo soltanto un altro pizzico di pazienza, ancora qualche settimana e la MedicArt sarebbe diventata leader del settore e lui avrebbe restituito i soldi a tutti, interessi compresi. La gente per strada lo applaudiva. Finché il Mutilo svanì nel nulla. Preso com'era con i suoi ripassi Pietro non se ne accorse neppure e Tiziana, pensando che si trattasse del vecchio vizio di un fedifrago vanitoso, ingoiò l'ennesimo boccone amaro senza protestare. Nel pomeriggio del giorno dopo, poche ore prima del volo di rientro di Pietro da Londra, tornò a casa: assieme a lui due carabinieri e un poliziotto in borghese.

«Farmaci miracolosi che guarivano il cancro».

T gli raccontò che il Mutilo e il suo socio non si erano limitati a distribuire i farmaci, ma avevano inaugurato una rete di smercio parallelo. Contattavano le signore più anziane e disperate e le convincevano che la loro ditta possedeva e distribuiva, dietro corretta prescrizione medica (ricette false fornite da un amico con il tarlo per il gioco d'azzardo), una linea di farmaci che erano in grado di guarire il cancro ma che, vista la natura ancora sperimentale della cura, risultavano difficili e cari da reperire. A quanto era emerso dalle intercettazioni, i due soci non accettavano solo soldi e i pazienti a corto di contanti potevano pagare il trattamento in gioielli, quadri, antichità, comproprietà di bilocali a Livorno o a Marina di Vecchiano. Era così che al Mutilo era piovuto in mano l'ara caraibico chiacchierone che aveva messo in garage.

Quando il telefono rosso dell'ingresso sotto *L'imbuto di Norimberga* squillò, T disse di non rispondere, ma Pietro vide sua madre tapparsi le orecchie con i palmi e allora sollevò il ricevitore.

«Pronto?»

«Casa Benati?»

«Sì, chi è?»

«Schifosi! Assassini! Vi meritate di finire tutti...»

T gli strappò la cornetta dalle mani e buttò giù. «Non rispondere».

Finalmente, mentre Pietro si chiedeva ancora in quale galassia avesse vissuto negli ultimi mesi e perché T fosse a conoscenza di tutti quei dettagli (come aveva fatto a rientrare addirittura prima di lui? Possibile che fosse in volo per Pisa, mentre lui stava raggiungendo Londra per il provino? E perché non lo aveva avvertito?) comparve il Mutilo.

Aveva i capelli scarmigliati e indossava il completo nocciola e la camicia turchese con cui era tornato dalla sua prima fuga domestica e, anche se teneva le braccia dietro la schiena, sembrava che lo facesse più per evitare di sgualcire le maniche della giacca che per il fastidio delle manette. Attraversò il salotto con gli occhi fissi sulla porta finché T si avvicinò ai carabinieri in divisa che lo scortavano, disse loro qualcosa e i due lo aspettarono sul pianerottolo. Quindi raggiunse Berto e lo strinse tra le braccia: un abbraccio lungo, nulla di fasullo o dovuto, come se temesse di non rivederlo più per un bel pezzo.

Quando gli sfilarono davanti prima di raggiungere la porta, Tiziana gridò il nome di suo marito – «Alberto! Alberto!» – e il Mutilo le diede un bacio sulla fronte.

Pietro si limitò a sfiorargli il gomito con la punta delle dita. «Babbo» disse.

«È solo un malinteso, figliolo. Faccio un salto in caserma, chiarisco e torno. Ci pensi te, a mamma? Lo sai che non regge la solitudine».

Pietro fece di sì col capo e neppure si accorse della mano ossuta e gelida che lo spinse via di lato.

La mano non era del poliziotto in borghese che stava schedando le fatture contraffatte rinvenute in garage, ma di suo nonno Furio che per la seconda volta in un ventennio aveva lasciato la camera in cui si era segregato e aveva disceso i sedici gradini fino al piano di sotto, magro come una mortesecca, nudo a eccezione di un paio di boxer rabberciati. Aveva le labbra macchiate di sangue come se le avesse morse per ore prima di decidersi a scendere per dire a suo figlio quello che lo lancinava. Fu una scena di pochi secondi, eppure, in quel breve intervallo di tempo, nessuno si mosse o aprì bocca.

«Diavolo! Diavolo! Diavolo!»

Lo gridò per tre volte, con il mento rivolto verso l'alto, come se non stesse parlando a nessuna delle persone presenti nell'appartamento ma a qualcuno che aveva visto accadere quella disgrazia e non si era degnato di muovere un dito per scongiurarla. Poi venne interrotto da un attacco di tosse. La faccia, sempre più paonazza, gli si imprugnì, e puntò la sua celebre unghia uncinata contro il figlio.

«Che Dio ti maledica!»

Il grumo denso e fine come una raganella che uscì dalla sua bocca e vibrò in aria non atterrò sul volto di Berto come aveva sperato, ma si afflosciò un metro prima del previsto, concludendo la propria parabola sulla mano destra di T stretta attorno al braccio del padre.

L'ultima immagine che Pietro vide quella sera fu suo fratello che, dopo aver fatto accomodare suo padre nella volante, si osservava le nocche bagnate con un'espressione incredula: qualunque cosa fosse accaduta in quella casa, non sarebbe bastato il suo talento o il suo acume o l'amore che ispirava al mondo intero per decifrarla. Fu in quell'istante, mentre il lampeggiante scompariva dietro il gomito della via, che Pietro realizzò che «il mostro» che visitava gli incubi di suo nonno Furio non era il senso di colpa per aver abbandonato il neonato e la vedova in Etiopia, ma quel figlio che aveva originato, educato e cresciuto e che ora «senza braccia» perché ammanettato e «con la testa di uccello» perché spettinato per la prima volta in vita sua, si esibiva nella sparizione più teatrale e disonorevole della sua vita. Eccola, la maledizione Benati – era una vita che quell'ottantaquattrenne lo ripeteva.

Le accuse di truffa aggravata furono confermate e il Mutilo scortato al penitenziario Don Bosco in attesa del processo. Esaurite le lacrime, staccati i telefoni e serrate le imposte che affacciavano su via Roma, sull'orto botanico e sul laboratorio universitario di analisi per evitare che le uova e i pomodori marci imbrattassero le finestre, la casa sprofondò nel buio della vergogna.

Per pagare i debiti, e gli avvocati che li avrebbero rappresentati nel processo, Tiziana iniziò a svendere ogni cosa. La collezione di pistole risorgimentali di suo padre, gli acquarelli dei macchiaioli e le tele dei labronici, il detector magnetico del 1904, il grammofono appartenuto alla famiglia Cavour, la tromba, il mappamondo. Tenne solo il Bösendorfer, con la speranza che un giorno Pietro sarebbe tornato a suonarlo, e la riproduzione dell'*Imbuto di Norimberga* di sua nonna.

Lei, che non aveva mai lavorato un giorno in vita sua, iniziò a fare le pulizie negli appartamenti dei ricchi della zona. Quando rientrava a casa, frullata dalla fatica, rasentando i muri come se temesse che una tegola le cadesse sulla testa, non aveva neanche la forza di parlare. Si dava la crema sulle mani, scaldava una tazza di latte e si infilava a letto.

A una cosa però non rinunciò mai: credere a suo marito. Gli credeva a tal punto da chiedere ai figli ogni giorno di fare quadrato attorno al padre, di fidarsi della sua parola come si fidava lei, e mentre i due giganteschi appartamenti al quarto e al quinto piano di via Roma si svuotavano degli oggetti di valore accumulati nel corso di tre generazioni, dal telefono nell'ingresso ogni sera risalivano le lagne del Mutilo. Qualcuno l'aveva fregato, la concorrenza, il socio che assomigliava a un cipresso, ingordi invidiosi senza scrupoli, lui non c'entrava niente, Dio gliene era testimone: il tempo e il processo gli avrebbero dato ragione, e il loro nome sarebbe uscito candido come il sedere di un bambino.

Le telefonate minatorie, le merde di cane sull'Alfa del Mutilo e le scritte sui muri

ASSASSINI

VER-GOGNA

LEVATEVI DAL CAZZO

FIGLI DI TROIA

continuarono fino a metà maggio, quando qualcuno rubò il pappagallo tropicale dal garage, lo infilzò sul tetto di fronte all'appartamento dei Benati che guardava piazza dei Miracoli e gli diede fuoco lasciando la povera bestia a stridere in bella vista come un neonato famelico.

In quegli stessi giorni, il Maggiore (che l'Alzheimer e un problema alla faringe che gli rendeva impossibile ingoiare cibi solidi avevano ridotto a uno scheletro) eluse la marcatura di sua moglie Lea, camminò a piedi nudi fino al Ponte della Cittadella e si calò in Arno dalla sponda della Società dei Canottieri. Il caso volle che due fratelli che si stavano preparando per i campionati di K-2 sui 500 metri si tuffarono per ripescarlo, accorgendosi solo a riva che quello che il vecchio stava mugugnando non erano ringraziamenti ma insulti di una volgarità irripetibile. Ciò che né Lea né i medici dell'ospedale Santa Chiara riuscivano a spiegarsi fu che, dopo il tuffo in Arno, il problema alla faringe sembrava scomparso e persino l'Alzheimer regredito. Qualunque cosa fosse successa, Furio trascorse i successivi sei giorni in uno stato di perfetta lucidità: mangiò con appetito, raccontò a Pietro di come era dovuto andare a messa ogni domenica per due mesi prima che Lea gli permettesse di portarla al cinema, finché al settimo giorno un deposito di grasso ostruì una carotide del collo e un'emorragia lo stroncò davanti al suo letto a baldacchino, nella camera in cui aveva deciso di tumularsi vent'anni prima.

T levò le tende dopo i funerali del Maggiore, in una bella giornata di sole. Promise che sarebbe tornato per aiutare sua madre con la casa e con la ricerca di una badante che si occupasse di Lea, ma a Pietro bastò guardarlo negli occhi per capire che stava mentendo: qualunque cosa gli stesse frullando in testa, non era lì che l'avrebbe realizzata. Non parlò a suo fratello dell'sms lapidario con cui Leo gli comunicava che il provino per Paco de Lucía «inspiegabilmente» non aveva dato gli esiti sperati. Abbracciò suo fratello e lo guardò andare via dalla finestra.

Quando si risvegliò da quella specie di trance, Pietro uscì sul pianerottolo e scese in garage.

Da quanto tempo non ci andava? Il pavimento di malta sembrava una grossa lettiera su cui galleggiavano barattoli di colla, scalpelli, seghetti, mascherine, goniometri e pialle. Riconobbe la valigia rossa del Mutilo che aveva tirato giù dall'armadio, su cui qualcuno si era accanito alla ricerca di un doppio fondo. Davanti al banco da lavoro, i cui cassetti erano stati svuotati e poggiati alle pareti dopo le perquisizioni, una sedia a dondolo sembrava in attesa dell'ultima mano di vernice. Si chiese se la stesse costruendo per Tiziana o se si trattasse magari di un regalo di riconciliazione con il Maggiore, e lo immaginò mentre impagliava la seduta intrecciando le funicelle di scarza e sfoggiava il suo sorriso alla Robert Mitchum facendosi venire una delle sue idee balzane e illegali.

Non si accorse del momento in cui il pensiero si trasformò in azione. Vide la sua mano raccogliere il mazzuolo dal bancone e sbatterlo sulla sedia, spezzando i manici e le gambe, schiantando l'impagliatura, finché non ne rimase che un mucchietto di legna minuta buona solo per il camino, e allora come se avesse intuito che quel gesto non era un'esplosione di rabbia inattesa ma un atto meditato, si mise una mano in tasca e tirò fuori il demone portafortuna che il Mutilo gli aveva regalato, e lo posò in cima alla pila di legni spezzati.

Quella notte, quando il fuoco si estinse, ripensò alle teorie di Andrei sul punk, rifiutare l'elaborazione, restare uguali a se stessi, chiudersi a riccio in una bolla incorruttibile. Magari era quello il suo vero talento, lo scopo della sua esistenza. Piantare i piedi, restare immobile. Vivere al buio per smarrire un dolore, come gli cantava sua madre. Del resto, cosa gli avevano fruttato gli ultimi dieci anni di vita, se non una delusione dietro l'altra? Quale razza d'imbecille, di coglione patentato, di testa ottusa poteva aver creduto con una tale ostinazione alla visione di un condor con gli occhi fiammeggianti?

Rispose a Leo dicendo che da quel momento non avrebbe più avuto bisogno dei suoi servizi e spense il cellulare. Il giorno dopo mollò la chitarra, il Borderline, le passeggiate con Andrei, le birre di Marino, tutto quanto. Trascorse un mese e mezzo chiuso in camera, di fronte allo schermo della console. E più guidava Guybrush Threepwood al confronto finale con il non-morto LeChuck che gli avrebbe permesso di riscattare la bella governatrice Elaine e di diventare a tutti gli effetti un pirata provetto, più sentiva di non aver mai preso una decisione più saggia di quella. Gettata la spugna, ora doveva solo lasciarsi trascinare dalla corrente e scomparire nei mari cobalto della sua solitudine.

Il 16 giugno, un mese dopo la sua fuga improvvisa, T entrò in camera di suo fratello a mezzanotte passata, gli strappò il joypad di mano e lo scagliò fuori dalla finestra con un tiro così forte che oltrepassò il muro di cinta dell'orto botanico e scomparve tra la chioma del cedro dell'Himalaya.

«Te lo ricordi lo schiaffo di nonno?»

Pietro si spinse gli occhiali sul naso e annuì, chiedendosi perché mai suo fratello non poteva annunciarsi con una telefonata come facevano le persone normali, invece di sbucare sempre fuori dal nulla.

«Allora, se non vuoi buscarne una seconda volta, adesso ti alzi e riprendi in mano le redini della tua vita. Non vuoi più suonare? Bene. Non vuoi più avere a che fare con la tua famiglia? Benissimo. Prendi una laurea, trovati un altro lavoro, ma fai qualcosa».

«Io faccio qualcosa».

«Giochi a un cazzo di videogioco».

«E allora?»

T si stese sul letto e guardò la finestra. «La vita vera è fuori. E non è rifiutandoti di guardarla che smetterà di esistere». Poi, prendendo uno dei suoi vecchi Dylan Dog, gli ordinò di andare in bagno a darsi una lavata.

«Perché?»

«C'è la Luminara, rintronato. Te lo sei dimenticato?»

Sì, se l'era dimenticato, nonostante sua nonna Lea non parlasse d'altro da settimane. La Luminara di San Ranieri, poi la regata storica sull'Arno, e infine il Gioco del Ponte in cui si affrontavano le due parti della città, Tramontana a nord del fiume e Mezzogiorno a sud; dopodiché anche quel giugno pisano sarebbe stato archiviato.

Quella sera, però, Pietro aveva trovato la bussola con cui aveva tirato giù una chiave dalla parete ed era fuggito dalla nave di LeChuck su cui era bloccato da un secolo, e tutto il resto era scomparso. Mentre si infilava in bagno, ripensò a quanto aveva letto su una rivista sfogliata in edicola. Non doveva mancare molto al gran finale. Pazzesco. Ce l'aveva fatta. Già. E poi? Cosa avrebbe fatto dopo?

Aprì il rubinetto e il chioccolio dell'acqua che riempiva il lavandino lo distolse dalla risposta. Osservò la propria immagine riflessa nello specchio. Dio solo sapeva quanti chili aveva messo su, e non ricordava l'ultima volta che aveva parlato con una persona reale. Prese un respiro e immerse la testa nel lavabo, e mentre l'acqua gli impolpava la T-shirt dei Jethro Tull e scivolava sul tappetino verde e i polmoni crepitavano come fascine in fiamme, pensò che T aveva ragione: nessun uomo, neanche quel damerino di Guybrush Threepwood, poteva resistere in apnea all'infinito.

Quando tornò in camera, suo fratello dormiva con il Dylan Dog aperto sul naso. Pietro lo osservò per qualche secondo, quindi spense la consolle e l'abatjour, e si distese per terra accanto a lui.

A occhi aperti pensò a quanto sarebbe stato meraviglioso poter scoperchiare il pavimento dell'abitazione dei suoi nonni e il tetto del condominio e librarsi in volo sulla città in festa: sorvolando i portoni, e le finestre, e gli archi, e i ponti del centro lavati dal baluginio arancione di migliaia di lumini, e la Torre rischiarata dalle padelle a olio; sfiorando le teste dei curiosi ammontati sulle spallette dell'Arno per vedere i fuochi d'artificio sparati dalla Cittadella; finché con gli occhi colmi di luce avrebbe avvertito il suo solito bisogno di allontanarsi da tutti e allora sarebbe planato sul pelo del fiume e avrebbe semplicemente seguito la corrente, verso la foce e poi oltre, fino al punto in cui il mare da blu si fa nero.

Parte seconda

«E dire che se non avessimo tutti tanta paura,
si starebbe così bene».

Giovanni Arpino, *Una nuvola d'ira*

«Ho deciso di perdermi nel mondo,
anche se sprofondo,
lascio che le cose mi portino altrove,
non importa dove».

Morgan, *Altrove*

1.

Turbolenze (o Farsi un'idea su Dora)

La notte del 6 dicembre 2003 Madrid si preparava alla nevicata più copiosa degli ultimi vent'anni. Il sindaco aveva disposto la chiusura di scuole e parchi, e più di duecento voli in uscita erano stati cancellati. In calle Moyano, a due passi dal museo del Prado, i librai avevano rivestito i tetti dei chioschi dell'usato con enormi teli di plastica colorata, mentre nei dintorni di Plaza Mayor le statue viventi erano smontate dai piedistalli per rintanarsi nei *bar de tapas* ancora truccate da faraoni o da Don Chisciotte, cedendo lo scettro dei marciapiedi ai senzatetto e alle prostitute di calle Montera. I meteorologi avevano previsto tra i sessanta e i novanta centimetri di neve ma si auguravano che il dispiego eccezionale di spazzaneve, mezzi spargisale, polizia e pompieri avrebbe arginato l'emergenza in un massimo di quarantotto ore. L'unica precauzione da rispettare, ripetevano i conduttori a ogni edizione dei notiziari, era stivare la cucina di generi alimentari, tenere a portata di mano coperte e candele per i probabili black-out e uscire di casa il meno possibile.

Dora Asturias Manfredini si presentò alla festa *The End of The World*, in una mansarda del quartiere Lavapiés, con un paio di pantaloncini di jeans tagliati sotto il sedere, calze nere a coste, stivaletti di pelle verdemare, e una T-shirt dei

Metallica a cui erano state strappate le maniche. Se il padrone di casa di quella mansarda in camicia bianca e golfino salmone sulle spalle la tampinava con la telecamera per catturare «lo spirito della serata», se qualcuno con aria fintamente maldestra la urtava per attaccare bottone o se un ragazzo la invitava a ballare, lei si girava dall'altra parte senza sforzarsi di aggiungere una parola carina all'occhiataccia con cui li fulminava. Era stata lei stessa a dire al fidanzato (un tizio calvo di nome Enrique che non le si scollava di dosso) che se non ballava come tutti gli altri non era perché non amasse «dimenarsi come una puttana» ma perché aveva il terrore di vedersi dal di fuori e trovarsi «una creatura orribile e sola».

Pietro Benati era finito là dentro inseguendo il suo amico Davide che, a sua volta, stava pedinando una bionda in mantella nera che era «la copia sputata di Kim Basinger in *L.A. Confidential*». Quando aveva raggiunto la finestra per togliersi dalla calca, aveva notato Dora. Sebbene il suo ragazzo le parlasse senza tregua, lei teneva lo sguardo fisso sul vetro e agitava una sigaretta spenta come se stesse ricamando una veste preziosa.

«Belle tette. La conosci?» gli sussurrò Davide all'orecchio, dopo aver dato per persa la bionda.

«Chi?»

«La tipa che stai fissando».

«No».

«Rimediamo subito» disse, e le andò incontro con l'accendino.

Davide era il primo laureando di una famiglia semianalfabeta di pastori ciociari e tutto in lui, il naso prominente, le spalle larghe, i riccioli color grano, restituiva un'incontestabile sensazione di affidabilità. Pietro, al contrario, a ventitré anni era il ritratto della trascuratezza: camicia larga per nascondere una dieta malsana e l'inettitudine sportiva; capelli lunghi legati in un codino rosso scolorito; guance impressionabili da adolescente; un paio di Adidas Gazelle ai piedi che un tempo dovevano essere state verdi e che ora sembravano due sacchetti biodegradabili troppo colmi.

Dora poggiò il gomito sulla spalla del calvo come fosse stata la cornice di un caminetto. «*Gracias, no fumo*».

«*Yo soy Davide*».

Porgendole la mano bloccò il passaggio a un tipo che sulle note di una canzone di Michael Jackson si avvicinava a un gruppetto di ragazze barcollando come uno zombie, immaginando di risultare simpatico.

«*Y él es Pietro*» disse, facendo cenno all'amico di raggiungerli.

La ragazza strizzò l'occhio al suo accompagnatore. «*¿Qué te dije? Italianos*».

Quindi aprì il palmo della mano e il calvo le consegnò una banconota da dieci euro. Come se non avesse realmente assistito a quella scena, Davide sciorinò le quattro frasi in croce che aveva imparato al corso preparatorio di lingua spagnola frequentato durante le prime settimane a Madrid.

«*Estoy aquí de Erasmus. Estudio Ingeniería en la Universidad Complutense. Tengo venticuatro años. Vivo en Roma*».

Pietro, che rimuginava spesso sul suo nuovo amico, era arrivato alla conclusione che alternava momenti di genialità purissima alle più rovinose cadute di stile che avesse mai visto. A ogni modo, era una persona paziente e sincera, quello nessuno poteva negarlo, e per trascorrere i primi mesi della sua vita lontano da casa Pietro non avrebbe potuto desiderare nulla di meglio.

«E da Roma vieni a Madrid tutte le mattine?»

Davide aprì la bocca ma, invece di una risposta che lo tirasse fuori dall'imbarazzo, sul labbro inferiore si affacciò solo un recinto di denti imbrattato dai resti di una *tortilla* di patate.

«Mia madre è di Milano. Io sono nata a Madrid, ma ho vissuto in Italia durante qualche anno».

Il saliscendi dell'italiano cozzava con la durezza di un volto che doveva aver fornito quella spiegazione in centinaia di occasioni.

«*Per* qualche anno».

Pietro la corresse senza pensarci (come se davanti avesse Tiziana e le teorie ansiogene ed estenuanti che aveva sfoggiato per tutta l'estate; la più in voga delle quali verteva su un misterioso traffico di studenti Erasmus, che venivano rapiti e rivenduti come manovalanza militare alla Corea del Nord) e fu allora, mentre una nube di farina risaliva il corridoio come una tempesta di sabbia, che Dora si voltò verso di lui.

«Un altro ingegnere?»

Pietro gli tese la mano. «Lingue. Pietro Benati, piacere».

Dora finse di non vedere la mano di Pietro, poi gli chiese se gli piaceva Madrid, e quanto tempo pensava di trattenersi e cosa si aspettasse di fare una volta conclusa l'università, visto che difficilmente una laurea di quel tipo gli avrebbe spalancato i cancelli per il successo. Dal tono della voce e dalla velocità con cui lanciò quella raffica di domande era evidente che il suo interesse verso le risposte di quell'italiano fosse di poco superiore allo zero.

Pietro chinò la testa con aria colpevole. Si sarebbe risparmiato volentieri la fatica di risponderle. Per dire cosa poi? Che era lì per fare contento T e per risparmiarsi le visite in carcere a suo padre? Quando Davide gli affibbiò una lecca sul collo, come a dire svegliati!, le rispose in spagnolo che aveva sempre voluto vivere a Madrid, che voleva fare il professore e che se a luglio gli fosse rimasto ancora qualche spicciolo in tasca avrebbe attraversato i

Paesi Baschi in autostop. Fine. La sola parte veritiera era quella sul viaggio, anche se in realtà niente lo spaventava di più che zepparsi in un'auto con uno sconosciuto. Il resto era soltanto il copione che aveva scritto e imparato a memoria, e da cui aveva epurato il suo passato di musicista fallito e lo scandalo che aveva travolto la sua famiglia; Dora, a ogni modo, aveva smesso di ascoltarlo molto tempo prima ed era tornata alla sua finestra.

Il ragazzo calvo disse che Pietro parlava il migliore spagnolo che avesse mai sentito, per uno straniero.

«*A que sí, Dora?*»

Lei sospirò. I primi fiocchi di neve attraversarono il cono di luce dei lampioni e si persero nella notte. Il volume della musica era aumentato e, quando la stampa di Miró appesa in salotto franò a terra, nessuno se ne accorse.

Enrique faceva il graphic designer per il BauHaus e viveva a Berlino ma tornava spesso in Spagna per suonare con il gruppo post-hardcore che aveva fondato con alcuni amici: Los Silenciadores. E per vedere «*a este bombón*» aggiunse.

Davide bisbigliò «Fregato» e batté due volte la mano sulla spalla di Pietro che gliela tolse all'istante, quindi attinse a un classico del suo repertorio d'intrattenimento e raccontò la rocambolesca storia del primo incontro tra lui e Pietro all'ostello di calle Huertas, in una piovosa giornata di fine settembre, durante la quale erano passati dal salvare un barbone dal pestaggio di una gang al trascorrere la notte nella cella del commissariato di Plaza de España. Enrique scoppiò a ridere. Rise così tanto che fu costretto a sedersi e, quando si calmò, obbligò Davide a giurare che fosse andata davvero come gli aveva raccontato. Mentre lui si metteva una mano sul cuore, Pietro con la coda dell'occhio cercò Dora. Non aveva mai visto nessuno rimanere indifferente a quell'aneddoto, anzi, non aveva mai visto nessuno così indifferente e basta. Sembrava che non fosse neanche lì con loro, in quella mansarda chiassosa e pigiata di gente, ma da qualche altra parte, in un posto segreto e solo suo.

Davide finì il bicchiere e disse che quel tipo di feste lo avevano stufato: non è che Enrique poteva consigliargli un paio di locali frequentati solo da spagnoli? Non diceva sul serio. Andava matto per quelle serate in cui bastava presentarsi con una bottiglia di vino da 1 euro e 99 alla porta di un appartamento condiviso per poi stonarsi con l'erba e i litri di *calimocho* del padrone di casa. Lo stesso padrone di casa che non esitava a definire «Fenomeno!» se alzava la musica nonostante i vicini minacciassero di chiamare la polizia o lanciava l'idea di uno spaghettino aglio, olio e peperoncino alle quattro della mattina, ma che solo poche ore più tardi, barcollando verso casa, accusava di essere il più giuda, fighetto, leccaculo, figliodipapà del pianeta. «Cosa ci facciamo io e te con uno come lui? Perché non frequentiamo qualcuno di più simile a noi, più incline alla sofferenza, più interessato ad afferrare il senso profondo e nascosto delle cose?» A Pietro piaceva stargli accanto. Perché non doveva dire come la pensava su questo o quell'altro argomento: gli bastava annuire e lasciarlo parlare. «Noi, mio caro, siamo una specie di mutazione genetica tra Leopardi e Kurt Cobain» aveva detto una sera Davide durante uno dei suoi monologhi etilici, prima di afferrare un bidone dell'immondizia e lanciarsi giù per calle Preciados schiantandosi contro il pannello della fermata degli autobus, solo per dire che erano due sfigati che passavano le nottate a riempirsi la bocca di grandi teorie sulla vita, sull'immoralità del conflitto in Afghanistan e dei *traders* di Wall Street, ma che, a conti fatti, per quanto si sforzassero, non riuscivano a sentirsi a loro agio da nessuna parte.

Enrique sciorinò nomi di bar, club e discoteche che Davide si appuntò su un fazzoletto di carta, finché Dora gli chiese se voleva vedere i suoi posti preferiti riempiti di stranieri del cazzo, dopodiché per assicurarsi di essere stata abbastanza chiara, picchiettò l'unghia dell'indice sul quadrante dello Swatch fucsia e gli ricordò che la mattina dopo dovevano sbrigare quella questione «urgente» per cui si erano accordati. Enrique spalancò la bocca come se qualcuno gli avesse rifilato un pugno nello stomaco, si scusò e scomparve tra la folla a cercare i cappotti.

La conversazione era arrivata al capolinea. Davide salutò Dora con un inchino esagerato e si dileguò tra gli invitati che, dopo aver intasato corridoio e cucina, sembravano voler colonizzare ogni centimetro della mansarda.

Pietro aveva le mani umide. Voleva dire qualcosa di spiritoso, il giusto compromesso tra spontaneità e spirito di osservazione; una frase alla T, qualcosa che le sarebbe rimasto in testa una volta tornata a casa. E se avesse citato un pezzo del gruppo di cui Dora indossava la T-shirt? Stava ancora cercando di decidere con cosa esordire quando vide un tizio rovesciarle un bicchiere di vino sui pantaloncini di jeans e scomparire di nuovo nella selva di corpi come se nulla fosse.

«Cazzocazzocazzo! Vedi perché le odio, queste feste? C'è sempre un coglione che ti versa addosso qualcosa!» disse in italiano.

Su un tavolo nell'angolo Pietro vide una bottiglia di acqua frizzante, bagnò il fazzoletto di stoffa pulito che aveva in tasca e glielo porse.

«Se lo tamponi con questo, lavandoli non dovrebbe restare la chiazza».

Dora tenne il fazzoletto impolpato d'acqua sul palmo aperto e lo guardò come se il gesto di gentilezza di quello sconosciuto le avesse riportato alla mente un mondo antico, ridicolo e familiare, di cui credeva di aver smarrito ogni memoria. Lo passò sulla macchia di vino, quindi lo raggomitolò in un bicchiere vuoto e cambiò espressione.

«Non pisciarmi sulla schiena dicendomi che è pioggia, ok?»

«Come?»

«Non sei venuto qua per studiare! Puoi anche toglierti quel tuo costumino da bravo ragazzo. Lo sanno tutti che gli italiani fanno l'Erasmus in Spagna solo per scopare».

Pietro si sciolse il codino sperando che la cortina di ricci lo nascondesse dall'imbarazzo. «Qualche ragazza ce l'abbiamo anche in Italia».

«Peccato che le vostre non la danno, è vero o no che lo chiamate *Orgasmus*? Ti vergogni di dirlo perché sono una ragazza?»

«Dire cosa?»

«Che le spagnole sono più puttane delle italiane».

«Perché dovrei?»

«Perché è quello che pensi. Solo che, a differenza mia, sei troppo preoccupato da come ti giudicherebbero gli altri, caro Luca».

I muscoli del suo volto si erano contratti in una smorfia di stizza e per lo sforzo un rossore aveva macchiato la fossettina del giugulo. Pietro chinò la testa e si domandò se si era accorta di averlo chiamato con il nome sbagliato e perché se la stava prendendo con lui. Se la mandava fuori dai gangheri che quella mansarda fosse infestata da orde di stranieri che coniugavano male i verbi e che avevano come unico obiettivo quello di rimorchiare e sconvolgersi dalle droghe, perché non se ne andava altrove?

Alla fine, fece un passo indietro e si schiarì la voce. «In realtà non mi sono ancora fatto un'idea in proposito».

Dora aprì la bocca, e la richiuse. A Pietro era sembrato di vederla sorridere ma l'arrivo di Enrique con i cappotti lo aveva distratto e, quando era tornato a guardarla, il volto di Dora si era nuovamente nascosto dietro al ghigno contrariato e saccente che aveva sfoggiato per tutta la sera. Si vestì, chiese a Enrique di farle strada e, alzando la voce perché tutti la sentissero, disse in spagnolo che se Pietro non riusciva a farsene un'idea, be', allora forse avrebbe dovuto scopare di più.

Anche se in misura inferiore alle previsioni, la bufera di cui i meteorologi parlavano da giorni arrivò e per qualche minuto il tempo sembrò fermarsi e iniziare a scorrere al contrario, fino al momento in cui la festa non era altro che una fantasia nelle menti dei ragazzi. Il padrone di casa spense la musica. Gli invitati smisero di ballare. I fumatori schiacciarono le sigarette nei portacenere. I bevitori posarono i bicchieri sul tavolo e quei pochi fortunati che erano riusciti ad avvicinarsi abbastanza a una ragazza da cingerle i fianchi e lanciare l'attacco alla fortezza delle sue labbra si mossero verso le finestre.

Fuori il mondo era scomparso. La neve cadeva così fitta che era impossibile distinguere i fazzoletti rossi che le prostitute stendevano dai balconi per segnalare che erano occupate con un cliente. Scomparvero le panchine. Scomparvero i cassonetti. Scomparvero i lampioni sbilenchi sui marciapiedi. Restarono solo le voci: segnali indistinguibili, da una galassia remota.

Caddero quaranta centimetri in un'ora e la circolazione degli autobus andò in tilt. Per tornare a casa a piedi Pietro impiegò un mucchio di tempo. Davide, che nel tragitto era stato così democratico da fermarsi a vomitare una volta in ogni quartiere, oltre alle pause dedicate a scrivere il proprio nome sulla neve con la pipì, si autoinvitò da lui per la notte. Lasciarono i vestiti zuppi sul pavimento, si fiondarono sotto il piumone e batterono i denti finché le tre resistenze incandescenti della stufetta elettrica si spensero con un *clic*, e la camera gonfia d'aria calda sprofondò nell'oscurità.

«Che tipa, eh?»

«Chi?»

Fuori un cane abbaiò finché un altro non gli rispose e allora tacquero insieme: e fu solo una notte d'inverno lontana da casa.

2.
Una cartolina da New York

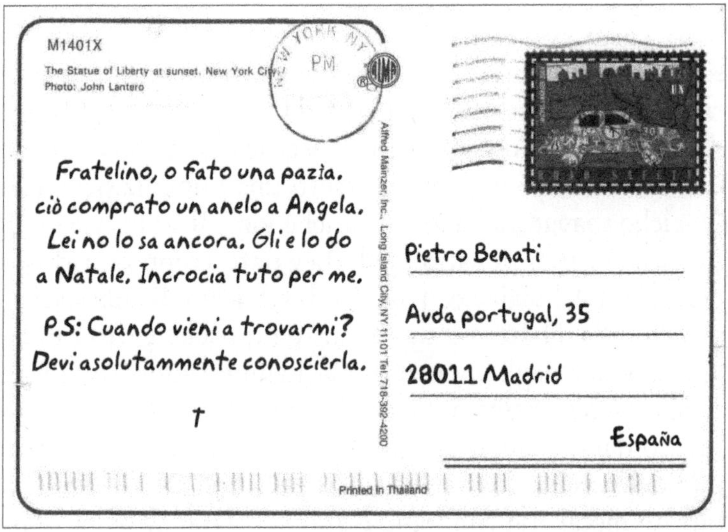

3.
Camera con vista

I Morin erano sempre stati una famiglia felice. Alti e bassi, certo, come tutte le famiglie, eppure mai una discussione insormontabile o un tradimento, mai una frattura da cui fosse scaturita una slavina di sofferenze così soffocanti da rendere vana qualunque riappacificazione. Non si cada nell'errore di pensare che fossero una famiglia perfetta. Qualche sbavatura l'avevano anche loro. Il Volkswagen di Laurent sporco di sabbia parcheggiato troppo a ridosso delle siepi del vialetto. I sacchi di terriccio dimenticati in giardino da Thérèse e squarciati da qualche gatto randagio. I boxer degli amanti di zia Jeanne caduti sulla loro soglia dal terrazzino al piano di sopra. Il tavolo da pranzo invaso dagli articoli di cardiologia di Jubert. L'odore di pipì del vecchio foxterrier Ulisse sulla moquette. Le schitarrate metal che rimbombavano nella stanza della figlia minore Frédérique per silenziare il cigolio del letto su cui si avvinghiava con il suo ragazzo. Bazzecole. Disordini microscopici, aritmie impercepibili che Thérèse e Jubert tolleravano affinché «il cuore pulsante della famiglia continuasse a battere sano e forte».

Il cuore pulsante era forte e in ottima salute, in effetti. Lo testimoniava la solidità dei suoi rituali. Le cene domenicali al lungo tavolo rettangolare del salotto, un membro per ogni lato. Le vacanze estive in camper fino all'adolescenza dei figli. Due camminate in campagna, il primo dell'anno e a ferragosto, nevicate e temporali compresi. Oltre, naturalmente, alle Olimpiadi di Natale nel loro magnifico giardino in cui famiglie di vicini, di amici dei genitori e di amici dei figli si intabarravano con sciarpe e berretti e si sfidavano a scala quaranta, freccette, biliardino, memory e ping-pong fino al solito, prevedibile, meritato trionfo dei padroni di casa.

Ah, nel loro cuore i Morin includevano anche Marianne.

Fidanzata con Laurent dalla prima liceo, bionda, tratti fini, pelle bianchissima: di una bellezza che sembrava uscita da una fiaba. Con lei Laurent era diventato un adulto educato e ragionevole. Con lei aveva fatto l'amore per la prima volta, in un salottino prestatogli da un amico; con lei era stato in vacanza in Corsica, moto e tenda; con lei aveva riso, litigato, pianto e fatto pace una quantità inenarrabile di volte. E a lei, e a nessun'altra, aveva detto di volere un figlio, prima di vederla scoppiare a ridere («Un figlio a diciotto anni? Hai battuto la testa? Non hai imparato nulla da tua zia?»). Una sera, però, alla soglia dei cinque anni di relazione, si erano ubriacati e a letto (mutande e reggiseno lei, boxer lui) confessati di non ricordare più cosa li aveva portati a stare insieme. Fu come se la terra si fosse sciolta sotto i loro piedi. Poco dopo, forse in reazione al terrore di quella scoperta, si erano amati con più impazienza del solito. In fondo poteva trattarsi semplicemente di quello che il padre di Laurent chiamava «il dilemma della felicità»: se ti ci abitui, rischi di non vederla più.

L'infortunio fu la slavina che Thérèse e Jubert non poterono arginare. Due mesi dopo la vittoria dei Mondiali under 18 a Biarritz, Laurent stava eseguendo un bottom turn sull'ultimo set di onde quando il tendine d'Achille del piede destro si era rotto. L'operazione lo aveva rimesso in piedi in tempi record. Su consiglio del suo allenatore, un italiano che era stato tra i primi cinque surfisti al mondo (e su pressioni dei brand Red Bull e Maui che lo avevano sponsorizzato in vista del World Surf League Championship Tour), Laurent rientrò in acqua per le ultime gare estive ma quando il dolore tornò e la caviglia riprese a gonfiarsi, si lasciò convincere da suo padre (e dalla strigliata che Jubert rifilò all'allenatore) a prendersi una pausa. Se avesse recuperato a dovere, avrebbe sempre potuto tornare a gareggiare l'anno successivo.

Affinché il loro primogenito non si sentisse giù di corda, Thérèse e Jubert per prima cosa aumentarono «il termostato dell'amore»: un'espressione che usavano ogni qualvolta si fiondavano senza bussare in camera dei figli per dispensare baci e abbracci. In altre parole, la loro soluzione era: via musi lunghi, risposte passive-aggressive sulla decisione di Laurent di non iscriversi all'università e stupidi bisticci. Al loro posto, buon umore, sorrisi ed effusioni a sorpresa.

Fu così che le cene della domenica vennero allargate al resto dei giorni feriali. Nonché alla zia single e libertina Jeanne che dispensava consigli di sesso, il 99% delle volte non richiesti. E a Marianne, a patto che non fosse impegnata con il corso di Letteratura inglese che aveva appena iniziato.

Per essere sicuro di rientrare in orario Jubert smise di tenere conferenze in giro per la Francia e si limitò agli incarichi di direzione ospedaliera. Quando varcava la soglia di casa Morin, raggiungeva il divano su cui Laurent sonnecchiava con un occhio alla tv e vi rovesciava una montagna di opuscoli universitari, rimarcando che Laurent poteva scegliere qualunque strada volesse perché era uno dei ragazzi più brillanti, più dotati e più intelligenti che avesse mai conosciuto. Quindi concludeva quella filippica stucchevole puntando l'indice verso la volpe imbalsamata nell'ingresso, sul cui piedistallo a forma di tronco campeggiava la scritta: *Scaltro come un Morin*.

Brillante, dotato e intelligente Laurent lo era davvero. Anche se aveva dedicato allo studio soltanto i ritagli di tempo dalle gare, in tre anni di liceo Economique et Social e nelle prove del baccalauréat non aveva mai portato a casa più di cinque o sei insufficienze. Il punto era che studiare lo annoiava a morte. Lo aveva fatto solo per non dare un dispiacere a sua madre, che aveva mollato gli studi all'ultimo anno quando era rimasta incinta di lui. In famiglia lo sapevano tutti. Tanto che ogni volta che saltava fuori un qualunque commento correlato a un diploma o a un'università, con la coda dell'occhio si voltavano verso Thérèse che, sorridendo esageratamente, andava in cucina a controllare di aver spento il forno.

A differenza di suo marito che spingeva il figlio a scegliere Medicina o Ingegneria, lei non aveva predilezioni. Tuttavia, se proprio avesse dovuto esprimere una preferenza, ecco, dato che si scontrava ogni giorno con la testarda impermeabilità matematica del marito, lei avrebbe suggerito un ramo più umanistico.

«Filosofia, magari. Da adolescente ti piaceva, no? O Lingue, anche Marianne studia Inglese, ti trovi bene Marianne?, ah, e non dimenticarti che tua zia ha vissuto a Madrid e potrebbe darti delle lezioni per capire se fa per te. Sbaglio o lo spagnolo è la seconda lingua più parlata al mondo?» Erano premure da genitori apprensivi ma amorevoli, mossi dal desiderio di tenere salde le briglie di fronte alla prima grande difficoltà della famiglia. Qualunque fosse stata la scelta di Laurent, Thérèse e Jubert l'avrebbero appoggiata senza obiezioni, perché avevano piena fiducia in lui e gli volevano «un mare di bene».

Era stato allora, di fronte a quell'iperbole (dopo interminabili settimane di cene più simili a sedute di psicoterapia, dopo interminabili discussioni telefoniche con Marianne che prima cercava di convincerlo a iscriversi all'università e poi scompariva per ore in qualche biblioteca o caffetteria del centro con i suoi nuovi amici) che Laurent aveva realizzato che doveva davvero prendersi una pausa. Non dalle gare. Ma da loro. La settimana dopo, il 6 ottobre del 2003, comunicò la decisione di andare a Madrid. Come sua zia. Avrebbe seguito un corso trimestrale di lingua all'università. All'aeroporto, davanti a tutta la famiglia Morin e alla sua Marianne, sfoggiò un sorriso illimpidito di saggezza: stava bene, sul serio, non dovevano preoccuparsi di niente e comunque a Natale sarebbe stato di ritorno, più convinto ed elettrizzato di prima.

Dopo la prima settimana trascorsa in una stanza in cui entrava a malapena un letto, Laurent realizzò che non avrebbe rispettato nessuna di quelle promesse. All'università ci era andato, sì, ma solo per strappare qualche annuncio di camere in affitto. Anche i contatti che sua zia gli aveva spedito per sms gli erano stati utili: aveva rimediato una grammatica francese-spagnolo e un dizionario portatile, e una mappa delle sale cinematografiche che proiettavano film in lingua originale e che Laurent aveva cestinato l'istante successivo. Quando la sera chiamava casa, parlava a Thérèse di corsi *interessantissimi*, di compagni di facoltà che lo stavano aiutando *moltissimo* («non saranno scaltri come i Morin?» interveniva suo padre dall'altro telefono), e di una metropoli alla portata di tutti. Una sera, sempre più a suo agio in quel gioco al rialzo, si sdilinquì nella cronaca di un appuntamento con una ragazza conosciuta per caso in uno Starbucks, lasciando sua madre a domandarsi se avrebbe dovuto confessarlo o meno alla povera Marianne.

Di vero, però, c'era solo la caffetteria.

Laurent ci era passato davanti in skate e notando un annuncio di lavoro per l'apertura del primo punto vendita di tutta Madrid aveva consegnato la domanda di assunzione. La settimana dopo aveva grembiule e cartellino autografato. Quando il responsabile stilò il calendario dei turni, Laurent si prenotò per quello che tutti schifavano: l'apertura. Gli piaceva attraversare Madrid alle cinque del mattino, in compagnia solo dei mezzi pulisci-strade. A quell'ora la città, aveva scritto una volta a sua zia in un sms, gli sembrava **una lastra di ghiaccio nero**. I clienti erano pochi, di solito abituali: ragazzini che sbavavano su un pezzo di torta e un *frappuccino* di ritorno da una serata in discoteca; pendolari in giacca e cravatta diretti alla stazione di Atocha; senzatetto con un cappello di centesimi e il bisogno di scrostarsi il gelo dai piedi; e una squillo, sempre la stessa, con una parrucca nera e le labbra rifatte che aspettava che i suoi anziani accompagnatori si appisolassero sui divanetti per alleggerirli del portafoglio e, dopo aver lasciato qualche euro di mancia al suo cameriere preferito, sgattaiolare via.

Se il lavoro andava a gonfie vele, non altrettanto poteva dire dell'alloggio. Dopo la prima stanza-finestra, in quell'autunno Laurent cambiò quattro singole, da Moncloa a Carabanchel. Non aveva fissazioni o esigenze insormontabili: un materasso e un armadio sarebbero stati più che sufficienti. Eppure, in quei mesi di sfratti continui, aveva realizzato cosa voleva; anzi, cosa *non* voleva. Non voleva coinquilini spagnoli, non voleva cani e assolutamente non voleva ragazze. I primi due gli stavano simpatici ma sporcavano troppo; le ultime si presentavano armate delle migliori amichevoli intenzioni ma, vuoi per l'accento francese, vuoi per il fisico da Adone, vuoi per il distacco atarassico con cui Laurent le trattava, finivano tutte per esigere – esattamente come Thérèse e Jubert – più di quello che lui era in grado di dare.

Cosa voleva davvero l'aveva scoperto una mattina mentre passeggiava lungo il Manzanarre, sulla strada per la caffetteria: voleva una casa vista fiume. Che fosse dalla finestra di camera o di salotto o anche solo affacciandosi dal microscopico lucernario di un bagno, non importava. Certo non sarebbe stato il mare di Biarritz, ok, né quello di Rosignano Solvay, in provincia di Livorno, dove si era trasferito con il suo allenatore dopo aver vinto il titolo juniores portandosi dietro anche Marianne, per quella che sarebbe passata agli annali come l'estate più bella della loro vita. Eppure, pensava, la sola vista del fiume l'avrebbe fatto sentire in pace con se stesso. E poi, chissà, magari avrebbe potuto iscriversi a un corso di kayak, giusto per tenersi in forma per le gare estive e non perdere il senso dell'acqua, *n'est-ce pas?*

Per un po' la sua routine divenne questa: all'alba in strada per il turno da Starbucks, al pomeriggio le ricerche di una casa, di sera le menzogne a Marianne e ai suoi genitori, dopo cena gli esercizi di conversazione e grammatica spagnola. Non era una brutta vita. Non aveva desideri né preoccupazioni. Almeno finché non si licenziò.

Durante il turno di colazione si era avvicinato al tavolo della squillo per intascarsi la solita mancia quando un signore lo aveva afferrato per un braccio spolmonandosi, «al ladro!, al ladro!» finché il direttore non era uscito a vedere che cosa stava succedendo. A quanto pareva, quell'ultimo canuto accompagnatore che era stato alleggerito e abbandonato dalla squillo era anche il proprietario di tutto il palazzo, Starbucks compreso, e quando aveva accusato

Laurent di essere in combutta con la ladra, lui si era tolto il grembiule e aveva preso la porta senza dire una parola.

Aveva scelto quel lavoro per caso e non lo preoccupava l'idea di trovarsene un altro. Alle sette e mezza del mattino, mentre attraversava il viale già gonfio di traffico e ciondolava sotto gli alberi che portavano a piazza Colón, non pensava a niente. Per questo, forse, quando una donna lo chiamò da lontano, Laurent si fermò e le sorrise, pensando che l'avesse confuso con qualcun altro. Era la squillo. Al posto della parrucca sfoggiava un cranio con una rasatura militaresca. Gli disse che aveva visto tutto, era dispiaciuta, e voleva offrirgli un caffè. Si chiamava Lulù, o così gli disse. Era ecuadoriana. Viveva a Madrid da sei anni, assieme a un figlio di quattro, e aveva una proposta per lui: «Hai mai tenuto compagnia a una donna?» Laurent le domandò se intendeva compagnia sessuale e Lulù prima si mise a ridere e poi gli carezzò la guancia, come faceva con suo figlio ogni sera al momento della buonanotte.

Fu tentato di chiamare zia Jeanne, ma alla fine non lo fece. Aveva scelto da solo di andare a Madrid, e da solo avrebbe preso anche quella decisione. A sua madre disse che un compagno di facoltà gli aveva trovato un lavoro, un buon lavoro, vendeva prodotti di bellezza porta a porta, aveva anche un ottimo sconto, le interessava una crema viso-mani-cellulite, poteva farle un bel pacchettino per Natale. Thérèse, che aveva iniziato a sospettare che il figlio non le raccontasse tutta la verità, lo pregò almeno di lasciarle comprare il volo di ritorno per Parigi, visto che ormai non mancava molto alla fine del suo trimestre in Spagna e al ritorno a casa, ma Laurent rispose che ci aveva già pensato e, prima di inventare una data, mise giù.

Le mansioni che le sue clienti gli richiedevano erano variegate e non prive di una certa fantasia. Alcune volevano essere accompagnate a teatro o al cinema, perché soffrivano la solitudine; altre a cena nel ristorante gestito dall'ex marito, per dimostrargli che non erano né finite né disperate, guardare il marcantonio al loro fianco per credere; altre ancora desideravano qualcuno con cui dividere una doccia e un letto. Una virago sulla quarantina lo portò in un negozio di abiti da sposa e lo pagò per fingere di essere il suo testimone. Tutte, a ogni modo, concordavano nel trovarlo irresistibile. In poco tempo Laurent mise su un giro di donne adulte – per la maggior parte trascurate dai mariti o ringalluzzite dalla vedovanza, *maduritas*, le chiamava Lulù – che in tre giorni di appuntamenti gli fruttavano quanto sette turni da Starbucks. Laurent non pensò mai che quello che stava facendo fosse sbagliato. Perché avrebbe dovuto? Era maggiorenne, solo, in un'altra nazione. Certo Marianne non ne sarebbe stata contenta, ma che motivo aveva di dirglielo? Se da sua zia Jeanne aveva imparato qualcosa era che: «Quello che accade a Madrid, resta a Madrid».

A fine novembre lesse l'annuncio di una singola in affitto in un appartamento vicino al Manzanarre (un trilocale senza lode e senza infamia al numero 35 di Avenida Portugal) e si presentò a vederlo. Quando l'inquilino lo trascinò su per le scale fino a un lercissimo ma spazioso lastrico solare, Laurent gli si gettò ai piedi e lo supplicò di affittarla a lui. Non era né uno stupido né un aspirante suicida. Sapeva che quel basamento in eternit non era la piscina a sfioro di un hotel a 5 stelle, bensì un sepolcreto di mozziconi di sigarette, profilattici squagliati, escrementi secchi di uccello e antenne paraboliche puntate come accuse verso le prostitute sotto i lampioni, ma a lui bastava e avanzava. Avrebbe potuto metterci un paio di sdraio da campeggio e osservare il fiume e i sudamericani che giocavano a calcio tra i platani di Casa de Campo.

C'era tanto di quello spazio che avrebbe persino potuto allenarsi con lo skate.

Il ragazzo lo aiutò a rimettersi in piedi e gli disse che gli avrebbe affittato la stanza. Del resto, per quanto gliene fregava poteva essere anche un serial killer: lui era quello che se ne andava. La persona con cui Laurent doveva restare a vivere era un italiano.

Novembre scorse via in un baleno.

Mentre il coinquilino viveva tumulato nella sua stanza più silenzioso di un monaco, Laurent si godeva il lastrico. Un panino, un disco di Jack Johnson o dei Beach Boys, una sdraio al sole. E guarda un po', condizionamento mentale o influssi benefici della cocaina – che da qualche tempo gli regalava una cliente fissa –, a malapena si accorgeva del gonfiore alla caviglia. Se era stanco, si sedeva a contemplare il fiume. Aveva tutto ciò che desiderava, finalmente gli sembrava di essere tornato a respirare.

Quando si ritrovò Marianne sotto casa, a tre mesi esatti dalla sua partenza, non capì cosa avesse di diverso. I capelli, forse, tagliati?, tinti?, entrambi?, si chiese mentre l'abbracciava e la faceva entrare nel corridoio. «Perché mi guardi così?» Già, perché? Perché dormiva male da tempo, prima di tutto, e perché beveva troppo, e poi erano le nove del mattino e il suo cervello non avrebbe iniziato a carburare prima delle dieci.

Le propose di prendersi un caffè al bar, per non disturbare il coinquilino, e Marianne accettò. Come stava, cosa faceva di bello, università, lavoro: pretese una risposta a tutto, prima ancora di ordinare. Laurent mentì telegraficamente su ogni argomento, prima di chiedere scusa e infilarsi in bagno a sciacquarsi la faccia. Cos'era venuta a fare? Voleva riportarlo a Parigi? Era in combutta con

Thérèse? Glielo chiese tornando a sedersi ma la frase – «Perché sei venuta?» – gli uscì troppo brusca.

«Credevo fossi contento di vedermi».

«Scusa, non volevo dire che non sono contento. Certo che lo sono. È che tra pochi giorni sarei tornato anch'io».

Marianne sollevò la punta delle scarpe e dondolò sui talloni. «All'università non ho lezione fino a dopo l'Epifania. E poi non ero mai stata a Madrid. Ho fatto male?»

Prima che Laurent potesse spiegarle che in quei giorni era parecchio indaffarato (sì, ma a fare cosa? Mica poteva dirle che le sue vedove e divorziate non volevano passare il Natale da sole!), il suo cellulare squillò e lui le sorrise, «Hai fatto benissimo» e le accarezzò la guancia, «così facciamo il viaggio di ritorno insieme». Dopodiché si allontanò per rispondere, perdendosi il petto di Marianne che si gonfiava sospirando, il capo chino.

Passarono la giornata a camminare. Risalirono il fiume fino alla città universitaria, dove Laurent si lanciò in uno degli aneddoti inventati che aveva già rifilato anche ai suoi genitori. Marianne annuiva e sorrideva. A differenza del solito, però, Laurent aveva notato che teneva le mani nelle tasche del cappotto. Faceva freddo, a breve avrebbe nevicato, eppure chissà perché ipotizzò che avesse ripreso a mangiarsi le unghie e si vergognasse di mostrargliele. Invece, poco dopo, mentre pagavano il biglietto per il Museo de Ciencias Naturales notò che le unghie erano lunghe e ben curate. Qualunque cosa fosse, quel sentore di cambiamento che Laurent aveva ravvisato in una Marianne stranamente laconica, non erano né i capelli né le unghie.

Bevvero caffè e birra per tutto il pomeriggio. Ignorarono le tv che invitavano la cittadinanza ad aspettare la bufera in casa. Si riempirono di *tortillas* e *pimientos*. Davanti al bancone di un bar traboccante di gente si baciarono. Quando, tra i primi fiocchi di neve, rientrarono nell'appartamento di Avenida Portugal, Laurent notò che il coinquilino fantasma era uscito. Andarono subito a letto, stanchi e infreddoliti, ma non appena Laurent le poggiò la mano sul ventre Marianne disse che c'era una cosa che doveva assolutamente dirgli e non si fermò più finché, a bassa voce, con frasi brevi e ritmate, come se stesse recitando una litania, vuotò il sacco.

Primo gli disse, anche se il punto del discorso non era quello, che immaginava quanto doveva essere stata dura per lui superare l'incidente, l'assenza dalle gare, la malinconia che ne era seguita, perché anche se Laurent continuava a dire di star bene si capiva lontano un miglio che il vero dolore l'avrebbe investito come un treno molto presto. *Secondo* gli disse, anche se il punto del discorso non era quello, che aveva capito immediatamente che in università non aveva mai messo piede: dov'erano i libri? e lo zaino?, per non parlare di quegli aneddoti idioti sui compagni di corso che lo portavano ai vernissage o a teatro o alle terme, la credeva un'idiota?, gli studenti universitari non hanno il becco di un quattrino per definizione, e poi si era accorto che a sua madre li aveva raccontati in un modo completamente diverso o pensava che non si parlassero perché lui era partito? *Terzo* gli disse, anche se il punto del discorso non era neanche quello, che si augurava non si fosse messo a spacciare come le suggeriva l'enormità di chiamate che aveva ricevuto quel giorno. Per *quarto* e ultimo tirò fuori quello che era davvero il punto del discorso, e cioè che in facoltà aveva conosciuto un ragazzo e credeva di esserne innamorata.

Laurent si sentì la gola secca e le mani sudate ma quando Marianne gli giurò che non era ancora successo niente, l'abbracciò. Piansero insieme, a lungo. Laurent avrebbe voluto confessarle la verità su cosa stava combinando, ma il tramestio delle chiavi nella porta e due voci maschili lo inibirono. Quando la casa tornò a sprofondare nel silenzio, Marianne si era addormentata.

La mattina dopo, nonostante la nevicata della notte, Marianne aveva insistito per chiamare un taxi e si era fatta portare all'aeroporto; voleva essere lì non appena avessero riaperto le tratte, ma non ci voleva un genio per capire che si sentiva a disagio a restare accanto a Laurent, dopo la confessione della sera prima, e che aveva già pianificato tutto dal principio. Ne fu contento anche lui, anche se nel ronzio degli spazzaneve non capì le sue ultime parole mentre gli restituiva l'anello di fidanzamento e si infilava nel taxi.

Nelle ore successive Laurent recuperò gli appuntamenti annullati. Portò a cena la designer con la passione per la cocaina, che si era lamentata di vederlo molle e scostante, e con un paio di strisce nel naso si era fatto perdonare sul tappeto del salotto. Prima dell'alba camminò tra i viottoli scavati tra la neve e, una volta a casa, invece di mettersi a letto, salì sul lastrico. Con una scopa liberò uno stradello abbastanza lungo per skeitare e andò avanti finché la caviglia non gli fece capire che era il caso di darci un taglio. Appena le luci del mattino incendiarono gli alberi di Casa de Campo, si sentì invadere dalla nostalgia. Per cosa? Per Marianne? Per quello che era stata per lui e adesso sarebbe stata per un altro? Per le Olimpiadi di casa Morin, per le cene della domenica, per la ridicola volpe impagliata su cui suo nonno aveva inciso una battuta senza senso? No, non era quel tipo di nostalgia, per i ricordi passati o le persone lontane, era qualcosa di più simile al fiume là sotto, che correva incessantemente in avanti, senza punti di attracco.

4.
L'albero della scienza

Nelle telefonate dal carcere Don Bosco di Pisa il Mutilo diceva spesso di aver capito. Qualcosa sul mondo, qualcosa sulla sua infanzia, certe volte sui suoi figli o, strano ma vero, su se stesso. Nell'ultima a cui Pietro aveva partecipato prima di levarsi dai piedi, parlò degli errori e di come fosse giunto alla conclusione che «ci accorgiamo di averli commessi soltanto quando è troppo tardi e non ci resta che sdrusciarci il capo di cenere, sperando che il destino interceda per noi e ci pari il culo».

Pietro non ci aveva mai creduto. E non solo perché si era promesso di non credere mai più a nessuna delle parole che uscivano dalla bocca di suo padre. Ma perché al contrario, per prevenire gli effetti di un abbaglio, anche del più vistoso e deprecabile, per lui era sufficiente prestare attenzione ai sintomi che ne segnalavano l'arrivo: spie di varia grandezza e natura che si manifestavano quotidianamente e che dovevano soltanto essere avvistate e decifrate, per rimettere la barca sulla giusta rotta.

Che prendessero lui, ad esempio. Era ingrassato, aveva sviluppato una dipendenza per un videogioco e tagliato i ponti con l'umanità. Tuttavia, quando sembrava finito in un vicolo cieco, sotto la spinta di suo fratello si era rimesso in carreggiata. L'iscrizione alla facoltà di Lingue e Letterature Straniere era stata una scelta obbligata, visto che al liceo inglese e spagnolo erano le uniche materie in grado di tenerlo sveglio. Al primo anno aveva superato tutti gli esami senza patemi e concluso quello che aveva ribattezzato «il mio lungo periodo di disgelo». Al secondo, dopo aver consegnato la richiesta per trascorrere un anno di studio all'estero, era pronto a dimostrare a se stesso – e a T che gli aveva telefonato giorno e notte da New York finché non aveva consegnato i moduli per la borsa di studio – che era in grado di continuare quel suo nuovo percorso senza rallentamenti e, allo stesso tempo, di rompere definitivamente il guscio dentro cui si era barricato.

Perché, allora, il 7 gennaio 2004, mentre aspettava in coda alla cassa della caffetteria della Complutense di Madrid, non notò la tachicardia, i sudori freddi e una gamma di istinti irrefrenabili che oscillavano dallo smangiarsi le unghie ruotando le dita come pannocchie al lavarsi le mani dopo aver toccato qualunque superficie? Bella domanda. Non è che non li notò. Piuttosto li sottostimò. Perché si era lasciato distrarre da due novità.

Uno: *le vacanze.*

Per la prima volta in vita sua Pietro non aveva trascorso il Natale a casa. Sapeva che T sarebbe rimasto a New York con Angela e si era figurato la tensione che avrebbe dovuto sorbirsi nell'appartamento di via Roma, con sua madre piccosa e incattivita con la giustizia italiana e i medici e i secondini che ignoravano i problemi respiratori che erano comparsi in suo marito durante la detenzione e si rifiutavano di concedergli gli arresti domiciliari. E così aveva deciso di restare a Madrid.

In sei giorni da solo visitò il Museo del Prado, il Thyssen-Bornemisza e il Reina Sofía. Elesse a suo ristorante di fiducia un galiziano in calle Huertas dove con sette euro e cinquanta poteva godersi un coccio di polpo e patate e una *caña*. Scese in tutte le fermate che non aveva esplorato. E dopo essersi comprato l'autobiografia di Lemmy dei Motörhead prese posto sulla linea Circular e fece due giri completi. Il 26 di dicembre T lo informò con un'e-mail che la storia con Angela era finita e lui aveva un disperato bisogno di prendersi una vacanza. La parola *disperato*, oltre che banale, nella testa di Pietro era risuonata come un campanello d'allarme, perciò l'aveva chiamato sul cellulare a intervalli regolari finché, dopo aver rintracciato il numero del suo dipartimento di ingegneria alla Columbia, era venuto a sapere che si era preso un'aspettativa di tre mesi. La notte del 31 salì sul lastrico solare del suo condominio con un paio di birre e un pacco di Oreo, e se ne restò a guardare i razzi, le bombe giapponesi, le pigliate, i cannoli, le piogge luccicanti e quelle a cascata che deflagravano dagli avamposti dei sudamericani nel parco di Casa de Campo e invadevano il cappello buio della notte.

Due: *Laurent Morin*.

Durante le vacanze il suo coinquilino sembrava svanito nel nulla. Gli aveva lasciato un bigliettino sul tavolo nel quale diceva che doveva recuperare alcuni arretrati di lavoro e non si sarebbe fatto vedere fino all'Epifania. La mattina del 7 gennaio, poco prima di infilarsi in un vagone della metro grigia diretto all'università, Pietro trovò sul tavolo del salotto un fucile di precisione a proiettili ad acqua, con un bigliettino in cui il coinquilino francese si scusava di non essere stato molto presente nell'ultimo periodo e gli prometteva che d'ora in avanti avrebbe cambiato vita. E quel regalo così assurdo, unito a quella rassicurazione così poco rassicurante, fu l'ultima goccia del narcotico che gli impedì di vedere l'errore che aveva commesso.

Stava bevendo un caffè osservando un fricchettone che torturava una chitarra classica senza il mi cantino dall'altra parte del bar di facoltà quando sentì due studenti, seduti dietro di lui, alludere ai «romanzi addizionali» per il test finale di *Literatura del Siglo XX*, il corso più importante che Pietro aveva seguito nel primo semestre e di cui avrebbe dovuto sostenere l'esame il mese dopo. Si voltò e chiese scusa per l'interruzione: a quanto gli pareva, anzi, ne era certo, nel programma figuravano soltanto tre manuali di critica e nessun romanzo.

Uno dei due cavò il programma dallo zaino e lo ruotò teatralmente sotto gli occhi di Pietro, mostrandogli una lunga lista di titoli che campeggiava sul retro e che la stampante dell'università aveva deciso di risparmiargli.

Pietro lesse la lista di opere consigliate e sbiancò. Miguel de Unamuno, Ortega y Gasset, Azorín, Pío Baroja, Valle-Inclán, i poeti della generazione del '27, il teatro, le avanguardie. Aveva più di mille pagine da recuperare.

Pur sapendo che il suo docente Carlos Sainz Villanueva possedeva il più alto grado d'insensibilità verso le problematiche degli studenti che si fosse mai conosciuto, salì nel suo ufficio al settimo piano del dipartimento di Filología Hispánica, illustrò la sua situazione con garbo, fece ammenda per quella distrazione e chiese la cortesia di ottenere una riduzione dei testi in quanto studente Erasmus. Villanueva smise di imprecare contro la pipa che non si accendeva, lo fissò con l'espressione di chi rientra in casa dopo un mese di ferie e sul tavolo di cucina trova un vasetto aperto di yogurt ricoperto di muffa e scoppiò a ridere, e sempre ridendo, anzi, sbudellandosi dalle risate, lo scortò alla porta e gliela chiuse alle spalle.

«Pronto?»
«Davide, sono io. Dormivi?»
«Che ore sono?»
«Le dieci. Senti, non posso venire».

Prima di tornare a Roma per Natale, Davide aveva messo nel radar due parigine: le aveva scortate ovunque, a una aveva formattato il computer, all'altra regalato la sua bicicletta per andare in facoltà, e le ragazze non avevano potuto che sdebitarsi invitandolo a casa loro per la festa di compleanno di Marjolaine. Il piano di Davide era semplice: presentarsi con Pietro, spartirsi festeggiata e coinquilina, e pregare che Dio gliela mandasse buona. La festa coincideva con la vigilia dell'esame di Villanueva.

«Non ti offendo perché sono sicuro che tu stia scherzando. È così, vero?»

«È l'esame più importante dell'anno, mi spiace. Se non lo supero...»

«Lo darai un'altra volta?»

Pietro voleva dirgli che non era così semplice, perché aveva già buttato alle ortiche metà della sua vita e non poteva concedersi di ripetere lo stesso errore.

«Pensi che Marjolaine rimarrà a piangerti in un angolino o...» ma prima che Davide elencasse le fantasiose e oscene attività ricreative a cui la ragazza si sarebbe dedicata in sua assenza, riagganciò.

Pochi minuti dopo, mandò un sms a T:

DIMMI CHE VA TT BENE

La biblioteca di facoltà divenne la sua seconda casa. Pietro si presentava all'ingresso pochi minuti prima delle nove, pigliava posto a un tavolo lontano dal banco dei prestiti, leggeva senza sosta saggi e romanzi, dopodiché scriveva una scheda riassuntiva dietro l'altra: duemila battute da mandare a memoria nel caso in cui Villanueva avesse infilato uno di quei testi nell'esame. Quando venivano ad avvertirlo che l'edificio stava chiudendo, raccoglieva le matite colorate con cui marcava soggetti, stile, personaggi e contesto storico, prendeva la metro fino a Puerta del Ángel e rientrava nel suo appartamento al numero 35 di Avenida Portugal. Andò avanti così per sette giorni. All'ottavo, recuperata la sua postazione dopo una breve pausa in bagno, sopra la copertina di *Niebla* notò un bigliettino arancione: *Siglo XX*?

Alzò lo sguardo e davanti a sé, due tavoli sulla sinistra, vide una ragazza con il volto costellato di efelidi e i capelli color paglia.

Si presentarono pochi minuti dopo, nel corridoio.

«Beatriz».

«Pietro».

«Lo so».

Pietro si sforzò di ricordare se l'avesse già conosciuta da qualche parte.

«Sei una celebrità. Il primo straniero che segue il corso di Villanueva». Gonfiò il petto e con una voce baritonale aggiunse: «Il mio non è il corso di letteratura più difficile, è solo il più completo».

Pietro dovette guardarla con un'espressione disperata, perché la ragazza spense la risata nel palmo della mano.

Il giorno dopo Beatriz arrivò in biblioteca con un centinaio di fogli sottolineati («Qui c'è tutto quello che devi sapere sui testi addizionali») e una torta alle mandorle («L'ha fatta mia madre. Da giovane ha studiato Storia dell'Arte a Firenze e quando le ho parlato di te, non ha voluto sentire ragioni»).

«Fai da baby sitter a tutti gli italiani?»

«No, a tutti gli stranieri di Madrid» e dopo averlo detto lasciò franare cartella e torta sul banco, e scomparve per tutta la mattina.

La parola magica era organizzazione. Per questo Pietro dedicava le prime ore della giornata agli esami più semplici e dalle undici alle sei di sera si tuffava tra gli appunti di Beatriz e i testi consigliati da Villanueva, concedendosi solo dopocena un ansiogeno ripasso generale. A quattro giorni dall'esame, gli fu chiaro che non ce l'avrebbe fatta neppure se avesse avuto due mesi di tempo. Beatriz doveva averlo capito prima ancora di lui. Per quello, ogni giorno a orari differenti, fingeva di capitare per caso alla sua scrivania e gli chiedeva di farle compagnia per qualche minuto, il tempo di una sigaretta o di un caffellatte, e iniziava a riassumere a Pietro tutti i punti essenziali dei testi in programma. Perché Pietro assimilasse le tesi sociologiche alla base de *El árbol de la ciencia* gli servirono una paella (lunedì) e una bistecca (martedì). Beatriz gli fece bere le epistole giovanili di Rubén Darío nel freddo pomeriggio di mercoledì, assieme a un caffè e un *bollo de chocolate*, mentre il giovedì assaltarono gli scritti d'impegno civile di Blas de Otero, festeggiando con una birra i versi di José Hierro che Beatriz disse di aver amato molto più del suo primo ragazzo.

La notte prima dell'esame era così agitato che quasi non aveva chiuso occhio. Alle due del mattino, mentre usciva dal bagno, vide il suo coinquilino francese che apriva la porta di casa e infilava il corridoio rimbalzando contro le pareti come fossero le corde di un ring: anche da quella distanza non era difficile notare la corona di denti impressa sul collo, tra il colletto della camicia e la tartaruga tatuata sulla clavicola. Anche se quei giorni di inizio febbraio non si erano visti spesso, Laurent non perdeva occasione per rinfrescare l'italiano imparato a scuola e praticato durante l'estate di allenamenti sul litorale tirrenico, e metterlo al punto delle sue nottate.

«Un calice di champagne pieno di Viagra e cocaina! Ti rendi conto?» gli disse, buttandogli le braccia al collo.

«Prima mi ha drogato come un cavallo e poi ha voluto che la montassi per due giorni di fila».

«Deve essere stato un incubo».

«Mi brucia come se lo avessi tenuto a mollo nel peperoncino».

Pietro andò in cucina a prepararsi un caffè.

«Pietro, Pietro. Tu sei l'unico Erasmus al mondo che passa le notti a studiare invece che a scopare».

«Non è vero».

«Oh, no, giusto. C'è stata quella tizia, Almudena, Azucena, come diavolo si chiamava, che ti ha smollato al primo appuntamento perché le hai raccontato che tuo nonno si pettinava i capelli con la pipì. *Elettrizzante*».

La parola che ripeteva più spesso in assoluto e che Pietro aveva usato per descriverlo a sua madre.

Aprì una brioche, si sfilò stivali e pantaloni lasciandoli cascare sul pavimento del cucinotto, e si sedette al tavolino di formica da dove descrisse i giorni di baccanali da cui era sopravvissuto – spettacolo di teatro con sonnellino, paella in plaza Colón, esibizione di tango, *silent party* nella villa di un architetto australiano – senza risparmiare i dettagli più scabrosi, tipo che il padrone di casa gli aveva offerto mille dollari per un pompino e lui, «coglione, coglione, coglione, coglione» aveva rifiutato.

Quando Pietro finì il caffè e tornò alla scrivania per l'ultimo ripasso, Laurent lo seguì in camera e si stese sul suo letto, avvolgendosi nel piumone che Tiziana gli aveva spedito assieme a una scatola di medicinali, sciarpe e canottiere di lana.

«Lo sai che ha un figlio della mia età?»

«Chi?»

Il secondo dopo Laurent dormiva, con in mano ancora metà brioche. Non si svegliò neppure quando il cellulare di Pietro vibrò sul tavolo.

Stronzo!

L'in bocca al lupo di Davide delle 3:32.

Carlos Sanz Villanueva non era soltanto l'unico professore che dissuadeva gli alunni dal frequentare il proprio corso. Ci teneva anche a essere il primo a esporre i risultati degli esami, motivo per cui iniziava a correggerli in classe e li terminava nel proprio ufficio poche ore più tardi. Quando la lista dei promossi, una settimana dopo, non era ancora comparsa al settimo piano del dipartimento di Filología Hispánica iniziarono a girare voci fantasiose e discordanti. Qualcuno diceva che Villanueva fosse volato in Messico, per un convegno a Cancún, dove si era attardato con una misteriosa collega; altri che aveva subito un'operazione delicata da cui faticava a rimettersi. Pietro superò gli altri esami e si lanciò nel nuovo quadrimestre cercando di non pensare alla spada di Damocle che gli pendeva sulla testa. Dato che con Beatriz non combaciava in nessuno dei nuovi corsi, prese a incrociarla sempre più di rado, scambiando due parole in fila alla cassa della caffetteria o sulla banchina della metro intasata di pendolari. Un giorno, davanti all'ingresso della biblioteca in cui si erano conosciuti, si promisero che quando fossero arrivati i risultati di *Literatura del Siglo XX* sarebbero usciti a festeggiare; sempre che ci fosse stato qualcosa da festeggiare, aggiunse Pietro.

Il 9 marzo la segreteria di dipartimento, senza una parola di scuse o di spiegazioni, comunicò agli studenti che i voti sarebbero stati esposti il mattino dopo, e alle otto in punto del giorno seguente Pietro e Beatriz si ritrovarono stipati nel corridoio del settimo piano di Filología Hispánica assieme a tutti i loro compagni di corso. Quando Villanueva uscì dallo studio, sfoggiando un incarnato brunito che dava ragione a chi lo immaginava su qualche spiaggia messicana, e attaccò un foglio di carta alla porta dicendo che i promossi erano quarantadue su centotrenta, il lungo serpente di studenti rilasciò un sibilo di disperazione.

Che coglione. Davvero Pietro, in quei giorni di attesa, aveva pensato di superare l'esame? Tutti quegli autori, quei testi, e in un'altra lingua poi. Sgomitò per aprirsi un varco controcorrente e perdersi verso l'uscita, ma Beatriz lo spinse verso la lista. Non si stupì nel riconoscere il nome della sua compagna di corso tra le prime posizioni. Lei, invece, fece finta di non vederlo e puntò l'indice veloce verso il basso finché, trovato quello che stavano cercando (*P. BENATI:* 6.1, *APROBADO*), gli gettò le braccia al collo e gridò di gioia.

«Sono o non sono la migliore professoressa che tu abbia mai avuto?»

L'attimo dopo si era già lanciata a programmare la serata. Pietro avrebbe voluto risponderle che era esausto, ma Beatriz lo anticipò frenando ogni suo tentativo di boicottaggio.

«Non facciamo tardi. Domattina ho un treno per tornare dai miei». I suoi occhi dicevano che non avrebbe accettato un rifiuto.

Prima di passare da casa a cambiarsi, Pietro pensò di chiamare sua madre (che lo assillava da giorni chiedendogli notizie di T) ma poiché aveva il cellulare scarico, s'infilò in una cabina del telefono davanti all'ingresso della metro Complutense.

«Mamma?»

«Pietro... sono appena tornata dall'ospedale. Tuo padre... mi hanno chiamato dal carcere... l'hanno trovato per terra... oddio, Pietro... respirava a fatica».

«Un'interpretazione da Oscar. E il medico c'è cascato?»

«Gli stanno facendo degli esami per capire cosa potrebbe avere...»

«E nel frattempo si fa una vacanza a casa».

«Gli ronzano le orecchie... negli occhi ha dei puntini luminosi... come si chiamano, scotomi, mi pare hanno detto i medici. Dio mio, come fanno a non capirlo che sta male? Da quant'è che lo dico io? È quel posto maledetto. Se non me lo fanno uscire...»

Pietro agganciò senza darle modo di finire la frase.

Sapeva cosa avrebbe detto e non voleva sentirlo. Non voleva sentire sua madre difenderlo con quel fervore da adolescente ubriaca, come se fosse lo Stato a volerglielo uccidere, come se fosse lui, il Mutilo, la vittima, e non le persone a cui aveva distrutto la vita.

Quando un signore obeso e sudato fradicio gli batté le nocche sul vetro della cabina, a due centimetri dalla scritta *Cristy, eres toda mi vida* su cui aveva poggiato la fronte, raccolse lo zaino e uscì. Prima di scendere nella bocca della metro, si voltò di nuovo e vedendo il signore che stava tentando invano di farsi largo oltre la porta a soffietto della cabina muovendosi di lato come un granchio, gli tornò in mente il Mutilo, in un lontano compleanno della sua infanzia, che poggiava un pacchettino regalo sulla mensola più alta della libreria e sorrideva, mentre Pietro si allungava sulle punte.

«Lo vuoi? Coraggio, allora, che aspetti? Dimostramelo».

5.
Nella Valle della Morte

Da: tommasobenati@libero.it
A: pietroguitar@con.mascagni.liv.com
Oggetto: *Around The World* (Duft Punk, 1997)
Data: 10-03-2004, 17:02

Caro Bombolo,

prima di tentare di spiegarti che ci faccio in mezzo al deserto delle Ande cilene c'è una cosa che voglio dirti, a costo di sembrarti pazzo: ho sempre pensato che sarei morto giovane. Lo so a cosa stai pensando e no, questa e-mail non è la versione aggiornata di uno dei nostri biglietti né l'estremo saluto di un suicida. Anche se questi ultimi due mesi sono stati i peggiori della mia vita, non è per dirti addio che ti scrivo.

Mi sono chiesto spesso se questo mio tarlo del morire giovane (come dovrei chiamarlo, Pietro, percezione, fisima, terrore?) dipendesse dal clima da disastro nucleare imminente in cui nostra madre ci ha cresciuti, dopo la tua folgorazione. O se fosse invece originato dal pensiero che ogni volta che il Mutilo partiva per uno dei suoi viaggi di rappresentanza poteva essere l'ultima volta che lo vedevamo.

Ricordi quando mi ero fissato di costruire il capanno sull'albero più alto del mondo? O quando avevo deciso di dover vedere il deserto e avevo chiesto al Maggiore se poteva indicarmi dalla finestra la strada per arrivare in Etiopia? O quando, quanti anni avrò avuto, diciannove, forse meno, il Mutilo aveva preso l'abitudine a tornare dall'ippodromo così disfatto dal vino che sveniva sul divano, e allora io gli rubavo le chiavi dell'Alfa e ti costringevo ad accompagnarmi sul Monte Serra a guardare le stelle, e poi dopo pochi minuti mi rompevo e mi arrampicavo sul ripetitore della Rai o guidavo giù per i tornanti a fari spenti con la strada rischiarata solo dalla luna?

Ho sempre avuto il terrore di non fare abbastanza. Di restare indietro, di perdere tempo. L'atletica, il tennis, il calcio. Le fidanzate senza nome. Ho bruciato qualunque tappa possibile. E come mi sono ridotto? Costretto a fuggire in culo al mondo per dimenticare il nome dell'unica donna che abbia mai amato.

Scusa se non ti ho scritto prima.

Avevi ragione quando in quell'sms mi dicevi che avrei fatto bene a sfogarmi. Ma il punto è che io non volevo stare bene. Volevo solo pensare ad Angela. Ogni istante, minuto, ora e giorno della mia vita. Volevo convincermi che se l'avessi chiamata e cercata fino a darle il tormento, lei sarebbe tornata, dimostrandomi che quel suo docente con cui l'avevo trovata a letto era solo una ridicola parentesi all'interno della storia d'amore più infrangibile dell'universo. Il mio superiore mi chiedeva se andava tutto bene. I colleghi mi portavano fuori a bere e mi chiedevano se andava tutto bene. Tua madre mi lasciava migliaia di messaggi in segreteria implorandomi di dirle se andava tutto bene (a proposito, le ho scritto: non sa dove sono ma sa che sono vivo, adesso non dovrebbe più mangiarti il cervello). Non ci voleva un genio per capire che non andava bene niente. Niente di quello che avevo costruito in tutti quegli anni. Era come se con Angela se ne fosse andata anche quella parte di me che mi impediva di accontentarmi, di pensare che il futuro sarebbe stato un posto meraviglioso. Quella parte che mi spronava al moto perpetuo, a correre a fari spenti per vedere cosa si nascondeva dietro il tornante successivo. E allora una mattina mi sono guardato allo specchio e mi sono detto: Tommaso Benati, davvero sei te, questo? Il giorno dopo sono andato in ufficio e mi sono messo in aspettativa. Poi ho comprato un biglietto per Santiago del Cile.

Abbi pazienza.

Lo so che ci sto girando attorno e ti sto dicendo una caterva di stronzate, e non ti ho ancora spiegato che ci sono venuto a fare. Ma ci sono cose, Pietro, cose che ho visto e che non ho detto a nessuno, cose apparentemente inutili ma che in questo momento mi sembrano vitali, e ho paura che se non le scrivo adesso potrei dimenticarle per sempre. Anche questa mia paura di dimenticare deve avere a che fare con il tarlo, non credi?

Le Ande. Non ho mai visto nulla di tanto meraviglioso e terrificante. Quando le sorvoli le vette sembrano così alte che pensi possano piantarsi nella carena e slabbrare l'aereo, e ingoiare l'equipaggio come una Cariddi delle nuvole. Poi, quando atterri, affogano dietro una coltre di smog e umidità e se vuoi rivederle ti tocca salire in cima alla collina del Parque Metropolitano. Credo che, se vivessi qui, sarebbe il posto in cui verrei a pregare.

La seconda cosa sono i negozietti che duplicano chiavi. Minuscoli, bui, laidi. Che senso ha, mi chiedo? I casi di effrazione sono così comuni che i cileni hanno l'abitudine di cambiare ogni mese le serrature per non essere derubati? O è solo un modo fantasioso per riciclare denaro? Ne avrò contati una decina solo nel quartiere dove alloggio, e mai che ci abbia visto dentro un cliente. Mi hanno ricordato il garage del Mutilo: posti segreti dove vai quando hai un'idea strana che ti ronza in testa e devi capire cosa farne.

A proposito di posti strani, ho visitato la Chascona – tu che sai lo spagnolo, come la tradurresti, la Scarmigliata l'Arruffata? – la casa che Neruda fece costruire per la sua amante Matilde sulla collina Bellavista. Avevo sempre bollato Neruda come un rimatore melenso buono per rimorchiare le tipe di provincia. Devo fare ammenda. Lo sapevi che non è mai stato fermo un attimo? A ventitré anni era console in Birmania. E poi senti cosa ho scoperto. Quando morì, dieci giorni dopo il colpo di stato militare del settembre del 1973 che portò al potere il dittatore Pinochet e spinse al suicidio il presidente, e suo grande amico, Salvador Allende, alcuni facinorosi salirono sulla collina e devastarono la Chascona. La imbrattarono. Rubarono i quadri. Bruciarono la maggior parte dei libri. Invece di trasferirsi altrove e sprangare per sempre quel posto, come molti avrebbero fatto al posto suo, Matilde invitò tutti a una veglia funebre proprio dentro quello che restava della Chascona, che a quel punto era sempre più spettinata, per mostrare la devastazione e il disprezzo con cui era stata colpita non solo la casa ma anche la memoria del suo innamorato. E, al tempo stesso, per guarirla con l'amore che gli intellettuali cileni e gli amici storici provavano per Pablo. Quel funerale divenne, a tutti gli effetti, la prima riunione pubblica contro la dittatura.

Avrai già capito dove sto andando a parare.

Perché non abbiamo fatto così anche noi, Pietro? Perché non li abbiamo lasciati entrare a sfasciare tutto, a prendersi la loro vendetta? Perché non ci siamo uniti alla loro rabbia e al loro dolore? Quel giorno abbiamo perso tutto anche noi. Io, te, Tiziana. È stato anche il nostro lutto, e noi non siamo stati capaci di congedarcene… Perdonami.

Se non ti ho risposto. Se ho divagato. Volevo parlarti del minatore mormone che ho conosciuto sull'aereo per San Pedro de Atacama, e del chiarore che nei tramonti sul deserto invade l'aria come una fuliggine rosa. Ma ora non ci riesco. Mi si chiudono gli occhi e devo ancora preparare lo zaino. Domani all'alba vado a piedi nella Valle della Morte. Te l'avevo detto che mi avresti preso per pazzo. Forse lo sono. Ma adesso che mi trovo quaggiù in culo al mondo lo sento di nuovo, il tarlo.

Ciao, mezzasega.

Giuro che non scompaio più.

T

6.
L'esplosione

Lo Zou Yulong era un tugurio lercio e affollato con un bancone di finto marmo e pochi tavolini sgangherati. L'odore di cavolo e aglio fritto impregnava le uniformi delle cameriere bordate di bianco e oro, le tovaglie di carta, le pareti smaltate e il bagno alla turca insidioso come una pista da sci. L'acquario deserto poggiato su un pianale di ferro, la testa di cervo sopra la porta d'ingresso e il grosso arazzo così sfibrato da rendere irriconoscibili le figure (samurai a cavallo in una radura? flabelli di canne al tramonto? topi giganti che fumavano narghilè?) davano al ristorante un'inquietante aria da castello stregato.

Beatriz arrivò in leggero ritardo, con una gonna di pelle e un maglione attillato su cui danzava un ciondolo a forma di luna, e raggiunto Pietro in fila all'entrata gli presentò i tre amici che la accompagnavano (Iñaki, Sara e Estér) e gli porse un pacchetto. Si trattava di un'edizione speciale del *Don Quijote* in cui si raccoglievano, oltre ai due volumi originali del testo, anche tutti i disegni pubblicati tra il 1605 e i primi dell'Ottocento. A giudicare dai nomi dei curatori e dalla mole di illustrazioni doveva esserle costato un occhio.

«Ti piace?»

«Molto ma... io non ti ho preso niente».

«Oh, tranquillo, l'ha pagato mia madre. Io volevo prenderti un'altra cosa».

«Che cosa?»

«Figurati se te lo dico. Così ho già l'idea per il prossimo regalo» e corse a prendere a braccetto Iñaki, un paio di metri più avanti.

La cena andò bene. Anche se incalzati dal cameriere, un Sisifo moderno costretto a trovare sempre nuovi posti in cui far sedere gli avventori che continuavano a entrare, quegli universitari avevano l'aria scanzonata di una combutta di amici d'infanzia riunita dopo un decennio. Mangiarono in abbondanza, pagarono una sciocchezza, e poco dopo camminavano spediti verso i locali notturni di Malasaña.

Passarono da un posto all'altro senza fermarsi mai per più di mezz'ora. Il Rincón, il Freeway, gli angoli tra calle Vicente Ferrer e San Andrés, Plaza 2 de mayo. Quando le ragazze dissero di voler andare a ballare, Pietro era già provato ma le seguì lo stesso dentro la Via Láctea. Beatriz gli chiuse l'indice e il pollice attorno al polso, come se volesse misurargli il battito, e Pietro sentì il sangue invadere ogni vena, arteria e capillare del proprio corpo.

«Vieni a ballare?»

Nel buio del locale Pietro non ebbe il coraggio di guardarla negli occhi, ma era certo che stessero scintillando come il ciondolo a forma di luna che le ondeggiava sul petto.

«Prendo da bere e arrivo».

Beatriz mollò la presa e gli sorrise, imbarazzata per lo slancio di pochi secondi prima.

Coglione, coglione, coglione!

Anche se Beatriz era uno schianto, e gentile, e spigliata senza scadere in un'aggressività ostentata, Pietro sentiva di non essersi ancora scrollato di dosso l'imbarazzo che provava ogni volta che usciva con una ragazza. Quante volte gli era capitato dopo la Magnini, due, tre, cinque? E non erano andate tutte allo stesso modo: serate impicciate dal silenzio e dall'imbarazzo, troncate prima del tempo con una scusa qualunque? E poi, doveva considerare quel ritrovo di gruppo il suo primo appuntamento ufficiale con Beatriz?

Si fece largo fino al bancone e chiese al barista di tenergli da parte il regalo. Ordinò un *ron cola*, aggiunse una piccola mancia per la custodia del libro, e rimase ad aspettare picchiettando le dita sul bancone a ritmo di *My Sharona*. Alla sua sinistra, seduta su uno sgabello, una ragazza vestita di nero gli disse qualcosa. In quell'angolo la musica li colpiva a ondate lente ma durevoli, e dovette gridare di nuovo perché Pietro la capisse.

«Il bravo ragazzo italiano!»

Solo allora la riconobbe. *Dora*.

«È carina! Le hai già insegnato come togliersi le macchie di vino dai pantaloni?»

Il fascio di luce che le cadeva sulla testa le lucidava i capelli.

«A proposito, grazie! Sono venuti come nuovi!»

Non sapendo che dire Pietro le fissò l'occhio nero e il piccolo taglio sullo zigomo, dopodiché gridò anche lui:

«Sei qui con...»

«Enrique? Ci siamo lasciati!»

«Mi dispiace!»

Dora annuì e sorrise, poi finì la bevuta che aveva davanti.

Per non tornare a guardarle l'ematoma, le osservò i capelli: erano più corti di come ricordava e la facevano sembrare un ragazzino cacciato di classe dopo una rissa.

«Anche tu hai rotto con... Davide, giusto?»

Pietro si avvicinò di un passo e Dora glielo chiese di nuovo, e allora lui (stupito che ricordasse ancora il nome di quell'amico visto due mesi prima, soprattutto alla luce del fatto che Dora aveva chiamato *lui* Luca), le indicò i compagni di facoltà alle sue spalle.

«Festeggiamo un esame. Tu?»

«Sola. E un cazzo da festeggiare».

Rimasero zitti per alcuni secondi, e soltanto per rompere quel silenzio che mal si accordava con la vicinanza dei loro corpi Pietro le chiese cosa facesse e lei gli rispose che restaurava vecchie pellicole. Quando la vide ordinare un altro drink, pensò che fosse inutile specificarle che intendeva che cosa ci facesse *là dentro*, in quel locale; e comunque, l'attimo dopo, Dora aveva già iniziato a sciorinare il racconto. Ritenendo meno umiliante fingere di aver capito anziché chiederle di alzare la voce, Pietro carpì solo alcuni frammenti: l'infanzia in un quartiere periferico di Madrid («poche persone, troppa droga»); l'origine del suo nome («la cosa bella è che è l'abbreviazione di Doramas, un condottiero delle Canarie; quella ridicola è che è un nome da maschio»); l'adolescenza a Milano; il ritorno a Madrid e la facoltà di Pedagogia interrotta al secondo anno; qualche accenno confuso a sua madre («una casalinga lombarda stronza come una diva di Hollywood») e, avrebbe giurato, neanche uno su suo padre.

«E la tua famiglia?»

Pietro rispose senza pensare: «Mio padre è scappato di casa quando avevo nove anni, poi è tornato senza un dito, ha truffato un sacco di persone ed è finito in galera». Sua madre e suo fratello erano ok, disse, poi si corresse definendole «le persone che amava di più in assoluto».

Nonostante la canottiera nera e i jeans scuri, gli stivaletti di pelle e la spilla con la lingua dei Rolling Stones sul seno sinistro, invece che in un locale notturno Dora dava l'impressione di trovarsi seduta sul divano di casa, tanto era palese l'indifferenza che provava nei confronti di quel posto e di quella gente. Eppure la risposta di Pietro sembrava averla frastornata, perché si era guardata attorno e ci aveva messo alcuni secondi a scuotersi dalla nuvola di pensieri che l'aveva distratta.

«Cosa gli è successo?»

«A chi?»

«A tuo padre! Gli hai chiesto com'è andata?»

«So com'è andata. Ho parlato con gli avvocati, è uscito su tutti i giornali....»

«E se si togliesse la vita?»

Pietro sorrise immaginando che stesse scherzando, e percorse con lo sguardo la linea delle sue labbra che luccicavano come granelli di zucchero ma, appena si accorse che Dora era seria, le chiese perché avrebbe dovuto farlo.

«Per la vergogna».

«Figurati. Si vede che non lo conosci. A lui non frega niente di nessuno».

«Se tuo padre morisse adesso, mentre io e te stiamo parlando, nella sua cella, passeresti la vita a maledirti per non avergli chiesto perché l'ha fatto».

«Perché dovrei chiederglielo?»

«Perché sei suo figlio. E perché lui è vivo e potrebbe dirti la verità».

«Ma io conosco la verità».

«No!!!»

Dora batté la mano sul bancone rovesciando il bicchiere.

«Conosci la *tua* verità. Uno schifosissimo zero virgola della verità. E sai cosa te ne farai? Niente. Perché ti arriverà addosso tanta di quella merda, amico mio, che ti resteranno solo due possibilità: ingoiarla o smettere di aprire bocca».

Pietro la vide passarsi la mano sotto il naso e asciugarla sui pantaloni. Fu tentato di chiederle scusa, anche se non avrebbe saputo dire di preciso per che cosa dovesse scusarsi. Stava ancora pensando a cosa dire quando Iñaki spuntò alle loro spalle dicendo che si stavano spostando in un altro locale.

«Adesso?»

Aveva la camicia intrisa di sudore e teneva a malapena gli occhi aperti. «Dài, muoviti! Le ragazze stanno uscendo!»

«Lo vedi quel tipo laggiù, alla colonna?» gridò Dora. Aveva passato un braccio attorno alla vita di Iñaki per farlo voltare. «Alto, baffi, coda biondiccia da castoro? Mi segue da settimane. Pensa che una volta ho dovuto allontanarlo con lo spray al peperoncino».

Iñaki la fissò con un'aria decisamente preoccupata. «Denuncialo».

«L'ho fatto. Sai cosa è cambiato?

«Niente».

«Esatto».

«Poliziotti fascisti del cazzo».

«Già, be', il punto è che stasera ho cambiato borsetta e ho dimenticato lo spray. Perciò...»

Iñaki gonfiò il petto e sorrise, come se fosse stato appena illuminato dall'idea più geniale del secolo. «Allora aspetteremo con te fino a quando non se ne sarà andato».

«Sei davvero un ragazzo d'oro» disse togliendogli il braccio dalla schiena. «Ma le tue amiche saranno già in strada, e fa freddo, e non sarebbe carino farle aspettare da sole. Senza contare poi che quel maniaco del cazzo potrebbe cambiare obiettivo e prendersela con loro...»

Come se gli fosse appena balenata la seconda idea più geniale del secolo Iñaki gridò «Ah ha!» dopodiché chiese una penna al barista e scrisse una parola – *Amor* – sul dorso della mano di Pietro.

«Questo è il nome del locale. Io mi avvio con le ragazze. Quando quel figlio di puttana se n'è andato e la signorina è tornata a casa sana e salva, ci raggiungi. Ok?»

«Oh, no, no, no. Non ho intenzione di rovinarvi la serata».

«È un piacere aiutarla. Vero, Pietro?»

Pietro annuì e lo guardò allontanarsi verso l'ingresso, dove affibbiò una violenta spallata al tipo che Dora aveva identificato come l'assalitore pervertito. Quando incrociò lo sguardo di Beatriz, ferma sul marciapiedi davanti alla porta, sollevò il braccio per salutarla ma capì subito che la sua compagna non stava fissando lui, bensì Dora.

Restarono immobili l'uno di fianco all'altra, seduti sugli sgabelli, spalle alla pista, finché *Close to Me* dei Cure lasciò il posto a un pezzo spagnolo che Pietro non conosceva e allora Dora fece una piroetta sullo sgabello e come se sotto di lei si spalancasse non una pista da ballo ma una bocca che conduceva dritta alle viscere della terra, chiuse gli occhi, prese un lungo respiro e saltò giù.

Percorsero calle San Bernardo fino al 24ore di fronte alla Scuola superiore di canto, metro Noviciado. Dora, avvolta in un cappotto lungo fino alle ginocchia, entrò nel negozio e, dopo aver scambiato qualche battuta con il commesso cingalese, uscì con una Coca-Cola e un pacchetto di gelatine alla frutta per Pietro che tentò di rifiutare, prima che Dora gli leggesse la data di scadenza: «Sai su quante cose avremo cambiato idea nel 2007?»

Gli chiese di parlarle in italiano, perché detestava l'idea di correggere gli errori che Pietro avrebbe commesso in spagnolo, e si avviò su Gran Vía. Le raffiche di vento li costringevano a camminare tenendosi il bavero del cappotto. A Plaza Isabel Pietro si fermò dietro a un chiosco dei biglietti della lotteria per riprendere fiato e Dora lo guardò storto.

«Pensi che quella tua compagna di facoltà fosse più carina di me?»

«Co... me... io... non»

Dora gli affibbiò uno spintone e scoppiò a ridere. «Santo cielo, non dirmi che stavi per rispondere!» e l'attimo dopo riprese a camminare.

Gli raccontò la verità su Enrique, piaceva a sua madre ma lei non lo aveva mai amato sul serio, era rimasta con lui per un misto di pigrizia e di affetto.

«E poi scopavamo solo la domenica».

Quando Pietro arrossì, gli chiese se fosse uno di quelli che si vergognavano a parlare di sesso, perché lei ne parlava costantemente e, anzi, se fosse stata un ragazzo, si sarebbe masturbata dalla mattina alla sera perché doveva essere «troppo divertente avere qualcosa da stringersi in mano» e mentre lo diceva si afferrò il cavallo dei pantaloni con una smorfia posticcia da film a luci rosse. «Chissà cosa facevi se dicevo cazzo, fica, scopata, pompino, sborrata...» e continuò a ripetere quelle parole girandogli intorno, come se con quelle oscenità volesse stordirlo e lasciarlo lì, in mezzo alla strada, assieme al suo imbarazzo. Quando si accorse che un tassista aveva tirato giù il finestrino e li stava fissando, Dora gli mostrò un pugno chiuso, girò un'immaginaria levetta da carillon con l'altra mano e fece spuntare il dito medio. Per ribattere a quella strana gara di insulti, il tassista poggiò le labbra sulle dita aperte a V e vibrò una violacea lingua da rettile.

Pietro le lesse negli occhi che lo scherzo era finito. La vide raccogliere un sasso grosso come una pallina da tennis e l'attimo dopo il finestrino dell'auto non esisteva più.

«Corri!»

Inseguiti dagli insulti del tassista sfrecciarono di fronte ai Giardini Reali e si fermarono solo di fronte ai cancelli della cattedrale dell'Almudena, dove Pietro si chinò sulle ginocchia a riprendere fiato e Dora ripartì a parlare come se niente fosse. Tentò di spiegargli cosa trovava insopportabile («le zanzare morte sulle pareti, i fascisti, i cori da stadio, le bugie») e cosa avrebbe fatto dalla mattina alla sera («starmene con i miei gatti, immaginarmi tra dieci anni e trovarmi splendida, più una serie di attività ricreative che non posso specificare altrimenti mi muori d'infarto tra le braccia»). Sciorinò fantasiose teorie vaginocentriche e inverosimili risvolti positivi dell'eugenetica nazista. Spaventò una frotta di piccioni. Sparò a voce alta una miriade di dubbi sulle stelle e sull'universo e su galassie sconosciute in cui magari, in quel preciso momento, due persone uguali a loro stavano tenendo quell'identica conversazione. Quando gli domandò che genere di musica ascoltasse e Pietro, sotto pressione, rispose Jimi Hendrix, Elliott Smith e Jeff Buckley, lei gli fece notare che erano tutti morti e gli domandò se sapeva chi fossero i Fugazi.

Lo sapeva, ovviamente, garbavano tanto a lui quanto ad Andrei, ma aveva capito che qualunque cosa avesse risposto per quella ragazza non sarebbe mai stata abbastanza: avrebbe rilanciato ancora e ancora, solo per dimostrare che lei giocava in un campionato a cui lui non sarebbe mai stato ammesso.

«Se non sai chi sono i Fugazi non saprai neppure chi è Steve Albini! *Dios mío!* Ora svengo. Oh sì, ecco che mi abbandonano i sensi» disse prendendogli una mano per il polso e portandogliela sulla fronte «Bravo. Felicitazioni. Continuiamo così. Facciamo del male».

Pietro ripensò al modo con cui Beatriz le aveva sfiorato la mano solo poche ore prima. «Si dice facciamo-*ci*» la corresse.

«Come?»

Sorrise.

«C'è poco da ridere, sai?»

«Lo so».

«Sei un caso disperato. Scommetto che tuo padre è l'opposto di te con le ragazze».

«Come fai a saperlo» disse Pietro.

«Involuzione. Si eredita sempre il peggio. È così che ci estingueremo».

Quei pronomi riflessivi dimenticati, quelle parole tradotte male o fuori contesto che nei momenti di rabbia o di tensione emergevano come iceberg dagli oceani dei suoi sproloqui, per Pietro erano la spia che sotto la Dora spaccona, sotto la Dora logorroica, sotto la Dora irriverente, si nascondeva un'altra persona, affetta dal suo stesso sperdimento e in attesa di un miracolo.

Dora?
Sì.
Dora?
Dimmi.

«Quella è la mia finestra».

Fine delle trasmissioni, Dora era a casa: un palazzo giallo, elegante, gremito di balconi in ferro battuto.

Pietro si spinse gli occhiali sul naso e indicò il fiume in basso e la strada che, dopo aver tagliato i due grattacieli di Puerta del Ángel, girava a destra diventando Avenida Portugal.

«Abito laggiù, al numero 35. Ti andrebbe di venire da me a bere una cosa?»

«Mi hai davvero chiesto se voglio venire a casa tua?»

Sei sotto casa sua e la inviti a casa tua, un chilometro e mezzo più in là, ma sarai coglione, dio bóno.

«*Y qué me vas a ofrecer?*»

Si domandò se glielo avesse chiesto in spagnolo per prendere le distanze o per sfidarlo, e stabilito che non cambiava la sostanza dei fatti, passò mentalmente in rassegna la credenza dei liquori, le bottiglie di vino che Laurent riceveva da una sua cliente «molto, molto, molto affezionata» fin quando si ricordò che il suo coinquilino si era scolato fino all'ultima goccia di alcol.

«*Leche?*»

Dora sgranò gli occhi.

Per la prima volta sembrò presa in contropiede: nessuna risposta pronta, nessuna espressione cartoonizzata. E scoppiò a ridere. Rise così tanto, e in un modo talmente incontrollato, che inciampò in un gradino e per un niente non sbatté la testa sulla serranda di una lavanderia.

«Che ho detto?»

«*Leche?*»

Ripeté la risposta di Pietro trattenendo a stento le lacrime, e alla fine Pietro capì. Tra i significati di *leche*, in spagnolo, non si annoverava soltanto «latte» ma anche uno di quei termini osceni che Dora gli aveva gridato appena qualche minuto prima per metterlo in imbarazzo.

Si asciugò le guance e tirò fuori le chiavi di casa. L'attimo dopo era scomparsa dentro il portone.

Pietro si vide riflesso nella vetrata. «Coglione!»

Calciò una lattina di birra mandandola a sbattere contro il muro e solo allora si accorse che il portone non era chiuso ma semplicemente accostato. Spinse ed entrò, e nell'androne verde una voce scese sopra la sua testa. «Terzo piano... coglione».

Varcò la soglia del trilocale e un gatto persiano gli si infilò tra le gambe, drizzando la coda e miagolando. Dora lo spinse via con il piede e aprì la porta del bagno, lasciando intravedere uno specchio crepato e un accappatoio rosa.

«Se non piscio muoio. Ti spiace dar da mangiare tu ai gatti? I croccantini sono sopra il frigo».

Mentre Frida mangiava, Klimt, un gatto nero con due enormi occhi arancioni, rimase a osservare Pietro in tralice dal corridoio. Lo chiamò, schioccò la lingua e gli lanciò qualche crocchetta, con l'unico risultato che l'animale soffiò, mostrò i denti e continuò a restarsene in disparte.

«Il mio gelosone!»

Dora lo prese in braccio e gli diede un bacio sul muso, dopo il quale Klimt si rintanò sotto la credenza del salotto. Si era tolta scarpe e calzini, aveva indossato una T-shirt larga senza reggiseno e si era seduta a un'estremità del tavolo, rischiarato dal cono di luce proiettato dal faretto da parete più bizzarro che Pietro avesse mai visto: un braccio di manichino con una lampadina rossa incastonata nel pugno. Per un attimo, nel silenzio rotto solo dallo sgranocchìo di Frida ai loro piedi, Pietro pensò di essere tornato all'imbarazzante esordio di quella serata, al bancone della Vía Lactea, e quando nell'appartamento le luci si spensero di colpo, prese la palla al balzo e si alzò.

«Deve essere scattato il salvavita. O magari è un contatto... Se mi dici dov'è ci do un'occhiata».

Quando si sentì afferrare la mano e una goccia bagnargli il polso capì che Dora stava piangendo. Perché? Aveva così tanta paura del buio?

«Dimmi la cosa peggiore che ti è successa».

A Pietro tornò in mente un articolo di giornale uscito dopo lo scandalo: la foto di suo padre con la mano monca sollevata, come se stesse salutando qualcuno, e sotto il dettagliato racconto delle storie di chi era stato truffato.

«Una volta, durante un saggio di musica, ho preso una scossa che mi ha quasi fritto il cervello».

«Forte?»

«Abbastanza da farmi perdere i sensi».

«Ti ha lasciato danni permanenti?»

Anche se l'oscurità rendeva inutile qualunque gesto, Pietro le sorrise. «Quando ero steso per terra ho avuto una specie di visione. Un condor nero, con le ali aperte, gli occhi rossi e un collare di pelo bianco. Mi ha volato per un po' sopra la testa e poi si è posato su una chitarra, in un angolo del teatro».

Si stava abituando all'oscurità, e scorse Frida avanzare verso di lui, gli orecchini di Dora a forma di teschio, il palmo che l'aveva stretto e che ora giaceva inerte sul tavolo come la mano di una cartomante.

«Voleva dirti di suonare la chitarra?»

«Qualcosa del genere».

«E tu l'hai fatto?»

«Qualcosa del genere».

«Hai fatto bene. Bisogna avere il coraggio di seguire le proprie intuizioni. Anche quando agli altri sembrano folli. E la parte brutta quale sarebbe?»

«Che il condor si sbagliava».

Il ritorno dell'elettricità lo dispensò (impedì, meglio, visto che per la prima volta ne aveva sentito quasi il bisogno) dal parlarle della Grande Occasione mancata dopo tutti quegli anni di studi, o di Edda Magnini, o dell'infortunio di T. Come se quella conversazione non fosse mai avvenuta Dora si alzò, prese una confezione da sei lattine di birra e scomparve in corridoio, per riapparire poco dopo con una catasta sbilenca di DVD.

«Che sei strano, l'ho capito. Ora questo test mi dirà quanto».

Sul suo volto non c'era traccia delle lacrime di pochi istanti prima. Aveva pianto davvero o se l'era immaginato? Possibile che riuscisse a tenere separate due emozioni così distanti? Ai titoli di coda di *Total Recall*, Pietro andò in bagno a sciacquarsi la faccia.

Perché le hai raccontato della scossa?

Prese il cellulare e scrisse un messaggio a Laurent:

Sono a casa di 1 ragazza

E uno a T, per chiedergli se sapeva che fine avessero fatto i truffati dal Mutilo di cui si parlava nell'articolo, che cancellò prima di inviare. Andò in cucina a vedere se era avanzato del caffè, ne bevve due tazzine e tornò in salotto, dove assunse la posa più scomoda che trovò per costringersi a restare sveglio. Alla fine de *Il ritorno dei morti viventi* (nella scena dello striptease di Linnea Quigley nel cimitero), nonostante fosse il suo preferito dei tre, gettò la spugna e si addormentò.

Dalle persiane del salotto filtravano quattro lance di luce e Pietro si svegliò con la sensazione di essersi perso qualcosa. Per questo, non appena distinse le parole di una donna, si alzò e percorse il corridoio vuoto fino alla cucina. Dora sedeva con le mani intrecciate dietro la nuca davanti a una piccola tv su cui una giornalista commentava il più grande attentato su territorio spagnolo.

Dieci zaini riempiti di esplosivo Goma 2-Eco erano stati fatti saltare con un comando a distanza nei pressi della stazione ferroviaria di Atocha. Altri due erano scoppiati in località El Pozo; uno a Santa Eugenia; tre dentro il regionale 21431 che si trovava fermo al binario due; quattro su un convoglio che cinquecento metri più tardi sarebbe entrato in stazione falcidiando probabilmente centinaia di lavoratori pendolari e turisti. Questo era tutto quello che capì dalla prima ricostruzione ufficiale. La conduttrice dell'edizione speciale del tg riferì anche che il primo ministro José María Aznar aveva parlato di alcuni indizi rinvenuti dalle autorità che conducevano chiaramente all'ipotesi di un attentato terroristico firmato dall'Eta, e aveva promesso di consegnare i responsabili alla giustizia, prima di congedarsi con uno scarno discorso in onore delle vittime.

In quel putiferio, mentre Dora ciondolava dalla sedia al frigo digitando messaggi sul cellulare, Pietro non era riuscito ancora a distogliere lo sguardo dallo schermo su cui passavano senza sosta: i filmati in bianco e nero delle telecamere di sorveglianza della stazione, le testimonianze dei primi cittadini rimasti bloccati lungo la strada, la disperazione dei familiari dei dispersi, il fumo che si alzava dalle vetrate della stazione di Atocha, i camion dei pompieri lungo Paseo del Prado... Quando lanciarono il primo break pubblicitario nella testa di Pietro riverberò un flash: il treno che era saltato in aria poco prima di raggiungere le banchine affollate era quello che prendeva Beatriz per tornare a casa dei suoi. Corse in salotto e sfilò il cellulare dai pantaloni.

«Che ti succede?»

«Ho un'amica che prende quel treno».

Provò a chiamarla, ma il telefono era spento. Le mandò un sms, poi scrisse a Iñaki, a Sara e a Estér: nessuno, a quanto pareva, le parlava dalla notte prima.

«Non pensare subito al peggio, dài. Vedrai che non è niente. Io per queste cose ho una specie di sesto senso. Magari ieri notte ha conosciuto uno e non è tornata a casa».

«Non credo».

«Perché?»

«Non lo so. Non è il tipo, credo».

«Non è una che va a letto con gli uomini?» Dora si infilò in bagno, si sciacquò le ascelle e le asciugò con il cappuccio dell'accappatoio rosa. «Se la pista Eta verrà confermata l'impatto sulle elezioni politiche sarà devastante. Se la Spagna non stronca questi rigurgiti fascisti...»

«Chi se ne fotte delle elezioni!»

Dora si affacciò nel corridoio, una goccia d'acqua le solcò la guancia e dalla mascella cadde sul pavimento. «Sbaglio o hai detto una parolaccia?» Poi gli diede le spalle e si infilò in cucina, da dove tornò con due tazzine di caffè. «Sono sicura che sta bene».

Pietro scosse la testa.

Gli tornò in mente il modo squallido in cui aveva piantato in asso Beatriz la sera prima, dimenticandosi persino il *Don Quijote* dietro il bancone della Via Láctea.

«Be', io vado a vedere. Che fai, vieni?»

«Hanno chiuso il Paseo del Prado. Dicono di non uscire di casa».

«Che vuoi che ti dicano, quelli, scendete in strada e fate casino?»

«Parlano di un centinaio di morti» disse Pietro indicando la tv.

Ce n'erano quasi duecento, e quando lesse il numero provvisorio dei dispersi in sovraimpressione provò vergogna per aver pronunciato quella frase come scusante al suo bisogno di restarsene al sicuro nel suo inscalfibile guscio di alienazione. Dora, comunque, aveva deciso. L'attimo dopo, aveva preso la giacca e aperto la porta. In strada lo guardò un'ultima volta negli occhi con un'espressione spenta, come se la curiosità che quella notte aveva provato per Pietro (se di curiosità si poteva parlare) fosse evaporata con il calore delle prime luci del giorno. «Be', allora ci vediamo in giro», quindi si voltò e si avviò tra le strade acciottolate della Latina zigzagando come una ladra.

Dora?

Sì.

Aspetta.
Che c'è?
Non andare.
Perché? Cosa vuoi da me?

Pietro era ancora davanti al portone verde quando il cellulare gli vibrò due volte nella tasca posteriore dei jeans.

Il primo messaggio era di Laurent:

DAVVERO 6 A CASA DI 1 TIPA?
FINGI DI STARE MALE. LEGATI
AL DIVANO! MA NON FARTI
BUTTARE FUORI!!!!

Il secondo era di Beatriz:

Grazie a dio sono rimasta a
dormire da un amico

7.
Nel buio

Da: pietroguitar@con.mascagni.liv.com
A: tommasobenati@libero.it
Oggetto: *Miss Misery* (Elliott Smith, 1997)
Data: 11-03-2004, 10:47

Caro fratellone,

credo che tu sia impazzito, sì.

Per prima cosa, giusto per fare chiarezza, anche se non so quanto riuscirò a essere chiaro in questo internet café perché i gemelli egiziani che lo gestiscono cantano in continuazione, quando mi portavi sul Monte Serra non lo facevi per il *tarlo*, come scrivi, ma per costringermi a reggerti il moccolo con le tue ragazze senza nome. O ti sei scordato di quella volta, a dicembre, che stavo congelando, ci saranno stati al massimo dieci gradi, e ti venni a bussare al finestrino e te mi dicesti: «Trovati una pecora e abbracciala, magari scopri che ti piace»? Due ore dopo scaricasti la tipa e io mi beccai bronchite e partaccia di Tiziana.

Poco fa ti ho chiamato sul cellulare. Due volte. Non mi hai risposto, di nuovo. Hai visto cosa sta succedendo qua? Ho appena letto sui giornali che potrebbero esserci altre bombe non esplose. Ovviamente mamma mi ha già chiesto di tornare a casa. Credevo che l'avesse fatto perché era preoccupata. Pensa che mi ha costretto a giurare di non prendere mai più la metro. Ti immagini? È andata avanti per un bel po', e io l'ho rassicurata, o almeno mi sono guardato dal dirle tutto quello che mi passava per il cervello. Le ho detto che la polizia aveva già preso i responsabili, puttanate così. E allora lei sai cosa risponde? Che non è preoccupata per me, cioè anche, ma più per il Mutilo, perché sta sempre peggio e i medici non capiscono cos'abbia, parlano di ipertensione arteriosa ma non ne sono sicuri, a quanto pare sviene di colpo, secondo lei sono i geni malati dei Benati e se tanto le dà tanto... mi ha detto che stavolta è qualcosa di grave, se lo sente. L'unica cosa grave è che lei continui a credergli. Basterebbe che suo marito smettesse di fumare... A ogni modo, non è che te ne sai qualcosa? Te che sai sempre tutto e non dici mai nulla. Tiziana mi ha detto che lo chiami in carcere. Sul serio? Perché? Cosa vi dite? Io non capisco, Tommaso. Sarà che non ho dormito e che mi sembra di sentirmele risuonare nelle orecchie queste maledette bombe, ma io davvero non capisco. Come puoi parlargli ancora, dopo quello che ci ha fatto? No, guarda, non rispondere. Fai conto che non ti abbia chiesto niente. Affari tuoi, preferisco non entrarci. Finirò di scriverti questa inutilissima e-mail e tornerò a leggere i giornali.

Tanto lo so che è solo una delle sue solite sceneggiate.

Si può sapere dove cazzo sei finito?

Comunque, stavo pensando... che se torni a casa anche te, magari vengo. E così vedo cosa ti gira in quella tua chiorba mangiata dai tarli. Se però non torni, allora farò come a Natale e me ne resterò qui. Ho conosciuto una ragazza, sai? Anzi, in realtà ne ho conosciute due, ma con la prima, Azucena, è stato un tale disastro che tanto vale cancellarla subito dalla memoria. Prima di farlo, però, ti racconto questa: al mio coinquilino non l'ho detto perché mi avrebbe ricoperto di insulti, ma a te piacerà. Ci stiamo bevendo un paio di birre fuori, quando Azucena mi chiede se voglio andare a casa sua. Io ho pensato quello che avrebbe pensato chiunque, giusto? Invece, in camera, cosa fa? Tira fuori un libro di poesie. Indovina di chi? Il tuo amico. *Cento sonetti d'amore*, Pablo Neruda. In italiano. Era il suo poeta preferito, l'aveva letto in inglese, in tedesco, persino in islandese. Mi spieghi perché mi metto sempre in queste situazioni? Comunque. Immaginati la scena. Siamo stesi a letto, io le leggo le poesie in italiano e lei mi sorride e si arricciola i capelli. Dio. Ho sperato che una saetta bucasse il tetto del suo appartamento e mi incenerisse. Invece, miracolo, si addormenta. Ho ringraziato il creato di Tiziana e sono scappato via come un ladro. Ora che te l'ho raccontato, facciamo finta che non sia mai successo, ok?

Con la seconda ragazza... non so neanche da dove iniziare.

Ha il nome di un uomo, di un condottiero, anzi. Pare che i genitori fossero andati in viaggio di nozze a Las Palmas, a Gran Canaria, a quanto ho capito tra la fine degli anni Settanta e l'inizio degli Ottanta era una specie di moda andare in viaggio di nozze alle Canarie, e insomma siccome dal terrazzino dell'hotel Santa Catalina in cui alloggiavano vedevano le palme del parco Doramas, l'eroe nazionale che aveva guidato la resistenza degli indigeni contro i re cattolici... insomma, era solo per dirti che lei è diversa da qualunque altra ragazza che ho conosciuto. Detto da me non fa testo, lo so. Soprattutto nello stato in cui mi trovo adesso, visto che non riesco neanche a capire se quello che sta accadendo qua è reale o un'allucinazione.

La prima volta che l'ho vista mi ha trattato come un coglione. Eppure, per qualche strano motivo, Tommaso, quando sono in una stanza con lei ti giuro che l'aria trema come prima di un temporale. Ci credi che quella sconosciuta mi è sembrata l'unica persona in grado di capirmi oltre a te? Che idiozia. Con tutte le cose importanti che dovrei... Mi sa che sto impazzendo anch'io. Sarà un virus di famiglia, una malattia degenerativa, qualcosa così, tipo la maledizione di cui ci parlava sempre il Maggiore? A proposito di degenerazione, mi sta chiamando Tiziana. Avrà visto le immagini al telegiornale di quell'uomo in lacrime abbracciato a un albero che grida alla polizia di aiutarlo, come se si trovasse su una zattera circondata da squali e non dentro un'aiuola di due metri per due. Vado. Fatti sentire, ok? Se scopro che sei morto nella Valle della Morte mi incazzo. Troppo banale, dài.

P.S. (dopo la telefonata): Dici che per voltare pagina dovevamo unirci al dolore e alla rabbia di quelle persone. Aprire casa nostra. Radere tutto al suolo. Forse hai ragione. Ma forse non avevamo scelta e ci siamo comportati nell'unico modo possibile. Non hai mai l'impressione che sia tutto scritto e che l'unica cosa che ci resta da fare sia avanzare sui binari che qualcun altro ha costruito per noi? A me capita così spesso che certe volte non capisco se sono io a vivere la mia vita o qualcun altro. Ricordi cosa ci cantava Tiziana da piccoli? *Nel buio puoi smarrire un dolore.* Nel buio. Da soli. È l'unico modo che conosco per affrontare quello che mi fa male, Tommaso. L'unico che mi hanno insegnato.

Rispondi, cazzo.
Pietro

8.
Sotto il poster di Rafael Alberti

Passò la mattinata in uno dei vari internet-bar sotto casa a scrivere e-mail e leggere i giornali, smangiucchiando un *bocadillo de calamares* freddo marmato e intriso d'olio. Nel primo pomeriggio, anche se aveva i brividi e si sentiva la testa pesante, andò in facoltà per recuperare dei manuali, seguì un dibattito del collettivo anarchico nel giardino davanti al plesso di Filosofia in preparazione alla manifestazione della sera, che si interruppe quando il capogruppo scoppiò in lacrime. Quando fu sicuro che buttandosi sul letto avrebbe immediatamente perso i sensi, senza rivedere le immagini delle esplosioni o risentire l'eco delle sue ridicole scuse con Dora per non scendere in strada, prese la metro fino a Puerta del Angel e risalì Avenida Portugal fino al numero 35.

Davanti alla porta spalancata del suo appartamento si paralizzò. Era meglio avvertire la polizia o chiedere aiuto al corpulento vicino cileno che di sera fumava erba sulle scale antincendio? Alla fine, non fece nessuna delle due cose, e varcò la soglia brandendo un ombrello.

Dal lampadario un accappatoio di spugna pendeva come un polpo mentre decine di pagine di giornale, su cui spiccavano titoli come *Massacre* o *Matanza de eta en Madrid*, ricoprivano l'impiantito come un'installazione artistica.

«C'è qualcuno?»

Pietro ripeté la domanda senza pensare che, se anche fosse stato presente un ladro, difficilmente gli avrebbe risposto di accomodarsi. Superato il cucinotto, si affacciò al piccolo salotto su cui una cortina di fumo gravitava a mezz'aria. Fece in tempo a notare con la coda dell'occhio la sagoma di un uomo che si stava fiondando fuori dal bagno e correva verso il salotto, e cercò di agguantarlo per un braccio guadagnando una labbrata che gli avrebbe mozzato di netto la lingua, se solo lo sconosciuto non fosse scivolato a terra permettendo a Pietro di placcarlo.

«Laurent?»

«Pietro?»

Indossava solo un paio di occhialini da nuoto azzurri e uno slip rosso. Sebbene avesse smesso di allenarsi, il francese aveva ancora un fisico asciutto e scolpito. Pietro lo vide sfilarsi gli occhialini mostrando due occhi enormi e palpitanti.

«Si può sapere cos'hai combinato?»

«Io? *Tu* cos'hai combinato! Il tuo ritardo rischia di mandare tutto a puttane!»

Dopodiché agguantò l'accappatoio che penzolava dal lampadario, glielo lanciò sulle spalle, e lo trascinò di nuovo fuori, lungo le scale. Pietro avrebbe voluto chiedergli dove stesse andando, farlo ragionare: insomma, su che pianeta viveva, non aveva capito cos'era successo? Fuori le strade erano avvolte da uno strano silenzio, come se dai negozi, dai palazzi e dalle chiese fosse scomparsa qualunque presenza umana e quando Laurent salì su un taxi, lasciandogli lo sportello aperto, Pietro ebbe paura di restare solo e lo seguì.

Scesero davanti al Parco del Retiro ma, trovando i cancelli chiusi, girarono attorno all'inferriata finché non scorsero un'acacia le cui fronde pendevano dentro i giardini.

Chissà come riuscì Laurent, nelle condizioni in cui si trovava, ad arrampicarsi sull'albero per poi calarsi dall'altra parte, eppure ci riuscì; e in qualche modo illogico e misterioso ci riuscì pure Pietro, nonostante il ricordo dell'incidente sul muro di cinta del giardino botanico di fronte a casa.

Erano da poco passate le sette. La pioggia batteva forte e, dietro ai palazzi barocchi di Príncipe Vergara dove le nuvole non si erano ancora richiuse, il cielo sembrava in fiamme.

Nel gabbiotto di sorveglianza Laurent scorse un guardiano notturno che leggeva un giornale sportivo e beveva un caffè, e fece cenno a Pietro di tornare indietro. Passarono dal Teatro Casa de Vacas, sporcandosi di fango fino alle caviglie, finché non videro il colonnato del monumento ad Alfonso XII dove la domenica sera la polizia si esibiva nelle prevedibili e plastiche retate antidroga e lì, di fronte allo stagno, si fermarono.

«Laurent, non fare il cretino, per favore» disse Pietro, cercando inutilmente di asciugarsi la faccia. «Se non ci resti per una crisi ipotermica, con tutto lo schifo che galleggia là dentro muori d'epatite!»

Non disse la cosa più ovvia, e cioè che in quel giorno l'idea di una nuotata era la più stupida che avesse potuto venirgli in mente. Laurent, comunque, si era già sfilato scarpe, pantaloni e maglione, e saltellava sul posto allungando le braccia sopra le spalle per stirare i bicipiti, e bisbigliando qualche frase motivazionale, *alléz!, Laurent, alléz!*, e altre formule che Pietro immaginò fossero state il suo mantra personale prima di una gara, finché tolta anche la maglietta zuppò un piede in acqua e si voltò verso l'amico gonfiando il petto.

Sembrava Marlon Brando in *Fronte del Porto*.

«Ci vediamo dall'altra parte, *mon cher*» e così dicendo scomparve nell'acqua increspata dalla pioggia.

Pietro si guardò attorno per assicurarsi che non arrivasse nessuno, afferrò l'accappatoio e iniziò a camminare lungo il bordo del lago artificiale, attento a non perdere di vista la testa dell'amico che affiorava dalla superficie. Se non se lo fosse trovato davanti mezzo nudo, Pietro non avrebbe mai pensato che quel nuotatore notturno fosse drogato fino al midollo. Le braccia fendevano l'acqua senza quasi sollevare schizzi. La testa ruotava di quel tanto da permettere alla bocca di prendere aria. I piedi battevano a tempo come pistoni. Era a poche bracciate dalla riva quando all'improvviso smise di nuotare, e Pietro, pensando a un crampo o un malore, lo chiamò.

Laurent tirò fuori la testa dall'acqua e si sollevò gli occhialini. Poi mosse un braccio per indicare un punto dietro l'amico.

Non sapendo cosa aspettarsi, Pietro si voltò.

La pioggia e i brividi di freddo gli rendevano difficile persino tenere gli occhi aperti. Sopra i tetti abbuiati di calle Alcalá, vide un cirro sfilacciato color rosa magenta allungarsi come la mano di un gigante verso la notte e, in quegli ultimi minuti di luce, ripensò al mignolo mancante di suo padre, domandandosi perché Tiziana non avesse mai preteso una spiegazione, su quello e su altre migliaia di silenzi di quell'uomo.

Fu allora che, sull'altra sponda del lago notò la guardia di sicurezza che avevano visto nel gabbiotto e che ora stava correndo verso di loro agitando una torcia elettrica, fece un fischio a Laurent e lo raggiunse, lo aiutò a uscire dall'acqua e scapparono assieme verso i cancelli della fermata della metro Retiro.

Varcarono la soglia di casa bagnati fradici. Nella confusione della fuga, la tv era rimasta accesa e sullo schermo baluginavano le immagini mute del corteo di due milioni di persone in marcia sotto il temporale. Pietro scappò in camera a infilarsi dei vestiti asciutti. Quando tornò in salotto, dal volto del suo coinquilino erano svaniti gli effetti delle droghe e dell'euforia: se ne stava seduto sul pavimento a poco più di un metro dalla televisione, avvolto in una coperta, e piangeva.

Pietro si accomodò sul divano sfondato dietro di lui. Quando sospirò, fu scosso da un attacco di tosse.

«Ti senti male?» gli chiese Laurent pulendosi con il dorso della mano.

«Credo mi stia venendo la febbre».

Laurent si voltò, lo raggiunse in ginocchio e gli posò le labbra sulla fronte. Pietro le sentì fredde, ancora bagnate di lacrime.

«Infatti scotti».

Andò in cucina a prendergli un'aspirina e un bicchier d'acqua, poi gli ordinò di stendersi, si sfilò di dosso la coperta e gliela rimboccò sotto il mento. Pietro si chiese perché era lui a tremare, tutto coperto com'era, e non il suo coinquilino che lo guardava con addosso solo un costume mezzo zuppo. L'attimo dopo chiuse gli occhi e, cullato dall'*Agnus Dei* per voce e organo che il compositore lussemburghese Pierre Even aveva scritto in onore delle vittime e che la tv continuava a sovrapporre alle immagini dei binari e dei treni devastati, si addormentò.

Quando riaprì gli occhi, non aveva ancora smesso di piovere e il salotto era così buio che Pietro pensò di essere annegato e il suo corpo coricato sul fondo dell'oceano. Ci mise qualche minuto a riconoscere la sagoma di una persona seduta ai suoi piedi, in fondo al divano. Si guardò intorno in cerca di Laurent.

«Una delle sue *maduritas* è venuta a cercarlo in lacrime e sono usciti. Se ho capito bene, ha uno zio disperso ad Atocha».

Dora aprì la bocca in un mezzo sorriso, ma si capiva che qualcosa la teneva sulle spine.

«Carino, qui».

«Non è l'Hilton, ma a me piace».

Pietro si sentiva la gola riarsa.

Ricordava di averle detto dove abitava, nella sera della Vía Láctea, ma com'era possibile che se lo fosse ricordato? E poi, cosa ci faceva lì? Perché era venuta a cercarlo?

Notò che Dora aveva i vestiti fradici. Da una guancia il simbolo della pace disegnato col rossetto colava come una ferita. Si guardava attorno, fingendo di non notare il tavolo di legno senza una gamba, i batuffoli di polvere sulle mattonelle bianche e il poster del poeta Rafael Alberti sul lungo specchio verticale che nascondeva invano un buco grande come un pugno. Fuori dalla finestra la notte aveva ingoiato tutto, tranne l'insegna del 24ore sotto casa e i fari delle auto lungo il viale delle trans che si riflettevano sul soffitto.

Poi, senza alcun preavviso, si inclinò fino a poggiare la testa sulle ginocchia di Pietro. L'attimo dopo piangeva.

«Non sto piangendo per te».

«Ok».

«Non ho mai versato una lacrima per un ragazzo in vita mia».

«Ho capito».

Ancora sdraiato, Pietro le carezzò i capelli e la lasciò sfogare. Quando si calmò, Dora gli prese la mano e la guardò. Si leggeva ancora il nome del locale che Iñaki gli aveva segnato sul dorso. Poi la baciò, proprio sulla scritta, e ci passò sopra la lingua, come se volesse cancellarla una lettera alla volta, partendo dall'ultima. Quando arrivò alla

A si bloccò. La fissò per qualche secondo con un'attenzione spropositata e, invece di concludere l'operazione, si sedette a cavalcioni sopra Pietro, lo schiuse dal bozzolo di coperte e maglioni, e iniziò a baciarlo. Sulle tempie, sulle labbra, sul collo. Erano baci minuscoli, fiocchi di neve che evaporavano non appena si posavano su quella sua pelle affebbrata. Quando decise che ne aveva avuto abbastanza, gli mise una mano nei pantaloni.

Pietro credette di sentire gli organi staccarsi dai propri scomparti e migrare magneticamente verso le dita di Dora: i polmoni, il fegato, i reni, il cuore, tutto si concentrava sotto il suo palmo e bolliva e friggeva, e come quel giorno da bambino sul palco del teatro di Pisa la scossa lo percorreva di nuovo da capo a piedi; presto l'avrebbe lasciato esanime sul pavimento.

Prima che accadesse, però, Dora si alzò, come se volesse soltanto fargli riprendere fiato, e quando fu sicura che quel ragazzo impacciato non le sarebbe morto per l'emozione tra le braccia, si sfilò i pantaloni e sedette di nuovo, più lentamente stavolta, sopra di lui. Si alzò e si abbassò sull'inguine di Pietro una ventina di volte al massimo, finché senza segnali di preavviso, di nuovo, scese dal divano e dopo aver buttato un cuscino a terra, si stese sul tappeto sotto il poster di Rafael Alberti e, fingendo di non notare gli occhi impietriti con cui Pietro la guardava, gli sussurrò: «Fammi venire» dopodiché spinse il culo in alto come una gatta, dondolando e continuando a fissarlo come a suggerirgli che quello era l'unico finale contemplabile.

Quando l'alba lo svegliò, Pietro ripensò all'ematoma sotto l'occhio di Dora e alla voglia a L intorno alla cavità dell'ombelico.

«Ehi».

«Ehi».

«Ti senti meglio?»

Pietro non rispose.

Cercò l'elastico rosso tra le lenzuola e si legò i capelli. Pensava a cosa avrebbe dovuto dirle, qualcosa tipo che gli era piaciuto e sperava che fosse piaciuto altrettanto a lei? *Bell'idea, così crederà che tu sia il Re degli Sfigati*. La guardò scivolare in bagno e, mentre ascoltava il borbottio del rubinetto, tentò invano di alzarsi. Si sentiva come quella volta che, vicino al casolare in Maremma dei suoi nonni, era franato lungo uno scalabreto di campagna grattugiandosi dagli stinchi alla punta del naso. Aveva freddo ma sentiva una scia di gocce di sudore lungo la scriminatura. Quando un nuovo brivido lo scosse, strinse gli occhi. Sentì che Dora camminava in giro per la stanza e le chiese se le andavano una tazza di caffè e qualche fetta biscottata, «Sono scadute da un po', però non hanno ancora la muffa», quindi sollevò appena le palpebre e la cercò come un cieco.

«Ti amo» disse.

Dora sorrise. «Stai delirando. Domani ti sarai dimenticato di tutto».

«Io non ti dimenticherò mai».

Lei gli diede un bacio in fronte. «Chiudi gli occhi, ora» disse, e lui obbedì.

9.
Rainbow Party

«Caro il mio nerd-verginello con le ascelle pezzate e l'alito di patatine al formaggio e un codino fuori moda da vent'anni, perdonami se rifiuto questo tuo delizioso invito a una colazione post coitum, ma non resterei neppure se tu fossi l'ultimo uomo sulla terra».

Avrebbe potuto rispondergli questo, sarebbe stata una tipica cattiveria da Dora. Invece gli passò un dito sul mento, come se volesse staccargli una piuma che si era intrappolata nei suoi pochi peli ispidi di barba castana, e andò in cucina. Se aveva risparmiato a Pietro quel colpo basso non era solo perché le sarebbe sembrato di sparare sulla Croce Rossa (quale razza di subnormale offrirebbe delle fette biscottate scadute a una ragazza con cui è appena stato a letto?), ma perché si sentiva strana: com'era già successo la sera prima degli attentati che aveva trascorso con Pietro, aveva sognato di nuovo suo padre.

Andò in cucina e aprì la moka, e rimase a guardarla chiedendosi cosa fosse quel detrito che ci galleggiava dentro. Cosa avrebbe dovuto fare? Rimandare il progetto che l'aveva spinta a tornare a Madrid dopo quindici anni trascorsi a Milano con suo padre, Manuel Asturias Chivato, e sua madre, Elena Manfredini? E perché, poi? Per confessare a Pietro, davanti a una tazza di caffè freddo, la caterva di dolenti assurdità che le erano capitate negli ultimi anni e che l'avevano resa troppo stronza per provare qualsiasi sentimento che rasentasse l'umanità? Per smuovere in lui la stessa pietà che lei aveva provato vedendolo alla Vía Lactea quando, nonostante i festeggiamenti con i compagni di facoltà, Pietro le era parso la persona più ingenua e sprovveduta e pura che avesse mai visto? Sì, forse, ma se non le avesse creduto? Se avesse vuotato il sacco e Pietro l'avesse reputata soltanto una pazza? C'erano giorni in cui non ci credeva neanche lei. No, era ovvio che non le avrebbe creduto, ed ecco perché se ne sarebbe andata, se in quel preciso istante la porta non si fosse aperta e Laurent non fosse entrato barcollando con una bottiglia in mano.

«Tu devi essere Dora».

«Sì, scusa, stavo andando...»

«Hai già preso il caffè?» disse chiudendosi la porta alle spalle, e lasciandole intendere che non l'avrebbe fatta scappar via senza almeno due chiacchiere di presentazione. «O preferisci il bicchiere della staffa?»

Quando il caffè era uscito, invece di servirlo Laurent aveva preso due bicchieri e iniziato a parlarle della sua amorevole famiglia felice, di Marianne, delle sue *maduritas*, aveva versato il raki e quando le aveva chiesto se avesse mai incontrato uno più incasinato di lui, Dora lo bevve e disse che ce l'aveva davanti.

Ecco com'era cominciata.

Non partì dall'inizio, non raccontò di come suo padre aveva conosciuto sua madre, in un ristorante della costa spagnola dove Manuel lavorava come cuoco stagionale, né dell'infanzia a Madrid con sua nonna Esmeralda che la trascinava a vedere la *corrida de toros*. Non gli raccontò delle suore che le tiravano le orecchie e la chiudevano nell'armadio della scuola materna. Non gli raccontò del trilocale preso in affitto all'ultimo piano di un palazzo affacciato su piazza Morbegno, a due chilometri dalla Stazione Centrale di Milano. Riavvolgendo la memoria, aiutata da quel liquore all'anice, le parve più logico iniziare dal momento in cui la vita l'aveva resa la persona che era.

«Lo sentii camminare in corridoio e guardai l'ora. Le sette e dodici del 3 agosto 2000. Di solito ho poca memoria, ma questo lo ricordo. Se avessi intuito dov'era diretto, sarei saltata fuori dal letto e l'avrei obbligato a restare. Invece dissi Dove vai, papà?, e lui, dalla soglia della mia camera, È una sorpresa, ranocchia, torna a dormire. Quella notte avevo fatto un incubo e avevo sonno, e poi era il compleanno di mia madre e immaginavo che lui stesse uscendo come ogni anno a comprare il solito mazzo di rose e la solita torta ai *marron glacé* in pasticceria. Mi chiamava ranocchia quando era felice. E quello mi bastò per rimettermi giù. Se non riuscii a riaddormentarmi e continuai a rigirarmi tra le lenzuola, lo dico adesso con il senno di poi ovviamente, stupida stronza che non sono altro, era perché nello stesso istante, dopo aver percorso i trentaquattro chilometri che dividevano casa nostra dal ponte di ferro di Paderno d'Adda, mio padre si era acceso tre Camel light in fila a ottantacinque metri d'altezza, e poi si era lanciato nel fiume. Felice compleanno, cara. E vaffanculo, ranocchia».

Avvertì qualcosa di rincuorante, nell'aprirsi con quello sconosciuto che l'ascoltava come se non avesse fatto nient'altro nella vita, senza interromperla e senza giudicarla. Ed era stato quello – quando Laurent le aveva versato un altro bicchiere per brindare alla salute di Manuel – che l'aveva convinta a vuotare il sacco; in fondo, che male poteva farle: molto probabilmente non si sarebbero rivisti mai più.

Per le sei settimane successive, aveva ripreso Dora, si era rifiutata di andare a scuola, di rispondere alle chiamate delle compagne di pallacanestro, di scendere dal parrucchiere sotto casa. Finché un giorno aveva incontrato per strada il suo vecchio professore di italiano, uno sfigato coi denti verdi di nome Armando Scianna, e si era sentita consigliare: «Fai qualunque cosa ti frulli per la testa, senza preoccuparti delle conseguenze o dei giudizi altrui». Dora aveva pensato che fosse tutta una stronzata new age sparata tanto per impressionarla o per togliersela dalle scatole il più velocemente possibile. Qualunque cosa le frullasse in testa, bella merda di idea. E invece l'idea finì per piacerle. Chissenefrega, pensò, per come è andata finora, tanto vale provare.

Tinse i capelli di viola. Si iscrisse a una scuola in centro. Cambiò squadra di basket, frequentazioni. E conobbe Luca Bruni, un ragazzo timido e premuroso che sognava di diventare chirurgo come il padre. Quando ai primi di luglio vennero affissi i quadri della maturità, Dora prese il diploma con un miracoloso 68/100. Poteva essere un nuovo inizio, le aveva detto sua madre. E anche se di cosa Dora non aveva ancora la più pallida idea, sentì di aver imboccato la strada giusta.

Una settimana dopo gli esami Luca le propose di passare l'estate a Sori, in Liguria, nella casa al mare dei genitori dove lui avrebbe trascorso l'agosto sorvegliato dalla domestica, per preparare il test di ammissione alla facoltà di Medicina. Di giorno lei poteva farsi qualche bracciata o rimanere a leggere in casa, la sera sarebbero stati insieme. Era un buon piano, no? No. Dora sapeva che Luca stava rischiando grosso, con quell'invito. L'anno prima, dopo un cinque in pagella, il padre si era sentito così umiliato da quell'insufficienza, irrispettosa dei sacrifici che lui aveva sopportato per il figlio, che prima lo aveva tosato come una pecora e poi lo aveva scortato personalmente fino al banco. Gli rispose che apprezzava l'offerta ma non se la sentiva di lasciare il bar sulle spalle di sua madre. Luca l'abbracciò, le disse che a lui non andava di lasciare lei, e per la prima volta dopo tanto tempo Dora si sentì davvero amata da qualcuno. Invece di cambiare idea, però, gli stampò un lungo bacio sulla guancia, chiedendogli di ripeterle quella frase al rientro e lasciando Luca con la sensazione che quella sconfitta non fosse poi così amara: si sarebbero scritti ogni giorno e, a settembre, dopo il test, niente avrebbe impedito loro di essere felici.

Non aveva idea che Dora gli avesse mentito, ovviamente. Perché non c'era peso da alleggerire dalle spalle di sua madre che dal suicidio del marito aveva trovato un metodo di gran lunga migliore per attenuare i patimenti: bere vodka come una siberiana e uscire a tarda notte con alcuni misteriosi compagni di tango. E non c'era più neppure il bar. C'era stato, quello sì. BAR ESPERANZA, in via Marco Aurelio 3, dal nome della fermata di metro di Madrid accanto a cui era nata Dora. L'insegna non era stata l'augurio che Manuel sperava. Una maledizione, semmai. E, comunque, il peggiore investimento della sua vita. Sua moglie l'aveva scongiurato di mettere una sala per le slot-machine, soldi facili e sicuri, ma lui si era rifiutato. Voleva un posto calmo e accogliente dove la gente potesse tirare il fiato dopo una brutta giornata. E, se non poteva farlo fruttare a quel modo, allora preferiva scortarlo verso il fallimento.

«*Ipse dixit.* Hai studiato il latino, Laurent? Vuoi sapere cosa significa?»

Laurent, che stava accompagnando il raki con un toast al burro, annuì a bocca piena.

«Significa che buttò i nostri risparmi nel cesso e tirò la catena, ecco cosa. Mi verseresti un altro bicchiere? Potrei farne a meno, visto che sono già ubriaca, ma poi tornerei a chiedermi perché ti sto raccontando queste cose, ed è meglio se non me lo chiedo, giusto?»

Laurent le ripeté che non aveva motivo di domandarselo e, comunque, lui era uno che teneva la bocca chiusa.

«Ok, allora... dov'ero, sì, il bar.

Tra le bolle dei fornitori e le spese del locale, i soldi si prosciugarono alla velocità della luce e alla fine andò tutto a fanculo, speranza compresa. Quando morì mio padre, mia madre affittò il locale a una famiglia indiana che lo riconvertì in un market. Cosa vuol dire quel mugugno? Se mi fece incazzare? Vediamo come te lo spiego... A quei tempi mi faceva incazzare qualunque cosa venisse dalle sue mani o dalla sua bocca. Povera mamma. Come se avesse più colpe di me. Solo che lei era, tipo, una meteorologa delle discussioni, ecco. Le bastava guardarmi negli occhi per capire con quale frase mi avrebbe fatto saltare i nervi: qualcosa sulla sciatteria dei vestiti, sul ciuffo verde di capelli che mi faceva sembrare una troia demente, sulla mia incapacità cronica di combinare qualcosa di buono nella vita esattamente come mio padre. Allora io le gridavo che doveva lanciarsi lei, in quel fiume, mica mio padre, e mi barricavo in camera alzando lo stereo fino a far tremare i vetri delle finestre... Che tatto, eh? Nei giorni successivi ai nostri litigi la casa affondava nelle sabbie mobili del silenzio. La carica magnetica che ci attraeva cambiava di segno e ci respingevamo automaticamente. Il consumo di vodka e sigarette diminuiva. I toni di voce delle telefonate si calmavano. Finché tutto ripartiva da capo. In quel casino che era stata la nostra vita dopo la morte di papà, trovavo quei litigi rassicuranti. Una sera la chiamai cagna in calore. Con lei parlavo italiano, ma quella frase gliela dissi in spagnolo».

Laurent diede due colpi di tosse.

«Perché lo spagnolo? Perché era la lingua di mio padre. Cosa credeva, che non sapessi farle del male anch'io? Avevo imparato dalla migliore. Una sera lanciai un bicchiere sul muro e una scheggia le si conficcò sotto la scapola, così le fornii la scusa perfetta per aggiungere un'altra frase al suo repertorio di espressioni fatte da attrice consumata: *i figli sono buoni solo a pugnalarti alle spalle.* Oh, non credere che abbiamo tagliato i ponti. Cavolo, bella espressione. Altro che lapsus. Comunque sì, ora va meglio. Lei mi chiama, io la chiamo. Considerate le cose che successero dopo, mi sento fortunata. Un'altra madre mi avrebbe chiuso in casa e buttato via la chiave. Povera mamma. Altro che lasciarmi venire a Madrid... la verità è che lei l'ha sempre saputo, così come lo sapevo io: l'unico modo in cui riusciamo a volerci bene è stando lontane. Ah, il market indiano c'è ancora, se te lo stessi chiedendo. E anche l'insegna di mio padre, ma senza la *e*. Magari il proprietario aveva interrotto la sostituzione per qualche motivo urgente o magari aveva solo voluto renderla più italiana, o che cazzo ne so. Facciamo che era caduta e nessuno si era preso la briga di riattaccarla, ok? *Speranza*, INDIAN MARKET, più una miriade di parole incomprensibili che per me volevano dire *Qui non accettiamo indiani d'America* o *Quando faccio di no con la testa, ricordati che vuol dire sì.* Ah ah. Dài, non mi guardare così. Non fa ridere, lo so. Sono una razzista buona solo a litigare con sua madre... C'è ancora un po' di raki? Per favore. No, il toast non mi va. Se il tuo coinquilino mi ha attaccato la febbre come credo, tra poco vomiterò. Ah, sai cosa mi è sempre sembrato buffo? Che a volte quella *e* me la sogno ancora».

Qualunque pensiero gli stesse frullando in testa mentre ascoltava le parole di Dora nella cucina di quell'appartamento di Avenida Portugal 35, Laurent l'aveva tenuto per sé: se c'era una cosa che gli aveva insegnato il suo lavoro era riconoscere i momenti in cui tapparsi la bocca e aprire le orecchie; e poi l'aveva capito subito che quella ragazza non stava veramente parlando con lui: ci fosse stato uno specchio o un orso di peluche non sarebbe cambiato un bel niente:

Dora andò avanti come un fiume in piena. Gli parlò del quartiere milanese in cui si erano trasferiti, compreso tra i binari della Stazione Centrale e il parco Trotter, come un universo in rapidissima espansione: bengalesi che sfrecciavano al volante di apini stracarichi di tulipani, macellerie *halal* presidiate da randagi assonnati, sbiadite *cevicherías* peruviane che di domenica si trasformavano in karaoke, e palazzi scalcinati da cui uscivano folate di fritto dense come banchi di nebbia.

Gli raccontò di sua madre, che aveva usato le prime mensilità del market per affittare un appartamento sul lago di Como ed era partita per le vacanze, e di lei, che era rimasta nel trilocale in piazza Morbegno allo scopo di rintracciare un'annotazione, un memorandum, un appunto di diario, qualcosa che suo padre avesse lasciato nel bar con il chiaro intento di spiegare le motivazioni del proprio suicidio. Invece non trovò niente. Eppure, nell'arco di una settimana cambiò tutto.

Mentre rientrava a casa, sulle scale condominiali aveva trovato una raccolta di poesie italiane del Novecento. Nell'esergo, una frase di Nietzsche: *E se tu scruterai a lungo in un abisso, anche l'abisso scruterà dentro di te.* Si era fatta largo tra gli scatoloni che la nuova vicina aveva lasciato sul ballatoio e rientrata in casa aveva composto il numero di Armando Scianna, il docente che aveva incontrato dopo il funerale di suo padre. Il fatto che le avesse risposto al primo squillo le era sembrato un indiscutibile segno del destino: come se non aspettasse altro che la sua chiamata.

L'anticiclone africano aveva portato a Milano un'ondata di calore fulminea, con picchi di otto gradi sopra le medie stagionali. Il centro si era svuotato in meno di un giorno e l'aria sapeva di bitume. Le uniche auto che si vedevano circolare su viale Monza erano i furgoncini del pronto intervento climatizzatori. Soltanto alla rotonda infernale di via Padova, dove il manto ricordava il fondale di un lago prosciugato, le strade brulicavano ancora senza sosta, come ragazzini eccitati dalla fuga dei fratelli maggiori.

Più che l'appartamento di un professore di lettere di quarantasei anni, originario di un piccolo paese in provincia di Catania, con una moglie e due figli adolescenti rientrati in Sicilia a trascorrere l'estate, a Dora quell'appartamento in via Crescenzago era sembrato il rifugio di un senzatetto: un esercito di bottiglie di birra e di vino ammucchiate lungo le pareti; gli incarti di merendine sul pavimento; l'odore di stantio e sudore; gli scuri serrati e un buio più nero di quello delle fiabe. E poi libri, libri ovunque. Lungo i muri, dentro il caminetto, impilati sui davanzali delle finestre come geometrici rampicanti dalle foglie di carta che un ventilatore faceva frusciare a tempo.

Scianna era stato gentile. Le aveva portato un bicchiere di tè freddo, offerto un sandwich al tonno che lei aveva rifiutato, ma non era stato per quello che Dora era rimasta.

«Non aveva neanche la tv. È la stessa cosa che ho detto io: strano e triste. Sai perché non ce l'aveva? Lo distraeva. Quando gli chiesi da cosa, gli si illuminarono gli occhi. Spostò una bottiglia di whisky dalla scrivania, prese un plico di fogli e me lo porse. *I condannati*. Un cazzo di romanzo giallo. (Laurent chiese se era un giallo alla Agatha Christie). Noooo, per chi lo hai preso? Era più sofisticaaaato... un incrocio tra Culotettafiga e Pallepelopene. Non lo so, Laurent, a me non piace leggere. O forse sì, ma poi penso che la mia vita è più incasinata di qualunque romanzo, perciò... perché gli dissi di sì, allora? Bella domanda.

Chiesi se potevo avere quel sandwich al tonno e mi stesi sul divano e non feci altro che leggere per le tre ore successive. Non saprei dirti se era colpa di quella prosa così infarcita di metafore, o del mio cervello da capra, ma di quelle prime cinquanta pagine capii a malapena la trama.

Il cadavere di una giovane era riaffiorato dopo una mareggiata con un piede incastrato negli anelli di un piccolo porto della provincia inglese... fin lì ci sarebbe arrivato anche un subnormale. Le pagine successive, però, le descrizioni della flora isolana e un paio di melensissimi capitoli sulla crisi psicologica del poliziotto buono, abbandonato dai due figli e dalla moglie, mi frantumarono le palle. A ogni modo continuai. Io leggevo, e bevevo il tè, e lui faceva degli esercizi sbilenchi sul tappeto, piegamenti, bilanciere... *Mens sana in corpore sano*, diceva. Giovenale. Ancora latino. Oggi va così...

Quando finii di leggere, mi pregò di non dire nulla. Si alzò per spalancare abbaini e finestre, come se far entrare il tramonto fosse il rito propiziatorio che gli avrebbe garantito il mio giudizio positivo. Secondo te, mi chiese dal terrazzo, si può impazzire per il caldo? Cazzo di domanda... Secondo me si può impazzire per un sacco di cose, dico bene?

Gli andai incontro e quando misi piede sul terrazzo mi tornò in mente mio padre e il ponte di ferro da cui si era lanciato, e senza accorgermene scoppiai a piangere come una cretina. Scianna pensò che soffrissi di vertigini ma dato che non riuscivo a parlare e continuavo a singhiozzare, mi domandò se doveva chiamare un medico e io allora gli dissi che piangevo per il romanzo.

Ta-dàn! Per poco non ci resta secco. Guardava le auto che rallentavano di fronte agli autovelox e i vagoni della metro bianco-verde che sferragliavano sui binari all'aperto, e mentre una folata di vento gli scuoteva i peli arricciati sul collo, mi prese il mento e mi diede un bacio sulla fronte. Grazie, grazie, grazie, grazie, grazie. Aveva una tale faccia da ebete, ti giuro! Non la smetteva più di ringraziarmi. E allora per togliermi da quel dannato terrazzo, me ne fregai del sudore o della puzza e lo abbracciai finché i nostri corpi si incollarono come le due fette di pancarré di quell'immangiabile sandwich al tonno che avevo lasciato sul divano.

Pena, senso di colpa, noia, qualunque fosse stata la motivazione che mi spinse a sfilarmi gli shorts nel suo salotto, e a spalancare le gambe e farmi leccare dalla lingua di quell'uomo che in tre anni ci aveva ammorbato straparlando di Dolce Stilnovo, di Sturm und Drang e del martirio di Piero Gobetti, alla fine di quella notte sentii che avrei dovuto ringraziarlo. E non una ma cento, mille volte, perché grazie a lui avevo scoperto quello che da sempre sospettavo, e cioè che dentro di me c'era qualcosa che non andava, e che quel qualcosa non era una delusione o un lutto o la paura del futuro, ma qualcosa di concreto e reale. Un guasto. Un'avaria. Un malfunzionamento di un ingranaggio che si nascondeva, come diceva quella frase di Nietzsche, lì, da qualche parte, nell'abisso della mia carne».

Nei giorni successivi (raccontò Dora sbocconcellando il toast di Laurent, che si era alzato per cuocere delle uova in padella e riempiendole il bicchiere l'aveva pregata di abbassare la voce o avrebbe svegliato Pietro) tornò a trovare Armando Scianna ogni pomeriggio. Attraversava a piedi viale Monza, sfilava davanti al vecchio bar di suo padre e infilava via Leoncavallo a testa bassa, e in quell'appartamento buio e maleodorante interrogava il proprio corpo preso d'assalto dal suo professore. Aveva immaginato di essere altrove, con Luca, ma neanche quello era servito a nulla e alla fine, nell'ultimo giorno di agosto, ventiquattr'ore prima del ritorno di moglie e figli da Catania e di Elena dal lago di Como, gli aveva detto addio. Quando l'uomo aveva tentato di trattenerla chiedendole il motivo di quella fuga, lei gli aveva confessato di non avere mai avuto un orgasmo. Scianna era rimasto senza parole. Poi aveva sbraitato, minacciato ed era scoppiato a piangere, e lei se n'era andata augurando il meglio a lui e al suo romanzo.

Se aveva pronunciato quella frase non l'aveva fatto per ferirlo o umiliarlo ma perché sperava che, dicendo la verità, esplicitando la natura di quel meccanismo inceppato nella sua carne, forse sarebbe riuscita ad aggiustarlo e a tornare quella di prima. Con Scianna non aveva provato dolore o fastidio mentre i suoi denti le pizzicavano i capezzoli o quel suo ventre flaccido le batteva sulle natiche con la foga di un adolescente; semplicemente non aveva provato niente.

«Ti era mai capitato?»

«Di non sentire niente? No».

«Allora non ti piaceva abbastanza o, magari, pensavi a Luca» bisbigliò Laurent servendo le uova, e guardandola per la prima volta non come la ragazza per cui Pietro si era preso una cotta ma in un altro modo, un modo più intimo e pericoloso, perché sapeva dove avrebbero potuto portarlo l'alcol e la nostalgia che gli bruciavano in corpo.

Come se fosse stato evocato dallo strofinio di una lampada, la mattina dopo l'introverso rampollo Bruni si era palesato con un sms. Era tornato e chiedeva di vederla. Si erano incontrati in piazza Caiazzo e avevano passeggiato dietro i camion del mercato di Benedetto Marcello, fino alle giostre di Porta Venezia, e davanti a un pony con in groppa un bimbo tutto sorridente, lui le aveva porto un anello di pietra lavica. Sapeva che stava correndo troppo, si conoscevano appena, ma doveva vederlo solo come un regalo, non un obbligo; un simbolo, ecco, sì, un simbolo dell'amore che provava per lei.

«Aveva le ascelle sudate per l'emozione, gli occhi lucidi... anche io, ok, va bene, anche io mi ero emozionata, sì. Era così tenero. Mi faceva venire voglia di sposarlo all'istante e metterci tutto alle spalle. Io, un padre suicida, e lui, un padre così opprimente da avergli già organizzato ogni istante della sua vita. Invece, quando mi sfiorò la mano, gli dissi che non potevo. Come potevo accettare? Con quello che avevo fatto con Scianna, e il mio «guasto»? Alla fine, forse per evitare che si mettesse a piangere, o perché forse ero io che non avrei retto cinque minuti di più di fronte a quella sua faccia da cane bastonato, gli dissi che ci avrei pensato. Una settimana. Nel frattempo niente incontri e niente telefonate. Sette giorni di silenzio. Ci saremmo rivisti lì, davanti a quel pony schifoso, e gli avrei dato una risposta. Mi accorsi che era terrorizzato da quella proposta, eppure disse che andava bene, così si sarebbe concentrato sul ripasso finale per il test di Medicina. Io non lo so, probabilmente è stato allora che ho iniziato a uscire di testa. Ma ti giuro, Laurent, io volevo solo capire.

Perché una settimana, ti chiederai. Avevo letto un articolo in cui si descriveva come nel 1920, in una settimana, Buster Keaton e compagna avevano costruito una casa fai-da-te e poi, nel 2000, sempre in una settimana, nella provincia centro-meridionale dell'Hunan, in Cina, la ditta di costruzioni Broad Sustainable Building aveva tirato su un palazzo di dieci piani. Certo il mio non era un progetto edificante, semmai l'esatto contrario, visto che si trattava di scavare un cratere da cui io avrei scrutato l'abisso e l'abisso avrebbe scrutato dentro di me. Bell'idea del cazzo.

Stop. Facciamo una pausa, ti va? Perché non mettiamo su un disco? È troppo presto, hai ragione. Sì, le uova sono buonissime ma non mi sento bene, non ti sembra che scotto?»

Laurent le mise una mano sulla fronte e sorrise.

«Oh, senti, il fatto è che non sopporto come mi guardi, va bene? Non devi andare in bagno? Vai a fumarti una sigaretta, santiddio, ti prego, lasciami sola un momento. Patetica, ecco cosa sono. Mi sento una donnetta in fin di vita che chiede l'assoluzione dei peccati».

Laurent scoppiò a ridere, sputando un pezzo di frittata dal naso. Obiettò che per la parte del prete non si vedeva molto tagliato.

«Magari sto morendo. E se avessi un rarissimo virus da cui non mi salverà nessuna medicina? Per favore, basta, smettila di riempirmi il piatto, non-ho-fa-me. Vai a sciacquarti la faccia. Ti prometto che mi impegnerò a non morire in tua assenza. Tanto l'avrai capito, no? Questa storia non ha nessun cazzo di finale felice, sennò non starei qui a tirarla tanto per le lunghe».

Laurent le disse che i finali felici lo avevano sempre nauseato, poi finì la bottiglia di raki versandola nei due bicchieri: coraggio, disse, l'ultimo giro per il gran finale allora, e i due bevvero guardandosi negli occhi.

«Mi auguro solo che quando avrò finito la febbre mi sia salita così tanto da impedirmi di ricordare chi sono... tu, però, non interrompermi, per favore. Per nessuna ragione. Non so se sarei in grado di continuare. Allora, vado... eravamo all'anello...

Era come se in testa avessi una lista con i possibili guasti e dovessi depennare le voci una a una. Così a casa mi masturbavo pensando al mio tenero, dolce, secchione Luca, e nelle docce del palazzetto di basket fissavo i riccioli di schiuma che scendevano sulle nuche scurite e le tette bianche delle mie compagne. Metti che avevo cambiato gusti e mi piacevano le donne? Niente, continuavo a non sentire niente di niente. Pensai che magari il problema non ero io ma Scianna, voglio dire, era possibile, no? Comunque non era quello il punto. Il punto era che iniziai ad abbordare sconosciuti sui siti di incontri. Chattavo con gente volgare dai nomi tipo Aron («Siete tutte principesse e io sono qui per ricordarvelo»), o Eracle («la forza dell'amore»), o Caronte («ti traghetterò verso una nuova vita»), o Dioniso («vuoi essere avvolto in una ragnatela d'estasi?»). La sera, quando mi stendevo a letto con l'anello di Luca in mano, mi sembrava di sentirlo ridere. Quello che incontrai si chiamava BlackJack, lo ricordo come fosse ieri. Quando mi chiese se il mio ragazzo ce l'aveva lungo come il suo, mentre si prendeva in mano un pene nero e infinito come la mia disperazione, mi sentii dentro una tale rabbia che gli avrei tirato un pugno. A lui, ai muri color avorio di quella casa, alle fotografie dei bagni turchi di Budapest o dei viaggi in Marocco, al quadro con gli amanti di Doisneau. Buttai la sigaretta accesa sulle lenzuola e per poco non ce lo bruciai dentro. Te l'ho detto prima, ricordi? Stavo uscendo di testa. Cercavo di chiudere un abisso e quello invece si ingrandiva e rideva di me... Resisti, ti prego, ci siamo quasi. Ho un'ultima cosa da raccontarti e poi mi alzerò e fingerò di non ricordare nulla. Dirò che è stata la febbre a farmi parlare. Questa dannata febbre di un virus sconosciuto e mortale che il tuo coinquilino mi ha inoculato, e anche tu dovrai farlo. Dovrai fingere di non ricordare, Laurent, perché altrimenti...

Hai mai sentito parlare dei Rainbow Party? Non lo so come trovarono il mio numero. Mi arrivò questo sms da un numero sconosciuto, nel testo diceva solo di andare a un indirizzo, via Mozart 11, davanti a Villa Necchi, e di portare un accompagnatore e un rossetto color verdemare. Senza accompagnatore e rossetto non se ne faceva niente.

Erano passati sei giorni dal ritorno del mio ragazzo, la settimana era finita, e così quando chiamai il mio tenero, dolce, scodinzolante Luca ero, come dire, disperata. Perciò gli dissi che avevo bisogno, così gli dissi, *bisogno*, che lui mi accompagnasse a una festa. Pensavo che fosse l'ultima occasione che avevo per aggiustare tutto. Sapevo già cosa mi avrebbe risposto, che mancavano pochi giorni al test d'ingresso a Medicina e se non l'avesse superato suo padre l'avrebbe spedito all'estero a calci in culo e noi, ovviamente, non ci saremmo più rivisti. Diceva la verità. E io lo sapevo. Eppure glielo chiesi lo stesso. Scegli: o me o tuo padre.

Era la prima volta che salivo su un attico in una notte di pioggia. Milano scintillava come una torta di compleanno. Oh, non voglio fare poesia, Laurent, anche se la poesia mi piace più dei romanzi. Se indugio su questi dettagli è perché sto frugando nella mia testa per trovare le parole giuste per dire quello che successe là dentro. Quindi non badare a come te lo sto raccontando, ok? E poi, quale poesia potrebbe esserci in una decina di ragazzi, seduti sul divano, in piedi davanti alla libreria o sdraiati sul tappeto, che si facevano succhiare l'uccello da alcune coetanee in ginocchio?

Ricordo le luci al neon verdi e una musica dance brasiliana. E la tv muta che si rifletteva sulle pareti del salotto. Ricordo la camicia da boscaiolo del ragazzo a pochi centimetri dal mio naso, e il suo pene che mi ciondolava tra i denti come una lumaca. Mi alzai con la scusa di andare in bagno e fu allora che lo vidi.

Era seduto sul pavimento della cucina, la schiena contro la lavatrice. Morivo dalla voglia di abbracciarlo, ma quando mi avvicinai una biondina che gli stava parlando mi fulminò con lo sguardo come a dire, conosci le regole, stronza, fino al cambio di turno lui è mio, e allora rimasi in piedi. Gli porsi la mano, senza dire nulla, ma lui scosse la testa. Cosa avrei dovuto dirgli? Che ero pazza? Se non lo sapeva già, be', ora l'aveva scoperto. No, avrei dovuto dirgli che rimpiangevo di non essere andata in Liguria con lui. Di non aver dormito assieme ogni notte di quell'estate. Di non aver fatto quello che fanno gli innamorati. Peccato che in quell'istante Arturo, il coglione del padrone di casa, salì in piedi sul divano e con le mani a cono davanti alla bocca gridò: «Cambiooooo!»

Come risvegliate da un incantesimo le ragazze nel salotto sollevarono la testa da quelle lingue di carne intirizzita, estrassero i loro rossetti dalle tasche, se li ripassarono sulle labbra facendo attenzione a usare ognuna il proprio colore, arancione, verde, oro, blu, viola, nero, rosso, e si andarono a tuffare sull'inguine del ragazzo alla loro destra, riservandogli lo stesso trattamento del precedente. Due sagome scure, un ragazzo e una ragazza, si materializzarono davanti a noi, sorridendo come due campioni olimpionici. Luca mi sfiorò la punta delle dita, ma non fece in tempo ad afferrarle che l'interruttore scattò con un *clic* e i genitori di Arturo entrarono nel salotto illuminato a giorno.

Per alcuni, brevissimi istanti nessuno si mosse: una famiglia di lepri sorpresa dai fari di un'auto nel cuore della notte. Poi, di colpo, scoppiò il caos. Le ragazze scapparono in bagno, i ragazzi si tirarono su i calzoni e batterono in ritirata dietro il divano. Non ci misero molto a individuare il figlio: si era stravaccato sul divano e sfoggiava un sorriso da ebete, i suoi riflessi erano talmente addormentati che non vide le cinque dita della mano di suo padre atterrargli sulla guancia e lo schiaffo riecheggiò nel silenzio. «Adesso chiamate i vostri genitori e vi fate venire a prendere» disse. «Così sentiamo cosa ne pensano loro, di questo».

Luca era sul terrazzo, accanto alla ringhiera. Lo vidi poggiare un piede sul parapetto e quando gli afferrai la mano mi abbracciò e scoppiò a piangere. Anche se non guardava me, mentre piangeva, né la sommità del cipresso calvo del parco Montanelli né gli occhi gialli dei Bastioni di Porta Venezia, sapevo a cosa pensava: a quel fanatico di suo padre che la mattina dopo l'avrebbe umiliato e spedito sa Dio dove. Bye bye, ranocchia. Bye bye, Luca».

Concluso il racconto Laurent non le chiese se avesse più rivisto Luca dopo quella sera o se la sua anomalia si fosse aggiustata, né tentò di fermarla mentre prendeva la giacca e usciva dall'appartamento con le lacrime agli occhi, nel momento esatto in cui il suo coinquilino emergeva dall'ombra del salotto dove aveva ascoltato la fine della confessione e lo raggiungeva in cucina.

Laurent si voltò verso la finestra a seguire le scie dei fari che rallentavano davanti alle prostitute di Casa de Campo e solo in quel momento di calma gli parve di intuire cosa avesse intravisto in Pietro: l'occasione di essere amata da una persona perbene; l'occasione di felicità che non pensava di meritare e che, anzi, si sarebbe impegnata a respingere e sabotare come aveva già fatto con Luca, fino al giorno in cui l'odio, la colpa e la vergogna che provava verso se stessa non avessero smesso di darle il tormento.

Versò il caffè freddo in due tazzine, le poggiò sul tavolo, e si sedette. Sentiva che Pietro lo stava guardando, ma di nuovo evitò di incrociare il suo sguardo. In fondo, cos'altro avrebbe potuto aggiungere a quello che avevano sentito? Dora lo aveva messo in guardia sin dal principio: in quella storia non esisteva nessun cazzo di finale felice.

10.
Fuori dai giochi

Da: pietroguitar@con.mascagni.liv.com
A: tommasobenati@libero.it
Oggetto: *The Show Must Go On* (The Queen, 1991)
Data: 27-3-2004, 13:55

Caro fratellone,

vaffanculo.

Avevi giurato che non saresti scomparso di nuovo e invece hai staccato il cellulare e te ne freghi se noi ti cerchiamo dall'altro capo del mondo.

Vaffanculo a Tiziana, che ha troppa paura di restare sola per cacciare di casa quello là. Quando le ho detto che eri in Sudamerica, per poco non le prende un coccolone; lei e la sua cazzo di fissazione di essere il parafulmine delle disgrazie di famiglia.

Ma soprattutto vaffanculo a me. Perché lo sapevo. Sapevo che sarebbe stata una perdita di tempo e io, demente, ci sono andato lo stesso.

Sai cosa gli ho sempre invidiato al Mutilo? La capacità di dimostrarsi al di sopra delle nostre aspettative. Te lo sai come fa? Come fa a superarsi ogni volta?

Sono entrato in casa ed erano già tutti lì schierati, in camera sua. Al posto del letto matrimoniale c'era un letto ortopedico, singolo. Sembrava uno di quei quadri di Munch. *La madre morta e la bambina* oppure *Al capezzale di un defunto*. Hai presente? Erano nel catalogo di quella mostra che i nonni avevano visto a Oslo... se ci penso mi viene da ridere. Di riffa o di raffa nella nostra famiglia si è sempre pensato alla morte. Ora, io non lo so cosa succede dopo la morte, se si sale in cielo e da lì si continua a guardare cosa accade di sotto o se si precipita in un trogolo puzzolente e buio, ma sono pronto a giurare che in quella camera ci fossero anche loro. I nonni. Archirio e Terza. C'eravamo tutti. Tutti tranne te, ovviamente. Ma che ti frega? Tanto sapevi già cosa sarebbe successo, dico bene, Signor ScompaioMisteriosamenteQuandoMiTorna-PiùComodo? Nonna Lea, Tiziana, la tizia sorda del piano di sotto, un medico allampanato con due occhi da rospo. C'era persino quel coglione del suo socio che pare un cipresso, sempre affacciato alla finestra a spippolare con il telefonino. Perché non era in carcere? Aveva preso i domiciliari anche lui? Roba da pazzi. Dopo che si sono detti peste e corna, che si sono sputati addosso in un'aula di tribunale, ora eccoteli lì, amichetti per la pelle. Sarà una strategia consigliata dai loro avvocati, immagino. Ma lo sai cosa me ne faccio delle loro strategie...

Insomma, il Mutilo fissava il soffitto. Steso sul letto, le mani lungo i fianchi. Paralizzato, penso. Macché. Appena mi ha sentito entrare, ha girato la testa con un sorriso. *Figliolo*, mi fa, *sei venuto. Adesso posso anche morire*. Ancora con questa fissazione per la morte. E muori allora, cazzo, così la fai finita! È più forte di me, non ce la faccio neanche a parlarne. Perché non mi hai detto che non saresti venuto, Tommaso? Perché non mi hai detto che eri andato a trovarlo prima di partire per il Sudamerica? Aveva il cuore a pezzi, lui, era distrutto dalla storia con Angela, eh? Voleva lasciarsi tutto alle spalle, poverino. Eppure, prima di partire per il Cile, il volo New York-Pisa e ritorno l'hai preso, eh? Per andare a trovare quello. Si può sapere che cazzo c'avete nel cervello, tutti quanti. Me lo dici? No. Non me lo dire. Vado a bermi un caffè. Mi farete ammattire.

Non pensare che sia più calmo dopo dieci minuti ma voglio sforzarmi e dirti cosa è successo là dentro, in quella casa. Perciò ora te lo dico. Dopodiché te farai quello che vuoi. Continuerai a ignorarci tutti quanti, oppure non lo so. Non mi interessa. Sarà una tua decisione. Io la mia l'ho presa. Ho deciso il secondo dopo essere uscito di casa per tornare in aeroporto e riprendere un volo per Madrid.

Figliolo, sei venuto, ora posso anche morire, mi fa. Poi allunga una mano dal letto di quella sua morte simulata e io mi avvicino. Era bianco come un cencio. Tiziana si soffiava il naso, la vicina sorda era tutta un farsi il segno della croce e baciare il rosario, nonna Lea dalla poltrona mi bisbigliava di perdonarlo. Non voglio neanche sapere se il Mutilo li aveva informati di quello che stava per fare. Ah ah ah. Quanto sono coglione. Certo che lo sapevano. Lo sapevano e sono rimasti zitti e muti, come te, mentre lui mi carezzava il mento e mi diceva che si sentiva scoppiare il cuore di felicità perché ero andato a trovarlo, che solo la mia presenza lo faceva sentire di nuovo in forze. Vivo, come non era più stato.

Aiutami ad alzarmi, è una vita che non faccio due passi, mi fa. Così l'ho trascinato avanti e indietro per casa, con lui che mi chiedeva se mi ricordavo di quando ci portava a pesca da piccoli e io che dicevo di sì per non agitarlo, anche se sono strasicuro di non aver mai fatto nulla del genere con lui, e poi riattaccava con la solfa che la mia presenza lì per lui era tutto, che gli regalava la voglia di pensare di nuovo al futuro, di darsi una scossa, di lasciar perdere l'orgoglio e tornare a lottare con le unghie e con i denti contro quei mascalzoni che gli volevano male. Ragionava, ragionava e ragionava. E io, muto, lo tenevo a braccetto. Fino a che mi ha chiesto di aiutarlo a sedersi e ci siamo fermati sul panchetto del Bösendorfer. Gli mancava il fiato. Aveva chiuso gli occhi ecco, ora si appisola, mi dico. Invece si è allungato sulla credenzina Ikea che Tiziana aveva comprato al posto di quella Luigi XVI. Deve avermi distratto la sua statuetta portafortuna, identica alla mia che avevo bruciato, con il toro sopra il cavallo che lottava contro il serpente, perché non gli ho visto tirar fuori i fogli. Erano scritti così fitti e il Mutilo li ha guardati così a lungo che ho creduto si trattasse di un referto medico. Ci siamo, mi son detto. Stai a vedere che è malato sul serio e stavolta ci tira il calzino. *È un mondo crudele, Pietro, e se non hai i soldi vali meno di zero.*

Da lì in poi, da quando me li ha passati, buio.

Come la volta che ero cascato in quel moraio di notte e te non riuscivi a trovarmi. Non ricordo le parole precise che ha usato per spiegarmi cosa fossero. Ricordo il mio pugno, però, e le urla di Tiziana mentre correva a separarci, e la vicina sorda che chiedeva cos'era successo, e Lea che si alzava dalla poltrona per calmarmi, e io che sortivo di casa – scale, portone – e ancora buio.

In qualche modo, immagino me l'abbia chiesto. Dopo avermi spiegato che aveva aperto un fondo a nostro nome quando eravamo piccoli e che ora ne aveva bisogno per le spese del processo di appello, ma che ci avrebbe restituito tutto, fino all'ultimo euro, interessi compresi, dovevo solo mettere una firmetta lì e rendere liquidi i fondi e permettergli di tornare a lottare contro chi voleva tagliarlo fuori dai giochi.

Lo sai qual è la cosa che mi fa più male?

Non che lui mi abbia mentito. O che io mi sia illuso per l'ennesima volta. Ma te, te che lo sapevi. Sapevi e non mi hai detto nulla. È per quello che eri tornato? L'ho vista, Tommaso, la tua firma sul foglio. Ci sei andato prima di prendere quell'urgentissimo volo per il Sudamerica dove stai cercando *te stesso*. Me lo sarei aspettato da tutti. Non da te. Questa però è l'ultima volta che ci casco. Ora basta. Non vuoi rispondermi? Benissimo. Fine delle comunicazioni. Hai avuto la possibilità di spiegarti. Ho chiuso con il Mutilo. E ora chiudo con te. Vaffanculo.

11.
Il bersaglio

Dopo la notte trascorsa insieme Dora scomparve dai radar e nonostante avesse una gran voglia di rivederla Pietro non mosse un dito. L'inganno del padre, ma ancora di più il tradimento che T aveva ordito alle sue spalle gli avevano annegato la testa di domande («Da quanto tempo si parlavano?» «Perché Tommaso non mi ha detto che aveva già firmato?» «Come cazzo fa a fidarsi ancora di lui?») e privato anche del più timido slancio vitale. Andava in classe, riempiva il quaderno di appunti senza trattenere neanche una riga, e tornava a chiudersi in camera. Solo Laurent sembrava avere il potere di stanarlo, anche se quasi sempre con un raggiro.

Una mattina di sole di fine aprile Laurent si fiondò nella sua stanza dicendogli di essersi messo in corpo una strana droga sintetica che, per un paio d'ore, lo aveva fatto sentire una divinità azteca dotata di enormi poteri di preveggenza ma che, appena gli effetti si erano ammorbiditi, gli aveva lasciato addosso una gran voglia di buttarsi dal parapetto con un carpiato. E così Pietro era stato costretto a scortarlo sul lastrico solare.

«Hai mai giocato a biliardo?»

Laurent stava armeggiando con la sacca di tela che teneva tra le gambe. Sembrava sereno e coerente. Pochi istanti prima si era inginocchiato sul cemento e aveva sfilato la felpa, chiedendo, ordinando e supplicando Pietro di fare lo stesso («dovremmo vivere sempre così, a diretto contatto con gli influssi benefici del sole. E se per farlo c'è bisogno di strinarci come polli, be', chi se ne frega, giusto?»), finché il suo coinquilino, per la seconda volta in pochi minuti, l'aveva accontentato.

«Sì, ci ho giocato a biliardo».

«Eri bravo?»

«Laurent, senti, io non...»

«Ecco, è come giocare a biliardo».

Pietro sapeva già cosa avrebbe cavato dalla sacca, perciò diede una sorsata al gazpacho in cartone fingendo di pensare ad altro, ma appena lo vide assemblare una carabina ad aria compressa ebbe la certezza che si sarebbero messi nei guai. Alla televisione e nei quotidiani non si parlava d'altro che delle misure di sicurezza antiterrorismo che il governo aveva messo in atto dopo le bombe dell'11 marzo – piazzate da al-Qaeda e non dall'Eta come aveva tentato di far credere il premier spagnolo – perquisizioni, sequestri, detenzioni preventive. Per questo una vocina dentro la sua testa gli suggeriva che se li avessero beccati con quell'arnese non sarebbe stato semplice spiegare che il francese aveva l'hobby del tiro al piccione.

«Primo: rilassa le spalle» disse alzandosi per fare stretching. Sembrava parlasse da solo, non con Pietro. Ruotò le braccia a mulinello. Annuì una decina di volte per allungare il collo. Quindi si stese pancia a terra.

«Secondo: svuota la mente».

Piantò i gomiti sulla sacca vuota, armò il fucile e dopo un lungo sospiro da sommozzatore premette il grilletto in direzione di un grosso tiglio all'ingresso del parco. A una sessantina di metri, forse di più, Pietro non avrebbe saputo dirlo, si alzò una nuvola di piume e foglie, e un uccello cadde giù a peso morto.

«Ti ho preso, figlio di puttana!»

«L'hai ucciso?» chiese Pietro, sporgendosi a guardare.

L'animale era scomparso nella chiazza d'erba in cui era franato, e Pietro sperò che si fosse finto morto o almeno dato alla macchia strisciando, per non incorrere in un secondo tiro fatale.

«Figurati. Con questi pallini? Al massimo li stordisci».

«Se non muore per la caduta».

Laurent si voltò e lo fissò come se il suo coinquilino avesse appena pronunciato la più patetica baggianata della storia.

«Di qualcosa bisogna pur morire».

Doveva andare lassù molto spesso, pensò Pietro, a giudicare dalla mira e dalla velocità di esecuzione. Gli uccelli, che fossero tordi, piccioni, passeri o tortore, lo esaltavano a tal punto che quando un bersaglio gli sembrava troppo semplice, tirava fuori dalla sacca il binocolo da caccia e iniziava a camminare attorno al perimetro del tetto finché, una volta rintracciato un pennuto più mimetizzato, sputava un grumo grigiastro e imbracciava il fucile bisbigliando qualcosa in francese che Pietro immaginava volesse dire: *Adesso si ride!* oppure *Hai finito di smerdare il mio bucato*, e non si dava per vinto finché non lo colpiva. Non aveva ingurgitato nessuna strana droga sintetica, Pietro l'aveva capito subito. Anche se faceva di tutto per sembrare matto come un cavallo la verità era che quando Laurent si metteva in testa una cosa non esisteva complicanza, cavillo o impedimento che riuscisse a frenarlo. Era un tipo pratico, intraprendente e con un'opinione chiara (anche se spesso discutibile) su qualunque argomento.

Quando non scivolava in skate mezzo nudo per casa, o quando non sbertucciava a morte i commentatori tv delle partite di calcio, gli bastava dare un'occhiata alle tesine che Pietro disseminava sul tavolo per scovare un errore di logica nella lettura critica di un tale autore o ironizzare sul titolo di un lavoro troppo banale o, comunque, poco *elettrizzante*.

Mentre Pietro beveva il gazpacho, Laurent aveva continuato a tirare con quell'aggeggio per una mezz'ora buona senza dare segnali di stanchezza o di noia. Poi aveva posato il fucile e si era acceso la sigaretta che teneva dietro l'orecchio e che prima di uscire di casa aveva bagnato nella cocaina. Quando tornò a parlare lo aveva fatto a occhi socchiusi, con un tono esageratamente solenne.

«E quindi, amico mio, ti sei innamorato».

Pietro tossì e un rivolo di gazpacho gli finì sulla T-shirt dei Def Leppard. «Di chi?»

«Ah ah ah. Con le bugie sei persino peggio di mia sorella».

«Non sapevo avessi una sorella».

«Non cambiare discorso ora» gli puntò la sigaretta contro. «L'hai chiamata?»

«Ma se non ho il suo numero».

«E non sei neanche passato a cercarla a casa?»

Uno stormo di uccelli si alzò in volo dall'albero davanti al tetto. Non era un illuso. Sapeva che una ragazza come lei (vale a dire: bella, spigliata e battagliera) non poteva interessarsi a uno come lui. Eppure, nelle lunghe giornate vuote all'inizio del secondo quadrimestre, mentre i suoi colleghi si accasciavano nelle aiuole davanti alla caffetteria a suonare la chitarra e a ruttare birre, si era ritrovato spesso a chiedersi cosa stesse facendo Dora.

«Secondo me dovresti» disse Laurent lanciandogli il fucile ad aria compressa sulla pancia.

«Cosa? Ma se ieri mi hai fatto una testa così con le tue regole: ignorala, pensa ad altro...»

«Quello vale per chi ha qualche speranza. Tu sei un caso disperato, mio caro».

«Ti ringrazio».

«Ora ascolta bene quello che sto per dirti. È quasi un mese che sei uno zombie. L'ha capito persino quel piccione spiaccicato laggiù che le muori dietro».

«Io...»

«No, *io*» lo interruppe battendosi l'indice sul petto, «mi deprimo solo a starti vicino, cazzo. Oggi è il momento più bello della mia settimana, il mio unico giorno libero, e ho il diritto di chiederti...»

«Il diritto di chiedermi mi pare un controsenso».

«Il diritto di chiederti di spegnere il cervello e toglierti quel palo che hai nel culo, *merde*!»

Pietro fissò le cime dei pini di Casa de Campo e la ruota panoramica del parco divertimenti. Una folata di vento sul petto nudo, o magari il pensiero di rivedere Dora, gli fece accapponare la pelle. Si sgranchì le spalle e il collo. Poi imbracciò il fucile sistemandosi nella posa che il suo coinquilino gli aveva mostrato qualche minuto prima. Prese un lungo respiro e quando stava per premere il grilletto sentì il palmo caldo della mano di Laurent sul gomito.

«Pensa intensamente a qualcuno che odi. E poi fagli saltare le cervella! Credi di farcela, palla di lardo?»

Pietro si figurò suo padre in completo nocciola, seduto davanti alla tv del salotto, mentre Tiziana incendiava le sue camicie preferite, e poggiò l'occhio sul mirino.

«Signorsì, signore!»

«E allora... fuoco!»

Non gli era ancora chiaro se il suo fosse un tentativo più da stalker o più da sfigato. Alla fine, però, aveva smesso di domandarselo e si era presentato in Plaza de Gabriel Miró e davanti al citofono aveva passato in rassegna le giustificazioni che avrebbe potuto dare a quella sua visita non richiesta. Poteva dirle, ad esempio, che stava gironzolando nel quartiere e gli era *inaspettatamente* frullato in testa il civico del suo palazzo, *sai che è identico a quello dei miei genitori?* Oppure che era sceso alla fermata di metro sbagliata, *a volte sono un tale idiota*, e già che era lì... No, no, aveva pensato schiacciando il citofono, avrebbe fatto la figura del coglione.

A ogni modo, Dora non aveva risposto e Pietro, invece di aspettarla o di ritentare più tardi, se l'era data a gambe. Ma sì, meglio così. Lui era un nato d'un cane che prendeva la scossa, vedeva i condor e offriva fette biscottate ammuffite. Lei la ragazza più incasinata e imprevedibile che avesse conosciuto. Cosa poteva venirne fuori? Anzi, la domanda era: poteva davvero venirne fuori qualcosa? Di ritorno nel trilocale di Avenida Portugal, prima ancora che potesse iniziare a dispiegare il tappeto di scusanti preparate lungo la strada, si vide arrivare una pacca sul collo così forte che fu costretto a giurare a Laurent che la mattina dopo avrebbe tentato un nuovo, e più risoluto, assalto.

L'aveva fatto davvero. Era tornato sotto casa di Dora e aveva aspettato che scendesse (fingere un incontro fortuito gli era sembrato un filo meno penoso), ma quando l'aveva vista uscire dal portone, invece di salutarla si era nascosto dietro lo scivolo del parco giochi, sibilando uno sciò sciò indispettito alle bambine che gli gridavano di uscire dal loro castello.

Anche se in cielo non c'era promessa di pioggia Dora indossava un impermeabile giallo e zigzagava tra le vie della Latina con un passo calmo e delicato, quasi temesse di addolorare il marciapiede su cui camminava. Quando la vide aiutare una donna davanti alla cattedrale dell'Almudena a raccogliere le patate cadute da una borsa scucita,

Pietro si domandò se una come Dora, con il suo amaro passato e le sue intransigenti idee sul presente, potesse avere una vita normale. Poteva uscire a comprare le verdure al mercato? Poteva fare il bucato e stenderlo in una giornata di vento? Poteva andare alla posta? Poteva leggere un libro su una panchina? Poteva dare indicazioni a un turista? La prima cosa che capì in quella mattina (e nelle successive in cui la seguì senza mai avvicinarla), fu che Dora non amava i mezzi di trasporto. Troppo affollati, troppo rumorosi, forse troppo zeppi di odori sgradevoli? Difficile dirlo. Quando pioveva, si tirava su il cappuccio dell'impermeabile. Se faceva caldo, lo legava alla vita; ma andando sempre e comunque a piedi.

In quel primo pedinamento Pietro capì che Dora lavorava in una cineteca dalle parti di Callao che si occupava di restaurare vecchie pellicole. Dalla grossa vetrata del laboratorio al piano terra, su cui campeggiava la scritta *Se vende* a tempere nere, Pietro notò che in quell'ufficio lavoravano soltanto altre due persone oltre a lei: una stagista minuta e con una vistosa alopecia, e il titolare, un signore elegante di mezza età con due grossi occhiali tartarugati. In cosa consistessero le sue mansioni, lo chiese al titolare fingendosi un possibile acquirente non appena Dora uscì per il pranzo.

«La nostra Cinematek si occupa, principalmente, di elaborare copie di sicurezza di vecchie pellicole. Prima di tutto analizziamo l'originale. Dove è rotto lo ripariamo con una colla. Quindi lo passiamo su una macchina calibratrice con l'obiettivo di omogeneizzare l'esposizione della luce... mi segue? Voglio dire, correggere quando è troppo scuro, no?, o troppo chiaro, così, ecco... È una tappa delicata. La tecnica deve andare di pari passo con l'interpretazione dell'immagine. Mai perdere di vista la volontà iniziale del regista. Siamo restauratori, non autori. Ma non resti lì sulla soglia, venga dentro, le faccio vedere le macchine. Ecco, in quella stanza là produciamo una scheda luce che viene inserita nel macchinario che duplica il negativo originale su pellicola vergine, che verrà a sua volta impressionata con le immagini del negativo originale e con la quantità di luce derivata dalla scheda... è più difficile da spiegare che da farsi, mi creda, se però non mi segue le spiego tutto dall'inizio. Come sarebbe a dire va di fretta? Ah, i tempi moderni. Il mondo corre e bisogna tenere il passo. La prossima volta, allora, le spiegherò tutto. Ah, laggiù vede i bagni di sviluppo, più o meno identici a quelli delle camere oscure fotografiche. E da quella parte la stanza del sonoro. Vuole sapere su cosa stiamo lavorando al momento? Era una domanda retorica, muoio dalla voglia di dirlo a tutti: un meraviglioso documentario di Henri Storck. Lo conosce? Se mi lascia un suo recapito, appena lo finiamo la avverto. Così lo vede con i suoi occhi. Voglio essere sincero con lei perché ha una faccia simpatica... le cose vanno un po' a rilento. Buffo, eh? Fuori tutti corrono e qui siamo in attesa di un fondo nazionale per il restauro. Ma insomma, che vuole che le dica, è il mondo in cui viviamo, dico bene? Pensi che un tempo avevamo tre colorist, due scanner con due operatori, tre persone alla comparazione, quattro al mastering, due all'audio. Oh, sia chiaro, anche se ridotto all'osso il nostro organico è di primissimo ordine: una tuttofare meravigliosa (disse indicando la ragazza con l'alopecia), una dipendente talentuosissima (allargando un braccio verso la scrivania vuota di Dora su cui Pietro fece in tempo a notare un cane di peluche che stringeva un cuore), e il sottoscritto, che non sarà più di primo pelo, ma ne ha viste abbastanza da traghettare questa nave fuori dalla tempesta. Allora, che ne dice? Vogliamo iniziare a parlare di soldi?»

Pietro cercò di sorridere, disse che sarebbe senz'altro tornato la settimana successiva e l'attimo dopo si dileguò. Rimase ad attendere che Dora rientrasse in ufficio, ma quando gli fu chiaro che la sua giornata era conclusa imboccò la strada verso casa.

Certe volte a pranzo Dora lasciava il laboratorio di restauro con un'andatura più spedita di quella impiegata al mattino e raggiungeva la stanza numero 40 al primo piano del Museo Thyssen-Bornemisza. Alle due tele sulla sinistra di Ben Shahn e a quelle di Reginald Marsh sulla destra non faceva neanche caso. Si piazzava davanti a *Hotel Room* di Edward Hopper e restava imbambolata per mezz'ora esatta, sgranocchiando carote. Un giorno, quando Dora rientrò in ufficio, invece di seguirla Pietro si avvicinò al quadro per cercare di capire cosa osservasse con tanto interesse. Più lo guardava e più gli sembrava una scena come tante. Perché lo fissava così a lungo? Cosa vedeva in quella donna che si era spogliata per andare a dormire e, troppo esausta persino per disfare le valigie, teneva gli occhi su un libretto degli orari ferroviari, con un'espressione indecifrabile?

«Prendetevi qualche istante. Osservatelo bene. Il senso sta in quello che non si vede» disse una guida a un gruppo di visitatori che aveva circondato Pietro. «Avete notato che il bianco della parete contro cui è appoggiato il letto crea un contrasto cromatico con l'ombra del volto della protagonista? Qual è l'effetto prodotto? Incomprensione. Sembra una donna come tante, giusto? Eppure, al tempo stesso, anche la creatura più sola e incompresa dell'universo. Se adesso avete la cortesia di accompagnarmi nella prossima sala...»

Avrebbe potuto seguire Dora per sempre. E non tanto perché il terrore gli impediva di chiamarla e domandarle ciò che lo teneva sveglio la notte – «non ha significato niente per te?» –, ma perché lungo quegli inseguimenti flemmatici e disordinati sentiva di osservare un'altra Dora, rispetto a quella che sbraitava contro i tassisti o contro l'imbecillità degli studenti Erasmus. Una Dora che baciava gli arrotini del mercato di Antón Martín, che carezzava i bambini che le sbattevano addosso per sbaglio, che comprava pane secco per lanciarlo ai piccioni, che consolava un'amica dentro a un bistrot, che rispondeva al telefono a sua madre chiamandola vecchia culona. Avrebbe potuto seguirla per sempre. E invece si fece beccare.

Una domenica mattina, dopo averla vista abbracciare un ragazzo tra le bancarelle di cianfrusaglie del Rastro, Pietro si era così agitato da non accorgersi che Dora aveva fatto dietrofront e stava tornando verso di lui.

«Guarda un po' chi si rivede. L'italiano. Non ti facevo un tipo da mercatino. Non è che mi stavi seguendo?»

«Io...» Pietro bofonchiò indicando un bastardino che abbaiava legato a un lampione, di fronte a un bar, «... porto a passeggio il cane di un amico».

«E perché l'hai legato allora?» Senza aspettare una risposta, si chinò ad accarezzarlo e il cane le diede una leccata sul naso. «Che razza è?»

«Non saprei».

«Almeno come si chiama lo sai?»

Rispose con il primo nome che gli venne in mente, l'alano di suo nonno Archirio. «Roth».

Dora chiamò il cane con quel nome un paio di volte ma l'animale continuò a puntare l'ingresso del bar di fronte al lampione. «Ho sempre voluto un cane».

«Perché non l'hai preso?»

Dora si voltò a guardarlo come se stesse cercando una risposta, poi scosse la testa. «Hai impegni per martedì sera? Viene a trovarmi mia madre. Pensavo di ordinare del sushi a casa con qualche amico, niente di serio. Che ne dici, ti va?» Pietro rispose che doveva controllare se era libero e lei gli lasciò il suo numero di telefono. «Oh, ti avverto, quella donna è Satana. Scegli liberamente».

Essere invitati a conoscere la madre di una ragazza con cui sei andato a letto una volta e che è quanto di più lontano dall'essere la tua fidanzata, sarebbe sembrato strano a chiunque. Per questo Pietro passò il resto della giornata a consumarsi la suola delle scarpe in salotto, pensando a cosa avrebbe dovuto portarle. Si era appena deciso quando Laurent si affacciò dal bagno come sua madre l'aveva fatto.

«Posso suggerirti un regalo? Ti faccio lo sconto coinquilini». L'attimo dopo Pietro era fuori. A metà aprile le strade erano invase da una fiumana di turisti, studenti in gita, coppie di innamorati e anziani in solitaria che si davano il cambio ai tavolini assolati di bar e ristoranti all'aperto. Possibile che fossero già tornati tutti alla normalità, a un mese dagli attentati? Pietro evitò di rispondersi. In fondo, non era quello che desiderava anche lui? Non stava raggiungendo Dora, al terzo piano di Plaza Gabriel Miró con la speranza che non fosse cambiato nulla?

Lei lo accolse con uno scialle sulle spalle e un saluto a voce alta, come se volesse farsi sentire dagli ospiti che erano accomodati dentro. Gli sfilò di mano la bottiglia di Rioja e disse in italiano: «Guarda un po' cosa ti ha portato, mamma!». Pietro notò che dietro il collo Dora aveva un ematoma: due lividi tondi, perfettamente simmetrici, come se un essere gigantesco l'avesse scrollata per la collottola.

Nel salotto una signora con un vestito nero e un paio di occhiali scuri che le nascondevano il volto spalancò le braccia e guardò gli altri invitati.

«Capito come siamo noi italiani?»

Poi scoppiò a ridere, e Pietro non comprese se lo stava prendendo in giro o se le sue parole fossero mosse da un sincero orgoglio patriottico.

Frida fu l'unica ad andargli incontro. Si strusciò sulle sue caviglie fornendogli la scusa perfetta per acchinarsi e togliersi dalla vista dei commensali che, chissà per quale motivo, invece di sedersi attorno al tavolo si erano accomodati sul tappeto. Le lisciò il muso e la coda finché gli ospiti non si dimenticarono di lui e ripresero la conversazione da dove l'avevano interrotta: un qualche broglio amministrativo del governo Aznar, la vittoria del Psoe alle elezioni politiche favorita dal tentativo del PP di incolpare l'Eta per gli attentati dell'11 marzo, il metal spagnolo troppo tenero rispetto a quello europeo...

Pietro calcolò quale fosse il punto più lontano da Elena, la madre di Dora, e lo raggiunse. La donna giaceva distesa mollemente su un fianco, le gambe piegate ad angolo retto, da un lato, il busto sostenuto da un braccio puntellato a terra, dall'altro. Aveva la postura fiera di una imperatrice in attesa di uno schiavo seminudo che l'avrebbe portata via su una lettiga. Pietro la osservò e la vide fumare una sigaretta dietro l'altra, bere ogni tanto un sorso di vino, e si chiese se capisse cosa stavano dicendo gli altri invitati. Oltre a lei, sempre seduti, c'erano una ragazza, María, e una coppia di uomini che lavoravano nel mondo dello spettacolo: uno si chiamava Pep e faceva l'attore di musical; il suo ragazzo, Aday, il coreografo. Quando Dora entrò con una padella colma di uova sopra a un letto di patate fritte, il pubblico si ridestò con un'ovazione. Pep si sporse per vedere il contenuto della padella.

«Cosa sono?»

«*Cosa sono?* Spero tu stia scherzando, amore. Non hai mai sentito parlare delle uova alla Dora?»

«Né sentite né assaggiate. Altrimenti non l'avrei chiesto, tesoro».

María doveva conoscere già la risposta perché si coprì la bocca con una mano e soffocò una risata.

«Dolce Pep, vediamo come te lo spiego. Le uova saltate alla Dora sono una prelibatezza destinata a pochi fortunati».

Pep scosse la testa stizzito, come se gli fosse caduto in testa un ragno e volesse scagliarlo il più lontano possibile. «E allora? Perché io non sono uno di quei fortunati?»

«Oh, Pep, dolce Pep. Così bello e tardo. Le cucina per i suoi uomini. E tu non sei abbastanza etero per meritarle».

Aday gli pizzicò la camicia all'altezza del capezzolo e lo baciò sulla bocca, mentre Pep fingeva di divincolarsi e Dora serviva gli invitati. Quando arrivò il suo turno, Pietro chinò lo sguardo sul piatto di *huevos estrellados* e in quel preciso momento Elena sollevò un calice e fece un brindisi in perfetto spagnolo: a un nuovo anno pieno di amore per la mia bambina. L'attimo dopo scoppiò a ridere, seguita da Pep e Aday. María riempì i calici e iniziò a cantare Tanti auguri.

Pietro guardò Dora. «È il tuo compleanno?»

«Così dicono».

«Perché non me l'hai detto? Se l'avessi saputo...»

«... ti saresti presentato con un regalo orripilante che avrei buttato nella pattumiera».

«Ho portato una bottiglia a tua madre».

«E l'hai fatta felice. Domani, grazie a Dio, sarà un altro giorno. Lei se ne sarà tornata da dove è venuta e io non dovrò giustificarmi come sto facendo adesso. Forza, ordiniamo il sushi. Ho fame».

Durante la cena si alternarono svariati argomenti di conversazione. La religione (tutti contrari), l'uso del contraccettivo (metà e metà), Michael Jackson vs. Madonna (cinque per Madonna e un astenuto: Pietro). E poi ancora un accanito dibattito sugli episodi paranormali (con la descrizione di un esorcismo praticato alla nonna di Pep), la dieta Dukan, le lampade abbronzanti, i pericoli del laser come metodo di depilazione, il jogging e, di nuovo, immancabile, il sesso. Per tutta la sera Aday non fece che alludere a qualche ex di Dora: il libraio del Centro Catechistico di calle Buenaventura; il giocatore di basket; Enrique. Pietro si sentì libero di augurargli che una sfoglia d'alga nori gli rimanesse incastrata nell'esofago, provocandogli la più stupida delle morti per incidente domestico, che probabilmente sua madre aveva inserito nella sua classifica delle disgrazie più temute.

María gli sfiorò il gomito. «Non vai matto per il sushi».

«Si vede?»

«Lo ingoi senza masticare».

Aveva la pelle olivastra e gli occhi verdi. Ma non un viso splendido né un seno da togliere il fiato come quello di Dora. Eppure c'era qualcosa nel modo aggraziato con cui agitava le mani, nel garbo del suo tono di voce, che la rendeva piacevole e persino attraente. Di giorno lavorava come cameriera in un bar del centro, la sera illustrava libri per bambini. Aveva avuto un ragazzo, tempo prima, ma non le andava di parlarne, e forse, disse, non le andavano più neppure i ragazzi. Quando il coreografo tirò fuori un amico di Dora, un «figo galattico» di nome Mateo impegnato «nell'ambiziosissimo documentario che avrebbe cambiato la storia del cinema spagnolo», Pietro andò in bagno.

Mentre si sciacquava la faccia nel lavandino si chiese se quel Mateo era il ragazzo che aveva visto abbracciarla durante l'ultimo pedinamento. Cosa importava, comunque?

Dopo quella cena gli era chiaro che qualsiasi sentimento lui provasse per lei non era ricambiato. Perciò tanto valeva andarsene di lì e chiudere quella baracconata. Quando aprì la porta, si trovò di fronte Dora che lo spinse di nuovo dentro chiudendosi la porta alle spalle.

«Che te ne pare di María?»

«In che senso?»

«Ti piace?»

Sorrideva, ma invece di guardarlo in faccia i suoi occhi passavano in rassegna il ripiano del lavabo, come alla ricerca di qualcosa di urgente.

«Sembra una ragazza in gamba».

«Lascia stare se è in gamba. La trovi attraente? Secondo me fareste una bella coppia».

L'aveva invitato per quello? Per farlo fidanzare con una sua amica? Aveva dormito con Dora una volta e lei era scomparsa. Nulla di strano, la gente lo faceva di continuo, ma adesso era chiaro che lui aveva fatto schifo e lei aveva pensato che non valesse la pena rivederlo.

«Non ho bisogno di aiuto per uscire con una ragazza».

«Perché, esci con qualcuna?»

«Sì».

«Davvero. Chi?»

«Non sono affari tuoi».

«Non esci con nessuna».

«Si chiama Beatriz».

«La tizia della Vía Láctea?»

Passato il caos dei giorni successivi agli attentati, Pietro ci era tornato per recuperare il libro che aveva lasciato al barman, ma non aveva trovato né l'uno né l'altro. «Esatto».

«Ah». Dora raccolse un rossetto dal lavandino. «Vi auguro tutto il bene del mondo».

Pietro poggiò la mano sulla maniglia. L'avrebbe fermato? si chiese. Gli avrebbe impedito di andarsene o non le importava niente, di lui o del fatto che potesse avere un'altra ragazza? «Io vado a casa. Sono stanco e domani...»

«Devi studiare».

«Grazie dell'invito».

«Ti sei arrabbiato?»

Abbassò la testa e la rialzò, e rispose allo specchio crepato: a uno dei venti riflessi di Dora che si stava dando il rossetto. «Perché sto passando tutta la sera ad ascoltare i resoconti dei tuoi ex fidanzati o perché mi vuoi appioppare una tua amica?»

Pietro aprì la porta e fece un passo verso il corridoio ma Dora lo girò e gli diede un bacio. Un bacio impacciato e quieto, che non sembrava avere nulla a che vedere con la tensione delle parole pronunciate un istante prima, ma che piuttosto suonava come una richiesta di scuse. Di Pietro, per non esser stato capace di dirle che gli importava di lei; di Dora, per aver fatto di tutto per tenerlo lontano.

Due mani li costrinsero a separarsi. «Basta con queste smancerie, voi due. Qua c'è gente che deve pisciare» disse Aday.

Quando Pietro rialzò lo sguardò, Dora era già rientrata in salotto.

La cena era arrivata al capolinea. Pietro si era quasi illuso di averla scampata quando, dopo un *flan de nata* confezionato, la madre di Dora gli fece cenno di raggiungerlo. Gli chiese da dove veniva, che lavoro facevano i suoi genitori, se aveva fratelli, cosa contava di fare nella vita (Pietro le rispose senza dilungarsi), e gli raccontò del suo tour in Toscana, tra Viareggio, dove viveva e lavorava la sua migliore amica, Siena, le colline metallifere, Volterra e l'isola d'Elba. Quindi guardò l'orologio e, come se si fosse ricordata solo allora di un impegno urgente, posò il ginocchio a terra per alzarsi.

«Scusa se te lo chiedo» disse, «come la vedi? È tranquilla, con te?»

Pietro avrebbe voluto risponderle che non credeva di essere nella posizione per poter esprimere un giudizio così intimo su una ragazza che conosceva appena, ma la donna depose sul tappeto le lenti scure che fino ad allora le avevano nascosto il viso e liberò due occhi neri e corruschi, incastonati in un viso raggrinzito dall'alcol.

«Lo accetti un consiglio da una vecchia signora che si illude di essere ancora una ragazzina? Non ci restare male quando finirà. Le ragazze come lei scelgono sempre la persona sbagliata. È l'unica cosa che ha preso da me».

Pietro non sapeva che dire. In fondo, lui Dora quasi non la conosceva (tranne per i particolari che aveva origliato dal salotto ancora mezzo febbricitante), e comunque non stava cercando di salvare nessuno, ma proprio mentre rimuginava sulla risposta, sentì che non era vero. Perché una persona che stava cercando di salvare c'era. Ed era se stesso, ovviamente. Quell'orso ai limiti dell'autismo che proprio lì, in quel salotto, all'incirca un mese prima, mentre si sforzava di non addormentarsi di fronte a una maratona di film horror, si era preso una cotta per la ragazza che adesso stava rubando un uramaki dalle bacchette di María.

Al momento dei saluti Elena diede un bacio sulla fronte alla figlia, quindi infilò le scale dell'androne con la squisita naturalezza di una star del cinema scortata da una troupe di fotografi. Aday, Pep e María presero le giacche e iniziarono a rumoreggiare: Mateo li aspettava a casa per mostrare loro il documentario. Dora si passò una mano sulla nuca, sfiorandosi i due piccoli lividi, e chiese a Pietro se gli andava di unirsi a loro, ma lui rispose che doveva incontrare un amico per definire gli ultimi dettagli del viaggio nei Paesi Baschi.

«On the road?» disse María.

«Sì, all'avventura» e mentre lo disse Pietro si vide riflesso nelle pupille di Dora come il più grosso coglione della terra.

«Che invidia!»

Aday spalancò la porta. «E ora che tutti abbiamo invidiato l'italiano...»

Quando Dora chiuse il portone verde e si infilò nell'auto di Aday parcheggiata davanti alle altalene, Pietro avrebbe voluto chiederle qualcosa di più su quel Mateo: dove viveva, come si erano conosciuti, cosa provava per lui; ma appena vide la mano di Dora salire all'orecchio mimando una cornetta del telefono, le labbra al rallentatore – «Ci sentiamo» – sorrise. Solo quando l'auto scomparve in fondo alla strada si chiese se quella frase fosse un'affermazione o una domanda.

Dora?
Sì.
Non andare, resta qui.
Perché?
Credo di essermi innamorato.
È una che conosco?

Al Tempio di Debod il soporifero reading in un chiosco all'aperto di un aspirante scrittore accompagnato da un chitarrista flamenco era già iniziato, quando Pietro si sedette accanto a Davide con l'entusiasmo di un condannato a morte. Mezz'ora dopo, appena un tizio dalla prima fila si voltò chiedendo loro di chetarsi o di levarsi dalle palle, i due amici se la diedero a gambe ridacchiando. Finirono in un bar clandestino con le pareti rosso sangue che si trovava sotto la cucina di un'abitazione privata. Bevvero un paio di birre, parlarono del viaggio, e all'improvviso Davide gli chiese di aiutarlo.

«Metteresti una buona parola con Valentina?»

Si era preso una cotta per una ragazza di Napoli con cui avevano frequentato il corso di lingua spagnola e che, di tanto in tanto, vedevano ancora.

«La mia parola non è che conti granché, lo sai. Però se ci tieni...»

«Grazie, sei un amico. L'ho chiamata poco fa. Sta arrivando».

E così era rimasto fregato. Cinque minuti dopo Davide aveva levato le tende e, al suo posto, era comparsa Valentina. Passeggiarono per le vie del centro, fermandosi in Plaza del Sol perché lei potesse passare la mano sulla zampa dell'orso di bronzo sperando portasse fortuna. Infine approdarono in una gelateria italiana di Calle Huertas.

«So cosa ti ha chiesto di dirmi Davide» disse lei pulendosi la bocca con un fazzoletto. Pietro tossì e una slavina di panna gli cadde sulla scarpa. Bella figura: la fuga improvvisa del loro amico, la passeggiata con uno sconosciuto, col cavolo che se l'era bevuta. «Il fatto è che sono uscita da una relazione con quello che doveva essere l'uomo della mia vita e ci ho messo così tanto a riprendermi, e ora sto bene, ho tempo per me, per i miei amici. Davide mi piace ma... se tu fossi al posto mio cosa faresti?»

Pietro le disse che non era la persona ideale per dare dei consigli su come gestire una relazione, dato che in pratica non ne aveva mai avuta una, però era pronto a giurare che Davide aveva abbastanza cuore e coraggio per far felice qualunque donna.

«Lo pensi davvero?»

«Uhm uhm».

Quando finirono il gelato e si salutarono sorridendo (con un bacio sulla guancia che Valentina accompagnò con un «Deve essere felice di averti come amico»), Pietro pensò all'unica persona che in quel momento l'avrebbe reso felice e allungò la passeggiata fino alle altalene di Plaza de Gabriel Miró. Davanti al portone verde prese di tasca il cellulare e le inviò un messaggio.

Com'era il film?

Si ciondolò sul marciapiedi per una decina di minuti. Poi sedette sull'altalena e si diede una spinta, mandando i piedi in alto e la testa più indietro che poteva: sopra di lui una falena sbatteva contro la campana di vetro di un lampione, con un ritmo che gli sembrò perfettamente calcolato.

12.

Farsi un'idea su Dora II

Dopo il Rainbow Party, Dora era rimasta a Milano un altro anno ma invece di iscriversi all'università o di trovarsi un lavoro si era chiusa in casa. Passava il tempo a litigare con sua madre, ascoltava Los Planetas fino a far tremare i vetri, si tatuava le braccia intingendo l'ago del compasso nella china, e usciva soltanto per gironzolare in sella a una bicicletta mezza sgainata e ricoperta di adesivi. Un giorno, sfilando di fronte al market indiano che un tempo era stato il bar di suo padre, il gestore le aveva consegnato un cartoncino che era spuntato fuori dopo aver sostituito il registratore di cassa.

Si trattava di una vecchia cartolina dei Navigli di Milano. Il timbro era illeggibile, ma l'immagine doveva risalire agli anni Ottanta. I colori sovraesposti, il cielo così azzurro da sembrare fosforescente, una chiatta sul fiume, due anziane davanti alla *Vecchia locanda*. Sul retro, a destra, un indirizzo e, nello spazio a sinistra, un messaggio.

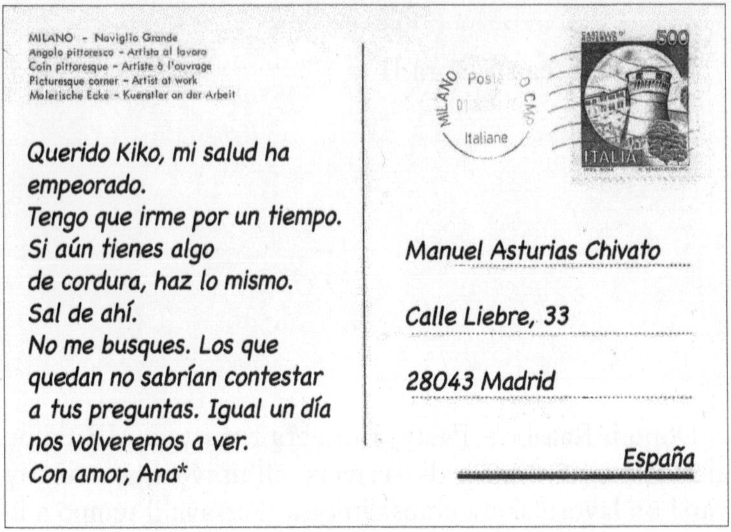

Poche ore dopo aveva comunicato a sua madre l'intenzione di trasferirsi a Madrid. Elena beveva in cucina, in attesa che uno dei suoi accompagnatori di tango passasse a prenderla.

«Cosa ti aspetti che ti dica?»

«Che per te va bene».

«Perché se non te lo dico, che fai? Non parti più?»

«Ho bisogno che tu mi compri il biglietto».

«Ah ah. Siamo alle solite. Lei spende e io pago». Si era versata la vodka in un bicchiere sporco di rossetto. «Lo sai che non troverai nulla laggiù, vero? Quante volte te l'ho detto che non c'è nessun mistero dietro alla morte di tuo padre. Manuel era buono, ma anche l'uomo più noioso dell'universo. E gli uomini noiosi non hanno segreti».

Le sventolò la cartolina dei Navigli davanti al naso. «Allora questa Ana chi è?»

* *Caro Kiko, la mia salute è peggiorata. Devo andarmene per un po'. Se ti è rimasto un po' di cervello, fallo anche tu. Vattene. Non cercarmi. I pochi rimasti non saprebbero rispondere alle tue domande. Magari un giorno ci rivedremo. Con amore, Ana.*

Sua madre strizzò gli occhi e dopo aver letto scosse la testa. «Non lo so e non mi interessa. L'avrà comprata a una bancarella sui Navigli».

«C'è il nostro indirizzo» disse Dora.

«Nessuno l'ha mai chiamato Kiko».

«Come faccio a sapere che mi stai dicendo la verità?»

«La verità? Tuo padre si è ammazzato il giorno del mio compleanno. Eccoti la verità. Chi se ne frega se aveva un'amante, o cento, che lo chiamavano Kiko. Mi ha lasciato. E ha lasciato anche te. E non sprecherò neanche un altro secondo della mia vita a pensare a lui».

Aveva gli occhi lucidi ma piuttosto che mostrare un segno di debolezza di fronte a sua figlia si sarebbe fatta bruciare viva. Dora si era seduta e aveva finito la vodka nel bicchiere di sua madre, poi era scoppiata a tossire ed Elena aveva sorriso.

«Esiste un modo in cui possa farti cambiare idea?»

Dora l'aveva baciata in fronte e aveva scosso la testa, e per quel giorno nessuna delle due era tornata sull'argomento.

Non poteva farle cambiare idea perché aveva un disperato bisogno di capire. Anche se non mancavano i momenti in cui odiava suo padre, Dora ricordava ancora troppo bene i pomeriggi in cui Manuel le chiedeva di sostituirlo dietro al bancone per poter scrivere le sue lettere in santa pace. A chi scriveva? Gliel'aveva mai chiesto? Possibile che non ricordasse la sua risposta? E come mai, se scriveva così spesso, non riceveva mai nessuna lettera in cambio? Possibile che avesse un'amante e che quella stessa amante lo avesse convinto a lasciare Madrid in fretta e furia suggerendogli, come indicava quella cartolina, di scappare a Milano? E perché, cos'era successo di tanto urgente? E chi erano «i pochi rimasti»? Amici, colleghi. Rimasti da cosa? Mentre il suo aereo atterrava a Barajas, Dora sentiva che se fosse riuscita a sciogliere quei dubbi avrebbe dato un senso a tutto quanto: a

Luca, al «guasto», all'abisso che continuava a spalancarsi e a ridere sotto di lei.

Nonostante le sue buone intenzioni, il «progetto Verità su Manuel» si inaugurò con un buco nell'acqua. Sua nonna Esme, la persona che secondo lei avrebbe dovuto fornirle le informazioni sull'infanzia di suo padre, si era trasferita in una casa di riposo a Santiago de Compostela, vicino all'abitazione di una cugina, e la sola cosa che Dora aveva capito per telefono era che i ricordi di sua nonna erano più confusi dei suoi. Per questo aveva dovuto riprendere le indagini dall'inizio.

Al collegio Santa Rosa da Lima, nel quartiere Esperanza, la segretaria le disse che la scuola aveva aperto nel '76, motivo per cui non poteva aver ospitato suo padre. Il secondo tentativo, però, andò a segno. Nell'istituto tecnico in calle de Andorra un bidello in là con gli anni puntò il bastone della scopa in direzione delle foto degli ex allievi affisse in aula magna e picchiettandolo sull'ultima fila gli presentò quattro coetanei sorridenti, suo padre Manuel, Raúl, Sergio e Javier. Nella classe di primo *bachillerato* a indirizzo tecnologico che Manuel aveva frequentato dai sedici ai diciotto anni, non c'era nessuna ragazza; un dettaglio che l'aveva obbligata a escludere immediatamente che l'Ana della cartolina fosse stata una sua compagna. Controllò l'elenco degli alunni dell'istituto e vide che figuravano sette ragazze (nessuna però si chiamava Ana), e si convinse che magari uno di quei tre sapeva chi fosse la donna misteriosa che amava suo padre, o quali fossero le sue frequentazioni, o perché Manuel fosse scappato da Madrid subito dopo aver ricevuto quella cartolina. Chiese al bidello se sapesse qualcosa di loro ma l'uomo rispose che, cognomi a parte, non sapeva dirle altro. Tentò allora una ricerca sul computer della biblioteca. Partì con Friendster (un sito di appuntamenti e condivisione eventi che lei aveva utilizzato a Milano per cambiare aria e giro di conoscenze), ma niente. Li cercò su MySpace e, per sua fortuna, scoprì che Raúl suonava la tromba in una banda e che su quella comunità virtuale non solo caricava le tracce audio delle sue esibizioni ma anche le informazioni personali che lei stava cercando: tipo dove viveva e in quale trattoria lavorava come capocuoco. Quando andò a trovarlo, pensò che il ristorante navigasse in cattive acque poiché passava più tempo a fumare sul retro che a cucinare. Gli chiese se si ricordasse del suo vecchio compagno Manuel Asturias Chivato e lui scosse la testa con un'aria dispiaciuta, aveva perso i contatti con tutti purtroppo. Puzzava di baccalà fritto da capo a piedi. La sera cenava ad anacardi sull'autobus 56 tornando a casa e prima di andare a letto portava giù il pastore tedesco Rufus, che pisciava sulla siepe del condominio e bisticciava ogni notte con un barboncino del primo piano, obbligando Raúl a buttare la sigaretta a metà e a rientrare in casa. Le sembrò la persona più triste che avesse mai visto. Forse per quello passò a Javier e Sergio. Con loro dovette ricorrere all'elenco telefonico. Chiamò tutti gli omonimi fingendosi un'operatrice turistica specializzata nell'organizzazione di feste per ex compagni di scuola e un'ora dopo aveva riattaccato con il numero dei due Javier e Sergio che avevano frequentato la Santa Rosa da Lima.

Javier era una firma di seconda lega de «El País». Comprava ogni mattina tre gratta e vinci e li giocava in piedi, in un angolo buio del bar, senza togliersi neppure gli occhiali da sole. Dopo, anche se non vinceva, aveva meno rabbia. Allora si appollaiava su una sedia di plastica e sfogliava il «Marca» da cima a fondo. Rubargli il cellulare era stato un gioco da ragazzi. Aveva chiamato le tre Ana della sua rubrica, fingendosi interessata a scrivere un libro su Manuel Asturias Chivato, ma dissero tutte di non averlo mai sentito nominare.

Sergio El loco era una specie di celebrità nel quartiere. Faceva il postino e aveva un'amante più giovane di vent'anni che ballava in uno strip club. Smadonnava contro i pedoni, investiva i cani, sputava sollevando la visiera. A metà giro di consegne si fermava a bere in una taverna vicino alla Ronda de Valencia. Quando doveva consegnare una lettera indirizzata a una ragazza dello studentato, Dora si appostava su una panchina riparata e lo osservava sgasare sotto le finestre finché la diretta interessata non si affacciava per chiedergli se ci fosse qualcosa per lei e Sergio scuoteva la testa con l'espressione più scalognata che Dora avesse mai visto, «Purtroppo non è arrivato niente ma su, non fare quella faccina, fammi un sorriso, così brava». Seguivano alcuni minuti di chiacchiere. Un casto bacio di saluto. Certe volte persino lo scambio dei numeri di telefono.

Dopo una settimana di pedinamenti Dora arrivò a una conclusione: tra i tre compagni di classe Sergio il pazzo era l'unico che avrebbe potuto spedire quella cartolina a suo padre. Certo non si chiamava Ana, bella scoperta, ma con il lavoro da postino e la naturalezza con cui mentiva, non avrebbe avuto difficoltà a farlo. Sì, ma perché? Perché avrebbe dovuto, cosa lo legava a suo padre? Quando una di queste domande si affacciava alla sua mente, Dora la ricacciava via. Non poteva avere ragione sua madre, doveva esserci un mistero, e una spiegazione, solo che lei ancora non riusciva a vederla. Aveva solo quella cartolina. Con un po' di pazienza il puzzle si sarebbe ricomposto e tutto – il suo arrivo a Madrid, il lavoro alla Cinematek, i pedinamenti – avrebbe trovato un senso.

E così una mattina Dora passò all'azione. Entrò nella taverna vicino alla Ronda de Valencia dove Sergio andava a bere, e lasciò cadere sul tavolo una foto di Manuel e ne osservò la reazione.

«Signorina, non è troppo giovane per un dinosauro come questo?»

«Ognuno ha i propri vizi».

Dentro gli occhi sottili di Sergio notò una scintilla, ma diversamente da quanto Dora si sarebbe aspettata, l'uomo non tentò nessun approccio: batté le nocche sul tavolo, salutò il tizio dietro al bancone e ripartì in sella allo scooter.

Invece di scoraggiarla, quelle difficoltà la pungolavano. Caduto quell'ultimo muro, avrebbe trovato la risposta che cercava. Creò una mailing list che pubblicizzava una cena per l'anniversario della classe 1966 e la spedì a tutti i compagni dell'istituto che Manuel aveva frequentato: Javier e Raúl scrissero che non sarebbero mancati; da Sergio non arrivò né una conferma né una rinuncia. Una sera lo chiamò al telefono di casa con la solita scusa del libro su suo padre e l'uomo scoppiò a ridere, «Manuel è la persona più noiosa e banale che ho conosciuto in tutta la mia cazzo di vita. Dovreste scriverlo su di me, un libro», e riattaccò.

Quando scoprì che Sergio aveva avuto un figlio (Mateo Cisco Gutiérrez, anni 25, laureato in Cinema e Televisione), capì cosa fare. Lo abbordò nel bagno di un locale, a Tirso de Molina, un sorriso, due parole a cui seguirono altrettanti rum e coca, e lui le propose di seguirla in hotel.

«Scordatelo. Non sono mica una che segue i ragazzi in albergo. Vieni tu da me».

Anche se il «guasto» che Dora aveva scoperto grazie al suo ex docente c'era ancora, con Mateo non ebbe paura.

Anzi, per la prima volta dopo tanto tempo, mentre affondava tra le sue braccia, provò piacere; un piacere diverso, forse, niente brividi in fondo alla nuca ma un'eccitazione diffusa, quella sì, come se avesse appena varcato la soglia di un luogo proibito. Che fosse un segnale, la conferma che aveva imboccato la strada giusta?

Quella prima notte, Mateo le raccontò che lavorava come regista di spot commerciali in un'agenzia, in attesa del momento giusto per iniziare le riprese del suo lungometraggio d'esordio – un documentario su un fantino di Spagna nonché eroe della Guerra Civil per il quale, a quanto pareva, aveva già ricevuto parole di interesse da svariati produttori internazionali. Le disse che l'avrebbe presentata a un amico che stava girando una pubblicità di intimo («immagino te l'abbiano detto un milione di volte che hai un fisico sbalorditivo») e la invitò alla festa a casa del regista Alejandro Amenábar («siamo grandi amici») per visionare il pre-montato di *Mar Adentro* («non spaventarti quando ti chiederà di infilare il cellulare in una busta di alluminio, è un po' paranoico, ma sarà divertente»). Continuò a parlare di sé per una buona mezz'ora, un soliloquio esaltato e autocelebrativo che diede modo a Dora di calibrare il grado di menzogne da usare di lì in avanti. Non sembrava un cattivo ragazzo; era solo estremamente sicuro del proprio talento, come uno di quegli sportivi che hanno un enorme vantaggio sugli inseguitori e si voltano prima ancora di aver tagliato il traguardo.

Quando lo vide tornare dal bagno, Dora gli rifilò la storia del libro ispirato a un fatto di cronaca (l'omicidio di uno zio, disse, guardandosi bene dal pronunciare le parole *padre* e *suicidio*) e proseguì con le sue indagini sull'istituto tecnico di calle de Andorra frequentato dalla vittima.

«Non ci credo! Calle de Andorra?»

«Sì, perché?»

«Mio padre ha studiato in quella scuola! Che coincidenza».

«Magari è un segno del destino».

«E cosa vorrebbe dirci, il destino?»

«Che devi darmi una mano a ricostruire la storia di quell'uomo. Magari ci tiri fuori un film».

«Magari».

Mateo si avvicinò alla sua bocca ma il cellulare gli squillò in tasca e quando Dora lesse il nome sullo schermo – Ana – sentì un tremore scuoterle le scapole.

Mateo sbuffò, digitando qualcosa alla velocità della luce.

«Mia madre. Quando sa che sono in zona, mi chiama cento volte al giorno perché vuole che vada a trovarla».

«Tua madre? Si chiama Ana? Vive qui?»

Voleva chiedergli quale scuola aveva frequentato, in che anni, dove lavorava, se aveva avuto altri fidanzati prima di suo padre, magari un certo Kiko, se era ancora viva avrebbe potuto incontrarla e risolvere quella questione in un pomeriggio, ma Mateo le strinse la nuca e la tirò a sé.

«Non è un po' presto per interessarsi a mia madre?»

Aveva ragione. In fondo, che le costava andarci piano? Il pesce aveva già abboccato, no?, e se non voleva perderlo, adesso doveva rilassarsi e tirarlo su dolcemente. Anche se nessuno dei due, dopo essere finiti a letto assieme, aveva espresso la volontà di intraprendere una relazione esclusiva, presto iniziarono a frequentarsi. Andavano alle feste dei colleghi di Mateo (sì, andarono a casa di Amenábar; e no, non fu divertente, come capì troppo tardi il film raccontava la storia di un tetraplegico). Noleggiavano auto ogni fine settimana per raggiungere amici al mare o in montagna. Vedevano film d'epoca fino all'alba, costruendo tornei immaginari in cui *Quarto potere* sfidava *Eva contro Eva*, oppure *Il settimo sigillo* se la vedeva con *La parola ai giurati*, mettendoli in pausa solo per concludere a letto quello che avevano iniziato sul divano. Erano così affiatati che, quando Mateo la chiamò per chiederle se le andava di sostituire un'attrice ammalata in uno spot di una nota marca di preservativi, Dora prima scoppiò a ridere, poi domandò a quanto ammontava il compenso e, l'attimo dopo, si stava mettendo le scarpe.

Mateo era ancora borioso e pieno di sé, e indossava sempre quelle odiosissime sciarpette rosse; ma che si trovassero sotto i riflettori di una première o in una pista da ballo annerita dal fumo, la tirava a sé e la baciava come se Dora fosse una parte del proprio corpo perduta in battaglia. Per non parlare poi dei regali con cui si presentava! Certe volte teatrali (come la sera che la passò a prendere sotto casa e la portò a Valencia per un concerto di Damien Rice), altre così stupidi da strapparle una risata (come il periodo in cui aveva preso a mandarle in ufficio orripilanti peluche di animali), altre ancora più provocatori (come il kit di stimolatori sessuali che le aveva spedito per il suo compleanno). Che male poteva farle togliere il piede dall'acceleratore per qualche tempo e godersi semplicemente la sua compagnia? Non la tradiva, non era uno stronzo, e scopava bene. Se anche fosse svanito dalla mattina alla sera, Dora sapeva come rintracciarlo e portare a termine il suo progetto.

Invece Mateo fece l'opposto di scomparire. Nonostante gli appuntamenti sempre più frequenti in giro per la Spagna, per incuriosire produttori e investitori di ogni risma, pretendeva di essere sempre più presente nella vita di Dora. Voleva che lei lo chiamasse a mezzogiorno, che restasse a casa ogni giovedì indipendentemente che lui andasse a trovarla o meno e se Dora non rispettava le sue richieste s'infuriava. Una volta l'aveva spinta e lei aveva battuto contro la testiera del letto che, nonostante l'imbottitura, le aveva lasciato un occhio nero. All'inizio Dora l'aveva giustificato: la frustrazione di un film che forse non avrebbe mai finito, e comunque il terrore di non trovare abbastanza soldi per poterlo distribuire. Poi, però, qualche mese dopo le aveva stretto la nuca come se volesse troncargliela e Dora si era fatta una promessa: Ana o non Ana, era arrivato il momento di tagliare la lenza.

Invece, il giorno del suo compleanno, Mateo l'aveva chiamata da diosaquale laboratorio per dirle che aveva finito il montato del film sul fantino e, prima di mostrarlo a un produttore che sembrava interessato, desiderava la sua opinione. Aveva organizzato una visione a casa con pochi amici, se le andava poteva raggiungerlo assieme a Pep e poi fermarsi a dormire da lui, le dispiaceva così tanto di non averla potuta festeggiare, però se gli andava ancora l'indomani sarebbero passati a salutare sua madre: sempre che Dora avesse ancora voglia di conoscerla e, soprattutto, sempre che non si fosse stufata di quel cine-sclerotico-compulsivo di suo figlio.

13.
L'errore

Pep e Aday si erano incaponiti che non sarebbe stata una vera notte di festeggiamenti se, dopo la proiezione, non avessero trascinato Mateo a bere un paio di cocktail e a fare quattro salti. María li aveva mandati dolcemente a cacare («Io domattina lavoro, non voglio essere uno zombie»), e quando Mateo aveva poggiato la mano sulla nuca di Dora, Pep e Aday avevano tolto il disturbo.

Cinque minuti dopo erano mezzi nudi sul divano del salotto, rischiarati dallo schermo muto della tv. Mateo le baciava il collo, si staccava per chiederle se il film le era piaciuto sul serio o lo avesse detto tanto per essere educata, e non appena Dora gli faceva notare che lei tutto era fuorché una ragazza educata, tornava a lanciarsi contro il suo corpo. Quando lo vide aggirarsi per il salotto con un passo posticcio da attore, zigzagando tra i bicchieri di vino e sventolando la fotografia di una ragazza, Dora non si sentì in pericolo. Pensò che, in fondo, stesse solo cercando un modo per celebrare un traguardo così tanto inseguito e sofferto. Il giorno dopo, quando l'avrebbe portata da Ana, sarebbe toccato a lei festeggiare.

«Questa è la mia ex» disse indicando la fotografia. «Cosa provi per lei?»

«Niente. Cosa dovrei provare?»

La risposta non dovette soddisfarlo a sufficienza perché si inginocchiò sopra di lei e le cinse le mani attorno al collo. Dora si lasciò scappare un mugolio e si corresse. «Mi fa schifo».

«Se ti fa schifo, allora sputale addosso».

Non si chiese perché o se le andava o se le piaceva quello che le stava ordinando di fare. Voleva solo trovare la verità su suo padre. Perciò lo fece e basta, e mentre una mano le stringeva la gola e un'erezione cercava di aprirsi la strada tra le sue gambe, Dora allungò il collo verso il ritratto di quella ragazza e sputò una, due, tre volte, finché lui le disse che era abbastanza e si chinò su di lei con un ghigno da lupo per finire quello che aveva iniziato.

Dopo, Dora indossò la canottiera nera e raggiunse lentamente il bicchiere pieno d'acqua che aveva lasciato accanto alla tv accesa. Riconobbe *Il ritorno dei morti viventi* e, mentre ripensava alla maratona horror della prima notte trascorsa a casa sua con Pietro, si accorse troppo tardi che il bicchiere le stava scivolando di mano.

«Tutto ok?» disse Mateo, sentendo il rumore dei vetri. La raggiunse e le poggiò la mano sulla nuca. «Scusa se sono stato un po' brusco, prima. Certe volte mi fai impazzire».

Dora si sentì drizzare i peli sul collo.

«Vieni a letto, dài. Mettiamo a posto domani».

«Tolgo solo i vetri» disse. Prese la scopa in cucina e tornò in salotto, e vide che Mateo stava radunando i vestiti. Spazzò senza guardarlo ma quando lui le indicò qualcosa sotto i suoi piedi, dicendo che era meglio se non lo buttava via considerando quanto gli era costato, Dora si fermò. Era un piccolo astuccio con una catenina d'argento.

«Buon compleanno, amore».

Si lasciò abbracciare, ma non disse una parola. Mentre Mateo le chiese di essere sincera (le piaceva?, perché se non le piaceva poteva cambiarla), lo schermo del suo cellulare rimasto sul divano si illuminò. Dora non poté fare a meno di sporgersi per vedere chi lo stesse chiamando a quell'ora. La vertigine che aveva provato nel leggere di nuovo quel nome – *Ana* – le fiaccò le gambe. Se non fosse stata aggrappata a lui, sarebbe franata a terra.

«Lo hai capito o no che mi devi lasciare in pace?» gridò Mateo, scagliando il telefono contro il muro.

Dora fece un passo indietro e lo guardò impietrita.

«Scusami».

«Cos'è successo?»

«Niente, niente. Il film, il lavoro... andiamo a letto. Ho soltanto bisogno di riposare».

«Perché hai risposto così a tua madre?»

Mateo si scarmigliò i capelli con entrambe le mani e dopo averle incrociate dietro la nuca sorrise. «Ana non è mia madre».

«L'hai detto tu che...»

«Avrai capito male. O te lo sarai inventato».

«No, no, no. Come si può inventare una cosa del genere?»

Le sembrò che l'appartamento di Mateo fosse scosso da un terremoto. Prese un respiro, poi si chinò a cercare la borsa e ne estrasse una cartolina.

«Questa non è la scrittura di tua madre?»

Mateo le strizzò l'occhio senza badare alla cartolina di Milano. «Se è un gioco di ruolo, non me lo sta facendo venire duro».

Lei lo scosse per le spalle e glielo chiese di nuovo. «Rispondi».

Mateo le diede uno schiaffo goffo ma Dora gliela piazzò di nuovo a pochi centimetri dal naso.

«Chi l'ha scritta? Hai mai sentito parlare di un certo Manuel?»

Dora lo spinse con entrambe le mani e Mateo rispose con un altro schiaffo, più cattivo del primo, quindi arricciò la bocca in una smorfia di disgusto e accese la sigaretta. «Tu devi farti curare, lo sai?» ma quando vide Dora gettargli le mani al collo, la sbatté contro il muro. «Ana è la mia ex fidanzata! Quella stronza di mia madre si chiama Clara. Ora ti va bene?»

Non poteva essere vero, pensò afferrando il reggiseno e la gonna mentre la stanza le vorticava attorno. Si stava di nuovo prendendo gioco di lei. La prima volta le aveva detto che era sua madre e ora le diceva che era la sua fidanzata: quale delle due era la verità? L'ultima frase che le parve di sentire, mentre in tv Linnea Quigley si spogliava nel cimitero, fu suo padre che le diceva «Torna a dormire, ranocchia» finché svenne sul pavimento e anche quella maledetta voce evaporò dalla sua testa.

Uno schianto lo svegliò di colpo.

«Chi è?»

Pietro controllò in camera del suo coinquilino e, naturalmente, la trovò vuota. Erano le sei del mattino. Si affacciò allo spioncino ma, non vedendo nessuno, afferrò la scopa e schiuse la porta. Per qualche strana ragione Laurent russava accasciato sul pianerottolo, con delle scaglie di cocco tra i capelli e il volto macchiato dal terriccio del gigantesco ficus condominiale che aveva ribaltato. Pietro lo chiamò a lungo ma non ricevendo risposta lo trascinò dentro e lo mise a letto. Dalla tasca dei pantaloni di Laurent rotolò sulle lenzuola un quadratino di cartone giallo e blu su cui era disegnato un signore in bicicletta con la testa in fiamme.

«Cosa ti sei preso?»

Laurent sorrise e cavò una lunga lingua da rettile. «Ninna nanna» disse.

Un'ora dopo, mentre Laurent alternava frasi sconnesse nel sonno a rantoli animaleschi, Pietro controllò sul cellulare che Dora non l'avesse richiamato. *Speraci, pollo.* Si erano visti due volte in croce... Allora perché l'aveva baciato sulla porta del bagno? Lo stava buggerando di nuovo o ci aveva ripensato e... e *cosa?* Forse doveva chiamarla. *A quell'ora?* No, no, nessuna ridicola telefonata nel cuore della notte. Allora, magari un altro messaggio: il terzo poteva essere quello buono.

Tornò a letto e lesse alcune pagine di un giallo di Agatha Christie con il risultato che, invece di addormentarsi, finì per svegliarsi del tutto. Entrò in camera del suo coinquilino, raccolse il quadratino d'acido e lo soppesò sul palmo, chiedendosi se T l'avrebbe ingoiato. *Perché non ci sei, quando ho bisogno di te?* Aprì la finestra del salotto e guardò in direzione del parco della Casa de Campo: le chiome dei sempreverdi si increspavano come il mare davanti agli scogli di Marina di Pisa su cui lui e suo fratello andavano a pesca da ragazzi. Quando si decise, sentì il cuore battergli come la grancassa a doppio pedale degli Iron Maiden. Buttò nel water il quadratino d'acido, e l'attimo dopo era in strada.

Rimase qualche minuto seduto sull'altalena. Anche se aveva deciso, questo non significava che avesse meno paura. Alla fine, appena vide un anziano uscire dal portone di Dora, Pietro si infilò dentro. La porta di casa era spalancata. Dora gli dava le spalle e stava mettendo una moka sul fornello della cucina, in fondo al corridoio. «Ti ho visto dalla finestra. Non avrai mica dormito lì?» gli disse non appena lo sentì risalire il corridoio.

La brezza della sera prima era cessata eppure Pietro si sentiva sballottare la testa come una manica a vento.

«Volevo farti una sorpresa».

«Ci sei riuscito. Hai fatto colazione?»

Esclusa quella frase, niente faceva intuire che Dora fosse stupita di vederlo. Si voltò, gli sorrise, «Una fetta biscottata ammuffita?», quindi tornò a dargli le spalle per abbrustolire del pane in padella.

Pietro sorrise. «Com'è andata la serata?»

«Bene».

«Ti è piaciuto il film?»

«Se mi è piaciuto un film in cui si vedono corse di cavalli tutto il tempo? No. A chi interessano, voglio dire? E poi i fantini sono tutti dei tali stronzi...»

«Saranno complessati dall'altezza».

Nello stabile di fronte qualcuno aveva steso ad asciugare un telo da mare bianco con un cuore rosso dipinto al centro e Pietro lo interpretò come un segnale di incoraggiamento. Le si avvicinò e aprì le braccia per cingerle i fianchi e mentre cercava il coraggio per fare quello a cui aveva pensato per tutta la notte, notò il reticolo di graffi rosa sul collo e invece di dirle "Mi sei mancata da morire" disse: «È stato qui?»

Dora deglutì a fatica, senza staccare le fette di pane che si arrostivano nella padella. Avrebbe voluto voltarsi e prendergli il viso tra le mani e dirgli "Non rovinare tutto, per favore" invece disse: «Perché, ti interessa?»

Pietro fece un passo indietro. Dalla manica della T-shirt di Dora si affacciavano altre ecchimosi, come macchie di tempera incrostate sulla pelle.

«Avete dormito insieme?»

«Si dice scopare. Le persone lo fanno certe volte. Dovresti averne sentito parlare in giro».

«Scopano con una persona anche se vorrebbero stare con un'altra?»

«E l'altra saresti tu?» Si girò e quando vide Pietro chinare la testa con la sua solita aria da cane bastonato si sentì un mostro.

«Mi hai baciato».

Dora avrebbe voluto dirgli "Perché volevo vederti arrossire per me come quando fingevi di fare il dog-sitter" invece disse: «Mi sa che parlare con mia madre ti ha dato alla testa».

«Allora la prossima volta che viene a trovarti non mi invitare».

«Le ha fatto piacere».

«Ma io volevo piacere a te».

«Ohhh. Pietro, il bravo ragazzo che non dice mai nulla di sconveniente... come potresti? Non sei sincero, non ti fidi di nessuno, deleghi agli altri qualunque decisione sulla tua vita. Non c'è niente che ti tenga sveglio a parte le tue paure. Esiste solo quello che devi fare perché è quello che gli altri si aspettano che tu faccia».

«Almeno non scopo con uno che mi picchia».

Dora si batté un pugno sul cuore, con una smorfia di dolore posticcio e che tuttavia nascondeva un altro dolore, ben più reale e mortificante. Nonostante gli occhi pieni di lacrime, riuscì comunque a sorridere in un modo che avrebbe fatto sentire inutile persino l'ultimo uomo sulla terra.

«Vuoi sapere perché lo vedo? Coraggio, Pietro. Liberati. Chiedimelo. Rompi il guscio. Esci dalla tana. Chiedimi se è più bravo di te, se ci sa fare di più, se ce l'ha più grosso. Chiedimi se mi hai fatto godere di più».

Pietro fece un passo indietro con l'intenzione di lasciare la cucina, ma Dora lo prese per un braccio, e allora lui la strattonò per liberarsi. Non si era accorto di Frida. Sentì un rumore di ossa sotto la scarpa e un miagolio acutissimo ma, quando la sollevò, la vide scivolare via sul parquet e fiondarsi in camera. Mentre Dora le correva dietro, Pietro imboccò il corridoio, aprì la porta e si voltò, e l'ultima immagine che vide prima di lasciare l'appartamento, non fu Dora con la gatta dolorante in braccio, bensì Klimt: gli andava incontro fiero come un leone, con dentro gli occhi incandescenti una soddisfazione che non gli aveva mai visto prima; aveva usurpato il suo divano, inquinato la sua aria, rubato le carezze, i baci e il ventre morbido e caldo della sua padrona, ma ora era finita, come sempre, come con tutti gli altri. La sua camminata trionfale esprimeva quello che aveva cercato di dirgli mesi fa: questa non sarà mai casa tua.

14.
Bienvenidos a Bolivia

Da: tommasobenati@libero.it
A: pietroguitar@con.mascagni.liv.com
Oggetto: *Nothng Else Matters* (Metallca, 1992)
Data: 28-4-2004, 09:18

Caro fratellno,

t scrvo dalla sala rcreatva degl nfermer d un pccolo ospedale a un centnao d chlometr da La Paz, n Bolva. Prma che t prenda un nfarto, sto bene. Ho ancora dolore cane alla cavgla e alle costole, ma ogn gorno m alzo e cammno con un trepped che m ha prestato Nuño, un vcno d letto sempre d buon umore.

Come avra capto, la tastera del computer non funzona bene. Soprattutto l tasto che vene dopo la h. Ho provato a pulrla con uno spazzolno ma gl nfermer s sono mess a rdere e ho lascato perdere. M sa che m consderano l pù grosso coglone dell'unverso. Vsto come sono andate le cose, come posso dargl torto?

Nuño ha detto che anche gl nfermer hanno bsogno d qualche dversvo ogn tanto. Spece n quest gorn d angosca. Forse l'avra sentto alla tv. Un gruppo d mnator n scopero ha sequestrato l poltco che era andato a ncontrarl e ora mnaccano d uccderlo se l governo non mglorerà le loro condzon d lavoro. L'altro gorno Elvs, l fglo d Nuño, ha detto che dovrebbero appenderlo a un cappo per mandare un segnale. Nuño l'ha rmproverato, da allora non è ancora tornato a trovarlo.

Ho fatto una cazzata grossa come una casa, Petro. M vergogno persno a raccontarla. Ma sono qu, da solo, senza nulla da fare se non trascnarm per corrdo dell'ospedale e allora tanto vale metterm l'anma n pace.

A San Pedro ho conoscuto un tpo: Dego Urbna Vega. Un gornalsta. Stava andando n Bolva per scrvere un artcolo sulla festa del patrono d un mnuscolo vllaggo sperduto sulle Ande. Ero a San Pedro da cnque gorn. Avevo vstato la Valle della Morte e l Geyser del Tato all'alba, la Valle della Luna n mountan-bke al tramonto. Avevo cammnato tra sculture d sale naturale, mnere d quarzo, crnal a pcco sul deserto. nzavo a romperm le palle. Spece per colpa d tutt que turst abbronzat e dement che s scattavano foto a ogn angolo. Così quando Dego m ha detto che quel suo paesno s trovava a poch km dal Salar de Uyun, la pù grande rserva d sale e d lto del paneta, e anche una delle ragon per cu ero venuto n Sudamerca, gl ho domandato se potevo accompagnarlo.

Sembrava entusasta. Dsse che avrebbe studato un percorso ad anello apposta per me, per farm vedere pù post possble, lascando l Salar alla fne. Quando l'autobus arrvò n cma alla lunghssma salta al dcannove per cento – su questa tastera non funzonano neanche numer, scusa – e less lcartello *Benvendos a Bolva* m sembrò d essere atterrato sulla Luna.

Chssà cosa m aspettavo. Forse credevo che a quattromla metr c fosse la neve, come sul Monte Banco. nvece era tutto deserto: una panura polverosa e senza fne, al termne della quale s'alzavano vulcan d settemla metr. Non avevamo tempo per osservare l paesaggo. Dovevamo passare l controllo passaport. Ero n coda quando un tzo zoppo e con un grosso busto ortopedco m chese una sgaretta. n cambo m offrì delle fogle d coca contro l *mal de altura*, dcendom che senza quelle la Compagna d Gesù poteva scordarselo d esportare l suo caro monotesmo sulle Ande. Comunque, quando fnì la sgaretta m chese se avevamo bsogno d un autsta: l terreno era accdentato e sulle salte molt turst restavano mpantanat anche con le quattrox-quattro. Dego stava parlando al cellulare e m fece un cenno sbrgatvo, come a dre fa come vuo. Era smpatco e così dal portafoglo estrass un pao d banconote e lu se le mse dentro l busto senza contrattare, po s alzò e s dresse alla macchna dove c aspettava Dego.

Vedemmo la Laguna rosa nvasa dalle tre spece d fencotter e la Laguna verde, pena d arsenco, e percò completamente dsabtata. Le Rocas de Dalì, che se ho capto bene sono delle punte roccose che hanno settantacnquemla ann. Facemmo persno una pausa per fare un tuffo n una pozza termale. «Polques!» m grdava l'autsta zoppo dal fnestrno, «Polques!» mentre battevo dent per ascugarm prma che l vento m congelasse. Chssà cosa voleva dre. Dego e l'autsta parlottavano tra loro n uno spagnolo mastcato d cu non capvo nulla. La sera c fermammo n un Hostal de sal e mangammo una zuppa calda n una stanza con le fnestre crepate dal freddo e tenute asseme alla buona con del nastro adesvo. Ero stanco morto. E anche Dego voleva andare a letto presto, la mattna dopo avevamo decso d partre alle cnque, ma l'autsta zoppo e col busto c chese se volevamo ascoltare una stora e bere una tazza d tè. Dego dsse che potevo fare come volevo, lu andava a letto. M dspaceva non fargl compagna. E così rmas.

«Molt secol fa, al confne tra Cle e Bolva, vvevano due fratell vulcan: Lascár e Lcancabur. Due fratell nseparabl.

Un gorno s nnamorarono entramb della bella prncpessa Juríques. La prncpessa nn voleva sceglere ma fratell nsstettero e alla fne Juríques scelse Lcancabur. Lascár cadde nello sconforto e panse per gorn e gorn fnché le sue lacrme dedero vta a un grande lago salato. Fnte le lacrme, però, arrvò la rabba e Lascár comncò a sputare fuoco, e sputò e sputò e sputò fnché l calore proscugò l'acqua del lago dando vta a un mmenso deserto, quello che ogg è l Salar de Atacama. Purtroppo l fuoco lancato da Lascár uccse anche Juríques, gettando nello sconforto suo fratello Lcancabur».

C cred che non rcordo la fne? C penso da quella notte. M pare che Lcancabur s nnamorò ancora. A ogn modo non era quello l punto. Alla fne della stora, e del tè, prma d raggungere Dego sulla branda, sono uscto fuor a pscare. Non avevo ma vsto nulla d pù bello. C'erano mlon d stelle, Petro, e sembrava d cammnarc attraverso. Quando m sono voltato verso l'ngresso dell'Hostal de Sal ho avuto una vertgne e sono caduto. Pensavo che fosse l *mal de altura* e m ms n bocca una delle fogle d coca che m aveva regalato l'autsta zoppo, ma quando lo vd sulla sogla, accanto a Dego, tutt e due mmobl, che rdevano come due davol, realzza che non sare ma arrvato al Salar de Uyun.

Non svenn subto.

L sent parlottare mentre s dvdevano sold del mo portafoglo e po rdere ancora, dopo aver trovato le banconote che avevo nascosto nelle calze. La sola cosa che rcordo, da quel momento a ora, se te. Assurdo eh. Ero mezzo svenuto, sulle Ande, a quas cnquemla metr e sentvo la tua voce. Mentre te m mandav sms e m chamav sul cellulare che que due s erano ntascat, t sentvo accanto a me. Non so se avevo aperto gl occh o se stavo sognando, o se era l'effetto della droga che m avevano scolto nel tè. Rcordo che era tutto buo, e sentvo che m chamav per nome. Ma dato che non ruscvo a muoverm e grdavo: «Sono qu, Petro! Sono qu!». Rcordo ancora l dolore n fondo alla gola per lo sforzo. Ma te non m sentv e nvece d cammnare nella ma drezone, t allontanav e scomparv.

Ho raperto gl occh dentro a un fosso d scolo, alla perfera d Uyun. M hanno sveglato due randag che m leccavano l sangue dalla facca. Dovevano averm buttato laggù dalla jeep perché non ruscvo a cammnare. Non so come m trascna sulla strada con la cavgla rotta, l trauma cranco e tre costole ncrnate, ma n qualche modo mmagno che lo fec. Vuo sapere qual è stata la prma cosa che m hanno detto n ospedale? Ero l terzo tursta che rpescavano, quel mese.

Perdonam. Davvero. Se penso allo spavento che v ho fatto prendere... M sento un coglone. E m mancate tutt. Non t ho neanche chesto come va con quella ragazza? Dora. Se nnamorato cotto, vero? Lo vuo un consglo da uno che s è fatto drogare e raggrare come un pollo? Dglelo. Dlle subto cosa prov. Nente attese. Nente trucchett. Quando ncontr una persona specale, non ce n'è bsogno. Potrest non averne più l'occasone. L'ho capto con Melany... C cred se t dco che qu dentro ho conoscuto la donna della ma vta? Non è la ferta alla testa, no, te lo guro. L'ho capto subto. Appena l'ho vsta. Non ho ma conoscuto una come le. Lavora qu con un programma d volontarato nternazonale, ma studa rectazone a Los Angeles. Le è davvero...

Te lo dco dopo. Qu sono tutt mpazzt. l gruppo d mnator ha decaptato l poltco. Gl nfermer dcono che potrebbero scattare delle represson e arrvare parecch fert. Nuño dce che la goventù manderà l mondo n malora.

Chudo. Melany comnca l turno a mnut. Ho una vogla d bacarla che m sento tremare pols. Parl del davolo... eccola, è entrata adesso. Vorre tanto che tu potess vederla. La sto guardando dalla fnestrella della sala rcreatva. Ho fatto una cazzata detro l'altra n quest mes, Petro, ma ora basta. Farò così. Se adesso m vene a cercare qua dentro, prma d comncare l suo gro d medcazon… se, mentre sono qu a scrvere a te, la porta s apre e le entra e nvece d guardare mnator alla tv s volta verso d me e m sorrde, le chedo d venre a vvere a New York.

15.
Dammi retta, per favore

Da: pietroguitar@con.mascagni.liv.com
A: tommasobenati@libero.it
Oggetto:
Data: 29-4-2004, 13:59

Ti pare il momento di pensare alle ragazze??? Chiama l'ambasciata. Fatti visitare in una struttura seria. Come fai a dire che la caviglia non è rotta? E se le rivolte dei minatori arrivano anche lì? Porca puttana ladra, hanno decapitato un politico! Pensi che sarebbero più clementi con un turista? Per una volta nella vita dammi retta: fatti prestare il cellulare da questa Melany e chiamami. Ora! Intanto cerco il numero dell'ambasciata. Per favore, Tommaso.

16.
Bozze

Da: pietroguitar@con.mascagni.liv.com
A: tommasobenati@libero.it
Oggetto: *Hurt* (Johnny Cash 2002, cover dei Nine Inch Nails)
Data: 28-4-2004, 22:59

Prima, al telefono, non ce l'ho fatta a dirtelo.

Eri troppo contento per Melany, e anch'io, per il fatto che tornavi a casa senza mignoli amputati, schegge di granata tra le scapole e omeri rotti. Ho fatto un casino, Tommaso, con la ragazza che fa tremare l'aria. Una cosa persino più stupida della tua. Di sicuro più schifosa e avvilente. L'unica ragazza che non mi abbia visto come un orso noioso e depresso, o che forse semplicemente non ha avuto cuore di dirmelo, e io mando tutto a puttane. La amo. Credo. No. Certo che la amo. Non sono mai stato così convinto di una cosa. Di notte, quando sono solo a letto e mi viene in mente, il cuore mi batte così forte che devo alzarmi e spalancare le finestre per prendere una boccata d'aria. Sulla scrivania ho un romanzo che ho letto nel primo quadrimestre per uno stronzo di docente di letteratura. *Niebla* si chiama. *Nebbia*. Di Miguel de Unamuno. È tutto pieno di orecchie e sottolineature. Era già tutto scritto lì. Che ero il più grosso deficiente dell'universo, dico. In quell'Augusto che tenta invano di convincere Eugenia a lasciare il fidanzato. «Mica si può forzare una persona a innamorarsi di qualcuno? Le cose accadono o non accadono». Quante volte me l'avrai detto anche te, con le tue ragazze senza nome. Avevi ragione. Le cose accadono o non accadono.

Sono due notti che faccio lo stesso sogno. Mi trovo nel salotto della Magnini. Lei mi accarezza i capelli lunghi con quelle sue mani da mantide e mi dice, «Sei il mio bronzo di Riace, Benati» e mentre mi bacia la fronte, mi infila l'indice sotto la cintura e si fa largo nelle mutande. L'istante dopo sono di fronte a lei, completamente nudo. La Magnini batte le mani e la parete della tv si spalanca come una tenda, scoprendo una platea illuminata e gremita di parenti e amici che mi puntano il dito contro, «Bombolo! Bombolo! Bombolo! Bombolo!» e applaudono e ridono così forte che la stanza inizia a tremare e il tetto si squarcia e mi frana addosso. Ora è tutto buio. Io so di essere lì, anche se non vedo un accidenti. Sono lì, sepolto sotto le macerie, solo, e non riesco a parlare o a muovere un dito. Sono lì e sto morendo ed è la sensazione più brutta che abbia mai provato. Più brutta persino di morire, credo. Perché sto morendo sapendo che nessuno verrà a salvarmi.

Cosa faccio ora? Me lo sai dire? Dal tuo letto d'amore sudamericano, dal tuo nuovo amore perfetto, cosa dovrei fare ora? Cospargermi il capo di cenere e tornare da lei? Lottare, come avrebbe dovuto suggerirmi quella merda di demone-toro di legno del Mutilo? O dovrei dimenticarmi di tutto? È come dice quella canzone di Jeff Buckley: sono troppo giovane per resistere e troppo vecchio per liberarmi e scappare via. Ero venuto qui per dimostrarti di poter essere un'altra persona, di saper vivere fuori dal mio guscio... e guardami adesso, sepolto vivo. Un non-morto. Senza desideri. Senza certezze. Un non-morto che non aspetta più niente se non la propria...

17.
Torneranno le scure rondini

Uno dei due gemelli egiziani dell'internet cafè gli batté una mano sulla spalla e Pietro riaprì gli occhi. Si era addormentato con la testa sulla tastiera. Pagò e andò a letto, ringraziando il cielo di non aver spedito quell'e-mail lacrimevole da adolescente incompreso. Dormì fino alle undici e mezza. Quando si svegliò, mentre aspettava che uscisse il caffè, chiamò Davide e lo convinse ad anticipare la partenza per i Paesi Baschi. Il mese di maggio trascorse veloce, tra le birre nei giardinetti davanti alla facoltà e i ripassi con Beatriz e gli altri compagni di corso. A giugno, tra un esame e l'altro, si mise a distribuire volantini davanti alla bocca della metro Ciudad Universitaria. Lasciarono Madrid il 21 giugno, a bordo di un autobus notturno stipato di turisti. Una volta a Valladolid, Pietro suggerì di proseguire fino a Burgos in autostop; Davide chiese se fosse sicuro, Pietro rispose che non aveva più otto anni, e la questione fu chiusa. Visitarono Logroño, Vitoria e Bilbao. Camminarono nei boschi di falesie tra Guernica e Zumaia. Nuotarono, si ubriacarono sulle scogliere di Flysch e, al tramonto, Pietro scrisse un sms a Dora: **cm sta Frida**?, ma non ottenne nessuna risposta. Il primo di luglio arrivarono a Pamplona.

Sebbene fossero i giorni della Festa di San Fermín, i due amici non videro mai le corride dei tori. All'ora dell'*encierro* erano già a dormire da un bel po', stremati dalla nottata passata a bere in strada e a ricevere spallate da sconosciuti esaltati. Durante la prima notte Pietro vide un australiano arrampicarsi su una fontana alta più di tre metri e tuffarsi nel mare di braccia tese sotto di lui, per riemergerne con un sorriso da orecchio a orecchio e il naso che sprizzava sangue; nella seconda riconobbe il campione di basket Nba Dennis Rodman svenuto sui gradini di una chiesa, attorniato da una falange di sconosciuti che tentava di svegliarlo perché sorridesse alle foto. Al terzo giorno ne avevano avuto abbastanza del caos e della puzza di piscio, e ripartirono. Fecero altre soste, conobbero altre persone che avevano avuto la loro stessa idea, e se ne scollarono il prima possibile. A Santander una ragazza con due occhiali più spessi dei suoi chiese a Pietro di passare la notte da lei, lui le rispose che gli sarebbe piaciuto ma non poteva fermarsi o avrebbe perso l'autobus notturno per Santiago de Compostela di cui avevano già i biglietti. Bugie a parte, non gli interessava fare nuove amicizie, conoscere altre ragazze, il suo unico scopo era assecondare la corrente, lasciar fluire il tempo – nient'altro. Come sarebbe stato bello procrastinare il ritorno. Trovare un lavoretto stupido ma sufficiente per mettere da parte i soldi per spostarsi alla tappa successiva. C'era chi viveva così: chi era partito e non era mai tornato. Perché non poteva farlo anche lui? Seduti a guardare l'oceano, dai gradoni del Farol do Cabo de São Vicente, Davide gli poggiò una mano sulla spalla.

«Siamo fuori da un mese» disse.

«Sembra ieri, vero?»

«Pietro, io devo rientrare».

«Ancora una settimana».

«Vado a Napoli».

Gli raccontò di aver strappato una mezza promessa a Valentina: finché fossero stati a Madrid, tra loro non ci sarebbe mai stato nulla, ma se davvero lui ci teneva così tanto a lei, allora sarebbe potuto andare a trovarla a Napoli e, chissà, il tempo magari l'avrebbe convinta a dargli una possibilità.

«È una grande notizia. Sono contento per te».

«Aspetterei a cantare vittoria ma sì, anch'io. E tu che mi dici?»

«Io cosa?»

«La gattara fuori di testa, ti manca?»

Pietro si lisciò il codino a lungo, poi socchiuse gli occhi in direzione dell'oceano. «A chi mancherebbe una così?»

Rientrarono a Madrid il 27 di luglio, quarantotto ore prima dell'ultimo volo verso casa, più confusi di quando erano partiti. Pietro trascorse il primo giorno in facoltà per assicurarsi di avere tutta la documentazione necessaria alla convalida degli esami. Pranzò in caffetteria con Beatriz, Iñaki, Sara ed Ester e al momento dei saluti, anche se non le aveva mai chiesto scusa per la sera della Via Láctea, Pietro abbracciò Beatriz e sentì che fra loro era tutto a posto.

Per cena Laurent aveva insistito per preparargli un banchetto d'addio il cui menu prevedeva: pasta con gamberetti, zucchine e zafferano; tortino di patate e porri; mousse al cioccolato. Il tutto annaffiato da Rioja e Bordeaux. Pietro gli consegnò la collana con il Tiki-kapakapa che un polinesiano dalle parti di Faro gli aveva spacciato come un portafortuna dei surfisti, e spolverò ogni pietanza; anche se la pasta era scotta, il tortino carbonizzato e la mousse incomprensibilmente salata.

«Così non avrai nostalgia di questo posto» disse mentre lo abbracciava. «O di me».

Quando era pronto per andare a letto, la valigia aperta sopra una sedia di plastica azzurra, il suo coinquilino si affacciò in camera, bianco come un cencio.

«Non dovevo farlo».

«Cosa?»

«Solo che stasera ero troppo sentimentale».

«Cosa hai fatto?»

«Mi sono bevuto una tinozza di ayahuasca».

«Laurent!»

«Mi accompagneresti sul tetto? Giusto nel caso in cui mi venisse voglia di lanciarmi di sotto».

Sul lastrico si sedettero sulle sdraio, rivolti al parco: un oceano buio su cui le luci fiammeggiavano come lampare in cerca di pesce.

Laurent sfilò una sigaretta bagnata nella cocaina da dietro l'orecchio e l'accese. Prese due boccate e la passò a Pietro e, dopo aver raggiunto il cordolo di cemento che divideva il condominio dal vuoto, allargò le braccia come un grosso uccello e si piegò sulle ginocchia.

«Hai presente quando cerchi di ricordarti una cosa per giorni e poi all'improvviso ti torna in mente da sola? È come un interruttore. Senti *clic*. E quello che prima sembrava un muro buio e indecifrabile diventa chiaro come il sole». Prese una pausa per sbuffare, come se stesse ancora fumando. «Ero su una *shortboard*, avevo finito un *bottom-turn* e mi preparavo per l'*aerial*...»

Negli occhi di Pietro lesse che lo aveva perso e si tradusse.

«Prima di un salto, mentre portavo il peso all'indietro, ho sentito un morso. Come se uno squalo mi avesse affondato i denti nel calcagno. Cioè, intendiamoci, non mi hanno mai morso, grazie a Dio, ma ricordo che lo pensai: eccolo, uno squalo, *sayonara* mondo. L'attimo dopo, mentre le onde mi rovesciavano sul fondale, *clic*, l'interruttore: Laurent Morin, non vivrai su una tavola da surf per sempre».

Pietro prese una boccata e tossì. «È stata dura?»

«Superare l'infortunio? No. Il surf era l'unica cosa a cui pensavo dalla mattina alla sera eppure, quando mi dissero che avrei dovuto starmene al palo per un po', mi sentii sollevato. La pressione delle gare, i rimproveri del coach, la lontananza da Marianne, gli spostamenti... l'infortunio mi dispensava da tutto. Questo non significava che sapessi come risolvere il problema che arrivò dopo».

«Cioè?»

«A un certo punto tutti avevano voltato pagina. Mia madre, mio padre, Marianne. Erano così dispiaciuti, così affettuosi, così esageratamente comprensivi. Però, passati i primi giorni, avevano già archiviato tutto. Un bel colpo di spugna e via. Riparti da zero, Laurent. Fai tabula rasa! Aveva una sua logica, in fondo, sempre di tavole si trattava, no? Io mi sentivo sereno perché ero in vacanza. Perché sapevo che sarei tornato in acqua. Dopo l'operazione, dopo la terapia... Era l'unica cosa che sapevo fare, l'unica che mi interessava. Sai qual è il problema degli sportivi a fine carriera? Insegnargli che esiste un'altra vita oltre lo sport. Io lo sapevo che i miei genitori e Marianne avevano ragione. Solo non ero pronto ad ammetterlo. Perché non ero pronto ad ammettere che non sapevo cosa cazzo farmene della mia vita».

Pietro lo fissò dalla sdraio, poi inclinò la testa all'indietro per seguire il baluginio di un aereo in ascesa e provò il desiderio di dirgli che capiva alla perfezione di cosa parlava.

«Forse non dovremmo fare niente» disse.

Laurent si voltò e osservò il suo coinquilino per capire se dicesse sul serio o lo stesse prendendo per il culo. Quindi salì sul cordolo e si accucciò sulle ginocchia, dopodiché chiuse gli occhi e restò fermo in quella posizione. Sembrava un capo indiano di fronte a un falò votivo. Anche se Pietro si sentiva tremare le ossa per la paura che scivolasse di sotto, sapeva che l'ultima cosa da fare era dargli un ordine o un consiglio non richiesto. Sentiva la testa leggera e una strana secchezza in bocca. Poi, come se lo spettacolo della notte fosse arrivato alla conclusione, vide Laurent tornare giù, sfilargli la sigaretta dalle dita e andarsene a capo chino verso le scale, trascinando i piedi. Sulla soglia si fermò e indicò la luna: «Clic».

La mattina dopo Pietro si svegliò con una gran voglia di camminare. Risalì a piedi le strade lastricate della Latina e, dietro Sol, imboccò calle Huertas. Lesse il verso di Bécquer inciso sul marciapiede («*Torneranno le scure rondini e nel tuo balcone i nidi appenderanno...*») e, cercando inutilmente di ricordarne il seguito, superò l'ostello in cui aveva conosciuto Davide e camminò fino all'ingresso del Reína Sofia dove si fermò a osservare le evoluzioni degli skater. Nel Parco del Retiro decine di barchette su cui le coppie scattavano le foto insulse e fuori fuoco avevano invaso il laghetto artificiale. Davanti al colonnato del monumento ad Alfonso XII, sotto il quale lui e Davide avevano trascorso parecchie domeniche pomeriggio a osservare le ragazze che ballavano al ritmo dei tamburi, la polizia stava perquisendo un gruppo di venditori ambulanti di colore. Cosa gli andava di fare prima della partenza? Cos'altro desiderava, adesso? Ora che non voleva più stare lì, quello era chiaro, ma non voleva neanche tornare a casa?

Uscì dal parco e comprò un'entrata per il Thyssen, ma alla stanza 40 del primo piano ebbe una sorpresa: il quadro di Hopper era stato rimosso. Una targhetta, al centro del riquadro rosa scuro su sfondo rosa chiaro, diceva che era in restauro. Pietro gironzolò nella sala, tra i quadri di Reginald Marsh e Ben Shahn, e anche se non gli interessavano non poté fare a meno di notare che uno si intitolava *Four Piece Orchestra* anche se gli elementi, seduti su una panchina con gli strumenti tra le mani, erano solo tre.

Si era promesso di passare a vedere il tappeto di fiori e i biglietti commemorativi alla stazione di Atocha, e da lì proseguire per Embajadores e poi a casa, ma quel quadro mancante lo spinse a nord, alla fontana di Cibeles e lungo la Gran Vía. Sapeva cosa stava cercando e non si stupì quando, dalle finestre del laboratorio cinematografico dietro piazza Callao, non solo non trovò la scritta *se vende* ma neanche la macchina calibratrice o i bagni di sviluppo o le scrivanie. La sola cosa rimasta erano i neon: dirigibili spenti in un cielo di polvere.

Il sole non bruciava più e una debole brezza stava cercando di staccare dalla schiena di Pietro la T-shirt dei Cure bagnata di sudore. Anche se ancora non era disposto ad ammetterlo, aveva in mente un'ultima tappa. All'imbocco della metro Tirso de Molina comprò un pacchetto di caramelle gommose che masticò curiosando tra i call center eritrei e i negozi cinesi di *todo a un euro*. Gli venne voglia di tagliarsi i capelli e disfarsi una volta per tutte di quel codino da coglione, eppure quando si specchiò nella vetrina vide un parrucchiere ghanese che gli puntava contro un paio di forbici ridendo come un pazzo e se la diede a gambe. Di fronte alla cattedrale dell'Almudena, dove due mesi prima erano state celebrate le nozze reali tra l'erede dei Borbone e una giornalista di Oviedo, si sedette sul muretto davanti alle altalene di Plaza Miró. Erano le otto. Avrebbe voluto mangiare qualcosa, invece restò a guardare un bambino che gridava alla tata sudamericana di spingerlo più in alto perché voleva toccare le nuvole.

Non poteva salire da lei, per dirle cosa, poi? Che aveva avuto paura? Che aveva ceduto alla vertigine che lo prendeva ogni volta che pensava al futuro, come durante quel disastroso provino a Londra?

La città inviava gli ultimi segnali di una serata estiva: il cigolio dei ventilatori sopra i tavoli vuoti dei ristoranti all'aperto; il baluginio di una tv accesa dentro un garage; un netturbino che puliva la piazza con un idrante. Poi, di colpo, il lampione sopra il muretto sfarfallò e si spense.

Avvolto dal buio Pietro ripensò a quello che gli aveva detto la madre di Dora durante la cena di compleanno, che le ragazze come sua figlia sceglievano sempre la persona sbagliata. Perché non aveva scelto lui, allora, nella vita aveva commesso una caterva inenarrabile di sbagli.

Non era un problema del lampione: anche le insegne degli alimentari cinesi, i fari del viadotto dei suicidi e quelli che circondavano la cattedrale, e anche le maestose fronde dei platani della piazza erano state inghiottite dall'oscurità.

Sollevò lo sguardo in direzione dei balconi liberty del terzo piano e ricordandosi della notte in cui era saltata la luce e Dora si era messa a piangere, pensò a come sarebbe stato facile: raggiungere il citofono,

Sei in casa?

leggere il nome scritto a mano sulla buca delle lettere,
DORAMAS ASTURIAS MANFREDINI,

Sto arrivando, resisti,

salire le scale di corsa, tre gradini alla volta – l'atto di valore più atletico e romantico della sua esistenza,

Eccomi!

spalancare la porta d'ingresso,
prenderle il volto tra le mani,

Scusa,

stendersi sul pavimento, il suo corpo posato su quello di Dora come due carte da gioco,

chiamare a raccolta il coraggio che gli era mancato fino a quel momento,

raccontarle che aveva un orecchio più piccolo dell'altro, che da bambino tutti lo chiamavano Bombolo, che suo fratello aveva chiuso col calcio non per inseguire la carriera accademica ma perché si era smaciullato una spalla per salvare lui,

e dirle, già che c'era, già che le stava aprendo il suo cuore in quell'impeto insolito e irripetibile, che l'unica volta che non si era sentito un fallito era stata quando lei l'aveva schiuso dal suo bozzolo di coperte e, nudo, affebbrato, l'aveva stretto tra le sue braccia.

Quando il lampione sfarfallò e si riaccese, Pietro sospirò. Scese dal muretto. Raggiunse il centro della piazzetta lucida d'acqua e si guardò attorno un'ultima volta. Il mondo era uno specchio che rifletteva tutte le sue idiozie.

18.
Children

Da: tommasobenati@libero.it
A: pietroguitar@con.mascagni.liv.com
Oggetto: *Children* (Robert Miles, 1996)
Data: 29-7-2004, 08:30

19.
Mi stai prendendo per il culo?

Da: pietroguitar@con.mascagni.liv.com
A: tommasobenati@libero.it
Oggetto: *Tonight, tonight* (Smashing Pumpkins, 1995)
Data: 29-7-2004, 13:30

Non ci credo. Dimmi che non stai dicendo quello che credo che tu mi stia dicendo con una merda di canzone da discoteca. *Children?* Cazzo, potevi almeno scegliere *Child in Time* dei Deep Purple. No, dài, vaffanculo. Sul serio? Non ci credo. Ti sto chiamando da un'ora sul cellulare di Melany! Si può sapere dove sei? Lo stai facendo apposta, vero? Sarai lì che ti pisci addosso dalle risate mentre io mi agito... Bravo. Divertente. Esilarante. Sei il mago della comicità. Ora mi vuoi rispondere, *per favore*, cazzone che non sei altro? Ti giuro che se non rispondi stanotte salgo su un aereo e vengo lì e... tanto lo so che mi stai prendendo per il culo. Non è possibile. Non ci credo. Cazzo. Ti voglio bene.

Parte terza

«Poter non parlare mi sembra un punto di resistenza assoluto».

Daniele Del Giudice, *Lo stadio di Wimbledon*

«Poi quando tutto è calmo e non senti più nessun rumore, sai che è arrivato il momento. Allora metti la mano sulla maniglia, la abbassi e la spalanchi, e metti il piede fuori. Hai paura, ma è la tua occasione».

George Perec, *Un uomo che dorme*

1.

Il mio petto è un mare profondo

Per molti anni Pietro Benati dimenticò Antonio e la sua triste storia senza senso. Antonio Paolicchi, III B, si era assentato da scuola per seguire la famiglia in vacanza sul monte Abetone. Una mattina un attacco del suo snowboard si era allentato e lui aveva raggiunto il negozio di attrezzature sportive per farselo stringere. Il fratello minore ci teneva ad accompagnarlo, peccato che la sera prima i due avessero litigato per uno stupido motivo che a distanza di poche ore nessuno dei due ricordava più, e Antonio glielo avesse proibito: sarebbe stata una cosa lunga e lui non aveva nessuna intenzione di ascoltare le sue lagne. Di fronte al broncio del fratello, rendendosi conto di aver calcato troppo la mano, dopo avergli lanciato una minuscola palla di neve sugli stinchi gli aveva promesso di raggiungerlo in vetta più tardi, e il fratello era tornato sorridente dai genitori. Mentre Antonio si gingillava con un pigro tiro al bersaglio contro le stalattiti di ghiaccio che pendevano dalla grondaia del negozio di sci in attesa del proprio turno, un boato simile al ruggito di un leone aveva riempito la valle: il braccio d'acciaio di una cabina della funivia si era spezzato come un elastico e la famiglia Paolicchi era precipitata lungo il crinale.

A differenza del suo compagno delle medie, Pietro non aveva patito lutti imprevisti durante l'infanzia né era uscito dall'adolescenza con un fardello di traumi più pesante di quello dei suoi coetanei. Aveva imparato a considerare la morte come un buco nero, un'assenza ingiustificata: il papà di una compagna che smette di presentarsi all'uscita di scuola della figlia; il posto sulle gradinate riservato alla moglie dell'allenatore rimasto vuoto a metà stagione; il passeggino tandem di un'amica di sua madre con a bordo un solo neonato. Una buona metà delle canzoni che aveva ascoltato al liceo descriveva il dolore per la perdita di un amico o di un amore giovanile, e su quello stesso argomento avevano dibattuto i filosofi che aveva amato di più durante gli anni di università, eppure nulla di tutto ciò lo toccava.

I suoi entusiasmi si raffreddavano con la stessa velocità con cui le mura della casa in via Roma passavano dalla modalità «forno» in estate, a quella di «yurta mongola» in inverno. Un momento prima diceva che aveva l'intenzione di candidarsi nei Giovani Socialisti e l'attimo dopo giurava di averne abbastanza di quelle ideologie che non erano meno conservatrici dei sistemi che si propugnavano di demolire. Non si accalorava per le gesta di uomini caduti per difendere i propri ideali, né per i versi più impegnati di Pasolini e Danilo Dolci. E neppure le immagini di Beslan, in cui le forze speciali russe avevano fatto irruzione per sgominare i trentadue terroristi uccidendo più di trecento persone, gli producevano più che un dispiacere sommesso e distante. Sentiva qualcosa, non era un mostro, ma era qualcosa di distante e transitorio. Bastava un giorno, una settimana, e tornava a calarsi nei panni del giovane diviso tra l'odio per suo padre e l'amore zeppo di recriminazioni verso sua madre. Finché di colpo, la notte del primo novembre 2004, gli tornò in mente Antonio.

«Bombolo, mi accompagni a comprare il tabacco?»

Dimesso dall'ospedale e conclusa la sciagurata parentesi sudamericana, T era rientrato a New York con la sua salvatrice. Un mese dopo, la prima ecografia aveva confermato il precoce entusiasmo di T e durante la seconda (ormai alla diciottesima settimana) il nascituro si mise in bella mostra senza pudori, dando ragione al padre che mai, neanche per un istante, aveva dubitato che sarebbe stato un maschio.

Dobbiamo continuare la trad
izione

aveva scritto T.

O la maledizione

aveva risposto Pietro, prima di cancellare l'sms e digitare:

Spero prenda tutto da voi

Pochi giorni dopo la notizia, T e Melany si erano trasferiti in un bilocale di West Harlem, affacciato sul fiume Hudson. T non voleva perdere tempo in metro, o bloccato nel traffico dalla parte opposta della città, in caso ci fosse stato bisogno di lui e quella soluzione gli avrebbe permesso di raggiungere il suo ufficio nel campus della Columbia University a piedi, dopo una breve passeggiata in mezzo ai narcisi, ai ciliegi e ai meli selvatici del Riverside Park. Melany non aveva preferenze, le andava bene una casa qualunque. Tutto procedeva. Melany era in salute e di buon umore: durante la settimana recitava, la domenica serviva alla mensa dei poveri. Quando ricevette l'offerta di un piccolo ruolo in un film australiano in costume che si sarebbe girato in autunno tra Napoli e Sorrento, non ci pensarono su due volte: lei avrebbe realizzato il sogno di visitare l'Italia, e T avrebbe potuto trascorrere qualche giorno in famiglia.

«Bombolоооо».

Pietro alzò la testa dal libro aperto sulla scrivania. «Devo studiare. E non chiamarmi così».

Da quando era rientrato dalla Spagna, e a suo padre erano stati concessi gli arresti domiciliari che gli avrebbero consentito di scontare i restanti due anni e mezzo tra le mura dell'appartamento al quarto piano, Pietro si era stabilito a casa di sua nonna Lea, al piano di sopra. Cosa potevano sedici gradini di distanza contro l'invadenza del Mutilo? Non abbastanza. Per questo Pietro aveva imposto una regola. Qualora a suo padre fosse venuto in mente di colmare quello spazio e oltrepassare la porta del suo appartamento, lui l'avrebbe denunciato per abbandono di domicilio.

«Così come?» T si fermò per guardare l'ombra di un piccione che tagliava il pavimento assolato accanto alla sedia di suo fratello, e s'infilò in bocca la pipa. «Bombolo?»

Pietro girò pagina. «Piantala».

«Perché sennò cosa mi fai... Bombolo?»

Non gli diede il tempo di rispondere e si lanciò addosso a suo fratello, tirandolo giù dalla sedia e bloccandogli la mandibola con una mano, mentre con l'altra gli serrava il collo.

«Mi accompagni a comprare il tabacco?»

«No».

Invece di insistere, T lo lasciò cadere sul tappeto e si avvicinò alla scrivania. Scrutò l'antologia di teatro del Seicento e la sollevò per la costola con due dita, come se dalle pagine stesse grondando l'inchiostro dei caratteri. Poi si avvicinò alla finestra.

«Non fare il coglione».

«Vieni?»

«È del mio professore».

«Non credo che al cedro dell'Himalaya importi granché». Portò il libro dietro la testa e inarcò il busto; stava per scagliarlo oltre il muro del giardino botanico quando Pietro lo afferrò per uno stinco: «Va bene, va bene, ti accompagno!»

Gli studenti erano rincasati per il ponte e i negozianti avevano chiuso le botteghe, sacrificando i pochi turisti che sarebbero venuti in città solo per scattarsi una foto mentre reggevano la Torre, prima di ripartire alla volta di Firenze o Lucca. Via Santa Maria, via dei Mille, la scalinata della Normale davanti al monumento equestre di piazza dei Cavalieri erano deserte, e anche nella mano della statua di Ulisse Dini nessuno aveva infilato una sigaretta o una birra.

Erano mesi che T non si levava di bocca quella pipa. Diceva che gli conferiva un'aria rispettabile e competente, due qualità di cui adesso che era un ricercatore aveva un gran bisogno. Pietro evitò di fargli notare che l'aveva fumata anche il Mutilo, che con la sua competenza era riuscito a collezionare una ventina di licenziamenti e con la sua rispettabilità aveva mandato sul lastrico decine di famiglie. Davanti al tabaccaio T si fece largo tra un capannello di spacciatori tunisini, «Aspettami qui», e scomparve in un bar di piazza delle Vettovaglie. Sotto i portici, a un paio di metri da Pietro, un gatto masticava un cuore rubato alla macelleria. Tornò fuori due minuti dopo con una bottiglia di champagne e due flûte. Era talmente su di giri che sembrava avesse vinto la lotteria; cosa che, in effetti, era più o meno quello che gli era capitato.

«Ho chiesto a Melany di sposarmi».

Pietro alzò lo sguardo dalla bottiglia e lo fissò. «Non eri contrario al matrimonio?»

«Vero».

«Lo fai per tuo figlio?»

«No».

«E allora?»

T scalzò l'incarto dal tappo con l'unghia del pollice. «Voglio fermarmi all'apice della felicità e guardarmi attorno».

«Perché non ti fai un filmino quando sei in vacanza?»

«Non cerco un ricordo, Pietro. L'esatto contrario». Strinse la presa attorno al tappo e sorrise. «Voglio vedere il futuro prima che prenda forma».

Stappò la bottiglia sull'ultima sillaba e Pietro chiuse gli occhi, un riflesso automatico che non aveva più perso da quando suo padre lo obbligava ad aprire lo spumante a Natale per vincere la paura dei botti. Nel buio di quella frazione di secondo si proiettò al giorno delle nozze. Li immaginò in mezzo a una prataia di margherite, entrambi a piedi scalzi, circondati da un tentacolo di luci, lei in vestito bianco e serto nuziale di fiori d'arancio, lui in completo italiano grigio perla e con il fermacravatte che Pietro gli aveva regalato al rientro da Madrid come ringraziamento per averlo spinto a saltare fuori dal guscio.

«Questo è il momento in cui dovresti dire che sei contento, che Melany è una donna straordinaria e che andrà tutto a meraviglia».

«Sono contento. Melany è una donna...»

«Ehi, non ci starai provando con la moglie di tuo fratello?»

Sembrava un cane in mezzo alla neve: portava il peso su un piede, lo trasferiva sull'altro. Se Pietro non l'avesse conosciuto meglio di quanto conosceva se stesso, avrebbe detto che si era calato qualcosa.

Melany era indubbiamente la donna della sua vita. T glielo aveva ripetuto cinque milioni di volte. Ma adesso che aveva sentito pronunciare quella frase che si sommava all'annuncio via e-mail di un figlio in arrivo, era come se attorno a T l'aria fosse esplosa in un'onda di particelle impazzite che lo spingevano a destra e a sinistra, facendogli inondare di champagne la piazza, la camicia bianca e la giacca di tweed nera.

Bevvero il primo bicchiere alla goccia e Pietro sospirò. Suo fratello schiuse l'indice dalla mano che teneva il collo della bottiglia come un birillo e glielo piantò in mezzo al petto. «All'alloggio e al pernottamento ci pensiamo noi».

«Tommaso».

«Niente Tommaso. Un biglietto per New York non mi manderà in rovina».

Pietro esitò di nuovo e per la seconda volta in rapida successione T capì cosa frullava nella testa bacata di suo fratello.

«Se ti azzardi a tirar fuori la storia del Mutilo, ti giuro che mi incazzo. Non si tratta di lui né di te. È la mia vita. Mi sposo, Pietro. E voglio che sia presente la mia famiglia, tutta quanta».

Aveva ragione, come al solito, e non gli rimase che sollevare il calice. «Al fratello buono».

T gli poggiò una mano sulla spalla e ruttò: «Cre-ti-no».

«De-men-te».

«Me-zza-se-ga».

«Ca-zzo-mo-scio».

«Tes-ta-di-meeer-da».

Andarono avanti così, bevendo e ruttando a turno finché, finiti gli insulti e lo champagne, T lo strinse a sé in un abbraccio che non aveva nulla a che fare con le ridicole prese da lottatore con cui gli dava il tormento ma che voleva dire, a chi li sfiorava per andare a comprarsi una birra dal cingalese o una dose dai pusher tunisini, che lì c'erano due fratelli di fronte al bivio più determinante delle loro vite, due fratelli che stavano siglando un patto muto e terso come il cielo sopra le loro teste: la promessa di non perdersi, a prescindere dalla forma che avrebbe preso il loro futuro.

Forse erano le nuvole di condensa perfettamente identiche che uscivano dalle loro bocche e svanivano nell'aria, o forse era lo champagne a cui non era abituato, ma a Pietro sembrò che il corpo di T poggiato al suo non pesasse più di quello di un bambino. E mentre ne sentiva il fiato ubriaco incollarglisi sul collo si disse che era proprio quello il segreto del successo e dell'amore che suo fratello ispirava a tutti da sempre: la sua naturale tendenza alla levità. In trent'anni non aveva mai gravato su nessuno, se non su se stesso. Non aveva preteso aiuti o attenzioni fuori dal comune. Non era finito nei guai costringendo qualcun altro ad andare a soccorrerlo. Anzi, il tono riflessivo della sua voce, gli occhi fieri, il sorriso contagioso, ogni cosa in lui sembrava avere il potere di ammorbidire, di consolare, di pungolare: T era la via da seguire e, al tempo stesso, il migliore compagno per raggiungerla.

Soltanto per questo Pietro continuò a prestargli ascolto anche quando capì che lo attendeva una lunghissima serata di festeggiamenti da cui non avrebbe potuto svignarsela. Perché quello che gli stava proponendo suo fratello era la più esclusiva forma di addio al celibato. Niente viaggi all'estero, niente ballerine, solo loro due, il fratello grande e quello piccolo: i compagni di pesca, di stanza, di macchina, di penna. Neanche un orso come lui poteva esimersi da una notte del genere.

Da Adriano, sui Lungarni, bevvero la prima di una lunga serie di birre e cenarono con pane e porchetta. Due tappe in San Martino, da Ciglieri e al Pub irlandese, e T disse che era arrivato il momento di «far decollare la serata». Pietro prese il cellulare per dire a sua madre che sarebbero tornati più tardi del previsto (l'aveva chiamato già due volte e adesso lo stava tempestando di messaggi), ma T glielo rubò dalle mani.

«Per una volta, possiamo essere solo io e te? Per favore» e se lo lasciò scivolare nella tasca della giacca.

Al Mamamia di Torre del Lago ordinò prima due Angelo azzurro, «in ricordo dei bei vecchi tempi» e poi una coppia di Gimme a man after midnight, perché il nome gli sembrava buffo. Rimasero dentro giusto il tempo che servì a T a abbracciare mezzo locale, vomitare nel corridoio del bagno e farsi scacciare sulla spiaggia dai buttafuori. Non pareva neanche novembre. Il libeccio era uno spiffero tiepido che increspava a fatica le onde. Un gruppo di ragazzini scioglieva la sbronza con una nuotata.

T stava lottando contro il singhiozzo. Trattenne il fiato per sette secondi, rubò una birra lasciata incustodita da una coppietta stesa sui cappotti e la bevve in sette sorsi e, quando vide Pietro chinarsi a togliersi le scarpe, si sfilò la giacca e si fiondò in acqua gridando: «Geronimoooo!»

Fortuna che suo fratello riuscì a placcarlo prima che si tuffasse.

«Non ti sembra di aver festeggiato abbastanza?»

Come se avesse capito di aver superato il limite, il corpo di T si afflosciò sulla battigia. «È passato» disse.

Pietro restò a guardarlo imbambolato, in silenzio, dall'alto in basso, cercando di capire se alludesse al singhiozzo o a quello stato di euforia ingovernabile. Voleva dirgli qualcosa, una frase benaugurale, un auspicio al termine di quella notte fraterna, tipo che era sempre stato fiero di lui ma ora che si stava affrancando da quella famiglia sbracata lo era ancora di più. Invece la sola cosa che riuscì a fare fu acchinarsi su suo fratello e puntare gli occhi sulla schiuma delle onde imbiancata dai fari della discoteca.

Non si accorse neppure di essersi addormentato. Quando riaprì le palpebre, mise a fuoco Orione, il Cane Maggiore e quello Minore e Sirio, non la luna che era ancora nascosta dalle nuvole. Per ultimo, il volto di suo fratello.

«Che succede?»

T era in piedi, con l'aria torba di una sentinella. «Mi servono le chiavi dell'Alfa».

«Perché?»

«Devo andare a prendere Melany alla stazione. Ha il *day-off* settimanale».

«E ci devi andare adesso?»

Tommaso annuì, senza spiegare perché Melany avesse deciso di viaggiare di notte o giustificare il fatto che lui non ne avesse mai fatta menzione durante la serata, e quando Pietro gli disse che non ci pensava neanche lontanamente a farlo guidare in quello stato, sollevò una gamba come una gru, si toccò il naso e iniziò a recitare:

Tirreno, anche il mio petto è un mar profondo,
e di tempeste, o grande, a te non cede:
l'anima mia rugge ne' flutti, e a tondo
suoi brevi lidi e il picciol cielo fiede.
Tra le sucide schiume anche dal fondo
stride la rena: e qua e là si vede
qualche cetaceo stupido ed immondo
boccheggiar ritto dietro immonde prede.
La ragion de le sue vedette algenti
contempla e addita e conta ad una ad una
onde belve ed arene invan furenti:
Come su questa solitaria duna
l'ire tue negre e gli autunnali venti
inutil lampa illumina la luna.

Quando riabbassò il piede sulla sabbia umida, gli porse il palmo della mano perché Pietro vi depositasse le chiavi.

«Non sapevo ti piacesse Carducci».

«Sono stato sfigato anch'io. Molto tempo prima di te».

Mentre tornavano alla macchina, T si toccò la spalla che si era fratturato cadendo dagli scogli di Marina e il suo sorriso da vincitore si sciupò in una smorfia.

«Tutto bene?»

«È solo l'umidità».

«Sicuro che non vuoi che guidi io?»

«Mi stai chiedendo se sono sicuro di voler condannare Melany, mia futura moglie e gravida al terzo mese e mezzo, a un'attesa di ore davanti alla stazione dovuta alla tua noiosissima guida da prete di campagna? Sì, sono sicuro. Ma grazie per averlo chiesto».

«Sei il più grosso coglione dell'universo».

T posò la mano sulla nuca di Pietro e osservando il loro riflesso sul vetro di quella che più che una macchina era ormai un residuo bellico di quasi due decenni, lo carezzò come non aveva mai fatto prima, premendo il palmo sul collo e schiaffeggiandolo delicatamente con i polpastrelli, come avrebbe fatto un padre per rabbonire il figlio irrequieto.

Le stelle li scortarono fino al chilometro 33 di via Pietrasantina, a una manciata di chilometri dal centro di Pisa, dove la luna si decise a uscire dal banco di nuvole dietro cui era rimasta nascosta fino ad allora, bagnando di bianco l'asfalto.

Un'apparizione che dovette sembrare quanto di più inatteso e straordinario in quella spenta notte di novembre non solo a T (che la indicò oltre il vetro al fratello mezzo addormentato) ma anche al ragazzo al volante della Bmw nera che correva nel senso contrario a centoventi chilometri orari bruciando stop e incroci male illuminati (e che di fronte a quella «inutil lampa» aveva sollevato gli occhi domandandosi se sua madre si sarebbe mai ripresa dal divorzio), e in quell'unico, doppio, simultaneo istante di distrazione, davanti al colonnato in pietra del cimitero, da una parte la Bmw scivolò come una saponetta nella corsia opposta andandosi a conficcare nel cumulo di sabbia di un cantiere, e dall'altra T si esibì in una serpentina di sterzate e controsterzate, prima di perdere definitivamente il controllo e uscire di strada, scomparendo nel campo di girasoli rinsecchiti sull'altro lato della carreggiata.

Sulla Bmw nera viaggiavano quattro passeggeri di età compresa tra i diciotto e i ventisei anni, reduci da una festa in un retone di pescatori. Mentre la luce dell'alba sbiadiva il cielo nero bucato di stelle, il guidatore Andrea ondeggiava sul ciglio della strada: sembrava non avere più nulla dello spaccone che poco prima diceva di aver fatto un ditalino alla fidanzata del suo capo dietro un albero. Michele si toccò i jeans macchiati di sangue all'altezza del ginocchio ma non ebbe il coraggio di lamentarsi. Ci misero un po' a capire cos'era successo. Alla fine, quando uscirono tutti dall'auto, Dario rimase a cercare gli occhiali persi nell'impatto e gli altri tre si affacciarono sull'argine.

L'Alfa 75 giaceva capovolta, ridotta a un ammasso di lamiere poco più grande di uno stendibiancheria aperto. La ruota posteriore sinistra girava ancora, con un ronzio decrescente. Uno dei due fari si era rotto nell'impatto, l'altro illuminava un lembo di terra nera chiuso da una fila di girasoli con le calatidi rivolte verso il basso che, forse per incuria o forse per dare nutrimento al terreno, erano state lasciate lì ad appassire.

Quando Michele, Andrea e Giovanni scivolarono giù nel campo, e notarono prima l'abitacolo vuoto e poi i piedi di un ragazzo riverso nell'erba, una decina di metri più avanti, persero la poca lucidità rimasta.

«Che hai fatto?»

«Porca puttana troia!»

«Te l'avevo detto! Te l'avevo detto di non fare il coglione!»

«È morto?»

«Come morto?»

Michele raggiunse il corpo esanime di Pietro e disse che non lo sapeva se era morto, poi, quando notò il sangue che gli colava da un taglio sopra la tempia, si vomitò un fiotto violaceo sulle scarpe.

Giovanni sollevò il cellulare sopra la testa e lo mosse come uno sciamano verso le chiome dei salici che recintavano la strada.

«Grandioso. Non c'è segnale».

«Allora leviamoci di culo».

Gli altri fissarono Andrea a bocca aperta, senza il coraggio di ammettere che nelle loro teste era balenata la medesima idea.

«Se ce ne andiamo ora...»

«Vuoi lasciarlo qua?»

«Te lo sai rianimare un morto?»

«E te ti senti come parli?»

«Oh, io in galera non ci vado!»

«Dovevi pensarci prima di sbronzarti».

«Abbiamo bevuto tutti!»

«Però guidavi te!»

Giovanni rimise in tasca il cellulare. «Se vogliamo andarcene, dobbiamo farlo subito».

«E con quale auto, geni?»

La voce di Dario li fece voltare di scatto. Anche se non aveva trovato gli occhiali e si muoveva con le mani in avanti come uno zombie, sembrava il più calmo di tutti.

«Ho fermato un tizio».

Poi si avvicinò a Pietro e, vedendo che le dita della sua mano destra si aprivano e si chiudevano come le chele di un granchio, gli sussurrò che stava arrivando un'ambulanza.

«Vedi di non morirci ora, per favore».

Dopo il ribaltamento nel campo di girasoli, Pietro aveva sbattuto la fronte contro il finestrino ma la cintura aveva tenuto ed era rimasto appeso a testa in giù per qualche minuto, finché il sangue che chioccolava dalla testa sulla sua mano l'aveva risvegliato. Scoprire che T non era accanto a lui né oltre il parabrezza schiantato a metà, gli diede una vertigine. Dopo essersi liberato dalla cintura, si sedette a riprendere fiato, quindi iniziò a chiamarlo e ad avanzare lentamente nella notte, lungo la scia di luce polverosa proveniente dall'unico faro rimasto.

«Tommaso».

Gli sembrava di nuotare in uno stagno invaso dalle alghe.

Dopo un intervallo di tempo indefinibile credette di sentirlo lamentarsi, dritto davanti a sé, e una nuova forza lo rianimò.

«Tommaso, sei là?»

Aveva mosso due passi quasi di corsa ma una fitta di dolore alla base della nuca lo aveva schiacciato a terra di nuovo, prima che riuscisse a ripartire carponi verso il muro di girasoli davanti all'auto.

«Rispondimi!»

Il lamento era come un sibilo e a Pietro tornò in mente il gioco che lui e suo fratello facevano da piccoli in Maremma, tra i campi di gramigna attorno al casolare dei nonni. Correvano in direzione opposta per venti secondi, si acquattavano e, uno alla volta, stendevano un filo d'erba tra il pollice e l'indice e ci soffiavano sopra producendo un fischio poderoso; e poi, come cecchini in avanscoperta, con l'eco del fischio nelle orecchie, si orientavano in mezzo alla distesa infinita di grano selvatico e si cacciavano a vicenda, con i cuori ammattiti per la paura di venire stanati per primi.

«Tommaso! Dove sei? Tommaso!»

Gli sarebbe bastato allungare la mano e attraversare i cinquanta centimetri di quello steccato di girasoli inariditi. Invece, quando il sibilo che usciva dalla gola di suo fratello si spense, Pietro sentì la testa pesante come una palla di cannone e crollò a terra. Lo chiamò un'ultima volta, mentre la luna tornava a nascondersi dietro le nuvole.

«Tommaso».

Poi perse i sensi.

E la notte lo ricoprì.

2.
Il più tosto figlio di puttana del Tirreno

Si risvegliò su una barella all'ingresso dell'ospedale Santa Chiara, a pochi metri da Piazza dei Miracoli e dalla casa di famiglia. I neon dei corridoi che vedeva sfilare da sopra la testa gli ricordavano i gabbiani della sua infanzia. Sul muro un polmone con braccia e gambe mandava KO una sigaretta con un pugno foderato da un guantone, mentre un uomo faceva «*Ssssh*» a una donna e la donna gridava «Dio, come mi mandano in bestia i tuoi *ssssh*!»

Quando varcarono una porta con la scritta *Ortopedia*, il conducente si arrestò di colpo.

«Ora andiamo a farci una bella lastra e cerchiamo di capirci qualcosa. C'è qualcuno che vorresti avvertire? La tua fidanzata? I tuoi genitori? Un amico?»

Pietro immaginò il volto scuro di suo padre e chiuse gli occhi, e l'infermiere evitò di chiederglielo ancora.

Un'ora dopo il tanto temuto responso arrivò. A quanto pare era una roccia, nulla di grave, tempo di riempire qualche scartoffia e poteva tornarsene a casa. E quell'odore di carne alla griglia che dal ribaltamento Pietro sentiva ancora in fondo alle narici? E quegli aghi che gli affondavano dentro i quadricipiti? Niente, niente, solo qualche pelo strinato e la benzina che dal serbatoio gli era colata sui graffi, gli risposero. Pochi minuti dopo, mentre una dottoressa stava preparando il suo foglio di dimissioni, un radiologo che passava di lì per caso riconobbe nel cognome di Pietro il vecchio compagno di studi della figlia e diede un'occhiata alla cartella clinica e, poco convinto dalla diagnosi, richiese una Tac rachide cervicale.

«Hai uno schiacciamento delle vertebre superiori e un frammento osseo a un centimetro dal midollo, ragazzo. Se ti rimandavamo a casa, restavi paralizzato alla prima curva».

Pietro non era interessato alle Rx, alle Tac o agli scenari futuri paventati da qualche dottore indiscreto. Voleva solo che qualcuno gli dicesse in quale stanza era ricoverato T. Eppure, ogni volta che provava a domandarlo, una folata di sonno gli stagnava le palpebre e si lasciava risucchiare da quel ventre materno iperriscaldato.

Il ricovero fu immediato e incontestabile. Nel reparto di ortopedia quattro infermieri lo calarono sul letto della stanza 82, dove Pietro trascorse le prime ore in uno stato di continuo dormiveglia finché, alle otto e dieci del 2 novembre 2004, il nuovo turno di medici lo reputò abbastanza in forze per affrontare la verità e gli comunicò che suo fratello Tommaso Benati non si trovava in nessuna camera, di nessun altro reparto, di nessun ospedale.

Quando la Bmw serie 1 colore nero lo aveva costretto a sterzare nell'altra corsia e il muso della vecchia Alfa 75 si era conficcato nel campo di girasoli rinsecchiti davanti al cimitero di via Pietrasantina, T aveva sfondato il vetro del cruscotto come un proiettile in una parete di neve ed era atterrato venti metri più avanti. Se Pietro avesse potuto osservare il campo a quell'ora, illuminato dalla tiepida luce del nuovo giorno, avrebbe notato che la terra era scavata, come se qualcuno avesse usato il fondoschiena di un amico robusto per tracciare una pista di biglie, e che non tutti i girasoli erano stati spezzati di netto dalle lamiere dell'auto ma alcuni avevano ripiegato le calatidi sopra il corpo incosciente di T. Per questo i ragazzi della Bmw non l'avevano visto. Era stato recuperato solo più tardi, da una seconda ambulanza che non aveva dovuto neppure accendere la sirena.

A Pietro sembrò di trovarsi in mezzo a una collisione tra due treni. Oltre all'incredulità e al senso di colpa che gli impedivano di dormire, mangiare o rivolgere la parola alle infermiere che cercavano di tirargli su il morale, la notizia della morte di T riportò a galla tutti i dolori che fino a quel momento il suo corpo era riuscito ad arginare.

Quando tornò a controllarlo l'infermiera che gli aveva disinfettato i graffi sull'inguine appena arrivato al pronto soccorso (una ragazza di nome Matilde, con due occhiaie tristi e un aquilone tatuato sul gomito), Pietro chiuse gli occhi e iniziò a tremare così forte che lei gli stirò una coperta sui piedi, in silenzio. Non poteva sapere che in quel buio forzato Pietro stava cercando di applicare gli insegnamenti di sua madre per smarrire il dolore che lo tormentava e, sotto le palpebre calate, immaginava che fossero passati miliardi di anni dall'incidente, e che una nuova era glaciale o un'apocalisse climatica avesse spazzato via tutti i luoghi, le bestie e le persone che conosceva. Fu solo quando gli infilarono il catetere che spalancò di colpo gli occhi e mise a fuoco il volto di sua madre.

Si stupì di non averla sentita arrivare.

Tiziana aveva strascicato i piedi attorno al letto, ma non era entrata subito nel campo visivo del figlio. Aveva poggiato le mani sulle lenzuola, a due centimetri dalla spalla immobile di Pietro, ed emanato un respiro sottile e acuto, prima di dare sfogo alle parole che le ribollivano dentro da quando aveva ricevuto la telefonata dall'ospedale; anzi da ben prima, da quando aveva tirato giù dal letto il Mutilo convinta che fosse accaduto qualcosa di terribile.

«Perché non mi hai chiamato?»

Pietro affondò le unghie nelle lenzuola.

«Se l'avessi saputo...»

Cosa? Cosa avrebbe potuto fare? Sarebbe andata a prenderli per le orecchie e li avrebbe portati via in spalla, uno di qua e uno di là, dato che non aveva mai preso la patente? Non era quello a cui alludeva, e Pietro lo sapeva. Parlava di quella supposta capacità grazie alla quale le bastava conoscere le posizioni dei suoi cari per attirare su di sé qualunque calamità il creato avesse in serbo per loro: un ruolo di parafulmine a cui nessuno aveva mai creduto, neanche quando i suoi figli erano andati di nascosto a pescare di notte e T si era rotto la spalla cadendo dagli scogli.

Richiuse gli occhi e tentò di concentrarsi, ma invece che a una nuova era glaciale pensò alle decine di chiamate perse di Tiziana sul telefonino che Tommaso gli aveva requisito, e nel suo cervello riecheggiò la suoneria. Era stato con il riff di *The Final Countdown*, con quell'insulso saliscendi – mi re mi laaaa, fa mi fa mi reeee – e non con la sua voce che lo supplicava di dirgli dov'era, che Tommaso aveva smesso di respirare?

Quando sua madre si sporse sul letto, gli sembrò invecchiata di dieci anni. La folta massa di capelli di seta color pomodoro che le cadeva sulle spalle era un granaio scombinato dalla tempesta. In quella stanza invasa dall'odore di linimenti e medicinali, la pelle di sua madre non profumava più di niente.

«Sono così felice che stai bene».

Lo baciò in fronte dopodiché, come se avesse raschiato il fondo delle ultime energie, si afflosciò sul pavimento e scoppiò a piangere.

Nei quattordici giorni di degenza che seguirono, Tiziana non lo lasciò mai. Si assicurava che mangiasse, gli lavava i denti, lo pettinava e quando Pietro brontolava di lasciarlo stare, si ingobbiva sulla sedia adiacente al letto con i ferri da maglia e gli occhiali sul crinale del naso. Non passava giorno senza che gli parlasse del funerale di Tommaso, e della folla spropositata che si era radunata per salutarlo. Allora Pietro indossava le cuffie del walkman e alzava il volume finché non smetteva di sentirla.

Il Mutilo non si fece mai vedere. E non per via degli arresti domiciliari, dato che il giudice gli aveva concesso un permesso temporaneo.

«È distrutto. Non sa come prendere questa cosa...»

«Noi invece stiamo da Dio».

«Negli ultimi mesi si erano riavvicinati. Ogni volta che Tommaso gli telefonava, Berto sembrava un'altra persona. Come se le sue parole lo aiutassero... a sfogare quella sua smania di...»

«... truffare la gente?»

«Pietro».

«Perché non mi hanno mai detto nulla?»

«Come potevano farlo? Parlavano solo di te».

In quel momento Matilde si affacciò e chiese a Tiziana la cortesia di lasciare la stanza, perché stava arrivando un paziente dalla sala operatoria che aveva bisogno di riposo assoluto. Se voleva, poteva tornare più tardi.

«Oh, no. Devo preparare cena. E Pietro è stanco».

«Non sono stanco».

«Ci vediamo domani, ok?»

«Mamma, cosa dicevano di me?»

Tiziana si affacciò nel campo visivo di suo figlio e gli diede un bacio sulla fronte. «Ti ho comprato un cellulare nuovo. È lì, sotto le lenzuola. Chiediglielo».

Quando le luci nelle stanze si spegnevano e sul reparto di ortopedia calava il silenzio, Pietro tornava ad affogare nei suoi pensieri più neri. Vedeva i genitori di Antonio

Paolicchi che cadevano al rallentatore dentro la cabina della funivia, e il ragazzino dell'*Imbuto di Norimberga* affisso nel corridoio a cui Tiziana si raccomandava come un crocifisso. Era Tommaso il campione sportivo, Tommaso il genio della matematica, Tommaso che stava per sposarsi e che presto le avrebbe dato un nipote, il figlio pieno di buoni precetti e designato a superare qualunque maestro. Tutti lo sapevano, Pietro compreso. E allora perché, idiota, non si era messo lui alla guida? Perché, demente, non aveva schivato lui la Bmw? Perché, cazzomoscio, non aveva bucato lui il parabrezza ed era schizzato in mezzo a una nuvola di vetri in quel campo davanti al cimitero? Perché, testadimerda, non si era dissanguato lui, a terra, ed era morto lui, mezzasega, seppellito da una coperta di fiori secchi, per lasciare che il fratello buono compisse ciò per cui era venuto al mondo e per cui Tiziana l'aveva cresciuto, preparato e istruito con così tanto amore?

Stava immaginando la scia di cinque metri di sangue, petali e terra che il corpo di T aveva lasciato prima di fermarsi, paragonandola alla scia grigia impressa sulla Tac del midollo spinale che era stato graziato dal frammento di osso, quando sentì la voce di Matilde.

«Sei presentabile?»

Pietro arrossì e alzò la mano per lisciarsi il codino. Ma quando si ricordò della ragnatela di cavi, pesi e tiranti attorno alla testa, lasciò perdere.

Matilde tornò dentro spingendo un letto. «È ancora sotto l'effetto dell'anestesia. Lascialo riposare. Farete le presentazioni domattina».

Quella notte c'era stato un incendio in una fabbrica di materiale plastico e Pietro aveva contato le ambulanze che scivolavano sotto la sua finestra finché non si era assopito. Pochi minuti dopo però un urlo l'aveva riscosso dal sonno.

Il nuovo arrivato batteva i pugni sulla testiera del letto e gridava come un ossesso.

«Che c'è? Stai male? Vuoi che chiami l'infermiera?»

«Male male, stupido maiale!»

«Cosa?»

Poco dopo Matilde si affacciò sulla porta della stanza per chiedere cosa diamine stesse succedendo. Pietro indicò il compagno di letto alla sua sinistra che si era riaddormentato e russava placidamente. Quando la mattina dopo riaprì gli occhi, a venti centimetri dalla sua faccia mise a fuoco una mascella squadrata, la barba folta e scura, e il naso da pugile. Le pupille nere del nuovo arrivato percorsero con attenzione il corpo del suo compagno di stanza, dalla testa fino ai piedi e ritorno.

«Hai combinato un bel casino, fratello».

Pietro sollevò una mano per mettersela davanti alla bocca mentre sbadigliava, ma l'altro l'afferrò e la strinse.

«Io sono Vlade. Adesso che ci siamo presentati, parliamo di come facciamo a evadere da questo posto». E scoppiò a ridere battendo i pugni sul muro.

Laurona, l'infermiera più anziana del reparto, si affacciò dentro la stanza e lo minacciò con una flebo. «Torna subito a letto, disgraziato. Non lo vedi che ti si sono riaperti i punti?»

Vlade osservò la chiazza rossa sul ginocchio e allargò le braccia con un'espressione sperduta. «*Toalet*, *toalet*».

«Cosa pensi che sia quel tubo che ti esce dalle mutande, una collanina?»

Il gigantesco compagno di stanza si chinò sul letto di Pietro e strizzò l'occhio. «Ci servirà un piano, fratello».

Vlade Markovic veniva da un paesino di montagna del sud della Croazia, al confine con il Montenegro. Era arrivato in Italia a sedici anni e a diciotto aveva firmato un contratto come giocatore professionista di basket. Adesso ne aveva ventuno, anche se ne dimostrava più di Pietro.

«Quando andrò a giocare a Siena o a Milano, mando mia madre in pensione. Anche mio padre. A mio fratello compro tre Mercedes e una piscina».

«E a tua sorella?»

«Ah! Lei più contenta di tutti. Le eviterò di sposare un *jebeni*».

La solita strategia di Pietro (poche domande e mai più del necessario) con Vlade non funzionava perché quel tizio era la persona più indiscreta che avesse mai incontrato. Ogni scusa era buona per alzarsi e spiattellargli in faccia il racconto di quando giocava con gli amici a rincorrere nudi i polli nella neve o di quando si era innamorato di una puttana di sessant'anni. Provato dalla galleria interminabile di aneddoti familiari, un giorno Pietro gli domandò cosa pensava di fare se anche quella terza operazione al ginocchio sinistro non fosse andata a buon fine.

«Cosa vuol dire non va a buon fine?»

«Se la cartilagine non ricresce e i medici ti dicono che non puoi più giocare a basket».

Pietro sentì cigolare il letto e l'attimo dopo si vide davanti il faccione del compagno di stanza. Il suo fiato sapeva di tabacco. Quando aveva fumato? Vlade sorrise e si passò una mano sulla maglia del pigiama, come se volesse togliersi di dosso delle briciole.

«Appena arrivo in una squadra italiana, i miei compagni mi chiamano albanese. Dopo due settimane, mi chiamano negro. A fine campionato sono Vlade la roccia, Vlade il vampiro, Vlade lo zar dei Balcani».

Per Vlade la sconfitta non era un'opzione contemplabile. Era il ritratto della speranza, l'incarnazione della forza di volontà. Bastava osservarlo un paio di minuti per capirlo. Nonostante i punti al ginocchio, andava avanti e indietro lungo la stanza, sollevava seggiole e comodini come se fossero pesi e bilancieri per tenere in allenamento i bicipiti e, quando non si dedicava a uno sforzo fisico, parlava. Ogni tanto Pietro lo sentiva chiacchierare con la moglie Jelena e non poteva fare a meno di pensare a tutte le notti in cui Vlade gli aveva elencato con orgoglio i posti più strani in cui avevano scopato minacciandolo, quando Pietro si rifiutava di prestargli attenzione, di andare a raccontarlo a sua moglie. «Guarda che se non ascolti, lei si offende».

Il giorno delle dimissioni di Vlade, sua moglie Jelena si presentò con una scatola di cioccolatini per Pietro.

«Parlate molto, tu e mio marito» disse vedendo Vlade entrare in bagno con i vestiti puliti sottobraccio.

«Come si fa a non parlare con tuo marito?»

«Quando è nervoso, lui parla».

«Posso chiederti una cosa?»

«Certo».

«L'operazione di Vlade è andata bene?»

Dal bagno si sentì il fragore di una scoreggia seguito da una risata. Jelena si voltò verso la porta chiusa uscendo dal campo visivo di Pietro.

«Jelena».

Qualche secondo dopo tornò a chinarsi su di lui e sorrise, «Tornerà più forte di prima» disse. L'attimo dopo Vlade uscì dal bagno con addosso una felpa blu e bianca del Cibona Zagabria.

«Amico mio, prima che tu ci provi con mia moglie e io sono costretto a ucciderti, è meglio che vado. Conosci quel proverbio che dice quando pesti una merda, è giusto incazzarsi ma poi devi trovare prato dove pulirti?»

«Sei sicuro che esista un proverbio del genere?»

«Quando ti rimetti, vieni a vedermi giocare» disse reggendosi a Jelena invece che alle stampelle. «E sbrigati! Io tra poco vado in Nba».

Arrivato il giorno dell'uscita anche per Pietro, Tiziana gli propose di tornare a vivere nella sua camera al quarto piano del loro appartamento di via Roma, dove lei l'avrebbe potuto aiutare e tenere d'occhio notte e giorno. Pietro diede un pugno al tavolino azzurro accanto al letto, sparpagliando a terra i cioccolatini di Jelena.

«Io a casa con quello non ci torno».

«E cosa vorresti fare, allora? Dovrai indossare un busto grosso come un'armatura».

«Stargli il più lontano possibile. Da ora fino alla fine dei miei giorni».

«Tua nonna Lea ha ottantaquattro anni, Pietro. Pensi che possa occuparsi di te?»

«Nessuno deve occuparsi di me!»

«Non è quello che dicono i dottori».

«Sono sedici gradini! Si può sapere di cosa hai paura?»

«Cosa fai se durante la notte vai in bagno e cadi, e tua nonna ha già preso il sonnifero?»

Non era il dolore per l'incidente né per la posizione forzata a far tremare le gambe di Pietro, ma il pensiero di perdere quella ridicola parvenza di autonomia e regredire, per l'ennesima volta, a un girone più infausto e buio del precedente. Il fallimento della carriera musicale, la vergogna di suo padre, la morte di T e, adesso, il ritorno in famiglia.

«Come fai a non odiarlo?»

Lo disse con un filo di voce ma Tiziana tirò la testa all'indietro, scomparendo dal campo visivo di Pietro, come se glielo avesse gridato a due centimetri dal naso.

«Se fossi stato in piedi, ti avrei preso a schiaffi».

«Se fossi stato in piedi, mi sarei buttato dalla finestra».

Quando Pietro si sentì più calmo, allungò la mano verso sua madre e le porse il cellulare che lei gli aveva regalato pochi giorni prima.

«Fammi un favore».

«Tutto quello che vuoi».

«Chiama Andrei e digli di venire a prendermi».

Dovettero scambiarlo per un degente del reparto psichiatrico perché entrò sparato nella corsia delle ambulanze con una sottospecie di macchinina da golfisti, spiccò un saltello sul dosso rallentatore e inchiodò a una manciata di centimetri dalla sbarra dell'ingresso.

«E lei pensa di entrare qua dentro con quell'arnese?»

Andrei a la muerte si sfiorò i Ray-Ban neri che non toglieva neanche durante le nottate da dj nei locali più bui della Toscana, e sfoggiò un sorriso irresistibile. «Se ci è entrato lei con quella faccia».

Era identico a sempre: giubbotto di pelle, lunghi capelli laccatissimi fino alle spalle, jeans stretti e strappati, e una maglietta nera con una scritta bianca che diceva *I'm the King, you're my Queen*.

Porse a Pietro le sue condoglianze e iniziò a blaterare sugli uccelli. A quanto pareva, la sua ultima ossessione erano le arti divinatorie. Dopo aver divorato centinaia di manuali sugli aruspici, dall'orazione di Cicerone *De haruspicum responsis* ai manuali su come leggere i fegati di pecora, era approdato al fantastico mondo dei volatili. Si era iscritto a un corso online di coracomanzia e per giorni non aveva fatto nient'altro se non osservare il comportamento dei corvi che si appostavano sui tetti della vetreria abbandonata della Saint-Gobain. Alla fine, si era fatto assumere all'aeroporto per guidare quella piccola macchina scoperta con cui era arrivato, e su cui era montato un dissuasore a bassa frequenza che impediva agli uccelli di nidificare sulle piste e di andarsi a schiantare contro le fusoliere o i rotori degli aerei.

Pietro aveva pensato che fosse uno scherzo ma, vedendo che le traiettorie di volo dei beccofrusoni, dei gheppi e delle cince avevano sostituito la cronaca delle acrobazie sessuali con la sua ultima conquista, aveva immaginato che fosse una scusa come un'altra per non concludere l'album della reunion dei Not Screaming che mezza Pisa attendeva.

Rimase ad ascoltarlo lamentarsi che quella camera d'ospedale non fosse in filodiffusione, mentre secondo lui lo sapevano anche i muri che la musica attecchiva sulle cortecce cerebrali stimolando i pazienti a superare anche le difficoltà più insormontabili, finché arrivò Matilde per congedarsi da Pietro e assicurarsi che non si facesse abbattere dalla paura del mondo là fuori.

«Paura, Pietro? Signorina, lei ha di fronte il più tosto figlio di puttana del Tirreno».

Matilde gli lanciò un'occhiataccia, ma non fece in tempo a dirgli di scendere dalla sedia su cui si era arrampicato per capire in quale angolo si sarebbero potuti infilare i cavi per un impianto stereo, che un prete di colore si affacciò nella stanza chiedendo al ricoverato se volesse ascoltare la parola di Gesù e ricevere la benedizione dei malati. Andrei scoppiò a ridere così forte che franò giù dalla sedia mancando di poco Pietro che lo aspettava seduto sul letto, insalamato in un enorme busto di plastica rosa e metallo. Mezz'ora dopo, scomodi e appiccicati, stavano attraversando la città nella macchinina di Andrei.

I medici gli avevano vietato qualunque tipo di sforzo. Il frammento d'osso che aveva nel collo doveva risaldarsi e lui doveva muoversi il meno possibile. Si erano premurati di fargli capire che la convalescenza era tutt'altro che conclusa e che una volta a casa avrebbe dovuto iniziare le sedute di fisioterapia e di ginnastica posturale, oltre a tenere il busto notte e giorno per almeno quattro mesi. Non doveva prendere freddo né sollevare pesi, e non doveva dimenticare mai, mai e poi mai che, anche quando si fosse sentito perfettamente guarito, il suo corpo avrebbe portato per sempre i segni di quell'esperienza.

Quando il trabiccolo scaccia-uccelli zigzagò sotto i piloni della superstrada per entrare tra le casette sbiadite di via Asmara che costeggiava l'aeroporto, l'aletta parasole venne giù da sola e per la prima volta dall'incidente Pietro vide il proprio volto. Sulla fronte, sotto l'attaccatura dei capelli, il taglio del ribaltamento si era rimarginato. Lo sfiorò con l'indice e spostò la mano all'estremità del busto che gli avvolgeva la nuca, sopra la scheggia d'osso calcificata.

Andrei sterzò sulla sinistra e parcheggiò davanti al cancello della Quarantaseiesima Brigata Aerea dopodiché smontò, tirò fuori due birre da sotto il sedile e si andò a sedere sul cofano. A dividerli dalle piste c'era solo una recinzione arrugginita e una grillaia spettinata dal vento.

«Visto?»

«Cosa?»

Andrei gli indicò un gruppo di uccelli che becchettavano nel prato.

«*Galerida cristata*. Comunemente detta cappellaccia». Sulla sommità della testolina aveva una cresta grigia. «Bella punk, eh? E quel buzzone là che pare si sia mangiato un melone? *Certhia brachydactyla*. Sai perché si chiama così? Perché ha le zampe corte. Io lo chiamo Rampichino. Ah ah. Hai sentito che verso fa? Eccolo che arriva... sentito? Pare una ruota che cigola».

Pietro non aveva sentito nulla e di uccelli ne sapeva quanto di fisica nucleare, eppure pensò che avrebbe dato un braccio per poter restare a vivere lì per sempre. Fece due passi in avanti e sfiorando un forasacco con il palmo della mano chiuse gli occhi e sentì l'orrore che nei giorni della degenza si era depositato dentro di lui. Aveva voglia di piangere, perché sapeva che da quel dolore non si sarebbe più ripreso.

Andrei lo raggiunse e lo guardò preoccupato. «Posso farti una domanda?»

«Dimmi».

«Ma con quel coso là, ci riesci a farti le seghe?»

Un militare della Brigata dell'aeronautica uscì dall'hangar e gli gridò che quella era proprietà privata e dovevano andarsene o avrebbe chiamato la polizia. Avevano fatto solo pochi metri quando Andrei lanciò la birra per aria e mostrò fieramente il dito medio, prima di gridare «*Hey oh, let's go!*» e imboccare la strada verso il centro.

Cinque minuti dopo, con la faccia sommersa dal sole e i capelli al vento, Pietro si addormentò. Nel sogno suo nonno Furio, in divisa, gridava contro il Mutilo: «Al Diavolo gli garba vestirsi elegante!» e lo malediceva sputandogli addosso un catarro sottile come uno spillo, che veleggiava lento nell'aria prima di planare sul dorso della mano di T.

3.
Sorprese

Disteso su un letto ortopedico nell'appartamento di sua nonna, Pietro Benati pensava a se stesso come a un enorme insetto in cattività. Che fosse dovuto al busto a forma di carapace, o alla marijuana con cui Andrei annebbiava la stanza quando passava a trovarlo, o alle brevi passeggiate nel giardino botanico chiuso al pubblico per lavori di ammodernamento (ma aperto a lui dall'affezionato portinaio), i centodiciotto giorni che seguirono le dimissioni dall'ospedale furono come un'incubazione larvale, lenta e incosciente. Poiché aveva ricevuto l'ordine di compiere meno sforzi possibili, all'inizio le giornate gli sembravano interminabili. A parte presentarsi alle sedute di fisioterapia, abbandonarsi alla pennica postprandiale e all'ora prodigiosa del pomeriggio in cui le pareti della sua camera si coloravano di argento per il riverbero dei pannelli solari del laboratorio universitario, Pietro non aveva nulla da fare. Se non tamburellare con le dita sulla sua armatura di metallo e polistirolo, e lasciare che dalla noia la sua mente partorisse qualsiasi fattispecie di paura e ombrosità.

Un giorno Tiziana, dopo aver portato di nascosto il Mutilo sulla soglia dell'appartamento all'ultimo piano ed essersi guadagnata l'interdizione del figlio, gli scrisse un sms per chiedere se non voleva almeno che gli recapitasse la sua vecchia console con quello strano gioco di fantasmi che gli piaceva tanto. A lei non costava nulla, e poi lì dov'era occupava spazio e prendeva polvere. Pietro pensò a cosa risponderle fino a tarda notte, e scrisse: *Buttala*.

Il metodo più efficace per vincere la noia, scoprì, era leggere. I gialli di sua nonna, i romanzi in edizione scolastica di sua madre, *Piccolo mondo antico*, *Cime tempestose*, *Incompreso*, saggi, pièce teatrali, haiku, fumetti, biografie, qualunque cosa scovasse tra le mensole o nei cassetti andava bene. Quando li aveva finiti, scriveva un sms a Tiziana perché li lasciasse ad Andrei, l'unico oltre a sua nonna Lea che aveva il permesso di varcare la soglia. Era convinto che la lettura potesse allontanarlo dal mondo, innalzare un muro contro la realtà che non desiderava vedere, tenerlo al sicuro in quella stanza in una versione aggiornata ma altrettanto testarda di suo nonno Furio. Invece, poco a poco, pagina dopo pagina, nella testa di Pietro presero ad addensarsi autonomamente due idee ben più rivoluzionarie.

La prima era che nello studio della letteratura non fosse necessario il talento che richiedeva la musica o lo sport: bastavano memoria e dedizione, e lui le possedeva entrambe in abbondanza. La seconda era che per non cedere alle distrazioni, e riprendere le redini della sua vita, doveva fare con il suo cervello ciò che i medici avevano fatto con il suo busto: lavarlo, disinfettarlo, sanarlo dalle ferite e turarlo ermeticamente. Solo così avrebbe impedito ai ricordi che lo tenevano sveglio la notte di aprirsi un varco e avvelenare tutto il resto.

E così smise di pensare al Mutilo, che sedici gradini sotto di lui poltriva sul divano abbracciato al giornale delle corse in attesa del controllo della Polizia penitenziaria. Smise di pensare a Tiziana, che passava le giornate a fondersi il cervello sul corso di inglese on line che le avrebbe permesso di parlare con il nipote americano. E, soprattutto, smise di pensare a T che nel suo cervello divenne il sommo dei divieti, la regola che più di tutte doveva guardarsi dall'infrangere: *la persona a cui non doveva pensare*. Il giorno in cui smise anche di domandarsi se il suo fisico si sarebbe ripreso totalmente dall'incidente, Pietro giurò che avrebbe corretto tutti gli errori e le mosse imbecilli compiute nella sua vita, e avrebbe costruito un arsenale di opere buone.

Scrisse a sua madre per chiederle, con toni sospettosamente affabili, di prendergli una giacca nera, una camicia bianca e una vecchia fascetta antisudore da tennis rosso corallo dalla sezione destra dell'armadio, cioè quella di suo fratello; e poche ore dopo, mentre Lea planava in un sonno narcotizzato dalle due solite pasticche di Sedanam, uscì sul pianerottolo in ciabatte a recuperare i vestiti che Tiziana aveva lasciato appesi sul ballatoio. Quando scambiò la nube di vapore della cucina del ristorante che aveva aperto là sotto per il fumo di una pipa, ebbe un mancamento e si dovette reggere alla ringhiera. Mentre l'esercizio di meditazione imparato in un manuale di training autogeno riportava alla normalità i suoi battiti, staccò i panni dalla gruccia e tornò in camera. Si slacciò il busto e una vampa di talco, Camembert e cipolle marce riempì la stanza. Attese che il suo collo si abituasse alla mancanza del sostegno e la smettesse di ondeggiare come una gelatina, e si avvicinò allo specchio.

Non era un bello spettacolo. Se i muscoli del collo e delle spalle erano scomparsi, sulla cute si era abbattuta una tempesta di dermatiti, eritemi da sudore e graffi provocati dalle penne con cui Pietro si grattava dentro al busto. Ci impiegò molto più del previsto a vestirsi, ma quando tornò a specchiarsi pensò che ne fosse valsa la pena. Sembrava uno di quei talenti sportivi crollati a un passo dal successo e mutati di colpo in anziani infiacchiti e tristi. Eppure, nonostante la camicia abbottonata storta, la giacca troppo stretta, la fascia rosso corallo scolorito che sulla fronte nascondeva la cicatrice e sotto la nuca la scheggia d'osso ferma a un millimetro dal midollo, di fronte alla propria immagine riflessa Pietro ripensò a quei quattro mesi di isolamento forzato e si sentì diverso.

Be', diverso lo era sempre stato. Dalla sua famiglia, dai suoi amici, da suo fratello. Solo che stavolta si vedeva trasformato, guarito, migliorato persino. Con un po' di fortuna, per strada sarebbe sembrato normale e la gente non l'avrebbe fermato per raccontargli l'immensa partecipazione al funerale a cui lui non aveva potuto assistere o per compatirlo per il presunto aggravarsi delle condizioni di salute del Mutilo. L'avrebbe guardato e, invece di un miracolato uscito indenne da un incidente mortale, avrebbero visto quello che vedeva lui: una persona rispettabile e competente, con uno scopo nella vita.

Infilò le mani nelle tasche della giacca e temendo di trovarci uno dei loro finti post-it d'addio rabbrividì. Quando capì che erano vuote, poggiò la fronte al vetro e tirò un sospiro di sollievo.

Passò l'estate e i restanti mesi del 2005 a studiare, senza pause né flessioni, mentre al piano di sotto Tiziana faceva conversazione con Melany via Skype e batteva con una scopa di saggina sul soffitto gridandogli di scendere a vedere com'era bello il piccolo Roberto. A eccezione delle uscite per raggiungere la facoltà di Lingue e Letterature Straniere e dei due appuntamenti settimanali del corso di nuoto che gli era stato raccomandato dal suo fisioterapista per cercare di mitigare l'emicrania e il torcicollo che lo prendevano dopo una giornata di studio, Pietro si dedicò interamente agli esami e nel marzo del 2006 discusse una sintetica ma convincente tesi di laurea sui bambini delle periferie nell'opera dello scrittore catalano Juan Marsé.

Dopo la proclamazione, invece di trattenersi a festeggiare con Andrei, Pietro si dileguò verso il centro. Sul ponte di mezzo alcuni operai stavano allestendo una pedana di legno: a giudicare dalle cineprese e dalle transenne una troupe voleva ricostruire il Gioco del Ponte, la sfida che si teneva ogni giugno tra le due fazioni nemiche della città, Mezzogiorno e Tramontana, e che sua nonna Lea seguiva alla tv.

Proseguì sui Lungarni, e superò gli alloggi degli studenti della Normale. Raggiunse il campo fiorito di capellini e di erba bambagiona davanti alla Torre Guelfa e con un ultimo sforzo si fermò davanti alla balaustra del ponte della Cittadella.

Sotto di lui l'acqua del fiume accarezzava i piloni con una tale indolenza da dare l'impressione di aver smesso di scorrere ed essersi fermata proprio sotto i suoi occhi. Quando sollevò lo sguardo e vide i ripetitori della Rai sul Monte Serra, percepì la tempesta con cui la sua mente lo stava sradicando da quell'istante felice per sospingerlo a un altrove del suo passato, e anche se il cuore gli batteva troppo veloce e uno spillo gli premeva sulla nuca accelerò il passo fino a casa.

Tiziana, che era stata informata della laurea da Andrei, lo sentì salire le scale.

«Pietro».

«Mamma».

«Congratulazioni» disse.

Pietro si voltò, sfiorandosi il collare con la mano. «Per cosa?»

Al piano di sopra Lea aveva riconosciuto la voce del nipote e si era affacciata per assistere a una conversazione diventata ormai una rarità.

Tiziana gli diede un bacio. «Sono tanto orgogliosa di te. Un'altra persona nelle tue condizioni avrebbe mollato».

«Grazie». Mise la mano sulla ringhiera per proseguire, ma la voce di sua madre lo frenò di nuovo.

«Non esci a festeggiare?»

«No».

«Ti va una torta? Se mi ci metto adesso, tra un'oretta...»

«È stata una giornata lunga».

«Certo, certo, sarai stanco. Ma vedrai che migliorerà. La visita di controllo è andata bene e i medici, li hai sentiti, sono ottimisti. Per questo, pensavo... magari un giorno di questi puoi andare a berti qualcosa con Andrei... uscire ti gioverebbe».

In quell'istante alle spalle di Tiziana comparve il Mutilo con in braccio l'erogatore di ossigeno.

Le labbra di Pietro si tesero in un gerbo di disgusto. «Ma sì, hai ragione. Devo fare qualcosa. È pur sempre un giorno da festeggiare».

Tiziana spalancò le braccia. «È quello che dicevo io».

«Magari vado in centro a bere una birra».

«Bravo!»

«O un cocktail. E potrei anche fare due salti in discoteca».

Tiziana abbassò le braccia ma continuò a sorridere. «Se non sei troppo stanco...»

«Stanco? Non mi sono mai sentito meglio in vita mia. Come pensi che sarà l'acqua? Dio, che voglia di farmi un tuffo in mare. Potrò farlo, no? I medici mi hanno detto che sto bene. Magari al ritorno potrei chiedere ad Andrei di lasciarmi guidare quella macchinetta buffa, giusto per tirarla un po', e potrei passare la notte fuori, dici che mi gioverebbe?»

Tiziana chinò la testa e il Mutilo fece un verso strano con le labbra, che a Pietro ricordò il modo in cui schioccava la lingua tra i denti *la persona a cui non doveva pensare*, e trattenendo a stento la rabbia per aver ceduto a quel pensiero riprese a salire con il passo accorto di uno scalatore, mentre Lea sgattaiolava in poltrona.

Quella notte, come molte altre notti, Pietro sapeva che sua madre si sarebbe fiondata in camera e dall'armadio di T avrebbe tirato fuori tutte le foto, i gagliardetti, gli articoli di giornale, le medaglie e le coppe che aveva riposto là dentro dopo aver venduto il totem-espositore; e infatti poco dopo dal suo letto al quinto piano Pietro la sentì singhiozzare finché la voce cantilenante del Mutilo la calmò, e allora rimase soltanto il vento dentro a un lampione e uno scalpiccio di uccelli sul tetto.

Visto che ormai leggere e studiare erano le sole attività a cui si dedicava, sei mesi dopo la laurea gli sembrò logico presentarsi alle tre prove del concorso per il Dottorato in Letterature Straniere Moderne. Quando le superò, gli sembrò altrettanto logico continuare a vivere in quell'isolamento volontario che tanti successi gli stava fruttando.

Tra settembre e dicembre del 2006, conclusi senza grossi miglioramenti il corso di nuoto e le sedute di fisioterapia (e inaugurata una dipendenza da Muscoril che ingoiava come cioccolatini ogni volta che le fasce del trapezio si indurivano), dopo il primo colloquio con il professor Santini che lo avrebbe seguito nella stesura della tesi finale, Pietro capì che non poteva limitarsi ai suoi doveri di studente ma, se voleva scalare posizioni in fretta e assicurarsi una carriera (perché era a quello che adesso pensava nelle pause dallo studio: eccellere nella ricerca, diventare un professore universitario) doveva rimboccarsi le maniche e scrivere quanti più articoli possibile.

Divenne un generatore automatico di saggi e recensioni. Anche se una buona metà finiva a ingrossare le fila delle pubblicazioni del suo docente, che ne pretendeva l'esclusiva paternità anche se si era limitato a rileggerle, Pietro non si scoraggiò. Finito il lavoro sporco per Santini, passava al proprio. Quell'autunno scrisse per riviste di dipartimento di tutta Italia, e anche per qualche giornale spagnolo specializzato. Tradusse un racconto di Juan José Millás intitolato *Il convegno*, in cui uno studioso scopriva di essere il doppione di un se stesso che viveva nella stanza d'albergo accanto alla sua. Aiutò una laureanda di Santini alle prese con un lavoro di ricerca su una pièce del drammaturgo Juan Mayorga, ispirata alle figure di Stanlio e Ollio, partecipò a un meeting di ispanisti in un castello medievale, e chiese al suo docente se potesse tenerlo in considerazione per l'affiancamento alla didattica: un contratto pagato pochi spiccioli che gli avrebbe permesso di continuare a gravitare attorno al dipartimento in attesa della conclusione del Dottorato e del bando per il concorso da ricercatore.

Quando Melany si presentò in via Roma per trascorrere il Natale con i nonni di Roberto, invece di scendere a conoscere il nipote Pietro si chiuse in camera a scrivere un intervento intitolato *Vita e morte delle parole nella Euskadi di Bernardo Atxaga* (il pensiero di pronunciare la parola «morte» di fronte a una platea di docenti non gli faceva né caldo né freddo). Alzò la testa dalla scrivania solo quando riconobbe la voce di sua nonna, che era entrata per fargli gli auguri e dirgli che avrebbe raggiunto Tiziana e gli altri per il pranzo. Lui aveva annuito ed era tornato a scrivere.

«Un'ultima cosa, Pietro».

«Sì?»

«Non fare i loro stessi errori».

Era palese che stesse parlando del Maggiore e del Mutilo, il primo recluso dalla sua stessa vergogna, il secondo dalla legge. E se non fosse stato un errore? Se suo padre e suo nonno avessero saputo che l'unico modo per sfuggire alla maledizione delle sparizioni di famiglia era turarsi tra quelle mura?

«Grazie del consiglio».

Lea si chinò per baciarlo sulla fronte e Pietro notò che aveva gli occhi liquidi.

«Nonna».

«Dimmi».

Studiò il volto di sua nonna per alcuni secondi, come se volesse imprimersi nella memoria i tratti della sua unica alleata in quella guerra interminabile: le labbra viola, le ridicole sopracciglia disegnate a matita. Poi sorrise.

«Buon Natale anche a te».

Il 31 dicembre, mentre Melany e suo nipote volavano sull'Atlantico di ritorno a New York, Pietro si armò per resistere all'ultima offensiva.

Quando non stava scacciando gli uccelli dall'aeroporto o mettendo a punto l'uscita del disco del grande ritorno dei Not Screaming che avrebbe spazzato via «mezzo secolo di robaccia merdaiola e vomitevole», Andrei a la muerte faceva ancora il dj al Borderline, soprattutto il sabato sera, e in giro per la Versilia. La novità, tuttavia, era che aveva digerito il matrimonio finito male con Varuni e si era imbarcato in una turbolenta relazione con una tatuatrice di nome Sonia in fissa con i tarocchi, e dopo il primo anno assieme (metà del quale trascorso al Sert per alleggerire l'amore che nutrivano entrambi verso il whisky), avevano deciso di andare a convivere e di ridurre l'alcol a un consumo «moderato e consapevole».

Alla settima telefonata, Pietro poggiò gli occhiali sopra un manuale di Teatro del Siglo de oro e rispose.

«Vieni a cena. Ti facciamo vedere le foto di Bali».

«Sono già eccitato».

«Fai poco il citrullo. Sonia ti cucina il *tajine*... qualunque cosa sia. Se vieni» disse abbassando la voce, «magari evitiamo di tirarci i piatti».

«Ringraziala da parte mia, Andrei, ma non posso. Lo sai».

«Devi studiare».

«Esatto».

«Scusa se te lo faccio notare, non vorrei spaventarti con una notizia così scioccante ma... è l'ultimo dell'anno, *my friend*».

«E allora?»

Andrei si sforzò di non ironizzare sulla fascetta da matto con cui aveva preso ad andare in giro né sulle sue nuove abitudini ascetiche. «Il punto è che avrei bisogno della tua opinione da studioso su una questione».

«Quale questione?»

«Ieri, nella pista accanto alla superstrada, ho trovato un ciuffolotto con il cranio spappolato».

«Con il lavoro che fai immaginavo che di uccelli morti ne avessi visti in abbondanza».

«Primo: i ciuffolotti non passano mai da queste parti. Secondo: le onde dei *distress call* riproducono i versi dei predatori per *scacciare* gli uccelli. Scacciare, chiaro? Cosa credi, che li friggo con i raggi gamma?»

«Ok, stai calmo. Era per dire».

«Pensate tutti che li uccida! Li allontano per il loro bene, perché non finiscano sbudellati da una turbina! E poi il punto è un altro. Il punto è che sono segnali. Qua sta per succedere qualcosa di brutto, e voi non mi state a sentire...»

Pietro avvertì l'eco di una voce e immaginò che Sonia dovesse averlo redarguito, magari continuando a tagliare le carote per la cena, perché Andrei tossì tre volte e quando riprese a parlare lo fece con un tono più disteso.

«Voglio solo che vieni a cena. Fanculo, chi passa il Capodanno da solo?»

«Ci sentiamo presto, Andrei».

Dopo aver rifiutato le richieste di nonna Lea che voleva convincerlo a seguirla al piano di sotto, Pietro l'accompagnò alla porta e le diede un bacio sulla fronte. Spalmò del Philadelphia sul pane in cassetta, prese un barattolo di cipolle sott'olio dal frigo e mangiò mentre leggeva un racconto di Julio Cortázar su una coppia di fratelli in una casa vuota e troppo grande. Ascoltò un po' di musica, giusto per non sentire le voci dei suoi familiari, alcuni secondi prima della mezzanotte si affacciò alla finestra.

Alle 00:02 lo schermo del suo cellulare si illuminò:

Spero che qst nuovo anno t p
orti quello che stai cercando,
1abbraccio

Non era la prima volta, in quei due anni, che Laurent lo contattava. Dall'estate della loro separazione gli aveva scritto una montagna di sms (soprattutto da ubriaco, tanto per rivangare qualche mitizzato ricordo da coinquilini) e lo aveva persino convinto a installare Skype. Quando una sera lo aveva chiamato al telefono di casa per congratularsi per la laurea (si era fissato che doveva assolutamente estendere i complimenti anche a sua madre), era venuto a conoscenza di quello che Pietro gli aveva tenuto nascosto, vale a dire la morte di T, e invece di rispettare quella censura aveva iniziato a tampinarlo a qualunque ora sul cellulare, con il solo risultato che Pietro aveva smesso di rispondergli. Quella notte, tuttavia, forse perché era troppo assonnato o forse perché aveva avvertito di nuovo il peso della sua croce, gli rispose con un **Grazie** una parola cortese e distaccata che non avrebbe innescato ulteriori tentativi di assalto alla fortezza della sua solitudine.

Inviato il messaggio spense il cellulare e rimase a osservare la gragnola di fuochi d'artificio che tempestava di colori la stanza. Attese che il frastuono dei botti, gli applausi e i passi svanissero, quindi si infilò a letto senza preoccuparsi di chiudere le persiane e in quell'istante di calma, mentre le nubi di fumo dei petardi si diradavano e il sonno gli chiudeva le palpebre, gli sembrò di percepire un balenio. E pensò, anzi si augurò, era pur sempre l'ultima notte dell'anno, che non fosse lontano il giorno in cui le nuvole all'orizzonte si sarebbero schiuse e allora sarebbe stata soltanto luce.

Il 2007 si presentò accompagnato da due sorprese.

La prima arrivò all'alba. Pietro aveva sognato *la persona a cui non doveva pensare* e invece di rigirarsi nel letto si era messo alla scrivania a lavorare alla tesina di fine anno. Solo quando aveva ricevuto l'sms quotidiano con cui Tiziana dal piano di sotto gli augurava buona giornata, aveva notato che sua nonna non si era ancora alzata a scaldare il latte. Si affacciò alla sua camera con un brutto presentimento e nella penombra mise a fuoco il ritratto del Maggiore sopra la credenza (gli stessi occhi vitrei trasmessi al Mutilo, le orecchie troppo staccate dalla testa), e soltanto dopo sua nonna. Giaceva con gli occhi rivolti al lampadario di cristallo, l'espressione sollevata, come se si fosse tolta una preoccupazione e ora potesse finalmente tornare a camminare a braccetto della persona che l'aveva accompagnata per tutta la vita. Le prese la mano e ripensò a tutte le volte che era scesa a mitigare le sue tendiniti con una tinozza di acqua ed eucalipto. Fissò le sue unghie sciupate, e tirò il lembo del lenzuolo fino alla gola. Ebbe il tempo di guardarla ancora una volta, prima che le voci e i passi rompessero il silenzio della stanza; prima che cercassero invano di convincerlo ad aiutare il Mutilo a chiudere il mento di sua madre con un foulard; prima che Tiziana lo scongiurasse in lacrime di partecipare al funerale di due giorni dopo al cimitero di via Pietrasantina; prima che Pietro desse le spalle a tutti e senza dire una parola tornasse a rinchiudersi nella sua stanza foderata di libri.

La seconda novità aveva le sembianze di Eduard Maluquer de Motes Porta, uno studente dell'Università Autonoma di Barcellona, che si sarebbe fermato nel loro dipartimento per approfondire la relazione tra il dialetto giudeo-catalano e quello giudeo-italiano parlato da una piccola comunità tra Livorno, Roma e certi paesini di pescatori sullo Ionio. Quanto sarebbe rimasto, avrebbe avuto Santini come tutor, doveva guardarsi dalla sua concorrenza per il misero assegno per l'affiancamento? Quando Pietro lo incrociò per la prima volta nei corridoi del dipartimento, capì che non aveva motivo di preoccuparsi. Eduard era uno di quei personaggi da romanzo che vivono da soli in una mansardina umida e rosicchiata dai topi, mangiano scatolette di tonno scrivendo a lume di candela e sognano una donna dall'altra parte dell'oceano. Doveva aver passato i trentacinque anni; era basso e ossuto, aveva i capelli unti e una grattugiata di forfora sulle spalle, e stringendogli la mano Pietro notò la presa molle e sudata.

Quella sera, nella casa deserta, si buttò sulla tesina di fine anno con un nuovo entusiasmo. Il fulcro di quelle pagine ruotava attorno al ruolo degli animali, veri o finti che fossero, impiegati durante le rappresentazioni. Sacrifici di agnelli. Fughe a cavallo. Lotte con i leoni. Esibizioni di tigri in gabbia. Preghiere a fiere mitologiche. La ragione per cui aveva scelto di addentrarsi in un argomento così distante dalla letteratura contemporanea in cui si sarebbe specializzato non stava nel fatto che Santini viveva in compagnia di tre cani e quattro gatti (come la sua coscienza gli sussurrava con un guizzo di eccitazione prima di addormentarsi), ma nella riflessione che in Italia di quell'argomento non si era ancora occupato nessuno. Era logico dedurre, perciò, che se avesse stilato un lavoro serio, supportato da una documentazione accurata e argomentazioni mediamente originali, non avrebbe avuto difficoltà a guadagnarsi la pubblicazione di un estratto sulla rivista di dipartimento; cosa che, sommata ai whisky quotidiani che beveva con Santini al caffè dell'Ussero, avrebbe significato far pendere definitivamente a suo favore la contesa per l'affiancamento.

Venti giorni dopo (venti giorni in cui aveva smesso di rispondere agli sms di sua madre, e dimezzato le telefonate con Andrei pregandolo di avere pazienza), la tesina era scritta e rivista, con tanto di indice e bibliografia. Quando uscì per andare a consegnarla a Santini, il cielo su Pisa era un soffitto basso e grigio. La Protezione Civile aveva rinfoltito gli argini lungo i ponti con migliaia di sacchi di sabbia in attesa delle precipitazioni annunciate, ma in strada nessuno pensava alla piena. Gli studenti sedevano sulle spallette dell'Arno con un libro sulle gambe, e due squadre di vogatori proseguivano come se nulla fosse la preparazione per la Regata delle Antiche Repubbliche Marinare di giugno.

Se quella mattina si fosse fermato sulle scale ad ascoltare sua madre, avrebbe sentito la solita solfa che Tiziana gli rifilava ogni volta che la Protezione Civile metteva in preallerta la cittadinanza: «Stai a casa, per amore del creato. Se proprio devi uscire, resta almeno a Tramontana ma giurami che per nessuna ragione attraverserai il fiume». Il senso del suo allarmismo era tanto chiaro quanto ridicolo: se l'Arno avesse esondato, suo figlio sarebbe rimasto oltre i ponti, a Mezzogiorno, tagliato fuori dalla sua famiglia e costretto a cavarsela da solo in una terra distante poche centinaia di metri da via Roma ma, a detta sua, «sciagurata e straniera».

Passeggiò senza fretta sotto i platani di piazza Santa Caterina. Sedette sui gradini sotto la statua di Cosimo I davanti al Palazzo della Carovana. Sfilò davanti all'ingresso della cappellina di San Frediano dove era stato allestito il funerale del Maggiore. E per non pensare a lui (e al diavolo senza braccia e con la testa da uccello, e alla slavina di pensieri che sarebbero venuti dopo), si sedette a un tavolino all'aperto del bar Betzabea in piazza Torricelli, lasciandosi distrarre dalla musica classica trasmessa ventiquattr'ore su ventiquattro, dalle moine delle cameriere sorridenti, e dalle chiacchiere infervorate di aspiranti filosofi e scrittori locali che commentavano i recenti scontri tra i collettivi studenteschi e le forze dell'ordine. Salì le scale di Palazzo Ricci con una nenia che gli rimbalzava in testa ma che non riusciva a identificare, fino alla porta del dipartimento di Filologie romanze.

La segretaria lo informò che il professor Santini era occupato con uno studente e lui rispose che l'avrebbe aspettato nell'aula studio centrale su cui si affacciavano gli uffici dei docenti. Non aveva ancora fatto in tempo a controllare la posta elettronica da uno dei computer riservati agli studenti che il professore aprì la porta dell'ufficio sventolando un plico di fogli all'indirizzo della segretaria.

«Oh, Benati, capita al momento giusto. Venga, questa non se la può perdere».

Pile sbilenche di riviste le cui pubblicazioni erano state interrotte qualche decennio prima turavano le finestre dell'ufficio, impedendo alla luce di entrare, e Pietro ci mise alcuni secondi a riconoscere Eduard, di spalle, seduto su una poltroncina accanto a una lampada.

«Il signor Motes Porta mi ha consegnato una tesina sbalorditiva. Tenga, ne ha stampata una copia anche per lei. La stavamo giusto commentando».

Invece di notare il vassoio di dolci sulla scrivania che Eduard aveva portato per festeggiare il proprio compleanno, Pietro notò che la rilegatura del collega non era di similpelle come la sua ma di una stoffa morbida e dall'odore zuccherino. Sulle prime non capì in che cosa consistesse il lavoro di ricerca né a cosa fosse dovuta l'esaltazione del suo tutor.

Vedeva Eduard parlare con il capo chino sui libri e Santini sorridergli spalancando testi su testi, addentando babà e sfogliatine, ma lui non era realmente lì con loro: era nella sua stanzetta, era fuori dalla finestra, era in strada, era al bar davanti alla facoltà di Filosofia dove aveva perso tempo cullato dalla cantilena che non riusciva a togliersi dalla testa e dalla stupida presunzione che quello studente riservato e malaticcio non avrebbe costituito una minaccia.

«Allora, che dice? Non è un'idea splendida?»

Pietro nascose il proprio lavoro sotto la tesina del catalano e annuì.

Gli bastarono le poche pagine che lesse nel gabbiotto della segreteria, dopo aver lasciato l'ufficio di Santini con una scusa, per capire che a dispetto del titolo (*Le novelle intercalate nel «Don Quijote» di Cervantes*: uno degli argomenti più discussi e abusati della letteratura spagnola), la tesina di Eduard era eccellente. Non riusciva a dire se fosse per via del modo in cui diluiva la sterminata documentazione raccolta in una prosa avvolgente e mai stucchevole, o se dipendesse dalla limpidezza matematica con cui esponeva un punto di vista basato sul concetto di digressione come metodo per procrastinare la fine e, quindi, la morte. Se voleva fare colpo su Santini, pensò, avrebbe dovuto tirar fuori molto di più di un saggetto scolastico sugli animali. Aveva appena indossato la tracolla per fiondarsi a casa e rimettersi al lavoro, quando il postino gli rovesciò una borsa di buste e pacchettini.

«Senta, me la mette lei una firma, così me ne vado? Se aspetto la segretaria faccio notte».

«Non credo di poterlo fare».

«È laureato, no? Una firmetta la saprà fare».

Erano per lo più lettere indirizzate al suo tutor, inviti a convegni, dépliant di riviste specializzate; niente che riguardasse lui o la sua tesi finale. In fondo al mucchio, dentro una grossa busta beige su cui spiccava il timbro rosso dell'Academia Real si leggevano i caratteri maiuscoli di un mittente: PROFESOR ÁNGEL ROBREDO, UNIVERSITAT DE BARCELONA, GRAN VIA DE LES CORTS CATALANES. Pensò che si trattasse dei documenti per la convalida dell'anno di studi fuori sede di Eduard e per un attimo immaginò di strapparli o dargli fuoco. Peccato che proprio in quel momento entrò Santini e gli sfilò la busta dalle mani.

«Temevo che non arrivasse più. È un volume che devo recensire entro lunedì. Lo darò a Eduard».

«Lo dia a me» disse Pietro. «Glielo recensisco io».

Santini corrugò la fronte. «Non mi ha ancora consegnato la tesina, Benati. È sicuro di farcela?»

«Sicurissimo».

Il docente annuì. «Va bene, allora. Voglio farla contento. Ma non me ne faccia pentire» disse infilandogli la busta nella tracolla. «Mi porti la recensione a casa, entro domenica a pranzo. Stampata. Leggo malvolentieri al computer». Si voltò per andarsene, quando ci ripensò. «Ha impegni oggi pomeriggio? Dovrei chiederle un favore».

La villa si trovava all'incrocio tra piazza Guerrazzi e piazza Toniolo, nei pressi del Ponte della Vittoria, a un chilometro dalla stazione ferroviaria. I sei locali distribuiti su tre piani, circondati da una siepe e da quattro pini marittimi ritorti, facevano pensare a un mastio, magari scivolato fuori dalle mura della Fortezza nuova che gli si stagliava di fronte.

«Che ve ne pare?»

Santini, con le braccia aperte dal balcone del primo piano, pareva il comandante di un vascello. Pietro varcò il cancello in tuta e scarpe da ginnastica, e lanciò un'occhiata al giardino all'inglese, all'ascensore esterno e al colonnato dorico che troneggiava attorno al lastrico solare. Eduard poggiò a terra un alano di terracotta e si asciugò il sudore dalla fronte. «*Maravillosa!*»

Sgomberare la vecchia casa di Santini era stata una strullata. Non solo perché i libri, gli specchi, il letto a baldacchino in ferro battuto e la credenza di legno massello erano già stati imballati e radunati in un'unica stanza (un salotto che a giudicare dalle impronte delle cornici sui muri doveva essere stato usato come pinacoteca privata), ma perché oltre all'aiuto del portinaio i ragazzi poterono contare su due capienti ascensori. I problemi vennero a galla quando arrivarono alla villa, poiché sulla porta del montacarichi esterno penzolava un cartello arancione con su scritto *Fuori uso*.

«Bravi, bravissimi. Vi ripagherò con un pranzo pantagruelico» continuava a ripetere Santini in vestaglia, seguendo i due facchini improvvisati passo passo, con un sigaro in una mano e un libricino di sonetti di Góngora nell'altra.

Pietro ed Eduard non potevano afferrare un tavolo che subito il tutor planava su di loro per pregarli di mostrare «una particolare attenzione agli spigoli», «di non sudare troppo per non rovinare lo smalto» e di non essere «così sbadati da graffiare il ripiano con unghie, anelli o braccialetti». Se dal camioncino stavano scaricando un divano a due piazze, eccolo che si materializzava da dietro un pino e berciava: «Olio di gomito, signori! Solleviamolo bene da terra! Sapete quanto mi è costato il parquet?»

Quando arrivarono ai lampadari la nevrosi di Santini raggiunse un picco tale che, prima ancora di iniziare a trasportarli, li obbligò a eseguire una serie di simulazioni del movimento di estrazione dagli imballi. A ogni sua direttiva, Eduard e Pietro rispondevano con «Sì, professore» o «Certo che no, professore» battendo in ritirata verso il furgoncino per il carico successivo. Eduard non sembrava nervoso quanto lui. Nonostante il suo fisico da tisicuccio dava la sensazione di disporre ancora di una considerevole riserva di energia.

Era quasi l'una quando Pietro avvertì una punta di fastidio alla nuca, ma invece di indossare il collare a strappo, come gli avevano consigliato i medici, fece finta di nulla. Poco dopo, aveva sentito un indolenzimento alle spalle formicolargli giù verso i gomiti e aveva ingoiato due Muscoril. Avrebbe voluto fingere una fuga in bagno per sedersi sul water a riprendere fiato, sonnecchiare qualche minuto dando tempo al miorilassante di entrare in azione, ma ogni volta che ascoltava Eduard dirgli «Non hai una bella cera» o «Non ti dovresti sforzare troppo nelle tue condizioni» gli prudevano le mani per il nervoso e allora afferrava una scatola di libri in più, e aumentava il ritmo ripetendosi che se era sopravvissuto a quattro mesi di immobilità e ai successivi due anni e rotti di studio solitario, quel trasloco non poteva fargli né caldo né freddo.

Stavano salendo l'ultima rampa di scale che portava al terzo piano quando non il collo ma il bicipite destro gli si contrasse in una fitta così violenta da togliergli il lume dagli occhi. E prima ancora che potesse accorgersene i polpastrelli allentarono la presa dalla cornice di legno dello specchio di metà Ottocento che stavano trasportando.

Di recente gli era capitato di leggere un articolo di ingegneria del suono in cui l'autore sosteneva che i rumori, al pari degli odori, fossero in grado di far rivivere emozioni vecchie di anni. Lo scroscio di vetri che si udì quel pomeriggio sul pavimento di coccio del suo professore lo riportò alla notte in cui era caduto in acqua dagli scogli di Marina di Pisa e per un istante tra le schegge sparse sul parquet gli sembrò di vedere, dietro alla propria immagine stolida e sudaticcia, il volto della *persona a cui non doveva pensare*.

Santini non impallidì, perse qualunque segnale di vita.

La pelle assunse una tonalità tra il verde e il violetto come quella di un appestato, e dai polmoni alla bocca non circolò più che un flebile, impercettibile filo d'aria. I due ragazzi lo videro muovere due passi a destra, e due a sinistra, come se fosse stato ferito a morte da un colpo di pistola, finché crollò su una poltrona ancora avvolta nel cellofan. Pietro si chinò sul pavimento a raccogliere le schegge di vetro, e tentò di dire qualcosa in sua difesa riuscendo soltanto a tagliarsi: quando avvertì la mano di Santini sulla spalla, capì che qualunque cosa avesse fatto o detto sarebbe stata inutile.

Mentre il camioncino singhiozzava nel traffico lungo la statale che rasentava il parco di San Rossore e sfilava davanti alla fatiscente vetreria della Saint-Gobain accanto alla sede dell'autonoleggio, Pietro avrebbe voluto gridare che Santini era il più grande stronzo dell'universo. Quale sottospecie di persona chiedeva un favore del genere? Dove stava scritto che potesse usare un suo dottorando? Non aveva i soldi per pagare una ditta di traslochi come facevano tutti? Certo che li aveva. E allora cazzi suoi se adesso si ritrovava con uno specchio antico da buttare nella spazzatura.

Per quanto questi pensieri lo aiutassero ad affrontare l'umiliazione Pietro sapeva che se c'era un coglione in quella faccenda, quel coglione era lui. *Lui* aveva accettato di improvvisarsi facchino di un trasloco non suo. *Lui* si era spinto oltre la soglia tollerata da quel corpo maltrattato nonostante le avvertenze dei medici. E solo *lui*, adesso, ne avrebbe pagato le conseguenze.

Il sole era scomparso di nuovo sotto uno strato di nuvole gonfie e violacee, e dal cielo aveva iniziato a scendere una pioggia sottile.

Pietro guardò il catalano con la coda dell'occhio e lo vide chino sul cellulare. Spediva un messaggio dietro l'altro, ingannando l'attesa della risposta con piccoli colpi di tosse nervosa. Rideva? Stava valutando su quale gradino della scala di imbecillità si posizionasse il suo rivale? Aspettava solo il momento in cui se ne fosse uscito con un commento sull'accaduto per vomitargli addosso tutto quello che aveva sempre pensato di lui, della forfora che gli ricopriva le spalle e del suo patetico tentativo di ingraziarsi Santini per scippargli l'affiancamento alla didattica, quando una macchina davanti a loro svoltò senza mettere la freccia e Pietro inchiodò per non tamponarla, mandando Eduard a sbattere contro il cruscotto.

Il catalano si poggiò le mani sulle tempie e scoppiò a piangere.

«Ti sei fatto male?»

Eduard si lamentava con una tale disperazione che Pietro fermò il furgone sotto la tettoia di un benzinaio. Non ci mise molto a capire che non stava piangendo per la botta alla testa.

«Non mi lascia vedere mia figlia».

«Chi?»

«Mia moglie».

In quella posizione, con la testa tra le ginocchia, la spina dorsale che premeva contro il cotone di una camicia mal stirata, Eduard sembrava un bambino scappato di casa dopo un bisticcio con i genitori.

Pietro si frugò in tasca alla ricerca di un fazzoletto ma non trovandolo gli batté la mano sopra la scapola. Fuori la nebbia li aveva accerchiati. I fari posteriori delle auto che si riflettevano sull'asfalto bagnato sembravano echi di un incendio che si era propagato nella notte all'insaputa di tutti e che ora, dopo aver allontanato gli animali dai campi, puntava alle città, agli uomini, e a lui. Qualcuno bussò sul finestrino e Pietro saltò per lo spavento: un ragazzo con addosso un giubbino catarifrangente gli spiegò che non potevano sostare lì.

«Coraggio» disse accendendo il motore. «Andiamo a riconsegnare questo cesso».

Di ritorno dall'autonoleggio, dopo essersi separato da Eduard, quando l'autobus di linea superò il Ponte della Cittadella e la Società Canottieri dove era stato ripescato suo nonno Furio dopo il secondo ictus, Pietro poggiò la fronte contro il vetro lucido di pioggia e guardò fuori.

In alto un bavaglio di nuvole nere si era annodato attorno al Monte Serra. Più in basso la lingua fangosa dell'Arno aveva già raggiunto il primo livello di guardia di tre metri. Davanti al portone di casa si fermò a cercare le chiavi nella borsa e sotto il collare a strappo notò il plico beige con dentro il volume di Santini.

«Pietro!»

Quando si voltò, e riconobbe la figura di Laurent con addosso un bomber arancione e un cappellino dei Knicks, che saltellava sotto la tettoia dell'ingresso secondario al giardino botanico, si rassegnò a scoprire cosa gli avrebbe riservato l'ultima parte di quella giornata.

«Che ci fai qui?»

«Non fare i salti di gioia, mi raccomando».

«Sono felice di vederti».

«Oh, lo vedo».

«Sono molto felice. Solo che... ho fatto una cazzata».

Laurent si tolse gli occhiali da sole e scoprì un volto disfatto che riportò Pietro indietro nel tempo, a un mondo fatto di conversazioni notturne e fucili ad aria compressa puntati sui piccioni dal tetto del condominio.

«Allora rimedia» gli disse, «e andiamo».

«Dove?»

«Qua vicino».

«Laurent, per favore».

«Viareggio».

«Lo sai che non troverai l'ombra di una tedesca, sì? Le turiste arrivano a metà maggio. Senti, se torni nelle vacanze di Pasqua ti faccio fare il *gran tour* al completo. E poi, se non te ne fossi accorto, qua sta per venire giù il diluvio universale».

Laurent si tolse il cappello e alzò la testa al cielo. Quando tornò a guardare Pietro i suoi occhi avevano qualcosa di molto diverso dalla spensieratezza che aveva palesato fino a quel momento.

«Se ti dicessi che mi restano tre giorni di vita, mi chiederesti di tornare a primavera?»

Pietro indietreggiò di un passo e sbatté contro il portone. Ora che lo guardava bene, era chiaro che non fosse il ritratto della salute: così smagrito, e poi quelle occhiaie.

«Dio, dovresti vedere che faccia hai fatto. Ah ah ah. Non mi restano tre giorni, era solo un'ipotesi».

L'avrebbe preso a schiaffi, se solo ne avesse avuto la forza.

«Chi c'è a Viareggio, Laurent?»

Lo vide rimettersi gli occhiali da sole e indicargli la Mazda parcheggiata sul marciapiede.

«Com'è che dicono nei film? C'è solo un modo per scoprirlo».

4.
L'inchiostro dello scolaro

Forse aveva trovato il modo di tirarsi fuori dal casino in cui si era ficcato, rimuginava Pietro sul sedile del passeggero di quell'auto che puzzava di fumo e cane bagnato. Peccato che da quando Laurent gli aveva raccontato di aver vissuto con Dora per un certo periodo, l'idea di accompagnare il suo ex coinquilino a Viareggio, scrivere la recensione al posto di Santini per riconquistarne la fiducia e tornare a Pisa in tempo per assistere alla disfatta del catalano si era immiserita sotto una nube di domande.

«Cosa vuol dire un periodo?» disse Pietro, tenendo lo sguardo fisso oltre il parabrezza.

«Non so, qualche mese».

«Ma se dicevi che non la potevi soffrire».

«Ah, quella ragazza è il vaso di Pandora dei casini. Non che io stessi granché meglio, intendiamoci. Avevo lavorato come guardiano-tuttofare nella villa di un riccone, il signor Poullet. Andava tutto bene. Vivevo solo. Potavo i cespugli di lavanda. Sostituivo i quadratini di porfido. Toglievo le foglie dalle grondaie. E poi ho avuto la brillante idea di innamorarmi del figlio del signor Poullet».

Pietro si girò verso Laurent: tamburellava sul volante, a un ritmo troppo rapido rispetto al sottofondo musicale della radio.

«Non l'avevo pianificato. Ti giuro che la prima volta che l'ho visto gli avrei spaccato la faccia. Saccente, sgarbato, di fronte alla biblioteca del padre mi fece un commento, ricordo, come a dire che ero una capra perché non avevo letto *Novembre* di Flaubert... aveva gli occhi di un lupo, Simon» disse con un sorriso, voltandosi un istante verso Pietro.

«Poi c'è stata la gara di nuoto, e me lo sono visto sprofondare davanti. Allora mi sono immerso, volevo salvarlo e invece mi è venuto un crampo, cretino che non sono altro, così imparo a non allenarmi... e se non fosse stato per un amico di Simon non sarei qui a raccontartela. Com'è che dice quella frase sull'amore e la morte che vanno sempre a braccetto? Quando mi sono svegliato sul divano, e ho visto Simon avvolto nelle coperte, è cambiato tutto».

Pietro pensò di chiedergli di cosa diavolo parlasse, ma Laurent non gliene diede il tempo.

«Comunque, non vale la pena parlarne. È finita male. Ho preso i soldi del lavoro. Mi sono comprato questo cesso di macchina. E sono tornato a Madrid, nel nostro vecchio appartamento».

«Ti eri tenuto le chiavi? Non dovevano venderlo?»

«Ecco perché era deserto. Avevano portato via il divano sfondato, lo specchio crepato che avevamo ricoperto con il poster di quell'attore... Alberto...»

«Alberti» disse Pietro, girando la manopola del finestrino. «Era un poeta».

Un filo d'aria rinfrescò l'abitacolo.

«Sai che mancavano persino i letti? E le scatole di munizioni che avevo lasciato sotto il letto. Però la serratura era la stessa. Così la sera perdevo tempo giù in strada, con le puttane di Casa de Campo e i ragazzi senza documenti. Bevevo da una bottiglia di vodka da quattro euro che ti rivoltava lo stomaco ma ti scaldava come un incendio. E poi a mezzanotte salivo a casa».

«E se ti beccava il vicino?»

«Oh, ma mi ha beccato, infatti. Immagino di avergli fatto troppa pena per denunciarmi. Ero a pezzi, per la storia con Simon. Quando non mi drogavo pensavo a come procurarmi la droga, te l'ho detto».

«Veramente non mi hai detto nulla, Laurent. Mi hai trascinato qui senza...»

«E poi ho trovato Dora».

Dora. Lo stava portando da lei? Ma sì, era ovvio, per quale altro motivo sennò? Perché non glielo chiedeva e si toglieva il dente? In fondo, aveva pensato a Dora ogni singolo giorno, nei mesi dopo il rientro in Italia; finché l'incidente di suo fratello non l'aveva travolto come un'esplosione nucleare, costringendolo a tagliare con il proprio passato.

«Così, per caso?»

«Il caso, dici. Era un caso che io fossi tornato a Madrid, invece di stabilirmi a San Sebastián o in qualche altro paese della costa nord come dicevo da una vita? Era un caso che io stessi bazzicando davanti alla Casa Encendida di Lavapiés nel momento esatto in cui Dora usciva dal suo incontro del mercoledì? Non credo».

Pietro abbassò ancora il finestrino e alzò la voce per sovrastare il vento. «Quale incontro?»

«Devo ammettere che ero diventato uno specialista dei gruppi di sostegno. Ma andavo anche a quelli di teatro, informatica, cucito, educazione sessuale, lettura della Bibbia, non faceva differenza, purché fossero gratis e offrissero biscotti e caffè...»

Poi di colpo Laurent si girò verso il suo passeggero. Osservò la giacca nera di tweed e la camicia bianca che era salito a mettersi prima di partire e la tracolla con il portatile. E scoppiò a ridere.

«Sembriamo una barzelletta, vero? C'erano un gigolò, un'esaurita e un italiano».

«Non credo farebbe ridere».

«No» disse Laurent stringendo il volante e tornando a fissare la strada. «Lo so che non farebbe ridere».

Pietro sospirò avvicinandosi al finestrino aperto e mentre socchiudeva gli occhi immaginò di vedere, oltre il guard-rail e le chiome degli alberi che bordavano la superstrada, la sagoma del lago di Massaciuccoli dove aveva trascorso il servizio civile *la persona a cui non doveva pensare*, e dove lui era stato sa Dio quante volte per aiutarlo a passare il falcino sull'erba o a inchiodare le assi dei ponticelli di legno; e che ora, se solo avesse potuto colmare quella distanza con un salto, gli sarebbe apparso un posto lugubre e solitario, pieno di animali morti.

Imboccarono l'uscita senza mettere la freccia. Mentre anche l'eco dei clacson si sperdeva alle loro spalle, costeggiarono i binari. Superarono il canale e la Torre Matilda, e puntarono verso la stazione di Viareggio. Una volta svoltato a sinistra, restava solo da seguire un vialone costeggiato da casette a due piani e pini secolari, e poi il mare.

«Quando sono arrivati gli operai per iniziare i lavori, sono finito in mezzo a una strada. È stata Dora a chiedermi se volevo trasferirmi a casa sua. Non che io mi sia opposto, eh. Vuoi venire a vivere nel mio bellissimo trilocale in centro senza contribuire all'affitto né alle bollette? Mi ci vedi a rifiutare? Ero col culo per terra».

«Avevi sempre le tue *maduritas*».

«Diciamo che era venuto a mancare un ingrediente fondamentale».

«Cioè?»

«Facevo cilecca una volta su due. Ero drogato dalla mattina alla sera. Merda, Pietro, la vuoi smettere di farmi tutte queste domande? Lo capisco, non ci vediamo da una vita, ma come puoi pretendere di capire tutto in cinque minuti?»

«Io non pretendo...»

La Mazda svoltò di colpo e si fermò nel parcheggio riservato agli avventori dell'hotel Bella Riviera, un grosso cetaceo di cemento, spiaggiato a ridosso di uno stabilimento balneare. Quando Laurent tolse le chiavi dal quadro e la musica di sottofondo svanì, Pietro si fece coraggio e glielo chiese.

«Mi dici perché siamo qui?»

«Che razza di domanda è? Volevo vederti».

«Dopo più di due anni?»

«Abbiamo vissuto nella stessa casa per nove mesi, ogni giorno. Cosa vuoi che siano due anni».

«Hai capito benissimo cosa intendo. Mi stai portando da lei?»

Laurent sorrise. «Sei più sveglio di quanto sembri».

«Perché? Volete dirmi che siete fidanzati? Io e Dora non siamo mai stati insieme. Quindi, se è la mia benedizione che volete, benissimo, vi benedico nel nome del Padre, del Figlio e dello Spirito Santo. E adesso riportami indietro, per favore».

Laurent aprì la portiera con una pedata e guardò oltre il parabrezza, in silenzio.

A eccezione di un manipolo di fondamentalisti delle due ruote e un paio di anziani curvi come grucce che raccoglievano arselle sulla battigia, non c'era anima viva. La desolante sensazione di abbandono che si respirava su quel lembo di costa non aveva niente a che vedere con la perfetta macchina estiva che alternava concorsi di bellezza, ricevimenti in hotel di lusso e discoteche popolate da avvocati milanesi.

«Ha avuto un esaurimento nervoso» disse. «La migliore amica della madre lavora qui a Viareggio, in una specie di ospedale. E a Elena deve essere sembrata una buona idea, portarla a riprendere fiato davanti al mare. Come a me è sembrata una buona idea portare te da lei, ingrato-testa-di-capra» disse voltandosi a lanciargli un'occhiataccia, «considerato che vi separano venti chilometri».

Pietro aspettò di vederlo arrivare al bagagliaio, poi uscì anche lui. Poggiò le mani sul tettuccio della Mazda e gonfiò i polmoni. Il cielo era un tappeto grigio. Il mare rumoreggiava da qualche parte dietro l'hotel. Due uomini pompavano aria dentro a un enorme gonfiabile a forma di Monte Rushmore con Pelè, Maradona, Platini e Baggio al posto dei quattro presidenti americani.

«Cosa vuol dire un esaurimento nervoso?»

«È una storia complicata» disse Laurent, tirando fuori un trolley tempestato di piccole squame color argento.

«Allora spiegami».

«Ti ho portato qui proprio per non doverlo fare».

«Abitavate insieme. Perché non l'hai aiutata?»

«Perché io avevo più bisogno di aiuto di lei, *merde*! E ora la pianti di fare domande? Se non trovo una canna sclero» e continuando a borbottare qualcosa, percorse la guida rosso stinto che portava all'ingresso dell'albergo.

«Sei qua per farti perdonare?» gridò Pietro.

Laurent si fermò sulla soglia come se stesse valutando se varcarla o tornare indietro per spellare di schiaffi quell'essere pigro, insensibile ed egoista che era diventato il suo ex coinquilino. Poi, a voce troppo bassa perché l'altro potesse sentirlo, disse: «Il perdono è una carta che mi sono giocato tanto tempo fa».

C'era stato un disguido, spiegò loro il ragazzo della reception, e l'hotel era al completo per un convegno, o meglio, una stanza libera c'era, ma si trattava di una matrimoniale, le cameriere stavano ancora finendo di pulirla. Invece di domandare di quale convegno si trattasse, o dove fossero tutti i clienti visto che sia l'albergo sia il parcheggio erano deserti, Laurent disse che se la sarebbero fatta andar bene, lasciò il trolley e chiese una spremuta d'arancia che bevve in un sorso, prima di fare cenno a Pietro di seguirlo fuori.

Qualcuno si era preso il disturbo di passare un dito sullo strato di polvere che ricopriva il lunotto posteriore della Mazda per scrivere *Francia merda*, *Trezeguet negro*, ma Laurent non se ne curò. Mise in bocca una sigaretta e imboccò una stradina che costeggiava la foresta di pini del disco-ristorante Trocadero. Dieci minuti dopo si fermò davanti a una palazzina a due piani. Su un'insegna di legno affissa pochi centimetri sopra al campanello si leggeva *Casa di riposo Villa Glicine*. Quando la serratura del portone scattò, Laurent afferrò il polso di Pietro.

«Non parlarle di calcio».

«Io non so nulla di calcio».

«Perfetto, allora».

E senza aggiungere altro, lo mollò e scomparve dentro, mentre la porta a vetri si richiudeva mostrando a Pietro il suo riflesso sbilenco.

Dopo aver firmato un modulo di registrazione, in attesa che la responsabile al piano si sganciasse da un «ospite troppo esigente» si sedettero su un divanetto. Laurent sfogliava un flyer della struttura. Pietro, trascorsi una manciata di minuti, cercò di scacciare l'ansia per l'incontro con Dora facendo due passi e infilò un corridoio a caso.

Superò uno sgabuzzino intasato di scope e finì in un salotto di anziani che sonnecchiavano o giocavano a carte a gruppi di quattro. Sopra di loro, ignorato da tutti, un enorme schermo al plasma affisso alla parete trasmetteva una funzione religiosa all'aperto, in un campo di grano spelacchiato. Vide un inserviente con una goccia tatuata sotto l'occhio destro che rincalzava la coperta di un letto e una donna giovane che usciva dal bagno sostenendosi a un quadripode.

«Non indovinerai mai di chi è questa penna».

Un uomo brizzolato in mocassini di pelle, pantaloni di lino beige e camicia azzurra lo fissava con l'aria di chi la sapeva lunga.

«Un generale della Prima guerra mondiale?» azzardò Pietro.

«Maurizio Costanzo Show».

«Intende Maurizio Costanzo?»

L'anziano gli si avvicinò così tanto da sfiorargli l'orecchio con le labbra. Aveva il fiato che appestava d'aglio, e l'olezzo di quei dopobarba inaciditi che usava anche il Mutilo.

«Tu ci sei stato? A me mi hanno invitato. Il dottor Costanzo mi ha chiesto di dipingere un quadro davanti a tutti. Non ho voluto una lira. L'ho fatto, e gliel'ho firmato. Lui si è tenuto il quadro. Ma io mi sono tenuto la penna».

Sul colletto mancavano due bottoni. Pietro notò qualcosa di strano negli occhi di quell'uomo, come l'ombra di una preoccupazione lontanissima, l'attimo prima che il suo viso ritornasse a brillare.

«Non indovinerai mai di chi è questa penna».

Laurent gli fece cenno di raggiungerlo e Pietro si liberò dell'uomo senza salutare. Capì subito che qualcosa doveva essere andato storto, perché il suo ex coinquilino si batteva il volantino sul palmo della mano e sbuffava. La dottoressa spiegò anche a Pietro che quella mattina Dora aveva ricevuto la visita di sua madre e adesso aveva bisogno di riposare. Laurent era inviperito. «Senta, ci siamo parlati per telefono... ho guidato tutta la notte... dille qualcosa anche tu, Pietro...»

Quando fu chiaro che la dottoressa non avrebbe ceduto, Laurent accartocciò il volantino, lo lanciò per terra e se ne andò sbattendo la porta.

Lungo la strada per il Bella Riviera non dissero una parola. Nella hall, ancora deserta, presero un vino che sapeva di aceto e un toast che il solito concierge scaldò male bruciando la crosta e lasciando gelido il formaggio all'interno. In camera, dopo aver sentito Laurent confermare un certo appuntamento per il giorno dopo, Pietro si infilò in bagno e fece una doccia. Lavò la fascia rossa nel lavandino, l'asciugò con il phon, dopodiché si sdraiò sul letto con il pc sul ventre e iniziò a sfogliare il volume di Santini.

Era un'antologia degli interventi dei relatori a un convegno svoltosi a Verona sul tema: *Giudizi e pregiudizi. Mori, giudei, zingari: minoranze etnico-linguistiche nel Mediterraneo occidentale*. Il fatto che fosse l'argomento più distante dai suoi studi e dalla sua specializzazione gli strappò un'imprecazione, ma non lo demoralizzò.

«*L'encre d'un écolier est plus sacrée que le sang d'un martyr*».

Laurent si era lanciato sul letto vestito, e aveva tradotto. «L'inchiostro di uno scolaro è più sacro del sangue di un martire». Quindi, come se con quella frase avesse appena spiegato tutti i misteri dell'universo, spense l'abat-jour polverosa sul comodino e si voltò verso il muro.

Alla luce azzurrognola del portatile, mentre il vento increspava il mare ululando da sotto la porta a vetri del terrazzino, Pietro buttò giù i primi appunti. Scrisse una pagina sui manoscritti *aljamiados*, quei testi composti in una varietà linguistica romanza e poi tradotti in arabo che dimostravano la presenza di comunità musulmane in territorio iberico, e ne aggiunse altre due sulla tolleranza degli amori interetnici nella tragedia classica spagnola; tolleranza non così facilmente riscontrabile nelle parole con cui Francesco Predari, nel primo libro sugli zingari datato 1841, li aveva definiti una «nazione scellerata» e «impossibile da italianizzare».

Andò in bagno a bere e sciacquarsi la faccia per tenersi sveglio, ma tornato a letto sentì chiudersi gli occhi. L'ultima cosa che vide, oltre le tende, fu il bagliore alieno della luce del terrazzino contro il vetro della porta scorrevole.

Quella notte sognò di essere davanti a un portone. Riconobbe l'androne pitturato di verde, le rampe di scale di marmo, il corridoio, la finestra spalancata sulla cattedrale dell'Almudena, il letto. Sopra, un corpo lattescente, disteso a pancia in giù, con un piede che oscillava fuori dal materasso come un pesce finito per sbaglio sul bagnasciuga.

«*Quién eres?*»

«Sono Pietro».

«*Y qué quieres ahora?*»

5.
Diario di una pazza

Dopo il fallimento della Cinematik e la rottura con Mateo, Dora era andata avanti come se niente fosse. Nell'ufficio marketing della società di distribuzione cinematografica dove aveva trovato lavoro non si triturava le unghie fino a farsi sanguinare le dita né scoppiava a piangere senza motivo: al contrario, sembrava padrona di se stessa. Indossava un vestito pulito ogni mattina. Rispettava le consegne. Pranzava ai tavolini colorati della mensa sorridendo ai colleghi che le si accomodavano vicino. Solo che, salvo i monosillabi con cui liquidava le pratiche lavorative, non apriva mai bocca.

Abitava ancora al terzo piano dell'appartamento di Plaza Miró, davanti alla cattedrale dell'Almudena, ma per non rischiare di incontrare qualcuno che potesse rivolgerle la parola aveva preso a farsi recapitare la spesa a casa. Si tagliava i capelli nel lavandino. Per resistere agli assalti di Pep e Aday, che l'avevano instupidita a furia di ripeterle che sudare su una pista da ballo l'avrebbe purificata dalle tossine di quella brutta relazione con il regista di fantini, aveva staccato il citofono ed era diventata un tutt'uno con il divano, su cui ogni sera cenava, guardava un film horror e crollava addormentata, finché Frida non le si attorcigliava alle caviglie scongiurandola di riempire la ciotola con i croccantini.

L'unica persona che aveva ancora la pazienza di intercettarla mentre usciva per andare in ufficio era María. Era stata lei a fine luglio, trascinandola in un bar per un caffè, a presentarle Susana Faouzi, una cinquantenne dall'incarnato bruno e una voce come una carezza che dirigeva un gruppo di sostegno, settimanale e gratuito. Dora non si lasciò impressionare dalla psicoterapeuta: né da quello che disse né dal tono rincuorante con cui le parlò. Tuttavia, arrivato il momento dei saluti, mentre le stringeva la mano, avvertì un bollore così deciso che ebbe l'impressione che Susana l'avesse appena sfilata da sotto una coperta di lana; quel calore, ecco cosa la convinse.

Sei giorni dopo si presentò in ritardo al centro culturale della Casa Encendida di Lavapiés e per i primi minuti, invece di ascoltare le condivisioni di Ioan (un badante rumeno che era lì per gestire la rabbia che lo spingeva a tagliarsi per non prendere a schiaffi i pazienti) o di Ricardo (un ventenne messicano con il volto tatuato che aveva avuto un crollo nervoso quando era venuto a conoscenza che suo padre, dopo averlo pestato, abbandonato ed essersi rifatto una vita con un'altra donna, aveva avuto un bambino maschio e l'aveva chiamato Ricardo), Dora non fece altro che leggere e sottolineare una raccolta di poesie di Sylvia Plath comprata a una bancarella. Durante l'esercizio di meditazione aveva ascoltato la voce di Susana spiegare al Gruppo come respirare e liberarsi dai pensieri negativi accumulati durante la giornata. Era convincente. Eppure, quando Dora schiuse gli occhi e si guardò attorno, di fronte a tutte quelle persone con le palpebre abbassate, sentì che non sarebbe servito a niente. La condivisione, l'ascolto. Dopo l'applauso finale, e gli abbracci di arrivederci, mentre indossava la borsa a tracolla vide Susana andarle incontro.

«Ti è piaciuto?» disse indicando il libretto di poesie. «Quando da ragazza lessi *La campana di vetro* pensai che l'avesse scritto per me».

Dora si staccò la spallina della canottiera dalla pelle sudata e nascose il libro nella borsa. «L'ho appena preso».

«E ti piace anche scrivere?»

Dora si voltò e le sorrise. Non era nata ieri, sapeva cosa voleva fare, glielo aveva letto in quei suoi begli occhi minerali pieni di speranza. Meglio se conservava la speranza per qualcun altro, lei era passata soltanto per far contenta María, e se si illudeva che si sarebbe messa a raccontare i fatti suoi a quel plotone di spostati, allora be', non doveva essere questa gran cima di terapeuta. Si voltò per andarsene e quando qualcosa le sfiorò il polso e una vampa le risalì lungo il braccio, si accorse che Susana le aveva depositato sul palmo un quadernetto verde.

«Scrivici quello che vuoi. Non ti chiederò di leggerlo».

Dora raggiunse María che l'aspettava fuori dalla Casa Encendida. Bevvero un tè freddo. Passeggiarono lungo le vie deserte di una Madrid irriconoscibile. A casa aprì il quaderno. Sulla prima pagina c'era scritta una frase:
Chi o cosa apprezzi di più in questo momento della tua vita?

Non le piaceva leggere, figuriamoci scrivere. E figuriamoci scrivere per rispondere a quella domanda. Chi o cosa apprezzava? In quel momento della sua vita? Stava scherzando? Stappò una penna e, in piedi nel salotto, scrisse ***Niente e nessuno, fine del diario***, e lanciò il quaderno tra i cuscini del divano. Con quello che le era capitato, doveva anche provare gratitudine? E poi non ci aveva mai creduto a quelle cazzate: la terapia di gruppo, le libere associazioni, non giudicare, lascia vagare la mente perché anche una mente problematica ha la possibilità di essere felice...

Allora perché, quando alle due del mattino si svegliò zuppa di sudore, mentre alla tv girava un film di Peter Jackson su una comunità neozelandese che veniva rapita e macellata dagli alieni per esser utilizzata in una catena di fast food spaziali, perché avvertì *qualcosa*? Un calore simile a quello delle mani di Susana che le attraversava il corpo e che, da quel mare in cui lasciava affondare le domande come sassi, lentamente riportava a galla ricordi dimenticati, e delusioni, e litigi. Un esercito di sensazioni irritanti che l'avevano abitata così a lungo, e così in profondità, da impedirle di distinguere qualunque altra cosa. Scrisse fino all'ultima pagina. La matita le cadde dalle mani e Dora iniziò a tremare. Cosa le stava succedendo? Erano i giorni più caldi dell'anno e una cappa d'afa gravava sulla città come un sudario, eppure la mattina dopo le sembrò di sentirsi più leggera. Alla fine del secondo incontro (che Dora passò in silenzio, agitando i piedi fuori dai sandali e grattandosi le caviglie con l'unghia dell'alluce), Susana le porse un altro quaderno. Sulla prima pagina c'era una nuova frase: ***Qual è la tua migliore qualità?***

Prese a scrivere più che poté: sull'autobus per andare al lavoro, nel bagno dell'ufficio, alla mensa. Nella cartoleria sotto casa comprò tre quaderni e tre penne; il cinese dietro il bancone le domandò se si fosse rimessa a studiare e lei rispose che se lo stava chiedendo anche lei. Al terzo incontro, mentre il badante rumeno sbavava e digrignava i denti prendendo a pugni un cuscino rosso che Susana gli aveva consegnato prima di condividere, Dora scoppiò a piangere, e pianse così forte che cadde in ginocchio sul pavimento, dove le braccia tatuate del ragazzino messicano la raggiunsero, seguite dalle carezze e le parole di conforto del Gruppo al completo.

Fu così che quelle persone, e quella stanza, divennero casa sua. Oltre alle sere degli incontri, il sabato pomeriggio iniziò ad assistere alle partite di basket di Ricardo e la domenica mattina faceva colazione con Ioan. Tuttavia era con Helena, un'educatrice sociale argentina divorziata da un marito violento, che trascorreva la maggior parte del tempo libero. Quando staccava dalla struttura per le dipendenze in cui lavorava, Helena raggiungeva Dora e cenavano insieme; se il caldo era insopportabile, si infilavano in un cinema. Per il trentacinquesimo compleanno della sua nuova amica, Dora andò a trovarla nella piscina comunale di Carabanchel, alla periferia sud di Madrid, dove conobbe la sua famiglia, si ingozzò di *asado* e passò la giornata a lanciare in acqua una torma di nipotini indemoniati. Finiti i festeggiamenti, troppo stanca e ubriaca per tornare in autobus, Helena le propose di fermarsi a dormire da lei. Sul balcone stapparono l'ultima lattina di San Miguel. Helena ruttò e Dora rise.

«Perché non vieni al Centro crisi?»

«Domani ho una rogna in ufficio. Un'altra volta».

«Intendo a lavorare».

«Ma se sono una sociopatica».

«Smettila! Non dire certe cose».

«Eddai, scherzavo».

«Non voglio che ti butti giù così. Sei una persona splendida. E ti adorano tutti. Li hai visti quei ragazzini?»

«Quelli farebbero qualunque cosa per stare vicini a un paio di tette. E poi non mi servirebbe una laurea?»

Helena prese un foglio dalla tasca e glielo aprì davanti.

«Sono quattro anni. Però conosco chi l'ha fatta nella metà del tempo. E a te poi scalerebbero l'anno di Pedagogia che hai frequentato a Madrid. Potresti seguire il settanta per cento delle lezioni online e anticipare il tirocinio al primo anno... da noi hanno sempre bisogno di personale. Dovresti solo pensare a studiare. Il resto te lo insegnerei io».

Dora stringeva l'opuscolo universitario, sembrava che il vento volesse strapparglielo di mano. Quando sollevò la testa e aprì la bocca, mentre il tramonto si scioglieva sulle piste del vecchio aeroporto di Cuatro Vientos, Helena le cinse le spalle con un braccio: «Hai le capacità per fare qualunque cosa».

Nel settembre del 2004 chiese al suo capo una riduzione dell'orario di lavoro e si iscrisse alla facoltà di Educación Social. Escluso il mercoledì sera, in cui frequentava ancora il Gruppo nel circolo culturale di Lavapiés, dedicava ogni momento della giornata allo studio. Solo dopo un esame si concedeva una serata di festeggiamenti con María e con Pep e Aday, a cui era tornata ad aprire le porte del trilocale di Plaza Miró. Scriveva ancora, ma i diari si erano trasformati in un impasto di riflessioni motivazionali (*Circondati di più persone possibile, per non soffrire la mancanza di quelle che perderai*); domande che appuntava tanto per ridere ma che, una volta rilette, suonavano più minacciose dei suoi incubi (*Se durante il trasloco ti accorgessi che il pianoforte non passa dalle scale, avresti il coraggio di segarlo?*); citazioni dalle sue autrici del cuore (*La mia mente si rivolge a te / Vecchio ombelico incrostato, cavo transatlantico, / che si mantiene, pare, in miracoloso stato di conservazione*); a cui si aggiungevano lunghissimi elenchi di frasi che scriveva sull'autobus osservando il viavai di passeggeri (*Cosa vuole una donna quando dorme. Cosa vuole una donna quando mangia un pacchetto di noccioline. Cosa vuole una donna quando legge Vogue. Cosa voglio io mentre mi chiedo cosa vogliono loro?*)

Lesse il romanzo di Sylvia Plath che le aveva suggerito Susana durante il loro primo incontro. E proprio come era accaduto vent'anni prima alla sua terapista, ci rivide se stessa in un modo così lampante (anche lei troppo giovane e ostinata per godersi il presente e le occasioni della città; anche lei troppo succube del senso di colpa per poter abbracciare una qualunque occasione di felicità) che fu costretta a interrompere la lettura nella scena in cui la protagonista tentava di suicidarsi mandando giù una scatola di sonniferi.

Non ci mise molto a rendersi conto, da tirocinante nel Centro crisi per dipendenze dove lavorava Helena, che si trattava di un lavoro a metà tra l'insegnante e la sentinella. L'età degli utenti che venivano ricoverati per compiere un primo percorso di disintossicazione oscillava tra i diciotto e i settant'anni, e il tempo di ricovero era di tre mesi; con la sola eccezione degli alcolisti che potevano restare fino a sei, considerando i tempi più lunghi con cui il farmaco sostitutivo a base di nalmefene acquietava il bisogno di bere. Nonostante le fisiologiche differenze tra chi assumeva eroina e chi era schiavo delle slot machine, i degenti mostravano pressoché gli stessi comportamenti. C'era quello che si intrufolava in cucina per rubare una dose extra di marmellata, e quell'altra che inviava sms in codice al fidanzato tossicodipendente per farsi recapitare una dose all'incontro successivo.

In quanto tirocinante Dora non lavorava mai da sola. Il suo turno, che fosse al mattino, di pomeriggio o la notte, era in condivisione con Helena, e solo in una manciata di occasioni le toccò come collega un cinquantenne silenzioso e brusco, più interessato a imporre regole che a intrattenere.

Quella, neanche a dirlo, era la parte per cui Dora si sentiva più tagliata. Non i rimproveri e le minacce ma un compassionevole accompagnamento lungo le rotaie di una giornata sempre identica alla successiva, dalla colazione delle sette al buio di mezzanotte. Si affezionò a tutti. Eppure, anche se non l'avrebbe confessato neanche sotto tortura, per una persona in particolare aveva sviluppato un affetto che la seguiva anche al di fuori di quelle mura: Ernesto, un neo-diciottenne ultras dell'Atlético di Madrid dipendente da cocaina, che Dora aveva accompagnato, con estrema sofferenza di entrambi, durante tutto il periodo di black-out nel quale non aveva potuto ricevere visite né chiamate.

Il suo obiettivo principale consisteva nel cancellare la noia. Perché annoiarsi significava pensare ai sintomi dell'astinenza (inappetenza, insonnia, nausea, scatti d'ira), e pensare ai sintomi si traduceva nell'escogitare i modi più fantasiosi per ottenere la sostanza. Inaugurò un cineforum, un laboratorio di Art Attack e l'Angolo del Diario. L'ultimo giorno di tirocinio, dopo aver salutato i degenti e il personale, il giovane ultras le regalò il quaderno che aveva riempito in quei mesi: non aveva mai scritto niente in vita sua e gli sembrava uno spreco lasciarlo ammuffire in un cassetto. Dora lo sfogliò sull'autobus di ritorno: dentro c'erano tutte le formazioni dell'Atlético dal 1982 al 2005. In mezzo al diario, sotto una foto autografata di Fernando «el Niño» Torres, spiccava una frase: *Per alcuni la morte è un mare, per altri è dura come una roccia.*

Nel luglio del 2005, mentre la tv trasmetteva le immagini degli attacchi terroristici nella metropolitana e su un autobus di Londra a opera di quattro kamikaze, grazie al conteggio degli esami di Pedagogia Dora poté sostenere, e superare, tutti gli esami del secondo anno e consegnare la domanda per un nuovo tirocinio serale, che le avrebbe garantito uno sconto di ventiquattro crediti. Si trattava di un tipo di educazione sociale diversa da quelle promosse nelle strutture sanitarie; ufficialmente definita «minorile» ma da tutti chiamata «di strada» perché consisteva nel gironzolare nei luoghi all'aperto dove si aggregavano gli adolescenti (parcheggi di supermercati, ex fabbriche occupate, parchetti e via dicendo), allo scopo di convincerli a farsi aiutare in quelle faccende di cui non potevano venire a capo da soli.

Rientrata a casa dopo il primo turno, Dora tolse il cellofan da un quaderno e scrisse: *È stata l'esperienza più bella della mia vita*. Si trattava di guidare lungo il perimetro del parco di Casa de Campo, oltre la collina di Lucero e nelle vie più buie dei quartieri popolari a bordo di un furgone della cooperativa Amanecer, attrezzato di bibite gassate, biscotti, caffè, pattini, Play-Station, bombolette spray, macchina fotografica e videocamera. Se dopo otto ore trascorse china sui libri moriva ancora dalla voglia di lanciarsi in quei vagabondaggi notturni, il merito era soprattutto di Jaime.

Jaime Cizco Rodríguez era un placido madrileño allo scadere dei quaranta. Aveva occhi sereni, radi capelli biondi che nascondeva sotto un berretto da baseball e le unghie dei pollici troppo lunghe. A partire dalla prima notte mise subito in chiaro come stavano le cose. Dora non doveva fare niente: se voleva entrare nelle grazie degli skater, se voleva aiutare un disoccupato a compilare un curriculum, se voleva accompagnare un vagabondo nella conclusione della scuola dell'obbligo o, richiesta non meno comune, una donna in un'interruzione volontaria di gravidanza, bastava che chiedesse e lui sarebbe stato felice di spiegarle tutto quello che aveva capito in dodici anni di fallimenti, sberle e colossali figure di merda.

Nelle settimane di inizio febbraio, quando anche le scorribande dei ragazzi perdevano coraggio sotto la neve, Dora e Jaime se ne restavano nel furgone a bere caffè dal thermos e ad alitarsi sulle mani, raccontandosi barzellette, film o vecchi aneddoti di amici. Se le temperature erano più clementi, sedevano fuori e Jaime strimpellava una chitarra classica. Anche se era chiaro che la suonasse per i ragazzi che gli si radunavano attorno, Dora notò che ogni sera si cimentava in un pezzo dei Nada Surf o dei Postal Service o, comunque, di uno dei gruppi che lei gli aveva rammentato durante le loro chiacchierate.

Una sera di marzo in cui Dora aveva pattinato (con i ridicoli risultati di una principiante) assieme a due gemelle nel parcheggio davanti al vecchio mattatoio di Legazpi, Jaime si era infilato nel vano del furgone e, con la scusa di separare le bombolette spray ancora piene da quelle esaurite, le aveva scattato delle foto. Alla fine del turno, spento il motore sotto la sede della cooperativa, le aveva chiesto se lei... (tossicchiando), se lei... (tamburellando sul volante), se lei... (sospirando) trovava inopportuna l'idea di essere baciata... da lui. Dora aveva trattenuto a stento una risata e gli aveva detto che non le pareva affatto un'idea inopportuna, quindi era saltata giù e aveva camminato verso la bocca della metro figurandosi di avere ancora i pattini ai piedi.

La notte dopo era salita sul furgone con il cuore in gola, ma al posto del collega aveva trovato una ragazza: a quanto pareva Jaime aveva chiesto un cambio di turno all'ultimo momento. La notte le sembrò interminabile. Insegnò a un gruppo di skaters tredicenni come individuare il posto migliore su cui piazzare la telecamera per filmarsi mentre scendevano i gradini uno dopo l'altro ma non aveva smesso un istante di chiedersi se Jaime si fosse pentito. Se lo chiese così tanto, convincendosi che non potevano esserci altre spiegazioni, che quando a fine turno se lo ritrovò davanti nello stesso punto in cui si erano parlati la sera prima, rimase come pietrificata.

«Ho dovuto portare Gordo in ospedale».

Dora si morse l'interno della bocca. «Hai un figlio?»

«Due. Un bulldog e un bastardino».

L'attimo dopo si era fiondata tra le sue braccia e aveva riso con il naso nel suo maglione. Solo dopo, quando il freddo o la paura di essersi immaginata tutto l'aveva ridestata, aveva raggiunto le sue labbra.

Nelle notti successive a quel bacio sia Dora che Jaime avevano sentito il bisogno di rifletterci su: ventidue anni di differenza non erano uno scherzo. Allora perché sorridevano, mentre insegnavano il giro di do a un tossico? Perché arrossivano ogni volta che una ragazzina domandava loro se volessero adottarla? Perché prima di andarsene Jaime le chiedeva, neanche fosse stato un jukebox, quale canzone di *Let Go* avrebbe voluto che imparasse per il giorno dopo? Perché Dora nascondeva un muffin ai mirtilli dentro la cassetta degli attrezzi o nella custodia della chitarra?

La risposta scintillava sopra le loro teste come una cometa, eppure Dora e Jaime sembravano percepirla soltanto nel parcheggio della cooperativa: come se solo in quel luogo (i fari spenti contro l'insegna *Amanecer*, lo gnomo portachiavi che dondolava nel quadro spento) e in quell'istante (mentre l'alba strappava alla notte il primo scampolo di luce) potessero vederla materializzarsi sull'asfalto e, dopo aver attraversato il parabrezza, accomodarsi in silenzio sul sedile vuoto in mezzo a loro.

Una settimana prima della conclusione del tirocinio di Dora, Jaime le chiese se le andasse di partire per una vacanza assieme: si era preso qualche giorno e aveva affittato una casa «con due camere» sulla costa valenciana; Gordo e Felix ci andavano matti, magari sarebbe piaciuto anche a lei. Fare l'amore con quell'uomo le ricordò il piacere dei primi bagni notturni della sua adolescenza. Di giorno nuotava con i due cani nella spiaggia davanti casa; la sera nuotava nel corpo soffice di Jaime imbiancato dalla luna. Lui le disse «ti amo» la prima notte, lei l'ultima.

Tornati a Madrid si resero conto che, tra il lavoro notturno di Jaime e la ripresa degli esami di Dora, per frequentarsi avrebbero dovuto fare i salti mortali, ma nessuno dei due si tirò indietro. Dora metteva la sveglia all'alba per portare un muffin a Jaime nel parcheggio della cooperativa, facevano l'amore sul furgone, dopodiché lui andava a dormire e lei a studiare. Doveva tirare dritto fino a Natale, se voleva scrivere la tesi, affrontare gli ultimi tre esami e prenotare l'ultimo tirocinio dove aveva iniziato, nel Centro crisi di Carabanchel. E poi, in quegli ultimi mesi del 2006, come se non bastasse si erano aggiunte due preoccupazioni nuove di zecca.

La prima era Susana, che aveva sciolto il Gruppo per dedicarsi alla nipote. La seconda portava il nome di Laurent Morin: ridotto uno scheletro, senza un soldo e pallido come un morto, Dora l'aveva accolto a casa pensando che sarebbe rimasto solo qualche giorno e, invece, Laurent aveva finito per diventare il suo coinquilino. Anche se pensava che quel ragazzo avesse bisogno di un ricovero in una clinica specializzata, invece di metterci bocca Jaime si limitò a chiamare l'agenzia immobiliare e posticipò a fine dicembre la prenotazione della casa al mare. In fondo, anche trascorrere lì il Capodanno sarebbe stato bello, forse persino più romantico. Non avrebbero fatto il bagno nudi a mezzanotte, ma si sarebbero abbracciati sotto una coperta, a guardare l'una i miliardi di stelle riflessi negli occhi dell'altro.

Il primo giorno del nuovo tirocinio nel Centro crisi gli psichiatri, Helena e i degenti la accolsero nella sala ricreativa agitando coccarde e stelle filanti (avanzi di chissà quale Carnevale passato) e una bottiglia di Fanta che, una volta aperta, esplose in faccia all'educatore scorbutico, tra le risate generali. Dora si lanciò con lo stesso entusiasmo della prima volta nell'organizzazione del cineforum, e dei laboratori di collage e di diario. Quando però Helena la trascinò in bagno con una scusa e le posò le mani sulla sua pancia sorridendo, Dora non sentì il battito della bambina ma un inaspettato senso di sconforto. Si chiese perché l'amica avesse aspettato il terzo mese per dirglielo o cosa le facesse credere che quel marito che un tempo l'aveva picchiata e umiliata adesso si sarebbe trasformato in un buon padre. Poi l'abbracciò e sorrise, «Sono super-super-contenta per te».

Al quinto mese Helena ebbe una minaccia d'aborto e per non correre rischi lasciò il lavoro. Piuttosto che continuare il tirocinio in coppia con il tizio che credeva più alla violenza del vigilante che alla pazienza dell'insegnante, Dora domandò se, in via eccezionale, potesse svolgere i turni da sola e il direttore, intravedendo una via per risparmiare sul personale, glielo concesse. Prese a lavorare soprattutto nei weekend o di notte. Dato che la scrittura della tesi le aveva tolto il sonno e l'appetito, rimpiazzandoli con una dose massiccia di irascibilità e malumore, Jaime iniziò a passare da casa di Dora sempre più spesso; anche se sotto sotto non ci voleva un genio per capire che era una scusa per controllare di persona quel ricettacolo di dipendenze che era Laurent. Una sera, mentre il francese stravaccato sul divano continuava a cambiare canale senza tregua, Jaime gli strinse un polso e gli sussurrò che se l'avesse messa in pericolo in qualche modo lui... non ebbe neanche il coraggio di finire la frase.

All'inizio di dicembre 2006 Dora si laureò. Brindò con Helena che era passata a trovarla con la piccola Adele nel marsupio, quindi andò a cena in un ristorante vegetariano in compagnia di Jaime, sua madre Elena (che era volata fin lì per festeggiarla) e Laurent (che nessuno si fidava a lasciare a casa da solo), e all'una in punto ringraziò tutti, si scusò e andò a letto: la mattina dopo l'aspettavano le valigie per le due settimane di vacanza al mare con Jaime e, di sera, le ultime sei ore di tirocinio.

Non avrebbe saputo dire da chi lo sentì: si stava allacciando le scarpe negli spogliatoi e l'armadietto aperto le impedì di vedere quali inservienti stessero pulendo e portando fuori la spazzatura. La frase di uno dei due, un commento a mezza bocca – *Sai chi hanno trovato morto?* – le arrivò chiarissima e per il resto della nottata non desiderò altro che tornare a casa e mettersi a letto. Durante il viaggio verso la costa valenciana non aprì bocca e quando Jaime le chiese cosa fosse successo, chissà perché, disse che era l'«effetto budino»: aveva tirato la corda così tanto in quegli ultimi tempi che adesso non si sentiva neppure più le gambe, una bella dormita e sarebbe tornata una rosa.

Anche se era inverno si comportò esattamente come durante il loro primo soggiorno. Corse in spiaggia con i cani, navigò sul corpo soffice di Jaime e tentò persino di fare il bagno a mezzanotte. Ma il ricordo di quella conversazione ascoltata negli spogliatoi non le dava tregua e così, senza avvisaglie né spiegazioni, chiese a Jaime di riportarla a Madrid. Lui l'abbracciò e le disse che gli educatori sociali svolgevano un lavoro logorante a rischio burn-out, per questo andavano prima in pensione e cambiavano spesso le strutture in cui operavano.

Dora gli sgusciò via dalle braccia.

Jaime non capiva cosa la turbasse. Perché non si rilassava? Non erano lì per quello? Il tempo dei sacrifici era passato, l'aveva detto lei stessa. Per quanto si sforzasse, proprio non riusciva a capirla. Per questo, invece di lasciar perdere, tornò alla carica e, con il peggiore tempismo del mondo, si inginocchiò e da dentro la felpa tirò fuori una scatolina.

Per un breve istante felice pensò che Dora piangesse di gioia, allora le prese la mano e si lanciò in una visione futura e meravigliosa di loro due, sposati, in una nuova casa insieme, con due lavori diurni, magari, e perché no? una bambina bella come la madre che correva nel giardino in mezzo a Gordo, Felix, Frida e Klimt. Quello che non poteva sapere era che Dora non stava piangendo di felicità ma per il groviglio di sentimenti che si erano sedimentati dentro di lei in quegli ultimi mesi e che erano tornati a galla stuzzicati da quella maledetta conversazione intercettata al Centro Crisi: Ernesto, l'ultras dell'Atlético Madrid, trovato morto di overdose a vent'anni nel tunnel sotto lo stadio.

Helena l'aveva tradita. Susana, abbandonata. Jaime la pregava di lasciare tutto ciò che aveva. Il mondo le chiedeva di diventare madre. E lei, a cui nessuno chiedeva cosa desiderasse, voleva solo tornare a casa e piangere sfogliando il diario di Ernesto. Pianse Jaime, invece, in quel salotto. Perché non riconosceva la ragazza di cui si era innamorato, e perché non riusciva a sopportare quel silenzio, finché stremato si addormentò sul divano con Felix e Gordo, poco prima che Dora gli sfilasse le chiavi dell'auto dalla giacca.

Rientrata a Madrid spense il telefono e staccò il citofono. Diede a Laurent i soldi che Elena le aveva lasciato per la laurea e lo spedì a fare scorta. Il resto fu una morbida, assolata discesa libera: si stonò per un giorno intero, spaccò il televisore, lanciò tutte le tende di casa fuori dalla finestra, bruciò una padella sui fornelli. Quasi senza rendersene conto, mentre Laurent cantava mezzo nudo Dio solo sa quale imbecille brano degli ABBA, si barricò in bagno con il primo quaderno verde che le aveva regalato Susana e immaginando di essere la Esther del romanzo di Sylvia Plath ingoiò una scatola di sonniferi e iniziò a scrivere:

Cosa vuole una donna quando si perde?
Cosa vuole una donna quando ha paura?
Cosa vuole quando nessuno le chiede cosa vuole?
Glielo avete mai chiesto?
Per alcune un mare, per altre una roccia.
Ma una donna sola
Vuole solo
Trovare i suoi morti

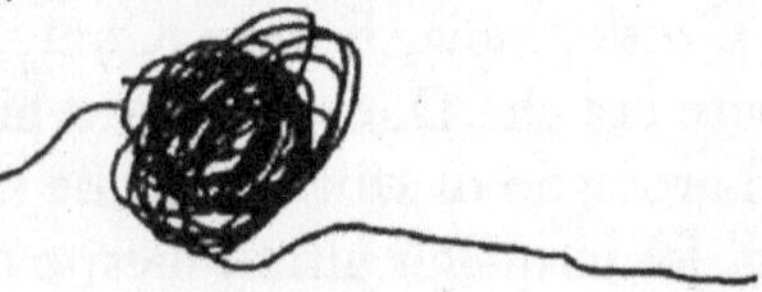

Non si vide passare la vita davanti agli occhi, e non pensò alle persone che l'avevano amata o a quelle che l'avrebbero pianta. Pensò che quel suo corpo stava morendo. Adesso era lì, vivo, e tra qualche minuto non lo sarebbe stato più, trasformato in un essere inanimato, come la lampada, lo specchio, l'accappatoio rosa, lo stendino, il lampione sulla piazza, la cattedrale. Avvertì la morte che le correva dentro come un veleno e provò un terrore mai sentito prima, allora si infilò due dita in gola, e solo dopo, tremando, in una pozza di vomito, con il telefono in mano e il «Tesoro? Che succede? Stai bene?» di sua madre all'altro capo, sentì di nuovo la vita.

6.

Cosa abbiamo fatto?

La mattina seguente lo svegliò lo sfarfallio delle pagine del volume aperto sul petto. Qualcuno doveva aver spalancato la tenda arancione sul terrazzino, perché la camera brillava come una pista da ballo. Schiuse una palpebra, vide che Laurent non era a letto, e si voltò verso la portafinestra aperta facendo ruzzolare il libro sulla moquette. Tirava un'aria calda, ma l'esercito di nuvole che risaliva l'orizzonte non lasciava presagire nulla di buono. Rimase a letto, i piedi fuori dalle coperte. Scrisse un sms a Laurent chiedendogli se fosse tornato alla clinica, e fece colazione al bar dell'albergo, davanti al concierge.

Tornò in camera e lesse con un coinvolgimento inaspettato la storia dell'amore frustrato di Giuditta, la protagonista del dramma ottocentesco *L'attrice ebrea* di Giovanni Fontebasso, che per non venir meno alla propria fede frena il desiderio del cattolico Francesco e lo spinge masochisticamente tra le braccia di Evelina. Altrettanto avvincente trovò la descrizione dello stereotipo dell'italiano sodomita all'interno di un'analisi sulla poesia satirica di Quevedo.

Pensare che la scoperta di quegli argomenti estranei al suo curriculum costituisse un passo in avanti nella sua crescita intellettuale e professionale era una cazzata grossa come una casa, e Pietro lo sapeva. Un insegnamento, tuttavia, sentiva di averlo ricavato. Se si era buttato su quella recensione non l'aveva fatto solo per riguadagnare la fiducia del suo docente, ma per evitare di rispondere alla domanda che, in quel deprimente albergo di una Viareggio deserta, si era fatta largo nella sua testa. Chi era Dora per lui, adesso? L'aveva amata, sì. A suo modo, un modo ridicolo e istintivo, guidato dalla premonizione di aver trovato la persona giusta, prima ancora di conoscerla sul serio. Anche se l'aveva amata davvero, era passato tanto di quel tempo. Esisteva ancora quella ragazza? Esisteva ancora quel tempo?

A pranzo chiamò Laurent, che di nuovo non gli rispose. Era tentato di tornare a Villa Glicine ma pioveva e poi dubitava di ricordarsi la strada per raggiungerla. Si rimise alla scrivania. Non appena riprese a battere sul computer come per magia i pensieri e i dubbi svanirono. Mentre la luce imbruniva la battigia, Pietro mise il punto finale alla recensione e salvò il file in una pennina usb. Se avesse avuto fede, avrebbe pregato che qualcuno in quel cielo nero gliela mandasse buona. Invece si limitò ad andare in bagno a sciacquare gli occhiali e scese in strada alla ricerca di una stampante.

Trovò una cartoleria aperta dalle parti di piazza Cavour. Quando poco dopo fu di nuovo in strada, con le pagine racchiuse in una cartellina flessibile, nascoste sotto la giacca, sentì che ce l'aveva fatta. Il cellulare gli vibrò nella tasca dei jeans e lesse l'sms di Laurent:

Ho prenotato in 1 ristorante
alle 20. Dp t scrivo l'indirizzo.
Non fare tardi!

Su dove si fosse cacciato neanche una parola.

Gli aveva scritto anche Andrei per dirgli di aver assistito allo spettacolo più spaventoso della sua vita.

DECINEDIPASSERIMORTISULLA
PISTA.LEALISPEZZATEICRANI
FRACASSATI.COMESESIFOSSE
ROSCHIANTATICONTROU1MU
ROINVISIBILE!

Aggiunse anche che non c'entrava la tempesta che stava arrivando sul litorale da Firenze, e che, anche se Sonia non voleva credergli e lo accusava di essere il solito mammalucco di provincia, commento che gli faceva venir voglia di rompere tutti i piatti che aveva in casa, lui sapeva di cosa si trattava. Poi, nell'ultimo sms:

TORNAACASA,PIETRO.ÈGIASC
RITTO.STAPERSUCCEDEREQUA
LCOSADIORRIBILE.L'UNICACOSA
CHEPOSSIAMOFAREÈAGGRAPA
RCIAKICIVUOLEBENE

Pietro si toccò la tesina sotto la giacca e respirò a fondo. Sopra la sua testa i gabbiani ondeggiavano come aquiloni. Andava tutto benissimo. Anche se il cielo prometteva tempesta, per lui la pioggia aveva il sapore della liberazione.

L'Albero del Mare era una bettola lontana anni luce dall'eleganza posticcia dei ristoranti di pesce distribuiti lungo la Darsena. Mattonelle di marmo sbrecciate. Pareti macchiate di sugo al pomodoro. Zanzare spiaccicate. E un misto di lezzo di chiuso, polvere e lubrificanti che faceva pensare più a un'autorimessa che a una trattoria. Pietro si aspettava un posto appariscente, per palati fini e portafogli gonfi, in cui far dimenticare a Dora la sciatteria deprimente di Villa Glicine. Per questo ci passò di fronte due volte, prima di notare l'insegna nascosta da un braccio di edera che scendeva dal piano superiore e oscurava la porta.

Non aveva ancora superato il gruppetto di anziani che sedeva nel corridoio con le mani intrecciate sull'addome, quando riconobbe la sua voce.

Se ne stava in piedi, davanti al bancone di formica, e gridava battendo il palmo della mano sulla schiena di un signore dal busto tozzo e le gambe magre e corte come quelle di un passero. Con una tale violenza da far pensare a una manovra disostruttiva di primo soccorso.

Appena lo vide, Dora bloccò la mano a mezz'aria e sorrise.

«C'è una convention nazionale, Pietro. Ti rendi conto? Qua, a Viareggio. Perciò toglietevi dalla testa l'idea di andarvene! Domani sarà una cosa...» si girò verso il signore con le gambe da passero che sembrava aver ripreso a respirare. Sollevò l'indice come un direttore d'orchestra. «*Imperdibile!*» dissero all'unisono prima di scoppiare a ridere.

Indossava un vestito con una fantasia a rombi colorati che ricordava un quadro cubista. Aveva fatto il bagno nel profumo, e si era data la matita nera sulle palpebre, e persino un'ombra di fard. Aveva i capelli lunghi e mossi, di un nero meno brillante di come ricordava. Dai lobi le pendevano due minuscole conchiglie, ed era impossibile non notare la patacca di bronzo a forma di goccia rovesciata che portava al mignolo della mano sinistra. Solo le scarpe la tradivano: le Converse bianche che indossava erano così malridotte da sembrare sopravvissute a un rave nel fango.

«Puoi uscire quando vuoi?» le chiese Pietro.

«Non sono mica in prigione».

Dora si portò un bicchiere di vino alla bocca. La linea violacea sulle sue labbra suggeriva che non era il primo.

«E puoi bere?»

«E tu, con quel topo in testa» disse indicando la fascia rossa, «puoi rompere le palle?»

Gli bastò guardarla un istante per tornare con la mente al sogno della notte prima, almeno fin quando Dora fece un passo avanti e gli gettò le braccia al collo. «Che bello vederti. Vieni, mettiamoci fuori, dentro si crepa di caldo».

Si fermò poco oltre la soglia e anche se il ramo d'edera che oscillava le sfiorava la schiena, Dora non sembrava sentirlo.

«Quanto tempo è passato? Mi sembra un secolo» disse facendo scorrere la testa all'indietro ma tenendo il resto del corpo immobile, come alla ricerca della giusta distanza per inquadrarlo meglio. «Sei cambiato».

Rimase zitta il tempo di riprendere fiato, e aggiunse che aveva l'aria sciupata, doveva assolutamente diventare vegetariano, lo sapeva che mangiare la carne era come farsi una pera di arsenico, e poi meditare, anche lei credeva fosse una cazzata da sfigati e invece le aveva cambiato la vita, in particolare un certo esercizio che si faceva immersi in mare e che l'aveva rimessa al mondo. Poi, come se all'improvviso le fosse tornato in mente un dettaglio cruciale che aveva scordato, batté le mani e fece una piroetta su se stessa.

«E io e io? Come mi vedi?»

Come la vedeva. Come una che era stata ricoverata per un crollo nervoso, no? Stava ancora per decidere cosa rispondere, quando Dora si rabbuiò, come se l'ombra di una nuvola le avesse attraversato il volto. «Qualunque cosa tu stia per dire, dilla gentilmente, per favore».

«Ti trovo bene» rispose Pietro.

Dora sorrise guardandolo negli occhi, quindi annuì e si avviò verso il ristorante facendo cenno al barista di riempirle il bicchiere.

Che oltre agli avventori in quel luogo mancassero anche i camerieri, e che i tavolini fossero ammontati lungo le pareti invece che disposti secondo uno schema per tutta la sala, a Pietro non parvero dettagli degni di nota. Anzi, si sposavano bene con l'hotel desolato ma al completo in cui alloggiava; e con l'idea che si era fatto di una città che fuori stagione sembrava il set ideale per un film post apocalittico.

Dora si era seduta a un tavolo con una candela bianca accesa, sopra il quale pendeva una grossa foto di un ragazzo che, nella luce azzurrognola di un cinema buio attraversato dalle volute di fumo di una sigaretta, poggiava la mano sulla gonna bianca dell'attrice Magali Noël.

Sul lato opposto del ristorante, sotto la finestra oltre la quale s'intravedeva una pista da bocce (più simile in realtà al letto di un fiume in secca), sedeva una famiglia di quattro biondissimi turisti.

«Ordiniamo. Se non metto qualcosa nello stomaco muoio» disse Dora.

«E Laurent?»

«Non te l'ha detto?»

«Cosa?»

«Vedrai che appena ci portano da mangiare spunta fuori».

Dora ordinò altro vino e un tris di primi per entrambi che prevedeva tortelli al nero di seppia, gnocchetti alla polpa di granchio e risotto allo scoglio (che Pietro accolse evitando di puntualizzare che anche il pesce doveva essere considerato carne), dopodiché si poggiò la forchetta sul naso e puntò i rebbi verso Pietro.

«Voglio che mi racconti cosa hai fatto in questi anni. Cosa mi sono persa, Pietro Benati?»

«Non saprei».

«Tu fingi sempre di non sapere niente. Facciamo un gioco, allora. La classifica delle cose migliori che abbiamo fatto in questi... quanto è passato... due, tre anni, hai detto? Oh, chissenefrega, inizio io, ok? Miglior piatto».

«Mangiato?»

«No, lanciato fuori dalla finestra. Mangiato, certo. Io dico... spaghetti alle vongole».

«Non è un piatto così speciale».

«Lo dici tu. Per una che si è nutrita a insalata... tocca a lei, Mister Palato Sopraffino».

Pietro pensò al giorno in cui il Mutilo aveva lasciato il carcere ed era tornato a casa. Tiziana aveva passato la notte a cucinare per replicare il menu di uno chef con due stelle Michelin (insalata di erbe fini e spinaci, mimosa e formaggio; bresaola cotta come uno shawarma, infusione leggera alla bagna cauda e caviale; millefoglie di Cantucci appiattiti e semifreddo di Ricciarelli). A Pietro sembrava di sentirla ancora, la nausea che gli chiudeva lo stomaco a ogni parola di complimento del Mutilo e la rabbia, il desiderio di prendere tutto quel ben di Dio e tirarglielo in faccia.

«Questi tortelli».

Dora scoppiò a ridere.

«Mi fiderò. Ma solo perché sei stato così gentile da farti sequestrare da Laurent. Miglior luogo visitato?» disse pensando alla casa sulla costa valenciana, e al viaggio di nozze in Ecuador e nelle isole Galapagos che in quell'ultima notte Jaime le aveva dispiegato davanti, male interpretando i suoi dubbi. «Inizio io: un isolotto delle Galapagos chiamato Daphne. Hai mai fatto il bagno con i pinguini e i leoni marini? È un'esperienza che non si può spiegare. Se il paradiso non è quello, credo ci assomigli parecchio. Ora tocca a te».

Pietro si chiese quando ci fosse andata e perché, ma invece di domandarglielo disse: «Io non mi sono mai mosso di qua».

«Cristosanto, che noia che sei. Miglior scopata?»

Pietro arrossì e rischiò di strozzarsi con un tortello, e Dora rise di nuovo.

«In questo non sei cambiato, per fortuna».

Sembrava che il silenzio la turbasse. Prendeva fiato un istante e ripartiva come se qualcuno potesse comparire sulla soglia da un momento all'altro per trascinarsela via. Disse che aveva imparato a suonare la chitarra, e ad andare sui pattini, e che, come poteva vedere, aveva smesso di mangiarsi le unghie. Poi si abbuiò e gli chiese del Mutilo.

«È tornato a casa» rispose Pietro.

«Davvero? Bene! Avete ricucito il rapporto?»

Pietro annuì ma evitò di guardarla negli occhi.

«Sono felice per te. Vedi, cosa ti dicevo? Finché c'è vita c'è speranza. Brindiamo, forza! Alla cosa migliore che hai fatto in questo decennio».

Ripresero a mangiare e a commentare cosa stava accadendo attorno a loro: i turisti biondi, l'uomo con le gambe da passero che si avvicinava alla fine di ogni portata per farle i complimenti («Prima, davanti al bagno, mi ha detto che gli ricordavo la sua ex moglie». «E te cosa hai risposto?» «Che io assomiglio a tutte le ex»). Al quarto sms inviato a Laurent, quando Pietro realizzò che il suo amico non si sarebbe mai palesato, andò via la luce.

L'istante dopo Dora gli aveva preso la mano.

«Scusami se ti ho augurato il peggio in questi anni».

«Perché?»

«Avevi promesso che non mi avresti mai dimenticato».

Durante il viaggio in macchina Pietro aveva pensato che avrebbe dovuto sentire qualcosa all'idea di incontrare Dora dopo così tanto tempo – curiosità, affetto, paura – invece per tutta la cena non aveva provato altro che disagio e insofferenza; almeno fino a quando l'aveva toccato. Era bastato il gelo delle sue dita per fargli sentire il bisogno di chiederle scusa. E non per quella ridicola scena in cui, per non starla ad ascoltare, era scappato schiacciando Frida. Ma per averla cancellata dai suoi ricordi, così come aveva cancellato tutti coloro che lo avevano ferito. Lei era Dora *la loca*, Dora la stronza che gli aveva spezzato il cuore, Dora una tizia qualunque conosciuta un milione di decenni prima. E allora perché non glielo diceva, perché non le raccontava di aver dovuto rimuovere il passato per poter sopravvivere all'esplosione nucleare che l'aveva travolto? Perché non le chiedeva scusa, lì, al buio, con la mano sotto quella di lei? Perché più avvertiva quel bisogno più si sentiva schiumare di rabbia?

«Sei una brava persona» gli disse Dora avvicinando le pupille lucide alla candela.

Pietro chinò la testa. «Io non credo».

«Io credo di sì» disse lei con un filo di voce, prima di venire distratta da un rumore. «Oh, ci siamo, eccolo!»

Un uomo in vestaglia con un cero in mano brancicò verso il centro della sala dove lo attendeva una donna smilza con i capelli a porcospino, anche lei con lo stesso modello di vestaglia. Quando da qualche punto non meglio identificabile partì una musica, un led proiettò lungo le pareti della saletta un fascio di luce pastoso. Pietro lo seguì, lo vide cambiare colore e dimensione, e fermarsi al centro della pista su quella che, con ogni evidenza, era l'attrazione della serata.

Gli bastarono pochi secondi per capire come mai Laurent si fosse dato alla macchia saltando la cena. Se il boa rosa, il top di paillettes e la gonna stile pavone non gli avevano richiesto niente di più che un po' di attenzione al momento di indossarli, i preparativi del fondotinta color pesca, delle unghie laccate, delle ciglia finte spolverate di una miriade di stelle d'argento, più la piega del caschetto fucsia con la frangia e le prove sui sandali glitterati con tacco 12 non dovevano essere stati una passeggiata.

Considerato l'outfit di Laurent, si sarebbe aspettato che l'amico si esibisse in una performance elettro anni Ottanta, con bassi discotecari rivoltabudella e voci sintetizzate. Non poteva essere più fuori strada. Tre trilli di flauto traverso aprirono a un falsetto armonioso, intonato da una voce infantile.

Mistress Mary, quite contrary, How does your garden grow?

L'inglese di Laurent era impeccabile. A dispetto dei colori sgargianti con cui era truccato, il suo volto mostrava una sobrietà garbata e tesa, come se stesse impiegando tutte le sue energie per non incappare nell'errore che avrebbe sancito una figuraccia epocale.

Dora spiegò che era una vecchia filastrocca che cantavano le bambinaie inglesi, e quando Pietro le chiese se gliela aveva già sentita cantare e la vide sorridere, pensò che fosse meglio chiuderla lì. Si sbottonò il colletto della camicia, e tentò di allontanare il pensiero che si fossero messi d'accordo. Devo portarti a Viareggio, cosa saranno mai due giorni... L'avevano fregato. Ora l'aveva capito. Era stata tutta una scusa per... per cosa, esattamente?

With silver bells, and cockle shells, and so my garden grows...

Quando la musica scemò, Dora fece partire un applauso a cui si unirono tutti i presenti, pensionati compresi.

Laurent si sistemò un fermaglio che si era staccato dalla retina sotto la parrucca, fece un passo indietro e raggiunse i suoi due assistenti incappucciati. Fu come un gioco di prestigio. L'attimo prima era in piedi sorridente, quello dopo era scomparso dietro le loro spalle. Difficile dire quanto tempo passò tra lo spaesamento della folla di fronte al ritorno di Laurent vestito da ballerina del Carnevale di Rio al momento in cui Pietro rimase l'ultimo cliente di quel ristorante a non aver preso parte al trenino che si snodava lungo la sala a ritmo di salsa. Lo show attraversò un lungo repertorio che spaziava da *Believe* di Cher a *It's my Life* dei Talk Talk passando per la macarena, con salti nella discografia di Aretha Franklin e Raffaella Carrà. Pietro non prestava ascolto alla musica e, a dire il vero, non prestava ascolto neppure all'uomo con le gambe da passero che gli si sedette accanto per riprendere fiato (se l'avesse fatto, avrebbe capito che Domenico Bruni, così si chiamava, aveva conosciuto Laurent qualche estate prima a Tenerife in un locale queer, e saputo dell'arrivo dell'amico in Italia aveva convinto Loredana Conforti, l'amica viareggina con i capelli da porcospino, a farlo esibire nel suo locale per quella serata), perché il solo pensiero che gli ingombrava la mente era tornare a Pisa e consegnare la recensione a Santini. Quando le luci si spensero, la famiglia tedesca scivolò verso la cassa per pagare e Dora uscì a fumare una sigaretta con Domenico.

«Siamo rimasti solo io e te» disse Laurent. «Come ai vecchi tempi».

«Meglio qui che su un tetto».

Laurent gli si fermò davanti ma invece di sedersi gli porse la mano.

Pietro spostò lo sguardo sul cellulare che vibrava sul tavolo. Quando sul display lesse *Tiziana*, buttò giù e lo schermo tornò buio. «Vuoi ballare senza musica?»

Sperava che lasciasse perdere, invece vide l'amico chinarsi davanti a uno stereo. Pochi secondi dopo un pezzo malinconico aveva riempito la stanza, e Laurent era tornato da lui tutto sorridente. Pietro non aveva avuto altra scelta che togliersi la giacca e infilarsi tra le sue braccia accaldate.

Gli tornò in mente, come se lo vedesse accadere di nuovo in quella saletta sperduta della Versilia, la notte degli attentati in cui Pietro tremava sul divano e Laurent gli aveva poggiato le labbra sulla fronte per sentire se avesse la febbre; forse fu per quello che quando, davanti al quadro di Magali Noël, lo sentì bisbigliargli all'orecchio tre parole – «Eccoti qua, finalmente» – ebbe la sensazione di aver fatto ritorno davvero a un tempo che aveva amato alla follia e di cui tuttavia era riuscito a dimenticarsi.

«Quando l'amico di Simon che ci aveva salvato tornò a Parigi, nella villa restammo solo io e Simon. Eravamo due sopravvissuti. È incredibile quanto possa segnarti un'esperienza del genere, vero? Dormivamo sempre insieme. Mangiavamo in piedi davanti all'oceano. Mi raccontò di sua madre morta di cancro. Mi rimproverava perché non avevo letto Dumas o Maupassant. Quando tornò suo padre a dirgli che aveva venduto la villa dove dormivamo e che l'avrebbe riportato a Parigi per farlo sposare come promesso a sua madre prima di morire, Simon non ebbe la forza di rifiutarsi».

«Mi dispiace».

«Non sapevo cosa fare. Forse perché ero abituato a stare sempre sulla *cresta dell'onda*. Che espressione idiota. Abbastanza stonato per godermi il momento e abbastanza lucido per non affondare. Da Madrid, chiamai la futura moglie di Simon e le raccontai tutto. Vivevo con Dora, ma non la vedevo neanche. Ero così pieno di rabbia e avevo così voglia di fare del male che una volta finito con gli altri iniziai con me stesso».

Il volume della musica era troppo basso e riuscendo a distinguere soltanto la triste tonalità minore di quel pezzo, e non le parole, Pietro si concentrò sul collo sudato dell'amico. Le vene gli sembrava che guizzassero come lombrichi sottopelle.

«Una notte avevo tirato tanta di quella cocaina che ho iniziato a seguire questo gruppo di ragazzini. Mi sembrava di vivere in un sogno. Non volevo molestarli, volevo solo scroccare due spiccioli, quelli la presero male e mi spaccarono di botte. Un cinese che stava portando il cane a pisciare mi trovò steso accanto a un cassonetto. Ero nudo, avevo un braccio fratturato, tre costole rotte, gli occhi gonfi dai pugni».

«Cazzo».

«Oh, aspetta. Mi avevano rovesciato addosso della senape e non so quante sottilette e il cane si era messo a leccarmi quell'impiastro, così il cinese aveva dovuto trascinarlo via di forza. E io? Ridevo. Anche in quelle condizioni, anche nel punto più basso e triste della mia esistenza, mi veniva da ridere perché ero strafatto come un tacchino».

Quando dall'altra sala arrivò l'eco di un tintinnio di posate Laurent sembrò ridestarsi: si scostò quanto bastava per sollevare il braccio e si tolse la parrucca mostrando una cicatrice nascosta tra i riccioli sudati.

«Mentre mi caricavano su un'ambulanza e l'effetto di tutta la roba che mi ero messo in corpo svaniva, sentii il paramedico parlare al cellulare. Era il compleanno della figlia. Tutta la famiglia era radunata a casa sua per festeggiarla. Tutta tranne lui, che a fine turno aveva dovuto uscire per recuperare il solito tossico che "tra una settimana sarà in strada ed entro l'anno sarà stecchito"».

«Che tatto».

«Ma aveva ragione. Non sai quanti ne ho conosciuti che hanno fatto quella fine. Io non volevo morire sul ciglio di una strada. Avevo solo il cuore a pezzi. Senza Dora non so come avrei fatto».

Pietro si voltò e anche se il bancone era deserto la immaginò intenta a sfidare gli avventori in una gara serrata di shottini tequila, sale e limone. Fuori, da qualche parte, rintoccò una campana.

«Mi sono sempre creduto superiore, Pietro. Una testa di cazzo invincibile e ripiena di coca. Mi sentivo in credito con la vita per tutto quello che mi era successo in quegli anni. Per l'infortunio, per la storia con Simon... ti suona familiare?»

All'ultimo rintocco Pietro si sciolse dall'abbraccio e si voltò verso l'entrata.

«Anche tu sei così» disse Laurent scarmigliandosi i riccioli e posando la parrucca sul tavolo più vicino. La musica stava scemando.

«Io non mi sento superiore a nessuno».

«Non pensi di meritarti l'assegno di affiancamento più dei tuoi colleghi, più di quell'Eduard? Non pensi che adesso stai sprecando il tuo tempo con noi?»

Sapeva che lo stava fissando. Sentiva il suo sguardo in mezzo alle scapole. Per questo si voltò e tenne gli occhi sul ramo d'edera che dondolava davanti all'ingresso.

«Capisco che vuoi solo aiutare, ma non ce n'è bisogno. Ho tutto sotto controllo».

Non era vero, e lo sapeva. Rivedere Laurent, tornare a pensare a Dora come non l'aveva più pensata; sapeva dove sarebbe andato a finire, se non ci avesse dato subito un taglio. Per questo si avviò verso la porta, verso l'edera, verso la fine di quella serata. Peccato che Laurent lo afferrò per un polso, costringendolo a voltarsi di nuovo.

«Almeno l'hai capito che ti vuole bene?»

«Da cosa avrei dovuto capirlo?»

«Cristosanto, Pietro! Mi vuoi dire cosa ti è successo?»

«È successo, Laurent, che ho avuto un incidente mortale...»

«E non sei morto!»

«Dovrei sentirmi un miracolato? È questo che sei venuto a dirmi? Io sono l'unico qui che ha perso qualcosa».

«Cosa? Sentiamo. Cos'è che hai perso?»

Avevano gridato ma né Dora né Domenico si erano affacciati a guardare cosa stesse succedendo. Forse fuori si era alzato il vento e non avevano sentito, si disse Pietro per pensare ad altro, doveva essere così, ecco perché la vecchia insegna del ristorante gemeva come un bambino.

«Ho parlato con tua mamma. Non sai quante volte. So che non sei andato a vedere dove l'hanno sepolto, che non riesci neanche a pronunciare il suo nome».

Pietro si divincolò ma Laurent gli afferrò anche l'altro polso.

«E allora pensi di aver capito tutto? Non capiresti neanche se te lo dicessi».

«Perché noi non possiamo capirti, giusto? Nessuno può capirti».

«Una pazza che rovina tutto quello che tocca e un mezzo gay tossicomane che vuole salvare gli altri perché non ha idea di come salvare se stesso? Direi che non siete esattamente i candidati più referenziati».

Laurent gli lasciò le mani e sorrise, poi fece fuoco: «Tommaso ti direbbe che sei un coglione».

Il primo pugno gli arrivò tra lo zigomo e il naso e lo sbatté contro il muro accanto alla porta.

Pietro si guardò le nocche con un'espressione atterrita, e corse fuori.

Laurent, però, non aveva ancora finito. Lo inseguì e gli ripeté quello che aveva detto, coglione, coglione, coglione, coglione, finché Pietro gli saltò addosso. Continuò a picchiarlo, eppure non stava prendendo a pugni il suo ex coinquilino in un ristorante viareggino semideserto: Pietro era sulla spiaggia di Torre del Lago, davanti alla discoteca *Mamamia* dove in una ridicola posa da gru T recitava Carducci per convincerlo a farsi prestare le chiavi dell'Alfa Thunder, e lui gli rivolgeva le ultime parole che suo fratello maggiore avrebbe mai sentito: «Sei il più grosso coglione dell'universo».

Quando ritornò al presente e riprese fiato, osservò cos'aveva combinato e vide Laurent pulirsi il sangue dalle labbra e rimettersi in piedi, aiutato da Domenico e da Dora.

Lo vide infilarsi in bocca una sigaretta, l'attimo prima che un roncio di vento gliela strappasse dalle labbra e la mandasse a finire a un centimetro da una grata di scolo.

Mentre mani sconosciute lo spingevano via, Pietro continuò a tenere gli occhi su quella sigaretta: come se il suo sguardo avesse la facoltà telecinetica di frenare la folata decisiva che di lì a poco l'avrebbe inclinata di lato e precipitata per sempre nel buio.

7.
Il sangue del martire

Si era sorbito una decina di minuti buoni di insulti finché non le aveva chiesto se poteva fargli la cortesia di dare per conclusa la serata.

«Stai scherzando?» disse Dora, finendo l'ennesimo bicchiere di vino e prendendolo a braccetto, davanti alla saracinesca abbassata del ristorante dove avevano cenato. «È appena iniziata».

Volle passare dagli hangar del Museo del Carnevale ma quando con sua stupefatta indignazione li trovò chiusi, ripiegò sul parcheggio di un ipermercato, dove si infilò dentro un carrello della spesa e tentò di spingersi da sola a colpi di reni. Dopo aver sfilato di fronte alla chiesa di San Giovanni Bosco, le era venuta fame e aveva mangiato un trancio di pizza in piedi sugli scogli, accanto alla statua in finto bronzo che raffigurava una famiglia in attesa del ritorno dei loro cari dal mare. Nell'aria vibrava l'avviso della tempesta.

Dora era inarrestabile, parlava di qualunque argomento: Harry Potter; la differenza tra le varie scale di misurazione dei terremoti; l'attentato all'aeroporto di Madrid; una storia su un orso marsicano in Abruzzo che l'aveva fatta piangere ma di cui ora non ricordava niente; i capelli di Federer che prima le piacevano e ora non le piacevano più, o il contrario.

Quando alle due del mattino si incaponì di rimandare il ritorno a Villa Glicine per dare il bacio della buonanotte a Laurent, Pietro era esausto. La scortò in albergo senza fare obiezioni, sapendo bene che non sarebbero servite a nulla, e augurandosi soltanto che accettasse di tornare in taxi nella struttura dove dormiva o che si fermasse da loro: Pietro si sarebbe sistemato volentieri per terra o su una sedia; gli bastava solo chiudere gli occhi e riaprirli il giorno dopo, quando sarebbe stata domenica e lui sarebbe rientrato a casa per riprendere le redini della propria vita.

Il concierge indicò la chiave appesa dietro di lui: il loro amico non era ancora rientrato. Quando ipotizzò che avesse fatto un salto alla festa che si svolgeva in giardino, Dora si illuminò e corse fuori.

«Posso esserle utile in qualcos'altro?» disse il ragazzo da dietro il bancone.

Pietro si toccò la giacca per controllare che la recensione di Santini e la pennina usb fossero ancora lì.

Non appena raggiunse la grande piscina rettangolare sul retro dell'hotel, attorno alla quale fiammeggiavano decine di candele in vasi di coccio a forma di cuore, ripensò al meeting nazionale di cui parlavano Dora e il signore con le gambe da passero. Sosia, ecco di cosa si trattava. C'erano tutti: i più famosi, quasi identici nel fisico e nelle pose (Freddie Mercury, Al Pacino, Madonna, Sylvester Stallone), e altri più discutibili (come Amy Winehouse o David Bowie), riconoscibili a malapena dall'abbigliamento ma che, di fatto, non sarebbero riusciti a farsi passare per l'originale neppure da lontano e in un vicolo mal illuminato.

Pietro circumnavigò il gonfiabile con i volti di Pelé, Maradona, Platini e Baggio alto come un palazzo di due piani, sotto il quale un sosia del campione argentino con una maglietta del Napoli numero 10 troppo aderente si faceva scattare una foto in compagnia di due ragazzine che non raggiungevano i suoi anni neppure in coppia. Si trovò imbottigliato tra la folla accanto a un Elvis con indosso un Aloha Eagle in gemme rosse, oro e blu, accompagnato da mantello e cintura tempestata di aquile dorate, e osservò da vicino Silvio Berlusconi e Patty Pravo, il cui pallore, pure nella notte screziata dal riflesso delle candele e dai flash dei telefonini, gli sembrò spaventoso.

Il mattatore indiscusso della serata era Nino D'Angelo, che cantava a squarciagola il proprio repertorio partenopeo piroettando attorno alla piscina vuota con l'agilità di un acrobata. Anche se il cielo era ormai un'unica massa scura indistinguibile, i tuoni ricordavano ai presenti che le nuvole del mattino non si erano ancora sfogate e che la festa sarebbe potuta finire da un momento all'altro in un fuggi fuggi generale.

Trovò Dora seduta su un divanetto, come se avesse trascorso lì tutta la serata e non gli ultimi cinque minuti. Ai suoi lati, un signore corpulento in abito scuro e camicia floreale, e il sosia caucasico di Lenny Kravitz (il trucco era pesante ma non così accurato da riprodurne adeguatamente l'incarnato), i cui capelli sgonfiati dal maltempo e l'outfit di pelle lo facevano somigliare a un motociclista messicano.

«E quella è stata l'ultima volta che ho nuotato con i delfini» disse il ciccione.

«È la storia più straziante che abbia mai sentito. Devono mancarti molto» disse Dora.

Lui le poggiò una mano sul ginocchio. «Non sai quanto».

Lenny Kravitz finì il calice e lo posò platealmente sul tavolino da fumo. Aveva le unghie smaltate e lunghe. «Caro Otto, questa tua storia più invecchia, più migliora. Ma se continui di questo passo, diventerà un film di fantascienza».

Il ciccione di nome Otto passò una mano dietro la schiena di Dora e le bisbigliò qualcosa che la fece scoppiare a ridere.

Lenny scosse la testa, fingendosi risentito. «Non creda a una sola parola di questo individuo, signorina. Le hai detto di New York, vecchio marpione?»

«Cavallo che vince non si cambia, caro mio».

Dora si voltò verso il sosia del cantante e gli porse la flûte, e lui gliela riempì. Sembravano così a loro agio. Dora ne bevve un sorso e un filo di champagne scadente le scivolò giù dalla bocca, scomparendo nell'incavo del collo.

«Sul serio si è inginocchiata e te l'ha tirato fuori davanti a tutti?»

Lenny lanciò un'occhiata d'intesa all'amico, prima di alzarsi in piedi e assumere un'espressione risentita.

«Perché, tu saresti in grado di resistere a tanto fascino? Se avessi solo una costola in meno, farei a meno di venire a queste feste» gridò il cantante divaricando le gambe e chinando la testa verso il proprio inguine per mimare una fellatio. Quando si tirò su, scoppiò a ridere, per poi lanciarsi ad abbracciare Dora e il ciccione. Andarono avanti così finché Otto notò un'ombra che gli sfiorava la scarpa e si voltò verso Pietro che li fissava in silenzio.

«Ti sei di nuovo dimenticato le mie ostriche?»

Il vento scuoteva le paratie di vimini che delimitavano l'area della festa e il frastuono era tale da obbligare gli ospiti affondati nelle sdraio a gridare e a sbracciarsi per attirare l'attenzione dei camerieri.

«Be', il gatto ti ha mangiato la lingua e te l'ha legata in fronte?» disse indicando la fascia di cotone rosso.

«Magari ti ha riconosciuto e vuole farti un servizietto».

«Non sarà mica il sosia di qualche tennista. Voi che dite?»

Dora disse che non era un sosia di nessuno ma un amico suo, e che non credeva che inginocchiarsi di fronte a un uomo rientrasse nei suoi passatempi preferiti. I due uomini si lanciarono un'occhiata, poi tornarono a scrutare il ragazzo.

Lenny Kravitz si alzò con un lungo lamento e gli posò entrambe le mani sulle spalle. «E io, invece, dico che questo ragazzo ha tutta l'aria di uno che muore dalla voglia di succhiarlo» disse provocando un'altra scarica di ilarità a cui solo Pietro pareva essere immune. «Dài, campione. Non fare quella faccia. Era uno scherzo tra amici».

«Non avrai mica qualcosa contro i gay?» disse Otto.

Pietro immaginò di non aver mai messo piede a quella festa, di non aver mai visto quei due coglioni, di non aver mai lasciato Pisa e il suo appartamento.

«Ti riaccompagno a casa» disse voltandosi verso Dora.

Lei si alzò dal divanetto. «Perché non restiamo un altro po'? Ci divertiamo. Ne hai bisogno quanto me».

C'era solo una cosa di cui Pietro aveva bisogno per resistere allo sconforto che dalla pelle sentiva filtrare nel suo corpo e immiserirlo ogni minuto di più, ed era la persona a cui si sforzava di non pensare da più di due anni, e con cui aveva passato l'ultima notte della loro vita insieme, a cinque chilometri da lì.

«Di cosa avrei bisogno?»

Dora gli cercò la mano ma Pietro la tirò via e scosse la testa. «Di passare una notte con te ogni tre anni? In nome di quello che siamo stati?»

Avrebbe voluto rispondergli che non era il passato che le interessava, ma il futuro. Avrebbe voluto rispondergli che se il destino le avesse mai concesso un'altra possibilità per essere felice, be', allora forse, anzi no, *sicuramente* quella possibilità se la sarebbe giocata con qualcuno capace di accettarla così com'era, qualcuno che non le avrebbe mai chiesto di diventare un'altra persona: qualcuno come Pietro. Ma non gli andava di dirglielo lì; con quegli sconosciuti che la fissavano, a due passi dalla clinica dove aveva trascorso l'ultimo mese della sua vita, sedata e annichilita.

Pietro, a ogni modo, ci mise un secondo a farle passare qualunque desiderio di cercare una risposta. «Non siamo stati niente».

Dora guardò il cielo. Il vento le agitava i capelli e le conchiglie che le pendevano dai lobi. Quando riabbassò la testa, porse il bicchiere al cantante. «Sarà il maltempo, ma ho la gola secca».

Pietro seguì lo champagne che risaliva lungo la flûte, quindi fece un passo verso Dora, prima che il cantante gli sbarrasse la strada.

«Questa signorina è proprio una forza della natura. Toglimi una curiosità, campione, è la tua fidanzata?»

Il pensiero che quello sconosciuto gli stesse rivolgendo ancora la parola gli faceva venir voglia di vomitare. Lo ignorò ma l'uomo gli affondò l'indice e il pollice della mano libera sopra la scapola, provocandogli una fitta di dolore così acuta da fargli piegare le ginocchia.

«Perché se non lo è, vedi di andare a rompere il cazzo da qualche altra parte».

Appena la morsa si allentò, Pietro lanciò un'occhiata a Dora e al ciccione: sorridevano tutti, come statue di cera dementi. Che se ne andassero a fanculo. Anche lei e le sue scenate adolescenziali. Voleva solo tornarsene a casa, il prima possibile, tornare a casa e dimenticare tutto. L'avrebbe fatto subito, se solo avesse saputo dove recuperare Laurent e la sua Mazda.

Si allontanò per telefonargli: il cellulare squillava a vuoto. Riprese a gironzolare per la festa, bevve un osceno cocktail al cocco, prima di chiamare di nuovo Laurent, con lo stesso risultato di prima. Chi gli scrisse, invece, fu Andrei.

AMICOMIO,SONOALL'AEROPO
RTO.VADOAMANILAXRIPRENDE
RMIVARUNI.TORNOPRESTO.SET
UTTODEVECROLLARE,ÈALEICHE
VOGLIOAGGRAPPARMI

Basta! Quella storia era una follia.

Posò il bicchiere su un tavolino e si incamminò verso l'interno dell'hotel sperando di incrociare Laurent per chiedergli in prestito l'auto, ma una labbrata di libeccio sradicò un pannello divisorio di vimini e glielo scagliò contro, e Pietro, per evitarlo, cadde su un lettino.

Il mare guaiolava e una nuvola di gocce salmastre dalla battigia era calata sui volti degli ospiti che, più divertiti che scocciati, avevano continuato a ballare a occhi chiusi, buttando la testa all'indietro come degli invasati e indicando la tempesta in arrivo sopra le loro teste, mentre le canzoni partenopee lasciavano il posto ai mixaggi di un dj con due enormi occhiali da sole e un paio di cuffie argentate.

Vide il sosia di un ex presidente della Repubblica perdere il parrucchino. E una donna trovarsi a lottare con la gonna che le si era rovesciata sulla testa, mettendo in mostra un paio di mutande bianche su cui spiccava la scritta rosa: *My boyfriend is a robot.* Due signori in gessato accorsero ad aiutarla. Tuttavia, i loro gesti erano così scrupolosi e i loro occhi così attenti da lasciare intuire chiaramente che in realtà non volessero aiutarla ma solo guardarle il culo più da vicino.

Tornò indietro fino all'angolo in cui aveva visto Dora in compagnia del cantante e del ciccione. Quando trovò il divanetto deserto, sentì un brivido alla base della nuca. Si scostò di dosso con una spallata l'ennesimo sosia di Elvis – «Ricordati, ragazzo: se le cose vanno male, tu non andare con loro!» – e la cercò in mezzo a un gruppo di ballerini indemoniati che si aggiravano per la festa tentando di far partire un trenino di protesta contro la burrasca.

Lo sguardo gli cadde su un cancelletto spalancato in direzione di uno stradello di sabbia che si addentrava nel cuore buio della spiaggia.

Rallentò per permettere ai suoi occhi di abituarsi al buio, e gli sembrò di sentire un grido.

«Dora?»

Inciampò in una sdraio ripiegata e cadde nella sabbia.

Tra gli ululati del vento sentì di nuovo quella voce. Raggiunse il bagnasciuga sperando che non le fosse venuta in mente una delle sue idee folli, tipo farsi una nuotata notturna. Con il mix di farmaci e alcol che aveva in corpo e i muscoli lassi per i giorni di riposo non sarebbe rimasta a galla dieci secondi.

«Dora!»

Il buio non gli mandò indietro nessuna risposta e Pietro rimase a scrutare le onde scure finché alle sue spalle si accese una luce più potente delle fiaccole della festa.

Quello che lo stupì non fu vedere T dentro un faro da discoteca, esattamente come lo ricordava (la stessa giacca di tweed nera che stava indossando Pietro, la stessa camicia bianca), ma la bocca di suo fratello che si schiudeva e articolava tre sillabe inconfondibili: SAL-VA-LA. Quando il faro ruotò su se stesso e tagliò orizzontalmente la spiaggia a tempo di musica, T scomparve. E in quell'istante Pietro, spalle alle onde, li vide.

Si erano nascosti dietro una cunetta, al riparo dagli sguardi indiscreti dei passanti e dagli schiaffi di vento. Dora era inginocchiata davanti a Otto, che si lisciava un uccello lungo e fine come quello di un cane. Quando il ciccione le strinse la mano attorno al collo, Pietro vide Dora puntargli contro qualcosa. Accadde tutto troppo in fretta, perché lui potesse capire. Ma quando sentì l'uomo gridare, come se qualcuno gli stesse strappando le braccia dalle clavicole, le corse incontro continuando a tenere gli occhi fissi su di lei e, ancora correndo, la vide alzarsi, prendere la rincorsa e assestare una ginocchiata sul naso del ciccione.

Si fermò a un paio di metri da Dora e lei gli puntò contro lo spray urticante.

«Sono io, sono io! Pietro!»

«Merda!»

Dora abbassò la bomboletta e si piegò sulle ginocchia per riprendere fiato.

«Cosa ti hanno fatto?»

«Cosa hanno provato a farmi» disse sputando contro Otto, che da terra continuava a lamentarsi cercando di fermare con le mani il fiotto di sangue che gli aveva inondato la camicia a fiori.

Pietro si avvicinò ancora e le porse la mano.

«Andiamocene via prima che torni...» ma non fece in tempo a concludere la frase, che qualcosa di duro gli si abbatté sulle reni. Pochi istanti dopo, una seconda botta sopra la tempia destra lo fece franare a corpo morto addosso a Dora, che cadde perdendo lo spray nella sabbia.

Un liquido caldo gli colava sul petto. Quando riaprì gli occhi, vide Lenny che oscillava una bottiglia di champagne come una mazza da baseball. Ecco con cosa l'aveva colpito.

«Te l'avevo detto che dovevi farti gli affari tuoi, campione».

Riconoscendo la voce dell'amico che si era allontanato per liberarsi dietro a un cespuglio, Otto si rimise in piedi e iniziò a girare in tondo come un toro impazzito, tenendo la testa all'indietro. «Questa troia mi ha rotto il naso!»

Dora si tolse di dosso Pietro, ma non fece in tempo a rialzarsi che Lenny la colpì allo stomaco con una pedata, prima di abbandonare la bottiglia sulla sabbia e afferrare Pietro per il colletto.

«Avresti potuto dividertela con noi. Ora dobbiamo fartela pagare. Dico bene, Otto?»

Il ciccione rifilò un'altra pedata a Dora, che rantolò faccia a terra, quindi mise Pietro in ginocchio e gli strinse i polsi dietro la schiena.

«Occhi aperti!» gli gridò Lenny schiaffeggiandolo. «Non vorrai mica perderti tutto il divertimento? Adesso ti spiego come andrà a finire questa serata, campione». Gli strinse le guance come un cartone di latte da cui si vuole spremere le ultime gocce. Pietro si sentiva girare la testa e aveva la nausea. «Mi sbottonerò i jeans e tu me lo prenderai in bocca. Perché era questo che volevi dal principio, giusto? E dopo ci occuperemo della tua amica».

Parlava lentamente, come se stesse spiegando le regole di un gioco da tavola a una platea di bambini. «Ma non farti venire strane idee. O il trattamento sarà molto più doloroso».

«Oh sì» disse l'altro, tenendolo ancora per i polsi.

Dallo stradello risalì il suono di una voce e Pietro sperò che fosse arrivato qualcuno a salvarlo. Vide Nino D'Angelo e la donna a cui si era sollevata la gonna gettare un'occhiata nella loro direzione, e con una risata avviarsi dalla parte opposta, immaginando che quel gruppetto dietro la duna si stesse dilettando in quello di cui anche loro avrebbero goduto di lì a poco. Quando sentì il rumore della cerniera dei pantaloni di Lenny, Pietro chinò la testa e vomitò.

«Cristo santo! E adesso dovrei metterlo in quella fogna?»

Otto scoppiò a ridere e Pietro tentò la fuga a quattro zampe, ma una pedata lo ripiombò faccia a terra. L'attimo dopo Lenny gli premeva un ginocchio in mezzo alla schiena. Appena gli calò i calzoni e le mutande e gli poggiò le dita sulla natica, Pietro li scongiurò di fermarsi.

«Sentilo come frigna. Ora non fai più lo spaccone, eh?»

«Rilassati» disse Otto. «Magari ti piace».

Nel lunghissimo momento che seguì – un momento in cui Pietro tornò a sentire nel vento le gocce di acqua salmastra che arrivavano dalla battigia e i bassi dei pezzi disco dalla piscina dell'hotel – mentre le dita dell'uomo si muovevano sulla sua pelle come granchi e la bottiglia di champagne gli risaliva lungo una coscia guidata dal ciccione, ci fu un altro rumore. Non era Dora che si lamentava né un'altra coppia in cerca d'intimità, ma il grilletto di una pistola.

«Buttala via, stronzo!»

Lenny cercò di mettere a fuoco il tizio che aveva parlato ma non riuscendoci allargò le braccia. «Ehi, amico, vacci piano! Stiamo giocando».

«Ora ti buco quella pancia del cazzo e vediamo come finisce questo gioco!»

La bottiglia cadde sulla sabbia, a mezzo metro dalla testa di Pietro.

«Fate un passo indietro. Tutti e due!»

Appena lo lasciarono andare Pietro sentì un brivido risalirgli alle tempie. Si tirò su i pantaloni ma cadde di nuovo, e allora si voltò verso l'uomo con la pistola: il fascio di luce proveniente dalla piscina illuminava il volto ancora truccato di Laurent.

«Ora noi ce ne andiamo. E voi, se non volete finire male, farete meglio a non seguirci. Dora, ce la fai?»

Pietro, ancora seduto, la guardò alzarsi. Aveva la faccia coperta di sangue, eppure gli sembrò che stesse sorridendo.

Colpì Lenny con una pedata all'inguine e Otto di nuovo sul naso e, mentre il ciccione gridava di dolore, si chinò su Pietro, gli infilò gli occhiali che aveva trovato nella sabbia – a differenza del suo spray urticante e del cellulare dell'amico, che vibrava da qualche parte per la quarta chiamata persa di Tiziana – e lo aiutò a rimettersi in piedi.

Anche se i due aggressori erano fuorigioco, Laurent indietreggiò per ultimo continuando a tenerli sotto tiro. Abbassò la pistola un paio di minuti dopo, all'ingresso dello stradello, dove Dora e Pietro si erano fermati a guardare il cielo.

La declinazione calcistica del Monte Rushmore si era liberata dai tiranti e ora volava lentamente sopra le loro teste sospinta dagli ultimi bagliori della festa, verso le chiome dei pini marittimi, in bocca al mare buio. Solo quando un tuono scosse il cielo come un lenzuolo e incominciò a piovere, Laurent si ridestò e vide che Pietro sbatteva gli occhi di continuo, come se si stesse sforzando di non cedere al sonno; allora gettò la pistola addosso a un tizio in costume da poliziotto che dormiva sulla spiaggia, prese il braccio che ciondolava lungo il corpo dell'amico e se lo tirò dietro al collo come aveva fatto Dora, e insieme ripresero a camminare verso l'albergo.

8.
Il miracolo

Le nuvole addensate attorno ai ripetitori del Monte Serra come paglia sugli stolli,
la luce viola soffocante,
i vivai ingolfati dal vento,
le anziane alla finestra che si facevano il segno della croce,
i pini inquieti del lungomonte,
le strade vuote,
i guaiti dei cani,
i bambini con la testa sulle ginocchia delle madri,
tutto indicava che qualcosa di inarrestabilmente violento stava per accadere e invece, proprio quando gli argini lambiti dalla piena dell'Arno sembravano non poter sopportare una sola goccia d'acqua in più, il vento aveva cambiato direzione e dirottato le nuvole verso il mare lasciando un'unica nube sopra la Torre di Pisa, nera e piatta come una bara, a testimonianza di un dolore che poteva accadere e non era accaduto. Quello che era accaduto, al contrario, aveva un nome che Pietro conosceva e odiava per il ricettacolo di falsità che conteneva. Un nome che Tiziana, inginocchiata di fronte al suo letto d'ospedale, aveva pronunciato con le guance accese di gratitudine: «È un miracolo».

A occhi chiusi, Pietro non l'aveva riconosciuta dal timbro della voce ma dall'energico profumo di arance che aleggiava nella stanza.

In fondo al suo timpano destro, infatti, fischiava un ronzio così costante e acuto da fargli venir voglia di cavarselo con un'unghiata. Aveva tentato di grattarselo ma sua madre gli aveva afferrato il polso prima che potesse sollevare le bende: non si ricordava cosa gli avevano detto i medici, voleva rovinarsi? No, non ricordava niente. E no, non ci teneva a rovinarsi. Sempre che non l'avesse già fatto.

Nei secondi successivi aveva cercato di capire dove fosse e mentre metteva a fuoco i quattro pannelli traforati sopra la sua testa, aveva creduto di essersi appena risvegliato dopo l'incidente con suo fratello. Possibile che la morte di T, e lo specchio del suo docente andato in frantumi, e la scazzottata con Laurent nella bettola di Viareggio, e l'aggressione sulla spiaggia non fossero stati altro che un brutto sogno?

Era stato l'abbigliamento di sua madre a riportarlo alla realtà. Aveva il rossetto e teneva i capelli color pomodoro annodati con un foulard floreale, come faceva le domeniche prima dello scandalo del Mutilo, quando usciva a prendere messa nella chiesa di San Frediano e rincasava con un vassoio da otto meringhe.

«Hai visto che non li fermo e basta, i fulmini? Ho imparato anche dove farli cascare!»

Una goccia aveva lasciato la sacca della flebo ed era atterrata sul deflussore. E a Pietro era tornato in mente dove si trovava e come ci era arrivato.

Rientrati nella loro camera, al Bella Riviera, mentre Pietro si accasciava sul letto Laurent aveva seguito Dora in bagno e mentre l'amica si lavava il sangue dalla faccia si era lanciato in una filippica per convincerla a denunciare immediatamente quei due figli di puttana. Quando Dora aveva chiesto a Laurent un attimo di tregua e di silenzio, giusto per tirare il fiato, e Laurent aveva varcato la soglia del bagno per andare a vedere in che stato fosse Pietro, lei si era barricata dentro. Non solo si rifiutava di chiamare la polizia ma pretendeva che Laurent le giurasse che non l'avrebbe chiamata neanche lui; altrimenti avrebbe dovuto tirarla fuori di lì con le unghie e con i denti, quant'era vero che portava il nome di un guerriero. E poi non sarebbe comunque servito a niente, la polizia l'avrebbe accusata di essere stata lei a provocare quei due e alla fine l'avrebbero riportata in clinica e buttato via la chiave.

Laurent la lasciò perdere e tornò a occuparsi di Pietro. Il taglio sopra la tempia non sembrava così preoccupante: il sangue si era arrestato, ora rimaneva solo un brutto bernoccolo. Quando ebbe finito di medicarlo e bendarlo con il kit di pronto soccorso che aveva trovato dentro l'armadio, Laurent era tornato a bussare alla porta del bagno per convincere Dora a rivedere le sue posizioni sulla denuncia, ma prima ancora che potesse aprir bocca un tonfo alle sue spalle l'aveva fatto voltare: Pietro era caduto sul pavimento. A guardarlo bene, mentre tentava invano di rimettersi in piedi, veniva da pensare che qualcuno l'avesse fatto ruotare su se stesso per gioco fino a fargli perdere l'equilibrio: i piedi che si incagliavano nella moquette, le gambe che si curvavano come fogli di carta. Venti minuti dopo, invece della polizia, dalla porta della loro stanza erano entrati due operatori del 118.

Mentre veniva caricato sulla barella, e poi di lì in ascensore e in ambulanza, Pietro aveva avvertito un ronzio infernale dentro i timpani. Strano ma vero, anche se gli pareva che tutta l'acqua che veniva giù dal cielo gli sciambrottasse dentro la calotta cranica, non si era lasciato invadere dal panico. Al contrario, era come se la paura che lo aveva accompagnato per tutta la vita – la paura di sbagliare, di deludere, di fallire – fosse svanita di colpo. Che l'aver esaudito il desiderio del fantasma di T avesse riparato la corruzione della sua anima e le mancanze nei confronti dell'unica donna che aveva mai amato? Che quello stridio irritante da treno fuori controllo fosse in verità la morte che veniva a prenderlo? L'istante dopo aveva perso i sensi.

L'esito della Tac al pianterreno del reparto di neurochirurgia (non nell'ospedale di Viareggio che si era allagato nella tormenta ma in quello di Pisa, dietro l'appartamento dei Benati) confermò l'intuizione del personale medico che lo aveva portato in ambulanza: la bottiglia di champagne che Lenny gli aveva sbattuto in testa aveva rotto l'osso temporale in una zona chiamata «rocca petrosa». L'ironia di quella coincidenza non era passata inavvertita. Per fortuna il timpano era illeso, un dettaglio che escludeva sordità e paralisi facciali. E quel ronzio, allora? Forse era solo una conseguenza del trauma, un po' di pazienza e sarebbe svanito da solo.

Anche se Pietro non aveva un bell'aspetto (tutto bendato com'era in testa e sugli orecchi, e con due cerchi violacei e tumidi attorno agli occhi), Tiziana era felice come una Pasqua. Il trasporto di suo figlio nell'ospedale di Pisa invece che in quello di Viareggio e la rottura di un osso che portava il suo nome erano due segnali inequivocabili della natura miracolosa di quell'evento. Il terzo segnale, quello decisivo, che Pietro avrebbe conosciuto di lì a poco, riguardava suo padre.

Mentre Pietro si districava tra quei ridicoli sosia, attorno al tavolo della sala della musica Tiziana aveva chiesto a suo marito se desiderasse altra insalata: il Mutilo aveva schiuso le labbra ma, invece di articolare una parola, aveva boccheggiato come un pesce e con due occhi increduli si era toccato la testa, quasi che la sua risposta si fosse impantanata là dentro e stesse lottando per aprirsi un varco. Tiziana si era precipitata a tastargli le braccia («Senti formicolio alle gambe? spossatezza?») e quando Berto aveva annuito l'aveva portato in ospedale.

Nella capsula cerebrale del Mutilo si era rotta un'arteria e la sacca emorragica prodotta aveva esercitato una tremenda pressione sui tessuti circostanti: un ictus, ecco cosa gli stava succedendo. I medici lo avevano operato d'urgenza e, dopo aver rimosso quasi tutto il sangue, lo avevano intubato e collegato a un drenaggio ventricolare esterno (in grado all'occorrenza di misurare anche la pressione intracranica), dopodiché lo avevano addormentato con due milligrammi di Propofol per chilo in aggiunta al Remifentanil, un oppioide rapido da smaltire al risveglio. Sì, perché nonostante il quadro fosse ancora grave, il fine era naturalmente quello: risvegliarlo. Se la premura e la diagnosi corretta di Tiziana avevano limitato i danni, ai medici restava l'arduo compito di ridurre l'attività cerebrale al minimo, sperando che l'edema e l'ipertensione cranica si attenuassero.

Anche se soltanto il tempo avrebbe detto quali erano le reali condizioni di Berto, quel salvataggio in extremis per Tiziana fu il sigillo reale alla sua teoria: dopo tante maledizioni, finalmente il creato aveva steso una mano misericordiosa sulla sua famiglia. E non solo perché suo marito e suo figlio si erano salvati, ma perché dopo anni di distanza, risentimenti e silenzi, adesso il destino li aveva schiaffati addirittura allo stesso piano dello stesso ospedale, divisi solo dal lungo corridoio di neurochirurgia che collegava il reparto di terapia intensiva a quello ordinario.

A completare il lavoro che il destino aveva iniziato ci avrebbe pensato lei: uno sprone più che valido per persuaderla ad accantonare la sua indole mite e riservata, e dichiarare guerra a quella zucca vuota di suo figlio.

Durante i cinque giorni di convalescenza, nella stanza di Pietro si diedero il cambio parecchie persone.

Laurent: che, invece di lasciar riposare l'amico, parlava in continuazione di un rudere vicino al lago di Massaciuccoli dove con un prestito e un po' di olio di gomito avrebbe potuto aprire un agriturismo – anche se era difficile capire se dicesse sul serio o fosse soltanto una reazione alla brusca sospensione delle «pozioni di felicità» con cui si era stordito negli ultimi mesi; reazione a cui si aggiungeva l'acquisto di una pistola a elastici nell'edicola dell'ospedale;

Varuni: una donnina con una nidiata di capelli corvini che, appena arrivata dalle Filippine con Andrei, ammonticchiava sul suo comodino risi speziati e registrazioni di sedute di meditazioni di un tale santone vattelappesca, più caterve di fiori dal profumo così intenso da causare ondate di starnuti e colate di muco a chiunque transitasse nei paraggi;

Andrei a la muerte: che all'inizio era il solito sciabigotto esaltato che arringava infermiere e visitatori («ditemi la verità, gente, questo mio amico è o non è il più frantumato figlio di puttana del Tirreno?»), ma che col trascorrere delle ore perdeva pezzi dell'aneddoto che stava raccontando, tagliandolo sul più bello o concludendolo con un finale brusco e senza senso, inverosimilmente lontano da come erano andate le cose, prima di annuire mesto e uscire nel parcheggio davanti alle finestre, dove trascorreva le ore restanti a fumare e a insegnare a Laurent come effettuare il freno a mano perfetto con quel trabiccolo scaccia-uccelli;

Melany: la madre che era tornata in Italia con la scusa di dover portare il figlio in visita dalla nonna, e poi aveva boicottato qualunque provino che la sua agente le proponeva negli Usa, per accettare infine uno spot di una marca di profumi girato tra Livorno e Firenze;

il piccolo Roberto: che correva lungo i corridoi dell'ospedale a mordere le foglie del potus, a trascinare lucertole per i corridoi, a elemosinare biscotti dalle infermiere e a recuperare gli elastici che Laurent gli sparava sul pavimento, prima di risalire sul letto di Pietro ed esausto appisolarsi contro il ventre di suo zio.

Mentre questa baraonda di persone seguitava avanti e indietro, Tiziana metteva in atto il suo piano con una tenacia fantasiosa e instancabile.

«Ci sono due infermieri che si palpano nel corridoio».

«Il topo più grosso che abbia mai visto si è appena infilato sotto il tuo letto».

«In bagno ho trovato uno spinello!»

Entrava nella stanza di Pietro con una di queste scuse, lo metteva su una sedia a rotelle e lo spingeva fuori continuando a stordirlo di chiacchiere lungo il corridoio che si allungava verso il reparto di terapia intensiva dov'era ricoverato il Mutilo. Ce l'avrebbe fatta, se Pietro non avesse impiegato ogni risorsa per sventare quegli attacchi aggrappandosi ed attaccapanni ed estintori, visitatori di passaggio e sedie e panche, provocando derapate simili a quelle che Andrei esibiva nel parcheggio davanti alla sua stanza.

Quando Tiziana lo riportava in camera rampognandolo come un ragazzino indisciplinato, lui non la degnava neanche di una risposta: si voltava verso la finestra, sbiascicava due o tre parole incomprensibili e incrociava le braccia, come a dire che se quella era una battaglia di cocciutaggine, be', allora nessuno aveva più possibilità di uscirne vincitore di lui.

Di norma Pietro la ignorava leggendo, specie all'inizio quando il ricordo della recensione mai consegnata a Santini e del probabile sorpasso del catalano nella corsa all'affiancamento gli bruciava ancora. Peccato che dopo pochi minuti le braccia gli si indolenzivano e il libro gli franava sul petto, e allora sua madre accorreva a ricordargli l'invito dei medici, «Pensa solo a guarire» e poi il suo, «Vai a trovare tuo padre».

La Tac confermò un quadro stabile e incoraggiante: Pietro era debole ma non aveva problemi di equilibrio. E quando i medici autorizzarono le sue dimissioni, la guerra tra madre e figlio prese una piega inattesa.

«Ha tossito, ha tossito!»

Tiziana si era fiondata gridando in camera di Pietro, che ci aveva impiegato un po' a ricordarsi di quello che gli aveva spiegato l'anestesista. Per valutare quali danni neurologici avesse lasciato l'ictus, i medici avevano deciso di aprire delle «finestre di sospensione»: momenti giornalieri in cui la sedazione veniva interrotta e il paziente riportato allo stato di veglia. Quel giorno, a quanto aveva capito dalla narrazione tachicardica di sua madre, il neurochirurgo aveva chiesto al Mutilo se fosse in grado di fargli una smorfia e lui aveva sventolato una lingua da cammello.

Qualunque cosa stesse accadendo in quella stanza in fondo al corridoio dove non voleva mettere piede, Pietro si sentì con le spalle al muro e ringraziò Dio non appena Laurent si sedette nella poltrona accanto al suo letto e gli domandò se, dopo aver firmato le dimissioni, gli andasse di farsi un giro con lui. Con ancora la testa bendata aveva salutato le infermiere e si era avviato verso l'uscita, ignorando gli occhi di sua madre che gli bucavano la schiena.

Soltanto una volta seduto nella Mazda, si era preoccupato di chiedere all'amico quello che ancora nessuno gli aveva spiegato:

«Dov'è Dora?»

«A casa tua».

«E come sta?»

«Non esce da una settimana».

Pietro si chiese se fosse per l'aggressione o per un nuovo crollo nervoso. «Magari ha solo bisogno di essere lasciata in pace».

Laurent non lo portò in giro, come gli aveva promesso. Si fermò, invece, pochi minuti dopo, davanti al portone dei Benati. Pietro non protestò neanche. Lo seguì su per le scale e, mentre varcavano la soglia dell'appartamento al quinto piano, si sentì investire da una folata di vento. Dentro, l'anta di un armadio sbatté e il lampadario oscillò con un lievissimo tintinnio. Nella camera di Pietro in fondo all'appartamento, Dora se ne stava appoggiata al davanzale della finestra spalancata e fissava l'orizzonte. Appena realizzò che qualcuno doveva aver aperto la porta, si voltò: la luce del giorno le incendiava i capelli a mezz'aria, ma gli occhi erano due fari neri.

«Ti sembra una in pace?»

Laurent non aveva fatto in tempo a richiudere la porta che Dora aveva lasciato la camera a passo di marcia e, senza dire una parola, li aveva superati e infilato le scale.

«Dora!»

«E ora dove sta andando?» disse Pietro.

Laurent poggiò la borsa dell'ospedale nel corridoio. «Le ho promesso che salivamo sulla Torre».

«Ho ancora la testa bendata. E te vuoi farmi salire trecento scalini?»

Laurent chiuse la porta e alzò le spalle. «Era la prima volta che mi parlava in una settimana. Cos'altro potevo fare?»

«Duecentonovantatré» gridò Dora mettendo piede nella cella campanaria a cielo aperto.

«Li hai contati tutti?»

«Perché ha sette campane?»

Laurent si voltò per rimandare la domanda all'unico autoctono della compagnia, ma non vedendo Pietro da nessuna parte affiancò Dora. Avevano già fatto l'intero giro della passerella panoramica, e si erano rannicchiati sui gradoni di marmo per godersi l'affaccio sulla Piazza dei Miracoli (le palpebre socchiuse contro il vento su cui galleggiava una coppia di gabbiani), quando era comparso anche Pietro.

Aveva il fiatone e la fronte sudata. L'operazione e i farmaci lo avevano infiacchito perché quando si sedette accanto a Dora e alzò lo sguardo ci mise un bel po' a capire che le macchie biancastre che aveva davanti agli occhi non dipendevano dalla sua debolezza ma dalla coltre di umidità che si era addensata sulla linea piatta dell'orizzonte.

«Perché sette campane?» chiese di nuovo Dora.

«Non saprei... forse una per ogni nota?»

«Speravo in qualcosa di più originale».

«Tipo?»

«Che ne so. Una storia? Siamo sul campanile più famoso del mondo! Immaginavo che anche le campane avessero qualcosa di speciale».

Pietro si asciugò il sudore dalla fronte, stando attento a non spostare la benda, e si voltò verso il cerchio. «La campana di San Ranieri è chiamata la campana della Giustizia. O del Traditore. Durante il Medioevo suonava a ogni esecuzione per tradimento. Si dice che risuonò anche il giorno in cui il conte Ugolino venne rinchiuso in cella coi figli, e condannato a morire per fame».

«Che allegria» disse Laurent.

Dora si voltò verso le campane. «Quale sarebbe?»

Pietro rispose che non lo sapeva. Ricordava che suonava in re, anche se evitò di dirlo per non guadagnarsi ulteriori scherni da parte dei suoi amici. E prima Pietro e poi Dora tornarono a fissare l'orizzonte.

«Quante volte ci sei venuto?» chiese lei.

«Con Andrei. Il giorno dopo la mia laurea».

«Solo una?»

«Gli studenti non possono andarci. Altrimenti non si laureano».

«Un'altra leggenda?»

«Hai visto, qualcosa la so anch'io».

Due gabbiani spennellavano il cielo da destra a sinistra, senza sbattere le ali.

«E ci credevi?»

«In realtà no».

«E allora? Ce l'hai avuta davanti agli occhi per tutto questo tempo e non ci sei mai salito?

«Immagino...» disse Pietro a voce più bassa, tenendo sempre lo sguardo dritto di fronte a sé, «che non volessi rischiare di restare deluso».

Dora si voltò a guardarlo e per un attimo ebbe la tentazione di chiedergli se era per questo che non l'aveva mai cercata in quegli anni. Se non glielo domandò, tuttavia, fu solo perché sentì che nel tono con cui Pietro aveva pronunciato quella frase non si nascondevano rimpianti o recriminazioni: era semplicemente la piega che aveva preso la loro storia, sussurrata con il pudore che spetta solo alla verità.

«Chissà se la leggenda vale anche per il dottorato» disse Laurent sporgendosi oltre la schiena di Dora per battere un colpetto sulla spalla di Pietro.

«Dubito che potrebbe andare peggio di così».

Dora si alzò di scatto e raggiunse l'inferriata di sicurezza che circondava il perimetro. Le arrivava a malapena all'ombelico; se si fosse sporta, avrebbe rischiato di cadere: chi poteva essere stato tanto stupido da progettare un dispositivo di sicurezza così poco sicuro? Quando un addetto al campanile le gridò di allontanarsi, Dora fece finta di non sentirlo, afferrò la ringhiera e si sporse quel tanto che le bastò per dondolare un filo di saliva dalle labbra, farlo vibrare qualche secondo al vento e poi lanciarlo di sotto, in direzione del selciato che tagliava il prato della piazza per collegare la Torre al Duomo e al Battistero. In quel momento, mentre Pietro le diceva di non fare la cretina, ripensò a suo padre, che si era buttato in un fiume da un'altezza simile a quella. Non era per lui, però, che aveva voluto salire là sopra. L'aveva fatto per se stessa, e una questione di prospettive: per una volta nella vita sentiva il bisogno di orientarsi. Di smetterla di girare a vuoto. Di imboccare una strada con la certezza che alla fine avrebbe trovato ciò che cercava.

«Dov'è il mare?» gridò tornando su.

«C'è un po' di foschia oggi...»

«Fammelo vedere».

Pietro si voltò verso Laurent, che scrollò le spalle, quindi camminò verso di lei evitando di sbirciare di sotto. Una volta raggiunta si attaccò al pomello sferico dell'inferriata e deglutì, scostandosi i capelli dalla faccia.

«Dovresti attraversare la città» disse.

Dora gli afferrò il braccio e lo puntò davanti a sé come un telescopio. «Là?»

Pietro ruotò la testa di lato e la guardò. A cosa stava pensando? Dietro di lei, il Monte Serra. Pensò che avrebbe potuto puntare il braccio su via Roma, il quartiere dove era nato e cresciuto, poi sul muro del giardino botanico su cui aveva rischiato di staccarsi una gamba, e infine dirle di andare dritto fino all'Arno, da lì c'era solo da seguire la corrente fino alla foce. Invece spostò il braccio di qualche grado a sinistra e le indicò un quadrato vuoto in mezzo ai tetti.

«Quella è piazza dei Cavalieri. Se prendi giù di là, trovi la statua di Ulisse Dini. Ha una mano aperta che sembra fatta apposta per appoggiarci le sigarette e le birre, o almeno era quello che facevano metà degli studenti. Andando avanti arrivi ai portici di Borgo, e ancora dopo a quelli di piazza delle Vettovaglie» sotto cui T mi ha invitato al suo matrimonio, pensò, nel tempo di un sospiro.

Mentre Laurent cercava di calmare l'addetto alla sicurezza che gridava di allontanarsi dalla paratia, Dora teneva il braccio teso di Pietro davanti a sé: ma i suoi occhi brillavano con una tale attenzione che si sarebbe detto che stavano vedendo davvero i luoghi che l'amico aveva evocato in quell'avvallo di tetti, alberi e camini.

«Ancora dritto per una cinquantina di metri e sei al Ponte di Mezzo, dove ogni giugno i combattenti di Tramontana e i rivali di Mezzogiorno si sfidano al Gioco del Ponte. Mia nonna Lea. Che fanatica. Lo guardava sempre in tv, non credo se ne sia persa un'edizione».

Dora avvicinò la testa a quella di Pietro e strinse un occhio, come se volesse essere sicura di seguire la traiettoria corretta.

«Ora, se salti sull'altra sponda, noterai una chiesa che sembra sul punto di franare nel fiume. Santa Maria della Spina. Ah, da lì si dovrebbe vedere un palazzone, oltre il cavalcavia... ci viveva la brigatista che partecipò alle uccisioni di Massimo d'Antona e Marco Biagi. Se ci penso, mi sembra ancora incredibile, considera che ci sarò passato davanti un centinaio di volte».

Anche se era impossibile scorgerlo da quella distanza, e con quella foschia, Pietro spostò il braccio di qualche grado verso destra e lo puntò sul campo sportivo nella zona industriale di Porta a Mare dove aveva visto T esibirsi contro il Rosignano Solvay nella prima partita da extraterrestre della sua carriera, ma prima di aprire bocca ci ripensò e lo inclinò lievemente a sinistra.

«Se giri di qua vedrai la basilica romanica di San Piero a Grado. Non è esattamente sulla strada per il mare, ma ti piacerebbe. È una chiesa isolata, fresca. Non ci va quasi mai nessuno. Ci hanno rinnovato i voti di matrimonio i miei genitori».

La sentì rabbrividire contro di lui e pensò che, magari, non avesse più le forze per tenere il braccio sollevato. E poi, da quant'è che non parlava? Si sentiva male? Quando si rese conto che era lui a tremare e non Dora, si zittì e lasciò che intuisse da sola dove si trovava il rettilineo che portava a Marina di Pisa; un rettilineo lungo e alberato in fondo al quale, dietro un cancello di legno color tortora, stagnava il retone di pescatori in cui una notte di novembre di luna piena quattro ragazzini si erano sbronzati a merda e poi avevano avuto la bella pensata di lanciarsi a tutta velocità verso il centro a bordo di una Bmw nera.

Di fronte al ricordo dell'incidente Pietro abbassò la mano e si voltò con l'intenzione di tornare a sedersi ma, come se gli avesse letto nel pensiero, Dora lo tirò a sé prima che se ne andasse. Restarono abbracciati a lungo, senza dire niente, tra i garriti dei gabbiani e il vocio del custode infastidito dalle scuse di Laurent, finché con una voce leggera come il vento che tentava di separare i loro corpi Dora aprì di nuovo la bocca e pronunciò una parola, una parola soltanto – «grazie» – e finalmente, poggiata la tempia sulla spalla di Pietro, lasciò perdere il mare e chiuse gli occhi.

9.
Contro Dio il clamore fraterno
(E poi vienimi a dire che il nostro amore non è grande come il cielo sopra di noi)

Due giorni dopo il Mutilo si era svegliato e Tiziana aveva agguantato suo figlio per un braccio giurando che se non fosse entrato in quella maledetta stanza poteva anche andare a cercarsi un'altra madre. E così quella sera, mentre Laurent si era fatto convincere da Andrei a uscire per festeggiare la fine dell'album, e Dora aveva scoperto il potere narcotico dei riflessi argentei che i pannelli fotovoltaici del laboratorio chimico sotto la finestra gettavano sulle pareti di casa Benati, Pietro non poté far altro che alzare bandiera bianca. Attraversò il corridoio tra i due reparti, si fermò di fronte alla porta con la targhetta *Alberto Benati*, dopodiché prese un respiro ed entrò.

Dopo aver giudicato il quadro clinico del Mutilo incoraggiante, il neurochirurgo aveva sospeso la somministrazione di oppioidi e Propofol, e staccato il paziente dal respiratore. Tiziana toccava il cielo con un dito: suo marito non solo era sopravvissuto, non solo si era risvegliato, ma parlava. A fatica, strascicando le parole, sbavando, però parlava; anzi non la smetteva mai di parlare, soprattutto per ringraziare chiunque l'aveva assistito durante il ricovero. Anche se non riusciva ancora a muovere la parte sinistra del corpo, volto compreso, sfoggiava sorrisi sbilenchi e balbettava una battuta dietro l'altra; stupide, ma quasi sempre comprensibili. Nessuno avrebbe mai detto che gli era stato rimosso un ematoma cerebrale grande come una pesca, appena due settimane prima.

A eccezione dei ringraziamenti la frase che ripeteva più spesso era che, una volta tornato a casa, si sarebbe concentrato su un progetto che gli era comparso in sogno (niente cavalli o altre stupidaggini del genere stavolta) e che gli avrebbe procurato tanti di quei quattrini che gli sarebbero spisciorati fuori dalle mutande. Il resto del tempo lo passava a ridere. Si zittiva giusto una manciata di secondi, quando le infermiere gli consigliavano di riposare, e poi ripartiva da capo. Figuriamoci. Lo avevano riportato in vita, il minimo che poteva fare era sgolarsi per ringraziarle e rendergli quel lavoraccio meno amaro.

Appena Pietro varcò la soglia della stanza notò la rugiada grigia che appannava lo sguardo di suo padre ma, invece di rassegnazione o sgomento, gli parve qualcosa che assomigliava alla serenità. Indossava un pigiama azzurrino e aveva la barba fatta, tranne un isolotto ispido sotto l'angolo mandibolare che la mano emozionata di Tiziana aveva tralasciato. In mezzo alla fronte vibrava un ricciolo grigio, saltato fuori dalla fasciatura alla testa. Sull'addome le mani dormivano intrecciate, tranne nei momenti in cui quella mutila si ridestava e fendeva l'aria, come a manovrare moglie e infermiere. Niente nell'uomo che aveva davanti, in quella voce, in quelle dita, aveva acquisito la saggezza della vecchiaia: era solo infinitamente più stanco.

«Babbo».

Il Mutilo si voltò e gli sorrise, con metà bocca ma entrambi gli occhi. Anche Tiziana sorrise, quindi si scostò per fargli spazio e permettere a Pietro di chinarsi nell'incavo del braccio sollevato di suo padre, appena in tempo per sentirlo farfugliare:

«Tommaso mio».

Pietro rimase a fissare la saliva che gli colava dalle labbra. Come faceva a spiazzarlo ogni volta? Possibile che non appena si illudeva che le cose tra loro potessero essere non perfette, certo, ma almeno normali, quell'uomo scovava un nuovo modo per farlo sentire un cretino? Era ancora indeciso se dargli le spalle e andarsene oppure vomitargli addosso tutto quello che pensava di lui sperando che il Mutilo fosse abbastanza lucido da provare dolore, quando la mano di suo padre gli serrò il polso.

«Devi dirgli di non smettere di lottare, a te darà retta. E digli di lasciar perdere quel videogioco. È l'ultima cosa che ti chiedo. Promettimi che non lo farai diventare come me».

In un istante a Pietro sembrò che la temperatura nella stanza fosse scesa sotto lo zero, e dalla propria bocca vide sollevarsi un ammasso di piccole nuvole artiche.

«Va bene» disse.

«Promettimelo».

«Te lo prometto».

Il Mutilo sorrise, e mollò la presa; pochi secondi dopo dormiva. Quella sera, nonostante avesse reclamato il pollo arrosto per tutta la giornata, non toccò cibo e non riconobbe nessuna delle persone passate a trovarlo. La mattina dopo era morto. Una seconda emorragia, assai più estesa della prima, aveva reso vano qualunque tentativo di rianimazione.

Sicura com'era che l'incontro tanto atteso tra padre e figlio avrebbe spianato la strada al miracolo, Tiziana andò in frantumi. L'entusiasmo e la forza che l'avevano sostenuta in quei giorni l'abbandonarono di colpo, trasformandola in un guscio vuoto che per tenersi in piedi o non essere spazzata via dal libeccio era costretta ad avvinghiarsi al braccio di Melany. Nei due giorni successivi si rifiutò in ogni modo di mettersi a letto: sedeva sul divano del salotto (ma senza stendere le gambe per paura di assopirsi; come se, a prescindere dalla durata, il lutto potesse compiersi solo nello strazio di una veglia eterna) e si interrogava senza tregua sui fiori da ordinare per il funerale, sul legno per la bara, sul loculo (come potevano pretendere che lo seppellisse nella cella che il Maggiore aveva comprato per lui e sua moglie Lea, e non accanto a suo figlio!), o recitava a voce alta i brani per l'omelia e le preghiere dei fedeli allo scopo di scegliere i più appropriati.

Alla cerimonia privata che si celebrò nella chiesetta di San Frediano tra l'Arno e piazza dei Cavalieri, la stessa dove si erano tenuti i funerali del Maggiore e di T, Tiziana ascoltò la funzione scuotendo di continuo la testa, come se si fosse resa conto soltanto allora di aver sbagliato ogni scelta possibile. Quando la messa terminò, chiese a Melany un braccio e a Dora l'altro, e si trascinò lentamente verso l'uscita.

Fuori dalla chiesa un corteo di persone si era riversato in strada e stava bloccando il traffico. Pietro temette che fossero lì per fischiarli, che imbrattassero i muri, che scagliassero gavettoni ripieni di feci contro lui e sua madre. Invece no. Erano amici, ex colleghi, compagni di scommesse, persino un paio di quelle donnine allegre che gli tenevano compagnia alle corse. Nomi sentiti pronunciare una volta. Visi irriconoscibili di cui non sarebbe stato in grado di dire nulla e che, tuttavia, si erano presi la briga di aspettare la bara di quell'uomo sotto un inatteso sole di fine marzo, solo per rendergli un ultimo saluto.

Il socio di suo padre, l'uomo che assomigliava a un cipresso, gli strinse la mano e lo baciò sulle guance dicendo: «Mancherà a tutti».

Possibile, si domandò Pietro, che quelle persone lo conoscessero meglio di lui che era suo figlio, che l'aveva visto singhiozzare mezzo nudo ai piedi di Tiziana e strapparsi i capelli per la morte di un pappagallo tropicale? Possibile che l'odio immenso che aveva provato verso il Mutilo, un odio così legittimo e inscalfibile, fosse destinato a liquefarsi nell'indifferenza e ancora nel perdono, com'era accaduto a quella nidiata di sconosciuti addolorati? Era questo che sarebbe accaduto anche a lui: un giorno si sarebbe svegliato e avrebbe sentito la mancanza di suo padre?

Quando tra la calca riconobbe Andrei (i capelli cotonati fino alle spalle, il giubbotto di pelle e i Ray-Ban, a braccetto con Varuni), pensò di raggiungerlo per chiedergli se davvero, come aveva detto Laurent, il disco era finito, ma sua madre ebbe un mancamento e Pietro corse da lei. Appena tornò a cercare l'amico, vide la chioma sparire tra i venditori ambulanti e gli studenti accalcati davanti alla Sapienza. A cosa sarebbe servito, comunque? Sapeva già cosa gli avrebbe risposto: che il tempo per loro non era mai esistito, esistevano solo le innumerevoli correnti che li avevano avvicinati e allontanati nel pogo anarchico di quegli anni trascorsi assieme.

«Sei pronto?» disse Laurent, poggiandogli una mano sulla spalla.

Pietro lo guardò e, anche se sapeva che non c'era una risposta sensata a quella domanda, fece di sì con la testa e lo seguì in direzione della Mazda su cui li aspettava Tiziana.

All'ombra dei cipressi del cimitero suburbano di Pisa in via Pietrasantina, le due enormi colonne di marmo bianco che sostenevano il frontone sembravano invitare i visitatori a uno stato di calma contemplativa. Eppure, a Pietro fu sufficiente superare la cancellata in ferro battuto per essere travolto dal caos. Parevano trascorsi cinquanta secoli da quando era stato costruito. I ladri avevano scippato le grondaie in rame e la pioggia di quei giorni si era fatta largo tra le tegole a farfalla e i conchini di fiori foracchiandoli come scolapasta, mentre il vento che si gonfiava e s'acquietava senza logica trascinava sul selciato un trapezio giallo con su scritto *Pericolo pavimento bagnato*, che nessun custode né ospite si era preso la briga di togliere di mezzo. Ovunque, persino sulle lapidi, frusciavano pagine di giornali che titolavano *vergogna*.

Vergogna per le lapidi frantumate e i tombini scoperti, intendevano. Per i cassonetti dell'immondizia che erano diventati la dimora dei gatti randagi. Per i nuovi loculi che erano un pugno nell'occhio rispetto all'architettura romanica originaria. Per le cappelle profanate, a quanto si diceva, dalle messe sataniche che qualche testa calda celebrava approfittando dello scarso traffico di guardiani e visitatori.

Un altro tipo di vergogna, tuttavia, pesava sul cuore di Pietro. E quando sua madre, e Melany e i suoi amici e i familiari si disposero attorno alla cella del Mutilo, lui retrocedette di qualche passo tra le tombe di persone che non aveva mai conosciuto, dondolando un mazzo di tulipani e immaginando le vite di quei defunti che portavano i cognomi dei suoi vecchi amici e compagni di scuola e di cui adesso, anche sforzandosi, non avrebbe saputo rievocare null'altro. Quando riconobbe i gagliardetti sportivi che ricoprivano una tomba di marmo rosa perlino, si fermò. La scritta dorata diceva:

Tommaso Benati
7.8.1974 – 2.11.2004

Anche se il giorno del funerale Pietro era a letto, bloccato dalla sua ridicola armatura di gommapiuma e acciaio, ricordò il racconto che gli aveva fatto Tiziana: l'immensa folla di amici e conoscenti che era intervenuta alla cerimonia, le tre squadre di calcio in cui aveva militato fino alla rottura della spalla, i compagni di Ingegneria, il docente che l'aveva spinto a presentare domanda alla Columbia, i giornalisti di una tv locale. E ricordò pure cosa gli era parso buffo di quel racconto (anche allora, nelle sue condizioni e nella tragicità del momento in cui si trovava l'intera famiglia), e cioè che di ritorno dalla commemorazione Tiziana non fosse scoppiata a piangere gridando il nome di suo figlio ma avesse ripetuto sa Dio quante volte che si erano presentate anche le fidanzate senza nome di suo figlio: la prova, faziosa ma decisiva, che durante i suoi trent'anni di vita Tommaso si era lasciato alle spalle una scia di ricordi meravigliosi.

Si chinò a guardare la fotografia di suo fratello. Un primo piano sorridente: l'occhio sinistro socchiuso controsole, i capelli appena fatti. Dove l'avevano scattata, si chiese, e quando? Perché non avevano scelto una foto che mostrasse la figura intera di quel corpo eccezionale? Nessuno l'aveva interpellato o era lui che si era rifiutato? si chiese. Possibile che non lo ricordasse? Cercò di respirare ma sentì i polmoni gonfiarsi invano, come se l'atmosfera si fosse squarciata e tutto l'ossigeno della terra volatilizzato di colpo. Poggiò i palmi sulle ginocchia e ruotò lo sguardo verso la tomba di suo padre ansimando, e appena notò che sua madre e Dora lo stavano fissando, imboccò il viottolo verso l'uscita. Quando si sentì chiamare per nome, invece di voltarsi, accelerò. Superò il colonnato, scese i gradini e si buttò in strada senza badare alle macchine, si calò lungo l'argine del campo dove lui e suo fratello si erano ribaltati, cadde di culo, si rialzò, strinse i denti, i pugni e le palpebre, frustò il mazzo di tulipani per aria e gridò, più forte che poté, tentando di ignorare il dolore che come un liquido lo riempiva in ogni angolo del corpo, fin quando non ce la fece più e cadde in ginocchio e allora, finalmente, cedette.

In tutto quel libeccio che gli soffiava tra i capelli, in tutte quelle lacrime che gli rigavano il volto e cadevano sulle zolle sotto le sue mani, avvertì il solito fischio risalirgli dal fondo delle orecchie e si rivide a otto anni, accovacciato in una grillaia umida, mentre soffiava su un lungo filo d'erba che gli solleticava le labbra. Non era cambiato nulla, pensò singhiozzando. Suo fratello Tommaso, che aveva sempre detestato le attese e l'idea di arrivare secondo sopra ogni altra cosa, si era semplicemente stufato di aspettarlo e aveva levato le tende e adesso, non da una tomba ma semmai da quella crosta brulla dove un giorno sarebbero tornati i girasoli, con quel fischio lo stava chiamando per vantarsi dello spettacolo che aveva scoperto.

Dopo aver aiutato sua madre a spogliarsi Pietro andò in cucina a sistemare i fiori e a scaldare una tazza di latte. Sentì dal piano di sopra Laurent che gridava al telefono con un agente immobiliare, mentre dal bagno i gorgheggi di Dora arrivavano come echi di un'altra galassia. Quando il latte fu pronto, lo portò in salotto ma trovò Tiziana addormentata sul divano. C'era un silenzio perfetto. Poggiò la tazza sul tavolino da fumo, dove qualcuno aveva lasciato la statuetta di legno di un toro in sella al cavallo che tentava di strozzare un serpente, e mentre fuori la luce del tramonto affievoliva si chinò a guardare sua madre.

Chissà se l'aveva capito davvero il giorno della morte dei suoi genitori sul ponte di Calafuria che il creato le avrebbe tolto un membro della famiglia alla volta e che lo scopo della sua intera vita, e non di un'uggiosa ipocondria, risiedeva nel ritardare il più possibile l'arrivo di una qualunque sciagura.

Le posò una mano sulla guancia e la vide incassare la testa tra le spalle, come se un'aria fredda le spifferasse sul collo.

«Se esci, prendi la giacca. Stanotte cambia il tempo...»

Rispose che l'avrebbe fatto, le stirò una coperta sui piedi e si alzò. Sfilò lungo le pareti che in passato erano state animate dalla collezione di pistole risorgimentali di suo nonno Archirio, e dagli acquarelli dei macchiaioli e dei coloristi e, alla fine del corridoio, con una mano sulla maniglia e l'altra sulla giacca, si voltò a osservare l'*Imbuto di Norimberga.*

Per la prima volta sul volto dell'educando gli sembrò di scorgere un sorriso lazzarone e pungente, come se a disdoro di tutti gli sforzi di quei maestri pomposi e arroganti nascondesse un piano ben più istruttivo e rivoluzionario di quello a cui era stato sottoposto. Come se, vale a dire, stesse impegnando ogni grammo di energia non tanto per impolparsi dei loro precetti quanto per confutarli uno dopo l'altro, fino al momento in cui si sarebbe svuotato di tutto e solo allora, in quel vuoto, finalmente, avrebbe conosciuto se stesso.

Lo stradello di cemento che dalla Società dei Canottieri portava al greto dell'Arno era deserto, e nonostante il crepuscolo e il ronzio nelle orecchie Pietro lo percorse cón lo stesso passo deciso che dovette mostrare suo nonno Furio quando ci si era immerso sette giorni prima dell'ictus che l'aveva portato alla morte. Camminò sul piccolo pontile di legno, si sedette sul bordo e dalla giacca estrasse la statuetta di legno.

Aveva pensato di prendere dei post-it e stilare una lista di addii inventati come faceva suo fratello, una galleria di spiegazioni balzane della loro scomparsa definitiva, tipo il Mutilo disperso sulle Montagne Rocciose con una schiera di cani e una gragnola di pepite d'oro che gli saltavano fuori dalle mutande, o T spazzato via da uno tsunami in Thailandia mentre faceva il culo a tennis a qualche turista americano, ma poi gli era venuto da ridere e aveva lasciato perdere. Che la maledizione Benati fosse vera oppure no, se n'erano andati loro, non lui. A ventotto anni, mentre affidava l'orrendo talismano di suo padre alla corrente e lo guardava scivolare via al tenue brivido dei lampioni, Pietro si sentì libero. Tirava un'aria fresca sul fiume e il buio aveva già smarrito l'orizzonte.

Ringraziamenti

Molte persone mi hanno accompagnato durante la stesura di questo libro. Alcune si stupiranno di trovarsi in quest'elenco (dato che non mi hanno mai incontrato di persona), altre ripenseranno con terrore alle mie assillanti richieste: a tutte loro va il mio ringraziamento più sincero.

Grazie ad Agnese Biagini, Marilena Burchianti, Michele Collareta, Tiziana De Felice, per i chiarimenti medici e l'aiuto nel ricostruire l'ospedale Santa Chiara di Pisa.

Grazie a Paolo Borruso, professore di Storia Contemporanea dell'Università Cattolica di Milano e a Mauro de Palma dell'Archivio Storico delle Poste italiane, per avermi guidato nello studio dei telegrammi fascisti.

Grazie a Marina Abatista e Gerda e Archim Heimann, per la generosa ospitalità: nessuno mi avrebbe fatto sentire più a casa di quanto avete fatto voi.

Grazie a Vincenzo Latronico, per il suo articolo «*Monkey Island*, ventisette anni dopo» pubblicato su «Il Tascabile».

Grazie a Mario Santagostini, per la gentilezza e i versi della sua poesia *Lettera* che ho amato così tanto da sbriciolare nel romanzo.

Grazie a Elena Schiavo che ha avuto la pazienza di guidarmi all'interno di un Centro crisi per dipendenti.

Grazie a Pier Franco Brandimarte, Michele Bertinotti, Massimo De Luca, Paolo Grancagnolo, Alessandra Maffiolini, Kalle Masnata, Andrea Mattacheo, Davide Mosca, Nayra Nebot Manfredini, Ilario Piccioli, Chiara Piovan, Claire Sabatié-Garat, Matteo Sarri, Gloria Spighi, Sandro Veronesi, Marco Vigevani e Massimo Vinci, per le letture, i consigli, le telefonate, l'amicizia.

Grazie alla mia famiglia editoriale, Elena Cassarotto, Daniela Guglielmino e Michele Luzzatto.

Grazie ai miei genitori Adriano Amerighi e Graziella Cavallo, a mio fratello maggiore Alessandro, a Francesca Antonioli, a Giulia e Massimiliano Puccetti, ai familiari che non ho avuto modo di conoscere e a quelli che se ne sono andati.

Grazie a Mariavittoria Puccetti, a cui devo questo romanzo e i migliori dodici anni della mia vita.

Grazie alla finzione, che vince ogni realtà.

Grazie a mio figlio, che smentisce ogni mia parola.

Indice

Varianti

Stuart Evers

La luce cieca

Romanzo

Due generazioni sullo sfondo della storia dei nostri ultimi sessant'anni. Tutto ha inizio nel 1959 quando Drum – figlio di un barista, working class – e Carter – ricco esponente della classe più agiata – stringono amicizia durante il servizio militare a Doom Town, un centro urbano nel nord dell'Inghilterra, dove vengono simulate le conseguenze della bomba atomica. Nello stesso luogo, Drum conosce Gwen, la donna che amerà tutta la vita e con la quale avrà Anneka e Nathan. Carter sposa invece la fidanzata di sempre, Daphne, e con lei avrà Thomas e Natasha. Le due famiglie saranno vicine di casa nella proprietà di campagna di Carter, nel frattempo diventato un alto ufficiale dell'esercito inglese, che offre a Drum di badare all'annessa fattoria. C'è un segreto tra loro: la casa di Carter avrà presto un rifugio antiatomico, e, in cambio della presenza di Drum sulla sua terra durante le sue molteplici assenze, Carter promette che Drum con la moglie e i figli avranno il privilegio della salvezza nel bunker. Del resto, erano anni in cui lo scoppio della bomba atomica sembrava solo una questione di tempo.
Nei decenni successivi seguiamo le vicende delle due famiglie: le incomprensioni tra genitori e figli, il voltafaccia di qualcuno, le difficoltà per tutti di trovare la propria strada, lo sforzo per portare avanti gli impegni presi. Sullo sfondo gli avvenimenti storici, politici e sociali che ci hanno segnato, dagli scioperi anni Sessanta e Settanta, agli allarmi per la bomba atomica – ancora numerosi in epoca Thatcher –, ai più recenti attacchi terroristici, ai rave party. Con una struttura tradizionale, cronologica, ma con una scrittura contemporanea fatta di frasi brevi, incisive, precise, Evers ci racconta una storia che mette insieme un respiro epico e uno sguardo intimo. Straordinari, in questo romanzo, i personaggi, e straordinaria la riflessione che permea tutto il libro, sull'amicizia e sui legami famigliari, ma soprattutto su quanto sia difficile impedire che la paura costringa i nostri pensieri e detti i nostri comportamenti. E su quanto sia difficile «fare la cosa giusta», nonostante le migliori intenzioni.

Bollati Boringhieri

Varianti

Benjamin Myers

All'orizzonte

Romanzo

Inghilterra, 1946. Nell'estate successiva alla conclusione della Seconda guerra mondiale, Robert, sedici anni, decide di trascorrere un periodo in piena libertà a contatto con la natura, prima di cominciare il lavoro in miniera cui è destinato.
Dopo qualche giorno di cammino, diretto al mare, si imbatte nel cottage di Dulcie, una donna già avanti con gli anni, eccentrica, colta, burbera, accogliente. In cambio di lavori al capanno nel suo giardino – un capanno usato in passato da una misteriosa artista – Dulcie gli offre ospitalità.
Quell'inattesa generosità segna l'inizio di un'amicizia improbabile ma saldissima, che cambierà il futuro già tracciato di entrambi. Al giovane Robert, le conversazioni con Dulcie apriranno un nuovo mondo, fatto di scambi sul cibo, sulla natura, sui viaggi e sull'importanza delle parole, soprattutto scritte. Presto, Robert si avvicina, come lui dice, «a essere me stesso e non la persona che fino ad allora avevo interpretato», mentre Dulcie prova a venire a patti con il suo passato, riscoprendo nuove ragioni di vita.
Con *All'orizzonte* Benjamin Myers si conferma uno degli autori più solidi della sua generazione, parlandoci del potere della natura per la costruzione della personalità, della forza dell'amicizia indipendentemente dall'età anagrafica, dell'importanza della letteratura, e dunque della lettura, per l'interpretazione del mondo.

Bollati Boringhieri

Varianti

Laura Lippman
La donna del lago

Romanzo

Baltimora, 1966. Dopo diciotto anni di matrimonio, Maddie Schwartz, consapevole che nella sua dedizione alla vita di moglie e madre una parte importante di sé è andata perduta, decide di lasciare il marito e le giornate da casalinga per riprendere in mano la sua esistenza. Negli stessi giorni scompare da casa una ragazzina di undici anni. Maddie si unisce alle ricerche, e seguendo il suo istinto, scopre qualcosa che, dopo breve, le frutterà un lavoro nella redazione di un quotidiano locale.
Maddie ama il suo nuovo lavoro, ci tiene a distinguersi e presto si appassiona al caso di Cleo Sherwood, una donna afroamericana trovata morta in un lago cittadino. Se si fosse trattato di una donna bianca, i giornalisti di Baltimora avrebbero fatto a gara per occuparsi della storia, che invece ottiene solo un breve trafiletto relegato nelle ultime pagine di cronaca. Maddie, sola contro tutti, comincia a indagare.
Raccontato da una pluralità di punti vista, e con impressionante ritmo narrativo, *La donna del lago* non è soltanto il resoconto di un'indagine dai toni noir, ma è la storia del rapporto tra due donne che in realtà non si sono mai conosciute, nate in due contesti diversissimi, ma entrambe impegnate nello sforzo di contrastare il destino loro assegnato.
Laura Lippman ci regala un romanzo pieno di suspense incentrato sulla redazione di un giornale in una città e in anni in cui razzismo, classismo e sessismo imbevevano l'opinione pubblica. Un bellissimo thriller letterario che, al di fuori delle costrizioni del genere, cattura alla perfezione lo spirito del tempo componendo, contemporaneamente, il ritratto di una ambizione femminile che non ha bisogno di altre giustificazioni.

Bollati Boringhieri

Varianti

Rufi Thorpe

La nostra furiosa amicizia

Romanzo

California, anni Zero. Bunny è bellissima, alta, bionda, con un padre costruttore edile e una piscina in giardino. Michael – coda di cavallo lungo la schiena e piercing al naso – vive con la zia nel piccolo cottage lì a fianco. Il giorno in cui Bunny sorprende Michael a fumare nel suo giardino, lui scopre che la vita della ragazza non è perfetta come sembra. Alta uno e novantadue, Bunny sovrasta i suoi compagni. E per quanto sogni di primeggiare e qualificarsi per le Olimpiadi, per lei sarebbe ancora più importante sentirsi normale, essere accettata, avere un ragazzo, e al tempo stesso poter nascondere l'imbarazzante problema di alcolismo del padre. Anche l'esile, intelligentissimo Michael ha i suoi segreti.

A casa e a scuola finge di essere etero, ma poi cerca uomini online per incontri anonimi che lo elettrizzano e insieme spaventano.

Quando Michael si innamora per la prima volta, un orrendo giro di pettegolezzi malevoli comincia a circolare e le conseguenze di un gesto terribile, accidentale, finirà per determinare in maniera imprevista il futuro di entrambi i ragazzi, e della loro amicizia.

Rufi Thorpe ci regala la storia bellissima e tormentata di due esseri umani che desiderano restare uniti, oltre le più disperate delle circostanze. È un'affascinante riflessione sulla complessità e l'urgenza delle migliori amicizie, sulla distanza che siamo disposti a percorrere per proteggere e difendere i nostri affetti e su che cosa succede quando certi legami vengono sollecitati fino al punto di spezzarsi.

Bollati Boringhieri

Varianti

Marie-Helene Bertino

Se non sai che sei viva

Romanzo

Mancano pochi giorni al matrimonio, la sposa è stata mandata dal futuro sposo a «decomprimersi» nell'albergo a Long Island dove la settimana successiva si svolgerà la cerimonia, quando, rientrando in camera, riceve la visita di una cocorita. Non è esattamente una cocorita, la sposa non ha dubbi, è la nonna scomparsa anni prima venuta da lei sotto mentite spoglie.
E ha per lei un chiaro messaggio: meglio lasciar perdere il matrimonio, c'è una relazione affettiva ben più importante che lei deve farsi carico di ricucire. Nei giorni successivi, la marcia all'altare della sposa diventerà un viaggio inteso ad affrontare questioni a lungo sepolte in lei. A cominciare dal fragile rapporto con il fratello commediografo, introverso e poco affettivo, che però alla sorella ha dedicato un'opera teatrale basata sulla sua vita e personalità.
Se non sai che sei viva è un romanzo sulla memoria, sulla confusione che si prova nel diventare una donna adulta, sul trauma, su come gestiamo certi frammenti di ricordi per formare la nostra personalità e metterci in grado di avere relazioni soddisfacenti. Su come i ricordi possono imprigionarci, ma anche liberarci. Su come sia possibile fare onore alle nostre esperienze e diventare «noi stessi». Ma soprattutto è la bravura letteraria della Bertino, la sua scrittura unica, a farne un libro magico, originalissimo, pieno di humour e perspicacia, capace di condurci all'interno di un viaggio dentro noi stessi impossibile da dimenticare.

Bollati Boringhieri

Varianti

Andrea Tarabbia

Il demone a Beslan

Romanzo

Il primo settembre 2004 un commando di terroristi fece irruzione nella Scuola n. 1 di Beslan – una cittadina dell'Ossezia del Nord, nel Caucaso – sequestrando oltre mille persone tra studenti, genitori e insegnanti e tenendole segregate in una palestra.
Per tre giorni, il mondo restò con il fiato sospeso finché, il 3 settembre, un commando di teste di cuoio fece irruzione nella scuola. Nello scontro morirono trecentotrentaquattro persone, tra cui centottantasei bambini e trentuno dei trentadue terroristi.
A quello sopravvissuto, Andrea Tarabbia ha cambiato nome, dato una biografia immaginaria e un compito, terribile eppure necessario: quello di raccontare, dalle viscere di un carcere dal quale non uscirà più, quei tre giorni. Così Marat Bazarev, questo il nome del narratore, scrive di sé, delle sue illusioni, delle rabbie e dei delitti; non chiede perdono; viene attraversato da paure, follie, allucinazioni, sogni, e noi li attraversiamo con lui, ascoltiamo le voci che lo tormentano e le sue ragioni che, per quanto inascoltabili, sono e restano umane.
Il demone a Beslan torna in libreria dopo dieci anni e, oggi come allora, si fa carico di raccontare l'irraccontabile, facendo dire il Male da chi ha osato compierlo. E lo fa senza paura di guardare in faccia l'orrore e facendo leva sulla cronaca, sulla storia più recente e sul grande potere di trasfigurare la realtà che ha la grande letteratura.

Bollati Boringhieri

Varianti

Michele Cecchini

E questo è niente

Romanzo

È una strana forma di letargia quella che coglie all'improvviso gli abitanti di via Cadorna, dove i più anziani sprofondano a turno in un sonno che dura ventiquattr'ore e poi svanisce senza lasciare traccia.
Qui, in un piccolo borgo della campagna fiorentina alla metà degli anni Sessanta, vive Giulio, il nipote del dottore del paese. Giulio ha sedici anni e ne dimostra la metà. Non si muove e non parla. Si definisce «un coso che ha due braccia e due gambe, ma non funziona nulla». È tetraplegico.
Immobile nel suo lettino, Giulio osserva, rielabora gli scampoli di vita che gli capitano a tiro, intercetta parole e reinventa l'esistenza a modo suo.
Insieme alle ipotesi che via via si dipanano sui motivi della letargia, Giulio racconta di sé e della sua famiglia – il nonno autoritario, il padre indolente, la madre a caccia di sogni – da cui emerge un quadro strampalato dei *normali*, «gli esseri più misteriosi e più scontenti di tutti», messi straordinariamente a fuoco da chi *normale* non è, anzi si vede affibbiato l'epiteto di *infelice*.
Improvvisamente per Giulio si apriranno le porte di un mondo nuovo e inaspettato grazie a uno dei medici che giravano per i paesi alla ricerca dei piccoli pazienti invisibili: un *dottore alla rovescia* ispirato alla figura di Adriano Milani, fratello di don Lorenzo, che a lungo si batté perché la sanità restituisse a questi bambini dignità di persona.
La scrittura di Michele Cecchini, lieve e insieme cruda, invita a entrare con coraggio nei pensieri e nell'universo di chi non ha voce. Una fiaba senza fiabesco, dal tono mai patetico e a tratti scanzonato. L'esistenza raccontata da un bambino che non ha alcuna intenzione di rinunciare alla felicità e si lascia «amare dalla vita come viene viene».

Bollati Boringhieri

The Duke and the Imposter

by

Michael Stolle

First published in 2019

ISBN: 9781798698600

Contents

Fate strikes

'*Au secours*, Pierre – come, quick, save us!'

The voice was faint and tainted by anguish and fear. It was Marie who was calling, his wife.

Her voice was fading fast now, but she was still close, pleading to him, mustering all her strength in a last effort. Pierre knew he must come forward, rush to help. There was no time to be lost. His eyes snapped open. His heart was racing, his body tense, bathed in perspiration. He was ready to run. He knew he had little time left to save Marie and his son. But he couldn't move; he couldn't help. He was living a nightmare – once again.

Would this never end?

Pierre, Marquis de Beauvoir, Duke of Hertford, lay in his bed, helpless and crippled. His left arm, chest and leg were tightly bandaged and now – the moment he tried to move – a devious pain rippled through his body, so strong that it cut his breath. He closed his eyes and braced himself for the next onslaught of pain; he knew this was only the beginning. Wave after wave of pain would build up in his body until his head was about to explode.

Only Jean, his faithful valet, knew how to soothe the pain. Every night he'd leave a drink, an evil-smelling potion, on the bedside table – potent enough to let Pierre sink back into a drugged sleep and merciful oblivion.

This agony had been going on for days, maybe for weeks. How long, Pierre didn't remember; he had lost track of time. But, as the daggers of pain dug deep into his head and his body tortured him once again, the cloud of dizziness that had been paralysing his brain

so long suddenly lifted and he realized the truth. Marie and his son must be dead.

Strangely enough, this awareness didn't come as a shock; he must have known the truth for some time already. The truth must always have been there, hiding snugly in its nest. Hiding like the deceitful snake in paradise until it was ready to seduce and strike.

Time and time again Pierre had pleaded to see his wife and son – but his servants' answers had been evasive. And yet his valet, Jean, had never been a good liar. Pierre had seen tears in his eyes. Jean knew the truth, but he wouldn't dare to tell.

The conclusion suddenly seemed obvious. Marie and his son must be dead. Murdered during the ambush. He had been the only one to survive.

Pierre swallowed hard, there was no way to ignore the fact. He had failed to protect his family. If justice was to be dispensed, it was he who should be dead instead.

His mind travelled back to the sunny day they had set out from his castle, Montrésor, on an excursion to his preferred spot on the lush banks of the River Loire. Marie, strikingly beautiful as ever, had chosen to sit with their small son in an open carriage. Her pregnancy had started to show and she looked radiant. 'We shall have a girl this time, I'm sure.' She had smiled. 'She'll be your little princess.'

'You're my princess, forever,' he had answered gallantly, and had kissed her hand before mounting his horse.

Two armed guards wearing livery adorned with the crest of the noble house de Beauvoir had accompanied them, but their escort had seemed almost pointless. There was the usual bickering going on between parliament in Paris and the Queen Regent, Anne d'Autriche, and her counsels about taxes.

Then there was the occasional riot of rebellious peasants or Huguenots in the provinces, or the usual trouble with the ever-recalcitrant Parisian craftsmen – but nothing serious. France enjoyed a spell of peace and prosperity inside her borders, waiting for the infant-king Louis XIV to grow up and take the reins, while the rest

of Europe was torn apart by never-ending religious quarrels and gruesome wars. France had become the centre of the modern world, skilfully keeping the loathsome Hapsburg empires at bay in its orbit.

The day of their excursion promised to become an unusually hot spring day. Since sunrise a spotless blue sky had been heralding a sunny day. Pierre had been looking forward to dipping into the cool waters of the river, to be followed by a peaceful picnic under the shade of the trees growing in abundance on the banks of the River Loire. They'd be sitting close to his favourite berm where bright-yellow water primroses dotted the tranquil waters glistening in the sun. From his last visit he knew that a family of ducks – complete with five fluffy ducklings – had chosen this peaceful part of the river for their home. A pair of silver-grey herons might show up. They'd wait majestically in the reeds – often for hours – until they'd strike and catch an imprudent frog or fish. A wonderful haven, a magic Arcadia in which to spend a lazy day.

After a short ride they reached the path that led to the riverbank. Here, the gurgling waters of the Loire disappeared from view, hidden by lush vegetation and sprawling brushwood, whilst a narrow path wound its way through the thicket down to the river. Nothing could have been more peaceful, until the sound of gunshots echoed across the narrow path.

Marie screamed and instinctively held tight to her son, trying to shield him with her body. Pierre's dapple-grey whinnied and reared in panic as the gunshots multiplied. There was no time to load the guns sitting idle in the saddle pouches and shoot back – let alone come close enough to protect Marie. Something hot stung his left arm. The sharp pain caused Pierre to slip the reins and the horse reared again. Pierre dropped like a stone.

He had no more recollection of what must have happened afterwards.

Later, he didn't know how many days later, he had woken up in his bed. Since that day, not only time but his entire life had become meaningless.

As Pierre lived once again through this nightmare, the next wave of pain made him writhe in his bed. But, as he braced to endure onslaught of pain, a thought flashed through his brain. *If I refuse to take any food, I'll soon be reunited with Marie and little Pierre.*

For the first time in many days, Pierre smiled. It was so easy. That's what he would do. And nobody would be able to stop him.

Paris

'The noble Monsieur Armand de Saint Paul insists on seeing Monsieur le Comte immediately. He wouldn't take no for an answer,' the valet stated while he tore at the curtains. The blinding sun streamed into the chamber now, and François de Toucy knew he had been beaten. He had no option but to get up early and see his friend.

'What time is it?' he groaned, shielding his eyes from the dazzling sun.

'Almost nine o'clock, Monsieur le Comte.'

François shook his head in disbelief. 'That's close to midnight. Armand would never appear before two in the afternoon. Are you sure it's him?'

'*Oui*, Monsieur le Comte. No doubt. He even went so far as to insult and menace me if I refused to go up immediately to disturb your lordship. His lordship's prowess in vocabulary is remarkable, if I may say so. Sometimes I wonder …'

'That sounds like him. He probably told you that he'd whip your behind,' François replied, grinning as he imagined his valet's offended face.

His valet assumed an even more formal air – if this was possible. 'His lordship was at his most impolite, if I may say so.'

'That's exactly what I expected,' François replied, his good humour restored. 'I just wonder what's so urgent that he must see me at this early hour? I hope he's not engaged in something stupid like a duel again and needs me to act as his second. Why can't he take his

hands off married women? He must know most boudoirs of Paris in and out by now. Better than most husbands would, in any case.'

He rose and dressed hurriedly because he knew better than to keep his cousin waiting. There must be something very urgent indeed if Armand had risen so early. Hence it was only minutes later when François joined his cousin in the sunlit drawing room.

Armand was standing at the large windows that gave view to a small but beautiful formal garden with a gushing fountain; he turned around and greeted him. 'Mazarin must have paid you handsomely. Lovely new house – congratulations.'

'Mazarin never pays handsomely unless it's for his own pleasures, you should know this. But he helped us to get hold of Julia's heritage and we decided that building a small house in Paris might be a good idea.'

'Better than hiding your beautiful wife in that sombre castle of yours in the middle of nowhere,' Armand replied. 'Never understood why Julia chose you when she could have had me for a husband. Well, some people do tend to make fatal decisions.'

François only grinned. 'Still suffering from the pains of rejection, my dear cousin? But I guess you didn't come to discuss my home or my wife at this early hour.' He looked critically at his friend. 'Why are you dressed up like a peacock? You look as if you're planning to attend a royal reception at the Louvre?'

Armand looked at his plum-coloured velvet costume complete with collar of embroidered Flemish lace and silvery silken bows. It had cost a fortune – as his father was due to discover shortly.

'Nice outfit, isn't it? I'm so glad that Louis XIII decided to leave his earthly predicaments early. His late Majesty will feel much more comfortable joining the chirruping saints up in heaven. While he was alive the royal court in Paris was as joyful as a funeral parlour. Our new king may just be a child but, thanks to Queen Anne, laughter, fashion and music are back now the period of mourning is finished – what a wonderful change!'

Armand suddenly seemed to remember the true purpose of his visit and his handsome face – always ready to break into a mischievous smile – altered completely. He looked sad and worried. He changed the subject abruptly. 'I came here because I have had two letters from Jean, Pierre's valet.'

'You received them when you woke up this morning? Strange time to deliver a letter.'

'Don't be obtuse. I'm still wearing my formal dress from attending a ball last night. I came home around six this morning and a messenger was already waiting for me, sent by Jean.'

'Why did he send two letters? This doesn't sound good.'

Armand looked defensive. 'The first letter was sent a week ago. But somehow I must have missed it – I've been quite busy the last few days …'

'I thought that your father had asked, not to say commanded you, to take your hands off the young countess? She's lovely, I admit, but her husband has a terrible reputation with his rapier.'

'My father is an old stickler,' Armand replied loftily. 'Don't trust his respectable airs. Seems he was quite the talk of the town before he married my mother. Not a saint at all. Well, she tamed him, that's for sure. But it's not *that* countess any longer – no need to go into details. Fact is that I wasn't home for some days and I simply didn't see the first letter.' His face was serious again and his voice faltered. 'François, I have horrible news. Pierre's in a total mess, we must leave for Montrésor – immediately.'

'But I promised Julia that I'd stay at home for some months. I've just returned from Italy.'

'Listen, François. Pierre and his family were ambushed. They found him lying hidden by the brushwood close to his dead guard, who was lying on the road. Pierre was shot in his arm and chest, and his leg was broken as he must have fallen from his horse. It was close, but they rescued him. But Marie and little Pierre have vanished without a trace.'

François walked to the sideboard and picked up the decanter.

'You certainly come right to the point. I need a brandy – what about you?'

'Make it a tankard, if you want. I feel like a parrot – I'm telling you a story but my brain still refuses to understand and accept what has happened. It can't be true. How can life be so damn vicious? Marie's my cousin – and little Pierre, so young and innocent. I simply can't believe that they might be dead.'

François took a sip of his brandy. 'I'll come with you. Julia will understand. Maybe she'll join us later. It's a strange story – the Loire region is known to be so peaceful. I can't imagine that it was a normal ambush. The only good thing is …'

'… that they haven't found Marie and little Pierre. I keep telling myself this as well. But the Loire is a deep river – so easy to dispose of two corpses. In the second letter, Jean writes that Pierre has been refusing to take any food since yesterday. Jean fears that he intends to starve himself to death.'

'That's a terrible sin,' François couldn't help exclaiming. 'He may be excommunicated from the Church.'

'He wouldn't care. Pierre never believed in all that holy stuff … probably the effect of having endured childhood in the monastery orphanage. He's a protestant, anyhow – don't you remember? He had to change his religion and become a member of the Church of England to be appointed Duke of Hertford. But all this is meaningless, in reality. We must save him. We can't let this happen.'

'Well, that's settled then. But you must be dead tired. I guess you haven't had an ounce of sleep yet.'

'How could I sleep? I'm blaming myself for all the time I left the first letter unattended. No wonder Pierre wants to die – not even his best friend has taken the pains to show up.' Armand was totally rattled now.

'Stop dwelling in self-reproach. Who could have imagined something like this? Luckily Jean sent the second messenger, so we still have enough time to prevent the worst. Let's meet at the Porte

d'Orléans in three hours' time. It'll be faster to ride. I'll have a carriage sent with my luggage later.'

Despite his misery, Armand had to laugh. 'Oh, dear Lord, you'll never change. Five chests of clothing at least – and your valet.'

'I have my standards,' François replied with a brief smile. 'It won't help Pierre if I look like a peasant. Now, go and pack – ask your valet to pack leather riding breeches and some of your best guns. I have an inkling that we'll need them.'

'If I ever find the cur who's behind this, he'll regret he was ever born,' Armand replied, eyes darting thunder.

'Well, if I find him first, consider him dead.' François frowned. 'I really wonder who's behind this. It's hard to believe it's a normal robbery.'

'There's never been anything "normal" when Pierre is involved. The poor fellow has been chased and hunted since the day he discovered he was due to inherit a title and a fortune. I now realize that I can be happy I'm the youngest son. Nobody would ever want to kill me – I simply have no money to bequeath. It's a late perception maybe, but I understand the charms of my destitute situation right now. Remind me of this if ever I complain again of having run out of money.'

***

Armand arrived on time – an unusual occurrence and a sign that he must be truly worried. François had been early at the gate, as usual. Armand – no doubt explaining to himself that this was a genuine emergency – had taken the best horse from his father's stable, anticipating that his irate elder brother would be complaining for weeks to come about his impudence.

François admired the well-built stallion. 'What a great horse! We'll probably need to change horses in Orléans but, with the sun setting late, we might even reach Montrésor tonight. I've arranged a messenger to alert Jean and instructed him to wait for us.'

'Thank you, but I pray that my horse will make it. My father will kill me if he hears that I left his best horse behind at some

dubious post station,' Armand replied. 'I'm fully awake now and ready to ride for hours. I drank four cups of that horrid bitter brew that's becoming so fashionable with our ladies now.'

'Coffee?'

'Yes, my mother's parlourmaid swore it would keep me awake and so far it's living up to the promise.'

'Interesting. The parlourmaid … hmm. Good to know. I still prefer a hot chocolate. But let's stop talking and wasting time – let's go.'

He didn't wait for Armand to reply and steered his horse straight through the Porte d'Orléans, which was brimming with all sorts of people streaming in and out of Paris, as usual. Most of them were peasants with heavy carts drawn by stubborn oxen or accompanied by a random donkey; only a few rich merchants and noblemen travelled by coach or horse. The peasants and pedlars brought livestock, vegetables and grain to feed the ever-hungry belly of the monster called Paris. The royal guards deployed to keep the chaos at bay greeted the men; François was a well-known former member of the king's musketeers and allowed to come and go at his pleasure.

The weather in Paris had been overcast with low-hanging skies menacing with rain but, as they rode further south towards the city of Orléans, the skies tore apart and the sun took command. Soon Armand had to stop and to take off his leather waistcoat – he said he had the impression of being cooked alive by the rays of the sun. The roads were almost empty, and no thugs or villains dared to attack two well-armed men and their grooms who followed close behind.

They made good progress and the horses proved to be an excellent choice. Playful and joyful to have escaped the stifling confinement of their stables in Paris, the horses were happy to oblige and sped along the well-tended roads towards the Loire. It would have been a wonderful riding exercise – if it hadn't been for the sad mission that drove them.

Some hours later they stopped at an inn. The building – at least those parts that were not overgrown by the sprawling vine

foliage – was immaculately whitewashed. Its fresh white paint contrasted with the typical dark timber work of the region. The stout landlord – who clearly had an experienced eye to discern men of nobility, distinction and (what mattered mostly) fat wallets – came out in person to make sure that the two friends and their grooms would be looked after in style.

After they had been ushered into the private saloon like royalty, Armand sank into a comfortable armchair and uttered a satisfied sigh. 'I've been dreaming of this for an hour at least.'

He downed a whole tankard of the light home-brewed ale that the landlord had praised as his summer speciality and munched happily on the steaming chicken pastry a blushing maid placed in front of him.

'I feel almost human again,' he muttered after he had emptied his plate and downed the last sip of ale.

'Are you alright? Can we continue?' François asked. Armand's eyes were deeply shadowed and his florid complexion had been replaced by an unusual pallor.

'Of course, don't treat me like a weakling. I'm fine. I was just totally parched – I hadn't expected so much sun. Back in Paris it looked as if it was going to rain and now we've landed in a hothouse.'

'A bit of sun doesn't hurt.' François grinned before adding sweetly, 'I mean, it's common knowledge that a streak of frailty may run in the older noble families. I was therefore just wondering if our little excursion might have been too much of a strain for you?'

Armand answered with a glare and stood up. 'Don't forget that your mother is a de Saint Paul as well. Weakness? Not us! Let's go.'

'But I haven't finished my ale,' François protested.

'Well, too late, my friend. Time's up. We have to leave.'

***

They rode on until the sun set, flooding the rolling slopes of the Loire in a last orgy of golden light. François suggested stopping and

searching for an auberge to stay at overnight, but Armand insisted on moving on.

'I'm fine, I can ride another hour or two – and look at my horse, isn't he wonderful? I always consider my eldest brother to be a total idiot but, when it comes to horses, he rarely errs. Let's continue. I can't wait to see Pierre – I only hope it's not too late.'

'Don't become melodramatic, Armand. Jean wrote to you only yesterday. Pierre certainly can live a day or two without food – and I think I already know how to get him out of this mindset. I have a little plan.'

'It had better be a good one. We must save Pierre. I couldn't bear…' Armand swallowed hard. He was dead tired; his bottom was on fire from the long ride and his body was craving sleep, and yet he couldn't contemplate the idea of resting or staying overnight now they were only at a few miles from the castle of Montrésor.

As the shadows grew longer, twilight took over and soon the silhouettes of the slopes of the River Loire became blurred, the famous vineyards dissolving into the darkness of the night. But they were lucky. Because the weather had cleared, a friendly silvery moon took command and helped them follow the road until the valley opened towards the river and they spotted the towers and turrets of the castle of Montrésor, nestling like a tired clucking hen above the sleepy village.

Because François had sent an express messenger to inform Jean of their arrival, fires and torches had been lit to guide their way, and they were greeted by the gatekeeper as if the Messiah had descended to earth.

'Messieurs, we've been waiting for you. Monsieur le Marquis …' He wept. 'Isn't it terrible?'

Armand dismounted from his worn-out stallion and but almost slipped on the flagstones as soon as he touched the ground. The long ride had made him as stiff as a wooden doll. He gritted his teeth to suppress an exclamation of pain but still managed to utter some soothing noises to calm the gatekeeper. François's groom, Michel, never a great talker, quietly took command of the horses and

the gatekeeper and, minutes later, Armand and François were ushered by a dignified but visibly shaken steward into the grand hall of the castle.

The hall was dominated by a huge fireplace that must have been built years ago with the intention of entertaining grand hunting parties with roast venison and boar on forged-iron spits. With its thick walls the castle tended to be as cold as a grave, and therefore a fire should be burning day and night. But today the fireplace looked like the charred entrance to hell and the grand hall was decidedly chilly.

Armand plunged into one of the chairs, a decision he regretted immediately as a sharp pin reminded him how uncomfortable they were.

'These beastly chairs are really and truly a pain in the posterior!' he exclaimed, rubbing his back. 'No idea why Pierre keeps this old furniture. They'd make excellent firewood.'

'Monsieur Armand, Monsieur François, I'm so glad you've arrived.' Jean stood in the doorway with a tray in his hand. 'May I offer you a tankard of mulled wine? You must be thirsty and exhausted.'

'We've experienced worse,' François answered, but took a tankard with obvious pleasure while the aroma of the wine spread in the hall. 'That's delicious, Jean – excellent idea. Just what we need now.' He took another sip. 'But we haven't come for a jolly wine tasting. Tell me, what is going on here? Your letters have alarmed us greatly.'

Jean swallowed and, obviously trying hard to keep his countenance, he told the story of the pleasant summer excursion that had cruelly ended in an ambush and killings.

'You mean you found your master only in the afternoon? He might have bled to death!' Armand exclaimed.

'To be frank, we were convinced that Monsieur le Marquis was dead. We were carrying him to the castle's chapel where his lordship was supposed to lie in state when he suddenly groaned. It was a divine miracle, there can be no doubt.'

Jean crossed himself and instinctively the two others followed.

'Marie and little Pierre are missing without a trace?' François stated after a pause. 'Don't you think that's odd? Wouldn't common thugs have simply robbed and killed them?'

Jean nodded. 'That's correct, my lord. It's odd. I thought immediately of cousin Henri.'

'Oh no, not again!' exclaimed Armand. 'I thought that plague of mankind was dead?'

'Nobody knows, Monsieur Armand. But usually …' He stopped and his bronzed face turned a deeper shade.

'What usually? Tell us openly, Jean!'

'Usually, when cousin Henri's involved, I have premonitions – nightmares. This time nothing – no bad dreams, no warning in advance. The ambush came as a total surprise to me. I feel guilty. I should have known, I should have protected my master better.' Jean was shaking.

'I've never met a better servant than you, Jean.' Armand replied roughly. 'Stop making yourself sick with reproaches. It's useless. The most important thing is that you sent us the messages. I'll have to apologize to Pierre that I come so late.'

François intervened. 'Let's go through the facts once more. Being remorseful won't help us.'

'It seems none of us has any clue as to who could be behind the ambush. One guard was killed, one is missing. Pierre's wife and son are missing as well. A normal robbery therefore is most unlikely. Who in France would want Pierre and his family out of the way? I've been racking my brain while we were riding down here, but besides loathsome Henri I have no idea. The Prime Minister, Mazarin? But why? If he was vying for Pierre's money or title, I could imagine he'd find more elegant ways to achieve his goals.'

The looked at each other, puzzled and in silence.

'Well, let's be methodical and investigate thoroughly. We must start here, in the castle. You never know – the clue may be right in front of our eyes,' François continued. 'But unless Jean is

telling us that Pierre is in immediate danger, I'll go to bed now. Tomorrow I'll need all of my wits. I guess Armand will agree with me.'

'Monsieur le Marquis is sleeping now. I've given orders to bring a tray to your rooms with soup and a cold collation before your lordships go to bed. I hope this is agreeable to you?'

Armand's face lit up. 'Oh, Jean, you really are a gem. All I need now is a bit of food – and a bed. I can't think clearly any more. It all seems so weird – so unreal. I hope to wake up tomorrow and find out that it was all a bloody nightmare.'

'That's what I keep telling me every night, Monsieur Armand, but it's worse than a nightmare. All of us here have been living in hell since the day it happened. I always thought purgatory and hell would come after death – but I know better now. It can be part of our daily life.'

How to save a friend

'Time to get up, my lord.' Jean's words were only a slightly veiled command as he drew the bed curtains open.

'You promised me some sleep, Jean,' Armand groaned, and covered his eyes with a cushion to shield them from the blinding sunlight that filtered through the mullioned windowpanes. 'Why so early? It can barely be six o'clock in the morning!'

'It's almost noon, my lord, and Monsieur François will be waiting for you in half an hour in the dining room.'

'Wake him first and let me sleep another fifteen minutes,' Armand pleaded. 'I'll be down in no time.'

'Monsieur François was up two hours ago. His lordship fancied a bath and went down to the river for a swim.'

Armand shuddered. 'A swim! Only François could have such a crazy idea. The river must be ice cold.'

'His lordship told me that he doesn't approve of people using perfumed pendants instead of washing themselves properly. He prefers bathing in water.'

Armand groaned. 'Cold water, by all means. He should change his mind – those pendants are *the* fashion in Paris now. Everybody uses them. It saves a lot of time.'

Jean shook his head. 'Monsieur François says they stink, and I'm afraid I agree, my lord. I brought some warm water and towels. I guess your lordship has no desire to irritate Monsieur François.'

Armand understood that he had lost this battle and dived out of his bed. 'What about sending me the young parlourmaid – you know, the one who served the wine last night? She could help me.'

Jean's attitude stiffened even more. 'Your lordship will have to make do with me. Monsieur François insisted that your lordship should be down on time.'

Armand made a face but then he laughed. 'Don't look like that at me – like an offended old spinster – it was just a joke. I won't seduce any of your precious maids as long as my best friend is lying here fighting for his life. I'm not that bad. How is Pierre doing this morning?'

'Monsieur le Marquis is sleeping. I gave him a powerful sleeping draught last night. But I reckon he should wake up soon. He had a peaceful night. Maybe he senses that you're close – you always had a special relationship.'

'That's true.' Armand nodded.

'But may I come back to the subject of the parlourmaid? I happen to know your lordship quite well …'

'What do you mean?'

'I know that your lordship has a certain weakness when it comes to female staff. Although you may have the best of intentions, the flesh could be weak. The maid in question is betrothed and it would stir up a lot of trouble if ever she was found … in a delicate situation.'

Armand grinned. 'You're insolent and I should ask Pierre to have you whipped – but he'd never do it anyhow. On reflection, I'm afraid that there's a grain of truth in what you're saying. I tend to be easily … let's call it *diverted.* Actually, my mother keeps telling me the same thing.'

'Your mother, the marquise, is a wise woman, my lord. Now, let me help me to take your nightshirt off and let's start.'

***

Armand found François in the dining room where he was cutting a large slice from a loaf of crusty white bread. The aroma of the freshly baked bread filled the room and Armand realized how hungry he was.

'Good morning, my dear cousin.' François greeted him with a wink. 'I see that Jean managed to get you out of bed – on time.

That's what I call a true miracle. I should go down and light a candle in the chapel.'

'He certainly did,' Armand replied. 'No chance of bargaining a quarter of an hour more sleep with Jean – he has a knack for making you feel guilty. He's really good at it.' He sent a reproachful glance to Jean who had entered the room behind him. 'Cut me a slice of that bread, François, will you? It smells delicious.'

'It is delicious. Anything else I can serve you with?' François replied with a tinge of irony.

'I think that's my task.' Jean intervened and started serving the light lunch prepared by the cook.

'How's Pierre this morning?' François asked.

'Monsieur le Marquis had a quiet night. But it's the first night he hasn't been woken up by a nightmare. I've told Monsieur Armand already – he must sense that his friends are close.'

François nodded. 'That's good news, then. What about his injuries? Are they healing?'

'The physician has told us that his lordship's bones are on the mend. He should be able to start walking soon – if he'd eat properly. But he hasn't touched any food for three days now.'

'Well, we'll see to that,' François said simply.

'I hope so. What's your plan?' Armand replied. His speech was slightly impeded by his munching on a thick slice of duck pâté with delicious trimmings of pickled vegetables. 'Heaven,' he stated with delight after a short break. 'The wine as well, by the way.' He emptied his cup of light red wine in one go.

'How can you stuff yourself like that?' François asked with a note of disgust.

'I'm hungry,' Armand protested. 'We rode down here yesterday as if we were chased by the devil himself. I need this now.'

'You'll get fat,' François answered without any pity.

Armand sent him a reproachful look but continued eating. 'There's no danger of getting fat. You know as well as I do that

we're bound to be riding all over France soon to find out what happened to Pierre and his family. Am I right?'

'There's a fair chance,' François admitted. 'A good reason to stay lean and fit.' He looked at Jean. 'Any new thoughts from your side?'

'I can only repeat what I said yesterday, my lord. It was certainly nothing I'd call a "normal" ambush. I mean, it was not about robbery – stealing money or jewellery. Someone wanted to kill Monsieur le Marquis and his family. But why and who, I still have no idea.'

François made a face. 'Same for me, Jean. I have no clue – so far. But we haven't even started. I owe this to Pierre and I'll find out, I swear.'

'I'm here to help,' Armand added, 'don't forget. Maybe Pierre can give us a clue. When shall we go up and see him?'

'Let me go upstairs and check if his lordship is awake. I'll ask a maid to serve you now and will come down as soon as Monsieur le Marquis is ready to see you,' Jean proposed.

'Brilliant idea to send for a maid.' Armand grinned. 'With all due respect to you, Jean, a female touch is somehow more refined.'

'Absolutely,' Jean replied with a hint of a smile and opened the door. A slightly stooped grey-haired woman with a neat apron appeared immediately and dropped a deep curtsey.

'This is Marie-Antoinette, your personal maid. She's going to wait on you from now on.'

'Hell and damnation,' Armand whispered and sent a furious glance to Jean, which hit the door that was closing noiselessly behind Jean.

'Marie-Antoinette, please be so kind as to refill the cup of my friend. He seems to have lost his speech for a second,' François said sweetly. 'He's a bit timid from time to time. Don't worry, he'll get used to your presence.'

***

It was more than thirty minutes before Jean appeared again. He looked even more concerned.

'Everything alright?'

'Monsieur le Marquis is very feeble. It's time for you to change his mind. He won't last long if he doesn't start eating soon. He wouldn't even drink the chicken broth I prepared for him.'

'Let's go and talk to him.' François rose from the table and both friends followed Jean upstairs, admiring the new marble staircase that had been fitted only a year ago.

'Marie has made her mark,' Armand remarked, looking around. 'I heard she's also renovated the bedrooms?'

'Yes,' Jean replied proudly. 'My lady didn't like the dark old oak-panelled bedroom in the tower. She had a new bedroom built with a magnificent view onto the Loire valley. Very fashionable, in the new style favoured by the royal court in Paris.'

He opened the door to Pierre's bedroom and Armand immediately understood that Jean hadn't been exaggerating. The windows had been opened to let in the fresh air. Bright sunshine bathed the River Loire and its lush valley with its famous vineyards in a glorious light. He could hear the humming of tireless bees outside and the random chirping of a happy bird. At a first glance Montrésor was an oasis of peace – but he knew better. The fateful events of a single day had turned paradise into an outpost of hell.

A huge bed adorned with the proud coat of arms of the house of Beauvoir dominated the pleasant room, which was furnished in the lighter colours and playful designs that were becoming fashionable in Paris. Louis XIV might still be young, but his court was heading for a new era of refinement, leading the fashion in Europe.

Pierre lay in his bed, bandaged like an oversized doll. He looked small and fragile in his enormous bed. His eyes were closed and he was breathing lightly. Armand had to swallow heavily and fight back his tears. He grimaced at François, hoping to get a clue how to move on. Pierre looked terrible, like a man close to the threshold of death. Had they come too late? What should they tell him? There was no message of immediate consolation or hope he could think of.

François looked unusually grim, his mouth clenched, his pleasant and handsome face firmly set into a stern mask. Armand wanted to rush to Pierre, take him into his arms and console him – but he sensed that François had a different plan and restrained himself, waiting for François to move first.

Jean announced them formally. 'Monsieur le Marquis, your friends have come from Paris to see you.'

Pierre didn't move but he opened his eyes and tried to focus on the faces of his visitors. 'My friends?' he whispered.

'Yes, my lord. Monsieur Armand and Monsieur François.'

Pierre smiled, a strange, almost angelic smile. 'Thank you.' After a long pause, he added, 'You've come to say goodbye. That's kind. Soon I'll join Marie and my son in heaven. Don't be sad for me. I'll be happy.'

The long speech seemed to have exhausted Pierre and he closed his eyes once again. Jean was standing close to him, sobbing quietly.

François walked closer and took Pierre's hand. 'Look at me,' he commanded harshly.

Surprised at being commanded, Pierre's eyes snapped open.

'Now, listen to me, Pierre de Beauvoir, Duke of Hertford and Marquis de Beauvoir.'

Pierre's face – until now as pale as the bedclothes – suddenly flushed. He looked at François uncertainly.

'Pierre, I know that you look into the abyss of tragedy. You survived only by a whisker – Jean probably saved your life – but I know you don't care about that right now. He saved you – once again, I should add. You'll know by now that your wife and your son disappeared on that fateful day. Armand and I feel for you and understand that you've been living in hell ever since – but don't indulge in your pain and sorrow. Think of your honour, your family, think of your parents. Your parents gave their lives for you, to make sure that you lived and that the heritage of the Beauvoir family could go on. You owe it to them, you owe it to your wife and son to get up and at least search for them. No trace has been found so far. They

must be somewhere – probably abducted, waiting desperately for you to find them. Armand and I, we're ready to help you find out what happened – to help you find and save your family. But let me be clear – if we should find out the worst, as the bible says: "Vengeance is mine". It will be your holy duty to avenge your family – if this is the last thing you ever do on this earth. You owe it to them – you owe it to the honour of your family. Don't take the easy way – fight. Fight for Marie, your son, and the honour of your ancestors.'

A long silence ensued. Pierre had closed his eyes and he seemed to be drifting into sleep again. But suddenly he stirred, opened his eyes and looked at François.

'It hurts – but you're right, François. I have indulged in my pain and my loss, whereas I should have seen my duty. I can only apologize – to all of you and to my parents, to my family. In my defence, my mind feels like a ball of wool. For many days I haven't been able to think clearly. Do you truly mean that little Pierre and Marie might still be alive?' Pierre moved and tried to sit up; life was flowing back into his veins.

'Yes, I do think they still live. It seems to be the most probable option to me. Tell me, what exactly do you remember?'

Pierre frowned and it took him a visible effort to recollect his thoughts and focus on the scene, although must have been burnt into his mind forever.

'Just random pictures, sounds – everything is so blurred. I remember seeing Marie sitting in the coach, the sunny path in front of us – empty and peaceful, the dense shrubs left and right. It was a beautiful day. Warm, not too hot. Out of the blue came the screams. It was Marie, crying for help, to save our son, something hot in my arm – and then – nothing. I'll never forget her screaming – it's haunting me day and night.'

Armand could see that Pierre was totally exhausted. 'Jean,' he whispered, 'get him something to drink. He will pass out if we don't do something.'

Jean rushed to the bed, filled a cup of wine and mixed it with water. Pierre emptied it greedily.

'Thank you, Jean. Stop giving me those sleeping draughts that muddle my brain. If I feel pain, so be it. But I must get out of this bed as fast as possible. We must search for my wife and my son. François is right, there's no time to be lost. If avenging them is to be last service I can do for them, so be it. But I will find those thugs and I swear they'll regret ever being born.'

Jean sank to his knees and kissed Pierre's hand. 'Let me help you, my lord. My life is yours.'

Armand cleared his throat; he couldn't speak. Only François seemed to be unmoved by Jean's emotional outburst.

'That's kind of you, Jean. But it'll take a bit of time to for Pierre to be fit again. He needs you here. In the meantime I intend to interrogate the staff and the people in the neighbourhood. There must be a clue to what has happened. In my experience, there always is.' He turned back to Pierre. 'It's a long path in front of us. You'll need patience and perseverance, my friend. I swear that I won't give up until we've found out what has happened and who's behind this. What about you, Armand?'

Armand cleared his throat. 'I'm in as well, no need to ask. Pierre can always count on me. And, don't forget, I'm Marie's cousin. The honour of my family is engaged as well.'

'Well, that settles it. But enough speeches of honour for today,' François said. 'Let's move on to practical questions. Jean, you'll continue looking after Pierre. I'll ask my groom Michel to have a look at his fractures. Michel knows better than any physician what to do and when we can get him out of bed to start exercising. Pierre can't help us as long as he's as weak as a kitten. I'll start interrogating the staff in the castle. And Armand …'

'What about me?'

'You'll like your task. Make the female staff talk. Any rumours, who's been hanging around with whom, any sudden expenses or unexplained gifts – people talk. They often don't realize what they're saying – but it might help us.'

'Consider it done,' Armand replied with a satisfied smile. 'I'm good at this.'

'I know.' François smirked. 'At least you're good at something.'

'Thanks for the compliment. I can already see we'll have a lot fun together as long as you play the commander in chief here.'

Jean intervened hastily. 'My lords. May I suggest that you continue this discussion downstairs in the drawing room? Monsieur le Marquis is tired.'

François laughed. 'You're right. Let's stop bickering and tackle our jobs.' He pressed Pierre's hand and whispered, 'Courage, my friend, you must be very brave now.'

Pierre looked at him. 'I will, François, don't worry. I will. You opened my eyes. I want to find my family – or have revenge. I want it soon.' He stopped and looked at his hand. 'Where's my grandfather's ducal ring? Someone must have stolen it!'

A meeting

A man with the large hat heaved a discreet sigh of relief as soon as he recognized the sign of the inn at the bottom of a muddy lane. Its thatched roof was slightly askew and was in dire need of repair – like the rest of the old timber building. Two large smoky torches tried their best to throw some light on the solid entrance door. A weather-beaten sign above the door swung on rusty chains in the wind, moving in the same rhythm as the flickering flames that spluttered and spat grime at each gust of wind.

The inn's signboard depicted a goose in the deadly embrace of a gleeful fox. The artist's credentials had obviously never been asked for before he had been commissioned and, as a result, his masterpiece was slightly comical. The goose squinted and the fox looked as if he'd had too much ale. The original garish colours had since long faded and the wooden board was cracked. In its present state it was a perfect fit for the inn.

The man reckoned that that the River Thames must be very close – he could hear a gurgling sound. He inhaled the smell of stale water combined with the stink of sewage so intense that it seemed to glue itself to his nostrils to cling there forever. He was used to the grime and stink of London, but down here it was almost unbearable.

From time to time a sickly moon would spill rays of pale light into the darkness of the night, but those few rays were soaked up by layers of raven-black clouds that piled above him. Rain, or, even worse, thunder and lightning, were in the air – not a pleasant thought.

The man's guide hadn't been bothered by the lack of light. A taciturn young giant with bulging muscles under his shabby smock,

he knew his way through the winding dirty lanes of the port like the back of his hand.

The man with the hat had been wary about trusting his guide who had been sent to, not to say imposed on him. Wasn't it total madness to follow a stranger into London's most dangerous quarters? But this meeting was a chance to change the course of his life, and he couldn't possibly ignore it. Still fretting about his decision, he had agreed to leave the safer parts of the city and descend into those quarters close to the river port that could only be described as an outpost of hell on earth. Nobody could ever truly certify if heavenly paradise, so vividly described every Sunday during church services, really existed. But here, close to the river, the existence of hell was a fact, a certainty beyond doubt. It was the daily reality of thousands of poor souls condemned to live, suffer and die in misery, close to the stinking port that was once the pride of London.

The guide knocked several times before the door of the inn opened – it must have been a secret code to gain entrance. The stench and the heat of the taproom almost overpowered the man with the hat, and suddenly the smell of the river sewage appeared sweet and alluring. The taproom reeked of a mix of unwashed bodies, rancid sweat, spilt gin, stale ale, vomit, piss and cheap food, disguised only partially by the acrid smell of fuming tallow candles and the sweeter smell of tobacco pipes – a fashion imported not long ago from the heathens in the new colonies.

It was incredibly noisy. People were talking, laughing and singing while two tipsy sailors hammered with their wooden spoons on their greasy tin plates, accompanying the rhythm of the lewd song their mates were singing. A bunch of whores was screaming in delight as the drunken sailors chased them for a kiss; there would be good business tonight.

The young guide didn't bother looking at the whores and led the visitor straight to one of the tables in a corner where a man was waiting for them. He wore a large musketeer hat with a long feather, French style, covering most of his face. Thankfully he was smoking

a pipe, masking the stench that had made the visitor's stomach churn.

'You're on time,' stated the man with satisfaction in his voice. He had a thick Levantine accent.

'You sent me an excellent guide. He found the way although it's dark as hell outside.'

'A fitting comparison. I guess you realize by now that you've landed in hell. Here it doesn't matter if it's night or day. Maybe night is better – the crude light of the day tends to make everything look even worse, like the whores over there. You don't even want to look at them in daylight.' The man laughed; he found this funny. 'My man is more than a guide,' he continued. 'Without him you'd already have been set upon. You should have known better than to dress like a peacock. Am I right, Jim?'

The young giant only grinned, baring an incomplete row of blackened teeth.

'I'm not dressed like a peacock – and it's "my lord". Don't forget. And, of course, I have a sword and a pistol. I can look after myself.'

The other man shrugged. 'You'd have no chance …' he paused before adding '… my lord.' He made it sound almost like an insult. 'They didn't dare to touch you because Jim and his family have a sort of reputation here. They never forgive, they never forget …'

A middle-aged barmaid with blue-veined wobbly breasts almost bursting out of her tight red bodice interrupted their conversation. She dumped a tin tankard in front of the visitor, but she only had eyes for Jim, whispering something into his ear before vanishing back towards the kitchen and melting into the thick cloud of smoke.

The visitor eyed the tankard with suspicion. 'What's that?'

'Ale with a dash of gin. I ordered it for you. It's the only drink here that people of your class can drink and have a chance of survival. They brew the ale here with water from the river. I leave the rest to your imagination. Better add a dash of gin …'

The visitor shuddered, but the long walk and the heat in the room had taken their toll and he took a sip. 'I've drunk worse things in my life.' He took another sip. The coarse gin lingered in his throat and nose and made him cough.

'You've got the money?' The other man changed the subject abruptly.

'A deal is a deal. You did succeed, I understand?'

'Of course. It was dead easy. We struck from behind. The duke never realized what happened. Now he's dead and his wife and son are on their way north. Exactly as you requested. My lord …'

The visitor took another sip of the strange concoction and coughed again. 'You're sure?'

'Of course. You're dealing with a man of honour.' Another pause. 'My lord.'

The visitor took a leather bag out of his breeches.

'Not here!' hissed the other man. 'The fellows in here would kill us for a fraction of what you owe me. Let's go upstairs. Janet has arranged a room. Come, my lord, follow me.'

The visitor became aware of the other people around them. In the meantime a brawl had broken out close to the exit. Two drunken sailors were fighting with daggers in their hands while a group of even more drunken gawkers had formed a ring around them, cheering and encouraging the fighters. Everybody seemed to love a good brawl and the first bets were being placed on who'd be the winner.

The visitor looked at the scene and made a face. 'Looks like a peaceful and particularly elegant establishment. I guess the losers usually end belly up in the Thames. I'll certainly recommend this house to my friends – I'm sure it has all the qualities required to become very popular. You're right, it's better we go upstairs.'

They followed the barmaid up several staircases until they reached the attic room that Janet had apparently reserved. She lingered, throwing doleful eyes on Jim, but the man with the musketeer hat barked at her. 'Sod off, you wretched whore. Jim has no time for you tonight. We gentlemen want to be left alone.'

Janet made an obscene sign and left the room – but not without having a quick go at Jim's crotch, whispering, 'Don't forget Janet, sweetie. I'll wait for you.'

Jim caressed her fat buttocks, grinned and nodded before he closed the door.

'Now it's safe to give me the money … my lord.' The man with the Levantine accent sat down on the stained bed. The wooden frame squeaked as soon as he sat down and wobbled slightly. 'One can hear and see that it's in use frequently.' He smirked.

'No doubt about that,' answered the visitor. He looked at the greasy sheets and shuddered. 'Back to our transaction. The agreement was to pay when all was done. I've brought half of the sum. The rest will be paid when the duchess and her son are delivered into my hands. Let me be clear – I need the child alive. I care less about the duchess. Now, can you prove to me beyond doubt that the duke is dead?'

'I told you – they're on the way north. You should trust me,' protested the man sitting on the bed.

'I'm not an idiot. I want your guide to bring me home safely – and don't lie to me. Now, where's the proof that the duke is dead?'

The man opposite made a face but apparently had anticipated this question. Silently he dug his hand into his pocket.

The visitor stood frozen. *Is this the end?* he thought. Two against one – he knew he stood no chance. But the hand that reappeared didn't carry a knife or a gun. An ancient gold ring was placed on the dirty bed sheets.

'The ducal ring of Hertford. Is this proof enough?'

The visitor took the ring and examined the precious stone in awe. The moment he moved it in his hand, the ruby woke up and glinted in the light of the tallow candle. It looked strangely out of place in these squalid surroundings.

The visitor's eyes glittered with greed as he pocketed the precious jewel. 'The signet ring of the Dukes of Hertford,' he exclaimed; his pulse was racing. 'Now I believe you. Here's your

gold, French Louis d'or, as we agreed. The rest will follow – a bargain is a bargain. I'm a man of honour.'

'I've met too many men of honour in my life. You had better respect your word, my lord. Unless you wish to join your relative in heaven soon,' the man with the thick accent stated matter-of-factly. 'Jim would see to that. He may not look it, but he's got vast experience. The duchess and her son will be handed over to you in a matter of days, trust me. Then I expect the rest of the gold. How will you pay me?'

'Your Jim knows the way to my home now. Send him to me to collect it as soon as the young duke is my hands.'

'No dirty tricks!'

'I meant what I said. Both of us are men of honour. No dirty tricks, of course.'

Montrésor

'No, I haven't seen any strangers lurking around. We would have noticed them immediately. It's a fairly small valley where we're living, sir. Nobody can come and go without us noticing.'

François de Toucy was utterly frustrated. He was tired; he had been riding the countryside up and down, had talked to probably hundreds of peasants whom he could barely understand, had visited the nearby towns and markets and interrogated traders, jugglers and townsfolk – always to hear the same answers. Nobody had noticed anything unusual. The villains had come from nowhere and had disappeared without a trace.

But there must be something! He knew it. Someone, somewhere, must have noticed something.

'One more farm and we're done for today. I'm totally parched and worn out,' he muttered.

His groom, Michel, nodded in silent assent. François knew he'd follow him anyhow, regardless of whether this would mean riding even more hours through the sizzling sun.

The next farm turned out to be a small manor, well kept and neat. The stout mistress was living proof that the fields and stables produced more than enough to feed its owners. Clearly burning with curiosity, she led François into her sparkling clean hall. 'I'm sorry, your highness, that I have only some cider to offer. Maybe a piece of my apple tart would please you? People say it's very good. I apologize, but I wasn't expecting such a noble visitor.'

François smiled his famous smile which had the effect of causing a deep flush on the lady's already rosy cheeks.

'Don't bother, please, dear woman. A cup of cider would be lovely. It's "my lord", by the way, not "your highness".'

The mistress of the house giggled nervously, fidgeting with her hood. Then she came to her senses and spoke to a young lad, who François imagined must be her son, lingering in a corner. 'Denis, go and fetch cider from the cellar for his high … I mean his lordship. Don't stand there staring like a simpleton!'

She turned back to François. 'I apologize, my lord, but if I don't tell him what to do, he'll just sit there and continue staring at you. These youngsters are good for nothing.'

François winked at the boy, who winked back. 'Don't worry, mistress, I'm sure he's a fine boy.'

'Yes, he is, our youngest boy actually. The older ones are in the fields with their father.'

François asked his usual questions but – once again – to no avail. The mistress of the manor, however, made it clear that she would have loved to be of help. François had encountered many women of her type before. She'd be dying to tell her neighbours and friends later not only that she had spoken to a genuine count from Paris, but how gratifying it would be for her to have been able to give him the information he was so desperate to find.

Minutes later her son came back carrying a brimming jug, accompanied by a bent old man.

'No need to drag Grandpa along,' she scolded him. 'It's time for Grandpa's nap.'

'I decide when it's time for my nap.' The old man cackled and moved close to François to study his face.

'So you're the gentleman from Paris? Can't see too well any more, but you look like a decent chap, not like those modern popinjays with their plumes and ribbons,' he muttered.

'It's "my lord", Grandpa. Monsieur is a count from Paris and he's a guest of Monsieur le Marquis in Montrésor.'

'Montrésor, what a sad story …' answered the old man. 'What do you want to know, my lord?'

'So you know about the ambush, my good man? Did you notice anything unusual?' François repeated the questions he had

been posing again and again. Not that he had any hope that this short-sighted Methuselah would be of any great help.

'Gypsies,' cried the old man. 'I saw gypsies lurking around. The king should send his sheriffs and hang them all. They seduce our maids and steal whatever they can find.'

'Come on, Grandpa, stop pestering us with your old stories.' The mistress turned towards François, visibly upset. 'I have to apologize, my lord, but my father-in-law is obsessed by gypsies. He sees them lurking everywhere.'

'I saw them, stupid woman!' protested the old man. 'Why don't you offer me some of that cider? It's still my house even if you don't like it.'

The mistress blushed and quickly filled another cup, which she shoved towards the old man. François knew it was time to take his leave and, offering his most elegant bow to his host and hostess, he stepped out of the hall.

He was just about to mount his horse when he heard steps running behind him.

'*Attendez*, Monsieur le Comte!' cried the boy.

François turned around. 'Certainly, Denis. What do you want?'

'I saw them as well, my lord, them gypsies, I mean.'

'When, where?'

'Grandpa knows the best spots for finding blackberries, you know. We went down to the quarries where they grow best. We saw them there. Grandpa told me to hush up and stay away – they like to steal and abduct small boys, he told me. It must have been a day or two before we heard the news from the castle.' His eyes were big and fearful, but François knew that in truth he was relishing his story.

He felt a tingling sensation; this could be the clue he had been searching for, at last – he knew it. Keeping a straight face, he replied, 'Grandpa is right – better not to meddle with gypsies. How many did you see? Did they have a cart?'

'I saw three men on horses and yes, they had a cart drawn by two horses.'

'Any women and children?'

'No, my lord, I saw only men. Maybe the women were inside the cart? Grandpa was grumbling that they were riding thoroughbreds. "You see, boy, they steal everything, just look at the horses, worth a fortune", he told me.'

François looked at the boy. Blood rushed through his veins; he was sure now that he had found what he was looking for. This must be the key. No common gypsies would dare roam the countryside on stolen thoroughbreds. They'd end up immediately hanging from the nearest gallows.

'Can you show me the place where you saw them? Is it far away?'

'It's about half an hour on horseback, but *Maman* won't like it – she'll be angry with me for telling you about the gypsies.' François could see the longing in his eyes to leave the manor and continue this wonderful adventure that would certainly make him a star among his friends.

'You did the right thing, don't you worry. Tell *Maman* that Monsieur le Comte has asked you to show him around the area and that he'll bring you back at the latest in two hours. I'm sure she won't object,' François suggested.

'I'll do it immediately. Please wait for me!' The boy raced as fast as possible back to the house. Only minutes later he came back, panting hard. '*Maman* agreed, my lord.'

'Let's go then,' François replied with a smile, 'before *Maman* can change her mind.'

The boy mounted François's horse and they sped along the gravel road until they entered a small forest. The boy knew the forest like the back of his hand; he was an excellent guide.

'Take care, now, Monsieur le Comte, we must slow down, it's a dangerous spot. We'll have to take the horses by the reins,' the boy warned after they had crossed a good part of the small but dense forest.

Minutes later, François was glad he had been warned by the boy. The barrier of trees suddenly gave way to a cliff that opened beneath their feet. It was an ancient quarry, long abandoned, partially overgrown with thorny blackberry bushes that provided perfect shelter for anybody wanting to conceal themselves.

They dismounted and left Michel in charge of their horses. The boy knew the overgrown path that led down to the base of the quarry. From the bottom, François saw that it was much larger than it had looked from the top, providing ample space for several horses and a cart.

How could they get down here with horses and a cart? he wondered. 'The path is too narrow and too steep for horses, let alone a cart.'

The boy pointed to a group of thick hollies at the other end. 'The quarry opens behind those bushes, Monsieur le Comte. It's an old Roman street that leads to Tours. Grandpa told me that the stones were cut here and then ferried by boat even as far as Paris.' His voice was full of awe because, for people from the provinces, Paris was like a chimera – dangerously seductive although known to be the cradle of sin and vice.

François strode over to the holly trees; they formed a screen shielding the now potholed and overgrown road that meandered out of the forest towards the river. Examining the hollies at close quarters he identified the treacherous signs proving that, not too long ago, horses and a heavy cart had passed. Several branches had been broken and lay wilted on the ground, and the heavy cart had left clear marks in the soil.

François searched the quarry but couldn't find anything else. The unknown villains had taken great care not leave any trace; not even a fire had been lit.

'Why did you think that they were gypsies?' he asked the boy.

'They had dark skins and were dressed like gypsies, no doubt about that.'

François didn't comment. *Nothing easier than to disguise oneself as a gypsy,* he thought. A clever ruse. People in the countryside hated and despised gypsies but kept their distance because they were afraid of them. Gypsies roamed the countryside every year during spring and summer and no one meddled with them as long as they didn't stay too long in one place.

'Let's go back, boy. I've seen enough.'

'Do you believe what we told you, Monsieur le Comte?'

'Yes, Denis. Not only do I believe you, but I'm also sure that we now have some clues in our hands to enable us to find and hang those villains who ambushed Monsieur le Marquis and his family.'

'May they roast in hell forever,' Denis replied, eyes sparkling.

***

'I've found something at last.' François felt extremely smug when he sat down to dinner with Armand. He inhaled the promising scent of the roast pork loin. 'Gosh, I'm hungry.' He looked at the table and saw that it had been set for three. 'Will Pierre join us?' he asked Jean, who was rearranging the glasses.

'Yes, Monsieur le Marquis has insisted on joining you tonight. He's still very weak but in much better spirits. Your speech did wonders, if I may say so.'

'You may.' François grinned. He looked at Armand. 'You look as boastful as a hen that has hatched a dozen chicks.'

Armand grinned back. 'You're not the only one who's found something out. But let's wait for Pierre to arrive and exchange our discoveries.'

'I'll fetch Monsieur le Marquis now,' said Jean, 'and, if you don't mind, I'll wait on you alone during dinner. I guess you would prefer to speak in private.'

'Absolutely, Jean. There's a lot to discuss and please stay with us. We'd appreciate hearing your ideas as well.'

Jean looked flattered as he left the room. A good while later he came back with Pierre leaning heavily on his shoulder. He held his head unnaturally erect – his back was still bandaged. Pierre was

as pale as a ghost but had apparently refused all suggestions from Jean to be carried downstairs to the dining room.

Armand greeted him, trying hard to sound as casual as possible. 'Welcome back.'

'Sorry if I'm not yet in good shape. I've asked Jean to exercise with me now every day, and I'll be better soon.' Pierre panted and then swooned. Only Jean's quick reaction prevented him from crashing onto the table. He caught Pierre as he collapsed and, together with François, tucked him into a comfortable armchair where he was brought back to consciousness with the help of gentle shaking and a glass of brandy.

'You do look better already,' lied Armand. 'But I agree, a bit of exercise will do you good, that's obvious.'

Dinner began with a duck consommé and Pierre ate surprisingly heartily. *Maybe there's hope after all*, thought François as he watched his friend. Aloud he said, 'Who's going to start?'

'You may start,' answered Armand. 'I'll finish my soup first. I missed lunch and I'm as hungry as a wolf.'

'Losing a bit of weight wouldn't be a bad idea. I think I've told you that already.' François eyed his cousin critically.

'All muscle – and you take care of yourself,' mumbled Armand, his mouth filled with some of the delicious fresh baguette straight from the castle's oven.

François changed the subject and gave a detailed account of his visit to the manor and the quarry.

'That's where they came from!' exclaimed Pierre, his face animated and flushed. 'I know the place – it's an ideal hiding place. It makes perfect sense.'

'I didn't find any clues, but at least we know now that the thugs came disguised as gypsies and it must have been planned in detail beforehand. I'm planning to ride to Tours now and do some research there.'

'Nice work,' conceded Armand, 'but I found better.'

'Don't be so conceited!' François was not amused; he had hoped to be the acclaimed hero for tonight.

Armand ignored his interruption and finished his soup slowly and painstakingly, knowing very well that he was driving his friends to madness.

'Stop stuffing yourself and tell us what you found out,' Pierre finally exclaimed.

Armand obliged. 'Sorry, Pierre. In fact, I had a … talk with one of the scullery maids. Nice little kitten, by the way.'

'Nothing new so far,' François couldn't help saying.

Armand ignored his comment and continued. 'She told me that the missing guard is the cousin of a young groom she obviously has a crush on …' Armand seemed to be relishing the attention of the others '… and that this very groom has become very sad and absent-minded lately. She feels neglected.'

'Sad for her, but what does this signify?' Pierre asked impatiently.

'Well, I reckoned that the cousin's change of behaviour must be linked to the sudden disappearance of the guard and went to the stables to have a chat with our groom. Louis is his name, by the way.'

Armand took a sip of the excellent wine produced by Pierre's estate and, visibly refreshed, he continued. 'It only took me a few minutes to make the groom spill the beans. He had visited his aunt and uncle shortly after the disappearance of his cousin to express his condolences and found them not distraught after all. He also noticed that they were the proud new owners of two goats and a cow.'

'Now that's really interesting.' Jean became excited. 'No tenant could afford to buy such a lot of livestock even after a good harvest. Somehow they must have come into money.'

'Exactly.' Armand beamed with satisfaction. 'And Louis came to the same conclusion. He was torn apart by his loyalty to his kin and the loyalty he owes his lord. After I made it clear that he'd be condemned to roast in hell forever if he didn't speak up, he was willing to do so.'

'What did he say?' François jumped up. 'This is not an adventure story to be dragged out. Don't you see how important this is and that Pierre is totally exhausted?'

'Well, I thought it best he speak directly to all of us. Jean, Louis is waiting outside. Please go and fetch him.' Armand looked as smug as a conjurer who had just performed his most acclaimed trick.

Jean left the room and returned accompanied by a lithe young groom with a shock of black hair. His sparse moustache indicated that he must have arrived at manhood only recently. The young groom kneaded his felt cap nervously in his calloused hands as he greeted Pierre and his guests reverently. The sudden attention of three great lords seemed to have rendered him speechless. He appealed to Jean for help.

'Don't worry, Louis. The marquis and his friends appreciate your willingness to speak up. Tell us in your own words what you want to say.'

As Louis still kept an uneasy silence, François decided to take over. 'Louis, I hear that the missing guard is your cousin?'

'Yes, my lord. A distant cousin, from my mother's side.'

'A distant cousin, maybe, but you were close friends?'

'No, my lord, the families don't rub along very well. We meet from time to time for a marriage or funeral. We all have big families here – everybody's related somehow.'

'You never spoke with your cousin before he disappeared?'

'Of course I did, my lord. While he was serving as a guard here in the castle, I often had to look after his horse and then we talked. It would have been strange not to talk to him.'

'Did he appear somehow … different … the last time you talked to him?'

Louis looked uneasy and breathed deeply. 'Yes, my lord. He looked smug. He was telling me that he was going to leave our valley shortly. Our little town was too small for a smart guy like him. And no decent girls, only peasants' daughters for those like us.'

'Did he tell you where he wanted to go to?'

'Yes, my lord. I challenged him that these were just empty words. Why should we leave? We have a good life here and full bellies even in winter. Why would one want to leave? He told me then that he intended to leave for Nantes. His father has some distant relatives there at the port. He'd work for them, make some money and then make it to the colonies as soon as possible where young men like us could make a fortune and marry the most beautiful girls. He actually suggested I join him. It would be a great adventure, he said.'

'And what did you reply?'

'I told him to stop dreaming. "Those are just empty words," I said, and that he couldn't even afford to pay for a coach to Nantes and would end up starving there. Nothing but stinking fish to unload day and night, did he think about that? Here in the castle we have at least enough to eat and a warm place to sleep.'

'What did he reply then?'

'He just laughed and looked very conceited. If ever I changed my mind, I should tell him. He'd find enough money to buy a horse and get both of us to Nantes.' Louis was close to tears. 'I told him to stop dreaming, but I had no idea what he was planning, my lords. He must have sold his soul to the devil.'

'I'm afraid that's what he did,' Pierre whispered.

François took over once again. 'Louis, please find out the name of your cousin's relatives in Nantes but promise me not to breathe a single word to anybody else, not even to your closest friends or family. Is that understood?'

Louis nodded and cleared his throat. 'I understand, my lord. Please let me help you. I promise, I'll do whatever it takes to find these swine. And as for my cousin … In my eyes he's one of them now – he disappeared the same day.'

'Thank you, Louis. We appreciate your willingness to help. That's all for now. Come back quickly to us with the name of those relatives in Nantes.'

Louis looked anxiously at Jean, unsure what to do; apparently he had expected harsh words and some sort of

punishment. Jean shook his head and made a sign to him to leave the room. A second later the door closed behind the groom.

'Nantes …' François said, scratching his head.

'Let's ride to Nantes tomorrow,' Armand suggested. 'We mustn't lose any time. We must track down the guard and extract all details from him. Afterwards I'll send him personally to hell – and this will be my greatest pleasure. He'll regret ever having been born.'

'Jean, what do you think?'

'I agree. We now understand how the ambush was planned and how it happened. It's also fairly clear …'

'… that it was no "normal" ambush, so to speak. Everything was planned in detail and it must have cost a fair amount of gold to organize it. Whoever is behind this, he's got connections and some big scheme in mind,' Armand cut in.

Pierre had been sitting in his chair in silence, visibly exhausted, but now he exclaimed, 'Why, for God's sake? Why Marie and why my son?'

It was François who spoke up. 'I'm afraid, Pierre, that these villains intended to kill you and get hold of your son – they'd have had ample opportunity and time to kill you all. I'm sorry if this sounds crude, but that's what seems obvious to me. The fact that you survived was an accident, a mistake, and the moment they know you're still alive, all of you – especially your son – will be in the greatest danger …'

Pierre looked dumbstruck as he realized the implications of these words.

Jean broke the silence. 'Wouldn't it be better, then, if it appeared that they'd had their way?'

'Brilliant, absolutely brilliant.' Armand looked at François. 'What do you think?'

'I agree, it's a brilliant idea. It would make our endeavour so much easier and – don't forget – it would protect little Pierre and Marie. For the time being the abductors think they have succeeded.

The new marquis is under their control – why should they harm him?'

Pierre looked up; for the first time hope radiated from his eyes. 'Yes, it's brilliant and that's what we're going to do. They took my ring, convinced that they were stripping it from the hand of a dead man. Let me play the dead man now and let them think their plan succeeded. Leave for Nantes tomorrow and find the guard who betrayed us. He's our key now to unravelling the mystery. Don't kill him before we know every last detail.'

'But how to do it? If we pretend that you're dead, everybody will expect a big funeral. All my family, even the Prime Minister, will be expected to attend,' Armand objected. 'Pierre's one of the most prominent nobles in France, don't forget.'

Jean cleared his throat. 'May I make a suggestion?'

'Of course, go ahead.'

'Monsieur le Marquis has a relapse today and I'll spread the news – confidentially, of course – that there's no more hope. His lordship will express his desire to return to die in peace in Paris, in his family home. It will be a sad goodbye, meaning for his people here, he's a dead man already.'

'Excellent. Miracles can happen everywhere – ours will happen in Paris. Let's do it!' François was delighted. 'Friends, we finally have a plan – and there's hope now. Let's drink to revenge – and to the rescue of Marie and little Pierre!'

Somewhere in a land of rain and sorrow

Marie opened her eyes slowly, reluctantly. In the pale, hesitant light of dawn that filtered through the cracked wooden blinds, the shabby furniture of her small depilated room took shape. The light was the harbinger of another endless day of sorrow and despair that would be waiting for her. Her back was aching from the thin layer of smelly, soggy straw that served as her mattress and her skin was scattered with itchy, red and swollen flea bites. She had no idea where she was and what would be her destiny today.

She listened to little Pierre's breathing and for a moment she felt relieved. At least her son was alive and they hadn't taken him away from her. They – those monsters without a name – who had ambushed her, killed Pierre, bundled them into a gypsy cart then thrown them at night into a smelly fishing boat.

Her abductors had been speaking English; it didn't take a lot of imagination to understand that the plan had been to be smuggle them out of France into England. But why? What kind of fate awaited her small family in England? She was due to give birth in three or four months and felt the baby moving, often violently, as it protested against this uncomfortable journey.

Marie had never been a coward, but it took all her resolve not to break down in tears at every kind of future she imagined, varying from frightening to outright terrifying. But did she have any choice? Not really – she had to go on fighting for her son. It was for little Pierre that she must be brave. She must continue telling him that his father was alive, that they were living a great adventure together.

'Papa will arrive soon, like a knight in a fairy tale in his shining armour, set us free and kill all these evil men with his

gleaming sword.' Little Pierre would listen to her with big eyes. She'd tell him this story again and again, clinging desperately to it herself, her only ray of hope.

But now, in the pale light of the morning, she had to face the truth. They were in the hands of ruthless ruffians in a country that was strange to her. Her husband was dead; there was no hope. Soon they'd be given some gruel and be bundled back into a stuffy coach. How long, where to, she had no idea. Would she survive this or the next day, the next week? She didn't know.

A single tear rolled down her blotched face. She wiped it away, angry with herself. She couldn't indulge in her sorrow; she had to be strong for little Pierre, for her baby.

***

'Ready to go?' François asked Armand.

He bowed and waved his dashing hat. 'Of course, my friend.'

It was the crack of dawn when the little party set out for Nantes. François had calculated that they could make the journey in a single day on horseback if they left early enough. They were a group of four as Louis had begged to join the search. At first Armand had been reluctant, but Louis's insistence on helping and the fact that he'd be the only one capable of identifying his cousin had convinced him.

'No dirty tricks. If you warn your cousin, you're a dead man, Louis,' François told him.

'My lord, please trust me and grant me a chance to restore my family's honour. I swear to the Almighty that I'll do everything I possibly can to bring my cousin to justice.'

'I think he's telling the truth,' Jean said.

François gave Louis another critical stare but in the end he gave in, and Louis was allowed to join them.

The next morning they were greeted by clement weather, not too hot – ideal weather for their endeavour. The sky was partly overcast and a strong, cool wind from the Atlantic would have made their trip a sheer pleasure if their mood had not been sombre; too much was at stake.

Exactly as François had calculated, they reached the city of Nantes before sunset and decided to seek shelter in Le Cygne d'Or, a stately auberge close to the main square that was reputed to cater for guests of distinction. It was a centuries-old building, but its timber frame had been freshly painted in bright shiny black and an imposing gold-plated sign of its name-giver, the swan, showed its owner's wealth. The auberge looked well kept and inviting, especially after a long and tiring ride like today's.

The moustached landlord purred like a fat cat when he was approached by two wealthy noblemen accompanied by liveried grooms and well-kept horses. Bowing deeply and almost kissing the floor he lisped, 'You're so lucky, my lords. You've chosen well. I can offer you two of my best rooms. Exactly what gentlemen of distinction expect. To please your noble palates tonight I propose a good roast, glazed with honey, slices of home-cured ham, pâté de la maison with a thin crust of mille feuille, a side dish of fresh fish from the river and some sweetmeats. We only have the best wines here from the Loire, refreshing, and a feast even for the most demanding of gentlemen.'

It took François a major effort to stop this deluge of words and bargain a price for the rooms as the landlord named a price that would have raised eyebrows even in Paris.

'That's extortion! Are you mad?' he exclaimed.

'Monsieur le Comte, I swear by the Holy Virgin that these are the only free rooms left in Nantes. Tomorrow there's a special fair in the market square and all the noblemen of the region have come to Nantes with their families. You're lucky that I can use my powers of persuasion to free two rooms for you – but of course this will come at a cost. May I know my lords' decision?'

François was about to explode, but it was clear that Armand was tired and had no desire to roam the town. François was aware that the vision of an excellent dinner partaken in front of a nice flickering fire was simply too powerful for Armand to resist.

He allowed Armand to take over. 'It's alright. He may reserve those rooms for us and prepare a decent meal. But I expect

the best – otherwise I'll drop a word to His Eminence the Cardinal Mazarin, when I meet him next week, to ask the Governor of Normandy to have a closer look at your establishment.'

'The Prime Minister,' lisped the landlord. 'Your lordship knows the Prime Minister ... personally?'

'Certainly I know His Eminence. My father, by the way, is the Marquis de Saint Paul. He's the king's godfather. Better do your best to please us.'

The landlord scurried away like a panicking cockroach, screaming orders at his servants. Armand's words made a deep impression and the ensuing dinner was worthy of a king.

Armand grinned while he polished off the tiny leg of a quail cooked in red wine. 'I hate name-dropping, but as he was bound to set us up anyhow, I thought I'd better get some value out of it.'

Before François could answer, there was a tapping on the door. 'Come in!' François commanded. It was Louis, who stood in the door frame.

'Don't be shy, Louis.' Armand invited him in. 'Did you have dinner?'

'Yes, my lord. We had our dinner with the other grooms downstairs in the taproom,' Louis replied. 'I used the opportunity to talk to the locals to try to find out where those relatives that my cousin referred to are living.'

'Excellent – did you find out something?'

'I knew from my father that they're rope makers. It wasn't that difficult after all. The maid who serves in the taproom told me to search in Saint-Nazaire. Only local wine merchants and fishermen live here in Nantes. The boats coming in from the sea stop in Saint-Nazaire. The Loire is too shallow. Saint-Nazaire is therefore the place where the rope makers and most traders live.'

'How far is it from here?' asked François.

'She told me it's only a short ride, between two and three hours,' Louis replied.

Armand spoke to François. 'See, I knew we'd be in the right place here. Good work, Louis. Let's leave tomorrow morning for Saint-Nazaire.'

***

They discovered that Saint-Nazaire was a sleepy little port town situated at the very end of the sprawling mouth of the River Loire. It seemed impossible that any ship could enter or leave without being noticed. The owner of a local inn was burning with curiosity to meet two gentlemen with the flair of royal courtiers in this forlorn part of the kingdom. Like a dog trying to dig out a juicy bone, the landlord tried several times to extract more information from his noble guests, but François was a master evasion when he chose to be.

Utterly frustrated that the noble strangers wouldn't yield to his curious questions the owner of the inn gave up and indicated where to find the rope makers' street. Saint-Nazaire being a small town, it wasn't long before they identified the workshop of the missing guard's relative.

The dirty, poorly lit workshop didn't speak of wealth, and Armand started to wonder if business in the port was any good at all. The grey-haired owner seemed to be only too pleased to be interrupted from his boring daily routine and greeted them with pleasure, although he must have known that two gentlemen on horseback probably wouldn't qualify as potential customers.

'Anything I can do for you, gentlemen? Are you in need of any ropes? I make the best in town,' he greeted them.

'Thank you, my good man. We are here for a short visit only. Our groom here would like to find his cousin who's supposed to be living in Saint-Nazaire. The cousin's father has fallen seriously ill and he must return to his village urgently. The end is near, we fear. Would you know him, by any chance? Did a young man apply for work? This could be the cousin we're looking for,' François asked smoothly.

The rope maker's face fell. 'I'm sorry, Monsieur. What a sad story. Life can be so cruel. I sincerely regret that I can't help you. Nobody has come to my workshop and I haven't heard of any

newcomer in the port either. I would know, though – the innkeeper would have told me. The young man's father fell ill, you mentioned. How sad.' He scratched his head. 'Maybe, just to be sure, you'd better ask the keeper of the inn La Navette yourself? He always knows everything that goes on in Saint-Nazaire. It's a small port, but sadly business had been very bad since those crazy English people started waging war against each other.'

'That must be terrible for business. I presume that not a lot of boats from England are coming in at the moment?' Armand took the clue.

The man laughed, but it was not happy laughter. 'I can tell you. There are so few, I remember. One boat came in last week from Scotland. The one before, I think it came from Plymouth, came in about two or three months ago – just a small fishing boat in search of shelter because of a storm. Business is a disaster, Messieurs. Ah, those English, *ils sont fous*! How can common people pretend to govern a country better than their anointed king – it's sacrilege. These English people are heretics who should be burnt at the stake, all of them.'

'Yes, they're crazy, those English, no doubt about that,' François conceded. 'Now, can you tell us, my good man, where can we find La Navette?'

The rope maker was reluctant to let them leave; he clearly loved to gossip and this was a rare opportunity to talk to genuine gentlemen from Paris. But François skilfully ended the discussion and they directed their horses to La Navette, which overlooked the empty berths of the port idling in the lazy summer sun.

Once again they repeated their story of the cousin who was needed back home, but the answer was identical: no stranger had been seen recently and, anyhow, there was no work to be found; those crazy English had killed the business …

François stemmed the flow of gossip and they managed to escape the innkeeper's unwanted attention.

'What a disaster.' Armand sighed. 'No sign of this damn cousin anywhere. It's as if he's never been here at all.'

'Maybe the simple truth is that he hasn't and we're on the wrong track all together,' François replied.

Frustrated, the friends turned their horses back to Nantes. Back in the city they combed all inns inside the fortifications, then all merchant stalls in the marketplace. Their frustration mounted – nobody had seen a stranger who would fit to the description of the missing guard. At least they weren't sure, maybe they had seen a young man after all, but there were so many young men coming and going all the time, how could one be sure which one was which?

'Another stupid answer like that and I'll explode,' growled François. 'These people have the brains of pigeons, at best.'

'You're flattering them,' replied Armand. 'Pigeons have a reputation of finding their nests even hundreds of miles from their home. The people here have the brains of trout. That reminds me – let me talk to the fishmonger over there.

'Bonjour, my good woman. I hear there'll be a big fair tomorrow. Are many people coming to town?' Armand asked the jovial fishmonger who presided over a display of what she claimed to be fresh fish straight from the ocean while she hid the slightly smelly heads of her fish and other less appealing wares under seaweed that was wilting in the sun.

'*Non*, Monsieur, there's no fair before autumn. It's summertime – all the people are out harvesting in the fields. The town is empty. Who told you that there would be a fair?'

Armand looked at her. 'No fair? And the town is empty? Are you sure?'

'Of course, Monsieur. I've lived here all my life.'

Armand's eyebrows rose; he changed this subject and questioned the stout woman as to whether she had seen a young man from the province applying for work, but she couldn't help. From time to time young men came to Nantes with foolish ideas of getting rich in the colonies. Usually they'd end up in the navy; there was no work in the shipyards since those crazy English had started their stupid war. But she couldn't remember anyone who had asked for work recently.

Armand quickly managed to silence the fishmonger who was about to launch into a long tirade against the crazy English. Then he looked at François. 'Hmm, there's no fair and the town is empty … I think I'll have a word with our greedy landlord tonight.'

***

The owner of Le Cygne d'Or was only too happy to offer his best rooms again to those gentlemen who had paid handsomely in clinking coins of freshly minted Louis d'or. At the end of yet another sumptuous dinner crowned by lobster cooked in white wine and garnished to perfection, the landlord entered the private salon to offer a sip of his special eau de vie from his private cellar.

'How was your dinner, my lords?'

'Excellent,' Armand said, polishing off the last crumbs of his apple tart. 'And, by the way, I'd like to thank you so much. I feel, how should I say …' Armand paused. 'Indebted. I think that sums it up properly, yes. I feel indebted to you.'

'Don't mention it, Monsieur le Comte,' the landlord replied, flushing with pride.

'But I must,' insisted Armand, and toasted the landlord, 'especially as you've offered us this wonderful dinner on the house.'

'I'm afraid, Monsieur, there's a misunderstanding somewhere …' the landlord replied. He fanned himself with a fleshy hand.

'Maybe the same kind of misunderstanding as when you told us there was going to be a fair in Nantes and the town was busy?' Armand said sweetly. 'Maybe it's the summer heat, but there seem to be many misunderstandings floating around …'

'Messieurs, you'll ruin me!' wailed the landlord.

'Never, you crook, you've made too much money from your innocent guests already – although it would teach you a good lesson. Now, let's settle for a free meal – and get us the eau de vie you promised – and I won't breathe a word of your unsavoury business methods to the Governor of Nantes. It's your choice.'

The landlord swallowed hard and nodded; he was speechless.

François had been sitting in his chair brooding while Armand savoured the dinner with delight. 'What do you think? What do we make of our day?' he asked finally.

'Apart from this dinner, it was a disaster. A complete failure,' Armand replied. 'But you won't make things any better if you sit here as gloomy as Cassandra, or was it Pandora? I find these Greek goddesses very confusing. There are too many of them and they all have strange names, if you ask me. Have a bite of the lobster. The landlord may be a crook, but his cook is a genius.'

François reluctantly tasted the lobster. It was excellent, indeed. 'Any other ideas apart from just "failure"?' he asked.

Armand sighed before he answered. 'It's as if this guard has never put a foot even close to the city. I mean, he must have asked his way to find his uncle, but nobody remembers that. I'm afraid we have to start our search afresh. Pierre will be devastated. I think he expected a clear clue today. That's what really vexes me. We'll come back with empty hands and he'll be so disappointed.'

François jumped up. 'Sometimes your thoughts contain sparks of intelligence, my friend. Not very often, but it happens.'

'And you … experience regular bouts of arrogance, my friend. It's a good thing you're my cousin or I'd be very much tempted to challenge you,' grumbled Armand.

'Give it a try?' said François smoothly. 'Swords or pistols?'

'Shut up and tell me why my last remark intrigued you.'

'You spoke the simple truth. Thinking about it, I've come to the conclusion that this fellow we've been searching for like a needle in a haystack never, in truth, put a foot even close to Nantes. He simply couldn't go unnoticed – the city is too small. A stranger here is a sensation. Let me find Louis. There can only be one possibility …'

'Speaking in riddles, as always,' Armand murmured. 'Monsieur prefers his secretive airs.'

François returned, accompanied by Michel and Louis. 'Louis, can you tell me if the quarry where the gypsies were hiding before the ambush is on our way back?'

'Yes, Monsieur le Comte, it's on our way home.'

'Let's leave at dawn then tomorrow morning. I want to see if we have overlooked something. But I need daylight.'

'We can leave before the break of dawn from Nantes, my lord,' Michel proposed. 'There should be enough light to find the road and we should be able to make good progress.'

'Alright. Dinner is finished. Let's go to bed early,' François commanded. 'A long ride awaits us.'

'Nobody is asking me, as usual,' Armand protested. 'Who wants to get up before sunrise?'

'Nobody, but I'm sure you will,' replied François, flashing him big smile. 'Or would you like to explain to Pierre that we failed in our mission because you preferred to sleep?'

'That's blackmail,' Armand snapped back. 'Alright, I'll be up early.'

***

A slimy bowl of gruel, reheated from the previous day, was the meagre breakfast provided by the Cygne d'Or. It was slapped onto cracked earthenware plates by a sour-looking old scullery maid; obviously they had lost all favour with their landlord. His thin-lipped wife came down to see them out. She pocketed the money for the rooms in sullen silence, making it clear that she'd be more than happy to see the unwanted guests vanish from her auberge.

The horsemen made good progress and reached the quarry while it was still daylight, exactly as François had hoped.

Armand looked at the place basking in the rays of the golden evening sun with an expression of awe and consternation. 'Doesn't it look peaceful … and yet, we know it was here where it all started. It's a cursed place.'

François nodded and dismounted from his horse. His stallion was more than happy to get a break and started nibbling at the patches of fresh grass that covered the ground. Thoughtful and not uttering a single word, François walked around the quarry followed by Armand and the grooms until he reached the group of dense hollies that masked the exit. Using his sword like a scythe, François

removed several low-hanging branches until he exclaimed, 'Armand, Louis, come closer. I think I've found what I was looking for!'

Armand rushed over and looked at the branches that Michel was holding back. 'I see nothing but holly trees.' He sounded disappointed.

'Don't be so foolish. Look at the bottom of the trunks.'

Armand looked down and then whistled in excitement. 'Now I see it. Of course! I'm sorry, I must have been blind. The soil looks different, as if it has been dug up recently.' Startled, he looked at his cousin. 'That's why you said the guard may never have made it to Nantes. What an idiot I've been, not to think about this possibility immediately.'

Michel took this as a command to start digging. Branches and stones had been used as camouflage but, looking closer, the grave had been dug in a hurry.

'I've found him,' shouted Michel, grim-faced, as his sword unearthed a gruesome hand. It was tightly closed, forming a fist. In its half-rotten state it looked ghastly.

Armand swallowed hard before he exclaimed, 'Look at those bones penetrating the skin – it's completely macabre. And yet I'm satisfied to see this guy rotting slowly away. Traitor – may he burn in hell forever!'

Carried away by his fury, Armand drew his sword. A swift violent thrust of the sword and he detached the hand in a single clean cut. It rolled across the stony ground like ball – for a horrid moment it appeared as if the hand had regained a life of its own.

The bundle of flesh and bones stopped at Louis's feet; he turned extremely pale. A single coin dropped out of the hand as it spread open. Louis rushed to the holly trees and they heard him throwing up violently.

'Not quite used to calamities of life, our Louis, is he?' François remarked casually and strode over to examine the coin. 'Hmm, a copper penny, minted in England – part of the traitor's reward, I guess. They must have missed this coin when they dumped his body.'

'Well, look on the bright side – we have a lead now. Looks as though a nice comfortable trip to the foggy British Isles is waiting for us. At least I can face Pierre now. We've discovered something important,' Armand said.

'You forget something. I'm afraid we first have to do a bit more searching,' François replied. He looked at Armand. 'And let's pray that we don't find any more graves ...'

'You mean, Marie ... little Pierre ...' Armand's face fell. 'I hadn't thought about that. But you're right, we must make sure that ...' He couldn't finish the sentence and swallowed hard.

Wrapped in awkward silence the four men searched the quarry, combing through the undergrowth and the overgrown rims of the quarry. It took them a good hour – they turned every plant and examined every piece of rubble.

'I think we can confirm there's nothing hidden here,' François eventually stated, feeling relieved.

'Nothing, I agree,' Armand replied as he wiped the perspiration from his forehead. 'I hope I won't ever have to do this again. I feel totally rattled. Each time I saw something unusual, I thought, "this is it." What a nightmare.'

'I couldn't agree more. Time to talk with Pierre now. The good thing is we have something positive to report, even though our mission looked like a complete failure this morning,' François concluded.

'Yes, it's time we left for the castle, my lord.' Michel interrupted their conversation. 'The sun will be setting soon and it'll be difficult to find the way back when it's dark.'

'As usual, Michel is right.' François looked at Armand. 'Ready to go?'

'Ready to go and very happy to do so,' came the immediate answer.

***

The marquis had been at the lookout for the whole afternoon, waiting for his friends to return.

As the sun was setting, his valet, Jean, noticing the deep shadows of fatigue under his master's eyes, gently insisted that he should go back to bed and sleep.

'You look tired, Monsieur le Marquis. Your friends may not come back until tomorrow – should I prepare your bed and some hot milk?'

'Jean, stop behaving like a clucking hen. I couldn't possibly sleep, knowing that they could come back with important news at any minute.'

Immediately his valet turned into the paragon of a servant who had been badly mistreated. He didn't speak a word but sighed from time to time while he scuttled around Pierre putting things in place.

His suffering in silence always did the trick and Pierre finally relented.

'Jean, I don't know how you always manage to do it, but alright, I'll go to my room and have a rest – but just a quick nap.'

'Your lordship will see, you'll feel much better after a short rest.'

Satisfied that the marquis had listened to the voice of reason he smiled and led his master to his bedroom.

***

The two friends returned to the castle of Montrésor after sunset. The sun had disappeared behind the lush vineyards in a last orgy of radiant golden light, but a long, lingering twilight – so typical for a sunny summer day in France – had guided them safely during the last miles.

By the time they kicked off their riding boots, Pierre was deeply asleep, as Jean, looking rather smug, reported to François and Armand.

'I'm exhausted,' Armand said, eyeing with satisfaction the tankard of watered wine that Jean was preparing for him. 'My God, I'm so thirsty. The last miles were tedious.'

'Pampered brat,' François replied good-humouredly. 'I bit of exercise and you start moaning.'

Jean hastened to intervene. 'What did you find out, my lords?'

'We found the guard, dead and buried in the quarry,' François replied.

Jean looked at him before he mustered the courage to ask, 'Only the guard, sir?'

'Only the guard. Although we searched very diligently, thank God we didn't find anything else.'

They looked at each other; no further words were needed.

'And an English coin next to him,' Armand added. 'Quite a grim scene, actually. Poor Louis had to throw up.'

Jean looked at them. 'England … that seems to settle it then, my lords?'

'Almost, but I want some more proof. It could be red herring, after all,' François replied. 'What about giving me some wine as well, by the way?'

Jean excused himself and rushed over with the jug.

Dinner was short and nobody felt like talking; it had been a very long and trying day.

'Late breakfast?' Armand yawned.

'Late, late breakfast, I fully agree,' François replied, and headed to his room.

***

They slept until noon and found Pierre waiting for them impatiently. Jean had propped him up in an armchair and made him comfortable with several velvet cushions, his splinted left leg placed on a low stool.

'Dear Lord, I thought you'd never wake up!' he said to François when he walked into the drawing room. François was dressed with his usual elegance; no calamity would stop him from ensuring that his starched lace collar was as impeccable as his spotless waistcoat.

The sun streamed through the mullioned windows. Another beautiful summer day could be expected. The window was wide

open, although the housekeeper had warned that fresh air was likely to kill the marquis.

'I'm sorry, Pierre, but it was a long ride and we returned rather late. How are you?'

'Feeling better, actually. The physician tells me I can start taking some exercise.'

'Excellent!'

Jean entered and the rich aroma of fresh coffee filled the room.

'Exactly what I need now.' François beamed. 'My wife drinks coffee regularly. She says everybody in Venice is hooked on it although it's so expensive.' He savoured the hot brew, added some more of the precious cane sugar imported from the colonies, and was ready to speak the moment Armand strode into the room.

'Coffee?' Armand made a face. 'Why should I drink coffee as long as we have wine?'

'Try it, it makes you feel awake,' François suggested.

'I *am* awake!' protested Armand. 'And lucid enough to have noticed that Jean must have given orders to remove any young and decent-looking parlourmaid from my vicinity.'

'We're not here to discuss parlourmaids, are we?' Pierre was upset. 'Come to the point – did you find the missing guard? Did you make him talk?'

'We found him,' Armand stated with satisfaction, 'and it was I who gave the most valuable clue to François. Not that I want to boast, but some people simply have it.'

'That's entirely correct,' François replied with a wink. 'Well, to be precise, our guard couldn't talk. We first hunted all over Nantes for him. When we found no trace we continued our search along the coast, checking the port. To cut a long story short, in the end, we found him dead and buried close to Montrésor in the old quarry.'

He saw Pierre's unspoken question in his eyes. 'The good news is – we found nothing else … although we searched every inch. We hated every second of that, but we needed to be certain.'

Pierre was very pale as the meaning of this sentence sank in. He crossed himself and replied, 'You mean, you found no other graves. Thank the Lord. I must be grateful for this. But it implies that Marie and my son must be in the hands of those villains. It's maddening that we have no clue who's behind all this. I must find them, but where the hell to search for them? Just thinking about them, prisoners in the mean, dirty hands of some thugs, it's ...' His voice broke.

'We'll find them. Calm yourself, Pierre. We think we found a lead.' François extracted the copper penny from the pocket of his brocade waistcoat.

Pierre squinted at the coin and looked thoughtfully at his friends. 'Minted in England. That's a surprise. I hadn't thought about England.'

François nodded. 'Yes, England. I want some further proof before we sail there, however.'

'But how to get it? You can't make a dead man talk,' Armand objected. 'Let's sail to Dover and continue our search in England – we can't wait.'

'Well, there's only one man in France who'd know such things. I propose to go up to Paris and speak with him.'

'You mean the Prime Minister, Cardinal Mazarin?' Pierre was stunned. 'Aren't you going a bit too far – how should he know about such things? And will His Eminence receive you? He's known to keep petitioners waiting for months, this upstart bastard.'

'My father says he's even worse than Richelieu,' Armand replied, 'but François has a point. Mazarin commands an army of spies everywhere – that's why he knows such a lot and that's also why he needs so much money. The Prime Minister might have a report on his desk that could help us – even if he doesn't realize its true significance.'

'Exactly. Of course he'll receive me. His Eminence owes me a favour or two. Knowing who our enemy is will save us a lot of time. Now let's plan everything in detail.' François paced around the drawing room like a tiger in a cage, coffee cup still in his hand.

'We should leave Montrésor as soon as possible and return to Paris. Are you able to travel, Pierre?'

'Yes – and I don't care if it might hurt. But don't leave me stewing here in the province. Just the idea of having to sit here, idle, not knowing what is happening to my wife and son is torturing me.'

Jean had been standing silently in a corner but now he cleared his throat. 'May I suggest that Monsieur le Marquis will have his relapse of bad health tonight? It would be good to spread the news that his lordship's end is near. We need to work in secrecy and strike when our enemy doesn't expect it.'

'Good point. Pierre, you'll be brought back home to Paris to die, is that clear?'

Pierre made a face. 'If it helps, I'm willing to travel in a coffin. But tell me, what's going to happen in Paris? What will you do there? What can I do to help?'

François continued pacing in long strides. 'You must stay at home until you're fit enough to join us. I'll talk to His Eminence immediately after we arrive. If we're lucky we'll come to know how and when these thugs came to France, and – most importantly – if and when they left. I'm not expecting any firm news about Marie and little Pierre – they'll have been well hidden from the public eye. So don't expect miracles. Then I'll talk with Charles. We'll need his help. Is he in still living in Reims or did he go back to England?'

'Cousin Charles and his family are staying in their chateau near Reims. He sent me a letter only a fortnight ago,' Pierre answered, 'telling me that he's more and more concerned about the catastrophic situation in England. The king was ill advised to count on the Scots for help. Charles thinks that the king is in for a nasty surprise. King Charles may be a Stuart, but the Scots have a centuries-old habit of rebellion.'

'King Charles is doomed,' François didn't mince his words, 'and it's largely his own fault. Why go to war with your own people without having the means to do so? He never stood any chance.'

'I'll send a messenger to Reims and ask cousin Charles join us in Paris. We'll need his help if we're to leave for England. Time is of the essence now,' François continued.

'I'll join François.' Armand nodded. 'In the meantime I'd better get some exercise and freshen up my shooting and fencing techniques. I've got a gut feeling that I may need them very shortly.'

'Go on a diet, Armand,' said François. 'I need you lean and fit, I told you before!'

'And I need you silent – for once,' answered Armand, enraged.

***

The following morning, news spread through the castle like wildfire. Excited servants stood whispering in small groups in the corners while the smell of burnt porridge came from the kitchen. This had never happened before – even the cook must have been jolted from her usual placid state of mind.

It was the second footman who ascertained – in full confidentiality – that the personal valet of the marquis had found his master in high fever, babbling only a few words that could barely be understood. The physician had been called and quickly it became known that he came out of the sickroom with a solemn face. Although he steadfastly refused to answer the anxious questions of the housekeeper, who was close to hysterics, it was the first footman who had seen him and he was sure. The physician's face had said it all: the Marquis de Beauvoir's state of health was beyond hope.

'The wounds have started to fester. Jean tried to hide the bandages, but I caught a glimpse – they were yellow with pus. You don't need a fancy doctor to know what this means,' whispered the parlourmaid to her best friend, the scullery maid, who immediately shared the news with her young man, a groom from the stables.

'His lordship has made it known that he wants to return to Paris, to the home of his ancestors,' the housekeeper sobbed. 'This can only mean that he wants to die in peace in his own house. He was such a good master. A whole family, perishing in a matter of weeks. Why must life be so cruel?' She stopped and a new thought

came to her mind. 'Oh my God, what will happen to us now? What will happen with the castle? There's no heir left.'

The butler made some soothing noises but of course the housekeeper had only pronounced loudly what he had been pondering about since the day of the ambush – who would inherit the de Beauvoir titles, fortune and castles? Henri de Beauvoir, the infamous cousin, a man whose cruelty was shrouded in legend? Nobody had heard about him for years – but there was no other direct descendant of the de Beauvoir family. The butler didn't even want to think about that possibility. He cleared his throat and replied, 'I'll light a candle for his lordship in the chapel. Maybe the good Lord in heaven will help us.'

'Better light two!' sobbed the housekeeper. 'One on the altar of the Virgin Mary. Pray that she'll help us. Of course I have confidence in our heavenly Lord, but, when it comes to help, one had better turn to the Virgin Mary.'

With greatest care and attention, Pierre was carried to a coach that had been turned into a litter while all members of his household stood lined up in order to wave goodbye. Jean had been wondering if he could keep up the appearance of the shattered servant bringing his master home to die, but facing the servants of Montrésor with their genuine sorrow, watching the tears that were shed in abundance and hearing the heart-felt blessings that were offered, he almost burst into tears himself. As the coach started moving slowly towards the gates and the road to Paris, the scene had all the hallmarks of a state funeral; the road was dotted with tenants bowing deeply with their caps in their hands.

***

'Very moving, indeed,' muttered François, raising his eyebrows.

'It is moving, don't be so damned arrogant. They love him,' Armand replied, trying hard to keep a casual air.

'Love is a noble feeling, but they should have protected him better,' François said sharply. 'Now it's up to us to sort out this mess, and it won't be easy.'

'I know,' answered Armand. 'The thugs have Marie and little Pierre in their hands, a precious pledge for bargaining. We need to find them urgently.'

'I wouldn't repeat this in front of Pierre, but they weren't kidnapped for bargaining. No demand for a ransom has turned up. That's what I don't like. I don't like it at all …'

Armand swallowed deeply and said, 'Nasty situation, I agree. Better we find them fast – and alive.'

Paris

'Don't bother, I'll wait,' François de Toucy replied loftily as he chose a seat in the antechamber of the most powerful man in France. Not an easy task; the oak chairs were heavily adorned with elaborate wood carvings. They must have been commissioned by the cardinal with the vile intention of torturing his visitors' backs and buttocks after a short while. But the wait could be a long one. François knew this from experience. He listened to Cardinal Mazarin's exasperated servant.

'But, my lord, His Eminence never grants an audience without an appointment, never! The guards must have told you. How could they let you pass?' The nervous monk who served as private secretary to the cardinal was wringing his hands in despair.

François didn't reply immediately; he had detected a fluff of dust on his left arm and removed it carefully with a frown. There was no way that he'd see the splendour of his blue velvet waistcoat trimmed with silver threads ruined by even the smallest imperfection.

Satisfied that the irritating fluff had been removed, he looked up at the embarrassed secretary and sighed before he replied. 'I see, you must be new here. Of course the guards let me pass, Father. I was their commander at the time Cardinal Richelieu served as prime minister.'

The secretary tried to impose his authority. 'I'm sure His Eminence will strongly disapprove of the liberties you're taking, my lord. He'll be very upset.'

'Are you sure?' François shrugged. 'Let me discuss this point with His Eminence. You may ask the lackey to serve me a glass of

wine in the meantime – the good one, not the usual cheap vinegar he serves visitors of lesser rank. And please don't stare at me like that, Father, it's no use.'

The secretary finally understood that he had lost this battle and withdrew with all the dignity he could muster.

In the end it took less time that François had feared until he picked up the sounds that heralded the arrival of the most powerful man in Europe. Titles and names were shouted, arms were presented, and he heard the familiar clacking of nailed boots on the marble mosaic floors.

His Eminence arrived in quick strides. Cardinal Mazarin had a reputation for speed in any aspect of his life. 'De Toucy? What are you doing here? You didn't apply for an audience – or have I forgotten?'

François dropped into the deepest bow imaginable and kissed the sparkling sapphire ring of office.

His Eminence chuckled and clapped his shoulder. 'Trying to pretend that you're a humble son of the Church, but not succeeding. I know you too well.'

'Your Eminence is wrong. I know my place when I'm in a room with the most powerful Prince of the Church.'

Cardinal Mazarin looked flattered but shook his head. 'That's bordering on treason. The Holy Father in Rome is the most powerful Prince of the Church. We all bow to him in veneration.'

'I considered His Holiness Pope Urban as being above the Princes of the Church, Your Eminence, that goes without saying. Sadly we all know that the Holy Father has a tendency to uninhibited spending that may prove unhealthy in the long term.'

His Eminence pretended not to have heard the last phrase and made a sign to François to follow him into his sanctum, where he dropped into a comfortable armchair. 'Sit down, de Toucy, although I shouldn't grant you any time. I'm sure you didn't ask for an audience.'

'As usual, Your Eminence is correct. But I have an urgent question that simply couldn't wait.' François paused. 'I almost forgot – my wife sends you her warmest regards and a small gift.'

François presented an enamelled box to the cardinal who accepted it with glee. Cardinal Mazarin loved gifts, especially if they were as valuable as the delicately painted enamelled box he was holding in his hands right now. Curiously he opened the box and the aroma of roasted coffee beans filled the room.

'Julia remembered that your Eminence loves coffee from Venice. It's her favourite roast as well.'

'Your wife is a remarkable person – please send her my blessings. I agree, it's the best coffee in the world. The merchants of Venice import it from Arabia, but from where, exactly, is a secret. You simply can't find it in France. When will we have the pleasure of seeing your wife back at court?'

'Soon enough, Your Eminence. She's looking forward to it.'

'Now, what can I do for you, my son. Don't pretend that you present me such a valuable gift and won't be asking for a favour.'

'The Marquis de Beauvoir was ambushed recently, Your Eminence.'

The cardinal nodded. 'A sad story. The marquis was severely wounded and his wife and son are missing. But the local authorities couldn't find anything. Very upsetting. The queen is shocked.'

'As usual, Your Eminence is extremely well informed. But in the meantime we investigated ourselves and found a lead.'

François extracted the penny from his pocket and handed it to the cardinal. His Eminence scrutinized it carefully and gave it back.

'England,' he commented after a short pause. 'The marquis has no luck with his relatives, I gather. I had briefly thought that his ill-famed cousin Henri might be lurking in the background, a very colourful and dangerous personality, by all means.'

François sighed. 'The marquis's relatives are a bunch of cut-throats, with the exception of course of his cousin Charles Neuville. Your Eminence is correct – that's where we have to look. May I ask your Eminence a favour?'

'I presume that's why you're sitting here, my son. What can I do for you?'

'I'd like to know which boats and people have come in from England and gone out again in the fortnight before and after the ambush.'

'All ports of France? That's asking for a lot.'

'No, I think they were heading straight for Nantes. It would be interesting to know if any suspicious foreigners were seen in the ports on the Atlantic coast, let's say up to a hundred miles around Nantes.'

'That's a sensible approach, but I'd include Calais and Bordeaux all the same. One never knows.' The cardinal stood up and rang the silver bell on his desk. The secretary appeared immediately.

'Why did you forget that Monsieur le Comte de Toucy had an appointment?' the cardinal asked in an acid tone.

'But, Your Eminence, Monsieur de Toucy has never requested any audience!' the secretary squealed, blood rushing to his face. 'He just walked in.'

The cardinal shook his head. 'Of course he has, that's why he's here. Nobody can just walk in, as you call it. Never mind, I'll forgive you this time. Please collect all reports from our agents for the past four weeks related to incoming and outgoing ships along the Atlantic coast. The reports usually arrive in Paris at the latest each Friday anyway. Please have everything ready for Monsieur de Toucy by Saturday.'

The secretary bowed deeply in offended silence and left the big study. The cardinal broke into a mischievous smile that lit up his dark face and François could see why the queen was rumoured to entertain a much tighter relationship with him than court etiquette might allow.

'A typical Benedictine monk, my secretary. All study and hard work – *ora et labora* – but no humour. But he's a good lad and efficient. You'll have your report on Saturday, don't worry.'

'Thank you again, Your Eminence. We really appreciate your help.'

'With pleasure, my son.' The cardinal opened the enamelled box and inhaled deeply the aroma of the roasted beans. 'You may come back any time, my son. This aroma is like a glimpse of heaven. As a cardinal of the Church, I'm an expert in these matters, trust me. Give my kindest regards to your wife.'

***

Cardinal Mazarin was true to his word. The young Benedictine called on Saturday at Hôtel Toucy, François's Paris home. It was a sleek building erected in the newest style of cream-coloured stone with large bay windows, and it was the envy of his friends who suddenly found their ancestral stately homes dark and medieval.

'Did you find anything suspicious, *mon père*?' François asked the monk. It was the custom to call a monk *Father* although the secretary must be his own age – if not younger.

'Yes, my lord, I did. I had all the reports copied. Two reports I considered most intriguing, if I may say so. I placed those on top of the pile. For example, there's a report that arrived from Saint-Nazaire. A fishing boat from England had moored in search of shelter from a storm – but no storm was reported during that week by the royal navy.'

'The famous fishing boat,' François murmured, 'that would make sense. What else did you remark?'

'A report from La Rochelle, where a group of merchants had landed from Southampton. It may be a coincidence, but they arrived almost on the same day. The merchants hired a coach and horses, presumably to search a supply of wine and eau de vie, but came back empty-handed. Our agent therefore suspected them to be Huguenot spies.'

'Excellent, *mon père*. Thank you very much. I'm indebted to His Eminence – and to you, of course.'

The monk bowed politely. François grinned. 'His Eminence knew, of course, that I had no appointment.'

The monk blinked. 'It is a great honour for me to have been chosen by my order to serve His Eminence …'

'But his sense of humour tests you sometimes, am I right?'

'My order believes in hard work and prayer. I pray for His Eminence every day.'

'Well, that's a very diplomatic answer,' François conceded with a smile. He rang the bell. 'Our visitor wishes to leave – please accompany him. Ask Michel to get my horse ready and ride with me to Hôtel de Beauvoir. It's urgent.'

***

Pierre was seated on a mountain of cushions in the music room, a room chosen because it was located in the north wing of the Palais de Beauvoir and remained nice and cool even on a hot summer day like today. Armand was playing chess with Pierre but, as both players had difficulty concentrating their minds on the game, the resulting moves varied from erratic strikes of random genius to tokens of outright negligence and stupidity.

Thus the two players felt more relieved than upset that their game was to be interrupted when the faithful valet Jean announced the arrival of François de Toucy. François looked elegant as ever, even though he had chosen an outfit he'd qualify as a plain riding gear and was not dressed in his usual splendour. Armand recognized at first glance with a twinge of jealousy that François must use the same tailor as he himself – the only difference being that this very tailor had politely but firmly insisted during his last fitting that several of his overdue invoices must be settled by Armand before the rendering of further services could be envisaged.

François greeted them. 'Who's going to win?'

'Armand's been cheating all the way through the game. He tries to invent new rules all the time,' Pierre grumbled.

'I call that creativity. I find people who follow rules to the letter utterly boring,' replied Armand, not at all intimidated by Pierre's complaint.

'Do you have any news for us?' Pierre asked. 'Sitting here like an invalid and waiting makes me mad.'

Armand tried to placate his friend. 'Stop complaining – you managed to climb the stairs today. You look better every day.'

'I do have news.' François smiled, and quickly explained the content of the two reports.

Pierre and Armand digested the news in silence before Pierre spoke up. 'That was quite clever. They must have reunited before the ambush and then separated again. Where do you think they hid Marie and my son?'

'Obviously in the fishing boat. The report says that the captain didn't show up for some days because he was presumably sick and gave his crew leave for a week. They came back in the evening and the boat left at sunrise. But, as Saint-Nazaire is not a focus of unrest, the monk told me that the agents there tend to overlook things. In La Rochelle it's different. The ship was under surveillance all the time and the report is at pains to state that the same number of people left that had arrived.'

'That's really fishy,' Armand quipped. 'Sorry, it's a stupid joke in this context, I know.'

'What should be our next step, then? Leave for Southampton and search there? We must do something. We can't wait. I mean, I can't wait – it's killing me,' Pierre said, face flushed.

'I don't think that would make a lot of sense. We don't know if the fishing boat was heading for Southampton, first of all, and by the time we've landed in England, the trail will be cold. I have a different idea …'

'Speak up then!'

'We should make use of cousin Charles's excellent connections. I'm convinced that the true culprit will be found in London – and that's where Charles could be our joker.'

'You mean, it's not Henri this time?'

'No, I don't think so.' François was about to explain his thoughts when the door opened and a visitor was announced.

'Did I hear my name?' the giant who entered greeted them.

Towering above everybody else in the room, he was dressed in comfortable leather breeches and wore riding boots, stained and muddy from a long journey. Cousin Charles had a pleasant face, reddish blond hair cut unfashionably short, almost like the

Roundheads he loathed. His clothes were of excellent quality but had been cut for comfort, not for style. His eyes were disconcerting: one was olive green, the other dark, and it took some time to get accustomed to his face and not be diverted by his eyes. He must have arrived straight from his wife's French estate, close to the city of Reims.

'That was fast!' François commented, and watched the giant lean down in order to kiss Pierre's cheeks and hug him. Pierre almost vanished in his embrace.

'Thanks for coming, Charles.'

'I had to come immediately, simply couldn't wait, Pierre. What a disaster. I can't express my feelings – words seem so hollow and meaningless. I won't say too many, therefore. I know you must be out of your mind with grief.' He hugged Pierre again before he turned around. 'I needed to greet the illustrious head of the house of Hertford first, of course.'

Then Charles quickly embraced Armand and François.

Looking at Pierre's hand, he cried out, 'Where's your ducal ring?'

Pierre tried to remain composed but the strain in his voice was audible for all. 'Taken by the same thieves who've abducted my wife and my son.'

'I mounted my horse and rode to Paris the moment François's messenger arrived. My wife is still in shock. The most important thing is, tell me, how can I help?'

Pierre looked at him. 'Getting Marie and little Pierre back is the only thing that counts for me.'

François looked at Pierre and saw his face soften. Maybe it was Charles's sheer physical presence, but for the first time François had the feeling that Pierre's despair was replaced by a glimpse of true hope.

François quickly repeated the information he had received from Cardinal Mazarin's spies while Charles plunged onto a sofa. It was a piece of art, crafted in the latest fashion: gilded, upholstered with expensive golden brocade, and very elegant – and it squeaked

in protest under his weight. Charles made a face. 'I hope this silly travesty of a piece of furniture won't break! These modern things don't last. There's nothing better than the good solid oak furniture we used to have in England – not this modern frippery. I can't even say I'm sorry if I ruin your precious sofa.'

Jean rushed forward to serve wine and sweetmeats, which were accepted with pleasure. While he drank deeply from the precious Murano glass that Jean had filled with straw-coloured wine from Montrésor and nibbled on candied nuts, Charles listened carefully.

'Let me summarize,' he said, as soon as François had finished. 'The trail clearly leads to England. I was convinced that cousin Henri had reappeared when I heard about the ambush, because we don't know if that monster is still among the living or if the devil finally got hold of him. He'd be clever and devious enough to think about such a scheme. Did you consider this lead as well?'

'We did, of course,' replied Pierre. 'He'd be the first one to think about. But I wonder how he could have mounted such a complicated operation coordinating two boats coming over from England. I'm afraid there's a new enemy to face. If only I could travel to England …'

'Not really new,' Armand dropped in. 'When we were in England, your cousin Samuel Neuville, who in the meantime has been styled Lord Yarmouth, did everything in his power to stop you from gaining your rightful inheritance. My God, we must have been very young and naive at that time. We enjoyed our time there, though …'

'You're absolutely right. One shouldn't really speak like this about one's relatives, but Yarmouth is a pig, a sly one though. I remember that I had to bribe King Charles with a fortune to accept Pierre as the new lawful duke. Luckily our grandfather was a very wealthy man and Pierre could afford to pay a very handsome amount to the treasury,' Charles said. 'But Samuel, or Yarmouth as he's called now, vowed revenge, that's true.'

'But I don't understand.' Pierre frowned. 'Henri would be the heir of my titles and possessions in France the moment little Pierre was out of his way. But, in England, Charles would be my heir, not the frog!'

'The frog?' François was perplexed.

'We call cousin Neuville alias Yarmouth the frog because he's got a receding chin, moist lips, and his face always has a green tint after travelling,' Armand explained.

'Not the most attractive specimen of mankind.' François shuddered.

'We can make jokes about him, but he's dangerous. Don't forget that England is in turmoil.' Charles stood up and walked to the window. 'Wonderful garden, by the way. That's very rare in Paris – my compliments. But let me come back to our cousin Samuel, the frog. The situation in London is getting worse by the day. The supporters of parliament have taken over. The king's supporters are changing allegiance or hiding in fear of being dragged to the Tower. Newcomers like Cromwell or Lord Fairfax are taking command. In my eyes Fairfax has at least some ethics. Cromwell has none. He just wants power.'

He made a short pause. 'But back to our problems. The frog is well connected. He has already fought for the Roundheads in Cheriton where the king's forces were annihilated. Since then they consider him one of theirs. My friends keep telling me that I must come back and start kissing the loathsome feet of the new men in power because Yarmouth is about to usurp our position. He's pushing hard to have Pierre and me disowned under the pretext that we still support the Crown and – how dare we – Catholicism. That's nonsense, of course. I try to stay neutral. I hate the mere idea, but I'll have to go to London and start bribing the new men in power. We now know that we're in real danger – and the frog must have a scheme in mind to step into Pierre's boots – and mine most probably.'

'Is it that bad?' Pierre asked. 'There's no chance left for King Charles?'

'None. The best hope he has is to remain king in name only, to become a puppet on the strings of the new government. But I'm not even sure that he'll survive.'

'They wouldn't kill our anointed king!' Pierre was shocked.

'History is littered with kings who met an untimely end. Consider it a risk of their profession,' Charles replied matter-of-factly.

'You mean, your cousin Yarmouth whom you call the frog is pushing hard to get hold of Pierre's lands and title?' François frowned. He whistled. 'That's why Pierre's son would be his bargaining chip. Now I understand.'

'Yes. Alternatively, if he can't get the title, he could at least get hold of the Neuville lands and fortune. Pierre's son would be the key. One of my friends sent me a warning letter. Yarmouth was heard bragging in a gambling den that his debts don't matter. Soon he'd become one of the richest men in the kingdom. He was drunk at the time but my friend thought I should know. He was worried, because his words somehow rang true.'

'We must leave immediately. I must kill this monster with my own hands.' Pierre was foaming with wrath.

'You stay here!' François insisted. 'Don't forget, officially you're on the brink of death. Yarmouth must think that his scheme was successful. This is the best protection for Marie and your son. What do you think, Charles?'

'I agree. Let me go to London and spread the news that I'm about to become the new duke. Yarmouth must come out then and declare war on me. He must have some kind of plan in mind already. Armand will join me with François. Armand's story will be that he intends to leave London quickly in order to inspect his estates in the south of England. That's natural enough. Pierre should join us secretly as soon as he's fit enough to ride and fight, and not a day earlier.'

Pierre made a face but it was clear he had no option. If he insisted on joining his friends now they might relent, but he'd be a huge nuisance, in truth, and might even put their mission in danger.

He swallowed deeply. 'Alright. I'll train every day with Jean. Expect me in London in a month at the latest.'

'That's the spirit.' Charles patted his back.

'Use the *Beatrice*,' Pierre suggested. 'She's moored in Calais and ready to sail at any time.'

'Excellent. François, Armand, please be ready. I want to leave tomorrow.' Charles rubbed his hands. 'I'll make a list of whom to talk to first. We'll get hold of him, don't worry.'

'I'd be ready today, if need be,' said Armand. 'It will be my pleasure to plunge my sword into the frog – I'm really looking forward to it! That miserable piece of excrement – he'll get his lesson, I swear.'

'We'll do nothing that might put Marie and little Pierre into danger,' François said. 'Revenge must wait until we've found them and brought them back to safety.'

Pierre quickly blinked a tear away. 'Thanks to all of you for helping me. I really have the best friends in the world.'

'Of course we are the best friends one could imagine.' François grinned. 'Nothing else would do. Let's raise our glasses. To the death and destruction of the frog!'

'And let it be slow and painful ...' Armand murmured to himself.

Jean heard his remark and whispered, 'Count on me, my lord. I know some very unpleasant methods ...'

'I remember now,' Armand whispered back. 'You were a pirate when you were young.'

'There are some skills one never forgets,' Jean replied.

The marsh wetlands

A new, dreaded morning had arrived, silently announced by the timid daylight that was stealing its way through the cracks of derelict window shutters.

A grim-looking farmer's wife served a smutty porridge. The rancid smell mingled with the stale odour of her clothes, which were in dire need of washing. Maybe the woman was even the farmer's mother, Marie couldn't tell; she just looked old and spent. The apron she was wearing, more a rag than an apron, was torn and stiffened by grease and dirt.

Marie couldn't understand a word the woman was babbling with her toothless gums. But she forced herself and then little Pierre to eat some spoonsful of the nauseating slime. God only knew when they might get some food again.

The men around her gobbled the slime down at amazing speed, the fattest demanding a refill, which sent the farmer's wife into a litany of abusive reproach.

After breakfast they were guided outside into the muddy yard of the farmhouse that surely had seen better times. To Marie's surprise, they were not to be bundled back into their dark and smelly coach. An open ox-drawn cart was waiting for them instead. Although the wooden cart with its rough benches was hard and uncomfortable, the mere fact that they wouldn't be shut away in the darkness of a coach seemed like a glimpse of hope. Marie breathed deeply and sent a prayer of gratitude to her patron, the Holy Virgin.

Her son watched the scenery around him with bewildered eyes. Although he didn't utter a single word, his eyes were swimming with tears he was too proud to shed. The world as he had

known it had been shattered in a matter of seconds. Like his mother, the pampered heir of the Duchy of Hertford had become a prisoner to be tossed around, living on the mercy of the rough men who had become their guards and daily companions.

Marie inhaled the air deeply once more – what a pleasure! It smelt fresh and left a slightly salty taste on her tongue. Curiously she looked around. As far as she could judge, they were in the middle of nowhere; not a single house or cottage interrupted the barren emptiness of the flat landscape spread around them.

Endless marsh wetlands seamed their path, stretching on for countless miles until they paled and blurred into the horizon. The monotony of the wetlands was only interrupted from time to time by trenches filled with muddy water, reflecting the grey skies above them like scattered shards of dirty broken mirrors. It was a strange world, dismal, devoid of noise and colour.

Marie looked up to the low-hanging skies that hovered above her. In a matter of only a few minutes the weather had changed. Now the clouds were menacing and dark, suffocating. Even the few sheep dotting the wetlands looked as grey, miserable and shapeless as the skies themselves. How could people live here? Was she supposed to spend the rest of her life here?

The oxen stolidly ignored any effort from the men to step up their speed. Slowly, very slowly, the cart rumbled along the waterlogged causeway that led them away from the farm where they had spent the night towards their next destination. The oxen instinctively knew how treacherous the swampy wetlands could be and were not to be rushed. Slowly they trod on, knowing their way.

Marie looked around her in the hope of spotting a village or a landmark that she might remember later. If there were people, there might be help. But all she could see were dire wetlands, acres and acres of grassland devoid of any human beings, stretching to the horizon and beyond.

A strong wind made their cart sway like a ship as they moved further towards the grey sea, and caused her to shiver in her thin summer clothes – the perfect outfit for a sunny day in France, but not

suitable at all for the rough weather of the English coast. She drew little Pierre closer, shielding him from the freezing winds, and tried to ignore the wet cold that was eating into her bones. She now realized that the coach might have been dark and smelly but at least it had protected her from the relentless winds that battered the coastline.

As the cart rumbled on, the dark colour of the clouds above became more threatening by the minute and soon the first thick drops of rain splashed on the hapless passengers. A thick heavy rain set in and poured down on them relentlessly while gusts of cold wind tore at them with greedy fingers. Thick clouds swallowed the little daylight and Marie could barely make out the guards who were riding in the front of the cart through the dense curtain of rain. If this was a summer day here in this part of England, how must winter look?

Marie shivered violently. One of the guards noticed her predicament and shouted a short command. The man sitting next to the moustached man, who held the reins, grabbed an old blanket and threw it over to her. It was filthy and stank but, as she wrapped the scratchy felt around her wet body, drawing her son as close as possible to shield him from the pouring rain, she felt as if this blanket was the most precious gift she had received in years.

The cart rumbled on and she lost count of the time. Soon her blanket was soaked with rain but Marie held on to it. She could feel her son's heart beating again her chest. This was all that counted; she must keep little Pierre as warm and comfortable as possible.

All of a sudden her guards, usually a taciturn bunch of men, started to shout and point at something on the horizon. Their shouting woke Marie from her lethargy. Startled, she raised her face to the horizon and squinted, trying to figure out what the men were pointing at.

She could make out a flickering flame and, as the cart rumbled on, Marie was soon able to distinguish the contours of a gatehouse lit by large torches that billowed huge clouds of smoke in their hopeless fight against the rain. Her heart beat faster; the vision

of a warm bed and hot soup was just too seductive to be chased away. Maybe this forlorn house was the end of their journey? She didn't really mind; all she longed for was a bit of warmth and dry clothes.

The cart continued until it drew to a stop in front of what Marie assumed to be a large farm or maybe even a local manor house. It was a low-built, farm-style building tucked into the wetlands as if even the manor was searching protection from the strong winds.

One of the guards, the portly leader with the thick moustache, dismounted from his horse. He was dripping with rain and his no-longer-proud moustache hung miserably. The sound of the heavy door knocker, metal banging on metal, echoed through the silence and excited barking inside answered. The door sprang open and a pack of dogs spilt out, barking and sniffing at the horses who answered with a nervous snicker. But the dogs were fearful enough to keep at bay from the oxen, which shook their heads under the heavy wooden yoke while stamping nervously.

In the wake of the dogs followed several servants, preceded by a gaunt and rather tall lady, dressed in a most sober black. As she turned to the cart, Marie realized that she was veiled. This was decidedly odd; had they been brought to a convent?

Marie's mind was in a peculiar state, as if it had been separated somehow from her body. She could see and hear but, apart from little Pierre's heart beating against her body, the freezing cold had numbed her completely – as if her body belonged to another person. Now, as the veiled lady in black stepped closer, Marie clung on to her son as cold fear gripped her. Had the time come that she was to be separated from little Pierre? Was she to moulder for the rest of her life in a convent, buried and shut away from the world forever?

'Congratulations.' The tall lady spoke in acid tones to the man with the dripping moustache. 'What an idea, to bring them in an open cart. Don't you have a grain of common sense left in that little brain of yours?'

‘We had no choice, Lady Yarmouth,’ protested the man. ‘We couldn’t come with a stately coach drawn by horses or all the villagers would have been wagging their tongues, wondering who might have arrived. Your husband gave us clear instructions. Our mission must remain secret at all costs.’

‘At the cost of losing your precious cargo, you simpleton? Can’t you see that Her Grace is shivering with fever?’

She didn’t raise her voice but managed to make Marie’s title sound like an insult. ‘What are you waiting for? Bring her ladyship and the young duke inside.’

The men sprang to attention and, although Marie desperately tried to cling to her son, he was dragged from her embrace. Two strong arms pulled her from her seat while her son started to cry; the sound of it tormented her heart. The strong arms now lifted her from the cart and placed her on the gravel of the driveway. The lady of the house stepped closer despite the pouring rain and Marie automatically tried to curtsey to greet her. But now – trying to stand on her own – all strength left her body and she crumpled with a moan directly at the feet of the veiled lady.

Quickly Lady Yarmouth knelt down and touched Marie’s forehead. ‘My God, she’s burning hot. I pray to the Lord she didn’t bring us the sweating fever. Bring her to her room and make sure that someone looks after her son. My husband will never forgive us if something happens to him.’

As her servant lifted Marie to transport her inside, the shabby blanket she had been using as a cloak dropped down. In her dazed state, Marie saw the lady of the house looking at her swollen belly and heard her exclaiming, ‘She’s not only with fever, she’s with child. The poor woman. May the good Lord forgive all of you – and my husband!’

The journey to England

'I hate sea voyages!' Armand exclaimed. 'Not only do I have to return to a country populated by heretics who regard a tankard of stale ale as a substitute for a decent meal – but why should I have to cross a hostile sea with waves like mountains to get there?'

'Stop grumbling,' François replied. 'You're losing a fortune to me – better watch it.'

'The dice are falling in a strange way.'

'What are you insinuating?'

'Nothing, really – but how can you possibly score so often? It's unfair!' Armand wailed.

'Luck, intelligence, looks ... I have it all.' François smiled. 'Your turn now.'

'Nothing to say, really,' Armand muttered, and threw the dice again.

'Hmmm, you're improving.'

'Let's go for another round. I probably just needed a bit of warming up.' Armand beamed – his mood totally changed.

The moment François was preparing to throw the dice again, the door of the cabin opened.

'My lords, we're close to Dover. The captain expects to enter the port in one hour at the latest.'

'Your stale ale is waiting,' François quipped while he pocketed his pile of silver coins. 'Better get ready.'

Armand saw the silver coins disappear and made a face. 'You owe me another round when we arrive in London. Don't even think I give up. You had a stroke of luck, that's all.'

'Sure, any time. I'll be happy to win some more money,' François replied with a mischievous grin.

'Let's look for Charles – he was going to make arrangements for our arrival. But he did seem a little worried – concerned that trouble might be waiting for us again,' Armand said.

'Talking about me?' Charles entered the cabin, which shrank to the size of a dwarf's dwelling in his presence. He had to be careful not to touch the wooden beams.

'What's the plan for today?' Armand asked. 'Do we stay in Dover or ride towards London?'

'I'll first need to convince the governor to keep us out of the dungeons. I guess that's going to keep me busy. London's quite far away.' Charles sat down and sighed.

'Let them come,' François replied good-humouredly. 'They'll discover that they have underestimated us.'

'Of course, we're the better fighters,' Armand agreed, 'that goes without saying. But we're entering the stronghold of the Roundheads. We'd better have a good strategy to hand. Why Dover, though? We could have chosen a smaller port. I have the feeling that I'm being served on a platter to Cromwell and his cronies.'

'Because the governor is a relative of mine. His name is Thomas, earl of Lyme. Handsome family, by the way. The first earl was knighted by Queen Elizabeth and rumour has it that his accomplishments in fighting against the Spanish were not the only reason for his later promotion. He excelled mostly on the dance floor – maybe even somewhere else,' Charles replied with a wink. He continued more seriously. 'All ports are now in the hands of parliament. The king has practically lost his grip on England. We have no choice but to tackle the enemy head on. Let's keep our fingers crossed that Lord Thomas will help us. To be honest, that's my only hope.'

They were made to wait several nerve-racking hours before a cavalcade of armed guards arrived at the dock.

'I'm not sure if I like that,' Charles muttered. 'Looks a bit too official for my taste. Better have your swords ready.'

***

'Our friends should arrive in Calais today,' Pierre remarked to Jean.

'Yes, my lord. Let's hope that all will be smooth. You never know with these English.'

'True, one never knows. Let's do some exercise. I'd love to go down to the garden.'

'We can't, my lord. Don't forget that your lordship is on the brink of death as far as most of your servants are concerned. We cannot risk them seeing you running around doing fencing exercises.'

'It's more a walking exercise, Jean. I can barely hold my sword. But let's stop talking. I need to train if I want to travel to England. Let's start.'

They trained for half an hour until Pierre sank into his armchair, panting hard, covered in perspiration. 'Now the servants can come – they'll be convinced that I'm dying. Actually I'm close to it,' he gasped.

'I'll tell them it's the sweating disease and they'll keep their distance,' Jean replied with wink. He couldn't hide a smile as he started to undress Pierre. When his master stood naked in front of him, he could see how much weight he had lost after the ambush; every single rib was showing. But the worst was over and Jean was glad to see the change for the better. He dressed his master in a fresh shirt and breeches and today he didn't need any good words to praise lunch; Pierre polished off his soup and roast chicken in no time.

'I'm feeling much better,' Pierre said. 'I can only hope that my friends make good progress.'

***

The Governor of Dover and six of his guards entered the *Beatrice*, which lay moored securely in the port. He embraced his distant cousin quickly, his handsome face looking flushed and decidedly unhappy. 'Charles, my dear cousin, what kind of devil possessed you to come back to England? You must know that there's a warrant out – our government regards you as a traitor. I have no choice but to arrest you and your friends and bring all of you to London. Lord

Fairfax himself signed the warrant. He's our commander in chief now.'

'Is it that bad?' Chares replied.

Lord Thomas made a sign to his guards to move out of earshot and whispered, 'It's not only bad – it's terrifying. Now Cromwell's second in command, trust me, he'll eat us all alive. His New Model Army is a monster, a deadly machine – the king and the old nobility are doomed. Didn't your friends tell you? Why have you come? France is a much safer and pleasanter place nowadays.'

'I have family issues to settle,' Charles answered with a frown. 'Issues that regrettably can't wait.'

Lord Thomas shrugged. 'They'll have to wait now until parliament decides what to do with you and your friends. You'll find the Tower of London a bit crowded, by the way. Don't expect any special treatment. At least you won't be bored, you'll meet lots of your close friends there.'

'*Excusez-moi*. I apologize for my interference, my lord. May I introduce myself?' François stepped forward. 'I'm François de Toucy, Comte de Tours, Marquis de …' He rattled off an impressive array of titles. Lord Thomas looked even more ill at ease; things were becoming more and more complicated. Like most of the gentry, he spoke an English courtier's French fluently, but was lost in the tide of Parisian French that was washing over him.

François sensed his problem and switched to English. 'I understand that your lordship has a warrant to arrest us. May I first present to you this document? It might help to clear some unfortunate misunderstandings.'

To the astonishment of his friends he extracted a sealed document from his pocket. The governor scrutinized it and his attitude changed completely. 'Your delegation comes here as official ambassadors of the Kingdom of France? It seems that the Prime Minister of France, Cardinal Mazarin, has signed a diplomatic passport, and that His Eminence has appointed you to negotiate on behalf of the French Crown with members of our elected parliament? That changes everything, of course. I certainly will not arrest

delegates on a diplomatic mission and I happen to know that Lord Fairfax is very keen to come to an agreement with France. His lordship will be delighted to meet you.'

He looked happy and relieved now. 'You'll be my guests tonight. I won't let you leave for London today. I have some splendid venison from last week's hunt and excellent wine from Bordeaux.'

'You wouldn't be smuggling wine, would you?' Charles grinned.

'All was acquired in good grace from my wine merchants, my friend. No idea how they got hold of it, but that's not my concern.'

'That was a stroke of a genius!' Armand whispered to François. 'Why didn't you tell us?'

'I like to keep an ace hidden up my sleeve from time to time. I had an inkling that we might end up in trouble. Pierre's cousin must have realized that sooner or later we'd find him out and challenge him and he took precautions. He's a villain – but from all I've heard so far, he's a foe certainly not to be underestimated.'

Armand looked at his friend. 'Don't looked so conceited. I'm tempted to box your ears.' But François knew Armand secretly admired him; like it or not, he had just saved them from being thrown into the infamous Tower of London. Not many people were known to have come out of there alive – or in good spirits. Being treated as guests of honour of the Governor of Dover was decidedly the better choice.

At nightfall a sumptuous dinner was served. Even though the governor needed to pay lip service to Calvinist rituals of prayer and sober clothing, he ignored the calls for frugal living and, as soon as he was sure that they were alone with a few of his old and trusted servants, all kinds of luxurious dishes were brought to the dining table on silver and gilded plates, and the wine from Bordeaux flowed freely.

'Can I give you some advice?' Lord Thomas asked Charles.

'Certainly, always welcome, Thomas. We need all the good advice we can possibly get. I knew things would be complicated, but that seems to be an understatement.'

'True, Charles. You must be very careful. Your cousin, Lord Yarmouth, is vying for your estates. And he's a very dangerous enemy. Sly and poisonous like a snake.'

'Well, we knew we'd need to be careful. Yarmouth is the kind of relative one would rather not have in the family.'

'Yes – all kinds of people are now climbing the ladder and getting favours, people who'd have stood no chance at all under the Stuarts,' he spat. 'Our kingdom is going down the drain.'

'What's your advice then? Should I challenge Yarmouth?'

'And go straight to the block in the Tower? Are you mad?' Lord Thomas almost spilled his precious Bordeaux. 'Don't go back to your home in London – stay with friends.'

'What do you mean?' Charles frowned.

Lord Thomas looked suspiciously around as if to make sure that no spies could overhear him. 'I instructed my old clerk to add your name in the same ink and script to the document your friend de Toucy gave me. I recognized immediately that this was the only solution to protect you. Nobody will ever notice our little change. From now on you're an official ambassador of France.' Lord Thomas grinned; he seemed very content with his little ruse.

'That was indeed very clever!' François smiled back. 'Welcome to the French diplomatic service, Charles.'

'Thank you very much. But where should I stay in London then?' Charles asked.

'In the French embassy, of course,' François replied. 'Where else would you be safe?'

'Let me bet that the French ambassador will be exceedingly delighted to have three surprise guests imposed upon him. But I start to understand that we have no choice. I've been brandished as a traitor by Yarmouth and will need to clear my name before I can move around in London freely.' Charles made a face; he obviously didn't like his new status as an outcast.

Lord Thomas nodded. 'Your diplomatic status will be an excellent cover to meet the people who matter nowadays and who can help you take back control of your estates. That's the first step. By any means try to find out what Yarmouth's true intentions are. He was down here some weeks ago and bursting with hauteur – he barely acknowledged me. What an inflated windbag, just imagine!'

'He was down here? When was this?' François asked, suddenly alert.

'A good five to six weeks ago, I think. I'd have to look it up, but around that time. Why is it important?'

'Can I speak openly?' François asked Charles.

Charles nodded and added, 'Thomas is not only a relative, he's one of my best and most trusted friends.'

François continued. 'Pierre de Beauvoir, the Duke of Hertford, was ambushed around that time, and all information we can gather leads to the man now known as Lord Yarmouth. He's our enemy. Pierre's wife and son have been abducted. The duke was severely wounded. We must find his wife and son – we have no time to lose.'

Lord Thomas looked scandalized. 'That's terrible, but, to be honest, it would be just the kind of foul play that one could expect from Yarmouth. He's a gambler and doesn't shrink from playing with loaded dice. Most people wouldn't have received him in the past but, as I explained, times have changed and everybody is afraid to upset the new men in power.' He took another swig of the wine and added, 'Including me, if I'm entirely honest.'

'You have a wife and children to look after, don't fret.' Charles tried to placate his host. 'I'll have to come to terms with the new situation as well. I have no choice. But our priority will be to find Hertford's wife and son. Any idea where we could start our search?'

'Probably in London,' Lord Thomas proposed, but he didn't sound very convinced.

'That amounts to searching for the famous needle in a haystack.' Charles groaned. 'No better ideas?'

'I'm afraid no, my friend. London may be huge and chaotic but in many aspects it's still a small village – people of our class tend to stick together. Someone must have heard or seen something, even if he or she doesn't really understand what it might mean. My mother is living in London and she's got a lot of friends. She may be an old woman, but my mother has a sharp wit – and can wield a sharp tongue. She might have heard something – or at least she might know someone who could help you.'

'She sounds indeed like the kind of person who might be able to help us. We'll visit her as soon as soon as we've reached London,' François replied. 'I'd like to retire to my bed now, I'm exhausted. My deepest thanks and apologies for being a nuisance, Lord Thomas.'

'No need to apologize, Monsieur de Toucy. It was a pleasure to dine with friends and to be able to speak openly. It's become a rare pleasure in these uncertain times. I fully understand, you must be dead tired. It was a long and tedious journey.'

'Same for me.' Armand also stood up. He paid his respects to his host and Charles and he left the dining room with François.

***

'Nice chaps,' Lord Thomas commented after they had left the room. 'It would have been a pity to see them perish in the Tower.'

'You've got a strange kind of humour, Thomas. What about me?'

Thomas laughed, but it was not joyful laughter. 'There's no more space for honest people like you. These madmen have arrested so many of our friends, sometimes I wonder how I managed to survive and gain their confidence. They might have led you straight to the block, these imbeciles.'

'Strange times, indeed. To your health!' Charles raised his glass.

'To your health, to our friendship, and may your quest to find the duchess and her son succeed!'

***

The reception in the French embassy was decidedly frosty, although London was seething under an aestival heatwave. The London air, never renowned for its purity, had turned into a lethal mix of fumes stemming from rotting garbage and sewage, decomposing vegetables and foul fish shrivelling in the sun. The black smoke rising day and night from thousands of chimneys billowed clouds of grime over the hapless Londoners. And if this wasn't enough, it was impossible to escape the unpleasant odours of unwashed bodies that assaulted the nostrils of the gentlemen on the packed streets and markets of London. No wonder the friends were relieved when the heavy oak gates of the embassy closed behind them and they could leave the noise and smells of London behind. But now they had a new, daunting challenge to face; they were to meet His Excellency, the ambassador of the most Catholic Kingdom of France.

His Excellency took his time to arrive. After a short greeting bordering on the impolite, he scrutinized the documents presented by François by means of a heavy polished crystal that he used as a magnifying glass. To his great disappointment the well-known wax seal of His Eminence was genuine enough and withstood even the closest scrutiny.

'*Bienvenue à l'Ambassade de France*,' he finally said.

'A pleasure, Monsieur le Comte,' answered François. 'Let me add that we deeply regret this sudden intrusion, but His Eminence made his request very urgent and didn't leave us enough time to announce ourselves properly …'

The ambassador glanced once again at the diplomatic passport as if it were a paper containing some obscene message, and raised his eyebrows. 'This is highly unusual, indeed, *pour ne pas dire – je suis très surpris*. His Eminence should have informed me by sending a royal messenger in advance, that's the appropriate way. *Je suis vraiment très surpris*.'

It might have been sweltering outside, but his tone was glacial. He made a long pause before he continued. 'I'll request rooms to be prepared for you … and it will be … my pleasure, ahem, to invite you for dinner tonight.' As pleasant as his words may have

sounded on the surface, his intonation made it clear that he viewed the forthcoming dinner as an ordeal inflicted upon him solely by the rules of courtly etiquette.

'Monsieur l'Ambassadeur, please permit a personal question. Are you by any chance the godfather of the Countess Henriette d'Enghien?' Armand asked with a smile.

'I am indeed. You know Henriette?' The ambassador looked startled.

'Henriette is a goddaughter of my mother's sister. A stunning beauty, by the way, and very charming,' Armand continued with his most engaging smile.

The ambassador's attitude changed completely. 'Armand de Saint Paul – I must ask for your forgiveness. I should have recognized your name immediately. I know your mother very well indeed … and your father, of course. I apologize if my reception has been a little reserved, but His Eminence …'

'… sometimes has quite eccentric ways,' François added with a wink. 'We all know this.'

'The best rooms for my guests,' the ambassador shouted, and turned back to his guests. 'I'm really looking forward to our dinner now. One tends to lose connections after several months in the primitive country England has become now the royal court has been exiled. How much I'd love to be back in France. The food, the elegance of the court in the Louvre … the good Lord must have decided to test my resilience when I was requested to fulfil this mission among peasants and heathens.'

François tried to soothe the ambassador. 'A very important mission, my lord.'

'*C'est vrai, très important*!' The ambassador was mollified. 'It's very important that peace between the two countries is maintained even in difficult times. But what's puzzling me is – why has His Eminence asked you to meet with members of parliament? I should be doing this – there's no need for a delegation to come over for such talks.'

'May we answer later during dinner? We hope very much that Your Excellency can help us.'

'Oh, I can understand that. Cardinal Mazarin – if you permit – is a sly fox. He's probably preparing for the future. Don't worry, I'll guide your steps. Please mention later to His Eminence that I was of the greatest help.'

'Of course, I'll mention it with pleasure,' Armand replied. He congratulated himself that his little name-dropping exercise had worked and, as usual, a bit of flattery did the rest of the trick.

***

Dinner was served in a large dining room decorated in the old style with heavily carved furniture, dark oak panels, and dark canvases of long-defunct French royalty. François felt a longing to be back in his airy home in Paris. Dining here in the stuffy embassy, he felt as if he was trapped in a mausoleum.

The ambassador ranted on about how he had been condemned to live on the brink of poverty on a ridiculously low allowance in a country without any culture, but his table was teeming with delicacies, many of them freshly imported from the Continent. He excused himself that no oysters or fresh seafood could be found in London because it was summer, but François soon lost count of the number of main and side dishes that continued to arrive, served by a small army of liveried lackeys.

Charles ate heartily, ploughing his way steadily through an amazing variety of dishes, but François soon decided that he had to give up. He preferred to stick to the wine that was flowing freely. Once again the choice was impressive, ranging from velvety Bordeaux to hearty Burgundy, crisp white wines from the Champagne and the Loire regions, and a rare and excellent Châteauneuf du Pape from northern Provence.

'Now, my dear guests, let me confess, I'm puzzled. Why did His Eminence send a delegation to England without breathing a word to me in advance?' the ambassador asked curiously.

'It wasn't meant to upset you, sir, it's a small deceit, in fact,' François answered. 'May I speak in confidence?'

'Of course, Monsieur de Toucy, of course. It's the task and the quality of a good ambassador to listen but to be very careful what to disclose – and surely to know what never must be told.'

François nodded. 'That's true enough.' He paused before continuing. 'It's a sad story, in fact, that I need to convey. About five to six weeks ago, the Marquis de Beauvoir, who holds the title of Duke of Hertford here in England, was ambushed by a group of unknown thugs. He is still on the brink of death. His wife and son have disappeared. In the meantime, we discovered that all traces lead to England. In fact, they point to a cousin of his, a man called Lord Yarmouth.'

'Yarmouth!' the ambassador exclaimed. 'Are you sure about your allegations? That would trigger a major scandal. He's in the running to become a senior officer the New Model Army, and his wife is a distant cousin of Lord Fairfax. Which means Yarmouth is extremely well connected.'

'We're sure, my lord. Our mission to meet members of parliament is a pretext only. We intend by no means to interrupt the confidential discussions already taking place under the guidance of Your Excellency. His Eminence has also made it clear to us that he does not have the slightest intention to interfere in something he regards as an internal British conflict, especially as a weakened Great Britain can only serve the interests of France. We're supposed to talk a lot and say nothing, in fact.'

'Good to hear this. His Eminence is right, of course. Let the British dig their own grave.' The ambassador took a sip of the rich Bordeaux and after a short nod of appreciation he continued. 'Let me suggest I accompany you during some of the more important meetings to make your story look more credible. And you never know, maybe some new information can be collected that could be useful for His Eminence.'

'My lord, do you have any idea who could help us find out more about Yarmouth – or maybe even where he might be hiding the duchess and her son here in London?' Armand asked.

'I'll do everything in my power, Saint Paul, but I have limited means, don't forget. I have regular contact with my network of spies and random informers, but certainly not the kind of network our Prime Minister commands in France. I apply for more funds regularly, but His Eminence always replies that I should be patient.'

Charles intervened with a grim look. 'I'll make sure Yarmouth is followed day and night. I'll organize and pay for this – I still have money and some good connections. If he's hiding anybody in his own house, we'll know very soon.' He stopped and looked at his plate. 'Now tell me, Your Excellency, what spices has your cook used for the roast lamb? It's excellent! Rosemary and thyme, of course, lots of garlic, but there's something else, very unusual and delicate.'

'Oh, Charles,' moaned François, 'you'll never change. When will you ever stop thinking about food?'

'There are some occasions when my mind strays to other topics,' Charles replied with a wink, 'but I admit, not *that* often.'

The search goes on

The following days passed quickly, filled with official visits, interrupted from time to time by secret meetings – but also long hours of wearisome waiting when nothing happened and the friends lost precious time. While it was essential for the credibility of their diplomatic cover to attend official receptions and listen to lengthy lectures about the perniciousness of King Charles and his cavaliers, their true cause remained painfully stalled. Armand groaned with frustration and spent hours training with an Italian master of fencing to divert his mind from the worst scenarios and be ready for the decisive day.

They had already wasted a full week in London and still hadn't found any clue where to find Marie and her son. As the three friends and the ambassador gathered once again around the dining table, the general mood was subdued.

'Any news about Yarmouth, Charles?' François asked.

'Nothing of any substance. Morning, afternoon and evening he's a diligent member of parliament and avid churchgoer. At night he roams the brothels and gambling dens in the port of London. But his house seems deserted – no visitors, no supplies coming in, not even his own wife lives there now. I hate to admit it, but it's highly unlikely that he's hiding someone in there.'

Armand made a face. 'That's annoying. Monsieur l'Ambassadeur, do you have better news for us?'

The ambassador frowned. 'I'm sorry, Saint Paul, I don't think so. *C'est très, très embêtant.* I met several informers, but Yarmouth is not known to be involved in anything illicit – with the exception of the nightly forays that Lord Charles mentioned. There

was only one person who spoke out, but I wouldn't dare trust his words …'

'What did he say?' asked Charles.

'He told us a sort of cloak-and-dagger story. He pretended to have overheard a conversation in an inn that's also reputed to run a brothel. A man with a hat and a wig met with a known mercenary to discuss some strange kind of business. He says that the name or title "duke" was mentioned. The man with the hat could have been Yarmouth, the age and size fitted, and apparently he spoke like a gentleman. But it's too much a story for a cheap novel, if you ask me. Who'd believe this?'

'Yes, it sounds a bit overdone, but maybe we should find out who the mercenary was?' François said. 'I mean, we don't have many other leads to follow.'

'I don't trust this informer.' The ambassador was adamant. 'Furthermore, he demands a guinea for more information, which is absurd.'

'I'll pay for it if we find no other clue quickly,' Charles interrupted. 'François is correct, we must follow every possible clue. We can't go on sitting here idle and spend our time waiting for things to happen or not.'

The ambassador shook his head and muttered, 'That's throwing good money out of the window.'

A silence ensued and everyone looked downcast.

Suddenly François cried out, 'We forgot Lady Lyme!'

'Lady Lyme?' Armand asked.

'Yes, of course, you're right! The mother of my friend, Lord Lyme, the Governor of Dover, don't you remember?' Charles replied. 'He said she knows more about things going on in London than any spy could possibly be aware of.'

'A woman?' Armand grimaced. 'What could she possibly know?'

'Never, ever, underestimate a woman,' François replied. 'I think we should give it a try.'

'We most definitely must,' Charles said. 'I've known Lady Lyme since the day I left my nursery and, I must say, she's a truly impressive personality – even scary at times.'

'Impressive?' Armand asked.

'Impressive. You'll see!'

***

Lady Lyme let it be known, in a short message delivered by her pageboy, that she'd be very pleased to receive Charles and his friends. Secretly Charles was relieved, because quite often lately he'd get flowery refusals – or no reply at all – from people he had once considered perhaps not exactly friends, but people he could trust.

The next day, therefore, the three friends – dressed at their most elegant – sat in Lady Lyme's drawing room, waiting for the lady to come down to meet them.

The door opened and Lady Lyme arrived, dressed in expensive silks of sparkling colours, the antipode of Puritan sobriety. She was followed by a demure young lady, in stark contrast not only in age but also in demeanour. The young lady was dressed in the Puritan fashion. Her woollen gown was shapeless and in an unbecoming shade of mouse-brown; only a small lace collar added a touch of decoration to her sober appearance.

'Charles, how good to see you again! You've been away far too long. Tell me, how are your wife and your son?'

'Celine is fine, she loves Reims, as you know, and our son is growing fast. Always hungry, like his father,' Charles answered with a big smile.

Lady Lyme turned around. 'No need to introduce Jane, my youngest daughter. You'll remember her, at least you should. She's the only one I didn't succeed in marrying off – so far – but one should never give up hope.'

Her daughter flushed scarlet and muttered, 'Mama, you shouldn't be saying such things.'

'Mama here, Mama there. I couldn't be less bothered. Charles is almost family, well, he *is* family by some of my Scottish

relations. Terrible people, now that I think about them.' She looked at her daughter. 'Don't behave like a hopeless spinster, Jane. Maybe Charles knows someone who's looking for a wife from a good family.'

Charles laughed and kissed the lady's cheeks, trying not to rub too much of her heavy leaded make-up onto his skin. Then he greeted her daughter. 'I'm delighted, Lady Jane. Of course I remember you – we met in Oxford last time, didn't we? You look prettier every time I meet you.'

Jane smiled gratefully and the smile transformed her face; she looked almost pretty now.

'May I introduce my friends, Armand de Saint Paul, Earl of Worthing, and François de Toucy, Comte de Tours.'

'*Echantée*,' Lady Lyme replied. 'Ah, how I miss those days when I used to travel to France at least once a year. King Louis XIII of course was such a bore and rumour had it that he preferred to sleep with his stable boys. So shocking. Now I remember, he even made one of them a marshal of France. What a scandal that was! But Queen Anne was fun once her dreadful husband was out of the way ... those card parties we had. I once won two thousand Louis d'or from Her Majesty but of course she never paid me, a queen never does. I think I met your father, Saint Paul. A very attractive man, by the way. I'm sure the queen fancied him as well ...'

Armand laughed. 'That sounds like my father, my lady. He had quite a reputation in his day.'

'I'm sure you follow in his footsteps,' Lady Lyme replied, taking him in from head to foot. 'Most attractive, but not the kind of man I'd like to see married to my daughter. All the women at court will be trailing after you. I prefer married men to be the slightly boring type. It avoids a lot of problems.'

'Mama,' Lady Jane protested feebly.

Her ladyship just chuckled and rang for a servant. While tea, wine and other refreshments were being served, Charles entertained them with a non-committal flow of small talk as long as the servants could listen in.

As soon as the last lackey had left the room, Lady Lyme changed the subject. 'Now that those useless eavesdroppers are gone, tell me why you've come to visit me together with your charming friends. I don't think you've returned from France just to pay a social call on an old lady.'

'You'll never grow old, Lady Lyme. It's always a pleasure to see you. I've come first of all to convey the warmest greetings of your eldest son. I had the pleasure of meeting Lord Lyme in Dover. Quite a hilarious meeting by the way – we agreed it was a good thing in the end that he didn't have to deliver me straight to the Tower.'

'He wouldn't have done that!' Lady Lyme looked disgusted. 'Anyhow, I don't believe that Lyme even remembers he has a mother living in London. But don't tell me that he might have arrested you, you must be joking.'

'Well, Lord Lyme had a warrant in my name signed by his commander in chief, Lord Fairfax. He didn't have much of a choice, actually.'

'Spineless character, my son. I told my husband again and again but he wouldn't listen.' Lady Lyme fumed with anger. 'So, how did you manage to escape?'

'My friend François has a diplomatic passport and your son had the brilliant idea to add my name to it. I'm a free man now, covered by French diplomatic status.'

'I'm tempted to forgive my son then. Spineless he may be, but you have to give it to him, this was clever. I think I will forgive him.'

She paused and nibbled at a biscuit before she resumed her topic. 'But that doesn't explain why you're here. Tell me the truth, Charles.'

'Your son told us that you'd know more about things going on in London than possibly anybody else.'

'I'm an old woman now, sitting at home mostly,' Lady Lyme replied modestly, but her vivid glance belied her words.

'I trust you can keep a secret,' said Charles.

'Of course, Charles, don't ask stupid questions – and before you ask, Jane may look like a simpleton in her drab clothes but she's quite clever and knows when to shut her mouth.'

'Mama!' Jane protested.

'Stop repeating *Mama* or people will think I reared a parrot and not a daughter. Go on, Charles.'

'Pierre, the Duke of Hertford, was ambushed a few weeks ago, and his wife and son have disappeared. All traces hint at Yarmouth.'

'I've heard about the ambush, a sad – no, that's wrong – a terrible story.' Her ladyship frowned. 'Yarmouth, you say … I'm not surprised. That piece of slime has been vying for the Neuville heritage for years, and I know from the cousin of a best friend that he's broke. Gambling debts, up to roof.'

'Where would you think he'd be hiding Hertford's wife and son if he's taken them hostage?'

Lady Lyme frowned again and closed her eyes. Charles knew better, but she looked as if she had fallen asleep. Suddenly she opened her eyes. 'I need fresh tea, hot tea. Nothing better to help me think. I sometimes ask myself why I pay a fortune to employ useless servants who neglect me.'

Lady Jane rang the bell and in a surprisingly short period of time a steaming cup of tea was placed on the low table next to Lady Lyme's armchair by her pageboy. Her household must have been used to this kind of summons.

She spoke out. 'I remember now that Yarmouth had an inheritance not too long ago. An uncle who was living in the remote west of England, I forget the name of the village, but it's somewhere in the wetlands, a forlorn place, you probably couldn't imagine any worse place on earth. I remember, because one of my friends mentioned that he may have inherited several thousand sheep, joking that Yarmouth would be lucky to possess half the brains of one his sheep – that was a bit naughty of course. A year later he had gambled away his sheep, but I'd bet that the manor is still in his possession. These manors are mostly mortgaged to the roof, and who

would buy a mortgaged ruin? That would make it the perfect place to hide people, in my eyes.'

Charles looked at François, who looked back with a smile; for the first time in weeks they had the impression of being on a hot trail.

'I think you're right.' Lady Jane suddenly broke her silence.

'Go on, Jane, what do you want to say?'

Jane looked agitated; suddenly everyone was watching her. 'One of my best friends befriended Lady Yarmouth some time ago. But one day, her ladyship disappeared. When my friend enquired after her well-being, she was told that Lady Yarmouth had fallen severely ill and had retired to the countryside, to her manor in Minster-on-Sea. The doctors had recommended the fresh air of the sea. My friend wrote to her and she wrote back that she had no hope of ever being able to come back to London. My friend was devastated, as she knows that Lady Yarmouth detests her husband. He's a bully and she's convinced that he beats her regularly. Maybe that's why he removed her out of sight. Yarmouth is quite a beast, one should only expect the worst, that's what she said.'

A silence followed; all of this sounded plausible enough, to be true. François cleared his throat. 'Thank you so much, my ladies. I'm convinced that we have found our lead now.'

'Your son was right, my lady,' Armand put in. 'You're certainly the cleverest person in London.'

Lady Lyme looked very pleased; she clearly loved compliments. 'A pleasure. Just promise me you'll come back for dinner and tell me all once have found your friend's wife and son. These things mustn't go unpunished.'

'They won't,' Charles said with a grim face. 'If ever we find out that Yarmouth is hiding them, consider him a dead man.'

They said their goodbyes and were led downstairs to the hall by Lady Jane.

Charles tried to placate her. 'Don't be too upset about your mother. She's a bit outspoken from time to time but I'm sure she doesn't mean ill.'

Jane looked at him and started to giggle, her personality completely transformed. 'Please don't tell anybody, Charles. It's a sort of charade we're playing. In truth, I'm betrothed to a gentleman who decided to remain loyal to the Crown and join Prince Charles on the Continent some months ago. He's in Amsterdam right now, where they're trying to find support and money for the fight against the Roundheads. It's my hope and firm intention to join him on the Continent next month. Mother's worried that people may find out and she came up with this terrible Puritan disguise to protect me. She thinks that nothing can happen to me as long as I play the protestant epigone of a timid spinster.'

Charles was flabbergasted. 'You mean, all of these clothes are just a sort of camouflage?'

Jane nodded and broke out into a fit of laughter. 'And the worst is,' she eventually managed to say, 'truly the worst you can imagine is that I've already received several proposals of marriage since I've looked like a shrivelled spinster. Many of our Calvinist friends find me simply irresistible now. And they won't take no for an answer – it's quite upsetting.'

'*Il y a vraiment pour tous les goûts …*' Armand replied, and joined in her merry laughter.

A London summer morning

The rising sun fired sharp bolts of fierce orange through thin scattered clouds, the last harmless remains of a heavy thunderstorm that had ravaged the fearful city of London at midnight.

Although the Church of England scorned the worship of saints, many Londoners had found it comforting to fall on their knees in the privacy of their rooms and send fervent prayers to their patron saint, St Florian, asking him to spare their houses and families from the ravages of fire. Whether you were Catholic or not, St Florian was known to be helpful in times of distress.

In the end only a few houses, thatched cottages of the poor, had burnt down during the night. A stroke of luck, because it could have turned out worse, much worse. The city of London and its neighbouring boroughs were overflowing under the influx of folks streaming in from all over the kingdom with high spirits but empty bellies in the quest for food and a better life.

The city absorbed the newcomers like a sponge and, in the course of the last century, London had turned into a jumble of overfilled houses and makeshift wooden constructions, spreading along the river like mushrooms, built to no obvious masterplan. London had become a gigantic pile of tinder ready to explode at any time. The loss of a few houses and the lives of some poor devils was an episode that would go almost unnoticed, albeit apart from some mourning relatives, soon to be forgotten. Life with its daily hardships and pleasures would resume its normal pace after sunrise.

Torrents of rain had followed the thunderstorm and flooded the muddy streets of the city, washing away debris, soot and – for

once – the ugly smells. This morning the London air smelt sweet and fresh.

Michel, the faithful groom of François de Toucy, inhaled the fresh air deeply and with pleasure as he crossed the cobbled yard of the French embassy and made his way to the stables. The stones were still slippery from the rain and he had to tread carefully. Michel hated London and was counting the days, if not the hours, until he was recalled to Paris. Paris might be noisy and smelly but, in comparison, London was a stinking mess.

Every sunrise, the roosters of London – and there were plenty of those – competed against each other, filling the air with a shrill choir of incessant cries. Not much later they were joined by the ringing of the church bells, bound to wake up even the last lazy Londoner. But, as Michel was up very early, much earlier than usual, the bells were still silent; only the noisy roosters disturbed the peaceful silence. His master had dropped a hint yesterday that they might need to leave London much sooner than anticipated. Michel knew his master well enough to draw the obvious conclusion that he must be ready for departure at any minute. He didn't mind; on the contrary, it was a good sign. Michel had seen the three gentlemen getting edgier and edgier by the hour and he had been relieved to find his master back to his old smiling self when he had returned from the meeting with Lady Lyme.

Soon there would be action, Michel was sure about that. His right hand caressed the shaft of the dagger he always wore on his belt. London – like Paris – was a city where thugs thrived and one had better be prepared. He'd need to check the gun powder, though, and oil and polish the guns to make sure that they hadn't suffered from the humidity of the thunderstorm.

He entered the embassy stables that still lay in darkness. The timid light of the early morning sun was blocked by the window blinds, clogged by the accumulated dust and soot of many years. During the night, the candles had burned low in their wrought-iron holders, but they didn't offer much light either.

Only during the day, the open doors and a few open windows would offer enough light but, right now, in the early hours, Michel had to watch his step on the uneven stable floor, trying not to bump into a stray bucket or worse – step onto an iron fork left behind by a careless embassy servant.

Michel had always loved the smell of stables; no wonder – he had grown up in them. It was a familiar mix of different scents. The prevailing smell of horses, strong and acrid, mingled with other scents he knew so well: leather of boots and saddles, polishing wax, fresh hay and straw. He even loved the rancid smell of the tallow candles that were kept burning during the night; they were part of the world of the stables – his world.

Michel breathed deeply; this was home.

He stopped. His nose had picked up a smell that didn't belong here. Fish and garlic. Someone must be close who had feasted last night on a dish loaded with both ingredients.

Has a groom from the embassy risen early? he mused. Michel discarded this thought quickly. The grooms of the embassy were a lazy bunch of servants who were spoilt by the ambassador, a lenient master who was never seen to rise from bed before noon. Furthermore, the cook, a French genius of his profession, had served a mouth-watering Burgundy beef stew last night, not fish. Michel had to swallow hard as he remembered the delicious thick gravy that came with the stew.

Fish and garlic meant there must be someone close who didn't belong to the embassy.

Having been in the service of François de Toucy for many years and having followed his master like a shadow in numerous delicate operations, Michel had developed a sixth sense of danger. He knew something was wrong here, he simply knew it.

The reek of garlic wafted closer.

Michel started whistling a merry tune but, in truth, all his senses were on alert. Passing the first horse stall he grabbed a broom that had been left leaning against the wall and continued his way leisurely to the box where his master's horse had been stabled. As he

passed the stalls he heard the horses snickering. Even the horses in their boxes were ill at ease, resenting the invasion of smells of fish and garlic as much as he did.

The rustling noise of feet moving in the straw was ever so subtle, but Michel picked it up. The fellow must be on the left side of him – and very close now; the stink of garlic was almost overpowering. Still whistling his innocent tune, Michel stepped forward, thrusting his broom to the left like a lance.

A surprised exclamation of pain, followed by the noise of a falling body, confirmed that Michel had hit his target. Not waiting for his victim to come back to his feet, Michel bounced on top of the sprawling figure on the floor, dagger drawn in his hand.

His opponent may have been caught by surprise but he was a good match, willing to fight for his life. Michel only escaped by a whisker the sharp blade of a dagger that was thrust at him. For a second he saw the blade flicker in the light of the tallow candles.

Like a snake the man wriggled out of his embrace and jerked his knee upwards. The knee hit Michel's pelvis – missing his private parts only narrowly.

'*Merde*, you son of a whore,' Michel exclaimed. 'Now let me show you how we fight in France.'

Enraged, Michel hit back hard and plunged his own dagger straight into the upper arm of the man beneath him and only stopped when he sensed that the steel of the blade hit the resistance of the bone. A sharp exclamation of pain, a howling, almost inhuman sound followed, and Michel used his momentary advantage to bend the injured arm backwards with full force. Another sharp yell of pain followed but Michel, instead of relenting, continued to push the arm back until it almost dislocated. If he had learnt one thing from François, it was never to do things by half.

The body slackened as the pain became too much to bear; the man in his arms fainted.

'That's a good boy! See, we French mean business,' Michel said, panting hard. His eyes roamed the stable until he spotted an array of whips hanging on the wall.

Exactly what I need, he thought, and quickly cut some leather laces off and used them to bind the intruder. The man lying on the stable floor was young, of slight build, and wearing well-kept clothes, not the usual kind of filthy thug he'd expected to find.

Blood was gushing from the wound in the arm and Michel used another strap of leather and a cloth to stem of the flow of blood.

What next? he thought. Clearly his master must know about the incident. He'd certainly want to interrogate the man.

Michel gagged him and then dragged the still unconscious body into a horse box that was out of use for the moment. He closed the door in case that any curious servant might turn up early and quickly sped back to the main building to wake his master.

***

François de Toucy was still in deepest slumber when Michel stepped into the room. As it was summer, the bed curtains were open. Knowing that his master would not be delighted to be woken up so early, Michel stepped closer. 'Wake up, Monsieur, it's urgent.'

François protested, still half asleep, but apparently something in the Michel's voice made him recognize that he'd better follow his plea.

'*Mon Dieu,* Michel, what the hell is going on? It must be midnight still,' he groaned.

'I apologize, but I found a ruffian in the stables. I restrained and bound him. I think Monsieur had better have a look. He's not the usual kind of burglar one would expect.'

François stretched, yawned and replied, 'A bit early for a friendly visit, I agree. English?'

'I think so, my lord. I didn't really understand what he was babbling. Anyhow, I found it preferable to silence him, meaning at the moment he can't really talk.'

'Bound and gagged him?' François stated rather than asked, and added, 'Well done, Michel, I can rely on you, I know.'

Michel blushed with joy; this was a rare compliment. 'He's too well dressed to be a common robber. I was therefore wondering why he would be roaming the stables so early.'

'Hmm, that sounds fishy. Hand me the water basin, Michel. I'll quickly freshen up and I'll be down in the stables in five minutes. In the meantime, try to wake cousin Charles. I speak English but when it comes to folks not belonging to the gentry, I don't understand a word. I'm not even sure that these fellows speak proper English at all.'

François jumped out of the bed and tore his nightgown off while Michel poured water from a jug into the basin. Having understood that his services were not required while his master was dressing, he rushed to the room where Charles had been lodged in the embassy.

Lord Charles lay snoring in his bed, making its wooden frame vibrate. Unsure how best to accomplish his mission, Michel tugged at the sleeves of the nightgown, but the snoring continued unperturbed. 'Monsieur Charles, wake up, *c'est urgent*!' he pleaded.

His words produced no result. Michel started to get nervous; he knew his master would be waiting downstairs in a few minutes and that he'd expect Michel to arrive with Lord Charles. François de Toucy expected his orders to be executed efficiently and on time.

Michel shook Charles's arm, but to no effect. He tried again, more violently. Charles protested but didn't wake up. As a last resort, Michel plucked up all his courage and grabbed a jug of water from the nightstand.

'He'll never forgive me,' Michel said to himself while he emptied the jug on Lord Charles's face.

The effect was as desired; Charles woke up immediately.

'What the hell and damnation is going on?' he shouted. 'Have you gone insane? How dare you?'

'I'm sorry, my lord, I had no other choice. I tried everything else, but it was impossible to wake you.'

'Why the hell do you want to wake me? It's far too early. I'll have you flogged by your master.' Charles fumed with rage.

'Monsieur François ordered me to wake you and he requests your presence in the stables – *immediately*. I found and bound an

intruder there this morning and my lord François needs your help to interrogate him. He's not a normal burglar. It looks very strange.'

Charles might not have been in the habit, like François, of being commissioned frequently for special and dangerous assignments, but as soon as the urgency of the plea had reached his sleepy brain, he groaned and heaved his heavy body from the bed.

'François is a total nuisance – I'll tell him personally. Help me dress. No need to wash – you've taken care of that already. But I can't meet your master naked or in my nightgown, can I?'

Michel set to the task and thus there was only a short delay before he brought Lord Charles, who still looked sleepy and less than pleased, to meet his master.

'I truly hope you have a reason for all this ballyhoo, François. This scoundrel of a servant woke me up by throwing water into my face – you should have him flogged.' Charles was still upset.

'Well done, Michel,' François replied with a fat grin. 'A bit of water hasn't ever done any harm to anybody, Charles, don't be such a stickler.'

He turned around and spoke to Michel. 'Where's the surprise you promised to us?'

Michel guided them to the stall where he had left the young thug and opened the door of the box. 'Here you, my lords. I gagged and bound him.'

'Whom?' asked Charles. 'I can't see anybody.'

Michel pointed to the corner, but the corner was empty.

***

'I really appreciate having been woken up for nothing,' thundered Charles.

François cut him short. 'Stop complaining. Have look – isn't that strange …'

Charles's intended air of offended silence immediately fell apart. 'Don't speak in riddles, François, even though we all know that's your favourite pastime. I didn't even have breakfast. What's strange?'

François moved the straw and revealed a thin line of fresh bloodstains. 'Did you injure him?' he asked Michel.

'Yes, we fought with daggers, my lord. I hit his upper arm. He fainted and I bound him.'

François shoved more of the dusty straw aside with the tip of his right boot and they saw the thin trail of blood leading straight to the door of the horsebox. Like a bloodhound he followed the trail leading to the courtyard until they reached an old tool shed bordering the compound.

'Let's go in then. Maybe we'll find our man inside,' François remarked as he opened the door.

The tired hinges of the shed screeched and as they opened fully and the morning light flooded the dark shed. François stopped to listen, but all remained silent.

'Well, let's have a look,' François said and stepped inside, followed by Michel and Charles. All of them had their daggers and swords ready; this was no game.

The shed must have been out of use for many years as broken tools, discarded riding gear and cracked wooden wheels in the need of mending were scattered around, covered by a thick layer of dust. François hesitated, scanned the interior of the shed and finally made a sign to Michel. Together they moved two old barrels to the side.

'See, these must have been moved recently – you can still see the traces in the dust,' he explained to Charles.

He looked into the corner, which was only dimly lit by the intruding daylight, and grunted with satisfaction.

'No point in interrogating our man,' he stated with a shrug. 'Somebody else had different ideas.' François pointed to the corner.

As Charles stepped forward, he could see the lifeless body. It lay on one side with a shimmering, blood-encrusted cleft where once there had been a throat. Fat black flies were swarming around the fresh wound, ready to feast on the dead body.

'Maybe it's a good thing after all that I haven't had my breakfast yet,' Charles said, feeling faint, and turned away. 'Who did it?' he asked after a pause.

'That seems obvious enough. Someone who must avoid this poor devil speaking up at all costs. We're quite sure we are dealing with Lord Yarmouth and he's known to be a very dangerous man. As soon as the ambassador is awake, I'll speak with him as to how best to handle this issue. My preferred option is to make the body disappear without a trace to avoid a diplomatic incident. A dead man in an embassy is rather embarrassing and I have an inkling that Cardinal Mazarin won't appreciate such a complication linked to our presence,' François replied. 'Now, let's go back to the stables. Maybe we can find out for what kind of mischief he came here in the first place.'

The answer was found quickly. It was Michel who detected that several saddle girths had been tampered with. 'Look, my lord, the leather is very weak. Someone has rasped the straps. A clever ruse – nobody would have noticed.'

'A nice little deadly accident or two. Very helpful, at least for Yarmouth,' François commented drily as his fingers touched the frail leather straps.

'I therefore gather that he's expecting us to leave London shortly. Would he know that we have a clue or that we suspect where he might be hiding Marie and her son?' Charles asked with a worried frown.

'I wouldn't go so far.' François scratched his head. 'But he must know that sooner or later we're bound to leave London. I don't think Yarmouth knows we have found out about his forlorn manor – well, I hope not. Lady Lyme may sound like a big talker, but she knows when to be discreet, and she's got no warm feelings for Yarmouth. Neither does her daughter, by the way.'

'I need breakfast now!' pronounced Charles. 'Nobody can face a brutal murder with an empty stomach.'

'Didn't you just say that you were happy not to have eaten when you saw the body?' François reminded him.

'That was a *long* time ago. Now I'm decidedly hungry. Let's have breakfast and discuss what to do. We'll go through the kitchen and give the lazy servants a good fright. Yesterday it took them

hours to serve me a decent meal. They wanted to give me porridge – can you imagine?'

'I agree. That must be considered a major insult,' François replied with a wink.

The kitchen was a cosy place where day and night a big fire burned in the stove. Every morning the smell of freshly baked bread filled the air. Because it was very early and the night's thunder had cleared the air, the kitchen was no longer the scorching outpost of hell it had resembled in the days before, but a pleasant place to gather and partake of breakfast.

The few servants, including the cook, two junior cooks, the scullery maid and some pageboys who were up at this early hour, had gathered around the polished kitchen table and were sharing a large bowl of steaming porridge topped with generous helpings of cream and the ambassador's precious lavender honey he had imported at great expense from the remote parts of the South of France.

'Good morning.' Charles voice echoed through the kitchen like the trumpets of Jericho. 'I'm sorry to disturb your little party, but we'd appreciate having breakfast served in the dining room … now.' He paused and eyed the dumbstruck servants.

'Did you understand?' he asked in a deceptively mild voice.

The junior cook recovered first from the shock. '*Oui*, Monsieur, *bien sûr*, *tout de suite*.'

'That's fine, but I insist greatly on *tout de suite*. I'm not going to be kept waiting an hour like yesterday,' he growled. 'And a full English breakfast, not this slimy grime. You can keep this for yourself.'

The servants jumped up and scurried into various parts of the kitchen while Charles and François closed the kitchen door behind them.

'It's all the ambassador's fault, of course,' Charles remarked as they entered the dining room.

'Yes and no. Only a few years ago there would have been plenty of diplomatic missions and visitors coming over from France,

keeping them busy. Now they still keep all the staff, but, apart from us, who with a sane mind would come to England? No wonder they got lazy,' François replied.

'True enough,' Charles conceded. 'Nobody with a sane mind would come to England in the height of civil war – apart from us … draw your own conclusions. Ah, I can hear the first steps. Breakfast, hopefully!'

The quest continues

The weather had changed, as it so often would in England.

'How can you live in a country that is either freezing cold, hot like a Turkish bathhouse, or steeped in rain the rest of the time?' Armand grumbled as they rode along the cobbled road that led them south.

'I like it,' replied Charles. 'At least it's not boring like in France where you have sun every day. Smell the air – isn't it nice and invigorating?'

Armand sneezed. 'I hate it!'

François laughed and looked at Armand. 'Don't look so miserable. The weather is already on the mend. It should be fine soon enough.'

'It better had. By the way, why are we riding south? I thought this damned manor would be located close to the coast, northeast of London?' Armand asked. 'Your grooms must have chosen the wrong road.'

'Use your brain!' Charles scolded him. 'Should we tell all of London where we're really going? I'm certain Yarmouth has bribed the guards at every gate and that every move we make is shadowed and reported back to him as long as we're in London.'

'I anticipated this and let it be known in the embassy, under seal of confidence, of course, that we're bound for one of our estates in Dorset. I haven't been there for a long time – it makes perfect sense.'

François nodded and replied, 'A good move, Charles. Once we've reached the countryside we'll move eastward and we'll almost be there, from what your groom told me. It's going to be a short trip,

not too exerting for our weakling. We'll just need to cross the Thames again.'

'Hah, weakling! I'll show you what I'm worth when it comes to real fighting. For now, it's all a lot of blah, blah, big words, but no action.' Armand replied, face flushed with anger.

They made good progress and the rain stopped – as promised by François – around noon. A bit of sunshine and a surprisingly fine lunch restored Armand's good humour.

'It's good to be out of town and sitting on a horse again.' Armand was in his best spirits now. 'I wouldn't mind a nice little fight, by the way, when will we reach this infamous manor? I simply can't remember the name.'

'Minster-on-Sea,' replied Charles, 'quite simple to remember.'

'You sound like my teachers,' lamented Armand, 'and that's not a compliment.'

'We should reach Minster-on-Sea tomorrow afternoon,' Charles replied, unperturbed. 'I hope you can remember that much, at least.'

They stopped at a nice little inn for dinner. The meal, served in a private room by the ostler's blossoming young daughter, was excellent, and they decided to stay and finish the evening with the claret the landlord had brought from his hidden reserve in the cellar as soon as he had understood that his guests wouldn't haggle over small and insignificant details like the price of a decent bottle of wine.

'I'll have a good sleep tonight,' François said, and took a long sip of his wine. 'This should help. Excellent wine, but quite strong.'

'What's the plan for tomorrow?'

'We should reach Minster-on-Sea in the early evening, still in daylight. I propose that we bivouac close to the manor and strike fairly early the next morning, just about sunrise. They'll probably still be sound asleep and won't necessarily realize that it's only the

three of us plus our grooms. When it comes to warfare, surprise has always been a good ally.'

'Sounds like an excellent plan,' Charles agreed and rang the bell. 'Another bottle of this wine and I should be ready to sleep like baby.'

'Babies don't usually snore like a boar.' Armand grinned and quickly sought shelter behind a cushion as Charles was menacing to throw the empty bottle at him.

***

They passed through Kent, found a ferry to cross the River Thames, and finally reached the coast. There, the pleasant pastures, so typical of the English countryside, gave way to endless flat wetlands. The sodden, uniform land stretched over miles and miles, dissolving at the horizon into an unfriendly foaming sea.

'This is depressing. Look at the sea – dark and grey. Scary.' Armand reined in his horse and looked around. 'Not even the sunshine helps. Even the sheep here look doleful. Isn't it just terrible?'

The friends had decided to present themselves as wealthy wool merchants from London and the Continent, looking for new stock and supply. Nobody seemed to find their story hard to believe, and Charles's presence helped to open doors with the tongue-tied locals who might have shut them out immediately for two bloody French foreigners. From childhood it was common knowledge in England that one should never trust a Frenchman.

In the early evening Armand and François waited out of sight of a farmhouse Charles had suggested visiting alone in order to avoid undue curiosity. As he returned to his friends, he shouted, 'We're almost there! It's the next building further down this causeway. About a good hour's ride. I took so long because I had problems getting away from the farmer – he was keen to sell me his complete herd of sheep. He wants to move away and live in a town. He simply can't stand the loneliness here any longer since his wife died.'

'Well, you had to disappoint him. He'll have to stay,' François replied.

'Why disappoint him? We made a deal – I'll send my people down here. It was such a good bargain, I couldn't say no.'

***

Once the bivouac close to Minster-on-Sea was set up as planned, the hours of darkness dragged on, but no one could find any slumber – with the exception of Charles, who had fallen into his usual deep and unperturbed sleep.

'One day I'll kill him,' Armand complained to François. 'Everyone here's on edge and this Englishman snores as if nothing important was due to happen after sunrise.'

'Better than having a travel companion who got on our nerves with regular fits of hysterics. But I agree, his habit of snoring is rather upsetting. Come, I have still some wine left. Let's share it.' François took the leather pouch filled with wine from his saddle and offered Armand the first sip. 'Ready to strike tomorrow morning?'

'Yes, ready – and keen for a good fight. Yarmouth is an utter rogue. May the devil take his body and soul. I'll do my best to deliver him to the gates of hell as fast as possible. All I pray for is that we can embrace Marie and little Pierre tomorrow. Finding them safe and unharmed is my only concern.'

'Not only you, my friend. My hope is that they're too precious a pawn to be put into danger,' François said. 'Yarmouth may be evil, but he's desperate to touch the Hertford inheritance and the only lever he has is Pierre's family as long as Charles is alive. So let's be optimistic.'

'A toast to Marie and her son,' Armand replied and took a large gulp of wine.

Eventually either the wine or fatigue did their work and the two friends fell asleep. François's groom Michel had to wake them up. Charles and Armand struggled into wakefulness but knew that François, having served many years as a soldier under Cardinal Richelieu, would be wide awake immediately. Indeed, he opened his eyes as soon as Michel touched him and was ready to move on.

The sky above them was paling already into dawn. Only a few pallid stars and a lonely silver moon were the last reminders of the night. Soon the first rays of the sun would be visible at the horizon.

Charles stretched and yawned. 'Nothing better than a few hours of peaceful sleep to start a good day,' he remarked.

Armand didn't reply; he just groaned. He felt numb and tired.

The small cavalcade rode in silence. The three friends had been looking forward to this moment but now, deep their hearts, they dreaded it. None of them doubted they'd be able to cope with a whole armada of enemies – but what if Marie wasn't there after all? Armand exchanged a glance with François; there was no need for words. The scenario was far too alarming to be imagined or spoken about openly.

A few minutes later they reached the manor at Minster-on-Sea. The old, unassuming building lay in peaceful slumber. A far as they could see, no sentinels had been placed – an encouraging sign; no one anticipated the arrival of unwelcome visitors.

A lonely old servant was 'guarding' the gatehouse, but they found him dozing in an armchair in front of a blackened and cold fireplace.

'Wake up!' Charles commanded, and shook him.

Before the old man had fully realized what was going on, he felt the cold blade of a dagger pressing against his throat.

As he opened his eyes, he saw a giant of a man towering above him. The giant had the strangest eyes he had ever seen – eyes of different colour. He must be sent by the devil.

'Don't …' he whimpered.

'It all depends on you, my friend. Lead us into the house and show us to your master's room. One cry or wrong movement and you'll feel how adeptly I can handle a dagger.'

Charles intensified the pressure of the dagger's blade.

'I'm an old man, let me live!' the guard wailed. 'I'll do whatever you ask, sir. But believe me, our master isn't here. It's only our mistress, Lady Yarmouth, who lives here in the manor.'

'Where's your master now? And don't dare lie to me,' Charles said, suspicion aroused.

'In London, sir. He's a member of parliament. His lordship is very rarely in Minster-on-Sea.'

'Well, your mistress will have to do then. Lead us to her room. Are there any guards inside or outside?'

The old man shook his head. 'Lord Yarmouth took all able young men back with him to London, promising the lads to become soldiers.' He snorted. 'They'd become heroes, he said. Only the maids and a few farmhands tending the animals are left.' He snorted again. 'Heroes, indeed … and the lads believed it. Youngsters are so stupid.'

'Your master, Lord Yarmouth, when did he last come to Minster-on-Sea then?'

Charles watched the old guard slowly regain his composure. In the beginning he had looked at him as if Charles had been sent by the devil.

'Several months ago, sir. The master doesn't care about the manor … nor about us. Not like his uncle, he was a good master to us.' The answer rang truthful enough.

'But his wife is living here?' François asked with raised eyebrows.

'Yes, my Lady Yarmouth has been living here for more than a year.'

'Sounds like a truly happy marriage. But that's not our concern. Now guide us to your mistress – and I warn you again, not a word to the others or you're a dead man,' Charles said.

The old man nodded in silent consent and put his boots on. They were as shabby as his hole-riddled woollen socks, which perfectly matched his threadbare clothes with their numerous patches. Armand knew that these details usually showed if an estate was well run or not. If the rest of the manor was as neglected as its servants, Lord Yarmouth must indeed be broke.

The muddy courtyard was in total silence; the only sound came from the stables where the first zealous cocks were greeting dawn.

The old servant led them to a back door of the manor and opened it with a long key from a heavy bundle. He limped, dragging his left leg slightly behind. 'In the morning me leg gives me a bit of trouble,' he said, to excuse his slow walking. 'Be better soon.'

The open door led into the manor's kitchen, still and abandoned in the cold light of the early morning. Smouldering ashes were waiting to be reignited into a bright fire in the big hearth.

In silence the intruders tiptoed through the kitchen; the only noise that could be heard was the sound of the old man dragging his left boot across the polished tiles. Leaving the kitchen, they crossed a hallway and then reached the great hall, as the guard called it.

The great hall was a large oak-panelled room with small mullioned windows and a low ceiling – a far cry from the high arched windows and high ceilings that would be the hallmarks of a noble abode.

The manor's ceiling and its warped oak beams had been blackened by the fumes of a grand fireplace adorned with the coats of arms of a long-defunct owner – the only part of the hall that reminded the intruders that they had entered a manor house belonging to the gentry. From here, a curved wooden staircase guarded by two headless rusty suits of medieval armour led to the rooms on the first floor.

'You two keep watch here,' Charles commanded Michel and his own groom. 'The rest of us will go upstairs.'

The old staircase squealed under Charles's weight, but the house remained silent; no curious maid or butler showed their face. The others rushed upstairs in his wake. The old guard suddenly stopped in front of one of the doors.

'That's her ladyship's room,' he said. 'Please, be kind to her.'

'Why should we be kind?' François whispered back.

'Judge for yourself,' was all the old man said, with tears in his eyes.

***

Armand ventured to open the door and enter the room, which lay in total darkness; the window blinds were still closed. It was silent, apart from the sound of light breathing coming from the large four-poster bed that dominated the room. The bed curtains were open, as was customary in summer.

Armand made a sign for his groom to open the window blinds. As the light of the dawning morning streamed into the room, they could make out the contours of a slim woman lying under the sheets.

'Lady Yarmouth, get up!' François commanded in a stern voice.

The woman in the bed stirred and opened her eyes. As soon as she saw the three armed men standing around her bed, swords ready to strike, she shrieked. Hiding her face behind her left hand, she made a quick move and dived towards the nightstand, but Armand was faster.

'No use playing tricks, my lady, you have no chance. Hand me your weapon,' he shouted.

Lady Yarmouth opened her right hand but all they saw was a crumpled black scarf with a short veil. 'I have no weapon, my lord,' she whispered and, with a tired gesture, she removed her left hand from her face, 'but I implore you, by your knightly courtesy – if you have any – to leave me my dignity.'

Armand looked at her and was shocked. He was looking into a face that had been ravaged by illness, a ruin of a face covered in red, swollen scars. Lady Yarmouth's left eye was a strange, opaque colour. Only a few strands of dark hair were left, while most of her skull was bald, covered by the same horrible scars.

She laughed, but it was a bitter, unpleasant sound. 'Do I scare you?' she said. 'Hand me my scarf and my veil. I have no mirrors in my house but I know how I look. My husband was kind enough to let me know – again and again. And now tell me why you enter the

bedchamber of a lady like a band of thugs although you're dressed like gentlemen.'

Lady Yarmouth fastened her scarf and her veil and looked at the three men. Only her right eye moved; the blind left eye remained frozen. She didn't show any emotion, she just sat there, making them feel like impudent intruders, irritating maybe, but not really important enough for her to feel bothered.

Armand was dumbstruck; this encounter had turned out to be very different from his chivalrous imaginations.

François recovered first from the spell. Breaking the awkward silence, he said in icy tones, 'We have intelligence, my lady, that you're hiding Her Grace the Duchess of Hertford and her son in your house upon the orders of your husband. Please spare us from having to take unpleasant measures and tell us immediately where we can find Lady Marie and her son.'

Lady Yarmouth looked slightly startled, but this moment passed quickly and she remained composed. 'I'm sorry, my lord, Her Grace is no longer with us. I won't be able to help you. If you don't believe me, you may search my entire house at your pleasure.'

Armand's spirits fell; the dreaded nightmare had come true. They'd search the house, of course, but strangely enough he had the feeling that Lady Yarmouth wouldn't lie. Marie wasn't here. He felt betrayed.

'What happened?' François's voice had taken on an unpleasant timbre. 'If Her Grace has disappeared, you'll pay for it – dearly. Better tell us the truth – now.'

'You menace to kill me?' she replied in her calm voice. 'Do it, please, don't hesitate. I beg Our Lord every morning to let me die. Better dead than a walking corpse, my lord. Not even my husband will look at me any more. He was the first to tell me that it would have been better if I had died from the smallpox. My survival was a disappointment and greatly upset him. Kill me now and you'll do him – and me – a great favour.'

Charles took over. 'Let's search the premises and interrogate the servants. Lady Yarmouth must stay in her room in the meantime. I'll ask my groom to stand watch.'

As the old guard from the gatehouse had foretold, the remaining servants of the manor were a sorry lot. With the exception of two, all young men had left for London and the remaining servants were trying to make ends meet. None of them held any love for Lord Yarmouth but they greatly respected his wife.

'Her ladyship is a true lady, she bears her misery like a true Christian should,' said the cook after she had recovered from the first shock of finding armed men in her kitchen. 'I'm not one to gossip but his lordship, he's no good, mark my words.'

Nobody, though, could tell them anything clear about Marie and her son. Eventually, François was able to persuade the cook to talk.

'You mean the French lady and her son? Yes, they were in the manor for a fortnight or more, very sick the lady was. We were so scared, thought she brought us sweating fever, I did. Only Lady Yarmouth mustered the courage to tend to her. She's a great lady, wouldn't ask us to help. She said if she were to die, she wouldn't care.'

The cook took a sip of honeyed warm milk, ravishing being part of a drama and being in the limelight.

'What happened then?' asked Charles. 'Did they survive?'

'Yes, very weak she was, but the lady and her son survived. But one morning – I was bringing them breakfast as usual – the lady and her son had disappeared. When I looked for Lady Yarmouth to bring her the news, I found her in tears.'

The cook fortified herself once again with a sip of milk, not without having added another spoonful of honey. 'Lady Yarmouth told me that we must pray for them and accept the Lord's will,' she said, trying hard to look saintly.

'What do you mean?' asked Charles.

Before the cook could elaborate, Michel stormed into the kitchen. 'We searched all the buildings, my lord, as you requested,'

Michel reported to François, 'but we couldn't find any trace … inside, that is,' he stammered.

'What do you mean, inside?' François frowned.

'Follow me please, my lords,' Michel said nervously, and led the three friends to a garden at the back of the stables where a group of sickly warped apple trees fought a hopeless battle against the constant winds from the North Sea.

Here, in a small orchard sheltered by a rough stone wall, two simple wooden crosses had been planted. A wreath of withered flowers hung from each of them.

'No!' Armand cried out.

François put his arm around his cousin while Michel pointed to the inscriptions that simply read 'Marie' and 'Pierre'.

Charles's usual florid complexion had disappeared; he looked as pale as a ghost. 'I'll kill Yarmouth with my own hands, I swear,' he stuttered, and staggered back to the house.

From Paris to London

'I'm feeling better every day,' Pierre stated with satisfaction as he lowered his sword. He had been practising with Paris's best fencing master and his face was glistening with perspiration.

The fencing master lowered his mask. 'I could have killed you three times – maybe even more often – my lord, but you're making remarkable progress indeed. Tomorrow I'll show your lordship a new trick from Florence. Your footwork is still far too slow – you're starting to drag your left leg when you're exhausted, and this happens very quickly. Your lordship needs to learn some dirty tricks to cover this up.'

Jean handed his master a linen towel. 'Another week of practice and Monsieur le Marquis should be able to travel to England. I'll ask that the *Beatrice* be made ready in Calais to set sail and leave for England shortly. Monsieur Armand and Monsieur François will be very happy indeed to welcome you. They certainly didn't expect you to join them before autumn.'

Jean was satisfied; his master had been training hard since the day they had arrived in Paris. Never complaining about pain or the worries that still must haunt him every day, Pierre de Beauvoir had set his mind firmly on the two tasks that his friend François had spelt out for him: to find his family and set them free, or take revenge. Although they still upheld the story to the outside world that the Marquis de Beauvoir was on the brink of death, a small group of servants had been sworn into the secret and did their best to shield the marquis from the curiosity of noble Paris and random, though extremely curious visitors who called in the hope of picking up a morsel of salacious rumour.

'Any news from London? It's been quite some time since we received a letter from Charles,' Pierre asked.

'We received a letter only three days ago, Monsieur le Marquis,' protested Jean. 'It was a coded message from Monsieur Charles that they had found a clue to the possible hiding place of our dear mistress and your son. But clearly it would have been far too dangerous to unveil more detail in this letter. We'll find out more as soon as we reach London. Cardinal Mazarin has already given orders to produce a passport. Your lordship will enter Britain under the false name of the Comte de la Loire, I was informed. A little donation to his private chapel helped to speed matters up greatly, as your lordship suggested.'

'A little donation? It was solid gold cross covered with emeralds … Anyhow, it doesn't matter. "Comte de la Loire" sounds like a strange name, Jean. But Mazarin's clever, he's aware that I can't possibly travel under my true identity as the Marquis de Beauvoir or Duke of Hertford. My charming cousin Yarmouth will have an arrest warrant already prepared. I'm counting the seconds until I reach London and I pray every day that I'll find my family in good spirits.'

'So do I, my lord,' Jean replied.

Preparations for their travel to London took a little more time than either of them might have anticipated because a spell of stormy weather retained their boat, the *Beatrice*, in Portsmouth. Therefore the month of August was drawing to an end when Pierre was able to step on board his ship in Calais.

It would have been vastly more comfortable to sail directly to London, but the *Beatrice* was a boat of considerable size and would attract undue attention. Therefore Pierre followed Charles's recommendation to travel to Dover where his distant cousin, Lord Lyme, held the position of governor of the port. To avoid the kind of issue Pierre's friends had faced when they disembarked in Dover, this time Lord Lyme had been informed secretly in advance. He knew, of course, that the Comte de la Loire was none other than Pierre de Beauvoir, but he was keen to keep Pierre's arrival secret

from Lord Yarmouth and his cronies in London and was content to acknowledge another diplomatic pass signed by the Prime Minister of France.

Governor Lyme had kept Pierre's arrival low key. Therefore he didn't greet the count in person but had organized a coach guarded by eight hand-picked soldiers. They were under the strictest orders to bring the count straight from his ship to the French Embassy in London.

***

It was the first week of September when Pierre was greeted by the French ambassador, a much warmer and friendlier greeting than the one he had given his friends some weeks ago. Not only was Pierre one of the highest peers of the most Catholic Kingdom of France, this time Cardinal Mazarin had instructed his secretary to announce the impending visit of Pierre de Beauvoir, alias the Comte de la Loire, to his ambassador in advance.

'I'm delighted to meet you, Monsieur le Marquis,' exclaimed the ambassador, 'although I'd have preferred a meeting with a much happier augury. You've missed your friends – they left London only yesterday. They're on the way to the coast but wouldn't tell me more. I can tell Monsieur le Marquis though that they were very optimistic they were on the right track.'

'That's truly good news, Your Excellency. Let's hope that my friends will be back soon enough – together with my wife and my son. I pray to be reunited with them every day.'

During the next days Pierre had nothing to do but to wait. He hated every second of sitting idle in the embassy. To pass the time, he tried reading several books from the ambassador's extensive library, but found it impossible to concentrate.

'Let's play cards,' he suggested to Jean.

But their card games rarely made sense because every time he or Jean heard the clopping of horseshoes on the ground approaching the courtyard of the embassy they jumped up, hoping for news.

It was on a Friday afternoon that Jean stormed into his bedroom where Pierre had retired to take a nap.

'Several horsemen have entered the courtyard, my lord. I'm sure that I heard the voice of Lord Charles.'

'Charles's voice could fill a battlefield, I know,' Pierre answered, and jumped up. Impatiently he pulled his boots on and, taking two steps at once, forgetting all about his injured leg, his rank and the rules of etiquette, he rushed down the broad staircase to greet his friends. As he stepped into the courtyard he spotted the three of them and their grooms – but with no spare horses or coach travelling with them.

He didn't need to articulate any question; Armand's face told it all.

Pierre felt as if he'd been punched in the stomach before drowning in a sea of misery.

'Marie, Pierre?' was all he could utter; instinctively he knew, but he needed to be certain.

'Let's go upstairs, Pierre.' François cleared his throat. 'We have bad news. There is no way to beat around the bush. We need to talk.'

Minutes later they stood in the large drawing room frequently used for official audiences by the ambassador, which was decorated in the new style with bright colours and gilded decorations.

The three friends stood still, trying in vain to find the right words. Armand took Pierre into his arms and hugged him. The code of honour compelled a gentleman to face even the worst news with dignity, but this must have been simply too much to bear. Pierre didn't moan or sob, but watching him trying to keep his countenance made his misery even more difficult to bear for his friends.

An abyss of agony had opened and was about to engulf them together with their dearest friend.

Charles took over and explained in short words their strange journey to the coast, the meeting with Lady Yarmouth, and what they had found out.

'It therefore seems that Marie vanished, her mind unsettled by high fever. She must have taken little Pierre with her. Their graves are empty because their bodies could never be retrieved – probably carried away by the sea.' He ended his story in tears.

The room was totally silent as Pierre tried to digest the news. Armand looked like a ghost, pallid and lifeless. He walked over and dragged his best friend into his embrace again as if he could shield him from the terrible news.

Jean, Pierre's valet, cleared his throat. 'May I say something?'

'Speak up, Jean,' François replied curtly.

'It may sound strange and preposterous,' Jean started, looking unsure how best to continue. 'Very often I know when my master or people dear to me are in trouble. It's not infallible – I failed to see the danger when his lordship was ambushed. But often enough I feel or see things. I inherited it from my mother. She often had visions and she passed the gift on to me.'

Jean's bronze skin was a legacy of his Caribbean ancestors but, when his face was flushed as now, it glowed even darker than usual. 'If Madame la Marquise and her son were close to death or had perished … I assume I'd know. I think I'd have had a premonition, a vision of a nightmare.'

He looked at Pierre. 'When I came here, my lord, I didn't dare to tell you but I felt that they must be close to us. I simply can't believe that they have perished. I know this sounds completely absurd, but please let me travel to Minster-on-Sea, my lord. I want to see and investigate with my own eyes, if you permit.'

François looked at Jean. 'It's kind that you try to give a ray of hope to Pierre. But I'm afraid we have to face the facts and should concentrate our efforts now on finding Lord Yarmouth and bringing him to justice. I don't believe in superstitious premonitions.'

Pierre looked up. 'Are you sure, Jean? You're not just trying to console me?'

'I'm certain, my lord. I swear. I must go there.'

'That settles it then. I'll ride to Minster-on-Sea with you. Armand, will you accompany me?'

'We'll all go, in that case,' answered François instead. 'Let's hope I'm the one who's wrong here. When do you want to ride?'

'Tomorrow at dawn,' Pierre answered, 'and I won't stop until I set foot in that manor. I must speak to Lady Yarmouth. She seems to be an unusual woman, from what you've just told me. If Jean is right, she must be hiding something. Maybe Lord Yarmouth threatened her? I need a drink now, Jean, please give me a glass of wine.'

'A glass for all of us,' Charles put in. 'People tell me I'm phlegmatic, but there's a limit to everything – and I reached my limit today.'

The traitor

The elderly lady's maid watched the cavalcade of three gentlemen and their grooms leave through the manor gate. The gentlemen looked crestfallen; they were barely talking to each other.

The maid's apron was stained because she had given a hand to the cook today and her movements were slow; it had been a busy and very tiring day. A movement from the stables diverted her glance. She smiled as she spotted her youngest son, Harry. He was one of the few young and able servants who had been left behind. *What a handsome lad he's become in a year*, she thought. With pride she watched his broad shoulders, his ginger locks and soft beard gleaming in the sun.

She waved at him and he waved back with a big smile. Her heart beat faster; this son was special to her, much dearer than the other eight children she had dutifully born.

Lady Yarmouth was especially demanding tonight; the visitors had shaken her usual calm and she had been plagued by a painful migraine as soon as the strange intruders had left the manor. No wonder that the old maid was totally exhausted when she dropped into her bed; it had been a hard day.

The straw of her mattress was still fresh and held the smells of harvest and summer. As she inhaled the pleasant scent, it brought back memories of sunlight and youth. Her thoughts lingered on her youngest son.

In time he'd wither away like she had done in this bleak wilderness. The parson might preach that poverty was the key to enter the heavenly kingdom, but this was an easy promise to make when every Sunday meat and fresh ale would be served in

abundance at the parson's table. She didn't want her son to end up like all the others here, too poor to even think of marriage. She must do something. A plan formed in her head, bold and daring, but it seemed the only way to leave the vicious circle of servitude and poverty.

Two days later she met Harry in the courtyard, having waited until old Ben, the head of the stables, had left and she could speak privately to her son.

'Why are you staring at me like that, Mother? Anything wrong?' he said.

'I wonder,' she said slowly.

'What do you wonder about?' asked her son, curious by now.

'My lady told us to keep our mouths shut and not speak about them visitors.'

'She'll have her reasons,' replied her son placidly.

'She hates her husband and so would I … in her place …' she said, 'but I can imagine …'

'Don't speak in riddles, Mother. I have work to do. Tell me quickly what you have on your mind.'

'I wonder if you shouldn't ride to London and tell Lord Yarmouth about them visitors, I mean. I'm sure it's important. Jack from the gatehouse told me they were after his lordship, not looking for my lady. If I'm right, he must reward you for being a faithful servant. Ask him then to make you a tenant on the isle, you know, on the farm old Jones is still keeping. He won't last very long and you could become a farmer and one day – who knows – you may even marry Cook's daughter.'

Her son whistled. 'That's clever. But how to leave the manor? My lady won't let me go.'

His mother frowned but then she smiled. 'The sheep a few miles down the causeway must be shorn. Lady Yarmouth won't know that it's too early. You'll be away for some days and tell her you sleep out there as the weather is good. She won't even realize what's been done or not. She rarely leaves the manor unless to attend

the Sunday service. Always talks about heavenly paradise and the Almighty, she does.'

'Mother, you've always been a clever woman. Old Ben won't mind either. There's not a lot of work in the stables right now. I'll just tell him Lady Yarmouth gave me orders.'

She returned a smile full of affection. 'You're a bright lad. I'll bring your Sunday clothes later to the stables. You must change into a proper shirt and breeches before you meet his lordship. Good luck, my son.'

'Give me your blessing, Mother. I'll do my best.'

***

Harry returned to the stables and had a quick word with the foreman, old Ben.

'You're sure she meant those sheep?' Ben asked. 'How would she know?'

'No idea, Ben, but she gave clear orders to Mother. I can't tell her ladyship that I won't do it.'

'Sure not, just go, who cares in the end. Knowing his lordship, the last sheep will be sold off before the winter comes anyhow.' He shook his head in despair. 'Why did the good Lord punish us with a master like him? Soon all that'll be left in this manor will be some skinny rabbits and the poultry. We'll be starving in winter if no miracle happens.'

'Aye, Ben, that's true. But I can't do nothing if it pleases my lady. I must go,' Harry said, avoiding a clear answer and fixing the saddle straps. He felt like traitor – but his mother was right. This was his only chance to escape his destiny of remaining a stable hand in the manor forever.

He was keen to leave as early as possible because he'd spend a good day travelling to London. Harry had been to London only once in his life and that had been in the comforting company of old Ben. He remembered a sprawling city that had frightened him with its sheer size, unbearable noise, and the overwhelming stink of the gutters. People had sworn at him whenever he stopped to marvel at one of the palatial buildings or high-rising churches. 'Move on, you

simpleton, you peasant, idiot, move yourself!' had been among the nicer insults he had endured.

'Londoners are born bullies – completely crazy.' Old Ben had chuckled when he had seen his red face.

But this time, Harry was lucky. He arrived the next day before noon. Not only did the weather hold but he found a young apprentice boy lingering at the city gate who was happy to guide him for a precious penny into the city and then on to the London abode of Lord Yarmouth.

Here, his luck ended, as the haughty butler told him that his lordship was absent, attending a meeting in parliament, a meeting far too important to be understood by the likes of Harry. He made it very clear that he had no appreciation for a servant who had left the manor on his own account.

Harry knew his place and proposed humbly to wait in the stables until his lordship had time to receive him. 'But please tell his lordship that I have news from his manor in Minster-on-Sea. We had some strange visitors there and he needs to know about it.'

The butler didn't find him worthy of any reply but must have informed his lordship all the same, because Harry was requested the same afternoon to meet and report to his master.

He found Lord Yarmouth in a foul mood; he eyed Harry with hostility. 'Tell me why you've come all this way? I suppose you bring bad news. Did the carpenters finally come to assess the repairs we need to make before winter comes?' Lord Yarmouth uttered a short laugh. 'Everybody with eyes in his head can see that the manor's roof is about to crumble soon. Anyhow, I have no money for repairs. You can tell my wife to stop bothering me.'

With his long, pallid face and flat, receding chin, Lord Yarmouth would never be a handsome Adonis. But what revolted Harry most was Lord Yarmouth's strange habit of continually moistening his lips with a tongue dripping with spittle when he was nervous.

No wonder old Ben calls him 'our master, Lord Frog', Harry thought.

Kneading his felt cap nervously in his hand, Harry tried to explain why he had come to London. He stuttered as he tried to describe the arrival of the strange gentlemen, but the more he spoke, the more it seemed to him that probably his mother had blown the story out of proportion.

Lord Yarmouth listened but once Harry mentioned a giant gentleman with eyes of two different colours, his attitude changed completely. His tongue started to twist like a snake and his face flushed; he was suddenly keen to hear more details. 'You're sure that there were three gentlemen with their grooms, two of them Frenchies?'

'Yes, my lord. Only one of them, the giant of a man, spoke decent English so that I could understand him.'

'That must have been my dearest cousin, Charles,' Lord Yarmouth said to himself. He then looked at the young stable groom. 'Did my Lady Yarmouth request you to ride to London and share the news? You say they searched for Lady Marie and her son. How come they couldn't find a trace? I had them brought to the manor as you know very well. Where's the lady – and where's her son? Did my wife hide them when the strangers arrived?'

Harry suddenly felt very hot; he felt he had stepped into a hornet's nest.

'I'm sorry my lord, I thought you'd be aware that the foreign lady and her son vanished a good fortnight ago. It was generally supposed that they had sought death in the sea. Lady Yarmouth planted two crosses in their memory in the orchard.'

Lord Yarmouth had been playing with his writing quill while Harry was speaking. Suddenly a snapping sound interrupted Harry's narrative and his lordship dropped the broken quill.

'Lady Yarmouth forgot to tell me this little detail,' he hissed. Then Lord Yarmouth jumped up and approached Harry. 'You're not lying? Why have you come? Tell me the truth. You know I'm entitled to punish disobedient servants.'

Harry felt his face drain of colour and he stuttered, 'I-I thought my lord needed to know about these men. They arrived armed and menaced her ladyship.'

Lord Yarmouth looked at him full of contempt. 'That's why you came? I don't believe it. Tell me the truth!'

Harry's face flushed. 'My mother told me to come …' He cleared his throat and mustered all his courage. 'There's a farm, my lord, land that belongs to the manor even if it's on the other side, on the Isle of Sheppey. The tenant is old and she thought … I mean … we hoped …'

'That I might let you become my tenant there as a reward?' Yarmouth finished his sentence.

Harry nodded but didn't dare speak up.

A long spell of silence ensued and Harry wished that he'd never followed his mother's advice – what a folly to meet Lord Yarmouth. He might well end under the whip, or worse, the way his master looked at him.

Finally, Lord Yarmouth broke the silence. 'You were right to have come here – in fact Lady Yarmouth ought to have sent you immediately after Lady Marie and her son disappeared. Did you notice anything special on that day? I mean – they couldn't simply disappear? The manor is a small place and quite far from the shore.'

Harry scratched his head. 'The gypsies were around at that time, the same tribe who come every summer. Maybe they killed or abducted them? My mother always says that gypsies are evil people and the parson says they'll burn in purgatory forever.'

'The gypsies …' said his lordship. 'Interesting … we'll ride to Minster-on-Sea together. I need to prepare some things – be ready at any time. If you speak the truth, you'll become my new tenant. If not, better prepare for your funeral.'

Harry sank to his knees and kissed the seal ring on Yarmouth's right hand. But why did this kiss remind him of the kiss of Judas?

***

‘Minster-on-Sea is only a few miles ahead of us,’ Charles announced.

‘How close are we to the manor?’ Pierre asked.

‘Not too far away, in fact, but we have to continue in the direction of the sea and then cross a causeway.’

‘Sounds like a forlorn kind of place,’ Pierre remarked, ‘ideal to hide someone. What a strange landscape – no mountains, only flat marsh wetlands. Wherever I look it’s just depressing. The French coast is much nicer.’

‘Poor Lady Yarmouth,’ Armand remarked, ‘as if being married to a monster like Yarmouth isn’t enough, I simply can’t forget her hideous scars. No wonder she views death as salvation rather than a punishment.’

‘But, if Jean is right, she must have been lying to us. How can we make her confess the truth?’ François asked.

‘I can’t tell you now,’ Pierre replied, ‘I need to speak to her first, but I believe Jean, even if this sounds strange to you all. Somehow, I’m convinced that she must have been lying to you. But there must be a reason why she’s acting like this. How long still to ride?’

‘I can only guess, but maybe a good hour still to go. We won’t be able to spur our horses on the causeway because it’s very slippery and treacherous – we’d better take care.’

Evening was already approaching when they set foot in the muddy courtyard they knew so well from their last visit. François had sent Michel to check if any additional guards had been placed in the meantime but in the end it was Jack, the same old guard from the gatehouse, who welcomed them like old friends.

‘Strange to see you back so soon. Something you forgot, gentlemen?’ he asked.

‘So to speak, yes. Announce us to her ladyship, please. We won’t take too much of her time, I promise.’

‘Time is the only thing we have here in abundance,’ Jack replied, ‘as long as you don’t ask for anything else …’

Lady Yarmouth received them in the great hall. François thought she must feel safer down here. The hall was a sombre place; even during the day the small mullioned windows swallowed most of the light. Now it was almost dark and only a few candelabras were lit by an old butler with shaking hands. François was sure the dim light was another reason Lady Yarmouth preferred to meet them downstairs. It made it much easier to hide her hideous scars.

'Why have you come back?' she asked straight away. 'But let me laud you – at least this time you didn't ambush me in my bedroom. Your manners are vastly improving.'

'I apologize for these inconveniences, Lady Yarmouth, but you must admit that the circumstances of our last visit called for unusual methods. To answer your initial question: we've come back because we have doubts that the tale you told us about Her Grace the Duchess of Hertford and her son is true. You implied they've passed away, but we don't believe that this is the truth.'

'I regret to be the bearer of bad tidings, but they're no longer among us,' Lady Yarmouth snapped back, too fast and too smooth for François's taste.

'Let me introduce myself,' Pierre put in. 'I'm the husband of Her Grace – in fact, your cousin by marriage.'

***

The Duke of Hertford stepped forward and gently seized Lady Yarmouth's hands. Surprised by this gesture she shrank back, but he held on.

What a handsome man he is, she thought, *but I can see the lines of suffering burnt into his face.*

'My lady, I must know the truth.' Pierre turned to the others. 'Leave us alone, please. I want to speak in private with my cousin, Lady Yarmouth.'

François grimaced but the three relented and Lady Yarmouth was left alone with the duke.

A silence ensued and she didn't know where to look; it was impossible not to be taken in by those suffering blue eyes.

'Now, cousin, tell me the truth,' he said. 'You can trust me. But I must know the full truth. I can't go on living like this. Hell is a nice and cosy place compared to where I'm living now. Help me, please.'

***

'Are you ready?' Lord Yarmouth asked Harry. It was early morning in London.

'Yes, my lord, are we leaving now?'

Harry was on his way to the kitchen, hoping to get hold of a bowl of porridge from the stingy cook. But if his lordship wanted to leave for Minster-on-Sea right now, breakfast had to be skipped.

'We'll be leaving soon, but I'm waiting for some friends to accompany me. One never knows and it's better to be prepared. Do you possess a sword?'

Harry's mood improved; probably there'd be enough time for a quick bowl of porridge. 'I don't, my lord, I never learnt to use a sword – it's for the gentry only. I can fight with a dagger if need be.'

'Better a dagger than nothing,' Yarmouth replied and returned to his rooms.

Harry might not be a specialist in the ways of the gentry but he realized on the spot that at least the majority of the 'friends' Lord Yarmouth had mentioned were a group of hired mercenaries, certainly not decent gentlemen. They arrived reeking of cheap ale and boasted about last night's amorous adventures. Yarmouth grinned and fell in. Soon Harry understood enough to realize that his lordship must be a regular customer of the infamous brothels along the River Thames as well.

He had noticed that Lord Yarmouth could quite often be seen scratching his crotch. Now all added up; even in Harry's secluded life in the countryside he had heard rumours circulating about unpleasant diseases spread from sailors among London whores.

'Be ready for a good fight,' Lord Yarmouth warned the group of horsemen, sounding upbeat. 'My groom, Harry, told me that my cousin and his friends have left the manor, but you never know. If we're lucky and we can get hold of my cousin Charles, I'll

be the next in line to become Duke of Hertford but for a silly little boy. I'll dish out a fat reward to anyone who'll serve me Lord Charles's head on a platter, so to speak.'

'You still owe me my reward from last month,' cried a lean man with a felt cap adorned with a daring colourful cock's feather. 'But I'll do it, don't worry. Your cousin may be as huge as a mountain, but these big fellows are bad fighters, far too slow. You'll have his head, on a platter if it pleases you.'

'It would please me greatly,' Yarmouth replied with a fat grin. But then his face changed and he frowned. 'I just wonder what kind of game my wife is playing here,' he said to himself. 'In her last letter she mentioned that Marie was as good as dead, but she didn't mention the boy was on the brink of death as well. If the boy's fate is unclear, it may be years before I can claim the inheritance – even if I can get rid of Charles. Adopting the boy and then getting rid of him would be much easier.'

***

The great hall was in total silence. It was Lady Yarmouth who spoke up in the end. 'Sit down, please. I understand, cousin, that you must know the truth. I'm sorry if I have caused you pain and distress but …' She was fighting to find the right words. 'My husband is in desperate need of money. He squandered away his own heritage, my dowry, and those parts of the Minster-on-Sea manor that are not bound by fief. Close to despair he borrowed money from the Jewish moneylenders in London. They menace him to expose his debt – and more – if he doesn't pay at least the interest, which is several thousands of pounds by now and accumulating by the day.'

'That's an enormous sum – you could ransom a king for that,' Pierre commented, taken aback.

'He borrowed at ten per cent interest per month, as far as I know. He mentioned it once when he was drunk, as he is so often. It seems to be the standard rate for this kind of loan,' she continued calmly. 'It's probably quite obvious that my husband and I are not on the best of terms. I was disfigured by the smallpox but I'd never have become the wreck I am now if my husband hadn't passed the

French disease on to me. I don't want to sound like those weak and ever-complaining gentlewomen, but I'm in pain from the morning to the night. We could never have any children either. Maybe it's a blessing after all. I'd hate to have to rear small monsters like him.'

She paused, clearly trying to get her thoughts straight. 'I later found out that my husband had enlisted a mercenary who agreed to kill you and abduct your wife and son. The plan was to keep your son under my husband's control, adopt him and gain access to his inheritances in France and England once your death was declared officially. By the way, I was convinced – as he probably still is – that you were dead. Your ducal ring was brought to him as proof. The money he paid for your presumed death is part of his huge debts. I'm happy to know now that he was wrong. You must have had a good guardian angel on that day.'

'I was almost dead, cousin, my valet was the guardian angel you mention. He searched for and found me hours after the ambush and nursed me back to life. But we thought it preferable to keep my recovery secret. We wanted to keep your husband in the belief that his inheritance was close,' said Pierre through clenched teeth.

'That was a clever move,' Lady Yarmouth conceded. 'Early this summer your wife and son were brought out here by the gang of thugs my husband had hired for this task. You can imagine that your wife was in a terrible state when she arrived in Minster-on-Sea. She was in a high fever and I'm very sorry I have to tell you that she lost her child. We almost lost her as well, but we have very good midwife here. She helped me to save her life.'

Pierre closed his eyes for a second to absorb the blow; one of his many nightmares had become true. When he opened his eyes again, he saw that Lady Yarmouth's healthy eye was swimming in tears. She sat there, crying silently. He still held her cold hands and caressed them awkwardly. 'It's sad news, cousin, but you don't find me unprepared. I understand Marie and Pierre survived – am I allowed hope? At least so much?'

'Yes, but I was worried that my husband might find it more practical to dispose of both of them once the adoption had been

approved. He'd automatically become your son's guardian and, with a bit of manoeuvring, find a way to take his place as the next Duke of Hertford. I simply couldn't let this happen. Your son is such a wonderful child, Pierre.'

She paused and dabbed her eyes. 'Your son is the child I was never allowed to have. I wanted to save him – even if my husband would punish or kill me afterwards. I didn't know what to do, but then Our Lord sent me inspiration. Every year, a group of gypsies roams the wetlands. They sell braided willow baskets and sharpen knives and swords on the farms around here. People complain that they steal – maybe it's true, I don't know. Last year I became acquainted with an old gypsy lady rumoured to be their queen. Her name is Kezia. She sold me herbs that alleviate my worst pains. She was one of the few people I've met who isn't scared by my terrible scars. I learnt to trust her. When she came back this year, I saw a chance for your wife and your son. I offered Kezia a golden ring as a reward to help me hide them. She promised to offer them protection among the tribe during summer – but refused to take the ring. She said that saving your wife and son would be reward enough. By now your wife and son will be far away and in safety.'

The long speech was exhausting Lady Yarmouth. She took a sip of water and continued. 'Your wife and I had become good friends in the meantime. I had nursed her back to health and this brought us very close. She trusted me and accepted my proposal immediately. Marie is a bright woman, she fully realized the danger of her situation staying on with us. It was Marie who made me promise to keep our secret until my husband couldn't harm her any more. That's why I invented the story of the two of them being missing – alluding to suicide. To make my story more credible, I had two crosses planted in the orchard and had prayers read out in our little church. When your friends came to search for her, I was tempted to speak the truth, but I didn't know whom to trust or not any longer and decided to stick to my story. I'm sorry if I have caused you additional pain.'

'I don't know how to thank you for your kind help.' Pierre kissed her hand. 'It took a lot of courage to go against your husband's plans. I'll protect you from now on, don't worry.'

'Yarmouth knows that I'm not scared of his violence. Even death has become meaningless to me. But he's devious. His threat is to promenade me all over London without my veil and my scarf if ever I refuse to help him. I'd be a hideous monster to be ogled at as if I was at a fair. He knows that the only thing in life I still own is my dignity. But I don't care any more, cousin. Find your wife and your son – that's the only thing that's important.'

Pierre swallowed hard. 'Thank you, my dearest cousin. I can't even express my gratitude. The past two days have been nothing but a nightmare. My friends led me to understand that there was no more reason to hope to find my kin. Only Jean, my valet, told me go on searching – and this kept me going. Let me make a promise as well. I swear that your husband will never be able to parade you around London. Before he gets the chance, his own head will be paraded on a spike on London Bridge – as all traitors end. The crows will feast on him. Trust me.'

Pierre sank to his knees and kissed Lady Yarmouth's hands. She looked at him and smiled. 'I've cried so often the last few years, but this is the first time I remember that I've shed tears of joy.'

Pierre stood up. 'Let us join my friends outside. They'll be relieved to hear the news and we need to discuss how to find Marie. I can't wait.'

Forgetting all decorum he rushed out of the hall into the courtyard where his friends were standing together with faces as if the last judgement were approaching. Lady Yarmouth followed behind in her usual calm way.

'Marie and Pierre have been brought to safety,' Pierre stammered, 'but she lost our baby. She's hiding among a band of gypsies. Lady Yarmouth organized it.'

'Praise the Lord,' Charles replied, wiping away a hidden tear. 'I was convinced that we'd never be able to embrace them again.'

Jean smiled. 'I knew it – I'm so glad I didn't fail you.'

To the great surprise of everybody he broke into tears, his usual countenance shattered.

Armand hugged his friends in silence; apparently he had no words to express his relief.

'I need to present my apologies to Jean. I was convinced that he simply didn't want to face the truth. I was wrong – luckily. On to the next chapter then.' François, for once, was humble.

'What will be the next chapter?' asked Armand.

'Finding Pierre's missing family and …'

'… revenge,' Charles finished for him. 'I want the frog's head chopped off. Never has the Neuville family had such a rotten apple in our ranks. It's time to clean this up, once and for all.'

'Don't forget cousin Henri on my father's side,' Pierre replied with a crooked smile. 'What a murderous bunch of relatives I must call my own.'

'I'm afraid you're right, my friend.' Armand smiled affectionately at him. 'Your cousins are a bad lot, but luckily you had a much better hand in choosing your friends.'

'Not all his cousins are bad!' Charles cried out. 'I rather insist that I'm the exception confirming the rule.'

François took over. 'Let's ride back to London quickly now to organize our next moves. We won't be back before nightfall, but we have two or three more hours of daylight and should use them. Once back in London, we'll set out to find Marie. The most important question, Lady Yarmouth, is where can we find her?'

'I told cousin Pierre that the band's leader, the queen, is named Kezia. She told me they intended to head for Canterbury for the summer. Every year they have a big gathering close to the city at the end of summer. One of her sons will marry – she's already picked a bride for him. If you follow their trail south, you should be able to find them easily.'

'Excellent. My lady, please accept our apologies and thanks. At least you have to admit that this time we behaved like true gentlemen and didn't incommode you in your bedroom.'

Lady Yarmouth must have been smiling behind her veil. 'Forgiveness granted with pleasure. Take some cider and bread for your journey – it's a long ride back to London.' She looked to the sky where more and more clouds were obliterating the sun. 'I'm afraid that the weather is about to change. Better have your coats and hats ready.'

The last goodbyes were said and only minutes later the men were back on their horses, riding along the long causeway that connected the manor with the mainland. By now, nasty-looking clouds were piling up high in the sky and a light drizzle of rain was setting in, hesitant at first but soon growing stronger.

Pierre couldn't care less; a miracle had happened and he'd ride with pleasure for hours through rain or even gales and storms as long as he was on his way to be reunited with Marie and his son. He breathed deeply; had he ever thought that the wetlands were barren and depressing? The air smelt sweet and, at second glance, the landscape of the wetlands looked almost inviting. Soon he'd be reunited with his family. He'd count the seconds until then.

***

'People ahead!' Michel gave the short warning. Faint silhouettes of a group of horsemen were approaching at the horizon on the causeway, heading straight in their direction. Michel must have had excellent eyes as the men and their horses were barely visible in the evening twilight, melting into the dark, blurred horizon.

'Unlikely that those fellows are visitors to the manor arriving for a late tea party.' Charles was on his guard.

'Everybody ready for a nice little fight? I have an inkling that cousin Yarmouth is about to cross our path much earlier than we might have anticipated.'

'I want his head,' cried Armand. 'I swore to kill him! A Saint Paul is always true to his word.'

'Be careful,' warned Charles, 'don't expect any rules of chivalry to be respected. My dear cousin may be a nobleman but he's certainly no gentleman.'

Soon the silhouettes became more distinct, but it was difficult to make out the exact number of their adversaries. At a first glance there were a good dozen, clearly outnumbering Pierre's group of friends. Charles was still trying to spot Lord Yarmouth among them when the first gunshot rang through the wetlands.

'You want trouble?' Charles cried out. 'You'll get it, you rotten dalcops.'

He jumped from his horse and the other followed, using their horses as shields against the bullets that flew in their direction. Michel and Jean didn't need any orders. Used to fighting on the battlefield they were already loading the long muskets they had brought from France.

'I'll show them that a French musketeer is a better marksman than any stupid English thug,' Armand exclaimed in high spirits and grabbed the first loaded musket. He squinted and his first shot indeed marked its goal. The horseman riding in the front of Yarmouth's group raised his arms before he crashed into the mud.

More furious gunshots from Yarmouth's group followed. Michel's horse was badly hurt. It reared and screamed in pain before it disappeared into the darkness of the endless marshes and wetlands.

'*Merde*, I should have shot it myself,' Michel swore. 'Now it'll perish in agony.'

'Don't talk, hand me the next musket. There's no time for compassion,' came his master's curt reply.

Together with Armand he took down the next two riders with fatal precision.

The deadly fire yielded the desired effect; the enemy's group disintegrated in panic, looking by now more like a gang of headless chickens than a true threat. Their horses – not used to the sound of explosions – reared in panic, unhorsing at least three more of Yarmouth's companions before they vanished forever into the approaching darkness across the wetlands.

'Let me handle those coves who went down. Can't leave all the work for you chaps,' Charles cried, and pointed his musket at the first man who tried to come back to his feet. Charles aimed and shot

but only hit a wooden plank of the causeway – several yards away from his target.

'If that's all England can offer, no wonder France leads the world.' François smirked.

Charles cursed and took the next musket. 'It's this damned musket – it pulls to the left.'

This time his bullet hit the target and the man on the causeway cried out and fell down on his face.

'We may need a bit of time,' Charles stated with satisfaction, 'but no one in the world can stop the English once we're in full action.'

'Don't boast, shoot!' François replied and pulled the trigger. His bullet hit a horse this time. As it fell sideways, it buried its screaming rider.

Yarmouth's group clearly hadn't expected to encounter an enemy who was well organized and trained in the army. The friends could hear shouts and excited discussions and seconds later the gunfire from the other side stopped. One man was turning his horse, followed instantly by all remaining men who were still capable of heading back. Despite the treacherous ground and poor light, they whipped their horses and fled at full speed as if the devil were pursuing them.

'Look at those cowards!' Charles shouted

'What a milksop, this cousin of yours,' Armand added.

'Maybe we're lucky and he's among the victims?' Pierre suggested. 'Let's have a look.'

'We'll ride over and check, but be careful, they may still have a last bullet or dagger. Keep your distance.'

But they needn't have worried; the remaining members of Yarmouth's mob were either dead or so badly wounded that death would be a matter of hours only – and an end to their sufferings. Michel looked into the faces disfigured by agony and bristled with anger. 'What a bunch of disreputable thugs. Almost an insult that we had to deal with them,' he spat.

'No trace of Yarmouth, but I'll get his head. He won't escape forever.' Charles was furious. He stopped and looked down again. 'I know this face – I think he's one of the grooms from the manor. He had hair like a burning carrot. François, have a look!'

François came closer and looked into the young face. He pressed his hand against his chest. 'He's still alive. It's too late now to return to London. Let's bring him back to the manor. Maybe they can save his life. I wonder why he's among Yarmouth's vermin …'

'A traitor, if you ask me,' Charles replied. 'That would explain why Yarmouth was on his way to his manor. The groom must have told him we've been here – and that Marie's missing.'

'Let him die,' Armand cut in. 'I have no sympathy for traitors. Want me to shoot him?'

Pierre shook his head. 'Let Lady Yarmouth decide. It's almost dark now and we might end up in another ambush. Let's ride back to the manor and tell her what has happened.'

In the end it was only the groom who was still alive. The man crushed by his horse had broken his neck and the others had succumbed to their injuries.

'Nice, clean job,' Charles stated with pride. 'Five dead, one severely wounded, just a pity that Yarmouth escaped. Back to the manor now.'

It was totally dark by the time they reached the manor's gatehouse; they to walk the last mile and lead the horses on the treacherous path. They were more than relieved when they finally arrive at the gatehouse and Jack opened to them immediately.

'You make a habit of coming back, don't you,' he grumbled, fishing for his dirty boots.

'Stop moaning, you lazybones,' Charles replied. 'We came back because one of your grooms is severely wounded – he needs urgent help. We must see Lady Yarmouth. Make haste!'

The old guard went pale. 'That must be Harry then. He was supposed to be gone to shear the sheep close to the village. Better let Lady Yarmouth break the news to his mother. She'll take it hard, always telling us that Harry is someone special, she is. But first I'll

fetch old Ben. He's as good as any of those studied London doctors when it comes to mending wounds.'

The guard hurried to the stables as fast as he could and they followed him, carrying Harry between them. Old Ben was a typical taciturn specimen of the people living in the wetlands. He didn't launch into long sermons. He checked the Harry's wounds in silence.

At the end he shook his head. 'The lad is as good as dead. Better fetch his mother to say goodbye. Nothing more I could do here for him.' He scratched his head. 'He was a good lad, my best groom. What bad luck that he ended up in an ambush. His mother will be heartbroken. Better leave us alone now.'

There was no time for Lady Yarmouth to prepare her old maid for the bad news. News had spread inside the manor like a wildfire and Pierre would never forget the cry of despair that filled the night when Harry's mother stumbled into the stable and discovered her son on a makeshift stretcher bedded on straw.

***

Harry must have heard the cry; he awoke and his face lit up when he recognized his mother.

'Sorry, Mother,' he mumbled before he fainted again.

Harry died the same night in the arms of his mother. Only as the morning dawned, she finally let him go from her embrace and staggered out of the manor. She never looked back; blinded by tears she walked straight into the wetlands stretching into the foaming sea, never to be seen again.

'Joined her son, she did,' said Jack to old Ben. 'Best thing she could have done. You know she doted on him, couldn't live without him. I still wonder how he ended up with the bad lot of Lord Yarmouth.'

'All I can tell you is Harry never sheared any sheep,' Old Ben replied. 'I was out there two days ago – no Harry. Didn't tell anybody though, not my business.'

They looked at each other in deep understanding.

Jack finally broke the silence. 'Went straight to Lord Yarmouth to earn a penny, I bet. Well, poor Harry paid dearly for that. Never meddle with them nobles.'

Ben nodded. 'Yeah, no good ever came of that.'

Chasing gypsies and a frog

The four friends gathered in the dining room of the French embassy where an opulent dinner was served although His Excellency, the ambassador, was attending a function elsewhere.

'I could get used to this.' Charles sighed with satisfaction. 'This cook is a god of his profession. The fish with the Riesling sauce was heavenly. Did I taste a hint of butter?'

'A lot of butter,' replied François. 'But you'd have no chance of making him work for you. I happen to know that he will soon be returning to France. He's been promoted – he'll work in the Louvre starting next month.'

'What a waste of talent. I would appreciate his skills so much more. He'll soon realize that the kitchens in the Louvre are far too big and too old to cook a decent meal. The food I had there was awful, ice cold and overcooked. Promise me to mention my offer. Whenever he changes his mind, I'll double his salary.'

'He's been appointed Her Majesty's private cook, Charles, you stand no chance,' replied François. 'He'll be treated like a god by his colleagues.'

'I couldn't care less,' Pierre interjected with anger. 'What about Yarmouth? When will we start hunting him down? And what about Marie and my son? We must find them. All you do is talk about fish with Riesling and cooks. I find your obsession with food simply disgusting.'

Charles smiled. 'Don't be waspish. I haven't been idle. You should know me a bit better by now.'

Pierre realized that he might have exaggerated and relented. 'I'm sorry, I know, I'm being a total nuisance and I owe you so

much. But this wait is killing me. What have you done? When do we start? Tell us, Charles.'

'Yarmouth could borrow money easily as long as he was treated like a rising star in parliament and even named your presumed successor, not to say heir. Everybody knows that the coffers of the Duchy of Hertford are very deep. That's how he could afford to hire and pay the thugs who tried to ambush us.'

Charles made a dramatic pause before he continued. 'I let it be known to everyone, through my best connections here, that you've recovered and have no intention of joining your ancestors in the family crypt shortly. I also started negotiations with some influential members of parliament on the basis that the House of Neuville, including the Duchy of Hertford, might be inclined to switch allegiance and put money on the table for the New Model Army, on the condition that Yarmouth is removed. They were appalled to learn that he was the master brain behind the ambush but, from what I heard, nobody rejected the idea. They all knew or had sensed for years that Yarmouth was a character not to be trusted. The verdict is clear. A protestant peer of the realm is expected to respect at least certain rules and I can confirm: Yarmouth is out now.'

'That was very astute,' Pierre admitted.

'Could have been a plan of my own,' François conceded.

'I'll also let the Jewish moneylenders know that you might consider paying them back not all, of course, but a part of Yarmouth's debts if they agree to have details of his true character exposed to the public – debauchery, the French disease, his debts. The rumours will run along the aisles of parliament in no time. I'm sure that at the latest next week several of my "good" friends will intimate that it's their sacred Christian duty to let me know immediately what's going on. I'll be suitably shocked, of course.'

'Excellent, my compliments!' François bowed to Charles. 'I never realized you were a true Machiavellian behind this jovial facade of yours.'

'One does one's best.' Charles was all humility.

'But where does this bring us?' Pierre asked.

'Yarmouth can no longer come back and hide in London – the moneylenders will put a reward on his head. He's burnt with his fellow gentry from now on. Our new rising star, Oliver Cromwell, won't speak to him ever again. Cromwell is crusading against what he calls the old rotten regime of King Charles – he can't risk being associated with someone like Yarmouth. All of this means Yarmouth is cut off from help and money. We must find out where Yarmouth is hiding and kill him. I want to see him dead. I don't want a Neuville to stand trial in a court like a common thug. We'll clear this matter up between us.'

'I fully agree,' Pierre replied, 'but where do we find him? And, I insist, we must find Marie and my son first.'

'Wouldn't it be best to split up?' proposed Armand. 'Pierre and I can go searching for Marie and you two take care of Yarmouth *la grenouille* – the frog – as you call him.'

François objected. 'Not a good idea.'

'Why not?' asked Pierre. 'For me, it makes perfect sense.'

'Because Marie is still in danger. We must find her, and we must find her fast. We know that this groom from the manor, Harry I think was his name, must have been a traitor because he came back with Yarmouth. What if he told him that Marie's disappearance was linked to the gypsies visiting the manor? Yarmouth may be a despicable villain, but he seems to be clever enough to understand the value of information. We must leave London tomorrow, together. I wouldn't like to take any chances.'

Pierre looked at François; he turned pale. 'I hadn't thought about that possibility but you're damn right. The nightmare isn't finished. We must leave, immediately!'

'You French like action, don't you?'

Charles sneered and shook his head. 'You'd hop on your horses and ride around without having a clear clue where to go? Fascinating, but stupid. Before I start roaming the countryside from Minster-on-Sea to Canterbury I thought it preferable to have some of my best grooms cover the legwork for me. That's what they're doing

right now. I sent them out at sunset. Tomorrow by noon we should know where to find those gypsies and we'll go straight there.'

'Charles, you're the best!' Pierre hugged his cousin.

'That's what I've been telling you for ages, but you never listen to me, like my wife.'

Charles looked a little complacent; he liked a good surprise.

***

'What did they tell you, Andrew?'

Lord Yarmouth was biting his bleeding fingernails, a nervous habit that the young man sitting opposite him secretly found revolting. Yarmouth was waiting for his meal in the dining room; he had ordered a chicken pie loaded with trimmings. It was just about dinner time, but his eyes were already bloodshot from heavy drinking.

'Bad news. The city of London is humming with stories about you, Yarmouth. You're dead, beaten, done, burnt. However you want to describe it. You're a dead man out there.'

Yarmouth looked at his friend, eyes glazing over while his tongue moistened his lips. His white hands were trembling. With his receding chin, Yarmouth even more resembled a frog, a desperate specimen landed on dry earth, not knowing what to do.

'Who's behind it, Andrew? Don't exaggerate now, I'm already in a shambles.' Yarmouth grabbed his tankard with shaky hands and drank greedily.

'Stop drinking or you'll lose the little of your brain you still can call your own.' Andrew took the tankard and pushed it down the table. Full of contempt, he looked at the wreck of a man he had once known but he couldn't muster any compassion. 'Stupid kind of question, Yarmouth. Your cousin Charles is behind this, what did you expect? His companions are on the loose telling everyone in town that your cousin, the duke, is alive and kicking. Charles's cronies are feeding juicy morsels about your debts and debauchery to the public. Some stories were new even to me. The Jews are out of their minds. The moment you show your face in London they'll have you skinned alive. They know now that you'll never be able to pay

them back. I wouldn't be surprised if they put a reward on your head.'

Andrew helped himself from a decanter of red wine while Yarmouth changed colour. 'Good stuff,' he admitted, 'no wonder you keep drinking.'

'Pierre's a-alive?' Yarmouth stuttered. 'I have his ring, you must be wrong! Pierre must be d-dead. I paid a fortune to that slimy Greek to get him out of the way.'

'The Greek's a brigand – that's why you chose him, correct? Yes, Hertford is alive. He's expected back home at any moment and Charles didn't lose any time. Parliament's already preparing a motion to reinstate his old rights to the duke. Money from the duchy's treasury will flow freely into the open pockets of our righteous and oh-so-pious peers. The vote is due on Friday and will pass with a large majority. Some things will never change.'

Yarmouth tried to answer, but he seemed lost for words.

'This wine is truly outstanding. I didn't expect this,' Andrew continued casually and took another sip. He looked at the table set with gleaming silver and precious china. The dining room was lit by genuine beeswax candles that filled it with their sweet scent. 'The innkeeper must be running a smuggling ring, that's fairly obvious. Everything here is first class – the "shabby inn" exterior is just a clever camouflage. I believed it when I saw it first.'

Andrew realized that Yarmouth was shaking violently. 'Calm down, Yarmouth, you look like a carp out of water – not very attractive, by the way. I do understand why you're so edgy. Your cousin means business. Only two days ago he shot us down like chickens out there in the wetlands. We were lucky we made it back here.'

Andrew remembered that night very well; no one else had been willing to stay with Yarmouth. In their urgent need to find a place to sleep, they had found a remote, shabby-looking inn on a heath not too far away from London. It was an ideal hiding place, not too close to any of the busy highways. The shrewd-looking landlord with a remarkable belly swinging freely above his breeches

had offered two rooms in the middle of the night without asking too many questions. The furniture was old but solid and the bed straw was fresh. They had passed a surprisingly peaceful night before Andrew had ventured to ride to London and find out what was happening there.

'What should we do next?' he now asked Yarmouth.

'Pass me the wine, Andrew. I can't think properly if I don't get a drink.'

Andrew shrugged and pushed the tankard back to him. 'Don't complain later.'

He watched Yarmouth drink deeply until he set the tankard down.

'We have one joker left,' Yarmouth finally exclaimed.

'You astound me.' Andrew was outright sceptical.

'Marie, of course.'

Yarmouth's speech was slightly slurred but his eyes were burning with excitement. 'We must find those damn gypsies and she's ours. I don't believe this story of seeking death in the sea for a second and I'm almost sure that my precious wife has meddled in this. She'll pay dearly for that. But now let's focus on our immediate plans. Pierre will pay the ransom of a king to get hold of her. That's our solution! You're with me in this?'

'Do I have a choice?' Andrew replied.

'You don't, you're damned right. You pledged to pay me back when I saved your life at the battle of Cheriton. You remember, when those filthy cavaliers were at your throat.'

'I do, and I'll keep my word. But how to find those gypsies?'

They were interrupted by the landlord who entered the dining room carrying a large silver tray. His large belly wobbled as he came closer and the wooden boards vibrated under his weight. On the tray was a roasted rabbit with roast plums and thick gravy. The smell was simply overpowering and Andrew realized with a pang how hungry he was.

'The chicken pie is still in the oven, but I thought you gentlemen might appreciate a bite of roasted rabbit accompanied by

plum gravy and a Yorkshire pudding, my wife's speciality. Fancy some more wine, sir?'

'We certainly do, hmm, this smells simply delicious. Send my compliments to your wife, please,' Yarmouth replied, rubbing his hands with delight before he continued casually, 'By the way, my good man, did you happen to see a band of gypsies roaming the countryside lately?'

The landlord hesitated slightly and Andrew could see that he was on his guard now.

'I don't pay too much attention, sir, but it's common knowledge that they're around every summer,' the innkeeper answered after a short pause.

'A terrible nuisance, aren't they?' Yarmouth said jovially.

'From what hear … for some people certainly, but in truth we couldn't complain too much, sir,' the innkeeper said stiffly.

'Might be handy to know them well,' Andrew said with a wink. 'They always know where the bloody customs officers are, don't they?'

The innkeeper thawed and smiled. 'They might know, indeed.'

'Good man. I need a hand from you here.' Yarmouth put on what he clearly thought to be his most charming smile. 'I'm not one to do them any harm, but I need to talk to them – they might be able to help me …'

The innkeeper raised his eyebrows ever so slightly and hesitated for second. Andrew could see in his face that he was reluctant to answer, but finally he relented; he probably thought that the gypsies' whereabouts were an open secret, so no harm could be done.

'Well, every summer there's a big gathering close to Canterbury, sir. They're rumoured to celebrate a kind of religious service, weddings take place and festivities are known to go on for several days. The authorities don't like it, but nobody here really dares to tamper with them. It's been going on for generations and it's better to leave them in peace. Better be careful, sir.' He made the

sign of a dagger cutting his throat. 'I gather that they must on their way down to Canterbury by now, a good day's ride or so south from here. May I offer you some advice, gentlemen?'

'Yes, certainly, good man, speak out.'

'They're known to have flaring tempers. Don't mess around with their women or girls, you'll regret it.'

Yarmouth shook his head. 'Don't worry. It's just business we're after. Thank you, you've been very helpful, and now let's tackle the rabbit before it gets cold.'

The innkeeper stepped out of the room, making the wooden planks and the furniture vibrate again as he moved along.

'I wouldn't like to walk behind him on that scary staircase leading to our rooms,' Andrew remarked. 'He must weigh almost twenty stones if not more.'

'He's probably his best customer. No wonder, this rabbit is outstanding. Have a bite.'

Andrew sat down and they ate in silence. 'What's your plan now?' he eventually asked.

'I'm still working out a detailed plan but it's getting clearer by the minute,' Yarmouth replied, his good mood and confidence restored. 'Marie knows me too well. I can't show my face or she'll raise the alarm immediately. But she wouldn't know you – you could pretend to be a messenger from her husband or, even better, tell her that you've been sent by her cousin Charles.'

Andrew was gnawing on a thin bone and looked at his friend. 'As much as I'd loathe doing it, that might work. You're right, I'd be better sent by Charles. I could show a letter signed by Charles, telling her that Pierre is on the brink of death. She'll be terrified and won't be able to think properly.'

Yarmouth took another deep swig from the tankard. 'That's excellent. I didn't know you were a good cheat. That might come in handy later. Yes, I agree, we need to scare her brainless and she'll throw herself into your arms.' He belched. 'That's settled then. I need a wench tonight in my bed. Did you spot anyone suitable downstairs?'

Andrew shook his head. 'No way, Yarmouth. All the maids are relations of the landlord. Don't even think about it.'

His friend made a face before he continued, pouting. 'There must be some way, I don't want to go my bed alone. I want to celebrate.'

'If you pay enough, the stable boy may lower his pants for you.' Andrew shrugged. 'Forget about the girls, the landlord will kill you.'

'Boys are not for me, stupid. You should know me better. I like women with nice fat tits.'

Their conversation was interrupted by the landlord who entered the room accompanied by a young maid. Yarmouth's eyes nearly popped out of their sockets when she bent forward to place the chicken pie on the table.

'This is Rose, my eldest daughter.' The landlord beamed with pride.

Rose sank into a deep curtsy allowing a formidable view of her blossoming breasts.

'I brought you a bottle of brandy from my secret reserve.' The smiling landlord placed a dusty bottle on the table.

'I need that now.' Yarmouth glanced a last time at Rose, filled his glass to the brim and downed it in one go.

***

The next day, Andrew found Yarmouth still lying in his bed at noon. 'Didn't we want to ride south to find the duchess?' he asked his friend.

'We did,' croaked Yarmouth, 'but I'm not feeling … oh my God, hand me the chamber pot.'

Yarmouth threw up violently and Andrew tried to open the small window as the stink of vomit filled every corner of the room.

'It's that damned brandy,' Yarmouth croaked as soon as the tempest in his bowels had calmed down.

'I had a glass – it was really good,' Andrew replied calmly.

'How many did I have?' Yarmouth asked.

'You emptied the bottle.'

'But I don't remember,' wailed his friend.

'You were totally drunk. I carried you upstairs together with the stable boy. You tried to kiss him actually.'

'I didn't! You're making up stories.'

'You did, you called him "my lovely Rose".' Andrew smirked. 'We had a good laugh.'

'Don't forget that I'm in charge here. Don't be insolent.'

'I can leave now for London if you prefer, Yarmouth.'

'Curse you, no, stay!' Yarmouth closed his eyes. After five minutes he opened them again. 'Impossible, I can't ride today. I need sleep, my head is exploding. Let's leave tomorrow.'

'You're in command, Yarmouth,' Andrew said, and left the room.

He didn't really mind staying on one more day as the lovely Rose was waiting behind the shed in the garden for him.

***

Andrew would have loved to spend more time with Rose but Yarmouth for once had remained sober and pressed for an early leave the next morning.

'What's the plan?' asked Andrew.

'We need to ride down to Canterbury. The landlord told us the gypsies will be gathering somewhere close to there. The rest of our plan we've discussed already. You hand over the letter, get hold of Marie and her son and off we go. I already have an idea where to go and hide.'

'Good plan, Yarmouth. Where's the letter?'

Yarmouth's face dropped and he looked even more like a frog.

Andrew nodded. 'That's what I thought. You forgot to prepare it. Let me ask for ink and paper and then let's sit down and write it.'

It took Andrew half an hour to come back, not so much because it was difficult to find the requested utensils, but Rose had hidden the paper behind her back and released the precious sheets

only against a series of kisses, planted with considerable care and skill by Andrew on her neck and her face.

'You'll forget all about me and kiss these abominable fine ladies in town,' Rose had complained.

'How could I ever forget you? You're the sweetest maid I've ever met,' Andrew had professed, dragging her into his arms – which earned him the immediate reward of a passionate kiss.

'Promise me to come back soon!'

'Promised, my love!' Andrew hadn't been able to say much more as Rose's embrace had cut him off.

Five minutes later Yarmouth looked suspiciously at his breathless friend.

'Why did it take so long to find paper and a quill? You're totally out of breath.'

'The paper in the taproom was stained and the quill blunt. Rose had to search for new paper upstairs and then we had to run down to the kitchen to find a knife and sharpen the quill.'

Yarmouth shrugged. 'No big writers here, I gather. You write.'

'Why me?' Andrew was surprised.

'I was never a good one in writing. I'm sure you'll do much better.'

They sat down together at the table. It was almost an hour until they agreed on the content and put it down in neat writing. In the end it was rather a short note.

Dearest beloved cousin Marie,

I hope this letter find you well; it will be delivered by a messenger I trust. Your beloved husband Pierre is alive but he's in fever and we fear the worst. You must come urgently and join him at my house in London. He pleads day and night to embrace you and his son.

Please come immediately together with your son when you receive my letter and join your husband. My messenger will be your trusted guide.

Your obedient servant and cousin forever,

'Excellent, you should become a professional scribe!' Yarmouth said with a smirk. 'She'll be out of her mind – she won't hesitate a second to accompany you.' He frowned while he added a copy of Charles's flourishing signature beneath and looked critically at his oeuvre. 'Not too bad. Someone who doesn't know Charles's signature too well should be suitably impressed.' He covered the letter with fine sand to soak up the excess ink and then blew the sand across the table.

'Better wait a few minutes more until the ink has dried,' Andrew recommended. 'What's our next move?'

'Riding down to Canterbury, of course,' Yarmouth replied. 'Isn't that obvious enough?'

Andrew looked down at his fine breeches, laced shirt cuffs and long boots made from shining Italian leather. 'Do I look like a servant from cousin Charles to you?'

'I hadn't thought about that,' Yarmouth admitted. 'But we don't really say in the letter that you're a servant. You can be a friend.'

'Alright, let's stick to that story then. I'm one of his noble friends. You'll have to hide when we reach the gypsies – you certainly don't look like a groom either and if Marie is around she'll recognize your face.'

Yarmouth agreed. 'We've agreed already that I should hide. I'll wait not too far away and follow you until you've covered a safe distance from the gypsies. Marie will raise hell the moment I show my face.'

'Who wouldn't …' Andrew murmured.

'What did you say?' Yarmouth looked at him suspiciously.

'Nothing, really. Let's leave now, otherwise we'll never reach Canterbury by tomorrow.'

Canterbury

Pierre paced up and down the long gallery of Hertford House like a tiger in a cage. A row of long-deceased and sombre-looking ancestors watched him from their canvases in silent displeasure as his steps echoed along the panelled walls, their noble arrogance frozen for eternity.

Since their arrest warrants had been withdrawn, the friends had left the French embassy and moved to Hertford House, the ancient palatial home of the Dukes of Hertford on the bank of the River Thames. Charles had tried once more to convince the chef of the embassy's kitchen to join them, but no money on earth had been able to convince this genius of his profession to stay longer than necessary in a country where, as he put it, 'people neither know how to cook nor how to eat properly.'

Although it was summer, the gallery with its mullioned windows was only poorly lit and its solemn atmosphere was a perfect fit to Pierre's state of mind.

'You're killing me. I need to concentrate,' complained Charles. He was sitting close to the windows in one of the few comfortable armchairs, studying a frightening pile of papers that the steward of the Duchy of Hertford had prepared for Pierre and him.

He looked at Pierre. 'The harvest forecast looks good, much better than last year when the river flooded the estate.'

'I couldn't care less,' Pierre answered impatiently, continuing to pace up and down. 'When will your grooms come back? Have they embarked on a pleasure trip? You said they'd return immediately.'

Charles sighed. 'You're a bloody nuisance, Pierre. I told them only to come back once they've found the gypsies. No use rushing back and forth to tell us whom or what they haven't found so far.'

'I'm sorry, Charles, I know I'm a bloody nuisance, but waiting here and doing nothing is killing me. I'd rather jump on my horse and start searching myself. I don't even want to imagine what Marie must be enduring at this moment – or poor little Pierre.'

François intervened. 'Don't work yourself up into a frenzy. It simply doesn't make sense to roam the country yourself. I'm sure Charles's men will be back in no time. Everything's prepared. The moment we know where to go, we mount our horses and we're gone.'

Pierre made a face but didn't answer. He knew of course that his friend was right.

'Take this.' Armand pushed a glass of wine into his hand. 'It'll calm your nerves. What about playing dice?'

Pierre drained the glass. 'No dice for me – you'll win anyhow.' He continued pacing up and down.

'The wine doesn't seem to have a lot of effect on Pierre. I suggest giving him another glass,' Charles commented, looking at Pierre. 'One of his ancestors must have been wasp, that's quite obvious.'

Charles sighed and took a new sheet from the portfolio, trying in vain to concentrate on the neat columns of figures that covered sheet after sheet.

It was another day of a nerve-racking waiting until the clatter of horsemen arriving in the courtyard, horseshoes clanking on the centuries-old flagstones and the excited whinnying of the horses scenting the proximity of their stables, interrupted the wearisome silence.

Charles was dozing in his armchair while Pierre had been watching the courtyard – as had become his new ritual. Intrigued by the clatter he cried out, 'They must be coming back – at last. Charles, get up, let's go downstairs and greet them.'

Charles opened his eyes and looked at Pierre. 'I told you that they'd come back any minute. No reason to make such a fuss.'

'Move your posterior, Charles, don't talk nonsense.'

Pierre threw the door open and rushed down the stairs. A sharp twang of pain in his leg reminded him of his old injury but he didn't care; all that counted was to get downstairs as fast as possible and find out if the grooms had come back with the news he was craving.

In the courtyard Pierre bumped into Armand who had just arrived. As Pierre stepped forward to meet the grooms who were dismounting from their horses, Armand followed closely and put his arm around his friend as if he wanted to shield him from any devastating news.

'Did you find the gypsies?' Pierre cried out.

'I'm sorry, Your Grace, we didn't,' the groom answered, standing to attention. Deep lines in his face showed how tired he was. The groom must have noticed the anguish in Pierre's eyes, because he hastily added, 'But we received credible information in different villages that all caravans of gypsies will be gathering close to Canterbury for a big festivity this week. We therefore thought it would be better to ride home as fast as possible and let Your Grace know, instead of riding south and losing two more days.'

'Well done.' Charles's loud voice echoed through the courtyard. 'Take a short rest and let's be ready in two hours to ride down to Canterbury.'

'Yes, my lord,' answered the groom. 'We'll be ready.'

'Excellent, let's go upstairs now and prepare our things.'

'We'll never reach Canterbury in daylight. Wouldn't we be better to leave early tomorrow?' François objected.

'Who's talking about Canterbury?' Charles asked, bewildered. 'My plan is to stop nearby, close to the town of Maidstone. I happen to have a cousin who lives in a nice little manor there. We'll sleep there and – even better – his table is truly outstanding. It might be a bit too early for a decent haunch of venison though,' he added after a short pause.

'Can you ever think about anything else but food?' Pierre asked in despair.

'It's important,' protested Charles. 'I wouldn't want to meet Marie looking like a ghost.'

'Not the slightest chance of that, Charles.' François smirked. 'On the contrary a day – or a week – of fasting might be an excellent idea.'

'Not for me.' Charles looked scandalized.

'You're not seriously telling us that it's all about having a good meal, this stop?' François asked.

'I never joke about good food, but of course I have a good reason for stopping there. Maidstone is ideal to cover the region around Canterbury, prepare our strategy and accommodate Marie and little Pierre once we've got hold of them. You wouldn't want to throw them on a horse after this ordeal and make them ride back to London?'

'My apologies, Charles, you're right, of course. Let's leave for Maidstone. I'll be ready in no time,' Pierre answered, and feeling light as a feather he flew up the stairs to his room. Jean had been waiting for this moment since yesterday and they were down, ready and packed, at the stables in no time. In the end it was Armand who arrived last.

***

Pierre joined Charles at the head of the small cavalcade of horsemen heading southwest in the direction of Maidstone.

They made good progress and in the early evening reached an idyllic manor set in a beautiful spot overlooking a small gurgling river. Here they found the lord of the manor, Lord Edward Willoughby, and his wife in a state of excitement as their favourite mare was due to foal at any moment.

Lord Willoughby looked at the invasion of guests with their grooms and answered good-humouredly. 'Of course it's not a problem to cram ten people or more into my humble abode. Just feel at home, and you were totally right – why fuss around with sending

us a short message so we could prepare ourselves? My only hope is that you're not hiding another horde down the road.'

He slapped Charles's shoulder. 'Be warned, my friend, next time I'll pay you back and I'll visit Hertford with my extended family – and I mean all of them. Now make yourself comfortable and excuse me. I have to go back to the stables. Kate's favourite mare is about to foal.'

'*Your* favourite mare,' corrected his wife with an indulgent smile. 'But, I confess, I love her as well, she's so sweet tempered. Charles, don't pay too much attention to Willoughby. Of course you're very welcome. Since the children left us, life has become rather boring. Have you brought news from London? Do we still have a king or have these despicable people in London finally taken over government? Willoughby is telling me that there's talk of creating a republic. Can you imagine? The world has gone insane, there's no other explanation.'

She turned and called the butler and housekeeper to prepare rooms for the guests. Then she launched into a flurry of orders. Why didn't the servants have drinks and sweetmeats ready, couldn't they see that the guests must be thirsty and starving?

Lady Kate was short, almost tiny, but there wasn't the slightest doubt that she ruled her household – if not the entire family – with undisputed authority.

Charles answered by planting a kiss on Lady Kate's cheeks; it was amusing to see her disappear in his strong arms. 'You're the best, Kate. If it wasn't for my wife, I'd have chosen you.'

'Stop sweet-talking my wife, she'll get even more conceited,' Willoughby exclaimed. 'Why don't you join me in the stables?'

'You can't be serious, Willoughby,' Kate protested. 'Guests arrive and all you have on your mind is returning to the stables?'

Charles downed the glass of wine that a liveried lackey had offered him and replied with a broad grin. 'Sure, Willoughby. I must see this mare. I might put in a bid for her foal. Let's go.'

Kate shook her head as she watched the two men leaving the great hall. 'Horses and hunting, that's all that's in their heads.' She spoke almost to herself.

'Now, gentlemen, let's get you properly installed. Luckily there's one person in this house who still can think about things beyond horses.'

***

Dinner was excellent – as predicted by Charles – and Pierre soon lost count of the dishes and side dishes that were served by an army of liveried lackeys. But as soon as the servants had retired, Kate looked up. 'I'm burning with curiosity, Charles. Tell me, why have you come impromptu? Usually you send us a message beforehand. I'm almost ashamed to offer you accommodation – the bed sheets haven't been aired properly, and my only consolation is that it's summer and the rooms aren't freezing cold.'

'I must apologize, Kate,' Charles replied. 'It was an emergency – quite a sad story, actually. This spring, Hertford and his family were ambushed in France. He almost died, his small family was abducted, and his wife and son haven't been found so far.'

Kate pressed her hands against her mouth in distress. 'How terrible, Hertford! May I call you Pierre? After all, we are – even if very remote – family. Pierre, my dear, I can't begin to tell you how I feel for you.'

Pierre made an effort to put on a brave smile and replied, 'Kate, you're too kind.'

She took his hands into hers and said, 'You must have been living a nightmare since that day. Go on, Charles.'

'It took us several weeks to nail down the mastermind behind this. Thanks to François …'

'… and me!' interjected Armand. It was clear he didn't appreciate that all praise should be heaped upon François.

'… and Armand, course … we found out that our beloved and treasured cousin Yarmouth is behind all this.'

'That slimy toad!' Kate cried out. 'Willoughby, I always told you that this cousin of yours is a crook.'

'To make a long story short. We met Lady Yarmouth. She confessed that Yarmouth was indeed the villain and had ordered the ambush. He then had Lady Hertford and her son brought under appalling conditions to Minster-on-Sea. Lady Yarmouth befriended Lady Hertford although she was supposed to keep her as her prisoner. Lady Yarmouth secretly arranged to hide the duchess and her son amidst a band of gypsies roaming the countryside. We've found out that these gypsies are gathering at this moment for a big event close to Canterbury. We simply couldn't wait, we had to act. I thought your home would be ideally located to start our search. My apologies that I didn't send a message, but I knew I could rely on your kindness and hospitality to find a space for us,' Charles finished.

'Don't be silly, Charles, of course you had to come down immediately,' Kate said. 'Oh my God, I don't even want to imagine what the poor duchess and her son must be enduring right now. Just imagine, living amidst those gypsies. Willoughby, why don't *you* say something?'

'Because you keep talking, my dear, whilst I'm thinking,' came the indulgent answer. 'Better to stay among gypsies than live at the mercy of Yarmouth, if you ask me. But I can be of help. I think I can tell you something about the gypsies you're looking for, if you like.'

'Don't be secretive, of course we want to hear.' Charles nudged Willoughby. 'Go ahead, this is not a story-telling contest. What do you know about them?'

'The gathering you're talking about is not taking place in Canterbury. Actually it happens only twenty miles from here, in a forest that's known by the locals to be haunted.' He chuckled. 'I'd guess the gypsies do their very best to keep this legend alive. In the beginning I had some issues with them, by the way. Several tenants complained that their chickens had been stolen, the usual stories. But we resolved this and there hasn't been any incident for the past few years that I know about. I met an old gypsy woman who they call

their queen. Looks like dried turtle but she's got a sharp brain, if you ask me. We got on very well together.'

'This must indeed be the queen we're looking for. Kezia is her name,' François interjected. 'Lady Yarmouth described her very well. I think we've found the band we've been looking for.'

Kate looked at Pierre with concern and intervened. 'That's all very good, but can't you see that our cousin Pierre is exhausted? You gentlemen go to the library and enjoy your port, but the duke must go to bed if he's planning to ride out again tomorrow.'

'I'm fine,' Pierre protested, although the vision of lying in a comfortable bed was almost overwhelming.

'Don't play the hero,' Armand replied. 'Lady Willoughby is right. I'll go upstairs with you. I'm dead tired as well. Jean will take care of you.'

Pierre's protests were ignored and half an hour later he lay tucked up in bed. 'I think I can feel every single bone. I wonder why there are so many.' He heaved a sigh, but then continued with a happy smile. 'But I can feel that Marie and Pierre are close. Pray for us, Jean, will you?'

'Of course, my lord. That's what I've been doing every evening since that terrible day. But you must try to catch some sleep. Tomorrow will be a challenging day.'

'Impossible to sleep, I'm far too excited,' replied Pierre.

***

'Tomorrow will be *the* day, Jean, be prepared.' Armand had returned to Pierre's room to make sure that his friend was alright. The duke was snoring in his bed.

'I know,' Jean replied.

Armand cleared his throat. 'Any forebodings? I mean, just between you and me,' he asked anxiously.

'I wonder if I have lost the gift,' Jean replied unhappily. 'Nothing at all, I have no idea if tomorrow will bring the deliverance we're all waiting for. I can only pray.'

'If it helps, pray twice,' Armand replied, and retreated to his empty room.

What a shame the charming chambermaid Polly was waiting back in London at Hertford House for him.

***

'A penny for your thoughts,' Lord Yarmouth remarked casually to Andrew as they rode towards Canterbury in a modest pace. They had made good headway and were confident they'd reach the city by noon.

Andrew quickly banished the picture of the lovely Rose from his mind and answered, 'Oh, nothing in particular. Actually … I was trying to figure out how best to get hold of the duchess and her son. I mean, I can't just walk into the camp and ask to be taken to the duchess, then produce my letter and ask her to accompany me.'

'Of course not. We'll have to find out first of all where in that filthy lot she's hiding. Don't forget that the innkeeper told us it's a big gathering, a sort of tribal reunion. Your task will be to find out where she's hiding and to let them know, very humbly, of course, that you have an urgent message – without arousing too much suspicion.'

'Sounds very straightforward and simple,' Andrew replied. 'I realize that it's up to me alone to find this out.'

'Of course,' Yarmouth said. 'We've discussed why I can't show my face. Everything depends on you – don't mess it up.'

'I like this mission, I really do,' Andrew grumbled.

But any notion of sarcasm was wasted on Lord Yarmouth. 'It's not a question of liking. You owe me a service.'

'I know.' Andrew sighed and tried to figure out how to approach his task and then leave the camp – preferably alive. He couldn't expect any leniency or pardon if his cover were blown.

Soon they reached Canterbury, a dignified city with an air of respectability. Steeped in history it lacked the noise and hustle of London. They felt comfortable riding through the clean, peaceful streets.

The fat matron with a wobbly double chin who sold them hot mince pies straight from the oven was luckily the talkative type. She didn't show any surprise that the two well-dressed gentlemen were

interrogating her about a gathering of gypsies. She only nodded sympathetically. 'Stole your things, didn't they? Well, no need to answer, they always do. It's a good thing they don't dare to show their dirty faces any more here in our town. A disgrace to mankind, I always say. The parson says they'll rot in hell forever, these foreign heretics.'

But Lord Yarmouth was truly not interested in the fate of the poor gypsies' condemned souls. 'You're right, good woman, they're a disgrace to every honest citizen. But you mention that they no longer dare enter Canterbury. Where would we find them?'

The woman lowered her voice. 'Rumour has it … they gather in the Haunted Forest. Hundreds of them. Black mass and orgies at midnight and even more of that, you know what I mean. I've heard stories to make me blush but I wouldn't repeat them. I'm a decent woman.'

Her face made it all too clear that she'd love to go into all sorts of sordid details, but to her obvious disappointment Lord Yarmouth didn't swallow the bait.

'That sounds terrible – disgusting, indeed – but where would we find this … Haunted Forest?'

'You have to ride north west, in the direction of Maidstone. The Haunted Forest is close to Throwley, maybe even closer to Otterden, if I think about it. I've never been there myself, but I have some relations living close to Otterden. They won't put their foot in that forest – not for any gold in this world. Anyhow, if any gypsies are around, you'll spot their wagons early enough, they don't even have the decency to hide. I wonder why the sheriff isn't doing anything, I heard …'

Andrew tried to stem the flow of words. 'A total disgrace, we couldn't agree more. What road would we need to follow to reach Otterden?'

He could see the disappointment in her face that she wouldn't be able to continue gossiping.

She pointed with her short fat finger at the street behind them. 'Follow this road and continue a good ten miles. Maybe then it

would be good to ask again. The forest stretches for miles and one can easily get lost from what I heard. Wouldn't you like to buy another pie for the journey? These are filled with minced pork and chopped onions, my speciality. I'll tell you a secret – I always add a bit of goose fat, it makes them so much more juicy.'

They politely declined the offer and turned their horses. They knew where to ride now.

Once in the open countryside it became much more difficult to obtain clear information. Any question relating to gypsies or the Haunted Forest triggered responses ranging from a pretence not to understand to downright hostility; only very few peasants would open their mouths and be willing to talk.

'Aren't they obstinate?' said Yarmouth, very upset.

'Peasants, what did you expect?' Andrew replied.

'At least you made the last one talk. How did you do it?'

'The power of money, my lord. I gave him a penny and suddenly he discovered he could talk.'

'Disgusting!'

'Aren't we all like that?' said Andrew. 'Only we ask for more than a penny,' he added in his mind, 'in truth, we're much worse.'

As described by the last peasant, they found the winding country road leading to Otterden. Like so many rural roads it had been neglected during the countless years of civil war and they had to tread carefully because treacherous potholes and loose roots lurked everywhere.

After following the road for what seemed like hours they had almost given up hope of discovering any gypsies, when the dense forest gave way to a vast clearing, an idyllic pasture with a stream of fresh water running right through the middle. The meadow was still several hundred yards away but they could see that it was dotted by a good dozen brightly painted wagons, some of them covered with canvases painted in vivid colours.

Several horses were grazing peacefully in the clearing – from scruffy-looking ponies to lean, proud stallions. Across the meadow

Andrew spotted several campfires with large blackened cauldrons dangling from tripods. He now regretted not having bought another pie; maybe it was just his imagination, but the smell of the food cooking in the cauldrons made his mouth water.

Yarmouth stopped his horse. 'I'll stay and hide here, Andrew, before they discover us. They'll be less suspicious when you arrive on your own. You must go now and search for their queen – she should know where the duchess is hiding. Good luck. When we succeed, a fortune will be ours.'

'And if not?'

'Better not to even think about that possibility. You must succeed – you have no choice.'

Yarmouth's voice had taken on an unpleasant edge and, not for the first time, Andrew cursed the day he had rashly pledged loyalty to this man. 'I understand,' he replied.

***

Andrew left the shelter of the forest and rode straight towards the meadow. He knew better than to look back. Success or not – he knew he'd never work for Yarmouth again. He'd finish this task and be gone for good.

Close to the first campfire he spotted a young gypsy man who was carving a piece of wood, its shape already resembling the flute it was no doubt supposed to become. The tanned young man looked up and growled, 'We don't want any snooping strangers around here.'

'I apologize,' Andrew replied. 'I certainly don't want to cause any trouble, but I need to meet a lady, I think you call her your queen. I come straight from London as a messenger. I have a very urgent letter to deliver.'

The young gypsy looked at him with barely hidden suspicion and contempt. 'Be careful,' he snarled. 'If you do something stupid, you'll regret it. This place is ours. Ask again, over there, the people at the red wagon, they may know more – but beware, we don't like meddling strangers.' His knife ferociously chopped away a piece of wood in a telling gesture.

Andrew swallowed his pride and thanked him profusely but, as soon as he wanted to move on, the young man jumped forward and grabbed the reins of his horse.

'Your horse has to stay here. You must also leave your weapons here. When you come back … I may consider giving them back to you.' His smile was arrogant now, provocative.

Andrew had to rein in his temper; in normal circumstances he'd have challenged the young man then and there to request satisfaction. His high-handed behaviour was unbearable. But while Andrew was still considering how best to reply to this challenge, two more young men joined the first – seemingly from nowhere – leaving him no choice but to relent. Andrew slid from his horse and was thoroughly searched. It wasn't long before the gun and dagger Andrew had believed he had astutely hidden were found and removed from his secret pocket and his boots.

'See, we know gentlemen like you.' The gypsy made the word *gentlemen* sound like an insult. 'You may go now but take care. I won't repeat my warning.'

He looked down as if he had lost interest in his visitor and continued carving his flute, slashing the wood once more with violent strokes.

Andrew pretended to be at his ease as he walked with big strides towards the wagon pointed out to him; he couldn't allow showing any weakness. The wagon was slightly larger than the others and covered with bright red canvas; it stood very close to the gurgling stream.

The mere sight of the water tempted Andrew to rip off his boots and dip his legs into the water – he was sweltering. Sweat ran in slow, awkward trickles from his forehead and down his spine; he felt hot and miserable. Was it merely the effect of the heat – or was it the strain?

The meadow in front of him basked in the glaring afternoon sun. As he walked on, he heard the voices of playing and laughing children, the humming of industrious bees and the nervous whinnying of horses feeling and resenting the presence of a stranger.

Andrew still didn't look back; he simply knew he was shadowed by the gypsies, noiselessly, two lithe leopards pursuing their easy prey. As he walked across the meadow he passed the first campfire. Here two women were stirring food in a big iron cauldron but as soon as they spotted the approaching stranger they shouted words of warning. Immediately, more women rushed forward to usher their smallest children from his view.

Laundry fluttered peacefully in the light breeze and he heard random laughter from a horde of older boys who were playing with a furry ball close to the river. The boys had stripped down to their breeches. They ran after the ball, their tanned and sweaty chests glistening in the sun.

The scene was utterly peaceful – but Andrew's nerves were on tenterhooks. It was not only the palpable undercurrent of hostility; there was more to it, he was sure. Had he walked into a trap? Did they know he had come to cheat them?

Wherever he passed, his arrival triggered the same hostile reactions. The men would glance at him, daggers ready, eyes full of contempt and suspicion, whereas the women, dressed in colourful long frocks, would run to hide in their tents, removing their children from his sight as fast as they could.

I feel like a leper, he thought, *except that I don't carry a bell to warn people I'm approaching. There's no need for a bell here – everybody seems conscious enough that I'm coming.*

After what seemed an eternity, Andrew reached the edge of the clearing and arrived at the red wagon. *I must look pitiful*, he thought as he looked down at his shirt, which showed large dark blotches of sweat. *What will the duchess think of me? Will she think I'm just a thug or will she accept my credentials?*

But Andrew had no more time for fretting. A man well into his late forties with a proud bearing was waiting for him at the biggest wagon, fanning himself with a bundle of large leaves. He listened to his plea in silence. It was impossible to read his thoughts.

After a long and uneasy pause he spoke up. 'You should be aware that it's a great honour to be allowed to speak to our queen –

especially for a stranger. You may wait over there, in the tent,' he said. 'I'll speak with Kezia and will inform you if she will talk to you. She'll decide.'

Andrew still found it impossible to read his face. He therefore insisted again. 'Please tell your queen that I apologize for the intrusion, but my message is of the greatest importance for the duchess.'

'Why is it so urgent that you wish to talk to her?' asked the man, finally displaying signs of curiosity.

'Please tell your queen Kezia that I'm a friend and messenger sent by Lord Charles Neuville, the cousin of the Duke of Hertford. Lord Charles told me that the Duchess of Hertford is staying here, under your protection. I need to meet Her Grace. I have an urgent letter for her.'

'A duchess, staying with us? This sounds strange,' the man said. He looked bewildered.

'Maybe not right here with you. Her Grace's cousin Charles sent me to meet your queen because he thinks she knows all the details concerning the whereabouts of the duchess and her son.'

The old man still looked doubtful. 'Kezia will decide if she's willing to listen to you. Let me talk with her – wait here. Your quest sounds very strange to me though.'

He pointed to a woollen blanket in the shade and Andrew sat down, crossing his legs. His two young guards sat down next to him like two silent shadows.

A thought flashed through his head. *I've become their prisoner. What if they turn the tables on us and try to ransom me? Yarmouth will never pay a penny.*

His mind in turmoil, Andrew could do nothing but wait. At least he could sit in the shade. It was quite some time before the older man returned. Andrew tried to read his face but he still couldn't. His face was like a mask.

'Will your queen receive me?' he asked.

'Yes, Kezia is willing to receive you. She was waiting for a messenger to be sent. Do you see the big tent over there?'

Andrew was relieved; to his own surprise, their ruse had worked. A millstone fell from his neck. In much better spirits he followed the pointing hand and saw a tent standing half hidden by a row of bushes. The top of the canvas had been adorned with brightly dyed leather skins that would keep the tent dry even if it rained. A tent fit for a queen.

'Yes, I do. Should I walk over?'

'Yes. But these boys will accompany you, just in case …'

'I fully understand,' Andrew replied, 'just in case. Let's go then.'

He stood up and the blood rushed back into his legs, making him swoon for a second. Slowly and awkwardly he walked the short distance to the tent. His silent guards followed him closely. As soon as he arrived, the flap of the tent opened; his arrival had been expected.

A husky female voice invited him inside. 'Come in, sir. Kezia will arrive soon.'

Andrew stepped into the tent, which was plunged in a shadowy darkness. It was pleasantly cool, a welcome change to the oppressing heat outside. A young gypsy woman, from her size and figure almost still a girl, pointed at a chair. A colourful scarf covered most of her face, but Andrew thought she must be very beautiful; her amber eyes were dark and luminous at the same time.

'Sit down, sir, my grandmother will arrive shortly,' she said.

'Thank you,' Andrew replied. 'I appreciate very much that she has agreed to meet me.'

'I'll go and tell her you've arrived.' The girl withdrew.

Andrew breathed deeply and wiped his face with the sleeve of his shirt. *Now comes the next step,* he thought, trying to concentrate. *I need to sound convincing – the first impression will be essential. I can only hope the duchess is so distressed that she doesn't question the fact that I'm here on my own.*

The darkness and silence of the tent was suddenly oppressive and menacing and he felt his heart racing.

Without any prior warning or sound, the flap of the tent opened. A woman appeared in the opening. She was fairly tall but of slim build like most of the gypsies. The sunlight streaming in from the outside almost blinded him and made it impossible to see her face clearly. But Andrew could see enough to understand that this woman couldn't be the gypsy queen – Kezia must be much older. Maybe this was the duchess. He looked at her, putting on his most charming smile.

He knew the decisive moment had arrived; he must not botch it.

Maidstone

Pierre woke up from his deep slumber. The long ride to Maidstone had taken its toll and his body had craved a break – although he'd never admit it to the others. Rubbing his eyes, he called Jean, who appeared instantly.

'What time is it, Jean?' Pierre asked, stretching his arms. 'I slept like a stone – I feel splendid now.'

'You did indeed, my lord. It's almost ten o'clock.'

'Are you jesting? You should have woken me at sunrise, Jean. Armand and the others must be waiting for me downstairs. How could you let me sleep so long?'

'You needed it badly, my lord. And I can tell you this much – they're not waiting for you,' said Jean as he helped Pierre to take off his nightgown.

'What do you mean?' Pierre frowned.

'Everybody went down to the stables, waiting for the foal to arrive. I heard from the butler that the mare's labour started this morning and Lord Willoughby can't think of anything else at the moment.' Jean coughed delicately. 'According to the butler it seems that his lordship showed much less interest in his own offspring when they were due …'

Pierre was flabbergasted. 'You're telling me that a bloody mare is more important than my wife and my son?'

'I wouldn't go that far, my lord, but I'm afraid it's keeping everybody busy.'

'Well, I'll change their minds! I don't care a straw for this bloody mare. Help me to get dressed quickly. I'll go downstairs immediately.'

'No breakfast, my lord?' Jean asked unhappily.

Pierre didn't deem this question worthy an answer. In a high temper he stormed out of the bedchamber as soon as he had put on his breeches and boots, racing down – to Jean's exasperation – with his shirt only half buttoned.

As soon as Pierre reached the stables he realized immediately that Jean had spoken the truth; all his friends and his host were gathered around the mare's box. But his fury abated as soon as he set eyes on the little foal which lay in the straw, exhausted, while his mother cleaned his wet coat with loving strokes of her tongue, nudging him gently to get up.

'Isn't he beautiful?' Lord Willoughby was close to ecstasy.

'He is,' answered François. 'Nice long legs, he's got all the promise of becoming an excellent stallion, a racehorse in the making.'

Suddenly he realized that Pierre was standing among them, hair still uncombed and shirtsleeves flying.

'Good morning, Pierre. Come straight from your bed, I gather?' François joked.

'I simply couldn't wait,' replied Pierre unhappily. 'Any news for me? When do we leave?'

'Good morning, Hertford,' said Lord Willoughby, in the best of spirits. 'I know, you must be on tenterhooks. But don't worry, I expect my men back any minute. I sent them out immediately after sunrise. It would be wise to take your breakfast quickly because I guess you'll want to leave as soon as they come back and tell us where to go, although I assume those gypsies still gather somewhere in the Haunted Forest as I mentioned yesterday. It's not far from here, so be prepared to see them coming back at any moment.'

Pierre blushed. 'I'm sorry, I must appear rather impolite and, as François just reminded me, I'm not even properly dressed. But I couldn't eat anything. I'd rather wait down here.'

'You go and eat something!' Charles's loud voice echoed along the stable walls. 'I'm not going to ride with a cousin looking

like a ghost and who'll drop off his horse from exhaustion after thirty minutes, no way. Don't be a bloody nuisance, Pierre.'

'I'm afraid that Charles is right.' Armand took his friend by the arm. 'Let's go, Pierre, and have a quick bite and some warm milk with honey. Don't forget that you must recover your strength, you must eat something. We all hope that this day is a very special one.'

Reluctantly Pierre followed his friend, convinced that he wouldn't be able to force down a single bite. But as soon as he had drunk a cup of warm milk sweetened with honey, he discovered that he was quite hungry after all and polished off a full plate of cold meats and bread.

'That's a good boy – we're ready to go now.' Armand pointed at the empty plate. 'See, you finished all of it.'

'You helped …' Pierre grinned back.

'Just a quick bite, but I could get used to a good English breakfast,' Armand replied.

'Well, my friend, I'm almost ready. Let me look a bit more like a gentleman first,' Pierre said, fastening the last buttons of his shirt and tucking in his shirt tails. He was ready.

***

Armand jumped up and stepped to the window. 'I think I heard horses coming into the courtyard.'

Armand spoke confidently but in truth he was feeling very nervous. What if the gypsies were there – but no trace of Marie and Pierre's son? Armand didn't even want to imagine such a scenario.

'I'm ready now to tackle any enemy,' he heard Pierre say. His friend turned back and hugged him. 'I'm truly blessed to have a friend like you.'

'What a lovely scene.' François's drawling voice came from the door. 'Am I allowed to join in?'

Before Armand could answer, he saw Pierre's face break into a smile – the famous smile Armand had missed for so long.

Pierre said, 'Actually, yes, you saved me from starving myself to death. I never thanked you properly, so yes, I owe you an

embrace as well.' Pierre drew François into the embrace. 'Thank you, François. I'll never forget what you did for me.'

***

'I thought you might need this, Monsieur le Marquis,' said Jean.

The valet stood there in full riding gear with a rapier and a gun in his hands.

'You want to join us?' Pierre asked, surprised.

'Of course, my lord, and nothing will stop me. I'm not going to leave you alone with a bunch of wild gypsies and lunatics like Lord Yarmouth and his gang.'

'But I have my friends and Lord Willoughby will be joining me. I'm well prepared – and well protected …'

'I found you after the ambush, my lord, when you were almost dead. I rescued you and vowed that I would bring this to a good end, and if I have to kill Lord Yarmouth with my bare hands, it will be my pleasure.'

'Once a pirate, forever a pirate.' François laughed. 'You'll never change.'

'I can understand him,' Armand immediately said. 'He must join us – it's also his adventure.'

'I'm not sure if I view this as an adventure,' Pierre answered with a crooked smile, 'but of course Jean can join us. He'll be a great asset if we have to pick a fight.'

The next person to enter the dining room was Lord Willoughby's butler. He was brimming with excitement through his usual facade of bored dignity. 'Lord Willoughby invites his guests to join him for a foray to the,' he cleared his throat, 'to the so-named *Haunted* Forest,' he proclaimed. His statement sounded like an invitation to join an illustrious hunting party with a special treat in store for the invited guests.

'Who could resist such a temptation,' François quipped. 'Let's stop talking and mount the horses. I've always wanted to see what a Haunted Forest would look like.'

'I suppose dense and green, like any other forest,' Armand replied. 'I bet we'll find it's all just a hoax. It would be nice to encounter a genuine ghost though.'

'Any ghost would disappear screaming the moment he set eyes on you.' François smirked.

'Not really – the forest might be haunted by female ghosts … women tend to find me rather attractive.' Armand was clearly trying hard to look humble but failed miserably.

***

In the end it was quite a cavalcade that headed to the Haunted Forest. Lord Willoughby couldn't imagine riding without his own grooms and at least three wardens of the forest. The weather couldn't have been better for their expedition. The intense blue sky was dotted only with a few sheepish clouds fleeing from the radiant sun that beat down on the horsemen. It promised to become a rather hot late-summer day.

They made good way and entered the Haunted Forest after a quick two-hour ride.

'I was right,' Armand said. 'This is just a plain, normal, boring forest. Trees, bushes, it's all a damned hoax, I knew it.'

'The oaks are remarkable,' said François. 'They must be several hundred years old.'

'Legend has it that those trees are in truth bewitched soldiers – going back to the time of our legendary King Arthur. It was the great sorcerer Merlin himself who put a spell on the king's enemies as they were assembling to strike. But at night – when there is a full moon – they wake up, whisper to each other and you may even hear some of them crying.' Lord Willoughby smiled, he liked his little story.

'I don't believe a single word of this. Who would believe stories of whispering trees? Why should anybody be interested in those damn oak trees at all?' Armand insisted. 'I'd fancy watching some dancing elves or at least meet a proper witch – but those trees … I can have as many as I wish back in France.'

The wardens only grinned and continued guiding them through the dense forest by shortcuts only they would know. To Armand's obvious disappointment, no witches or dancing elves showed up and they reached their destination: a vast clearing that spread into a lush meadow with a stream of crystal-clear water running right through the middle. The water glittered temptingly in the sunshine.

'I told you from the start that this Haunted Forest thing would be nothing but a hoax,' muttered Armand to Jean, 'or can you feel something? For me this looks like any other stupid forest in summer. I doubt that Marie is even here. Look at this crowd, can you imagine Pierre's wife living in a dirty tent?'

'I can feel danger approaching, my lord,' Jean said with a frown. 'There's no doubt.'

Armand looked at him, all attention now. 'Are you sure, Jean? Does that mean Yarmouth is close? I'm ready to slay a dragon – I'm not afraid of a toad like him.'

'It's not a dragon or toad we're facing, my lord. It's pure evil.'

As they drew closer they spotted campfires, grazing horses, painted wagons of different sizes, and saw women clad in the traditional colourful garb of the gypsies. There could be no error; they had arrived at the traditional summer gathering place of the gypsy clans.

'I need to talk to Kezia, your eldest,' bellowed Lord Willoughby, addressing a group of young men who stood ill at ease in front of the cavalcade that was about to invade their camp. 'Go and tell Kezia that Lord Willoughby wants to talk to her, she knows me.'

A young gypsy nodded in awe and sped across the meadow towards a large tent, partially hidden by spreading hazel bushes already showing the first budding fruit that would be ready for harvest in no time.

Only minutes later he came back, accompanied by an older man with a proud bearing.

'Our queen is willing to receive you, my lord. Is anything the matter? We're not aware of any problems with your lordship's tenants.'

'Not at all, don't worry. This time it's one of my friends who needs her help.'

Pierre saw the stern face of the older gypsy relax.

'We'll help you with pleasure, my lord. Our people and your lordship have always entertained a spirit of friendship. Follow us, please.'

Lord Willoughby turned around to his men. 'You may stay here – no need to upset everybody by our presence. Hertford and Charles, will you join me?'

'Of course,' replied Pierre.

'I want to join as well,' insisted Armand, 'and so will Jean.'

'That's a lot of us, but never mind, let's go.' Lord Willoughby kicked his horse and they slowly followed the two gypsies who led them to the largest tent.

***

The gypsy queen was already waiting for them. Kezia was sitting on a carved chair inside the tent, and a small group of men and women stood behind her like courtiers in attendance. The shadowy darkness inside the tent softened the traces of her advanced age. and Pierre realized immediately that Kezia must have been a stunning beauty when she had been young. Her black hair was still beautiful though it showed broad streaks of grey. Her amber eyes and her high cheekbones were remarkable though and never to be forgotten.

'Welcome,' she greeted Lord Willoughby in a husky voice. She had a thick accent, almost like a Frenchwoman, Pierre thought. 'What can I do for you? My son told me that a friend of yours might need our help?'

'Thank you, Kezia, that's very kind. Let me introduce you to His Grace the Duke of Hertford.' He pointed at Pierre. 'His Grace is desperate to find his wife and his son and we've heard that you might be hiding them from her enemy, Lord Yarmouth. Am I correct?'

Kezia didn't reply immediately. Her piercing eyes looked at Pierre and he had the unpleasant feeling that this remarkable woman was capable of reading his soul.

She addressed him in an accusing tone. 'Why has it taken you so long to come here?'

Pierre felt as if he had been weighed and found wanting.

'My cousin was ambushed together with his family and we found him more dead than alive. He's only been in England for a week,' answered Charles instead.

'It took us weeks and months to piece all the evidence together, get the duke back on track and find a trace of that slimy toad of a cousin who calls himself Lord Yarmouth.' Armand defended his friend hotly.

'I see, and I understand now,' said Kezia simply. 'The lady and her son are safe, but I have bad news all the same. Better I tell you straight away: your wife lost her baby. We almost lost her as well.'

Pierre looked into her eyes. 'I know – Lady Yarmouth has told me already. I can only hope that my wife and son are well.'

Armand put his arm around Pierre. 'She just said little Pierre and Marie are safe. That's the most important thing, isn't it?'

Pierre looked at Kezia again. 'Where are my wife and my son now, can I see them?'

'They're not here. I left them under the protection of a farmer couple I can trust. I was afraid that they wouldn't be safe among us. Lord Yarmouth is a sly man and I feared that he somehow might extract the truth from his wife. Nothing easier than to alert the sheriff or the local guards – they're always keen to have a reason to pursue us. We gypsies don't have a lot of friends.'

She paused and looked at the men. 'But there's something else you should know …'

Andrew's story

A slender woman entered the tent. Andrew struggled to his feet, ill at ease. How should he address a gypsy queen? He didn't want to appear too servile, but he didn't want to upset her either. He was still pondering how best to greet her when he realized that the woman who had entered couldn't be Kezia after all, nor a duchess. Her bearing and swift movements showed that the woman who had entered must be young, but her glowing dark skin betrayed her gypsy ancestry.

The tent was poorly lit and most of her face was hidden by a colourful veil. The woman must be a family member – or maybe a servant of the gypsy queen. Andrew frowned; he had hoped to get his task over with as quickly as possible. Why did they make him wait?

'Will the duchess be here soon? I need to speak to her urgently. I cannot wait.' Andrew spoke firmly but politely.

'Her Grace is ready to meet you,' answered the woman in a husky voice. 'I'll guide you.'

The slender woman now stepped closer. A second later he felt the cold steel of a dagger blade pressing against his throat. Another person jumped out of the shadows and bent his arms back. It was agonizing and Andrew gasped out in pain.

'Now let's talk,' said the gypsy woman in a voice that suddenly sounded deep and manly. The veil dropped and Andrew discovered – not to his entire surprise – that he was held hostage by a young dark-skinned man, a man who made it very clear from his expression that he was not to be fooled around with.

'Who are you? You'd better not lie to me or my dagger will slit your throat. I've done this often enough. One dead man more or less won't make any difference to me.'

'You must be mistaken. I'm a friend of Lord Charles Neuville. I'm here to bring an urgent letter to Her Grace,' Andrew croaked in a last futile attempt to save his skin.

'You're a damned liar – and a stupid one. You shouldn't be messing around with us. Don't complain when it hurts,' said the man, and Andrew felt the dagger cutting into his flesh – slowly, skilfully, painfully.

'Stop!' yelled Andrew, feeling his own warm blood dripping down his collar. He could even smell it, sweet and disgusting, evoking memories of the haunting smells of the battlefield that he had hoped to forget forever.

'The truth,' said the voice, 'and I may consider keeping you alive. But the full truth – and be quick or I'll bleed you to death.'

'I think he's ready to tell the truth, Jean,' came the voice of the man who held his arms. 'Bind him and let me talk with him.'

'As you wish, Monsieur le Marquis, but don't forget, he's part of the gang who almost killed you and your family. Bad weeds must be eliminated.'

Andrew felt the blood dripping down his chest, a steadily increasing flow of blood, weakening him by the minute. He tried to focus his eyes on the blond man who had taken over the discussion, the man who had been addressed as Monsieur le Marquis, who spoke some words in rapid French to the man with the dark skin.

'The Duke of Hertford,' Andrew suddenly realized. 'This must be the duke himself.' He remembered now that Yarmouth had mentioned that he was born and raised in France.

There was no more hope. Andrew realized that he was doomed; he had delivered himself on a silver platter into the hands of the enemy.

'You may sit down,' said the duke. 'Now tell us the truth quickly, please, as you're losing a lot of blood. You're working for Yarmouth, aren't you?'

'Yes, my lord,' Andrew croaked, 'and I curse the day I set eyes on him.'

'You can unburden your conscience if you tell us all now.' The duke's voice was surprisingly warm and kind. Suddenly Andrew felt the urge to open up to this man and tell him his story.

'The story goes back more than two years. Lord Yarmouth saved my life on the battlefield, and in return I pledged loyalty to him. Early this year he told me he had hired a band of friends as he called them. Thugs would probably be the better word. They were to take care of a distant relative and her son. Only much later he confessed that he had ordered them to abduct Lady Hertford and her son. He told me he had been forced to do so because the inheritance of Hertford was rightly his, but that his position had been usurped by a French orphan of doubtful origins. His plan was to eliminate his opponent – meaning Your Grace – adopt your son and get hold of his inheritance. Yarmouth was convinced that his plan had succeeded. He had been told that Your Grace was dead. As you discovered, Lord Yarmouth brought your wife and son to his manor at Minster-on-Sea. That's where we later encountered your friends – and we were almost killed by your men. A servant from Minster-on-Sea had informed Yarmouth that the duchess and her son had managed to escape with the help of gypsies. We managed to trace them down here. I was instructed by Lord Yarmouth to come forward and talk with them. I was to request to meet the Duchess of Hertford under the guise that I was a messenger of Lord Charles Neuville, with the intention obviously to lure your wife back into Yarmouth's power. I have no excuse. I willingly agreed to help Yarmouth and to harm your wife.'

Andrew sighed; the long speech had exhausted him. He felt his strength fading with the endless flow of blood that was soaking his shirt – a warm, sticky mess. He closed his eyes. *This is the end*, he thought, *no more kisses from the lovely Rose. This is it.*

'I guess you've discovered by now that blind loyalty is nothing but stupidity. Where is Lord Yarmouth now?' asked the duke.

'He must be waiting close by, hidden in the forest adjacent to the meadow. He was afraid that the duchess might recognize him and our ruse might fail if he showed his face.'

'Shall I finish him off, my lord? This man has just confessed that he was commissioned by Yarmouth to harm Lady Marie.'

'Don't fire too fast, Jean. He was stupid, but I think he's as much a victim of Yarmouth as I was. Bind his wound to stop the bleeding and let the gypsies watch over him. I'll decide later how to deal with this man. Our priority now must be to find Yarmouth. He's a true devil – and I want to make him pay dearly for what he's done to my family.'

Andrew opened his eyes. 'Thank you, Your Grace. Give me a chance and I'll do whatever I can to bring Lord Yarmouth to justice. He's a crook, he deserves to die.'

'How many men are you?' asked the duke.

'Only Yarmouth and me. The others left because he couldn't pay them. I was the only one left.'

'And now you pretend that you're ready to break your oath? I don't believe that,' Jean said hotly.

'I no longer feel obliged to serve a man like him,' Andrew whispered. 'You opened my eyes. I was stupid and blind.'

'Jean, stop the bleeding. Then hurry, ask Armand and François to come with us.'

Reluctantly Jean ministered to the bleeding wound and Andrew started to gain hope. The throbbing of his blood spilling onto his shirt finally stopped. Andrew opened his eyes and with a last effort he described the exact position where he had left Yarmouth.

'I wish you luck, my lord,' he whispered, and fainted.

***

Unwilling to lose more time, Pierre stormed out of the tent and only seconds later excited shouts and commands echoed through the clearing and the cavalcade of horsemen galloped across the meadow into the forest. Children and women shouted in fear; a cauldron toppled and spilt its precious contents of bubbling goulash across the

meadow. Women rushed forward in a futile attempt to save their dinner but the horsemen didn't care; the riders were lusting for Lord Yarmouth's blood.

They reached the hiding place described by Yarmouth's accomplice but found it empty. All the forest wardens and the pack of sniffing dogs could discover were traces of two horses that had stopped here before Andrew and Lord Yarmouth split up. They searched the thicket – but no more sign of Lord Yarmouth or his horse could be found. Yarmouth had vanished from the forest without leaving a trace.

'The bird's definitely flown,' stated Lord Willoughby. 'For me, this smells like foul play. Let's ride back to Kezia and find out what is going on here – but in truth my priority will now be to find your wife and son. With Yarmouth on the run, we'd better make sure they're truly safe.'

There was nothing to add and, angry and downhearted, they rode back the short distance to Kezia's tent. Armand swore loudly in French to vent his anger.

'Your vocabulary is really impressive,' François commented drily.

'What is he saying?' asked Charles curiously. 'I don't understand half of what he says.'

'Even half would be bad enough …' François replied. 'Even I learnt something.'

Minutes later they returned to the large tent. Kezia shared their disappointment when she heard the news. 'He must have heard you coming earlier,' she said. 'Your men made too much noise. My men would have been more cunning.'

'I'm afraid you're right, Kezia,' Willoughby replied after a short pause. 'We haven't been particularly subtle in our approach. But I don't understand why the dogs can't trace him.'

Kezia laughed softly. 'The forest is criss-crossed by a network of small streams. Only a few hundred yards southwards there's a shallow passage through the river. I'm almost sure he

escaped across the river. It will be very difficult for the dogs to trace him.'

'You seem to be very knowledgeable, Kezia.'

The gypsy queen shrugged her shoulders before she spoke again. 'This forest has often enough been our sanctuary and hiding place when people tried to capture us and take their – what they call – vengeance. When you're a gypsy, you're worth nothing – people hate us and we're always deemed guilty. A dead cow, a missing chicken, a child that suddenly falls ill, it's always our fault, my lord. Knowing the countryside like the back of our hand is our way of survival.'

Lord Willoughby looked taken aback; there was enough truth in her statement to stop him from uttering a protest.

Kezia changed the subject abruptly. 'But you haven't come to our camp for idle discussions. You've come to find the duchess and her son. This here is my youngest son, he'll assist you.'

Kezia waved her hand and a young man in his twenties stepped forward. He was lean and had the proud bearing of a trained warrior. He bowed to his mother before looking at the noblemen who squeezed into the tent. The young man had piercing eyes the colour of translucent amber, eyes one would never forget.

Pierre took Kezia's hand and kissed it. 'Thank you, Kezia, I'll never forget this. If ever you or your band need help, the Duchy of Hertford will be your safe haven from now on.'

'That's very kind, my lord. I hope we'll never have to hold you to this promise, but I'll keep your words in my heart.'

'How far away is it to find my family?' asked Pierre. 'Can we go there now?'

'Yes, she's staying very close to the forest. In fact, your wife is living with one of the tenants of Lord Willoughby, she's therefore closer than you might have expected.'

Lord Willoughby looked flabbergasted. 'You mean the duchess has been staying with one of *my* tenants? How come I don't know about it?'

'Nobody should know about it, my lord. The duchess has arrived as a visitor, introduced to the neighbours as a Welsh cousin of the farmer's wife. The lady knows how dangerous her situation is and has promised not to leave the farm and to hide when visitors come. She'll be invisible to strangers.'

'Which farm is it?' asked Lord Willoughby.

'Josh Hunter's farm,' Kezia replied.

'Why did you choose him?'

'His mother is one of ours, a gypsy of our tribe. She fell in love with a farmer who found my father unconscious on his grounds and nursed him back to life after a bad riding accident. That is why my father agreed to let her go and marry outside our people. Josh's father told everybody that she was Welsh, nobody ever suspected the truth. But we keep contact. Once a gypsy, always a gypsy.'

'I'm stunned,' Lord Willoughby said. 'I always prided myself on knowing everything that's going on on my estate … I know better now. We can find Josh's farm ourselves, no need to send your son with us.'

'If you don't mind, my lord, I'd rather have him accompany you. If all is good, he'll ride back and let me know immediately. I really care for Lady Hertford and would prefer to be sure she's in good health. This stupid Lord Yarmouth almost killed her, she had a very difficult time. Luckily we know a lot about healing.'

Pierre kissed her hand again. 'Thank you, Kezia. I'll never forget your kindness. Let's take our leave now and ride to Josh Hunter's farm.'

Kezia was about to reply when they were interrupted by a piercing sound outside.

'What's going on?' she asked her eldest son.

Instead of an answer, a middle-aged gypsy woman staggered into the tent, howling and crying in a language that Pierre couldn't understand.

Kezia and her people froze as they listened, and immediately a handful of her men left the tent. The woman was still speaking in

rapid sentences to Kezia, interrupted only by violent sobs, when one of the gypsy girls took pity and translated in a low voice.

'Her daughter was out in the woods looking for the first blackberries. She's missing now – they've only found her basket.'

'Yarmouth!' Charles and Pierre exclaimed simultaneously. 'Tell her we'll help and hunt that filthy beast down.'

Lord Yarmouth's story

Lord Yarmouth spotted a swift movement in the brushwood close to the meandering stream. A quick glimpse only of a colourful skirt, but it gave her away; a gypsy girl from the nearby camp must be hiding there.

The girl must have heard him coming because she was seeking cover behind a thorny blackberry bush. His pulse quickened and he smirked; she might try to hide from him but she'd be easy prey.

Soon after he had seen Andrew stepping out of the forest and meeting the first gypsy, Lord Yarmouth had realized that his initial plan was doomed to failure. With mounting concern he saw that Andrew was being searched. No gypsy would dare treat a member of the gentry like that unless the clan had been warned. They must have known or at least guessed why Andrew had come.

Andrew would be in trouble by now. Bad luck for him. But he had been a bit insolent, quite cheeky lately; this would teach him.

On an impulse Lord Yarmouth had turned his horse. But he'd never admit defeat; he'd hatch new plans from a safe spot to get hold of the duchess and her son.

'In fact, it's only the son who matters,' he said aloud to himself. 'He's the heir, the future of the Duchy of Hertford. The son is worth a fortune. I need him, I'll get him, I swear.'

The gypsy girl was heaven-sent. She might be aware of the whereabouts of Marie and her son. If not, she still could serve as a nice distraction. It had been weeks now since Yarmouth had been able to spend a night in the brothels of the Thames.

At a leisurely pace he passed the cluster of bushes where he had spotted the girl. She must have thought she was safe now. He stopped without warning, jumped from his horse, and attacked her from behind.

She must have heard him coming though. She fought like a wild cat, scratching and biting his earlobe until he bled. But she was no match for his force and the dagger in his hand. Holding her close now, Yarmouth discovered that the girl was quite young, her breasts still small and firm. Her proximity aroused him even more. He felt hot, excited, and his blood pulsed in his ears. Only a last reflex of sanity kept him from tearing off her skirts and taking her right then on the spot. They were far too close to her camp and her tribe for any such madness.

He bound her and packed her onto his horse. 'Tell me all you know about the foreign lady and her son and I'll let you go,' he whispered into her ear, breathing hard. Not that he had the slightest intention of doing such a thing, but she might believe it. From his experience girls were often a credulous lot.

But the girl looked at him with big hateful eyes and instead of replying she started screaming again.

'You stupid thing, stop it or I'll silence you forever!' he yelled and slammed his fist into her face, so hard that she started bleeding. Then he gagged her.

The girl was silenced now but looked at him with a vitriolic gaze, blood oozing from her swollen lips. Yarmouth cursed; he realized that assaulting the girl had not been a good idea. His arousal was gone – he was gripped by fear now. If ever her clan got hold of him, they'd skin him alive. He must make away because they would soon be coming after him; he must ride back to the safety of London, fast.

He heard a noise, twigs cracking, the muffled noise of hooves touching soft ground. Lord Yarmouth stopped, shaking with fear. But everything went silent once again; some deer must have been roaming the forest.

It's a warning, he thought. *I must leave the forest immediately.*

Only his cronies London could help him now; in London he'd find some chaps who'd hide him and he'd talk them into lending him some money. They'd moan and object but in the end they'd cough up some shekels for him, just to get rid of him. Yarmouth had to grin. He simply knew too much about his friends; he'd make them pay.

But it was clear now that the girl had become a burden to be discarded. Yarmouth didn't hesitate any further – he knew what he had to do. The moment they crossed an arm of the sprawling river, he offloaded the girl right into the middle of the stream. He heard the splash but didn't bother looking back; the current here was strong enough to carry her away. Back on dry ground Yarmouth spurred his horse on. He reckoned the girl would drown eventually and be carried away by the river – that would make one problem less.

As Yarmouth rode on, luck smiled upon him. The Haunted Forest, cowering under the spell of the hot sun, remained silent apart from a horde of mischievous birds breaking the afternoon hush by picking a fight or the random sounds of cracking twigs. The golden disc of the sun shone in a spotless sky, beating down onto the forest.

Under the benign protection of the dense foliage of centuries-old oaks, Yarmouth made good progress. All was calm; the only noise that echoed through the forest was the sound of his horse's hooves hammering on the soft soil. Yarmouth was certain the gypsies would be trying to hunt him down, but by now his pursuers must have lost track of him.

He breathed deeply with satisfaction; crossing several waterways had been the best idea ever.

A good hour or two later the forest started to thin out and the first pastures and fields unfolded in front of him. Yarmouth felt exultant. Riding on further north, he found a road he recognized, a road that would lead him to Maidstone where he had once visited a remote cousin. He remembered now that the same road would lead him to London.

The sun had passed its zenith and slowly the shadows were growing longer when Lord Yarmouth started to relax. The road to London was lined by small but busy towns and although he was keen to advance as fast as possible, Yarmouth was aware that his presence wouldn't go unnoticed. Country people were ever hungry for all kinds of gossip to break up their daily routine. Therefore he took the precaution of avoiding major roads and even small villages. Whenever possible, he crossed fields and used narrow country lanes that lay abandoned in the simmering afternoon sun.

Having passed a forlorn hamlet of neat cottages, he heard the laughter of children and the sound of splashing water. Lord Yarmouth realized that he was very thirsty. Eager to fill his leather pouch with fresh water, he steered his horse across the fields towards a line of bushes that he hoped would mark the course of a small creek.

He was not disappointed; from afar he had already picked up the sound of splashing water accompanied by the excited voices of children screaming in fun. Once close enough to the gurgling stream he spotted a group of young children playing and running on the muddy banks of the shallow arm of the river. A dog of dubious ancestry was barking like mad and hopped around the boys whilst they splashed water at each other.

The arrival of a gentleman on a towering thoroughbred numbed the children and they gaped at him in breathless awe. The dog barked in a hysterical frenzy until one of the older boys silenced him.

Yarmouth let his arrogant glance stray over the sorry lot. The usual bunch of village kids – skinny and clad in wet rags that had served to dress generations of siblings before and would be patched up and used for the next to come.

They must be crawling with lice, he thought, noticing that the boy in the middle was scratching his matted scalp vigorously while they stood there watching him, open-mouthed.

And then Lord Yarmouth's glance stopped and his heart almost missed a beat. One of the children, a young boy of maybe

three or four years, looked markedly different from the others. His shining hair, the colour of honey, was much longer than the current Puritan fashion would allow and his bearing was oddly different. He looked proud and returned Lord Yarmouth's gaze self-assured, not like the other boys who looked down, intimidated by his sheer presence.

Following an impulse Yarmouth addressed the boy. '*Bonjour, mon petit.*'

'*Bonjour*, M'sieur,' came the answer.

Yarmouth couldn't believe his luck; who else but the heir of Hertford and Beauvoir would answer in fluent French?

'I was looking for you, my boy,' Yarmouth continued smoothly.

'You were looking for me?' asked the boy, looking pleased but sceptical.

'Yes, you must be Pierre. Your father sent me down to fetch you. He's waiting in London for you.'

'*Papa m'attend*?' came the answer, and the boy brightened, radiating hope.

'Yes, he's waiting for his little Pierre,' Yarmouth replied. 'Come on my horse, he wants to see you immediately.'

'What about *Maman*?' the boy asked, suddenly suspicious.

'*Maman* is on her way to London already. Your father sent a big coach with four horses to have her brought back to his house. She'll be waiting for you as well.'

'But *Maman* told me never to go with anybody,' answered the boy. Yarmouth could see the disappointment in his little face.

'I'm not anybody, Pierre. I know your name, I know your papa, I'm his friend. *Maman* only told you never to go with strangers, right?'

Yarmouth could see the conflict in the boy's eyes but his eagerness to see his father won over.

'*Oui*, M'sieur. Can my big friend join me?'

Yarmouth saw a ten-year-old staring at him. He wasn't sure though how to interpret his look; he seemed to be less taken in than the small boy.

'I'm afraid not, Pierre. Your friend can join us tomorrow in London. But he has to ask his parents first.'

Pierre nodded; it seemed he could understand the compelling logic. 'Let's go,' he replied and, waving a last goodbye to his friends, he joined Yarmouth on his horse.

'I'll be so happy to see Papa,' he confided.

'Just imagine how happy your father will be, knowing that you're in the best of hands,' said Lord Yarmouth and smiled. He couldn't believe his luck.

The hunt

The frantic dogs barked and circled around trees and the dense bushes, sniffing excitedly, disappearing from sight from time to time when they dived into the thicket. Clearly the dogs had picked up a lead and wanted to follow it, as if drawn by an invisible magnet. The gypsies had their own ways of finding tracks but in silent agreement they followed Lord Willoughby and his wardens of the forest until they reached the spot where Lord Yarmouth must have encountered the young girl.

In silent anger and mounting fear they looked at the trampled blackberry branches and the overturned basket, which was the silent reminder of the drama that must have unfolded here.

'Let's continue,' Lord Willoughby ordered in a rough voice, 'we must put our hands on this scum as soon as possible.'

The dogs, eager to run free, rushed through the forest, their excited sniffing and yelping the only sounds to be heard apart from the muffled clopping of hooves that beat on the dark, soft soil of the forest.

Their advance was brutally arrested when they reached a broad arm of the river. The dogs stood there, sniffing in vain to pick up a fresh lead. The gypsies parted into two groups and set out to comb the banks of the river.

Charles looked at François. 'I don't like this at all. Whatever explanation comes to my mind, it's a choice between scenarios I don't even want to imagine. The poor girl – maybe death is the best option.'

François nodded. 'Yes, I'm afraid we came too late. Yarmouth is a monster. He'll abuse or kill her – maybe both.'

Time was ticking by, nerve-racking and slow. But the terrible news was spreading. The group of gypsies who had followed the river downstream had detected a gruesome body floating in the water, caught and almost hidden from sight by low-hanging willow branches. The men jumped down from their horses and formed a human chain to reach the body of the girl in the foaming water. Tenderly she was carried by her elder brother to the bank of the river where she was laid down.

But all efforts to bring the girl back to life were in vain; gagged and bound she had never stood a chance of surviving.

Pierre's eyes were swimming in tears as he observed the body of the girl. 'I will kill him. I must do this, Armand, we cannot let this go on.'

'I know,' Armand answered roughly, 'but we keep saying the same thing again and again – and in the meantime this cockroach has shown considerable skills at escaping us. It's maddening. Look over there – the pasture is half a swamp, the dogs will never be able to pick up his trail again. How will we ever trace him?'

'I agree, it'll be very difficult, not to say almost impossible to find him,' François put in. 'But he won't have hundreds of possibilities to find a hiding place either. My bets are that he's going back to London as fast as possible. He'll still have plenty of friends over there and it's much easier to hide in a big city.'

'Friends …' Pierre replied, 'you mean fellow scum.'

'Scum-friends, certainly, whatever you prefer to call them.'

In the meantime Lord Willoughby was conversing in a low voice with the gypsies. Stricken by grief and the thirst for revenge they burned with the desire to bring Yarmouth to justice, but in the end they had to agree to the voice of reason. All they could do for now was return with the corpse back to the camp and mourn with their families. But Lord Willoughby and Charles vowed that they'd continue chasing Lord Yarmouth and make sure this murder did not go unpunished.

'We'll find him, even if we have to search for him all over the kingdom. He's forfeited his right to live. We'll make sure that

he's brought to justice, there will be no leniency,' Charles could be heard saying.

It was a sad and touching sight. They watched helplessly as the brother hugged his sister a last time as if she were still alive while silent tears streamed over his face. As soon as the small cavalcade was out of sight the friends turned to Lord Willoughby.

'What shall we do now?' asked François. 'Should we continue searching for Lord Yarmouth or had we better ride to the farm where Marie is hiding?'

Charles took over. 'There can be only one answer. Let's go. With a lunatic maniac on the run, we must make sure that Marie and your son are safe.'

Pierre looked anxiously at Lord Willoughby who replied, 'I couldn't agree more. We'll put our hands on Yarmouth later. I vow that I'll keep the promise I gave to the gypsies. But for now, let's ride to Maidstone and search for my tenant. What a horrible mess this rat Yarmouth has created. Well, they say you can choose your friends, but you can't choose your relatives – and regrettably there's a lot of truth in this.'

They spurred their horses and soon crossed the main road to Maidstone from where they had to turn left and follow a narrow country road, more a potholed path than a road, in fact. The summer sun had baked the mud and made the surface of the road solid as a rock. The horsemen and their pack of hounds therefore advanced quickly.

Everything was peaceful, a typical late-summer day in the country. They spotted Lord Willoughby's tenants working on the fields, bringing in crops of barley. It had been a good year and the harvest would be rich; golden sheaves were waiting to be piled on the carts in abundance. King and parliament might squabble about who was entitled to hold the reins of power in the future, but here – deep in the heart of the England – people didn't care about the struggles in Westminster or the king's predicaments. Their bellies would be full during winter; that was the only issue that really mattered.

Soon their cavalcade reached a small hamlet consisting of only three farm cottages typical of the region. Without hesitation Lord Willoughby headed to the smallest of the three cottages, a low thatched house built from local stone. It looked beautiful and inviting, adorned with red roses in full bloom climbing all over the facade.

The noise of the arriving horsemen and their dogs didn't go unnoticed. The cottage dog – chained to his kennel – went almost hysterical as the farmyard filled with strange dogs and horses. Lord Willoughby's dogs answered in kind, barking out as many insults at the poor commoner farm dog as they possibly could.

The door of the cottage was flung open and Josh's wife appeared, flustered and surprised. In vain she tried to hide some loose strands of her glossy black hair under her demure cap. As soon as she spotted Lord Willoughby she flushed even more and sank into a deep curtsey.

The horsemen dismounted and Lord Willoughby greeted her. 'Good afternoon – you're Jane Hunter, aren't you?'

'Good afternoon, my lord. I am Jane Hunter but if you wish to speak with my husband, he's out in the fields, bringing in the harvest. I'm afraid he'll be back only after sunset.'

'I know. All my tenants are busy now and that's how it should be,' Lord Willoughby replied smugly, 'but I haven't come to speak to Josh. I've heard that you house a guest here?'

Jane fussed nervously at her cap. Not knowing where to look or what to say or do, she dived into an even deeper curtsey.

'Speak up, good woman,' Lord Willoughby insisted.

'Yes, my lord, I've invited my cousin from Wales and her son to stay with us. I thought, I mean …' she stuttered, 'Josh never told me that having relatives staying with us might be a problem? Are we doing something wrong, my lord? I should be terribly sorry if we did.'

'You *are* doing something wrong, Jane,' Willoughby answered in a stern voice, 'and you know it. You're not telling me

the truth. It's not a relative of yours who's staying with you, correct?'

Jane didn't reply immediately. Her eyes darted left and right as she tried to come up with a reply.

'The truth, good woman, the full truth please,' Lord Willoughby insisted, more gently this time.

Jane uttered a sigh before she spoke up. 'You're right, my lord. I haven't been truthful. My guest is a French lady, but I vowed to protect her and I'll keep my promise. Anybody who intends to harm her will have to deal with me first.'

She now looked straight at him and the fire and pride of her gypsy ancestry burned in her dark eyes.

Pierre stepped forward. 'Jane Hunter, please don't worry – on the contrary. We've been informed that you offered shelter to my wife and my son and we're here to bring them back. Let me thank you for the hospitality you've offered to my family. I'll never forget it.'

Jane sank into a deep curtsey. 'You are His Grace the Duke of Hertford,' she stated rather than asked and, looking into his eyes, she continued, 'You must be, your son is your spitting image. Only his hair is a bit darker.'

Suddenly the tension broke and Jane started to cry. 'I can't tell you gentlemen how happy and relieved I feel. Lady Hertford is such a dear lady and watching her day by day, waiting for a word or message from her family, almost broke my heart. She never complained but I know how much she suffered. Please follow me. I'll show you where the lady is hiding.'

Jane led them to a barn located at the far end of the farmyard, adjacent to the dung heap. The sweltering heat intensified its pungent smell and Lord Willoughby covered his nose with his glove in apparent displeasure.

A swarm of fat black blowflies chose this moment to attack men and animals alike, sending the dogs and horses into a frenzy of barking and whinnying – tails flying high to ward off the invasion of the irritating and blood-lusting insects.

'An unlikely hiding place for a duchess, I would imagine,' said François, chasing away two particularly irksome specimens with his glove.

Jane only laughed and opened the door of the barn. She entered and Pierre followed her like a shadow. He still couldn't believe that this was true, that he was to be reunited with his wife and his son here and now, a dream he had been harbouring for months.

'Where is she?' He looked around but found the barn empty and abandoned.

Jane flashed him shy smile and moved on until they reached the end of the barn. Here several sheaves of freshly harvested barley were piled up. With the help of Willoughby's men they moved them aside.

As soon as the sheaves had been cleared, the wooden planks of the barn's walls became visible. Skilfully Jane slid her finger into one an empty knothole and a large plank came loose, followed by two more, revealing a secret room.

'The barn has a priest hole,' Jane whispered to Pierre. 'The secret was handed down from generation to generation.'

'My lady, you can show yourself, it's time to rejoice,' she called out loud.

But Pierre couldn't wait; he squeezed himself through the narrow opening. The hiding place had no window but was dimly lit by rays of sunlight filtering through numerous cracks and gaps in the rough timber planks.

He had imagined their reunion in his dreams many times. Often he had pictured himself as a hero, descending from his stallion like a famous white knight in a fairy tale, rescuing his love with bold actions and dispensing justice to her torturers.

Those dreams had been marred by his frequent nightmares, where he'd arrive too late, to find Marie dead or dying. It was during those nights when he'd wake up covered in cold sweat and Jean had to calm him down and assure him that all would be well. It was

Jean's confidence that had kept him going, fighting the demons of fear and despair.

Now, the great moment had come and he felt strangely shy and didn't know what to say. All words that came to his mind appeared shallow and meaningless. Marie and Pierre looked at each other in silence, wary that this might be just an illusion, a dream that might be shattered only seconds later.

Marie was still as beautiful as her remembered her, but the woman clad in the mouse-grey garb of a simple farmer's wife was a different woman from the radiant duchess he had seen last when they had set out for the fateful excursion. She had lost weight and lines of sorrow showed in her face. Only her beautiful eyes remained unchanged, shining even brighter than he remembered in her delicate face.

Pierre looked at his wife and his heart went out to her. He had fallen in love with Marie at first sight when he had still been a penniless orphan with no future in Reims. She had been young, aristocratic, playful and breathtakingly beautiful. And yet – if possible – he loved her even more now after this ordeal, and this feeling was almost overpowering. Still failing to find the right words, he dragged Marie into his arms and held her tight. He felt her heart hammering against his chest and she huddled against his body like a frightened bird searching shelter.

'*Je t'aime, mon amour.*' Finally those magic words formed on his trembling lips. 'I'll never, ever let you go, Marie, my love. I promise.'

His words may have sounded pompous, inadequate, trivial – but both of them knew that Pierre was ready to move heaven and earth to protect Marie if need be.

'I love you so much, Pierre. I thought you were dead,' Marie answered with a sob. 'I lived in an endless nightmare every single day since that terrible day. I tried to keep my faith, my hope, but it was so difficult not to despair. If it hadn't been for our son, I think I'd have given up. But I had to go on, for him and for the dream to see you again one day.'

He kissed her face, kissed away every single tear that rolled down her cheeks until he kissed her lips, first carefully and then with a passion that surprised even him.

'I love you,' she whispered and kissed him back.

'Are you alright in there?' The nervous request came from Armand who was standing outside in the barn. 'I mean, do you need me? Anything amiss?'

'Playing love birds, what do you think?' came the sarcastic reply from François. 'Come on, don't let's simmer in this stuffy barn. I feel like I'm being cooked alive, it's so hot in here. We have plenty of things to do.'

'François, as we love him,' Pierre could hear Armand replying, 'always passionate and empathic.'

Pierre cleared his throat. 'We're fine, don't worry,' he shouted back.

Reluctantly he let Marie out of his embrace and guided her to the opening. As soon as her head appeared the men in the barn started to cheer and they helped her out of the barn to the farmyard as if she were a triumphant queen.

'Where's my son?' asked Pierre. 'I can't wait to embrace my little Pierre.'

'He's out, playing with the village boys,' Marie answered with a proud smile. 'It was impossible to lock him inside for days and weeks. He befriended some famers' sons and even picked up their dialect. Our son has become one of them. He's got an older friend, Tom, who promised to look after him.'

She smiled affectionately at Pierre and he had to laugh. 'The future Marquis de Beauvoir, speaking like an English peasant. Never mind, I was brought up as a pupil in a monastery school. It's not a bad thing to discover quite early that there's a life without castles and servants out there.'

Marie was chatting amiably with her friends when the chained dog started barking again. As they looked to see who was coming, they spotted a boy who looked about ten years old running

towards them. Now the other dogs joined in and it took some time to calm them down and speak to the breathless boy.

He was awestruck, discovering so many horsemen and the lord of the manor together. Nervously he scratched his head, not knowing what to do or say.

'Tom, make a proper bow and greet Lord Willoughby and the gentlemen as you should do,' Jane admonished him sharply.

The boy turned scarlet and bowed deeply.

'Now, why have you come? Where's Pierre, I mean Peter?' she asked him.

The boy didn't reply, he trembled with fear.

'Now, what is it?' Marie came forward and took his hands into hers. 'Tell me, Tom, don't look at the others, just tell Jane and me.'

The boy obliged and moved forward, seeking the protection of the women he knew. 'Peter went away,' he replied at last.

'What do you mean? You played hide and seek and you can't find him?'

The boy shook his head violently. 'No, miss, a horseman came on a big brown stallion. He spoke to him a foreign language at first. Then he told Peter to join him on his horse because he's going back to London to see his papa. I came, because I thought, I mean, just to make sure … that you should know …'

The last word almost died in his mouth when he saw Marie raise her hands in despair.

'Oh no,' she cried before she crumbled in her husband's arms.

'When did this happen?' Charles asked the boy sharply. The boy frowned and tried to remember.

'I mean, a long time ago?'

The boy shook his head, then he had an idea. 'It was after noon, but the shadows were still shorter, like.'

'That means two or three hours ago, damn!' Charles shouted. 'Lord Willoughby, may I ask you to bring Lady Hertford to Maidstone? Your wife kindly offered to look after her. We'll ride to

London – maybe we can still get hold of Yarmouth before he reaches the city.'

He looked at Marie and Pierre who stood there holding each other, paralysed by grief and shock. In a much more tender voice he said, 'I know how you must feel, but little Pierre is too valuable to Yarmouth, he won't harm him. We'll bring this to a good end, trust me.'

Marie looked at him, eyes swimming in tears. 'I trust you, Charles.'

Pierre answered in a rough voice, 'Let's go, don't talk.'

Not losing any time with goodbyes, the party separated and Pierre and his friends cantered over the bare fields where the harvest had already been brought in and only sharp barley stubble remained.

'It's good to be doing something,' Armand said quietly, 'but we could be looking for a needle in a haystack. How on earth will we ever find Yarmouth?'

His glance met François's eyes for a second and he could see that his friend must have been thinking exactly the same.

The lady's revenge

Lord Yarmouth sped towards London on his horse. He avoided major roads and, whenever he spotted a fellow traveller, he'd quickly dive into the brushwood or ride past without exchanging a glance or a greeting. The afternoon sun beat down on them but the boy didn't moan or complain; he was an easy companion to travel with.

'Take my hat,' he said gruffly to the boy, 'it'll protect you from the sun.' *And hide your face*, he added in his thoughts.

The boy obliged and his head disappeared under a hat that was far too large for his small frame.

Suddenly Lord Yarmouth realized that going to London might not be the best of ideas. Could he trust his friends to keep the secret – trust them enough that they wouldn't use the heir of the Duchy of Hertford to make a bit of money on their own? The boy was worth a fortune and if anyone knew about the seductive power of gold, it was Yarmouth.

The best plan would be to escape from England together with the boy and bargain a fortune for his release from a safe shelter – Holland would be ideal. Not too far, not too close. Once the ransom had been paid, he could still decide what to do with the boy. But to sail to Holland … he'd need money. He'd need to pay for the passage and the bribes to cover his traces and make sure that the port authorities would overlook the insignificant detail that he had no passport.

His thoughts were still concentrated on how to tackle this problem when the obvious answer came to his mind. His wife would be the answer – of course. He remembered that she still must possess

some gold rings and chains from her mother's inheritance. Nothing fancy, but enough to pay for his passage to Holland and live there for a month or so. Well, she'd have to sacrifice her jewellery for the good cause. Her house had already been searched; if people were after him, naturally they'd turn to London. Another reason not to take that direction.

His spirits, already high after the boy had fallen into his hands, now flew even higher. Having solved his problem to his entire satisfaction, he steered his horse eastwards. They wouldn't even have to stop to sleep and pay for an expensive inn, his manor at Minster-on-Sea could be reached before or – worst case – shortly after nightfall.

The boy might become a problem because he'd probably recognize the manor and become upset and play awkward, but Yarmouth would deal with him then. In the emptiness of the wetlands, the boy could cry and howl as much as he wanted to; there'd only be the dumb sheep to listen to him.

Lord Yarmouth felt the boy slacken. The heat and the fatigue had taken its toll; he had fallen asleep.

'That's a good boy,' Yarmouth murmured. 'It will take you some time now to realize that we're not going to see Papa in London after all.'

***

Pierre and his companions rode as fast as possible towards London but, whenever passing travellers or peasants were asked, they would just shake their heads; nobody had seen a lonely horseman riding with a boy to London.

Well, in truth it wasn't as simple as that.

'If someone tells me – again – that he isn't entirely sure, that he might have seen someone – maybe not – or maybe yes – I'll wring his neck,' Charles uttered in desperation. 'Don't people look what's going on around them? Do they notice anything at all?'

'They don't,' François replied, 'and to be truthful, it has served me well in the past.'

Pierre said nothing. It was impossible to read his face; his expression was a mix of pain and steely determination. It didn't bode well for Lord Yarmouth's fate in any case.

They continued on their way to London and from time to time Armand tried to start a flow of conversation, but he failed miserably. Not even Charles was in his usual jovial mood and, when they passed an inviting-looking inn without him asking to stop and have dinner, everybody understood that the situation must be serious.

It was François who requested a halt. 'The horses need a rest and so do we. Let's have a short break and discuss what to do.'

'I couldn't agree more.' Armand sighed with satisfaction as he dismounted his horse. 'I'm totally parched and stiff as a wooden puppet.'

'Spoilt brat,' answered François. 'But I admit that a drop of water will do me good.'

They sat down in silence while the grooms looked after the horses.

'What are we going to do now?' asked Armand.

'Go to London of course,' Charles replied. 'Silly question.'

'If necessary, I'll go the moon,' Pierre put in. 'We must find my son – I wouldn't know how to face Marie otherwise.'

'Armand, from time to time, you fascinate me.' François looked at him with his typical smirk.

'Don't be sarcastic, my friend, or you'll pay for it!' Armand was not in a mood to be teased.

'You truly do, because you're the only one to ask the correct question here while we did not.'

All eyes were on François now.

***

Lord Willoughby's party arrived at his manor house and only minutes later his wife appeared in the entrance hall. The butler must already have dropped some hints because Lady Willoughby wasn't surprised to find Marie on her own.

Dropping all pretence of formality she rushed forward. 'Oh, my dear, come into my arms. Let me call you Marie – we're cousins somehow. Willoughby at least is a cousin, he keeps telling me. I'm Kate, by the way. I'm sure Willoughby forgot to introduce me properly. He always does.'

'Not somehow, Kate, we share at least four uncles and aunts,' Lord Willoughby intervened.

'Exactly what I'm saying, Willoughby, but don't annoy us with details. Can't you see that the poor girl is totally exhausted?'

Marie was dragged into a whirlwind embrace. Kate smelt of roses, a lovely scent fitting to the summer. She accompanied Marie upstairs to a lavish bedroom and like a mother taking care of a suffering child she kept chit-chatting until Marie found herself wrapped in soft sheets and clad in the luxury of a fragrant muslin nightgown, a luxury she had long since forgotten existed.

'I know how you must feel, my dear,' Kate said as she tucked the sheets around her guest. She looked at Marie with kind eyes and it was this look of sympathy that opened the floodgates. From the day they had been ambushed until this very moment, Marie had known that she must be strong, for herself and for her son, to keep her sanity.

But now, as Kate took her hands and looked at her with a kindness straight from her heart, Marie broke down and cried. The strain was too much to bear. From utter despair, she had come today to a glimpse of happiness, the fulfilment of her wildest dream to be reunited with her husband – just to be cast back into the black hell of despair when her son was found to be missing.

Her tears came like a flood. She cried about the baby she had lost, little Pierre who was in the hands of that monster, about the weeks and months of despair, suffering and humiliation. Would this nightmare never end?

Kate took her into her arms and cradled her like a baby. 'Go on crying, my love. I'm here and will look after you. Crying will do you good.'

She rocked Marie until she calmed down a little. 'I pray to our good Lord that your son will be safe. Willoughby told me briefly what happened. But believe me, this man Yarmouth may be a monster, but your son is worth a fortune to him only if he's in good health. We'll find a way to get him back to his *maman*, have trust. Between Charles, your husband and Willoughby – they have enough money to ransom a king. We'll find a way to get him back. Have hope, my dear, nothing is lost.'

It was those words of reason that calmed Marie. With a weak smile she obliged Kate's insistence to drink a bit of honeyed milk and only minutes later, her eyelids became heavy and she sank into a heavy sleep.

***

Kate instructed her personal maid to watch over Marie's sleep and went down to the drawing room where she found her husband.

'How is she?' he asked anxiously.

'Poor girl.' Kate had to wipe a heavy tear away. 'I wouldn't wish my worst enemy to go through this kind of ordeal. I managed to calm her down a bit and I mixed her sleeping draught with a drop of poppy syrup. I expect she'll sleep until tomorrow morning – she's totally exhausted, the poor lass. She needs rest. What about the boy? Will they find him?'

Lord Willoughby took a large mouthful of brandy before he replied.

'Brandy before dinner?' Kate frowned.

'I need something strong. It's a nasty story, Kate. Yarmouth has gone barking mad, if you ask me. He killed a gypsy girl on his way up here. He's become a loose cannon.'

'He killed a gypsy girl?' Kate was shocked. 'For goodness sake, why?'

'Heaven knows why, Kate, I guess he wanted to …' he stuttered. 'I mean, you know what I mean to say?'

'You think he wanted to rape the poor girl?' Kate exclaimed; she was not a person to beat around the bush.

Willoughby nodded unhappily. 'Yes, I think so. Why else pluck her literally from the bushes and drag her onto his horse?'

Kate shook her head in disbelief.

'He then dropped the poor girl, gagged and bound, into the river close to the Haunted Forest. The poor girl didn't stand a chance and drowned. She was only twelve years old.'

'What a monster this cousin of yours has become.' Kate was totally shocked. 'I can only hope …'

'What do you hope?' asked her husband.

'That his greed for money is still stronger than his urge to kill. That's little Pierre's only chance.'

'I'm afraid I agree fully with you, my dear.'

'Give me a sip of your brandy, Willoughby, a large one, please. I think I need it as well.'

***

'François, I hate it when you speak in riddles,' Armand exclaimed. 'Speak up – what's on your mind?' To underline his annoyance, Armand let his tankard hammer down with enough emphasis to make the table shake.

'I'm not speaking in riddles. I just realized that we are heading for London like a pack of dogs glued to a scent – but what if it's the wrong one?'

'That's fair enough. I agree that we should be looking into alternatives,' Charles said in his deep voice, 'but I don't have any other brilliant ideas. We know Yarmouth needs money and that the scoundrel has to hide, so London would be perfect for that. I don't see any other option, at least not any other option we'd know about.'

'What do you think then?' Pierre asked. 'Where could he hide? I know you well enough. If you speak like this, you probably have an idea in your mind.' He paused. 'Just to be clear from the start. If you chaps think I'm riding to London with Jean to sit cosy and comfortable in Hertford House whilst you're chasing Yarmouth, forget it. I'll join you wherever you go, even to end of the world. I must find Yarmouth. I can't face Marie otherwise – nor could I face myself.'

'That's fair enough, Pierre. Nobody wants to exclude you even though you look tired as a ghost but we understand. We have to finish this together, once and for all.'

Armand hugged his friend. 'But back to François. If he's so clever, maybe he's got an idea where we could search for Yarmouth?'

François frowned. 'It's not about being clever. It's more a gut feeling. The moneylenders are after Yarmouth. The moment he shows his face in London, he's doomed. His respectable friends and acquaintances will drop him like a hot piece of coal. His only option will be searching shelter in the disreputable parts of London close to the Thames brothels and dockyards. Would he trust his friends there to keep such a juicy secret, a secret that would bring them a fortune if they tipped us off?'

Charles nodded. 'I hadn't thought about that, but you've got a valid point. Either Yarmouth still has some people left he can trust or he must find an alternative. But what and where could this be?'

Pierre frowned. 'What about the most simple solution: his home in Minster-on-Sea? His wife may still have some money. We know Yarmouth well enough to know he wouldn't have any qualms about putting his hands on anything she might possess, and she won't be strong enough to resist him.'

'That's an option,' Charles conceded, 'but when we were in the manor, it looked to me as if anything of value had been sold off already long ago. They didn't even have a decent horse in their stables. I didn't notice Lady Yarmouth wearing any jewellery either.'

'She wouldn't – just remember how ghastly she looked when we forced her to remove her veil, poor woman.' Armand shuddered.

'We therefore conclude it's an option, but not an option that seems very probable,' Charles said. 'To tell the truth, this discussion isn't very fruitful. It just leaves me confused.'

'Let's throw the dice,' Armand suggested. 'Even means London, odd means Minster-on-Sea.'

'That's ridiculous,' François replied.

'Any better idea?' asked Armand. He searched his pockets and soon a die was thrown across the table.

'Four – even. It's London then,' he proclaimed.

Charles looked at the die and made a face. 'I agree this is silly but as it seems we have no better means of deciding where to go, let's continue riding to London. We should reach the city by nightfall. I'll ask my people to roam the city immediately and will talk with some of the people I know who have connections to the less …' Charles searched for the right word '… let's say *appealing* suburbs of London.'

He stood up. 'Come on, chaps, idle waiting doesn't help us either.'

The four friends walked downstairs to join the grooms and Jean. They were waiting in the public taproom but they found Jean staring into a candle, looking as if his mind was miles away.

'Jean,' Pierre said kindly, 'we have no time for dreaming, we must go.'

Jean looked up, his face distorted by fear. He stammered, 'Your son is trying to call to you. He's in danger.'

Pierre's blood froze. 'You have a vision? Tell me more,' he insisted.

Jean looked into the flickering light of the candle and continued as if in a trance. 'Danger, I feel danger. I see emptiness, seagulls, sheep. Pierre needs our help.' He woke from his trance. 'We must go, my lord, your son needs us. Immediately.'

'Well, that settles it. Jean describes the marsh wetlands, certainly not London,' François stated with satisfaction. 'My gut feeling said the same. Let's ride to Minster-on-Sea. So much for your idea of throwing dice.'

Armand put the cube on the oak table and with a swift motion he dropped a heavy tin tankard on it. The cube splintered apart and Armand, triumphant, showed a piece of lead inside to his friends.

'See, it was loaded. I always had the impression that there ware something wrong with it. It should have been Minster-on-Sea from the beginning. Don't they say the dice never lie?'

***

'I'm hungry and I have to pee.' The boy had woken up. Bewildered, he looked at the flat landscape around them.

Lord Yarmouth stopped close to a cluster of bushes and told the boy to go over and relieve himself there.

The boy looked at him. 'You must open my breeches first.'

'I'm not your servant,' Yarmouth answered curtly but as boy kept looking at him and didn't move, he finally helped him out of his breeches.

The boy went to bushes and once he was done he proclaimed, 'Now I'm hungry.'

'So am I,' answered Yarmouth truthfully. His early lunch had been a long time ago and his belly was empty.

'And thirsty,' added the boy, his voice close to tears.

'I can help with that,' Yarmouth answered, and handed him the leather pouch he had stored with his other belongings. The boy swallowed deeply just to spew the wine back onto the road and Yarmouth's boots.

The boy was crying now; big heavy tears were rolling down his face.

'Don't you like wine?' Yarmouth was astonished.

'I want water. I want *Maman*. I'm hungry,' the boy cried.

Yarmouth looked left and right but where to get fresh water from? 'You'll have to wait a little bit. We ride on and when we see a creek or a farm, I'll get you some water. But your papa will not be happy when I tell him that you cried like a sissy.'

The boy stopped crying immediately and sniffed back his snot, rubbing some of it into his shirt.

'I didn't cry like a girl,' he said with dignity. 'But I'm thirsty. And hungry. When will we see Papa? This is not London.'

Lord Yarmouth had been thinking about how to explain that they wouldn't be going to London after all. There had been ample

time for that while the boy had been sleeping. 'We'll meet your papa outside London. London is too dangerous,' he explained smoothly. 'We'll even cross the big River Thames on a ferry boat.'

'Why is London too dangerous?' the boy asked.

'It's too complicated to explain to a small boy like you but the king is fighting a war with the people of London and your papa doesn't want you to be in any danger.'

He could see with satisfaction that the boy seemed to believe this story.

'The king will be victorious,' the boy finally proclaimed.

No chance of that, Yarmouth thought, but aloud he said, 'Of course, that's why he's the King of England.'

'The King of France is more powerful,' the boy suddenly said.

'Why so?'

'Because France is the most powerful kingdom in the world. That's what Papa told me. He's a Marquis of France as well.'

'So your papa should know. But look behind this line of trees and bushes. I think I spot a small creek. Let's ride over there and see if we can get you some fresh water.'

The boy was immediately diverted from their original topic and they headed towards the gurgling stream.

Today was truly Lord Yarmouth's lucky day as not only did they find fresh water, but the shallow creek bordered a large orchard. Endless rows of trees had been planted here, loaded with ripe apples and pears, branches so heavy with fruit that they were hanging almost to the ground. Fruit in brightest shades of fresh green, blush red and fruity yellow gleamed in the sun, just waiting to be picked. The benign afternoon sun bathed the landscape in a warm golden glow, casting long shadows.

The orchard was guarded by a fierce old woman, a female Cerberus albeit she stood sentinel over the entrance of a small earthly paradise instead of the gates of Hades. The woman was clad in typical widow's attire of long black skirt and black scarf; only a white collar was allowed to lighten her sombre appearance. She

looked like the human incarnation a magpie, ready to pick a fight over her orchard at any time.

'Don't trespass,' she screamed at Lord Yarmouth, 'or I'll call the sheriff.'

Lord Yarmouth opened the pocket of his saddle and slowly removed his gun. The polished metal glinted in the sunlight.

'See what this is, you old hag? Now I give you a recommendation: run as fast as you can or I'll put a hole in your skull. How dare you talk like that to a man of the gentry?'

The old woman showered them with a remarkable variety of swear words and the boy listened in awe. But Lord Yarmouth didn't reply. Slowly he took out the powder keg, filled the gun and diligently took aim. The old hag started to scream and scuttled away as fast as her old bones would permit.

'Now let's pick some fruit for quick meal, boy. She's gone, but it won't be long before she comes back with her fellow peasants.'

They drank deeply from the fresh water, filled the leather pouch, and then they picked the ripest apples and pears and sped away from the orchard.

The fruit was delicious and yet the boy remarked, 'The apples in Montrésor are sweeter and we have apricots, not just pears.' He munched happily all the same on a big red apple.

'Maybe,' said Lord Yarmouth, 'but Montrésor is far away. Better enjoy your apple here and now.'

'Did we steal the fruit? Did we commit a sin?' the boy asked anxiously and stopped eating as if the apple had turned foul in his mouth.

'We're not stealing, my boy, of course not. The land belongs to the king and your father and I fight for the king. We only take some apples to stay strong and serve His Majesty.'

The boy must have seen the compelling logic and, relieved that his concerns had been proved wrong, he dug his teeth into the white flesh of the apple once more.

They rode on, crossed the River Thames on a small ferry and soon the sun paled and the shadows grew longer and longer. The monotony of the landscape and the gentle rocking of the horse had their effect and the boy fell asleep once again.

This solves a problem. Yarmouth looked with satisfaction at the sleeping boy and thought, *By the time he realizes I'm bringing him back to Minster-on-Sea it will be too late to raise the alarm.*

Lord Yarmouth was now in the best of spirits; things couldn't have worked out any better. 'What a pity that I can't play cards today. I'd take the whole bank.'

As he rode on, his thoughts wandered back to Andrew.

Andrew would most probably be a dead man by now. When the gypsies found the girl's corpse, they'd be howling to expedite their revenge. So this would turn out to be a perfect solution as well. Andrew had known by far too much and Yarmouth had lately doubted – if not felt – that Andrew's loyalty had been waning. Dead people couldn't talk; so much better if some else had taken care of this.

One more problem solved, he thought, and sighed with satisfaction.

They continued their way smoothly until they reached the causeway. Lord Yarmouth let his horse tread more carefully now as the path was treacherous and the light was becoming poor. The sun had gone down in a spectacular sunset, covering the sea with a shimmering net of silver and gold. But soon afterwards a dim twilight had taken over and he could barely perceive the course of the path they needed to follow.

The boy was still sleeping and everything was silent apart from the occasional deep and lonely baa of the sheep that grazed summer and winter out there, creatures of the wetlands since mankind arrived.

They rode on and on and Lord Yarmouth was becoming tired and irritable; it had been a long day. Riding with the boy in his lap had not added to his comfort. Furthermore, he started to fret that he may have chosen the wrong branch-off at the causeway.

He was still pondering what do if he had chosen the wrong direction when he spotted a flickering light at the horizon and he felt a millstone falling from his neck. His heart beat faster; this must be his manor's gatehouse. It was customary to keep two large torches burning until midnight. Nobody knew where and when this custom had originated, but it had been respected throughout the generations by all lords of the manor.

They rode closer and Lord Yarmouth saw the familiar silhouette of the gatehouse set against the dark horizon. A silvery moon had risen and cast its ethereal light over the wetlands, transforming the bleak landscape into a magical kingdom.

Lord Yarmouth had never been particularly superstitious let alone been prey to any sort of romantic inclinations, but the change brought on by the moonlight was so powerful that a vision of a group of elves dancing on the wetlands to the melody of pan pipes formed in head.

I'm getting soft in the head, he thought angrily. *Time to conclude my business and leave England for good.*

They reached the gatehouse but, as could have been expected, found it closed and the window shutters locked. Carefully, he woke the boy. 'We have to make a short stop here, *mon petit*.'

The boy rubbed his eyes and, still in the grips of sleep, he murmured, 'Are we going to see Papa now?'

'No, you'll see Papa tomorrow. We lost some time and as it's too dark to go on riding, we'll have to spend the night here.'

Bewildered, the boy looked around. 'I know this place, I've been here already.' He opened his eyes fully, suddenly wide awake.

'I don't think so, but it doesn't matter. It's only for one night. Stay close to the horse while I wake up the guard of the house. Can you do this?'

The boy looked at the horse that towered above him and replied, 'Of course. In France I have my own pony. It follows me wherever I go.'

Yarmouth tied the horse to the gatehouse and replied, 'Good. You talk to the horse and make sure it feels comfortable. I'll be back in no time.'

The boy took his new task very seriously and Yarmouth saw him caressing the nostrils of the horse towering above him. His stallion liked the boy and replied by lowering his head and gently nudging his chest.

That will keep him busy, he thought with satisfaction. *Now comes the next move.*

With verve he beat the forged ring at the front door. The noise echoed through the entire gatehouse as the iron ring banged on the door. Impatiently Lord Yarmouth repeated this action until he heard answering noises from the other side of the door, a muffled voice calling out for patience.

Bolts were moved, a screeching key turned in the lock, and finally the door opened.

'Who the hell is raking up so much noise?' came the irate voice from inside. It was Jack, the keeper of the guard. He was only half dressed, his nightgown quickly stuffed into the old stained breeches he usually wore when he helped out in the stables.

Jack held a flickering tallow candle in his hand and moved it close to have a look at the late caller who had disturbed his sleep. As soon as he recognized his master, he almost dropped his candle and his hands started to tremble.

'My Lord Yarmouth, come in please, how come your lordship arrives so late? We didn't receive any message and I'm afraid that nothing has been prepared for your lordship's comfort.'

Yarmouth replied with a careless shrug. 'It doesn't matter. Nobody could feel comfortable in this derelict and forlorn place. I've come to see her ladyship.'

He saw that Jack was still shaking and laughed. With a malicious undertone in his voice he addressed his servant. 'You seem to be extremely pleased to meet your master, Jack.' Lord Yarmouth wasn't expecting any reply. 'I have brought the boy with me, the small French boy who stayed here with his mother some

weeks ago. You'll look after him. But let me be clear, Jack. If the boy escapes once again, you're a dead man … and the rest of your family too. I mean it, Jack, no dirty tricks.'

Lord Yarmouth didn't raise his voice, but the menace was clear enough and Jack shook even more than before.

'Of course, my lord, I'll look after the boy and make sure nothing happens to him. But I don't know why and how he disappeared last time.'

'Bizarrely I tend to believe you, Jack. I wouldn't be surprised if her ladyship hadn't tried to play foul. But even she will have to learn that interfering with my wishes is never a brilliant idea. A stupid idea, indeed – and very dangerous too.'

Lord Yarmouth looked at the wooden key board. All the manor's keys were hanging here, neatly aligned from the smallest to the biggest.

'Hand me the key to the front door. While you take care of the boy here, I'm very much looking forward to having a nice little chat with my chaste and beautiful wife.'

Jack took a large key from the board. It was an old key, beautifully forged, complete with the intertwined initials of the long-defunct noble family who had built the manor generations ago under the reign of the great Queen Elizabeth. Those had been much happier times – for the manor and for the kingdom alike.

Lord Yarmouth looked at the key. 'Yes, I remember now. That's the one. Now don't stand there looking at me like a simpleton – take care of the boy.'

He stepped out of the gatehouse and Jack followed him in his stockings as he hadn't even had time to put on his boots. They found the small boy talking to the horse in a low voice. The stallion listened, spellbound, nudging him gently from time to time.

'An enchanting picture.' Lord Yarmouth smirked. 'So sorry to disturb you. Pierre, go inside with this man, he'll look after you and put you to bed. Tomorrow we'll leave and ride on to London.'

The boy looked surprised and cried out in dismay, 'I know Jack, he's kind, but we were held prisoner here by evil people. I don't want to stay here again.'

'Take him inside, Jack. The boy has to learn manners. I'm the only one to command here.'

The boy wanted to protest but Jack took his hand and spoke gently. 'Come inside, lad. I'll make some warm milk for you – and you look hungry. A piece of bread and cheese will do you good. I'll look after you, don't you worry.'

Gently he dragged the boy away from the horse. 'What should I do with your lordship's horse?' he asked.

'Take care of it later. For the time being, nothing can happen to him here. Now, go inside and take care of the boy. Remember what I said. Don't lose sight of him.'

As soon as Jack and the boy were inside, Lord Yarmouth removed the key from the lock and closed the door. He then locked it and turned the key so it would block the lock.

'Not that I don't trust you, Jack, but I have my plans and I won't accept any meddling. I'll release you when I'm ready to take the boy back.'

For a fleeting second he thought he could hear the boy crying inside but maybe he was just imagining things. Anyhow, it didn't matter; he had more important things to take care of. He needed to organize his escape; he needed the money only his wife could provide.

Lord Yarmouth crossed the manor's courtyard that lay in total silence; only his stallion whinnied softly from time to time, missing the boy's company. Lord Yarmouth inserted the key into the lock and turned it. The hinges were well oiled and it opened smoothly.

A night light was burning in the tiled niche at the bottom of the staircase as was customary. My lady must have given orders to save money as it was a fuming, rancid, reeking tallow candle, not the expensive beeswax candle he'd use in his London household. Lord

Yarmouth made a face as he inhaled the stinging odour, but he needed the candle to find his way upstairs to his wife's bedroom.

The old staircase creaked under his weight, a noise that echoed through the grand hall, but he didn't care. Lord Yarmouth went straight to his wife's chamber and flung the door open.

He didn't expect her to be awake; he knew that she followed rural time schedules and went to bed unfashionably early. He was therefore surprised to find her still kneeling in front of a wooden cross, saying her prayers.

She must have heard the door though as she turned her head. He noticed the disgust and contempt in her healthy eye as she discovered the sight of her husband. He'd never get used to her blind eye; he found it revolting. For a moment he thought he saw her hands shaking – but she quickly rested them on the bible that lay in front of her.

'My Lord Yarmouth. I should say it's a rare honour that we welcome you here.'

'Always your servant, my lady. Maybe the honour would be more frequent if your ladyship would be friendlier, more attractive – or simply more accommodating.'

'Why have you come?' she asked, obviously not willing to join the game he was playing. 'What do you want from me? The last time you saw me you expressed in very clear words, my lord, that you hoped it would never occur again. I remember you telling me that finding me dead would be your greatest pleasure.'

'Money, my dear, what else would I need from you? And you owe me something – you tried to sabotage my plans. You can admit freely that you let the Duchess of Hertford and her son escape. I know everything. You can admit the truth.'

He could see that his bold strategy worked. Her glance was unsteady; he was sure now that she was guilty – she may even have masterminded the plan with the gypsies. But he'd teach her that it was a mistake to try to cross his plans.

For a short second his temper flared and he considered hitting her disfigured face hard – killing her here and now. But there was

the inconvenience to be taken into account and he must not complicate the plans he had with the boy, plans that undoubtedly would yield a fortune.

He looked at his wife critically and realized that she looked more haggard than ever. With a bit of luck the course of nature would take care of her demise soon and he could play the inconsolable husband. This would be perceived so much better with his fellow gentry. Now they might treat him like an outcast but as soon as he'd come back into money, he'd be received everywhere. People might say whatever they want, but in truth most people worshipped only one supreme god, the god of power and money.

'But we don't have money here, my lord.' His wife's voice woke him from his reflections. 'You should know better than I do about the state of the finances here. We barely survived last winter, and I don't know how to face the coming winter. We have almost no sheep left, only one cow and two pigs. I have no idea how to feed all the servants and their families during winter.'

'Stop complaining, you're getting on my nerves. I know you're hiding money for a rainy day and you still must have some jewellery left from your mother. Give it to me now. I'll be gone afterwards and you can continue saying your ridiculous prayers. I'll be happy never to set eyes on you again – you're a disgrace to any decent husband. But I'll be a rich man soon enough. I just need some money quickly to make my plans come true. Your husband is a genius, not that you'd ever give me credit – but my plan will work out. I'm close to success – and money, lots of money, will be mine soon.'

***

Lady Yarmouth wanted to fight but the last remark sent shivers down her spine. If her husband claimed he would be rich soon, could it be that he had found the hiding place of Marie and her son? She felt hot and cold at the same time; she had to figure out what was on his mind.

Although she'd have loved to slap his arrogant face with its flat, unbecoming chin, she forced herself to be calm and friendly.

For once she must belie her true self; she must find out what was on his mind and forget for a moment how much she hated this man.

'The holy bible commands a wife to be obedient to her husband. Because I find peace and faith studying the bible I shall not act against our heavenly Lord's commands. If it's your wish and command to take my money and my jewellery, so be it.'

He swallowed the bait; he smiled sheepishly, licking his lips nervously. He looked ever more like frog hoping to swallow a fat fly.

'But how come, my lord, you expect to be rich soon? Are you expecting an inheritance?'

'As you're citing the bible, my dear, so shall I. The Lord giveth and the Lord taketh away. Now the Lord has given me back what he took from me before.'

Lady Yarmouth was fully alert now. 'I gather this means that you've found the Lady Marie?'

'Not quite, but I have her son. He's staying down in the gatehouse. And if you meddle once more with my plans, my dear, I'll throttle the little life left in you, is that clear?'

Lady Yarmouth would have loved to grab the brass chandelier and crash it on her husband's skull, but she understood that she had to deceive him, to beat him with his own weapons. The boy's life mattered, nothing else. She couldn't take any risks.

'We may not always agree but I always admired your determination, my lord. The bible opened my eyes. I was conceited and arrogant and I must most sincerely apologize for having been a bad wife. Let me call the housekeeper, you must be thirsty. She's still awake. I happened to see Deirdre only some minutes before my lord arrived.'

'For the first time ever, you speak like a proper wife. Yes, I'm completely parched. Ask her to bring some wine.'

'We don't have wine, my lord. It's too expensive for us and we never entertain guests. All I can offer is freshly brewed ale and we'd have a decent cider for you.'

He shrugged. 'Whatever, I'm thirsty as hell.'

She rang the bell and after five minutes the housekeeper appeared. The good woman was barely able to hide her shock at finding her master in the bedroom with his wife, and dropped into a low curtsey. But Lady Yarmouth acted as if nothing unusual had happened, and the housekeeper regained her composure quickly.

'Deirdre, please bring a tankard of ale and cider and please also look for the bottle of the brandy Cook keeps for baking. Bring it please. His lordship has been riding for hours and needs refreshment.'

If the housekeeper was astonished at this unusual request, she didn't show it. She left and returned with a large tray with two tankards of ale and cider, a crystal glass, and a bottle of brandy.

'I'll serve his lordship myself,' said Lady Yarmouth. 'I'll ring for you when his lordship needs more.'

The housekeeper bobbed a curtsey as an answer and left the room.

'You seem to have discovered the virtues of a proper wife quite late, my dear. Too late, actually. You're not going to poison me?'

'If you wish I can taste before you drink,' she suggested.

'I'd rather die from poisoning. Hand me the ale.'

Lord Yarmouth downed it in one go. 'Tastes as if you added sheep piss to it,' he said as he wiped his lips. 'But I was thirsty.'

Silently Lady Yarmouth handed him the second tankard and he downed it no time before smacking his lips in appreciation. 'The cider was much better. Didn't you mention brandy?'

'Yes, my lord, here you are.' Lady Yarmouth poured the crystal glass to the brim.

He took it. 'So generous, my dear?'

'I'm sorry, my lord, I have no experience when it comes to serving drinks. Did I do something wrong?

'Everything you usually do is wrong, but this time, it's fine.' He grasped the glass and emptied it. 'Good stuff – now I know why Cook has been hiding it from me.'

Silently Lady Yarmouth filled the glass again and her husband downed it with his usual greed.

'Think you can make me tipsy?' he muttered. 'No chance. One more, quick.'

Lady Yarmouth refilled the glass without comment, but she noticed that his speech was becoming slurred. Her strategy was going to succeed. Lord Yarmouth had never been able to resist a bottle when it was close.

She rang the bell and the housekeeper appeared, this time dressed properly in her black gown and a white starched apron.

'Deirdre, please bring two new tankards of ale and cider. His lordship is terribly thirsty.'

The housekeeper bobbed a curtsey, her lips tightly pressed in disapproval.

'You look like a goat,' Lord Yarmouth shouted at her. 'If her ladyship orders refreshments for me, oblige with a smile or go and work in the stables.'

The housekeeper silently bobbed an even deeper curtsey and turned to the door.

'Make sure Jack or old Ben can join you,' Lady Yarmouth whispered. 'I'll need you and both of them here soon.'

'What are you whispering?' Lord Yarmouth moved closer, slightly swaying.

'I told Deirdre to check the ale. You complained about the taste, my lord,' Lady Yarmouth answered demurely. 'I asked her to see if there isn't a fresh jug. I think it was delivered this morning.'

Lord Yarmouth lost interest in the housekeeper. 'Just hurry up. In the meantime, I'll have another brandy. It's real good stuff. Where do we get it from?'

'No idea, my lord, but Cook will know. I'll ask her tomorrow morning.'

'You think you're being very clever, don't you?' He suddenly scowled and pointed a shaking finger at his wife.

'I don't understand.'

'You think you can cheat me, make me forget. Where's the money, where's the jewellery?'

I can't give in too easily, she thought, *I must look as if I'm ready to fight*. Aloud, she said, 'My lord, I'll give you the money as the bible commands but I implore you, let me keep my jewellery. It's the only memory I keep from my mother.'

He smirked before continuing with a slur in his voice. 'Good try, my dear. But forget it. Why should you want to keep a memory of your mother? I was so pleased when the plague carried that dragon away. Despicable woman, like her daughter. Now don't argue, just get on with it or my patience will wear thin.'

'As you command, my lord. You leave me no choice.'

'I rarely agree with your words, my dear, but this time you hit the nail on the head. You have indeed no choice. Stop talking, give me the money and your jewels.'

Silently Lady Yarmouth opened the drawer of a cabinet and removed a pair of scissors. She slit the ornate leather binding of her bible and shook it. Three golden Louis d'or coins landed clinking on the bed linen. Lord Yarmouth's eyes popped almost out of their sockets.

'You old witch – you've been hiding this fortune here while I had to go to the moneylenders,' he shouted with rage.

'I never felt that it was my duty to pay for your visits to the brothels, Yarmouth,' she replied sharply. *I'm losing my nerve, I have to make up for that remark. He must not become suspicious*, she immediately scolded herself. 'But I understand that now you're in need and that it's my duty as a wife to give you all I own,' she added quickly in a much more demure tone. 'May I keep my jewellery though? Three Louis d'or should certainly be enough.'

He smirked. 'Are you crazy, wife? Of course not. I want it all – and then it's goodbye forever. You'll never see me back and you can do whatever you fancy with this wretched place. Doesn't that sound like a good bargain?'

'It's a bargain, my lord. I'll give you my jewellery with pleasure in that case.'

Yarmouth grabbed the golden coins and stowed them in his pockets. 'I have to piss now, where's the night pot? Ah, I see it, over there in the corner.'

He stood up, swaying like a ship on the ocean. Lady Yarmouth heard him urinating. Soon the acrid smell spread through the room and hit her nose. Her disgust was so strong that she almost lost her composure.

Luckily Deirdre arrived and brought the refreshments. As she opened the door, the fresh air expelled the smell and Lady Yarmouth was able to breathe deeply. Lord Yarmouth still stood in the corner, not bothering about the presence of a servant.

'The jewellery,' he shouted. 'Give it to me now or I'll slap that stupid face of yours.'

'Deirdre, please remove the night pot. It appears that his lordship has relieved himself now. Then bring my jewel case, you know where I hide it. I'll stay here with his lordship.'

The housekeeper sent a vile glance towards her master, then she looked back at Lady Yarmouth. 'You don't need any help from me now, my lady?'

Lady Yarmouth shook her head. 'Later, Deirdre.'

Lord Yarmouth was finished and, fiddling at his breeches, he swayed back to his armchair.

'Let us move the chair closer to the candlelight,' Lady Yarmouth said, and, with Deirdre's help, quickly pushed the armchair closer to the table. Yarmouth sat down, now with his back to the door.

Deidre left the room, leaving the door slightly ajar.

Time passed and Lord Yarmouth drank from the tankards Deirdre had served, confirming grudgingly that the ale now tasted better.

'Where's the old hag? She should be back by now,' he lamented.

'The jewel case is hidden in the attic, my lord. She'll be back soon enough, but it was well hidden behind some old furniture.'

Indeed it was some time before they heard approaching steps. Out of breath, the housekeeper entered the bedchamber, carrying a small box. It was worn by time and covered with black leather.

'Thank you, Deirdre, you may wait outside now until I need you. It may be sooner than later, so please be ready,' Lady Yarmouth said calmly and placed the case on the side table by her bed.

'What are you doing there?' Yarmouth complained. The heavy drinking was taking its toll and his speech was barely comprehensible.

'I'm searching for the keys, my lord.' Silently she refilled the brandy glass. Her husband downed the amber liquid in one go and belched.

'Good stuff, could get used to it,' he babbled and belched again.

Lady Yarmouth suppressed a shudder. She opened a drawer from which she took a delicate key which she inserted into the lock on the box. Activated by a spring, the lid of the jewel box sprang open. Inside the box just a few pieces of jewellery lay on a velvet cushion. Lord Yarmouth grabbed the case and touched the chains, the two rings and the brooch with greedy fingers.

'You filthy liar,' he roared before he stuttered on, 'this is worth a fortune. Look, those are ru-ru-rubies and em-em-emeralds – and see how big this pearl is? You let your poor husband live in misery, keeping all these trinkets for you alone. Shame on you! I'll give you a good beating, you mi-miserable wi-witch.'

Spittle ran from the corners of his mouth and his eyes were bloodshot.

'Deirdre, I need your help now,' Lady Yarmouth said out aloud. 'I'm afraid his lordship needs our full attention.'

'I don't need attention, you silly hag, I need mo-money,' he growled. 'But a bit of a beating will teach you. And your housekeeper won't stop me – she can have her share actually.'

With unsteady fingers he pulled the belt from his breeches, ready to strike.

Lady Yarmouth made a sign and, to her husband's greatest shock, many hands were laid upon him. She seized his left arm and bent it back with a force her husband had never suspected she possessed, and the housekeeper did the same with his right arm. Lord Yarmouth cried out in pain, probably trying to figure out with his drunken brain what was going on; he staggered and fell back into his armchair.

'Yes, Ben, go ahead!' Lady Yarmouth exclaimed. 'Bind him!'

Jack and old Ben materialized out of the shadows of the room and bound Lord Yarmouth to his chair with a long rope. He sat there, immobilised and looking totally stunned.

'You?' Yarmouth stuttered, seeing Jack, 'You … I lo-locked you into the gatehouse.'

Old Ben tightened the rope and before Lord Yarmouth had fully grasped what was going on, his legs had been tied firmly to the heavy armchair along with his arms and upper body.

'Thank you, you did a marvellous job.' Lady Yarmouth was out of breath but it had been a long time since she had felt so pleased. 'Please take the gold coins out his pockets. There will be three of those. We may need them to pay for our food this winter.'

'You will regret the day you were born,' Lord Yarmouth said, foaming. He rocked his chair as if he were possessed by the devil and a stream of foul curses filled the room.

'We need to do something – he's ruining the carpet – and I'm not inclined to listen to such foul words. Actually, I have heard enough from his lordship for a lifetime. I don't need to hear anything more,' stated Lady Yarmouth matter-of-factly.

'That's easy enough, my lady, let me take care of it,' replied old Ben.

He moved behind the armchair and swiftly pulled the back of the chair down until it toppled. Yarmouth cried out as he crashed backwards. Going down, his head hit the bed post and he became silent.

'Sorry, my lady, I put too much effort. I should have been more careful.' Ben looked crestfallen.

'Is he dead?' asked Lady Yarmouth, more curious than worried.

Ben put his ear against his master's chest. 'No, his lordship is still alive, my lady.'

'What a pity, an accident would have been a neat solution,' she replied with a sigh. 'Now we'll have to think what to do with him. Somehow I find the idea of handing my husband to the hangman repellent. But much more important than him – is the boy alright?'

Jack smiled. 'Oh, the boy, he will be fine, don't worry. That's why I arrived to help Ben and Deirdre a bit late. I wanted to make sure that he'd be alright. I made up a bed for him. He'll be asleep by now.' Jack chuckled. 'Lord Yarmouth locked the front door but he forgot that there are several windows. I climbed out of the rear one. What a—' Apparently he realized he was speaking to Lord Yarmouth's wife and flushed. 'My apologies, my lady.'

'No need to apologize, Jack. My husband's a misfit. No, worse, he's a monster. A lord in name only, and certainly no gentleman.'

Deirdre looked around with a critical eye. 'You can't possibly sleep here, my lady. I'll prepare your bed in the blue room. You look exhausted and if you're not careful you'll have one of your terrible migraines tomorrow. Ben and I will watch over Lord Yarmouth to make sure that nothing will happen when he wakes up.'

Lady Yarmouth suddenly realized how tired she was. 'I agree, Deirdre, some sleep will do me good. But what about the others? Am I imagining things? Something smells delicious – I think it's coming from the kitchen.'

'The staff are gathering downstairs, my lady, everybody is rejoicing. I told them about our little plan – to make sure that they'd be willing to help as well. They talked Cook into baking apple pancakes and opening a jug of cider for everybody to celebrate. We'll be toasting Lord Yarmouth being brought to justice. Now I

can speak openly, your husband was despised from the bottom of our hearts – by all of us.'

'It's a shame but I agree with every word you say about my husband. Let them have their celebration but, just to be sure, please bring the boy over here. I don't want anything to happen to him. The poor little lad. Life has been an ongoing nightmare for him since he was forcibly taken from his home in France.'

Jack nodded. 'I'll go back and fetch him. I'm sure he'll be sleeping – the long journey must have been exhausting. But anyhow, better I go and look after him.'

Jack came back after a quarter of an hour looking flustered and distressed. 'He's disappeared!' he cried.

'What do you mean?' asked Lady Yarmouth. 'Please don't joke.'

'I wouldn't joke, my lady, not when it comes to the boy. He's gone. I searched all over the gatehouse – nothing. No trace of the boy, nobody is there.'

'Will this never end?' Lady Yarmouth cried. 'Tell the staff, the feasting is finished, light the torches, everybody has to go out and search for the boy.'

She looked at her husband who was still lying unconscious on the floor. 'If something has happened to the boy, I'll kill Yarmouth with my own hands, whatever the holy bible says.'

The end

The small cavalcade consisting of the four friends, Jean and the grooms had ridden hard since they left Maidstone. Everyone was silent, haunted by Jean's vision of a little boy crying out for help. Therefore there would be no rest and they let their mounts canter wherever possible, pushing men and horses to the limit.

The shadows grew longer but the daylight was still bright enough to allow them to cross the river when they reached the muddy banks of the River Thames. The locals had indicated that a ferry was supposed to run from this spot.

Here, the River Thames was much broader than in London, flowing majestically to be united with the sea. Minster-on-Sea manor, lying north of the mouth of the river, could only be reached by crossing the Thames; there were no bridges.

They reached the described location and saw that a flat boat serving as a ferry was towed to the jetty, but there was nobody in attendance.

'Let's see if he's at home.' Charles pointed to a small cottage. 'We'll knock at the door and ask him to take us to the other side. We have no time to lose.'

They knocked several times, harder and harder, until a rough voice answered. Eventually an old haggard man opened the door, visibly not pleased to have been disturbed so late. Impatiently he listened to Charles's request.

Once Charles had finished, the man only shrugged and replied, 'You can knock as hard you want but you'll need to wait for tomorrow, sir. I can't operate the ferry meself and me lads are in the

pub down in the village. It's too late. Come back tomorrow morning or come on time next time.'

He wanted to shut the door but Charles was tired and worried and lost his temper. He bellowed, 'If I demand that the ferry operates, he'd better find a way to obey or he'll regret it. I'll have him whipped and will take the ferry – my grooms can navigate it. I won't care what happens to his boat afterwards. He may go now. I give him half an hour to be back with his lads. I'll pay handsomely if the ferry takes us over to the other side but he'll learn that His Grace the Duke of Hertford,' he pointed at Pierre now, 'will not accept being treated like a commoner begging to be served.'

He let his whip go down on the windowsill and the cracking noise made the ferryman move back in terror. 'I didn't know, I didn't realize, I mean …' stuttered the man, shaking with fear. 'Of course I'll run the ferry, my lord. But as I said, me lads are down there in the village. I need them. Maybe your lordship's grooms could ride there with me, it would save time. We don't have much daylight left.'

Not even half an hour later the ferry was crossing the river at a slow pace – and indeed it needed two strong muscular sailors to navigate the dangerous currents and two crossings until all men and horses had been brought safely to the other side.

Charles rewarded the ferryman handsomely as promised. The old man grasped the money quickly as if he'd been afraid he'd never see a penny that night. Charles saw his two youngsters exchanging glances and a sly smile; he realized of course that he had been bled but he didn't care. They'd arrive in Minster-on-Sea tonight; that was all that counted for him.

***

Night was falling when the four friends entered the emptiness of the wetlands.

'What about a rest in a nice inn for tonight – if ever we find one,' Armand suggested after a long and worried glance at Pierre, who looked pale and tired.

'You can do whatever you want,' Pierre answered curtly. 'I'll ride on.'

'But it's going to be totally dark soon, Pierre.'

'Ever heard of something called the moon?' Pierre pointed up to the sky where the contour of a pale moon was lurking.

'I'm thinking about you, my friend. You look terrible, like a ghost. I'm fine.'

'The ghost of revenge, maybe. I'm determined to go on until I'm reunited with my son. If you feel like making a break, no problem. I'll see you later.'

'Playing prince charming tonight, aren't you?' François interrupted. 'But I agree. We can't stop now, we must continue, even if it means riding through the whole night.' He hesitated before he asked, 'Jean, have you had any new visions?'

Jean shook his head.

'Sure?' Pierre insisted. 'I implore you, be honest with me.'

'No, my lord. As your lordship knows, the gift comes from my mother. When I was sitting in the taproom, suddenly I felt her standing at my side, touching me. It was frightening. She made me see the things I told you about. But immediately afterwards she was gone.'

They rode on and the rural landscape changed; the flat emptiness of the marsh wetlands engulfed them. It was dark now but a full moon was spinning its silvery light over the bleak landscape. Even Charles's imagination seemed to have been captured by the endless wetlands shimmering under a coat of spun silver. He turned to François. 'I never, ever thought that the wetlands could look attractive at all. But it's sort of enchanting, isn't it?'

François grinned. 'Feeling romantic tonight, my friend?'

Armand defended Charles. 'He's right. I mean, nobody with a sane mind could truly adore England. No government worthy of its name, terrible weather, indigestible food – but this landscape here, under the moon, it has something.'

'It's not that bad.' Charles sounded offended now. 'England is a beautiful country. You French chaps simply don't understand it, that's all.'

'I like both countries,' Pierre intervened, 'but we'd better take care now. There's a junction ahead. Which road should we take? I can't remember. It all looks the same to me here.'

'Good question. Let me ask my groom. One of his ancestors must have been a pigeon, he always knows where to go. The lad has an amazing brain when it comes to finding places.'

The groom indeed didn't hesitate and pointed left. Soon they recognized the causeway they had followed only days ago.

'I told you, he's a genius.' Charles beamed with pride.

'What time is it?' asked Pierre.

'I guess shortly past midnight,' replied François. 'We should reach Minster-on-Sea soon enough.'

'That's good.' Armand yawned and went on, 'I'm tired like hell.'

'Don't expect to be lying in a comfortable bed too soon,' warned Charles. 'If Jean is right and our dear cousin Yarmouth is at Minster-on-Sea, we'll have a nice dirty fight ahead of us. To be honest, that's what I'm longing for – to wring the neck of my beloved cousin into a position where it may stay forever, preferably six feet under the soil in a nice cool grave.'

Jean looked at his master with a worried expression. Pierre's face shone pale like a corpse in the twilight set in a mask of iron determination. Jean knew it was only by the sheer force of his will that Pierre kept going. The short interval at the ferry had provided them with a welcome break but they had been on horseback since they had left Maidstone in the early morning. And yet Jean knew that any suggestion to make an additional break would be futile. Pierre de Beauvoir had made his mind up and wouldn't stop until he was reunited with his son. He'd rather die.

One of the grooms called out and, squinting hard, Jean could also make out a flickering flame at the horizon.

'Your groom must have had an eagle, not a pigeon, in his ancestry. His eyesight is remarkable. Well, let's hope that light over there comes from the manor,' François commented. 'To be frank, I'm tired of riding.'

'Must be advancing age,' quipped Armand, 'normally you can't get enough of riding?'

***

Pierre looked at the weak light on the horizon. The prospect of reaching the manor made his heart beat with a strange mix of hope and trepidation.

This had been a day the like of which he had never experienced before in his life. From blossoming, wary hope to the bliss and happiness of embracing Marie, back to the abyss of despair. What would fate hold in store for him now? He could only pray and keep the feeble flame of hope burning.

Only the hope of finding and embracing his son had kept him going. Would this vision come true or would tonight be just another bleak night of disappointment – or even worse, of utter despair? His friends seemed to be confident that they had found the right lead, but Pierre wasn't sure at all.

Jean might be wrong and they might find that they must return to London, or to any other part of England that might fit Jean's vision. The possibilities were endless and there was a fair chance that tomorrow morning they must start their search afresh.

He didn't even want to think seriously about any other scenario.

His son must be alive, waiting for him to come, he simply must.

***

The window of the gatehouse was standing slightly ajar and the cold air seeped into the small room. Jack had climbed out of the window, not without addressing a stern warning to Pierre before he left. 'You stay here, lad. I made up a nice bed for you close to the kitchen fire. You'll be cosy and warm there. Don't move – wait for me to come back.' He had stroked Pierre's soft hair with his calloused hand.

'The man who brought you here, he's a bad man. Old Ben and I will make sure he can't harm you. But don't you move until I'm back. Understood?'

Pierre had nodded; he had understood most of what Jack had said although this man was speaking in a dialect he could barely understand. It was not the French nor the English of the gentry he was used to. These people here had their own language, a peasant language probably.

The old man was gone for some time and by now Pierre was lonely – and he was scared. The man who had brought him here must be an evil man; he had shouted at Jack and locked the door. The man had been lying to him. He knew this now. Papa would probably kill this evil man.

But Papa wasn't here.

Pierre looked around, unsure what to do now. Could he trust Jack? He remembered that he had been in this house before. Now that he was fully awake, he remembered he had met Jack, and the man in stables called old Ben, before, when he had stayed in this house together with *Maman*. They had been brought here by other wicked men.

But the mistress of the house, though looking like a scarecrow with her horrible black clothes and her veil, had been kind to them. He knew that she had been kind because *Maman* had told him that she was a true gentlewoman and had helped them to escape from the wicked men.

Pierre felt lonely, and he was hungry and tired. Tears welled up in his eyes but he remembered that Papa had told him that one day he'd become a Marquis of France and a Duke of England and that he must never forget to be brave. He sniffed, suppressing the tears, and looked at the open window.

I could do the same. The thought flashed through his mind. *I could climb out of the window and run away.*

Jack had told him to wait here – but whom to trust? In the last weeks Pierre had learnt the hard way never to trust anybody.

He looked around the living room of the gatehouse. It was littered with old clothes, garden tools waiting to be repaired, battered pots and cracked plates. Among all these things he spotted a woollen jumper. The wind had pushed the window open and it was now chilly inside. Although the jumper was far too large it felt nice and warm. Jack had left a piece of bread for him on the table and he grabbed it; he was really hungry. Feeling much better now, and adventurous, he climbed out of the window and jumped onto the grass.

The grass was wet but he didn't care. The moon, fat and big like a silver ball, lit the road that led away from the manor, the road that would lead him away from the house and the wicked man.

Maman had explained to him that the land here could be dangerous. The grass might look solid but there were hidden holes with water. Holes so big that they could swallow small boys like him. He didn't even want to imagine how that would feel. It would be safer to stay on the road.

Pierre started to run as fast as possible. He had been competing with the boys from the village and, although he was only four years old, he could run fast. It felt good to run, to do something, to run away from danger and the wicked man.

He ran until his heart was pounding hard and he had to slow down. The road was long, he knew this. Suddenly cold fear gripped his heart; would he ever see *Maman* again?

The world around him looked so different at night. It was a dangerous world, full of shadows, dark secrets and strange sounds he had never heard before.

***

'We must find the boy, we can't rest until he's back.' Lady Yarmouth addressed all her staff, who had assembled in the hall of the manor. The mood had sobered; they knew only too well that the wetlands could be a deadly trap, not only for a small boy.

'I'm convinced that he must be hiding somewhere in the house or in the stables,' old Ben said. 'I would be sheer madness to leave the manor at night.'

'Let's search in groups,' Lady Yarmouth commanded, and minutes later all available torches were lit and the house and stables were searched as thoroughly as never before.

They found things that had been missing for ages but no small boy turned up and, after a futile hour lost in searching, they realized that they had searched in vain; the boy had left without a trace.

'I'll go and search on the road – that's the only alternative left,' old Ben said although he was dead tired and his old bones were longing for the comfort of a fire and a chair.

'We'll all go with you and search,' answered the others almost in one voice.

'God bless you, all of you,' replied Lady Yarmouth, and broke down in tears.

***

Pierre crumpled on the road, exhausted; his heart was beating like mad. He had no idea how long he had been walking and running. The cold wind from the sea was his lonely companion, making him shiver while it whispered into his ears and tore with greedy fingers at his jumper. The wind was howling now, telling him stories he couldn't understand. But he knew instinctively that the wind was his enemy, a mighty enemy who wanted to destroy him. He had been brave until now, but he couldn't stop his tears any more. '*Maman*,' he cried, '*Maman*, where are you?'

For a second the wind abated, and Pierre heard a sound that differed from the noises of the wetlands. Mustering his last energy, he came back to his feet and turned his head to listen. It was a muffled sound, but a sound he knew well.

Horses, he thought, *those must be horses.*

He heard the soft beating of the hooves on the road although the sound came from far away. But he was sure now. He stood erect and listened, trying to fade out the noise of the wind that was trying to choke his ears again. Yes, there wasn't only one horse but several horsemen moving closer. There was no more doubt, several horses were approaching fast.

For a moment Pierre stood there, paralysed, torn between hope and trepidation. What should he do now? Hide or wave and shout at them?

A gust of wind made him shiver and woke him from his thoughts. He realized that he had no chance but to call out and try to find help. Better to become a prisoner again than face the cold wind and the dark wetlands alone.

The noise of hooves beating the ground grew closer and soon he could make out the silhouettes of the horsemen. Lit by the moonlight they looked like knights clad in silvery armour, like a picture from a fairy tale, and suddenly the boy was filled with hope and joy.

Hadn't *Maman* told him, again and again, that Papa would come and rescue him? He would come like a knight, riding proudly on his stallion, killing all the villains.

Pierre ran now towards the horsemen, crying aloud, 'Papa, Papa, it's your little Pierre!'

***

François heard the thin voice first.

'Stop!' he commanded, and everyone stopped at once.

'What's the matter?' asked Pierre.

'Everybody quiet and listen!' commanded François. 'I might be wrong, but I think I heard something.'

Among the eerie nightly sounds of the wetlands, the gurgling waters, the random bleating of sheep and the constant howling of the wind, they could discern a strange sound, a voice, a thin voice, the calling of a child.

'Can it be true ...?' asked Pierre, not daring to finish his sentence.

'Miracles are known to happen,' said Charles. 'Pray, Pierre, and let's go and look.'

They rode on carefully with nerves on edge, and then they saw him. Obviously out of breath, the little boy was dragging himself along on the road, waving and crying.

Pierre was the first to jump from his horse and embrace his son although his own limbs almost folded away from exhaustion when he touched the ground.

His son's face lit up and he exclaimed, stifling a sob, 'I swear I didn't cry, Papa. I knew you'd come. *Maman* always promised you would. I wanted you to be proud of me.'

'*Je t'aime, mon petit*,' was all that Pierre de Beauvoir, proud peer of France and England could answer before he dragged him into his arms, hiding his son's face in his arms so he wouldn't see his father's tears.

He placed his son carefully on his horse whilst the whole group broke into spontaneous cheering. Their way to Minster-on-Sea manor from now on resembled more a triumphant parade than a quest for revenge and punishment.

'Papa, will you kill the evil man?' little Pierre murmured, snuggling against his father who shielded him from the wind.

'I promise you, my son,' Pierre answered, 'tomorrow, he'll be a dead man.'

'That's good,' the boy answered and sighed happily.

'I see lights ahead, several torches!' cried the groom.

'Have the guns ready, you never know!' François commanded. They stopped and the grooms quickly took out the leather bags of gunpowder and the bullets and started preparing the guns.

But, as the torches came closer, they could see it was not a group of well-armed horsemen that approached but an odd group of people. Armed only with torches, some of them wearing nightgowns and ill-fitting liveries, they called out Pierre's name again and again, pleading and sounding close to despair.

'They must be searching for your son,' Charles said, bemused. 'I don't understand.'

'I have only one explanation. Your son must have outsmarted them,' Armand replied, and broke into laughter.

'Just imagine, a small boy has beaten a whole armada of servants. That promises fun for the future.'

They recognized old Ben among the group. 'Did you find the boy?' he cried as soon as they were close enough.

'Yes, he's here with us,' Charles cried back.

'God bless you! We were so scared – Lady Yarmouth is out of her mind.'

'Tell us, what the hell is going on?' Charles asked as soon as they had come closer and gathered their breath.

Old Ben took the lead and recounted the adventures of the night. Charles slapped his thighs with delight as Ben reached the climax of his story and described Lord Yarmouth lying on the floor like a stranded beetle.

'You mean, Lady Yarmouth made him drunk and we'll find Lord Yarmouth gagged and bound in her bedroom?' Charles seemed stunned; there would be no fight after all.

'That you will, my lord. The housekeeper is personally keeping guard – and she's not one to trifle with.' Then he added with admiration, 'A fine and genuine lady she is, our mistress. Simply couldn't bear this man any longer. None of us could, in fact. A pity he isn't dead. He'll never make it to the last judgement. The devil will see to that.'

***

Lady Yarmouth watched the men, horses and her servants spilling into her courtyard. Anxiously she scanned every face until her heart jumped with joy as she spotted the small boy in his father's arms. He was sleeping with a faint smile hovering on his face.

'Look after him well. I entrust to you my most valuable treasure,' she heard Pierre say to Armand as he handed him his sleeping son.

'I'll will, don't worry. Now that we know your son likes to have his little adventures, I'll certainly have to keep an eye on him.'

'How can I ever thank you? I'm so much indebted to you.' Pierre greeted Lady Yarmouth as soon as he had dismounted from his horse.

'You don't have to thank me, Your Grace,' she replied. 'Your son is like the child I could never have to me. I'd give my life

for him. I can't explain the joy I feel that you found him in good health.'

'What about your husband?' the duke asked.

'You may decide whatever you wish. He deserves to hang but, having said that, I abhor the idea of seeing my husband tried and brought to the gallows like a commoner.'

'Something we share, my lady,' Pierre answered.

'Bad taste, indeed,' Charles agreed.

***

Pierre mounted the stairs together with Charles, François and Jean. They found Lord Yarmouth bound and gagged, lying on his back like a fallen beetle, guarded by a fierce-looking dragon of a woman armed with an iron bedpan. He was still unconscious.

'What are you going to do?' asked Charles nervously. 'You won't forgive him, will you? We must finish him off. He's not only a disgrace to our family, he's a stinking criminal scoundrel and will never stop creating havoc.'

'Wake him up first. Even a common criminal has the right to hear his judgement,' Pierre replied in a voice that sounded strange even to him.

'That's simple,' replied François. There was a half-full tankard of ale standing close to Lord Yarmouth and, not losing any time, he emptied the contents over his face.

His lordship gasped and came back to life. But as soon as his brain was able to take notice of the people around him, even his unsteady mind seemed to understand that his nemesis, embodied by the Duke of Hertford, was towering over him. Yarmouth's eyes widened in shock and fear.

'Don't pee your breeches, dearest cousin Yarmouth.' Charles was all joviality. 'Although I understand that you might feel a bit worried. I do feel an undercurrent of tension in this room.'

'Take the gag out of his mouth,' Pierre said, not in a mood for quipping.

Jean obliged and Yarmouth, taking this as a good sign, breathed greedily. His face was greener than ever and he lisped,

'Dear cousin Hertford, let me explain. I'm so happy you've come. I've done my best to protect your wonderful son.' He licked his lips nervously. 'You should know that some perfidious people tried to abduct him. Talk to him, he'll tell you that I rescued him and brought him here to the safety of my house. Nothing beats family ties. We Neuvilles have to stand together.'

'That's so sweet of you, cousin,' Pierre answered. 'You probably also tried to save my wife and my unborn child by bringing them here earlier? Ah, yes, and then there was the unlucky accident of a gypsy girl who drowned? Would you be able to enlighten us?'

François and Charles looked at each other in surprise. They were discovering that their friend, who was always kind and friendly, had a different side to him. There was nothing kind or soft in his voice now.

'Yarmouth, shut up. Keep your stupid stories for other, more credulous people. You've forfeited your right to live, to be part of the family Neuville of whom I'm the head. You'll die now, cousin, killed by my own hands as I've promised to my wife and my son. And if I have to go hell for this, I'll go there with pleasure, because I've rid mankind of a scourge like you.'

Yarmouth squirmed and shouted in panic. 'You're a gentleman, let's fight honourably,' he cried out. 'We'll choose guns, but you can't kill me when I'm helpless. It's against the code of honour.'

'I may be a gentleman, but you're nothing but a filthy thug, a scoundrel. I wouldn't soil a bullet for someone like you,' Pierre spat. Looking straight into his cousin's eyes, Pierre felt overwhelmed by anger and fury. This man had killed his unborn child and a young gypsy girl, and probably many more they didn't even know about.

'That's for my child,' he cried out, and wielded his dagger with a swift move, then plunged it straight into Yarmouth's heart. Still burning with rage he looked at his cousin.

Yarmouth gasped in surprise. Looking utterly stunned and slightly stupid his head lolled to the side. Lord Yarmouth was dead.

'Congratulations,' Charles said. 'I wanted to do it, but better you did it yourself. I'm proud of you. No messing up, straight into the heart, a clean death. Yarmouth didn't understand what was going on until he was dead.'

'I'd have loved to see him suffer,' Armand spat at the corpse. 'He didn't deserve such a nice and clean end.'

'Yes, I agree, but in the end all that counts is he's dead now.'

François looked at Yarmouth with contempt. 'But look at his breeches – they're wet. He peed with fright when he saw us. What a disgrace. Now, let's dress up the room.'

'What do you mean "dress up"?'

Pierre had acted as if in trance. Slowly, as the rage abated, he came back to reality. He looked at his dead cousin as if he needed to ascertain that his death hadn't been a dream after all.

'Jean, take off the rope with the help of the housekeeper. Then we'll put Yarmouth into my lady's bed.'

'He'll spoil my best bed linen,' Deirdre cried in distress. 'I'll never get those bloodstains out of the sheets. Why the bed?'

'Because that's where we found him, of course,' François replied.

Minutes later they heaved Yarmouth's body into the bed.

'My God, he's heavy,' Jean complained.

'You're getting old, Jean.' François grinned at him affectionately. Then he took Pierre's dagger and closed Yarmouth's fingers around it, placing hand and dagger close to the wound.

'You see now what has happened?'

The housekeeper was still sulking as she saw the bloodstains spreading on her precious linen sheets.

'Oh, I understand! He died from his own hand,' Charles said with a frown. 'But even an accomplished acrobat wouldn't be able to kill himself and then lie down like a puppet.'

'Who cares,' answered Pierre in a surprisingly good mood. 'François is right. Now we have a story to tell and I suggest calling all the servants so they can be our witnesses. Then we'll put the

corpse on a stretcher in the barn until the magistrates decide what to do with him.'

They called everyone into the room and announced that his lordship, clearly in the grips of deepest sorrow and chagrin, must have decided to take his own life.

Everybody looked suitably impressed and ready to be a witness to the suicide; to no one's surprise not a single tear was shed.

As soon as the servants had left, animated conversation and the clattering sound of pots being moved in the kitchen could be heard.

'I think Cook is preparing her famous mulled wine. She always keeps a secret reserve,' Lady Yarmouth said. She had helped in the display of her deceased husband, but had admitted that rarely had she had felt more elated during the past years.

'Tomorrow someone has to inform the magistrates,' Charles said. 'Better we stay here until this formality has been accomplished. I don't want our names to be tarnished in any way.'

'I'll be delighted to have you stay with us, my lord,' said Lady Yarmouth, 'but why should we call the magistrates?'

'They have to record the suicide of Lord Yarmouth,' he reminded her gently.

'The law of the wetlands is different from the law in the capital.' Lady Yarmouth's smile held a notion of mischief. 'Because we live far away from the next town, the lord or the lady of the manor of the wetlands may act in lieu of a magistrate. I've witnessed the suicide. I also know that my poor husband loved this place from the bottom of his heart. But as he committed a sin, my dearest husband regrettably will be denied burial in sacred ground. I therefore suggest that he finds his eternal resting place here in the orchard, close to his loving wife. I swear to come and visit his grave every day as long as I live.'

'That's what I call the ultimate revenge!' cried Charles.

'My lady, please let me kiss your hands in humble admiration.'

***

The next day, the group of friends and a boastful young boy made their way back to London. He'd tell his adventures again and again to anybody who'd listen.

'This son of yours is a chatterbox,' complained Armand. 'He doesn't stop talking.'

'No wonder, he learnt it from his godfather,' replied Pierre with a happy smile. 'You never stop either.'

They took their leave of Lady Yarmouth and her staff and rode back, crossing the wetlands until they reached the first hamlets and fields on their way back to London. They rode at leisure, happy to be the bearers of good news for Marie.

'Make sure Lady Yarmouth receives a handsome pension from the treasury of Hertford, will you?' Pierre asked Charles.

'She deserves it, no doubt. I'll arrange it, no problem. I suggest that we send her a flock of sheep as well. What else could she live on in this deserted part of England?'

'Good idea,' Pierre replied, but then he forgot all about Lady Yarmouth and Minster-on-Sea as he watched his son riding proudly on Jean's horse, arguing with him to be allowed to hold the reins.

As usual the weather was changing constantly; last night's strong winds had brought clouds and a light drizzle of rain had set it. But all of a sudden, the clouds broke open and a beam of golden autumn sun bathed the group of riders in its light.

Pierre saw the blond hair of his son light up like spun gold and his heart beat with joy. His eyes met Armand's, who winked back at him.

'Nice boy of yours, even if he is a bit chatty,' Armand said. 'Maybe it's about time I think of becoming serious and start founding my own family.'

'I thought you had some diversion in London. Polly was her name, wasn't it?'

Armand slapped his forehead. 'I'm an idiot. I thought I had been so subtle that nobody would notice. But you're totally right. The family can wait – let me take care of my little Polly first.'

'You'll never change!' Pierre burst into laughter.

'Why should I? Why change someone who's perfect? Wouldn't it be a shame?' replied Armand with a wink.

'Amen,' replied François and rolled his eyes.

Printed in Great Britain
by Amazon

72373200R00149